MÉMORIS

ÉLODIE TIREL

MÉMORIS

ÉDITIONS
MICHEL
QUINTIN

Catalogage avant publication de Bibliothèque et Archives nationales du Québec et Bibliothèque et Archives Canada

Tirel, Élodie

Mémoris

ISBN 978-2-89435-671-5

I. Titre.

PQ2720.I73M45 2013 843'.92 C2013-941315-4

Conception de la couverture et infographie:
Marie-Ève Boisvert, Éditions Michel Quintin

Le Conseil des Arts du Canada
The Canada Council for the Arts
SODEC Québec
Patrimoine canadien Canadian Heritage

La publication de cet ouvrage a été réalisée grâce au soutien financier du Conseil des Arts du Canada et de la SODEC.

De plus, les Éditions Michel Quintin reconnaissent l'aide financière du gouvernement du Canada par l'entremise du Fonds du livre du Canada pour leurs activités d'édition.

Gouvernement du Québec – Programme de crédit d'impôt pour l'édition de livres – Gestion SODEC

ISBN 978-2-89435-671-5

Dépôt légal – Bibliothèque et Archives nationales du Québec, 2013
Dépôt légal – Bibliothèque et Archives Canada, 2013

Éditions Michel Quintin
4770, rue Foster, Waterloo (Québec)
Canada J0E 2N0
Tél.: 450 539-3774
Téléc.: 450 539-4905
editionsmichelquintin.ca

Imprimé en France

La mémoire du passé n'est pas faite pour se souvenir du passé.
Elle est faite pour prévenir le futur.

Alain Berthoz
neurophysiologiste, ingénieur et chercheur au CNRS

1

Courir.

Courir. Courir. Courir.

Seul ce mot résonnait dans son esprit vide, comme un ordre impérieux. Courir jusqu'à la mort. Courir plus vite qu'eux. Courir pour leur échapper !

Tout son corps était en alerte. Son cœur cognait dans sa poitrine, ses poumons la brûlaient, incandescents. Son cerveau comptait sur ses jambes pour vivre quelques minutes encore. Car ils étaient là, tout près, juste derrière elle. Ils la traquaient et si par malheur elle ralentissait, ils n'auraient aucune pitié.

Qui étaient-ils ? Que lui voulaient-ils ? Elle n'en avait aucune idée, mais leur présence obsédante, rythmée par leur souffle rauque, la poursuivait dans ces longs couloirs blancs qui résonnaient comme une menace. Ces hommes la terrorisaient ; ils étaient capables du pire. Des bribes de souffrances, de douleurs insoutenables, lui revenaient en tête, instillant en elle une peur panique. C'était ce sentiment incontrôlable qui la poussait à courir à travers les dédales immaculés. Si elle voulait vivre, il lui fallait fuir.

Des éclats de voix devant elle déclenchèrent dans son cerveau un nouveau message d'alerte. Ils avaient sûrement appelé du renfort.

Pour confirmer ses craintes, des hommes en blanc surgirent au bout du couloir, juste en face.

— Elle est là ! s'écrièrent-ils en la désignant.

Sans réfléchir, elle s'engouffra dans la première coursive à droite et accéléra, misant sur ses dernières forces pour échapper à ses poursuivants. Elle ignorait où ce couloir la mènerait, mais elle n'avait pas le choix.

— Arrêtez-vous ! hurla un des hommes dans son dos. Stoppez immédiatement, ou nous tirons !

Tirer ?

L'horreur la submergea. Allaient-ils la tuer ? L'abattre comme un animal, sans aucun témoin, dans ces couloirs déserts ? S'ils lui tiraient dessus, elle était perdue. Sauf si…

Sans ralentir, elle jeta un coup d'œil sur l'objet qu'elle tenait, serré dans son poing droit. Un petit cylindre métallique d'une quinzaine de centimètres de long. Une arme ? La jeune femme n'avait aucune idée de sa provenance ni de la raison pour laquelle elle le serrait avec autant de force. Pourtant, son instinct lui criait de s'en servir. C'était son unique chance de salut.

Sans réfléchir davantage, elle stoppa net sa course et se retourna pour viser, en se fiant à son intuition. Elle pressa du pouce le renfoncement ovale parfaitement adapté à la forme de son doigt. Un rai de lumière rouge jaillit de l'extrémité du tube et frappa de plein fouet les hommes en blanc qui s'écroulèrent en gémissant. L'arme était puissante. Durant une seconde, elle se demanda s'ils étaient morts ou simplement inconscients. Pourtant, son geste ne lui inspirait aucun remords : seule sa survie comptait. Elle voulait vivre et se sentait prête à tout pour s'en sortir.

Encouragée par cette première victoire, elle se remit à courir tout en continuant à appuyer sur son laser par-dessus son épaule, afin de décourager ou d'éliminer les derniers poursuivants. Elle commençait à reprendre espoir quand, au détour d'un couloir, elle découvrit à moins de dix mètres d'elle deux soldats en faction devant une porte ouverte.

Les gardes sursautèrent en la voyant, mais réagirent sans délai : l'un déclencha aussitôt la commande de sécurité des portes, l'autre dégaina son arme. Mais la jeune femme fut plus rapide qu'eux. D'un geste sûr, elle tira. Le rayon écarlate percuta l'un des hommes en pleine poitrine. Il s'effondra en hurlant sous les yeux horrifiés de son acolyte qu'un deuxième rai transperça à son tour avant qu'il ait compris ce qui se passait.

Les deux battants coulissants étaient en train de se refermer. La femme accéléra pour ne pas être prise au piège.

— Arrêtez-vous ! cria l'un de ses poursuivants. Rendez-vous avant qu'il ne soit trop tard !

L'injonction menaçante rebondit sur les murs glacés et l'atteignit juste avant qu'elle se glisse à travers les battants métalliques. Les portes claquèrent derrière elle dans un bruit sec, comme des mâchoires animales.

« Trop tard pour vous ! » pensa-t-elle en s'arrêtant pour reprendre son souffle.

Son cœur tambourinait tant dans sa poitrine qu'elle crut qu'il allait en jaillir. Mais autre chose attira son attention. Son regard stupéfait erra quelques secondes dans le hall où elle venait de faire irruption. L'immense salle était surmontée d'une coupole transparente qui s'ouvrait sur les ténèbres d'un ciel étoilé. L'endroit était vide, mais elle savait que le répit serait de courte durée ; ses poursuivants ne tarderaient pas à rouvrir cette porte.

Quelle heure était-il ? Est-ce que tout le monde dormait, ou bien l'endroit était-il toujours aussi désert ? Mais une autre question plus angoissante s'imposa à elle. Où se trouvait-elle ? Elle était absolument certaine de ne pas connaître cet endroit. Et puis, qui étaient ces hommes qu'elle fuyait ? Qu'avait-elle fait pour qu'ils la prennent en chasse ainsi et menacent de la tuer ? Pourquoi avait-elle en sa possession une arme aussi puissante ?

Elle tâcha de rassembler ses idées et de faire appel à sa mémoire, mais ne trouva aucune réponse. Cette prise de conscience l'alarma. Sa tête se mit à tourner, ses mains lui picotèrent. Elle était sur le point d'éprouver un malaise quand des éclats de voix derrière la porte lui donnèrent un nouveau coup de fouet. Elle traversa le hall et s'élança dans un autre couloir, cherchant une issue salvatrice, une cachette ou un moyen de semer définitivement ses poursuivants. Mais la coursive ne lui offrit guère de salut. D'un côté se trouvaient des portes désespérément closes comme autant d'espoirs anéantis, de l'autre s'étendait une large baie vitrée derrière laquelle on devinait l'encre noire et profonde de la nuit, imperturbable, insensible à la détresse de la fuyarde.

En proie à la panique, elle courut de porte en porte, de couloir en couloir, d'escalier en escalier. Ses muscles fatigués étaient douloureux, alors que l'angoisse étreignait son esprit depuis trop longtemps. Elle ne tiendrait pas indéfiniment, à ce rythme.

Soudain, son cœur fit une embardée. Juste en face d'elle, une porte horizontale était en train de se refermer.

La femme n'hésita pas même un instant. Puisant au fond d'elle une énergie nouvelle, ses muscles se contractèrent dans un dernier effort et elle plongea sous la paroi métallique. Elle passa de justesse sous la porte, mais, dans son élan, elle percuta brutalement un obstacle.

L'homme à la peau sombre qu'elle venait de heurter chancela. Plus surpris qu'effrayé, il s'indigna.

— Eh ! Ça ne va pas bien ! Qu'est-ce…

— Pas un geste ! lui ordonna-t-elle, en pointant vers lui le canon de son laser.

Le propriétaire des lieux lui adressa un regard chargé d'incompréhension et leva bêtement les mains en l'air.

— Maintenant, ferme cette porte ! glapit-elle sans baisser son arme.

— Elle est déjà fermée ! protesta-t-il en s'efforçant de rester calme.

— Ne me prends pas pour une conne ! Verrouille cette putain de porte ou je t'explose la tronche !

L'homme écarquilla les yeux, choqué par la grossièreté de cette superbe rousse qui venait de faire irruption dans sa cabine. Moulée dans une combinaison noire terriblement sexy, elle dardait sur lui des yeux chargés de colère. Mais, plus que son regard glacial, ce fut le Blodless 245 pointé vers lui qui le décida.

L'homme s'approcha de la porte, tout en essayant de calmer le jeu.

— D'accord, d'accord, c'est bon… j'y vais ! Faut pas s'énerver…

— La ferme ! lui balança-t-elle. Si, à trois, t'as toujours pas verrouillé cette…

— … Cette putain de porte, tu m'exploses la tronche ! Je sais, j'ai compris ! Tu vois, je place mon index ici et hop, un coup d'œil de trois secondes au rétiscan… Voilà, elle est fermée et sécurisée. T'es contente ? Bon, maintenant, tu poses ton joujou et tu te calmes !

— Pas question ! Tu t'assois là et tu bouges plus ! aboya-t-elle.

L'homme recula lentement jusqu'au bar et s'assit sans un mot sur un siège en plastimère translucide. Rassurée, la femme l'observa. C'était un type athlétique ; il ne portait qu'un large pantalon de toile blanche qui mettait sa peau brune en valeur. Ses cheveux, rasés par endroits, dessinaient des ondulations symétriques aux motifs complexes. Dans ses yeux sombres se lisaient l'incompréhension et la peur.

La femme hésita. Elle non plus ne comprenait rien. Elle ne savait ni pourquoi elle fuyait, ni qui étaient ces hommes, ni ce qu'ils lui voulaient. Elle aussi avait peur de ce qui allait se passer, peur de commettre l'irréparable. Animée par son instinct de survie, elle n'avait pas hésité à tirer sur ses poursuivants, mais maintenant elle menaçait un innocent. Cet homme ne lui avait rien fait et pourtant elle se sentait capable de l'abattre à bout portant au moindre geste suspect. Ça aussi, ça lui faisait peur.

D'une voix douce, l'homme tenta de l'apaiser.

— Baissez votre arme, je vous en prie, et dites-moi ce que vous voulez. Pourquoi êtes-vous entrée dans ma cabine ?

Elle secoua la tête et rétorqua sèchement :

— Taisez-vous ! Ici, c'est moi qui pose les questions !

Elle le visait toujours, mais elle avait cessé de hurler, ce qui était déjà bon signe. L'homme tenta le tout pour le tout.

— Bien, allez-y ! Demandez-moi ce que vous voulez. Je verrai si je peux vous répondre.

La femme se crispa et risqua un regard furtif autour d'elle.

— Où sommes-nous ? Et comment sort-on d'ici ?

Interloqué, le type fronça les sourcils. Pourtant, de crainte qu'elle ne s'énerve à nouveau, il préféra lui répondre comme si sa question était des plus banales.

— Nous sommes au beau milieu de l'océan Pacifique, à bord du *Sam*... heu... à bord d'une île artificielle, la dernière-née de la NIC, la New Island Company. Elle...

— C'est quoi, une île artificielle ? le coupa-t-elle.

Elle avait prononcé l'adjectif en grimaçant, comme si c'eût été une aberration. L'homme lui adressa un sourire indulgent.

— C'est comme un bateau, mais en mille fois plus grand. Celle-ci atteint la taille d'une petite île : un kilomètre de long sur cinq cents mètres de large. L'île peut accueillir plus de vingt mille passagers, des touristes fortunés en quête de repos pour la plupart.

— Vous êtes donc un touriste ? enchaîna-t-elle du tac au tac.

L'homme secoua la tête.

— Pas vraiment. Je suis… comment dire ? En déplacement professionnel. J'accompagne un client, monsieur Simmons, le richissime patron de Nanoteck. Il me paie une petite fortune pour que je lui procure un peu de sérénité grâce à mes talents de sophrologue.

— Ainsi, vous êtes sophrologue…

— Oui et non. En fait, je suis une sorte de coach. J'apprends à mes clients à gérer leur stress et leurs émotions, à se relaxer jusqu'à en oublier leur enveloppe charnelle. Je revenais d'ailleurs d'une séance lorsque vous avez déboulé comme une folle dans ma cabine.

Elle se raidit.

— Je ne suis pas folle ! fit-elle sèchement.

Il la regarda attentivement : des boucles de feu en pagaille autour d'un ravissant visage, des yeux émeraude qui s'affolaient dans leur orbite comme deux papillons en cage, le canon menaçant de son arme toujours pointé dans sa direction.

L'homme tâcha de mentir avec intelligence.

— Ne vous vexez pas, ce n'est qu'une façon de parler ! Vous croyez vraiment que, dans ma position, je prendrais le risque de vous insulter ? Écoutez, je ne vous veux aucun mal. Baissez cette arme et faites-moi confiance.

La jeune femme hésita à nouveau. Le type semblait sincère, mais n'allait-il pas lui sauter dessus pour la neutraliser et appeler la sécurité dès qu'elle aurait baissé la garde? Comment savoir? Devait-elle se fier à son instinct qui lui conseillait d'écouter cet inconnu? Jusqu'à présent, son intuition ne l'avait pas trompée. Sans quitter le type des yeux, elle baissa lentement son arme.

En voyant le canon du Blodless 245 viser une autre direction que sa tête, l'homme esquissa un sourire. Tout en restant sur ses gardes, il décida d'entamer la discussion. Peut-être qu'un peu d'humour rendrait les rapports moins tendus.

— C'est marrant, d'habitude, quand on ne se connaît pas, on se vouvoie d'abord; après seulement on passe au tutoiement. Or, nous, on a fait tout le contraire. Vous avez remarqué?

Ses dents étincelèrent dans un sourire malicieux lorsqu'il ajouta:

— Ça a plutôt mal commencé entre nous, non? Que diriez-vous de tout reprendre à partir du début? Je me présente: je m'appelle Éthan. Éthan Wyatt.

Comme pour prouver sa bonne volonté, il tendit la main vers elle. La femme regarda la paume offerte, mais n'esquissa pas un geste pour lui tendre la sienne.

Mal à l'aise, il finit par croiser les bras. Ce ne serait pas chose aisée de l'apprivoiser.

— Et vous, c'est quoi, votre petit nom? osa-t-il.

Elle pencha sa tête sur le côté en fronçant les sourcils, comme si cette question nécessitait un réel effort intellectuel. Son nom? Quel était son… nom? Dans son esprit, c'était le vide, le néant absolu.

La jeune femme se passa une main sur la bouche, déconcertée. Elle se concentra davantage, mais aucun nom ne lui revint en mémoire. C'était comme si elle n'avait jamais su comment elle s'appelait ou plutôt comme si elle n'avait pas de nom. Au bord de la panique, elle se mit à trembler. Elle serra son arme contre elle, comme un rempart protecteur, tout en remuant la tête dans un signe de négation.

— Foutez-moi la paix ! fit-elle, sur la défensive.

L'homme resta un moment interdit.

— Oh, je vois ! Vous ne voulez pas me le dire.

Mais elle secouait la tête de plus en plus vite, comme en proie à une crise d'hystérie.

— Non, vous ne voyez rien du tout ! s'écria-t-elle. Je... je ne me souviens plus de mon nom. J'ai beau essayer de... Je ne sais plus comment je m'appelle. Je ne sais plus rien !

Elle avait presque hurlé ces dernières paroles, au bord de l'affolement. Elle se tenait là, immobile, tétanisée par cette prise de conscience effrayante. Éthan aurait pu en profiter pour se lever, mais il savait qu'au moindre geste elle risquait de prendre peur et de tirer.

La fugitive ne faisait déjà plus attention à lui. Perdue dans les méandres désespérément vides de son cerveau, elle cherchait un souvenir auquel se raccrocher. Mais, hormis la sensation de danger imminent et l'urgence de courir pour rester en vie, il n'y avait rien dans son esprit, ni nom, ni histoire, ni visage. Rien qui puisse lui apprendre qui elle était, ce qu'elle faisait sur cette île artificielle et pourquoi elle devait fuir. C'était comme si ses neurones erraient dans le vaste silence de son cerveau vide. Sa mémoire désertée ne lui donnait accès à aucun vestige de son passé.

Elle eut envie de hurler, de se taper la tête contre les murs. Peut-être cela ferait-il ressurgir ses souvenirs, après tout ? Pourtant elle n'en fit rien. Cet homme la prenait déjà pour une folle ; si elle se comportait comme telle, il refuserait catégoriquement de l'aider, alors qu'elle avait besoin de quelqu'un à qui faire confiance. Elle avait besoin d'aide.

— Si vous alliez vous asseoir ? proposa Éthan en montrant le lit. Vous seriez mieux, non ? Je vous promets que je ne bougerai pas.

Elle regarda dans la direction indiquée et hocha la tête. Elle traversa la spacieuse cabine et prit place sur le grand lit confortable. Éthan la suivit des yeux, fasciné. Tout à l'heure menaçante, agressive et autoritaire, elle semblait à présent aussi inoffensive et fragile qu'une enfant. Elle lui apparut alors comme un oisillon tombé du nid, qu'il avait envie de prendre dans ses mains pour l'aider à s'envoler.

— Bon ! Si je comprends bien, reprit-il, vous ne vous rappelez plus votre nom. Ne vous inquiétez pas, c'est très certainement passager. Cela arrive fréquemment après un choc ou un événement violent. J'ai lu ça quelque part. C'est une sorte de traumatisme cérébral. Vous avez dû subir des épreuves terribles, que votre cerveau cherche à occulter pour vous préserver.

Il s'arrêta pour réfléchir.

— Je crois qu'on appelle ça une amnésie psychogène, ou un truc comme ça. Je pense que, si vous vous calmez et que vous prenez le temps de réfléchir, vos souvenirs reviendront. Allez, essayez de vous rappeler quelque chose. Faites un effort. D'accord ?

La jeune femme acquiesça d'un signe de tête. Elle essaya à nouveau de se concentrer pour déceler une trace, une impression, un sentiment, une image, même floue ou lointaine. Mais son cerveau lui semblait un puits sans fond où résonnait sans cesse cette injonction : courir, courir pour survivre !

Éthan profita du mutisme de son interlocutrice pour poursuivre son interrogatoire.

— Et si vous me disiez d'abord ce que vous faisiez dans ce couloir, au beau milieu de la nuit ? Vous savez quelle heure il est ?

Elle le fixa de ses yeux d'un vert intense.

— Non… je ne le sais pas, mais ça n'a aucune espèce d'importance, murmura-t-elle comme pour elle-même. La seule chose qui compte, c'est que je leur aie échappé.

Surpris, Éthan se leva de sa chaise.

— Échappé ? répéta-t-il. Mais de qui parlez-vous ?

Elle le foudroya du regard et sembla d'un coup retrouver son aplomb. Son moment de vulnérabilité était passé ; elle avait surmonté la révélation de son traumatisme cérébral. Elle était à nouveau sur la défensive.

— Ne bougez pas ! ordonna-t-elle d'une voix ferme, en se relevant. J'ignore qui sont ces hommes, mais je sais qu'ils me poursuivaient et qu'ils n'abandonneront pas. J'imagine qu'ils sont en train de me chercher dans ces maudits couloirs et…

La rousse se mordit soudain la lèvre inférieure. N'était-elle pas en train de trop en dire ? S'il la croyait dangereuse, ce type n'accepterait jamais de lui venir en aide. De son côté, Éthan avait l'air sceptique, mais, s'il voulait gagner sa confiance, il lui fallait entrer dans son jeu. Il décida de poursuivre l'interrogatoire.

— Des hommes, vous dites. Mais pourquoi vous recherchent-ils ? Que s'est-il passé avant que vous ne les fuyiez ?

Pour toute réponse, elle se contenta de hausser les épaules.

— Aucune idée… Je n'ai plus aucun souvenir, je vous dis. Quand je me concentre sur mon passé, c'est le néant. Je ne me rappelle qu'une chose : courir ! Je devais courir pour qu'ils ne m'attrapent pas.

Elle marqua une pause avant de conclure :

— Je ne sais pas qui ils sont, mais je sens qu'ils veulent me faire des choses… des choses affreuses. Je ne suis pas folle, vous devez me croire !

De longues secondes s'égrenèrent en silence.

— Je vous crois, décréta finalement Éthan en faisant un pas vers elle.

Elle se raidit, l'observa, mais ne broncha pas. L'homme s'immobilisa à un mètre d'elle.

— Les avez-vous vus ? Essayez de me les décrire.

La jeune femme prit une grande inspiration.

— Ils sont armés, enfin... je crois, puisqu'ils ont menacé de me tirer dessus. Ils portent une combinaison blanche. En fait, ils se ressemblent tous !

Éthan laissa échapper un juron.

— Bon Dieu ! Des gardes de l'AI !

— C'est quoi ?

— Hein ? Vous ne savez pas ça non plus ? s'écria Éthan avant de se reprendre. Heu... eh bien, après la Troisième Guerre mondiale, les survivants des anciens États se sont regroupés pour former les quatre grands conglomérats mondiaux actuels. Ensemble, ils ont créé l'Armée Internationale, l'AI, vouée à éradiquer de la planète toute forme de criminalité. Pour éviter que notre monde ne sombre dans le chaos, il fallait rapidement punir les pillards, les profiteurs, les charognards qui allaient s'enrichir sur le dos des victimes de la guerre. Différentes sections ont été établies et on peut dire qu'à l'heure actuelle leur efficacité a dépassé toutes les espérances. Leurs méthodes expéditives suscitent parfois des protestations, mais, à l'aube du XXIIe siècle, nos dirigeants se flattent d'avoir les taux de criminalité les plus bas de l'histoire de l'humanité. Plus de guerre, plus de conflits, plus de terrorisme, plus de meurtres, plus d'agressions ni de vols. C'est une armée efficace et redoutable !

La jeune femme n'en croyait pas ses oreilles. Des gardes de l'armée la plus puissante du monde étaient à ses trousses, et elle leur avait tiré dessus !

Elle se mit à frissonner, désemparée. Qu'avait-elle fait pour être ainsi recherchée et poursuivie ? Parallèlement, une autre question presque aussi angoissante lui taraudait l'esprit : qui était-elle pour être capable d'abattre de sang-froid plusieurs hommes sans éprouver le moindre remords ? Une criminelle en fuite ? Une dangereuse meurtrière ?

Son pouls s'accéléra. Elle faillit céder à la panique, mais, comme s'il avait lu dans ses pensées, Éthan haussa les épaules.

— Bon, peu importe ce que vous avez fait, on verra ça plus tard. Pour le moment, ce qui compte c'est que vous ne tombiez pas entre leurs mains.

— Mais pourquoi ? Pourquoi moi ? murmura-t-elle, au bord des larmes.

— Peut-être à cause de l'arme avec laquelle vous me menaciez tout à l'heure.

— Vous parlez de cette chose ? s'étonna la jeune femme en jetant un regard au cylindre chromé qu'elle tenait toujours dans son poing. Mais je ne sais même pas comment je l'ai eue. Elle était simplement dans ma main et…

— Elle n'est sûrement pas apparue toute seule, plaisanta Éthan. C'est un Blodless 245, un vrai petit bijou ! Une merveille de technologie et de précision dont le puissant rayon de photons est capable de désintégrer toutes les cellules internes sans endommager les tissus extérieurs ni verser une goutte de sang.

— Vous voulez dire que ça peut tuer ?

— Évidemment que ça tue ! C'est une arme extrêmement puissante dont l'usage est exclusivement réservé à l'armée.

— Vous voulez dire que je l'aurais volée ? fit-elle avec une candeur déconcertante.

Éthan se contenta de hausser les épaules, tout en la fixant attentivement. Il réalisa alors à quel point elle était belle, avec ses yeux en amande, ses lèvres délicatement ourlées d'un rose si frais, son teint doré, ses courbes parfaites… Son instinct de séducteur se réveilla. Il devait pourtant rester sur ses gardes. Nul ne savait de quoi cette fille était capable.

— À votre avis, que m'auraient fait ces soldats s'ils m'avaient attrapée ? s'inquiéta-t-elle.

Comme s'il n'avait pas entendu sa question, Éthan s'exclama brusquement :

— Mais j'y pense ! Chaque section de l'AI possède une couleur spécifique. Pour que le code soit international, il faut qu'il soit simple et sans équivoque. Les gardes portent tous une ceinture et des brassards de la couleur de leur section.

Comme elle ne semblait pas comprendre où il voulait en venir, il poursuivit :

— À chaque couleur sa spécialité ! Gris pour les affaires militaires, marron pour le terrorisme, bleu pour l'espionnage, vert pour les stups, rouge pour la crim, jaune pour les délits mineurs et j'en passe... De quelle couleur était leur ceinture ? Essayez de vous en souvenir, c'est important.

La jeune femme ouvrit de grands yeux et gonfla ses joues en signe d'ignorance.

— Désolée, je n'ai pas fait attention à ça. Je ne pensais qu'à fuir, vous comprenez, et maintenant je ne m'en souviens plus.

Exaspérée, elle fit quelques pas dans la pièce en tournant le dos à Éthan. Elle s'attendait à ce qu'il l'attrape par-derrière pour lui subtiliser son arme ou pour la frapper. Quelques secondes passèrent sans que rien ne se produise. Elle se retourna et regarda l'homme fixement, l'air étonné.

— C'est curieux...

— Quoi ?

— J'étais de dos... Vous auriez pu me désarmer et sauver votre peau. Pourquoi ne pas avoir saisi votre chance ?

Contre toute attente, Éthan éclata de rire.

— Ah ! C'était un test ? De toute façon, je ne vous crois pas capable de tuer quelqu'un. Menacer est une chose, supprimer la vie en est une autre. En plus, je vous l'ai dit, je veux vous aider. Vous pourriez lâcher votre arme que je ne vous ferais aucun mal. Faites-moi confiance !

La jeune femme lui rendit son sourire, mais elle était terriblement mal à l'aise : elle songeait aux gardes de l'AI qu'elle avait abattus sans la moindre hésitation et se demanda si Éthan ne changerait pas d'avis à son sujet s'il le savait. Elle estima préférable de garder pour elle ce... détail.

— Bon, alors vous allez accepter mon aide ? lui demanda-t-il en souriant.

Elle s'apprêtait à répondre lorsqu'une voix provenant d'un émetteur mural retentit dans la cabine en les faisant sursauter tous les deux.

— Ouvrez immédiatement la porte de votre cabine, sur ordre de l'AI !

Cette injonction les glaça.

— Votre aide tient toujours ? souffla-t-elle, livide.

Le moment de vérité était arrivé.

2

— Ouvrez ! cria à nouveau la voix dans l'interphone. Si dans une minute l'accès à votre cabine n'est pas désécurisé, nous déclencherons l'alarme, nous pénétrerons de force et nous ferons feu ! Vous êtes prévenu !

Éthan regarda la jeune femme avec stupeur. Le danger était bien réel. Pourtant, c'était le moment ou jamais de lui prouver qu'elle pouvait lui faire confiance.

Une minute, c'était court. Très court ! Mais Éthan n'eut besoin que de cinq secondes pour soulever son sommier.

— Glissez-vous là-dedans ! C'est prévu pour les bagages, mais vous serez bien cachée ; ils ne pourront pas vous voir. Je leur ouvrirai comme si de rien n'était pour leur dire que...

— Hors de question que vous les laissiez entrer ! rétorqua-t-elle en le menaçant à nouveau de son arme redoutable.

— Si je n'ouvre pas, ils vont forcer la porte et nous massacrer, tous les deux. Si j'ouvre, vous me tuerez peut-être, mais vous ne sauverez pas votre peau pour autant ! Vous devez me faire confiance, vous n'avez pas le choix. Nous n'avons plus le choix !

Elle plongea ses yeux dans les siens comme si elle voulait

sonder le tréfonds de son âme quand une petite voix jaillit du vide de son cerveau abîmé pour lui crier d'accepter.

Elle enjamba le rebord du lit et s'allongea dans la cachette. Heureusement pour elle, Éthan n'était pas du genre à trimballer dix valises pour quelques jours de vacances. L'endroit était certes exigu, mais assez spacieux pour qu'elle y soit relativement à l'aise. Il lui adressa un dernier sourire.

— Faites-moi confiance, lui souffla-t-il avant d'abaisser le sommier au-dessus de sa tête.

Plongée dans l'obscurité, comme dans un cocon protecteur, la jeune femme attendit, le cœur battant. Son sort et sa vie allaient se jouer dans les minutes qui suivaient. Tout dépendait d'Éthan, maintenant.

De son côté, l'homme froissa ses draps et éteignit la lumière, ne laissant qu'une faible veilleuse afin de faire croire aux gardes qu'ils l'avaient réveillé. Après quoi il désécurisa la porte.

Sans attendre qu'elle soit totalement relevée, trois gardes de l'AI s'engouffrèrent dans la cabine et se jetèrent sur Éthan en déployant une violence inouïe. Les soldats le plaquèrent face contre le mur en lui intimant l'ordre de se taire, puis ils examinèrent la pièce à l'aide d'un détecteur de nanopuce biométrique.

Depuis sa création, l'AI avait toujours bénéficié des dernières avancées, souvent révolutionnaires, de la nanotechnologie pour faire face aux criminels de tous poils. Grâce à cet appareil, la personne recherchée n'avait aucune chance de rester dissimulée bien longtemps. Avec sa portée d'une vingtaine de mètres, ce détecteur ultra-précis aurait trouvé une nanopuce dans un silo de blé.

Recroquevillée sous le sommier, la fugitive guettait le moindre bruit. Après la brutale irruption des gardes, le silence anormal la mettait au supplice. Pourquoi n'entendait-elle plus un seul bruit ? Où était Éthan ? Allait-il tenir sa promesse, ou bien la livrer sans vergogne à ces soldats pour sauver sa peau ? Avait-elle eu raison de lui accorder sa confiance ?

De son côté, Éthan déglutit péniblement et ouvrit la bouche pour parler. Mais, avant qu'il ait pu articuler le moindre mot, la poigne d'acier d'un garde se resserra sur sa nuque au point qu'il crut qu'il allait la lui briser net. Il renonça en fermant les yeux.

— Non... Aucun signal par ici ! lâcha finalement un des soldats en relevant les yeux de son détecteur. Elle n'est pas là non plus. On passe à la suivante, ordonna-t-il à ses acolytes alors qu'il franchissait déjà le seuil de la cabine.

Dans l'obscurité de sa cachette, la jeune femme soupira de soulagement.

Éthan rouvrit les yeux et attendit que son tortionnaire le lâche, mais ce crétin lui écrasa le visage contre le mur et s'approcha de son oreille pour lui murmurer :

— Pourquoi t'avais sécurisé ta porte, connard ?

Éthan respira son haleine douceâtre et écœurante. Il grimaça, mais l'autre ne relâcha pas son étreinte. Il attendait une réponse. Éthan aurait dû inventer un mensonge crédible, mais une envie irrésistible le taraudait d'envoyer promener ce garde qui profitait de son autorité pour le brutaliser avec une joie non dissimulée. Avant même d'envisager les conséquences de ses paroles, il répondit :

— Pour empêcher les emmerdeurs dans ton genre de faire chier les honnêtes citoyens !

Mauvaise réponse.

Éthan sentit sa tête partir brutalement en arrière, puis son nez se fracassa contre le mur de la cabine. Une insoutenable douleur l'envahit. Le garde le lâcha et, juste avant de refermer la porte derrière lui, dit d'un air condescendant :

— Désolé pour le dérangement !

Quand la porte se referma enfin, Éthan colla sa main sur son visage comme pour s'assurer que son nez était toujours là. Lorsqu'il la retira, elle était poisseuse. Le goût métallique du sang envahit sa bouche. Il eut un haut-le-cœur et se précipita vers la salle de bain.

Le miroir holographique lui renvoya son reflet: il était salement amoché. Il passa son visage sous l'eau glacée pour se rincer et atténuer la douleur, puis il se regarda à nouveau. Son nez avait déjà doublé de volume et sa peau se tuméfiait en adoptant une couleur violine peu engageante. Il remarqua seulement alors l'énorme hématome qui marquait également son front. S'il voulait faire bonne impression devant sa belle inconnue, il devait vite retrouver figure humaine.

Tout en maudissant le garde pour son excès de zèle, il fouilla dans sa trousse de toilette en écartant des dizaines de tubes multicolores. Plusieurs plaquettes de pilules tombèrent sur le sol, mais il ne prit pas la peine de les ramasser. Il venait de trouver ce qu'il cherchait, son tube de protéicutan.

Ce gel réparateur cutané faisait partie de la nouvelle génération de médicaments sur mesure. Adapté au protéome de chaque individu, il garantissait une efficacité maximum et une totale innocuité. Avec ce genre de médicament, ni incompatibilité, ni effet secondaire, ni allergie n'étaient possibles, puisque les protéines contenues dans la formule étaient les mêmes que celles contenues dans le tissu fibrillaire de son derme. Ainsi, le réseau fibreux macromoléculaire de sa peau allait se régénérer bien plus vite que s'il avait laissé faire la nature.

Il appliqua le gel translucide et tâta son nez comme pour estimer les dégâts. Il grimaça de douleur, mais constata avec soulagement qu'il n'était pas cassé. Dans moins d'une heure, il n'aurait plus rien.

Ce fut seulement en sortant de la salle de bain qu'il se

préoccupa de la jeune femme, toujours coincée sous le lit. Il fonça dans la cabine pour la libérer. D'un geste fébrile, il souleva le sommier. Mais la cache était vide.

— Merde !

Elle avait profité de son absence pour s'éclipser. Éthan se mordit la lèvre et laissa retomber sommier et matelas en rageant.

— Heureusement que je ne vous ai pas attendu pour sortir de là ! fit une voix amusée dans son dos.

Éthan se retourna d'un coup, soulagé de la trouver debout près d'un des hublots ovales.

— C'est drôle, c'est la première fois que je vous vois sourire. Ça vous va bien, la complimenta-t-il en s'approchant d'elle.

Lorsqu'elle découvrit le visage tuméfié d'Éthan, son sourire s'effaça.

— On dirait qu'ils n'ont pas apprécié votre petite remarque. Laissez-moi regarder...

— Ce n'est rien, fit-il, gêné. J'ai mis du gel. Je sens que ça commence déjà à dégonfler.

Il se détourna et se dirigea vers la petite cuisine ultramoderne qui équipait toutes les cabines de l'île artificielle. Elle le suivit, s'assit sur le fauteuil en plastimère qui s'adapta parfaitement à sa morphologie et admira le bar en plexicolor dont les couleurs variaient en ondulant, créant des mélanges virtuels de toute beauté. Elle semblait fascinée par ce prodige.

— Vous avez faim ?

— Pas vraiment.

Tout à coup, elle se tourna vers la porte, visiblement inquiète.

— Vous avez pensé à sécuriser à nouveau la porte ? On ne sait jamais...

Éthan lui jeta un regard entendu et retourna enclencher le système de sécurité biométrique de sa cabine, puis il revint auprès d'elle et se servit un verre. Enfin, façon de parler, car le liquide, une fois sorti de la bouteille, tenait tout seul. Pas besoin de contenant : la boisson transparente et ambrée avait la forme d'une grosse goutte souple et tenait dans les mains d'Éthan sans les mouiller.

— C'est quoi ? s'étonna-t-elle.

— Amusant, n'est-ce pas ? C'est tout nouveau. Cette boisson a l'avantage d'être super pratique, hygiénique et écologique, car l'emballage en nanofibres végétales, invisible à l'œil nu, se rétrécit en même temps que diminue son contenu. Il disparaît intégralement à l'absorption de la dernière goutte. En plus, son goût et sa texture s'adaptent à ce que vous avez envie de boire ! Gazeux, sucré, fruité ou alcoolisé… même la couleur et la température peuvent se modifier à volonté. Votre cerveau commande, le liquide s'adapte. La Magicdrink fait fureur aux quatre coins de la planète. Vous voulez goûter ?

La jeune femme prit un air désabusé.

— Et si votre cerveau est vide, vous obtenez quoi ?

Le sourire d'Éthan se figea.

— Vous préférez peut-être un verre d'eau ?

La jeune femme hocha la tête en silence. Éthan sortit un verre d'une étagère et le remplit au robinet.

— Au fait, reprit-elle d'une voix étonnamment douce, je voulais vous remercier, pour tout à l'heure. Je suis consciente que vous avez pris un risque énorme, alors qu'on se connaît à peine et que je ne suis même pas capable de vous dire qui je suis.

Elle se tut et avala une gorgée d'eau.

— J'ai cru comprendre que les gardes ne s'étaient pas vraiment montrés très coopératifs, reprit-elle, mais avez-vous pu apprendre quelque chose sur moi ?

Il la regarda tristement en secouant la tête.

— Ils n'ont rien dit vous concernant, ni qui vous étiez, ni pourquoi ils vous recherchaient. Ils possédaient un détecteur de nanopuce biométrique, mais il n'a pas bipé. C'est bizarre...

— C'est quoi une... nanopuce biomachin ? s'inquiéta-t-elle.

— C'est une carte d'identité infalsifiable. Quarante fois plus fine qu'un cheveu, elle est placée dans les cellules lipidiques de l'hypoderme, quelque part sur le crâne, dès votre naissance. Cette puce vous suit toute votre vie et vous permet de décliner votre identité à tout moment, que ce soit pour vous inscrire à la crèche, à l'école ou à l'université, lors de contrôles de santé ou à l'entrée de certains bâtiments comme les aérogares, les centres commerciaux, les musées, les transports publics et ainsi de suite. Depuis les premières secondes de votre vie jusqu'aux dernières, vous êtes identifié et fiché grâce à cette nanopuce unique. Les premiers à avoir applaudi cette découverte furent les parents angoissés à l'idée qu'on kidnappe leurs rejetons. D'ailleurs, le nombre d'enlèvements avoisine maintenant les zéro pour cent, alors que c'était le fléau numéro un du XXIe siècle. Même ceux qui criaient au scandale au nom de la sacro-sainte liberté ont fini par adopter cette puce. Tout le monde en a une, enfin, presque.

— Vous aussi, vous avez une nanopuce sur le crâne ?

— Bien sûr ! J'ignore où elle est, mais j'en ai bien une. C'est assez pratique dès lors qu'on n'a rien à se reprocher... À la moindre tentative d'infraction, la police a vite fait de vous retrouver et, en cas de récidive, c'est l'AI qui vous tombe dessus. Je trouve bizarre que leur appareil ne vous ait pas détectée. C'est réputé infaillible. À moins, bien sûr, que vous n'ayez plus votre nanopuce...

Elle fit des yeux ronds.

— Mais si elle est si petite, comment est-il possible de l'enlever ?

— En se faisant scalper !

La jeune femme grimaça de dégoût avant d'écarquiller des yeux horrifiés.

— Ça veut dire que j'ai été… scalpée ?

Éthan haussa les épaules en avalant sa dernière gorgée.

— Réfléchissons. Si c'est bien vous qu'ils recherchent et que leur détecteur ne vous a pas trouvée, c'est que vous n'avez plus de nanopuce d'identité. J'en tire deux conclusions immédiates : tout d'abord, ils ignorent que vous n'avez plus votre puce et c'est tant mieux, car se faire dépucer est considéré comme un crime contre la société et passible de la peine de mort… Donc, ce n'est pas pour cette raison qu'ils vous recherchent, d'accord ?

— Heu… oui, ça semble logique ! Votre deuxième conclusion, c'est…

— Sans cette puce, ça va être drôlement difficile de découvrir votre véritable identité.

La jeune femme esquissa un sourire triste.

— On ne peut pas dire que vous soyez très doué pour remonter le moral, vous !

Mais Éthan ne lui rendit pas son sourire. Les plis de son front indiquaient même qu'il était soucieux. Il avait autre chose à lui annoncer et ça n'allait pas être facile. Il contourna le bar et vint s'asseoir sur l'autre siège, devant elle. Il affichait un air mystérieux, comme s'il s'apprêtait à lui confier le secret de sa vie.

— Tout à l'heure, quand les gardes ont fait irruption dans la cabine, j'ai vu de quelle couleur étaient leur ceinture et leurs brassards.

Comme elle ouvrait des yeux pleins d'appréhension, suspendue à ses paroles, il jugea préférable de ne pas prolonger le suspense.

— Ils étaient noirs. Or, cette couleur est réservée à la section psy…

Il hésita.

— Psychiatrique ! La pire de toutes, peut-être. Les gars qui bossent dans ce département sont de véritables brutes surentraînées, prêtes à faire face à toutes les situations. Plus que dans les autres sections, ils sont programmés pour n'avoir aucun sentiment, aucune émotion qui entraverait leur mission. Ils ne connaissent ni pitié, ni peine, ni remords.

— Pourquoi, programmés ? Ces hommes seraient-ils des… robots ?

— Presque. L'AI recrute des gamins défavorisés qu'elle forme dans des écoles militaires à la discipline de fer. Au programme : lavage de cerveau, brimades, bourrage de crâne, et j'en passe. Les gosses deviennent de vraies machines à obéir, remplaçables à volonté. Si l'ordre leur en est donné, ces soldats sur mesure n'hésitent pas à tuer. Officiellement, seule la garde noire a l'autorisation de tuer sans sommation et, officieusement… celle de torturer.

La jeune femme crut un instant qu'elle allait s'effondrer, mais elle ne devait pas flancher. Pas maintenant ! Elle venait d'échapper à ces hommes, elle avait une seconde chance de s'en sortir et elle ne devait pas la gaspiller en s'apitoyant sur son sort. Il fallait au contraire qu'elle se batte pour comprendre. Elle demanda d'une voix froide :

— La section psy, hein ? Cela veut-il dire que je suis folle ?

— Pas forcément. Ils sont appelés chaque fois qu'un criminel présente un profil pathologique sérieux, comme celui d'un psychopathe ou d'un tueur en série.

— Je croyais avoir déjà souligné vos dons pour remonter le moral, mais j'ignorais à quel point ils étaient développés ! s'écria-t-elle d'un ton acerbe.

Honteux, Éthan baissa les yeux.

— Bon ! poursuivit-elle, en quittant son siège. Si je résume, je suis une dangereuse psychopathe amnésique qui ignore encore quels crimes elle a commis, je possède une arme réservée aux militaires et j'ai la garde noire à mes trousses. Vous êtes toujours disposé à m'aider ?

Elle se planta devant Éthan, les bras croisés, et attendit. Le jeune homme ne se déroba pas.

— En toute franchise, oui. Et je crois même que ce que nous venons de vivre nous a suffisamment rapprochés pour qu'on se tutoie à nouveau. Je te le répète, oui, je vais t'aider !

Elle acquiesça en silence.

— Mais, d'abord, évitons de dramatiser. Comme je te l'ai déjà dit, l'AI a des méthodes très particulières pour éradiquer tous les crimes dont notre monde souffre. Elles sont tellement efficaces que plus personne n'ose protester, mais les gardes n'en sont pas à une bavure près. Au début, les médias s'emparaient de la moindre arrestation ou condamnation abusive pour dénoncer l'Armée Internationale, mais les autorités s'empressaient d'étouffer l'affaire. En 2094, devant les manifestations planétaires, les dirigeants des quatre conglomérats ont révélé l'existence d'un complot mondial visant à discréditer l'AI. Tous les moyens furent alors bons pour ramener la paix et l'ordre. Tous les moyens, même l'approximation, la torture et l'élimination pure et simple sans autre forme de procès. Voilà, en 2114, à quoi ressemble notre justice.

— Mais c'est aberrant ! balbutia la jeune femme.

— Tiens, je vais te raconter une histoire hallucinante. Il y a cinq ans, la garde verte a débarqué une nuit chez un de mes cousins. On l'a emmené de force. Sa femme n'a plus eu aucune nouvelle de lui pendant presque dix mois. Puis, un jour, elle a reçu une lettre disant que son mari n'était pas coupable et qu'elle était priée de venir le chercher à l'hôpital militaire de Thyr. À sa demande, je l'y ai accompagnée dès le lendemain. De son mari, on ne lui a rendu qu'une photo, celle collée sur son certificat de décès. Cause officielle de la mort : infection par un virus foudroyant ! Il avait été incinéré pour éviter la propagation de la maladie. Plus tard, je suis revenu seul à l'hôpital pour mener mon enquête. J'ai fini par découvrir que, lorsque l'AI leur avait amené mon cousin, son corps était couvert d'horribles brûlures et de plaies à peine cicatrisées. Il était mort une heure après et les ordres étaient formels, en aucun cas son corps ne devait être rendu à la famille dans cet état. On l'avait donc incinéré et on avait falsifié le certificat de décès.

— C'est monstrueux ! Mais pourquoi me racontes-tu cela ?

— Pour que tu saches que l'AI nous manipule et nous ment. Je refuse de croire que tu es une dangereuse psychopathe. Pour le moment, je préfère te croire innocente. Ça te va ?

Son interlocutrice hocha la tête et murmura comme pour elle-même :

— Merci, Éthan. Tu es quelqu'un de bien ; j'ai eu beaucoup de chance de tomber sur toi.

— Oui, le hasard fait parfois bien les choses, ajouta le jeune homme, pensif.

— Dis, tout à l'heure, tu as prétendu que je devais souffrir d'une amnésie psychogène. Tu peux m'expliquer ce que c'est exactement ?

Éthan s'apprêtait à répondre lorsqu'il eut une meilleure idée. Il se leva pour prendre une mallette en cuir brun posée sur une étagère. Il en sortit un petit étui bleuté, pas plus grand que la paume de la main. D'un geste rapide, il pressa son index droit sur le petit objet qui se déplia spontanément jusqu'à ressembler à une grande feuille de papier calque rigide qu'il mit sur le bar dans une position qui défiait toutes les lois de la gravité. La jeune femme se demanda par quel miracle un écran aussi grand pouvait tenir plié dans son minuscule étui, sans parler de son improbable inclinaison.

— C'est un vieux modèle, mais il est très pratique, s'excusa Éthan. Il y a trois ans, c'était le top de l'informatique quantique: reconnaissance digitale, commande vocale, ultranet intégré, deux cent cinquante téraoctets de RAM. Ma pauvre Chloé est vraiment dépassée, aujourd'hui, mais ça devrait suffire pour ce qu'on va lui demander.

— Chloé?

— C'est son petit nom.

Il lui adressa un clin d'œil et pressa à nouveau son index sur l'écran tactile qui se mit à scintiller d'un blanc luminescent. Une voix féminine et sensuelle l'accueillit:

— *Bonjour mon bel étalon d'ébène! Que puis-je pour ton service?*

La jeune femme faillit éclater de rire, mais se retint en voyant Éthan se renfrogner, mal à l'aise.

— Hum! C'est un ami qui m'a fait cette petite blague, s'empressa-t-il de dire pour s'excuser. On peut programmer la mémoire centrale pour personnaliser l'accueil et la voix.

— Pour être personnel, c'est réussi! ne put-elle s'empêcher d'ajouter en souriant.

Éthan leva les yeux au ciel et appuya encore une fois son index sur la page d'accueil, à l'emplacement identifié par le mot *Ultranet*, en bas à gauche. Il s'adressa directement à la machine.

— Chloé, peux-tu nous expliquer ce qu'est une amnésie psychogène?

— *Recherche en cours!* annonça l'ordinateur. *Définition trouvée!*

Elle s'approcha de l'écran pour lire le paragraphe qui venait de s'afficher.

Amnésie psychogénique: amnésie rétrograde d'installation brutale, survenant souvent après un choc émotif et qui peut être réversible en quelques jours, comme dans les états de fugue ou dans les pertes de mémoire reliées à des situations particulières, par exemple les crimes. Elle peut toutefois être plus durable, comme dans la pseudo-démence. Les caractéristiques qui la distinguent de l'amnésie organique sont la rapidité et les circonstances de son installation, la perte de l'identité personnelle – rare dans les amnésies organiques, à l'exception des démences avancées –, la capacité généralement préservée de faire de nouveaux apprentissages et souvent des antécédents psychiatriques[1].

La jeune femme recula vivement, comme en état de choc. Si Éthan manquait de diplomatie pour annoncer les choses, cette machine se montrait d'une franchise encore plus redoutable. Finalement, elle aurait préféré ne jamais lire ces quelques lignes.

— C'est encore pire que ce que je croyais, murmura-t-elle, une main sur sa bouche. C'est la confirmation que je souffre bien de troubles psychiatriques et de démence caractérisée. Autrement dit, je suis vraiment folle et c'est pour cette raison que la garde noire me recherche. Tout se tient.

— Mais non, pas du tout! s'écria Éthan en plissant les yeux. Ce n'est pas ce qui est écrit! Tu as effectivement subi une perte de ton identité personnelle, mais elle est due à un choc émotif, pas à la folie. En plus, elle peut être réversible en quelques jours! Tu vois, tout n'est pas perdu! Tiens, lis plutôt la suite.

1. D'après l'IIDRIS.

Cette forme d'amnésie se rapporte souvent à l'identité, à l'histoire et à la vie affective de la personne. Il s'agit d'une amnésie d'origine psychologique au cours de laquelle les individus s'efforcent d'oublier les souvenirs désagréables.

— Tu vois, tu as dû subir un traumatisme particulièrement violent et ton cerveau cherche à te protéger. Cela n'a rien à voir avec une défaillance mentale !

— Peut-être... mais tu as oublié de lire la dernière ligne, rétorqua-t-elle, sur la défensive.

Les crimes violents comme l'homicide ou les sévices sexuels en sont les exemples par excellence.

— Que dis-tu de ça ? reprit-elle. J'ai peut-être été témoin d'un crime, ou encore victime d'abus sexuels ! Tu trouves ça plus rassurant que d'être cinglée ? Éteins cette maudite machine avant que je l'envoie valser à l'autre bout de la pièce !

Exaspérée, elle se leva et se dirigea vers le hublot le plus proche. Éthan ne broncha pas et éteignit l'ordinateur.

Devant la vitre sombre, elle noya son regard dans les profondeurs absolues de la nuit. Comme elle aurait aimé s'y dissoudre pour disparaître ! Qui était-elle ? Qu'avait-elle fait ou que lui avait-on fait subir pour qu'elle en oublie jusqu'à son nom ? Quelles horreurs se tapissaient dans les recoins obscurs de son cerveau ? Sa mémoire reviendrait-elle un jour ? Et, ce jour-là, serait-elle prête à entendre la vérité sur son passé, à l'accepter et à l'assumer ?

Dehors, une grosse goutte vint s'écraser sur la vitre du hublot pour continuer son chemin en glissant doucement. Ce fut alors qu'elle prit conscience de son reflet qui la contemplait tristement. Ce qu'elle avait pris pour une goutte de pluie n'était qu'une grosse larme qui roulait encore sur sa joue.

— Si c'était moi qui avais commis quelque chose de grave ? demanda-t-elle en se retournant vers Éthan. Je suis peut-être une criminelle, une psychopathe capable du pire. Tu es peut-être en danger.

Attendri, Éthan s'approcha d'elle et essuya sa joue du bout du doigt avec une douceur presque irréelle. Elle était tellement troublante ! Jamais aucune femme ne lui avait encore fait cet effet-là. À la fois forte et vulnérable, sûre d'elle et hésitante, solide et tellement fragile ! Autant de contradictions chez un seul être était fascinant.

Il profita de son doigt sur sa peau humide pour prolonger la caresse et effleurer ses lèvres.

— Il n'y a qu'à te regarder pour savoir que tu n'es ni folle ni dangereuse, la rassura-t-il. Tu m'as fait confiance ? Maintenant c'est mon tour. Ensemble, nous allons démêler cette histoire. Je vais t'aider. Tant que nous serons sur *Samildria,* tu resteras cachée dans ma cabine et je veillerai sur toi.

— C'est le nom de l'île artificielle ?

— Oui, c'est joli, hein ? Eh ! j'ai une idée, s'exclama-t-il tout à coup, le visage rayonnant. Si je t'appelais comme ça ? Après tout, en attendant de connaître ta véritable identité, il va bien falloir te trouver un nom. Pourquoi pas Samildria, puisque c'est là qu'on s'est rencontrés ?

Les yeux verts de la jeune femme se mirent à pétiller et sa bouche s'étira dans un magnifique sourire.

— C'est une bonne idée, mais c'est un peu long. Et si on gardait juste Sam... Qu'en penses-tu ?

— Sam... répéta-t-il. Oui, ça me plaît beaucoup !

3

La jeune femme resta quelques minutes devant le hublot à contempler son reflet en silence. Elle ignorait si elle était jolie, mais l'image que lui renvoyait la vitre lui plaisait. Elle aimait la forme allongée de ses yeux et leur éclat à la fois profond et lumineux. Ses traits réguliers et son menton volontaire formaient un ensemble harmonieux. Quelques boucles aux reflets de feu tombaient sur son front et adoucissaient l'ovale de son visage.

Oui, elle se trouvait agréable à regarder.

Si à ce moment elle avait surpris les yeux avides d'Éthan, elle aurait compris à quel point cet homme la trouvait désirable. Mais elle ne remarqua rien, trop soucieuse de deviner qui pouvait bien se cacher derrière ce visage anonyme. À nouveau, elle sonda son cerveau à la recherche d'un passé qui lui faisait défaut.

« Mais, bon sang ! qui suis-je ? Et qu'est-ce que je faisais à courir dans les couloirs, poursuivie par des soldats de la garde noire ? Que me veulent-ils ? Qu'est-ce que j'ai pu faire pour qu'ils me recherchent ? Ai-je commis quelque chose de grave, de criminel ? »

Involontairement, Sam se mit à trembler. Elle était sur le point de craquer, mais une nouvelle fois elle se reprit à temps. Inutile de courir après un passé qui se refusait à elle ; pour le moment, mieux valait se concentrer sur l'avenir.

— Éthan, demanda-t-elle soudain, tu as dit que tu veillerais sur moi tant que nous serions à bord de cette île, mais après ? Que va-t-il se passer ? Comment vais-je me débrouiller, quand je ne me souviens plus de rien ?

Éthan plissa le front. Cette question semblait le prendre au dépourvu. Il plongea son regard dans l'infinie profondeur de la nuit pour cacher son trouble avant de se retourner vers sa protégée :

— Écoute, il est exactement deux heures quarante-cinq du matin. Normalement, dans moins de huit heures, je dois prendre une navette ultra-rapide, une NUR, qui me ramènera à Kotaris. Mon client a réservé les billets.

— Kotaris ?

— C'est la capitale de l'Eurafrique. Kotaris est une mégalopole verticale dont les tours rivalisent de hauteur et où les records dans la course au ciel sont battus tous les mois. C'est là-bas que je vis. Veux-tu venir avec moi ?

Sam secoua la tête, dépitée.

— Ta proposition est très alléchante, fit-elle, mais l'île doit grouiller de gardes. Jamais l'AI ne me laissera emprunter ta navette pour partir d'ici. De toute façon, tu en as fait assez.

— Pas question de t'abandonner maintenant ! protesta Éthan en lui prenant la main. Dès qu'il fera jour, j'irai prévenir mon client que je ne pars plus avec lui. Je prétexterai une raison personnelle et retarderai mon départ de quelques heures. Cela ne devrait pas poser de problème et ça nous laissera le temps de nous organiser.

— Mais…

— Il n'y a pas de mais qui tienne ! Je n'ai pas pris tous ces risques cette nuit pour que tu te fasses capturer dès que tu mettras un pied dehors. Ne t'inquiète pas, j'ai déjà ma petite idée pour te sortir d'ici, mais, en attendant, il faut que tu te reposes. Tu as l'air épuisée, Sam.

— C'est vrai... soupira-t-elle en s'adossant au mur.

Elle ferma les yeux pour les rouvrir aussitôt, comme en proie à une vive excitation.

— Dis, je viens de songer à quelque chose. Tout à l'heure, tu as dit que je n'avais plus de puce et que ça allait être difficile de savoir qui je suis réellement. Mais il n'existerait pas, par hasard, une liste de tous les criminels recherchés par l'AI ? Un fichier, une liste, quelque chose dans le genre qui pourrait nous fournir des indices sur ma véritable identité.

Éthan la regarda, surpris.

— Mais bien sûr ! J'aurais dû y penser moi-même. Sam, tu es géniale. Si tu n'es plus fâchée contre Chloé, on va à nouveau faire appel à ses services.

En regardant l'écran de l'ordinateur quantique s'éclairer, Sam sentit sa gorge se nouer. Qu'allait-elle apprendre, cette fois ? Le moment de vérité était-il arrivé ?

— Chloé, fit Éthan, pourrais-tu trouver une liste de tous les criminels de race blanche actuellement recherchés par l'AI ?

— *Recherche en cours. 1 712 réponses trouvées,* répondit la voix de synthèse.

— Ah ! quand même ! siffla Éthan. Peux-tu réduire la requête aux gens que recherche la garde noire ?

— *Recherche en cours. 296 réponses trouvées.*

— Vas-y ! Envoie les photos ! ordonna-t-il. Par ordre alphabétique.

La machine obéit et une série de photos apparurent sur l'écran. Les clichés se mirent à défiler les uns après les autres à un rythme soutenu. Les visages d'hommes et de femmes anonymes se succédèrent. Tantôt sinistres, parfois inquiétants, voire effrayants, ils étaient le plus souvent terriblement ordinaires.

— Chloé, on n'a pas besoin des hommes ! s'écria Éthan. On recherche une jeune fem...

Sam venait de lâcher son arme pour lui saisir le bras et le serrer de toutes ses forces. Elle était livide.

— Eh ! Ça ne va pas ? s'inquiéta-t-il aussitôt.

Sam déglutit péniblement en indiquant l'écran du doigt comme une enfant, une enfant qui aurait vu une image terrifiante, mais qui ne pourrait en détacher son regard, à la fois horrifiée et fascinée.

— Demande à ton ordin... heu, à Chloé, de repasser les dernières photos, murmura-t-elle.

Éthan s'exécuta. Aussitôt, le défilement reprit à l'envers, plus lentement. Sam porta la main à sa bouche pour étouffer un cri lorsqu'une photo de bonne qualité montra un individu aux yeux très clairs, aux cheveux châtain foncé dont une mèche rebelle retombait sur le front ; il était plutôt bel homme.

— Tu le connais ? demanda Éthan en haussant les sourcils.

Comme Sam hochait lentement la tête, il demanda à Chloé :

— Donne-moi tout ce que tu peux trouver sur ce type !

Il ne fallut que cinq secondes à l'ordinateur pour trouver l'information demandée.

— *Nom de famille : Astelli. Prénom : Treg. Né le 17 novembre 2078 à Nevada – Amériques Unies. Arrêté en mars 2112 pour avoir ouvert le feu dans la tour Zurina, faisant trente-neuf morts. Interné à Jailhouse en avril 2112, il s'échappe dans des circonstances qui restent floues en août 2113. Deux mois plus tard, Astelli se suicide en se faisant exploser dans la tour scolaire des Jardins, faisant cent vingt-six victimes, principalement des enfants.*

— Mais, s'il est mort, pourquoi fait-il encore partie des gens recherchés ? fit justement remarquer Éthan.

— *La garde noire recherche des informations sur cet homme, car on le soupçonnait à l'époque d'avoir eu des complices.*

Sam sentit son pouls s'accélérer.

— Je le connais ! laissa-t-elle tomber dans un souffle.

Un profond silence s'abattit sur la cabine.

— Bien sûr que tu le connais ! rétorqua Éthan comme pour dédramatiser. Moi aussi je m'en souviens, maintenant. La tuerie de la tour Zurina a fait la une de toutes les holovisions du monde. Ensuite, quand il s'est mystérieusement échappé de Jailhouse, la ville-prison la plus sûre d'Eurafrique, l'AI a concentré tous ses efforts sur lui et a envoyé du renfort à la garde noire pour le récupérer. Mais elle n'en a pas eu le temps. Il s'est tué avant, emportant avec lui tous ses secrets. Tu vois, Sam, moi aussi je le connais.

— Non, fit Sam, bouleversée. Moi, je le connaissais bien ! Je veux dire… intimement !

— Comment ça ? s'offusqua presque Éthan.

— Je n'ai pas de souvenirs précis, juste un pressentiment étrange, mais je crois que… que je l'aimais ! murmura-t-elle sans quitter des yeux le visage de Treg Astelli.

Éthan recula. Il observa Sam d'un œil nouveau, presque choqué, puis secoua la tête en signe d'incompréhension.

— Non, impossible ! Une fille comme toi ne tombe pas amoureuse d'un meurtrier. T'as vu ce qu'il a fait ? Tous ces morts, ces enfants innocents victimes de sa folie. Quel carnage !

— Tais-toi ! S'il te plaît, tais-toi ! le supplia-t-elle, au bord des larmes.

Alors qu'Éthan semblait refuser que sa protégée puisse être impliquée dans une histoire aussi sanglante et qu'il essayait de la persuader qu'elle se trompait, au contraire, pour Sam, tout devenait limpide. Cela expliquait pourquoi la garde noire était à ses trousses. Si elle avait été proche d'Astelli, elle pouvait sûrement fournir de précieux renseignements à l'AI.

Toutefois, elle ne se souvenait toujours de rien. La photo n'avait éveillé en elle qu'un sentiment amoureux, profond, mais tellement lointain qu'il semblait remonter à une éternité. Rien d'autre n'avait refait surface, ni les moments passés avec cet homme, ni les circonstances de leur rencontre, ni les liens qui les unissaient. Rien. Même son nom, Treg Astelli, ne lui serait pas revenu à l'esprit si l'ordinateur ne le lui avait pas appris. Toutefois, son cœur ne pouvait mentir, elle avait aimé cet homme passionnément.

Ce fut alors qu'une autre idée s'insinua dans son esprit fatigué pour s'imposer avec force. On ne lui courait peut-être pas après pour avoir des informations sur Astelli, mais parce qu'elle avait été sa complice !

Elle se rapprocha de l'écran et fixa les yeux du criminel comme pour sonder son âme. L'avait-elle aidé à s'échapper de la prison ? Ou pire, à commettre ces odieux attentats ?

Un frisson glacé la fit tressaillir. Tout son être chassait cette monstrueuse possibilité. Pourtant, de tels agissements pouvaient très bien être la cause de son amnésie. Le choc émotif, le traumatisme violent que son cerveau s'efforçait de mettre en veille, se pouvait-il que ce soit justement ces tueries ? Était-elle liée de près ou de loin à ces bains de sang ? Avait-elle soutenu Astelli, ou même commandité ces horreurs ?

Sam rejeta violemment cette terrifiante prise de conscience. Non ! Il était impossible qu'elle soit liée à cette folie meurtrière. Elle n'était pas une tueuse ! Mais l'image des gardes s'écroulant sous les rayons mortels de son arme lui revint à l'esprit. Elle les avait tués de sang-froid à peine une heure auparavant, comme elle aurait sûrement tué Éthan s'il s'était montré peu coopératif. De quoi était-elle réellement capable ? Ou coupable ?

Sa tête se mit à tourner. Elle sentit la nausée l'envahir. Pour sa part, Éthan semblait totalement désorienté. Il voulait persuader la jeune femme qu'elle faisait erreur, qu'il ne fallait pas dramatiser, mais elle l'avait supplié de se taire et voilà qu'elle semblait hypnotisée par cet homme. Elle ne quittait plus sa photo des yeux, comme si elle communiait avec Astelli, comme si elle essayait, à travers ce visage, de récupérer des réminiscences de son passé, de leur vie commune. À quoi pouvait-elle bien penser ? Éthan aurait donné cher pour le savoir.

Gêné par son silence et son immobilité, il déconnecta brusquement l'ordinateur. Sam se retourna vivement et lui adressa un regard noir.

— Mais qu'est-ce que tu…

— Ça suffit ! Tu ne vas pas passer toute la nuit à regarder ce type ! D'accord, tu te souviens de lui et ça te bouleverse, je peux le comprendre, mais je crois pour ma part que tu as subi assez d'épreuves pour le moment. Il est temps de faire une pause. Que dirais-tu d'aller prendre une douche ? Ça te détendrait. Ensuite, nous tâcherons de dormir quelques heures. Nous reprendrons nos recherches demain, si tu te sens prête à le faire, évidemment.

La colère de Sam retomba. Elle acquiesça en silence, comme anéantie, prête à s'effondrer. Lorsqu'elle se leva, elle chancela et Éthan se précipita pour la soutenir.

— Ça va aller, merci.

Comme une automate, elle se dirigea vers la salle de bain. En franchissant le seuil, elle se retourna.

— Je suis sincèrement désolée, tu sais. J'ignore ce qu'impliquent mes relations avec cet homme, mais je veux que tu saches que, si jamais il s'avère que je représente un quelconque danger pour toi, je disparaîtrai et tu n'entendras plus jamais reparler de moi. Je ne veux...

— Arrête ça ! la coupa-t-il. Je te l'ai déjà dit, j'ai confiance en toi et je sais que tu n'es pas une criminelle. Il y a forcément une autre explication et nous allons la découvrir, ensemble.

— Tu n'es pas obligé de faire tout ça. Je veux dire : de prendre autant de risques.

— C'est vrai, rien ne m'y oblige, mais j'en ai très envie. J'ai vraiment envie de t'aider.

Elle aurait pu lui demander pourquoi, mais, à la place, elle lui sourit tristement.

— Dis, tu n'aurais pas des vêtements à me prêter. Plus confortables, moins moulants, enfin... tu vois ce que je veux dire !

À ce moment, elle lui parut tellement fragile, tellement inoffensive qu'il eut envie de la prendre dans ses bras. Mais une fois encore il jugea que ce n'était pas le moment. Il fouilla dans ses affaires et sortit un pyjama bleu marine qui pourrait convenir en attendant de trouver mieux. Lorsqu'il le lui donna, elle s'approcha de lui et le regarda droit dans les yeux.

— J'ai beaucoup de chance d'être tombée sur toi, Éthan, beaucoup de chance.

Elle déposa un léger baiser sur sa joue.

Éthan sentit son cœur chavirer. Comment se pouvait-il qu'un geste aussi simple et innocent le mette dans cet état ? Sam était très séduisante, mais était-il raisonnable de succomber à son charme ? Il secoua la tête comme pour se convaincre du contraire. De tomber amoureux de cette femme était la dernière chose à faire.

Immobile au milieu de la pièce, il écouta un moment l'eau de la douche couler de l'autre côté de la porte, puis il tourna la tête et son regard tomba sur l'ordinateur. Une idée s'imposa à lui. Il devait profiter de l'absence de Sam pour collecter des informations sur Treg Astelli.

Éthan formula sa requête. L'ordinateur ne mit qu'une poignée de secondes pour consulter des centaines de milliers de fichiers.

— *Treg Astelli était fils unique,* fit la voix de synthèse. *Il était marié. En septembre 2109, il a épousé une certaine Avel Mori.*

— Trouve-moi une photo d'elle, demanda-t-il, le cœur battant.

Les circuits quantiques s'activèrent et Chloé fit apparaître la seule photo qu'elle avait trouvée de l'épouse du criminel. Il s'agissait d'une jeune femme au charme singulier. Ses yeux, très pâles, étaient presque mauves. Sa peau était claire. Elle avait les traits fins et de longs cheveux noirs comme la nuit encadraient son visage. Elle était très belle, mais d'une beauté glacée qui aurait refroidi n'importe quel homme.

Le visage d'Éthan se fendit d'un sourire. Cette photo rassurerait sans doute Sam, enfin, jusqu'à ce qu'elle découvre qui elle était vraiment.

Comme l'eau coulait toujours dans la salle de bain, il poursuivit ses investigations.

— Chloé, que peux-tu me dire d'intéressant sur Avel Mori ?

Dans la seconde qui suivit, l'ordinateur lança la recherche, mais il se heurta à un mur infranchissable.

— *Dossiers protégés par l'AI. Données inaccessibles.*

Il fronça les sourcils. Il aurait dû s'y attendre, pourtant.

— Bon, peux-tu vérifier si Avel Mori fait partie des deux cent quatre-vingt-six personnes recherchées par la garde noire ?

Cette fois, la réponse ne se fit pas attendre.

— *En effet. Il y a bien un avis de recherche pour elle aussi.*

— Hormis sa photo, tu n'as rien d'autre ? Date de naissance, famille...

— *Dossier protégé par l'AI. Données inaccessibles,* répéta une nouvelle fois l'ordinateur.

— Pour quelle raison est-elle recherchée ?

— *Dossier protégé par l'AI. Données inaccessibles.*

Agacé, Éthan posa son index sur la case affichant *Session terminée* sans laisser à Chloé le temps de terminer sa phrase.

C'était ce qui l'énervait le plus dans ces vieux modèles. Cette machine bénéficiait d'une intelligence artificielle de base, elle connaissait certes 20 000 mots qu'elle pouvait utiliser pour construire des phrases, on pouvait même choisir son niveau de langage, mais certains messages restaient immuables et pouvaient se répéter à l'infini sans que l'ordinateur soit capable de les changer d'un iota. Il était facile à transporter, c'était là son seul atout.

Éthan se leva. De l'autre côté de la cloison, l'eau coulait encore.

En entrant dans la salle de bain. Sam avait manqué de sursauter en apercevant son reflet dans le miroir holographique. Pendant une fraction de seconde, elle avait cru qu'il y avait une autre jeune femme dans la pièce. Elle s'observa quelques instants, curieuse de voir comment les autres la voyaient. Les miroirs en 3D étaient très répandus et d'une fidélité irréprochable, loin des prototypes approximatifs des années 2050. Véritables ordinateurs, ils vous enregistraient de dos et de profil pour vous montrer ensuite le résultat. Les plus perfectionnés permettaient même de se voir sous tous les angles à la fois en démultipliant l'image à l'infini. Tout simplement génial et indispensable. Certaines personnes se ruinaient pour en posséder un, mais, sur *Samildria,* le luxe était la norme.

Elle tira le verrou avant de se dévêtir, puis elle entra dans la cabine de douche totalement hermétique. Devant elle, un petit écran tactile s'alluma, l'invitant à sélectionner un programme :

1- Lavage. 2- Savonnage. 3- Rinçage. 4- Massage. 5- Séchage. 6- Lavage rapide. 7- Lavage peau fragile... Et bien d'autres encore auxquels s'ajoutaient une foule d'options aussi étonnantes que le choix du gel douche ou du shampooing, diverses musiques d'ambiance, vapeur, jets masseurs, bulles de savon ou encore démêlage automatique des cheveux.

Un peu perdue devant cette profusion, Sam hésita et appuya un peu au hasard sur le chiffre 7. Une eau à trente-sept degrés, agréablement parfumée au jasmin, jaillit d'une dizaine de jets latéraux pour humidifier sa peau en douceur. Elle ferma les yeux et savoura le contact de l'eau chaude sur son corps fatigué. Elle aurait aimé s'allonger et laisser l'eau pénétrer les pores de sa peau pour la faire fondre, la dissoudre comme du sucre. Elle aurait voulu disparaître à jamais pour échapper à son terrifiant passé.

Les jets d'eau massaient délicatement ses omoplates, son ventre musclé et ses cuisses fuselées, dénouant les tensions accumulées au cours de cette éprouvante nuit. Pourtant Sam n'arrivait pas à se détendre. Des dizaines de questions sans réponse hantaient toujours son cerveau.

Qui était-elle ? Pourquoi la seule et unique personne dont elle se souvenait était-elle un criminel de la pire espèce ? Si elle découvrait qu'elle était liée à ces atrocités, Éthan voudrait-il encore lui faire confiance ? Allait-il tenir sa promesse et l'aider à s'enfuir ? Malgré ses belles paroles, n'allait-il pas profiter du temps qu'elle se trouvait dans la salle de bain pour la trahir ?

Elle fut prise d'une irrésistible envie de pleurer et, pour la première fois, loin du regard d'Éthan, elle ne retint pas ses larmes. Elle laissa un moment les sillons salés courir sur ses joues avant de presser l'option *Jet visage* comme si l'eau avait eu le pouvoir de diluer son chagrin. Aussitôt, une pluie fine et douce jaillit des murs de la cabine pour caresser ses joues. Sam laissa l'eau inonder ses yeux et sa bouche, comme pour la laver, la purifier de tout le sang versé.

Soudain, une gêne au niveau des paupières suivie de picotements désagréables l'amena à détourner son visage des jets. Elle frotta ses yeux et un petit corps étranger s'échappa de son œil gauche. Une minuscule tache verte glissa à ses pieds, aussitôt emportée par l'eau dans la bonde d'évacuation.

Qu'est-ce que c'était ?

Elle frotta son œil droit avec plus de délicatesse afin de récupérer et d'examiner ce qui la gênait. À sa grande surprise, elle ôta de son œil une mince lentille de contact d'un vert vif et irisé. Sa gorge se noua. Ainsi, la belle couleur émeraude de ses yeux n'était qu'un artifice ! Décidément, les surprises ne s'arrêteraient jamais. Déjà, sa mémoire lui faisait défaut, mais si en plus son corps lui jouait des tours, elle risquait de véritablement sombrer dans la folie.

En essayant de faire abstraction de ce détail insolite, elle appuya sur l'option shampoing et apprécia le parfum subtil de l'onctueux gel qui jaillit directement du plafond sur ses cheveux mouillés. Ses mains éprouvèrent le contact soyeux de l'abondante mousse et elle frotta plus vigoureusement son cuir chevelu, se laissant envahir par une agréable sensation de bien-être.

Elle se força à sourire en songeant qu'elle allait peut-être s'apercevoir qu'elle n'était pas rousse non plus. Prenant les choses avec humour, elle se dit qu'un châtain clair ou un blond nordique ne lui déplairaient pas. Elle s'amusa à imaginer la tête que ferait Éthan s'il la voyait ressortir blonde !

Alors qu'elle massait doucement ses boucles pour les rincer, une poignée de cheveux roux lui resta dans la main. Elle observa la mèche dégoulinante sans comprendre ce qui se passait et la posa sur une petite tablette intégrée à la douche.

Lorsqu'elle renouvela l'opération, une mèche beaucoup plus importante resta collée à ses doigts humides. Puis une autre, et encore une. Elle réalisa alors avec effroi qu'elle était en train de perdre ses cheveux, tous ses cheveux.

Saisie par une panique irrépressible, elle se figea et baissa les yeux. Ses magnifiques boucles glissaient paresseusement le long de son corps, entraînées par les jets de la douche, pour s'accumuler au fond du bac, trop nombreuses pour disparaître toutes dans la canalisation. Bientôt, une masse rousse se mit à flotter dans l'eau comme un tapis sanglant.

Désemparée, Sam toucha sa tête et frissonna au contact de la peau nue de son crâne. Un fragment poisseux de cheveux s'enroula autour de sa main. On aurait dit qu'ils étaient prisonniers d'une matière translucide et gluante, une sorte de colle.

Insensible à la détresse absolue de la jeune femme, l'eau continuait de couler, ôtant les dernières plaques de cheveux imprégnés de biocolle. Lorsqu'en passant ses doigts sur son crâne lisse Sam constata qu'elle était devenue entièrement chauve, elle faillit hurler d'horreur et de rage. Elle tomba à genoux et s'effondra sur elle-même en laissant couler des larmes de désespoir. Profondément choquée, elle resta de longues minutes recroquevillée dans une position quasi fœtale. Prostrée, indifférente à l'eau chaude qui s'écrasait encore sur son dos, elle laissa ses yeux vides contempler une dernière fois les pathétiques mèches de feu qui se mouvaient dans le fond de la douche telles des algues mortes.

4

Quand Sam sortit enfin de la douche, elle n'avait aucune idée du temps qu'elle y avait passé, mais elle était consciente d'y avoir laissé une partie d'elle-même. Sa crinière rousse avait définitivement disparu, tout comme son regard émeraude, emportés par les eaux usées au plus profond des entrailles de l'île artificielle pour être rejetés plus tard dans l'immensité de l'océan. Elle ne serait jamais plus la même.

C'était comme une deuxième perte d'identité. En l'absence de souvenirs, elle avait cru pouvoir se fier à son apparence physique pour découvrir qui elle était vraiment. Or, il s'avérait que même son corps lui jouait de mauvais tours.

À tâtons dans la salle de bain embuée par la vapeur, elle s'approcha du miroir holographique avec appréhension. Allait-elle reconnaître son nouveau visage? Allait-elle l'aimer? Son cœur se comprima.

En face d'elle, une jeune inconnue au teint pâle la fixait de ses yeux très clairs, presque mauves. Elle avait dû beaucoup pleurer, car ils étaient rouges et gonflés. Elle se serait trouvée jolie s'il n'y avait eu ce crâne blanc, glabre, indécent de nudité, qui la défigurait. Elle se trouvait hideuse.

Désemparée, elle palpa timidement cette peau nue et lisse.

L'autre, en face, fit exactement le même geste. De la flamboyante rousse au teint hâlé, il ne restait plus qu'une créature chauve, inquiétante et blafarde, au regard délavé et bouffi.

Sam ferma les yeux pour échapper à son propre reflet. Qu'avait-elle pu commettre dans le passé pour vouloir se rendre méconnaissable ? Et pourquoi cette nouvelle apparence n'éveillait-elle pas quelques souvenirs ?

L'absence de réponse fit naître chez elle un profond sentiment de solitude, renforcé par la crainte qu'Éthan refuse désormais de l'aider s'il la trouvait moche. Elle avait beau être amnésique, elle était loin d'être idiote pour autant. Les regards appuyés d'Éthan ne lui avaient pas échappé. Elle lui plaisait, c'était évident. Mais sa nouvelle apparence risquait de refroidir définitivement ses ardeurs.

Sam soupira de désespoir. Elle n'avait pourtant pas d'autre choix que de lui révéler la vérité. Jugeant préférable d'agir par étapes, elle enroula une serviette autour de son crâne et posa une main tremblante sur la poignée de la porte de la salle de bain.

Éthan, qui somnolait sur les draps froissés de son grand lit, se réveilla en sursaut en entendant la porte s'ouvrir.

— Tu dormais ? chuchota Sam en s'approchant. Désolée.

— Non, non, c'est rien, mentit-il en se frottant le visage. Quelle heure est-il ?

Comme Sam haussait les épaules, il regarda sa montre et écarquilla les yeux.

— Sam ! Tu as passé plus de deux heures sous la douche ! Tu te rends compte que…

Devant la mine déconfite de la jeune femme, il se tut et l'observa, inquiet.

— Tu en fais, une de ces têtes ! Tu es pâlichonne. Qu'est-ce qu'il y a ?

— Rien, c'est rien, murmura Sam, en s'asseyant à côté de lui.

— Regarde-moi, fit-il en prenant son menton dans sa main. Tu as pleuré. Tes yeux sont tout rouges et... ça alors! On dirait qu'ils ont changé de couleur!

Son expression se figea. Sam crut qu'il avait arrêté de respirer.

— Tes yeux! Ils sont... ils sont... mauves! bafouilla-t-il en reculant.

— Je sais. J'ai découvert sous la douche que je portais des lentilles de contact. La couleur verte me plaisait bien, mais, des yeux mauves, c'est encore plus original, non?

Elle ne comprenait pas la réaction d'Éthan et ce n'était pas très bon signe pour la suite. S'il réagissait ainsi devant un changement aussi infime, que dirait-il en constatant qu'elle avait perdu ses cheveux?

Dans la tête d'Éthan les idées se bousculaient. Sam s'appelait en réalité Avel Astelli. Devait-il le lui révéler maintenant? Il hésitait. Sa jeune protégée semblait encore trop fragile pour assumer une telle révélation. Il estima préférable qu'elle ait dormi quelques heures, avant d'apprendre la vérité.

Il hocha la tête en souriant.

— Oui, c'est très original, et très beau aussi! Excuse ma réaction un peu stupide, je ne sais pas ce qui m'a pris. Ça te change tellement!

« Et encore, tu n'as rien vu! » songea Sam, un nœud à l'estomac.

— Éthan, je ne sais plus où j'en suis. Mon apparence physique était ma seule référence pour découvrir mon identité et voilà qu'elle me fait défaut à son tour, comme ma mémoire. J'ai l'impression de n'être plus personne et ça me fait vraiment peur.

— Qu'est-ce que tu racontes, enfin ? Peu importe la couleur de tes yeux ou celle de ta peau ! Qu'est-ce que ça change ? Ce ne sont que des détails, après tout.

D'un geste presque théâtral, elle dénoua la serviette qui cachait sa calvitie.

— Ça aussi, c'est un détail ?

Éthan, qui ne s'attendait certainement pas à un tel choc, hoqueta de surprise et plaqua une main contre sa bouche. Mal à l'aise, Sam détourna son regard et tenta maladroitement de renouer la serviette, mais la main du jeune homme se posa doucement sur la sienne.

— Non, lui souffla-t-il. Ne fais pas ça. Tu ne pourras pas te cacher éternellement.

Malgré sa répulsion, il s'efforça de faire bonne figure. Avec son crâne nu, elle était nettement moins attirante, certes, mais, la priorité, c'était de l'aider à accepter son nouveau visage, s'il voulait lui révéler sa véritable identité. Si Sam faisait un blocage physique, elle risquait de devenir folle en apprenant qui elle était réellement. Et qui savait de quoi elle était vraiment capable !

Il puisa au fond de lui le courage de toucher cette peau nue, comme s'il s'agissait d'un animal sauvage qu'il cherchait à apprivoiser. Sam n'esquiva pas la caresse. Mais cette main virile qui l'avait fait frissonner lorsqu'elle avait effleuré ses lèvres lui procura cette fois une sensation de malaise. Elle ne voulait pas qu'Éthan la voie ainsi, ni qu'il la touche, d'ailleurs. Elle se sentait tellement pitoyable !

Un éclair de colère fusa dans sa tête. Dans un déclic, une évidence s'imposa. Elle se leva brusquement et le regarda sans ciller.

— Où est mon flingue ?

Éthan leva un sourcil interrogateur.

— Là, sur la commode, tu l'avais laissé à côté de l'ordi et…

Elle se précipita vers l'endroit indiqué et saisit l'arme avant de courir vers la porte de la cabine.

— Ouvre-moi, Éthan ! Cette farce a suffisamment duré. Laisse-moi partir !

Décontenancé par ce brusque retournement de situation, il se leva à son tour.

— Allons, fit-il d'une voix douce. Sois raisonnable, tu ne vas pas sortir comme ça ! Regarde ! Tu es en pyjama !

— Je m'en fous ! rétorqua-t-elle froidement. Fais ce que je te dis !

— Voyons, Sam, on ne va pas se quitter, pas après tout ce qu'on a vécu cette nuit. Tu as besoin de moi et...

— Je n'ai besoin de personne ! hurla Sam, au bord de l'hystérie. Magne-toi d'ouvrir cette putain de porte sinon je...

— Sinon quoi ? Hein ? Tu vas me tirer dessus, c'est ça ? Tu vas me tuer ? Là, maintenant, froidement ? Non, je ne crois pas. Tu n'es pas une tueuse, Sam. Tu n'es pas comme ça. Tu as juste besoin d'aide. Et moi je veux t'aider. Ne refuse pas la main que je te tends. Fais-moi confiance. Ensemble, on peut arriver à te tirer de là.

Au fur et à mesure qu'il tentait de la raisonner, il s'était approché d'elle. Il tendit la main vers la sienne en signe de réconciliation. Elle hésita. D'un geste rapide, il lui arracha le pistolet des mains et le balança sur le lit. Comme elle bondissait pour le récupérer, il la saisit au vol et la retint prisonnière dans ses bras vigoureux. Elle se débattit, folle de rage, mais Éthan resserra son étreinte.

— Calme-toi, bon sang, Sam ! Calme-toi au plus vite ! Tout va bien, je suis à tes côtés. N'aie pas peur, je suis là avec toi.

Ses bras musclés se muèrent peu à peu en un rempart protecteur. Ils se firent cocon et la jeune femme sentit son agressivité se dissoudre. Dans sa tête, quelque chose céda. Le barrage se rompit en déversant un flot de larmes amères. Elle posa sa tête sur le torse d'Éthan et se laissa aller.

— Pleure, Sam. Pleure un bon coup. Vas-y, c'est ça !

Comme l'aurait fait un père ou un frère, il respecta son chagrin, silencieux, en se contentant d'être là. Au bout d'un moment, elle releva la tête. Ses yeux clairs semblaient délavés par toutes les larmes versées.

— Merci, Éthan. Tu es un véritable ami. Mon seul ami.

— Parfois, il vaut mieux avoir un seul ami, sur qui on peut vraiment compter, que tout un tas qui se détournent de vous au moindre problème.

— Tu as raison.

— Pourquoi as-tu réagi comme ça, tout à l'heure ? Je ne t'avais rien dit de méchant, ni...

— Non, ne cherche pas, c'est de ma faute. Je me trouve tellement horrible, comme ça ! Si tu as accepté de m'aider, c'est avant tout parce que tu me trouvais jolie, non ?

Éthan, qui s'était cru discret, resta bouche bée. Sa première idée fut de nier, mais il se ravisa, cela aurait été insultant pour Sam. Malgré son amnésie, c'était une jeune femme intelligente et très intuitive. Il tâcherait à l'avenir de ne pas l'oublier.

— Tu t'es dit que je refuserais de t'aider si je te trouvais moins jolie ?

— Tout à fait. Quand tu as touché mon crâne, j'ai cru lire de la pitié dans tes yeux et ça m'a fichue en colère.

— Je n'ai pas pitié de toi. C'est vrai que tu es différente, plus mystérieuse, mais rassure-toi, tu es toujours aussi belle.

— C'est vrai ?

Pour toute réponse, il approcha doucement ses lèvres de son front pour y déposer un chaste baiser. Sam sentit son cœur s'emballer. Tout son corps frissonna sous une onde de bonheur aussi intense que fugace. Désorientée par cette émotion inédite, elle s'écarta, gênée, détourna le regard et se dirigea vers le bar. Il la suivit.

— Tu veux boire quelque chose ? proposa-t-il à tout hasard.

Elle se retourna. Ses yeux brillaient d'une intensité nouvelle.

— Dis, je viens de penser à un truc. Si je suis chauve et que le détecteur biométrique des gardes n'a pas fonctionné, tu ne crois pas que cela pourrait signifier que, finalement, j'ai été scalpée ?

À nouveau surpris par la vivacité d'esprit de Sam, le jeune homme acquiesça.

— Si, maintenant que tu me le dis, ça me semble évident. Pourtant…

— Quoi ?

— Se faire enlever sa puce biométrique, c'est une opération extrêmement coûteuse et risquée, vu que c'est illégal et que ça se fait clandestinement. Ça consiste à retirer toute la peau du crâne et à s'en faire greffer une nouvelle. Ce sont des chirurgiens sans scrupules qui pratiquent de telles interventions, contre des sommes faramineuses et souvent dans des conditions d'hygiène douteuses. En plus, il paraît que c'est super douloureux.

— Pourtant, si j'ai pris ce risque, c'est que j'étais prête à tout pour disparaître de la circulation, même à enfreindre la loi, à payer une fortune et à souffrir le martyre. Tout ça pour échapper à l'AI ?

— Ouais… fit Éthan en se grattant le menton, soucieux. Pourtant, il y a un truc qui me chiffonne. La nanopuce est le sésame qui rythme toutes les étapes de la vie. Ceux qui n'en ont plus vivent comme des parias, en marge de la société. Il leur est impossible de prendre un transport en commun, d'entrer dans une administration, une aérogare…

— Ou une île artificielle.

— Exactement.

— Comment ai-je pu arriver là ? De façon clandestine ? En passant par les soutes ou en me faisant passer pour une employée ?

— Tu n'as aucun souvenir de ça non plus ?

— Non, aucun. Mon souvenir le plus ancien, c'est celui où je fuyais dans ces couloirs aseptisés pour échapper aux gardes qui me couraient après. Avant, c'est le néant complet.

Une nouvelle onde de désespoir submergea Sam. Trop de questions sans réponse s'entrechoquaient dans son cerveau endommagé. C'était comme si on lui avait volé son passé, son histoire, son identité. Comme si elle n'était personne. Et cette sensation ouvrait un gouffre béant dans son cœur. Ses yeux se remplirent à nouveau de larmes.

Éthan ne la quittait pas des yeux. Finalement, la calvitie qu'il avait d'abord trouvée choquante lui donnait un style androgyne assez troublant. L'absence de cheveux soulignait l'ovale parfait de son visage et mettait en valeur ses magnifiques yeux mauves. Certes, ils ne pétillaient plus du vert émeraude aussi rafraîchissant d'avant, mais ils avaient acquis une nouvelle profondeur, un mélange de douceur et de gravité qui révélait la véritable nature de la jeune femme.

Comme s'il percevait son trouble et son désarroi, il chercha à la rassurer :

— Sam, peu importe qui tu es ou ce que tu as pu faire par le passé, peu importe comment tu es physiquement, je t'ai fait une promesse, et je la respecterai. Je vais t'aider à quitter *Samildria* et à rejoindre Kotaris. Je vais t'aider à retrouver la mémoire. Il faut me croire.

Elle leva les yeux vers lui et hocha lentement la tête.

— Bon, maintenant, il faut que tu dormes un peu, reprit-il, presque à voix basse. Tu tiens à peine debout. Moi, pendant ce temps-là, j'irai changer mon billet de retour et je t'en achèterai un par la même occasion.

— Mais comment comptes-tu me faire sortir d'ici ? L'île doit grouiller de gardes !

— Ne te tracasse pas pour ça. J'ai ma petite idée !

Elle acquiesça en silence, en se demandant quel stratagème son ami allait bien pouvoir trouver pour lui faire quitter l'île. Par la mer, grâce à un canot, ou même à la nage ? Par les conduits d'évacuation des eaux usées ou ceux des ordures ? Pendant qu'elle imaginait mille moyens de fuir clandestinement, un sentiment de lassitude s'empara d'elle. Éthan lui adressa un petit signe d'adieu, éteignit la lumière et referma la porte sans un bruit. Elle s'allongea sur le lit et la fatigue la rattrapa. La nuit avait été longue et éprouvante. Elle s'enroula dans les draps froissés et ferma les yeux.

Elle les rouvrit, mais les referma aussitôt, agressée par une aveuglante lumière artificielle. Elle chercha à se retourner pour enfouir son visage sous les draps, mais il lui fut impossible de bouger. Elle se rendit compte avec horreur que des carcans métalliques lui enserraient le visage, le cou et la taille. De même, des bracelets entravaient ses poignets et ses chevilles plus solidement que n'importe quel étau.

Elle voulut crier, appeler à l'aide, mais un bâillon empêcha le moindre son de sortir de sa bouche. Son cerveau s'emballa. La panique la submergea. Que s'était-il passé ? Qui l'avait bâillonnée et attachée ainsi ? Une seule réponse lui explosa à l'esprit comme une bombe : Éthan l'avait trahie !

Ses yeux affolés papillonnèrent autour d'elle. La cabine avait disparu. À la place, des murs blancs comme ceux d'un hôpital, des paillasses d'expérimentation, des dizaines d'appareils électroniques sophistiqués qui bipaient dans le lointain. On aurait dit une salle d'opération. Mais, le pire, c'était que cet endroit aseptisé lui semblait vaguement familier.

Brusquement un visage caché par un masque chirurgical apparut au-dessus d'elle. Son cœur fit une embardée dans sa poitrine comprimée. Deux secondes après, l'homme avait disparu de son champ de vision, mais elle sentit une main, à l'arrière de sa tête, palper son cuir chevelu. Instinctivement, elle se raidit. Un objet métallique entra en contact avec son crâne en émettant un bruit de moteur miniature. On aurait dit celui d'un rasoir électrique qui semblait méthodiquement faire son travail. Mais elle était déjà chauve, complètement rasée !

Sam sentit la peur l'envahir comme un poison mortel qui se distillait dans son corps. Que lui faisait-on ? Malgré son bâillon, elle émit des grognements pour attirer l'attention de l'homme et faire cesser cet horrible bruit. Mais ses protestations n'eurent aucun effet. Elle essaya sans succès de bouger, de se libérer de l'étreinte métallique.

Le silence revint enfin et l'homme réapparut subitement au-dessus d'elle. Malgré son masque de chirurgien, elle vit à ses yeux plissés qu'il souriait. D'un sourire sans chaleur, presque sadique.

— Arrête un peu de t'agiter ! lui ordonna-t-il. Sinon, je risque de rater l'anesthésie et ça m'étonnerait que tu apprécies.

Sam se figea. Cette voix ! Elle crut la reconnaître, mais, lorsque le médecin enchaîna, son ton était aussi glacial que la mort et ses paroles congelèrent aussitôt les velléités mnésiques de la jeune femme.

— Il n'y aurait eu que moi, je ne t'aurais pas endormie, mais les ordres sont formels. Il paraît qu'une douleur insoutenable pourrait laisser des traces indélébiles dans ton cerveau et ce serait vraiment dommage pour la suite. Bon, prête à plonger ?

Une aiguille s'enfonça profondément dans son crâne et la douleur la réveilla en sursaut.

Affolée, couverte de sueur, elle regarda autour d'elle et reconnut immédiatement la grande cabine d'Éthan, baignée dans la lumière du jour.

Ça n'était qu'un rêve, un atroce cauchemar.

Elle soupira de soulagement en palpant son cou et ses poignets pour s'assurer qu'elle n'était plus attachée et sourit en découvrant qu'en réalité elle n'avait jamais quitté la cabine. Elle s'assit et chercha Éthan du regard, mais il n'était pas encore revenu. Machinalement, elle se passa une main dans les cheveux et frissonna en sentant sa peau nue sous sa paume. L'intensité de son cauchemar lui avait presque fait oublier la triste réalité. Elle était vraiment chauve. Il lui faudrait sans doute du temps pour s'y habituer.

Soudain un étau comprima sa poitrine, comme un étrange pressentiment. « Et si ce n'était pas vraiment un rêve ? »

Sans savoir précisément ce qu'elle cherchait, elle laissa ses doigts courir sur son crâne ; elle partit de la nuque et remonta. Avec des gestes lents et précis, ses mains se mirent à caresser, à tâter, à sonder chaque parcelle de sa peau à la recherche de quelque chose d'anormal.

Le premier bilan fut plutôt rassurant : elle ne décela aucune marque ni aucun endroit douloureux. Pourtant, à force de passer et de repasser aux mêmes endroits, elle finit par remarquer une légère démarcation qui courait tout autour de son crâne, du haut du front jusqu'au bas de la nuque, comme une très fine cicatrice.

La douleur transperça son cœur. C'était la preuve irréfutable. Son cauchemar n'en était pas un. Cette séance de torture n'était pas sortie de son imagination. Peut-être que le choc provoqué par la découverte de sa calvitie avait ramené à la surface ce souvenir profondément enfoui dans son cerveau.

Si ses cheveux n'étaient pas tombés, elle ne s'en serait sans doute jamais souvenue.

Anéantie, elle cacha son visage entre ses mains. C'était son premier souvenir, mais, paradoxalement, elle aurait payé cher pour l'oublier au plus vite, car avec lui déferla une cohorte de questions sans réponse. Quel était cet endroit ? Qui était cet homme ? Que lui avait-il fait ? Était-ce le chirurgien qui l'avait scalpée pour lui enlever sa puce biométrique ? Mais pourquoi avait-il parlé d'ordres ? Avait-elle été scalpée contre son gré ?

Maintenant, c'était une évidence. Sam se rappelait parfaitement cet endroit aseptisé, ce médecin sadique à la voix aiguë, le bruit du rasoir électrique et la peur qui l'avait tétanisée, car cet homme l'avait effectivement scalpée contre sa volonté, sur ordre d'une tierce personne. Mais qui lui avait demandé d'effectuer la délicate intervention ? Et dans quel but ?

La porte de la cabine s'ouvrit à la volée, mettant fin à ses interrogations. Éthan lui adressa un large sourire.

— Bonjour, Sam ! Tu as meilleure mine que cette nuit. J'espère que tu as faim, car j'ai acheté deux ou trois petits trucs qui devraient te plaire.

Il se dirigea vers le bar, y déposa deux sacs encombrants et revint auprès d'elle.

— Ça va ? fit-il en lui posant une main amicale sur l'épaule.

— Oui, bien sûr, mentit-elle en se forçant à sourire.

Il semblait tellement joyeux qu'elle ne se sentit pas l'envie de le décevoir, pas pour l'instant, du moins. Un peu plus tard, elle aurait tout le temps de lui raconter le douloureux souvenir qui lui était revenu. Elle se leva et s'étira.

— Quelle heure est-il ? lui demanda-t-elle.

— Plus de onze heures, mais ça m'a laissé le temps de prévenir monsieur Simmons que je ne rentrais pas avec lui.

Ensuite, je suis allé t'acheter un billet et j'en ai profité pour changer le mien. Nous décollerons à quinze heures cinq en direction de Kotaris, ce qui nous laisse un peu moins de quatre heures pour te métamorphoser.

— Me métamorphoser ? répéta-t-elle en fronçant les sourcils. Tu ne me trouves pas assez métamorphosée comme ça ?

— Oh que non ! s'esclaffa-t-il en déballant ses achats.

Avec dextérité, il pressa un tube pour en faire sortir un petit boudin de pâte jaune. Il répéta l'opération cinq fois et enfourna le tout dans le four qu'il programma vocalement. Il attendit dix secondes et, satisfait du résultat, montra à sa protégée ses petites merveilles.

— Ce sont des pains au chocolat. Tu vas te régaler !

— Je n'en doute pas, fit Sam, amusée.

Elle mordit sans attendre dans la viennoiserie qu'il lui tendait, mais, visiblement, la première bouchée la laissa dubitative.

— Tu n'aimes pas ? s'inquiéta Éthan.

— Si, si, mais ça a une drôle de texture. C'est fait à base de quoi ?

— D'algues transgéniques.

Comme elle ouvrait des yeux ronds, il prit un air docte.

— Ces algues remplacent n'importe quel aliment cuisiné. Le plus dur, c'est d'arriver à reproduire la bonne texture pour se rapprocher le plus possible du produit à imiter. D'ajouter les arômes et les colorants est un jeu d'enfants. Depuis que les brevets sont tombés dans le domaine public, le prix déjà concurrentiel de ces nouveaux produits a encore chuté. Cela fait une dizaine d'années qu'on en consomme sur toute la surface du globe. Grâce à ces algues miraculeuses, on est même parvenu à solutionner le problème de la faim dans le monde. On devrait bientôt supprimer du dictionnaire des mots tels que *disette*, *famine*, *malnutrition* ou *dénutrition*.

Ces aliments sont bourrés de vitamines et parfaitement équilibrés du point de vue nutritionnel.

— Génial, murmura Sam en tirant sur son croissant caoutchouteux.

— Si tu as soif, je t'ai pris une boisson lactée au chocolat.

— À base d'algues aussi ?

— Oui, mais enrichie en calcium. C'est excellent pour la santé. Allez, bois !

Sceptique, Sam trempa ses lèvres dans le liquide blanchâtre. Le goût chimique lui arracha une grimace, mais, pour ne pas vexer son hôte, elle avala la boisson. Elle s'essuya les lèvres du revers de la main et changea de sujet.

— Dis, tu es sûr que je dois changer d'apparence ? Je ne ressemble plus du tout à la rousse flamboyante que recherche la garde noire.

— Sam, commença-t-il en roulant des yeux effarés, je crois que tu ne te rends pas bien compte. En sortant ce matin, j'ai pu constater à quel point la situation est devenue critique. Les couloirs de l'île grouillent de soldats. La garde noire est partout. Dans chaque bâtiment, chaque quartier, il n'y a pas un étage ni un couloir qui ne soit vérifié. L'AI a multiplié les contrôles d'identité et passe toute l'île au peigne fin. Tu te doutes bien que les secteurs les plus sécurisés sont les quais de départ maritimes et aériens. Nous devons nous attendre à affronter un sacré comité d'accueil cet après-midi. Même si nous parvenions à passer au travers des mailles du filet, l'île regorge d'âmes charitables qui n'hésiteraient pas à te dénoncer pour quelques PBC.

— Quelques… quoi ?

— Bon sang ! Tout le monde sait cela ! la rabroua-t-il gentiment.

— Mais, je ne suis pas tout le monde ! répliqua-t-elle, vexée.

— Pardonne-moi, je ne pensais pas que tu avais oublié ça aussi. En fait, les points de bons citoyens ont été mis en place il y a une vingtaine d'années pour inviter tout un chacun à collaborer, pour reprendre leur propre terme, avec l'AI en dénonçant son voisin. Lorsque leur taux de PBC est assez haut, les honnêtes gens ont droit à des bonus, allant des simples voyages aux biens électroménagers, en passant par des réductions d'impôts ou même de somptueuses villas pour les plus zélés. Et ça marche, car la suspicion et la délation comptent parmi les armes les plus efficaces de l'AI.

Sam écoutait, effarée.

— Mais comment les passagers de l'île pourraient-ils me dénoncer ? Je n'ai rencontré personne, lors de ma fuite.

Éthan hésita.

— Écoute, je ne veux pas t'effrayer, mais, dehors, tous les écrans géants de *Samildria* diffusent en boucle tes photos.

— Mes photos ? s'écria Sam en fronçant les sourcils. Quelles photos ?

— Deux portraits de toi, avant et après, murmura-t-il en déglutissant péniblement. Sur l'une tu as tes yeux verts et tes boucles rousses ; sur l'autre tu es comme ça, exactement comme tu es, là, devant moi.

— C'est pas possible ! s'exclama Sam en se levant brusquement. Comment ont-ils fait ?

— Il faut croire que l'AI te recherchait avant que tu utilises ces artifices. Elle connaît ton vrai visage.

Comme frappée par une illumination, Sam fit volte-face.

— Est-ce qu'avec mes photos il y a mon nom ? Éthan, dis-moi la vérité ! Mentionnent-ils mon nom ?

Malgré son air suppliant et le désespoir qu'il lisait dans le mauve délavé de ses yeux, Éthan garda pour lui ce qu'il savait. C'était encore trop tôt. Elle avait subi assez d'épreuves pour ne pas lui en ajouter une de plus. Après tout, les photos ne comportaient ni nom ni prénom. Il ne lui mentirait donc pas en prétendant que les avis de recherche de l'AI taisaient son identité.

— Non, Sam, je suis désolé. Ton véritable nom n'est inscrit nulle part. On dit juste que tu es une dangereuse criminelle recherchée par la garde noire et on insiste sur le fait qu'on te veut vivante. Hier soir, les gardes ne t'ont pas tiré dessus ?

Sam se concentra pour se rappeler sa fuite dans les couloirs. Que ça lui semblait loin, tout d'un coup ! Elle avait l'impression que sa course poursuite devant les hommes de l'AI remontait à une éternité.

— Ils ont menacé de le faire si je ne m'arrêtais pas, mais ils ne l'ont pas fait, effectivement. Tu as raison, ils me veulent vivante. C'est plutôt positif, non ?

Éthan secoua la tête.

— Non, Sam. Tu sais, l'AI n'en est plus à ses balbutiements. Leurs méthodes sont au point, crois-moi. En te faisant passer pour l'ennemie publique numéro un, l'armée s'assure le soutien de la population. Ainsi les gens n'auront aucun scrupule à te dénoncer. Mais, si tu avais réellement été dangereuse, les gardes t'auraient liquidée cette nuit pour en finir avec toi une bonne fois pour toutes et ils ne l'ont pas fait. S'ils te veulent vivante, c'est que tu détiens des informations qu'ils convoitent. Je pense qu'ils sont prêts à tout pour récupérer ce que tu as dans la tête.

— Mais je n'ai plus rien ! Mon cerveau est vide ! Je n'ai plus aucun souvenir !

— Je sais, Sam, je sais, fit Éthan, pensif. Mais eux ne le savent peut-être pas.

Elle approuva d'un hochement de tête. Il avait raison : l'armée ignorait sans doute qu'elle était amnésique. Une minute s'écoula en silence, avant qu'il n'ajoute :

— De toute façon, j'imagine que, si tu tombais entre leurs

mains, les spécialistes de la garde noire sauraient récupérer tes souvenirs.

— Comment ça ? fit Sam en sursautant.

— J'ai entendu parler de méthodes extrêmes, utilisées sur certains prisonniers, les traîtres et les espions notamment. Grâce à des systèmes très complexes, des neurologues sont capables de s'infiltrer dans ton crâne, au cœur de tes neurones, pour percer tes secrets les plus intimes.

— Quelle horreur !

La gorge sèche, elle repensa à l'expérience qu'elle avait revécue en rêve. Elle prit sa tête entre ses mains et se massa les tempes pour tenter d'apaiser la panique qui l'envahissait. « Ils s'infiltrent dans ton crâne pour percer tes secrets. » Ces paroles résonnaient dans sa tête comme des balles sur un mur, ravivant son cauchemar. Elle eut à nouveau l'impression que l'aiguille s'enfonçait dans sa boîte crânienne. Elle songea aux paroles du chirurgien. Il avait parlé de douleur insoutenable qui risquait de laisser des traces indélébiles dans son cerveau. « Ce serait vraiment dommage pour la suite », avait-il ajouté. Mais que lui avait-il réellement fait ? Ce monstre avait-il pénétré son cerveau pour lire ses souvenirs ? Ou bien pour les voler, ce qui expliquerait son amnésie ? Mais était-ce seulement possible ? Pouvait-on faire ce genre de choses ?

Elle fut sur le point de se confier à son compagnon, mais se ravisa au dernier moment. Elle ne voulait pas encore partager avec lui son horrible expérience. Plus tard, peut-être. Pour le moment, elle avait besoin qu'il ait entièrement confiance en elle. Inutile de l'effrayer ou de l'amener à douter de sa santé mentale.

Sam allait devoir mener son enquête et pour cela elle avait besoin d'Éthan. Lui seul pouvait la faire sortir de l'île et la cacher le temps que durerait sa quête d'identité.

5

— Désolé, ça va être un peu froid.

Éthan déposa sur le crâne de sa protégée une goutte de biocolle incolore. À l'aide de ciseaux électriques, il sectionna le petit sachet de plastique qui contenait le laissez-passer de Sam.

— Qu'est-ce que c'est ? demanda la jeune femme, intriguée.

— Une micropuce biométrique. Regarde, ce confetti de polymère contient ta nouvelle identité.

— C'est minuscule ! Et totalement illégal, j'imagine. Tu l'as eue comment ?

— Au marché noir, dans les cales de l'île. On trouve de tout quand on est prêt à y mettre le prix.

— Tu l'as payée combien ? s'affola Sam.

— Peu importe. Tout ce que j'espère, maintenant, c'est qu'elle parviendra à tromper la vigilance des appareils d'identification des contrôles de police et qu'elle ne déclenchera aucun message d'alerte.

— Sinon ?

— Sinon les gardes se jetteront sur toi comme un essaim de guêpes et tu n'auras aucune chance de t'en tirer. Même moi, je ne pourrai plus rien pour toi.

— Super, c'est drôlement encourageant, dis donc !

— En principe, cette micropuce doit fonctionner. Allez, arrête de penser au pire et laisse-moi la poser.

— Attends, juste une dernière question. Comment vais-je m'appeler ?

— Anabel Grisam. Je peux y aller ?

Elle acquiesça en souriant. À l'aide d'une pince à épiler, Éthan déposa la micropuce au milieu de la goutte de biocolle. Il souffla doucement dessus pour qu'elle sèche et déposa sur la tête de Sam la perruque qu'il avait achetée. Il avait choisi un modèle très tendance : un carré court, noir avec des reflets bleutés.

La première étape de la transformation était terminée. Sam secoua sa nouvelle chevelure, heureuse de sentir à nouveau le contact soyeux des cheveux sur ses joues et son cou. Elle courut vers la salle de bain pour découvrir son nouveau visage, excitée comme une enfant.

— Waouh ! Ça me va bien ! s'écria-t-elle, ravie. On dirait de vrais cheveux.

Alors qu'Éthan la rejoignait pour l'admirer, elle se rendit compte d'une chose étonnante et approcha son visage du reflet 3D, comme pour confirmer ses doutes.

— Eh, regarde ma peau ! J'ai l'impression qu'elle est en train de foncer, comme si je bronzais à vue d'œil.

Elle adressa un regard suspicieux à son ami qui lui sourit avec un air de conspirateur.

— Tu sais ce qui m'arrive, n'est-ce pas ?

Il hocha la tête sans se départir de son sourire.

— Tu te souviens de la boisson au chocolat que tu as bue tout à l'heure ?

— Le truc dégueu que tu m'as forcée à boire ?

Éthan éclata de rire.

— Eh, tu exagères un peu ! Cette boisson était essentielle

à ta métamorphose. Regarde l'hologramme et admire le travail.

Il se tenait derrière elle, une main protectrice posée sur son épaule comme pour l'assurer de son soutien et de sa bienveillance. Il était tout aussi curieux qu'elle de découvrir à quoi elle ressemblerait une fois le processus biochimique achevé.

La peau très claire de Sam se mit à brunir très vite au point qu'aucun rayon ultraviolet n'aurait pu provoquer un tel changement. Bientôt un joli hâle lui donna un teint ensoleillé. Sam regarda sa main et sembla stupéfaite de constater que ses doigts, ses bras, et même ses pieds nus changeaient de teinte. C'était toute la surface de sa peau qui se caramélisait. Et, apparemment, le processus n'était pas terminé.

Éthan lui révéla que la boisson qu'elle avait absorbée contenait des stimulateurs chargés d'activer les mélanocytes de son épiderme. La mélanine artificiellement produite accélérait le brunissement de la peau. La durée de ce changement métabolique dépendait du dosage du produit absorbé et la teinte finale, de la quantité ingérée.

Le jeune homme se mit à rire en lui expliquant qu'au siècle dernier les femmes utilisaient des crèmes appelées fond de teint pour obtenir un hâle flatteur, jusqu'à ce qu'on découvre comment agir dans les cellules mélanocytaires pour changer à volonté de couleur de peau. Depuis, les femmes pouvaient jouer avec leur apparence et passer en moins d'une heure d'un extrême à l'autre, d'une peau laiteuse à l'ébène le plus noir en passant par des cuivres exotiques.

— Et ce n'est pas dangereux ?

— Beaucoup moins que de s'exposer au soleil comme le faisaient nos ancêtres, ou pire, dans des cabines à rayons UV. Heureusement que ces trucs ont depuis longtemps disparu, car il n'y avait rien de tel pour choper un cancer de la peau.

Sam ne quittait pas des yeux son reflet holographique.

— Ça alors ! J'ai la peau presque aussi foncée que toi. Les gardes vont croire que je suis ta sœur.

— Ou ma femme ! dit-il en lui adressant un clin d'œil.

— Combien de temps vais-je conserver cette apparence ?

— Environ six à sept heures. Je t'ai mis une bonne dose, mais ce soir tu auras retrouvé ton teint de porcelaine. Ceci dit, je te trouve très séduisante ainsi. Avec cette coupe, tu es même superbe. Il ne reste plus qu'un détail...

— Lequel ?

— Tes yeux ! Regarde leur couleur.

— Oh ! s'étonna Sam. Ils sont devenus violets !

— C'est normal qu'ils aient foncé, car l'iris aussi contient des mélanocytes stimulés par la boisson.

— Dans ce cas, pourquoi ne sont-ils pas devenus noirs comme les tiens ?

— Tout simplement parce que la couleur de l'œil dépend de l'épaisseur de l'éventail formé par les lamelles pigmentaires. Plus l'éventail est épais, plus il contient de mélanine et plus l'œil est foncé. Plus il est fin, moins l'iris contient de mélanine et plus l'œil est clair. Or les stimulateurs ne peuvent agir sur l'épaisseur de l'éventail. Aussi, malgré ta nouvelle peau et tes nouveaux cheveux, tes yeux risquent encore de te trahir si nous ne faisons rien.

Il sortit de sa poche un petit boîtier blanc qu'il ouvrit avec précaution. Dans deux petits étuis séparés flottaient de minuscules lentilles noires.

— À Kotaris, on trouve des colorants d'iris ; ils sont beaucoup plus pratiques d'utilisation et donnent au regard une superbe profondeur. Mais, à *Samildria,* c'est tout ce que j'ai pu trouver, s'excusa-t-il.

— Ça aussi, ça a dû te coûter cher.

— Ne t'occupe pas du prix. J'ai quelques économies de côté ; il faut bien qu'elles servent à un moment ou un autre.

Il lui fit un clin d'œil et se pencha vers elle pour poser les lentilles sur la cornée, achevant ainsi sa métamorphose. Lorsqu'elle se regarda dans le miroir holographique, elle ne se reconnut plus.

— Tu as eu une idée de génie. Qui pourrait faire le lien avec la fugitive ? Je vais pouvoir quitter l'île sans être inquiétée ni par l'AI ni par les délateurs potentiels.

Pourtant, Éthan ne souriait pas. Il semblait même soucieux.

— Un problème ? s'inquiéta Sam.

— Côté transformation, c'est parfait. Maintenant, ce que j'espère c'est que ça ne va pas coincer côté informatique.

— Comment ça ?

— Il faut que ta nouvelle identité soit intégrée dans le fichier informatique des passagers, car, si tu veux quitter l'île et que les gardes s'aperçoivent que tu n'y es jamais entrée, ils vont trouver ça louche, très louche, si tu vois ce que je veux dire.

Sam se raidit.

— Mais comment va-t-on faire, alors ? On n'a aucun moyen de falsifier ces données.

— Ne t'inquiète pas, j'ai tout prévu. Je connais bien un des types qui bosse au service informatique de l'île. Je lui ai demandé d'entrer le nom d'Anabel Grisam dans la base.

— Et il a accepté ? Comme ça ?

— Non, tu te doutes bien. Dans ce monde, on n'a jamais rien sans rien.

— Tu l'as payé ?

— Je lui ai donné quelque chose. Quelque chose qu'il ne pouvait pas refuser.

— Et tu es sûr de lui ?

— Il a fait le changement devant moi, mais cela ne m'empêche pas d'avoir quelques craintes. J'espère avoir bien pensé à tout.

Sam soupira. Le plan d'Éthan comportait beaucoup d'aléas, mais elle n'avait pas le choix et, de toute façon, il était trop tard pour faire machine arrière.

En sortant de la salle de bain, elle s'approcha d'un des hublots pour contempler le paysage. Ses yeux s'émerveillèrent. L'étendue bleue qui scintillait sous le soleil lui parut immense, infiniment profonde et mystérieuse. Entre la pureté du ciel azur et le turquoise irisé de la mer, rien n'accrochait le regard qui glissait, imperturbable, d'un élément à l'autre avec une surprenante facilité.

Elle jeta un coup d'œil à droite, puis à gauche, cherchant à découvrir l'aspect extérieur de l'île ; elle n'avait aucune idée de la taille et de l'aspect que pouvait avoir *Samildria*.

— T'as perdu quelque chose ? plaisanta Éthan.

Elle sourit en lui expliquant qu'avant de la quitter, elle aurait aimé savoir à quoi ressemblait cette île artificielle dont elle n'avait vu jusqu'à présent que d'angoissants couloirs. Éthan se dirigea alors vers une commode et trouva dans le premier tiroir un document qui réunissait des photos d'ensemble et des plans de chacun des étages de l'île.

— Voilà à quoi ressemble *Samildria*. C'est une véritable cité flottante avec ses habitations, appartements ou simples cabines, ses centres commerciaux, restaurants, musées, jardins, piscines, centres de sport, patinoires... Il y a même un hôpital, une bibliothèque et une école pour les résidents permanents. Plus de vingt mille personnes cohabitent dans cette superstructure hors norme. Vue de haut, *Samildria* a une forme ovale. Regarde, les bâtiments sont disposés tout autour d'un immense jardin qui s'étend sur plusieurs niveaux. Voilà le plan du niveau 0, avec le hall d'accueil et le jardin tropical. Là, c'est la plus grande des cinq piscines ; on l'appelle la Petite Mer. Comme tu peux le constater, l'île est très luxueuse et réservée à une clientèle de privilégiés. Tout est fait pour leur rendre la vie plus facile et plus agréable que chez eux, afin qu'ils y séjournent le plus de temps possible tout en y dépensant un maximum d'argent.

— Il y a combien de niveaux ? lui demanda Sam.

— Je crois que les suites sont au dernier étage, au quinzième. Il y a des terrasses paysagées et des piscines privées. Sans oublier les sous-sols, heu... les sous-mers, devrait-on dire, qui abritent les salles des machines, les blanchisseries, les cuisines, les logements du personnel d'entretien et ceux de l'équipage. Un monde vraiment à part qui n'a rien en commun avec le reste de l'île. Là, tout est bon pour arrondir les fins de mois, comme, par exemple, de proposer à la riche clientèle du dessus des trucs pas toujours très légaux. Comme des micropuces.

Tout en parlant, Éthan eut un regard vers sa montre et haussa les sourcils.

— Déjà quatorze heures dix ? Allez, on n'a plus de temps à perdre.

Sam prit une grande inspiration.

— Je suis prête. Allons-y !

Mais Éthan pouffa de rire.

— Tu y vas en pyjama ?

Elle sourit à son tour en saisissant le sac qu'il lui tendait.

— Tu y trouveras de quoi te changer. Ce matin, je t'ai acheté une tenue élégante, mais pas trop voyante. Ni minijupe ni décolleté plongeant. Pas la peine d'aguicher les gardes.

— C'est trop gentil ! rétorqua-t-elle avec ironie. Mais es-tu certain que ça va m'aller ?

— Pas de souci, autant pour les vêtements que pour les chaussures. J'ai pris des autoajustables.

— Des quoi ?

— Eh ! sans rire, je me demande où tu as passé les vingt-cinq dernières années ! plaisanta Éthan, sidéré par l'ignorance de sa protégée. Ça veut dire qu'elles s'adaptent à ta taille. Grâce à des matières nouvelles à base de fibres végétales ou de fils extensibles extra-fins, tu peux maigrir ou grossir sans avoir à changer ta garde-robe. Allez, dépêche-toi d'enfiler ça pendant que je prépare nos bagages.

— Nos bagages ?

— Ben oui ! Nous sommes un couple d'amoureux en vacances, ne l'oublie pas !

Sam retourna dans la salle de bain et se déshabilla en admirant son reflet dans le miroir. Sa peau brune lui plaisait beaucoup ; c'était un peu comme si, en devenant Anabel Grisam, elle pouvait oublier son amnésie. Elle avait un tel besoin de repères qu'elle s'accrochait à celui-là, consciente pourtant qu'il s'agissait d'un leurre.

Du sac, elle sortit un slip et un soutien-gorge coordonnés. Éthan avait vraiment pensé à tout et il avait bon goût, manifestement. D'une douceur extrême, cette lingerie gris perle était hyper-confortable. En prenant le chemisier et la jupe, elle faillit éclater de rire, croyant que c'était une blague : on aurait dit du dix ans. Elle y alla pourtant de confiance et enfila les vêtements qui s'élargirent sans difficulté pour s'adapter parfaitement à sa morphologie.

Le chemisier à manches trois-quarts rose pâle mettait son teint en valeur et retombait sur la jupe droite, dont les motifs floraux variaient du rose au brun foncé. Des chaussures à talons marron complétaient la tenue.

Lorsqu'elle sortit de la salle de bain, Éthan la contempla, ébahi.

— Tu es magnifique, Sam… heu, pardon, Anabel ! Je suis très fier d'être ton…

— … Ami ? compléta-t-elle en lui adressant un sourire à faire fondre un iceberg.

Lui porterait la valise, elle un sac en bandoulière.

Lorsqu'il désécurisa la porte, le ventre de Sam se tordit d'angoisse. Elle sentit son pouls s'accélérer et quelques gouttes de sueur perlèrent le long de son dos. Involontairement, sa main chercha celle de son compagnon. Ce contact rassurant lui donna la force de surmonter sa nervosité. Il fallait qu'elle ait confiance en lui, en leur plan et en l'avenir.

— Nous sommes au neuvième étage, expliqua Éthan. Pour atteindre l'aérogare qui se trouve à l'arrière de l'île, nous allons emprunter un ascenseur un peu particulier. Tâche d'être la plus naturelle possible. Si les gens te saluent, souris-leur. S'ils te posent une question, réponds-leur gentiment. Ici tout le monde est agréable et poli.

Les deux jeunes gens empruntèrent le long couloir percé de portes que Sam avait traversé en sens inverse lors de sa fuite désespérée. Il s'agissait en réalité d'une immense verrière qui laissait le soleil se déverser sur les dalles blanches du sol. Le spectacle était magique. Sam fut aussitôt subjuguée par la beauté de ce lieu, qui l'avait pourtant terrorisée la nuit précédente.

La nuit précédente? Elle avait l'impression que sa course effrénée remontait à plusieurs jours déjà, comme si son cerveau vierge avait emmagasiné tellement de souvenirs depuis sa fuite qu'il était sur le point d'exploser. Elle réalisa également qu'elle ne connaissait Éthan que depuis une douzaine d'heures et que sa vie reposait pourtant entièrement entre ses mains... Il pouvait la dénoncer d'un moment à l'autre. Elle se morigéna d'avoir une telle pensée. Pourquoi aurait-il dépensé une fortune en puce, biocolle, perruques et vêtements au lieu de la livrer aux gardes pendant son sommeil? Non, Éthan était son ami; il ne la trahirait pas, pas après tout ce qu'il avait fait pour elle.

Le couple parvint dans le hall surmonté d'une immense coupole de verre. L'endroit était loin d'être aussi désert que la nuit passée. Des gens en grand nombre discutaient tranquillement, assis sur de confortables banquettes ; d'autres ne faisaient que passer, une serviette sur les épaules ou des sacs plein les bras, selon qu'ils se rendaient à la piscine ou qu'ils rentraient des centres commerciaux.

Quelques-uns leur adressèrent un salut courtois auquel Éthan répondit par un sourire discret assorti d'un hochement de tête. Quoique crispée et toujours sur ses gardes, Sam s'efforça de l'imiter. Elle jeta un coup d'œil en direction de la porte qui avait ralenti ses agresseurs et se demanda comment elle aurait réagi si, durant la nuit, elle s'était retrouvée devant autant de personnes. Aurait-elle tiré sur tout le monde ? En aurait-elle été capable ?

Elle chercha la vérité au fond d'elle et sa réponse la glaça d'effroi. Oui, pour sauver sa peau, elle aurait sans doute tiré. Elle se demanda alors où était passée son arme. Éthan la lui avait-il prise ? S'en était-il débarrassé pour pouvoir passer le contrôle de police sans problème ? Il faudrait qu'elle pense à le lui demander, plus tard.

Son compagnon se dirigea d'un pas décidé vers les portes translucides des ascenseurs. Mais, lorsqu'un ascenseur arriva à leur étage, Sam faillit s'étrangler en découvrant les uniformes blancs des gardes de l'AI. Elle eut un regard paniqué à l'adresse d'Éthan qui, en guise de réponse, lui caressa la main. Elle crut que son cœur allait défaillir et une irrépressible envie de se mettre à courir la reprit, comme la veille.

« Courir ! » Elle s'efforça de regarder ailleurs pour résister à la tentation qui taraudait son cerveau. « Courir ! Courir ! » hurlait celui-ci, comme si la vue de ces hommes déclenchait automatiquement cet ordre impétueux. Elle baissa les yeux et serra de toutes ses forces la main de son protecteur pour résister à son instinct.

Les portes s'ouvrirent et un flot de personnes se déversa

dans le hall, libérant les gardes qui passèrent à côté d'eux sans même la remarquer. Elle eut un soupir de soulagement. Éthan la félicita du regard. Elle venait de tromper la vigilance des gardes et c'était une première victoire encourageante.

Ils pénétrèrent dans l'ascenseur qui se referma sur eux dans un chuintement feutré. Une voix féminine surgie d'un haut-parleur fit sursauter Sam.

— *Bienvenue à vous, Anabel Grisam, Éthan Wyatt. Veuillez énoncer votre destination, s'il vous plaît.*

— Aérogare numéro trois, prononça distinctement Éthan.

Aussitôt, la bulle de verre quitta le niveau neuf dans la direction souhaitée.

— T'as vu, ça a marché ! souffla Éthan. Le détecteur biométrique de l'ascenseur a pris en compte ta micropuce !

— Vu ta surprise, on dirait que tu avais de sérieux doutes sur nos chances de réussite…

— Un peu, c'est vrai. Mais, si l'ascenseur a détecté ton identité, il en sera certainement de même à l'aérogare. Tiens, regarde, de là, on a une belle vue d'ensemble de *Samildria*.

De ce côté, plus de mer ni de ciel, mais des bâtiments immenses alliant verre et métal. L'architecture audacieuse mélangeait balcons, verrières et jardins suspendus dans un labyrinthe de structures métalliques et végétales. La technologie en symbiose avec la nature était le maître mot des concepteurs du XXIIe siècle. Toutes les nouvelles constructions, qu'elles fussent terrestres, aériennes ou maritimes, devaient être écologiques. *Samildria*, par exemple, utilisait le méthane sous-marin comme principale source d'énergie et recyclait tous les déchets afin de ne pas polluer l'océan sur lequel elle naviguait.

Un réseau d'ascenseurs tridimensionnels courait le long des tubes d'acier pour permettre aux usagers de se rendre le plus rapidement possible d'un bout à l'autre de l'île en quelques minutes. Sam ouvrait des yeux ébahis pour ne rien perdre du spectacle fascinant qui défilait en dessous d'elle. Éthan, lui, ne la quittait pas des yeux.

Après quelques minutes, leur ascenseur s'ouvrit sur une vaste salle dont les teintes orangées contrastaient avec la blancheur qui dominait dans le reste de l'île. Ils ne répondirent pas au salut courtois de la voix de synthèse de l'ascenseur qui leur souhaitait un agréable voyage et se dirigèrent d'un pas rapide vers le centre de la salle. Plus vite ils passeraient les contrôles d'identité, plus vite ils monteraient à bord de la navette.

Sam sentit la main d'Éthan devenir moite. Elle se demanda s'il avait aussi peur qu'elle.

Lorsqu'elle aperçut les nombreux uniformes blancs entre les passagers qui patientaient, à nouveau elle dut lutter contre la force qui lui ordonnait de courir le plus vite et le plus loin possible. Elle s'interrogea sur la nature de cette réaction systématique. Était-elle due au traumatisme, ou à autre chose, à un mécanisme artificiel ? Était-il possible de programmer le cerveau humain pour qu'il réagisse à certains stimuli visuels ou sonores ? Il faudrait qu'elle se renseigne là-dessus aussi.

Alors qu'ils se trouvaient dans la file d'attente, elle chuchota :

— Je suppose qu'ils fouillent aussi les bagages.

— Oui, mais ils ne les ouvrent pas : ils possèdent des détecteurs très sophistiqués qui détaillent et filment le contenu de chaque sac ou valise. Rien ne peut leur échapper. Pourquoi ? Ça t'inquiète ?

— Qu'as-tu fait de mon arme et de ma combinaison noire ?

— Je me suis débarrassé de ta tenue, fit Éthan à voix basse. Quant à ton Blodless 245, je l'ai donné à mon contact informaticien pour qu'il trafique le fichier des passagers.

— Hein ? Mais tu aurais pu me demander mon avis, tout de même !

Son ami balaya les alentours d'un regard inquiet.

— J'ai pas eu le temps. De toute façon, jamais les gardes ne t'auraient laissée embarquer avec ça en poche. Je te rappelle qu'il s'agit d'une arme militaire… Elle t'aurait aussitôt trahie ! Attention, ça va bientôt être à nous. Ne dis rien, ne fais rien qui puisse attirer l'attention. Compris ?

Elle sentit l'adrénaline l'envahir et faillit se sentir mal. Elle serra la main de son ami de toutes ses forces et baissa les yeux, terrorisée à l'idée de croiser le regard d'un des gardes de l'AI. En dépit de sa transformation radicale, elle se disait que ses yeux ne pouvaient pas mentir et que les gardes allaient tout de suite découvrir la supercherie. Elle réalisa alors avec stupéfaction et horreur qu'elle avait une envie folle de tous les descendre, comme l'autre nuit dans le couloir. Finalement, Éthan avait bien fait de se débarrasser de cette arme.

Le jeune homme passa le premier sous l'arche métallique des contrôles d'identité, aussitôt suivi de Sam. Rien ne bipa, aucun garde ne bougea, personne ne se tourna vers elle.

L'instant d'après, ils étaient passés.

Éthan s'empressa de récupérer sa valise qui avait, elle aussi, brillamment triomphé de l'épreuve. Emporté par une soudaine vague d'euphorie, il passa son bras autour des épaules de Sam et l'embrassa sur la joue. Quoi de plus naturel pour un couple d'amoureux ! Rassurée à son tour, la jeune femme lui adressa un franc sourire.

Ils pressèrent le pas, soulagés d'avoir réussi. Sam allait enfin pouvoir s'envoler vers Kotaris et partir en quête de son identité.

— Mademoiselle Grisam ! cria tout à coup l'un des gardes dans leur dos.

Le sang d'Éthan ne fit qu'un tour. Il se figea. Sam, qui se voyait déjà à mille lieues de là, ne sembla pas réagir à la sommation. Elle continuait d'avancer vers la sortie quand elle sentit la main de son ami la retenir.

— Anabel Grisam, répéta le garde en haussant le ton, veuillez vous arrêter !

— Sam ! C'est à toi qu'il s'adresse, lui murmura Éthan sans se départir de son sourire pour essayer de faire bonne figure. Retourne-toi lentement sans prendre peur et souris-lui.

6

Le cœur de Sam se figea et son sang quitta son visage instantanément. Ses mains déjà moites se mirent à trembler, alors que ses jambes manquaient de la lâcher. « Ne pas paniquer, surtout ne pas me mettre à courir ! s'exhorta-t-elle, au bord du gouffre. Cette fois, les gardes n'hésiteront pas à me tirer dessus... à nous tirer dessus à tous deux ! »

Elle respira péniblement et, au prix d'un effort suprême, se retourna lentement. Elle aurait voulu que son mouvement soit le plus naturel possible, mais ses gestes étaient saccadés et l'angoisse se lisait sur son visage décomposé.

— Souris ! lui souffla Éthan, de plus en plus nerveux.

Quelque chose clochait. Il fallait qu'il tente quelque chose, vite. Comme le garde s'impatientait visiblement, il s'avança dans sa direction.

— Que se passe-t-il ? Il y a un problème ? demanda-t-il d'une voix un peu trop forte.

— Vous êtes ensemble ? Monsieur...

Le garde se pencha pour lire l'écran de contrôle.

— Monsieur Wyatt ?

Contre toute attente, Sam s'interposa entre les deux hommes. Son protecteur avait pris suffisamment de risques comme ça ; ce n'était pas à lui de tout assumer.

— En effet, il est avec moi, déclara-t-elle d'une voix douce en s'efforçant de sourire. Puis-je savoir ce qui ne va pas ?

— Rien du tout, mademoiselle. Vous avez juste oublié de récupérer votre sac. Tenez !

La pression accumulée retomba d'un coup. Le visage de la jeune femme afficha un franc sourire.

— Oh ! Où avais-je la tête ? Merci beaucoup. Heureusement que vous étiez là !

Elle récupéra son sac qu'elle mit en bandoulière, passa son autre bras autour de la taille d'Éthan et l'entraîna vers la sortie.

— J'y crois pas ! murmura son ami en secouant la tête. Tout ce stress pour un sac ! Ne me refais jamais plus ce coup-là ! J'ai cru qu'on était foutus.

Pour toute réponse, elle l'embrassa sur la joue à son tour. Il la regarda, surpris. Elle lui sembla étonnamment fraîche, insouciante et en même temps forte et sûre d'elle. Elle venait d'affronter le garde avec un sang-froid remarquable. Malgré les épreuves qu'elle avait vécues, elle possédait une extraordinaire capacité d'adaptation et de récupération.

La navette dans laquelle ils embarquèrent était déjà bondée. Une hôtesse souriante leur indiqua leur place et ils s'installèrent rapidement. L'horloge holographique indiquait quatorze heures cinquante-six. Dans dix minutes, ils décolleraient ; dans deux heures, ils débarqueraient à Kotaris.

« Dire qu'au siècle dernier il fallait plus de douze heures pour relier l'océan Pacifique à l'ancienne Europe ! » songea Éthan. Les moyens de transport avaient vraiment évolué de façon spectaculaire. Grâce aux navettes ultrarapides, on n'était jamais à plus de deux heures du point le plus éloigné du globe.

Sam était ravie, car Éthan lui avait cédé la place près du hublot. Elle allait pouvoir se remplir les yeux d'images. Elle avait hâte de découvrir à quoi ressemblait ce monde dont elle n'avait aucun souvenir. Par ailleurs, elle comptait mettre à profit les deux heures de répit qui s'annonçaient pour assaillir son compagnon de questions et tâcher de rattraper ses lacunes. Elle en avait assez de passer pour une ignorante chaque fois qu'il mentionnait quelque nouvelle technologie.

— *Bienvenue à bord du vol 856 à destination de Kotaris!* annonça une voix féminine. *Le commandant de bord vous souhaite un agréable voyage sur nos lignes et vous rappelle que des rafraîchissements ainsi que des Lun-L sont à votre disposition dans vos accoudoirs. L'arrivée à Kotaris est prévue pour seize heures cinquante-six à l'aérogare n° 145. Attention à la fermeture automatique des ceintures de sécurité. Merci.*

À peine Sam eut-elle le temps de regarder où se trouvaient ces fameuses ceintures que deux bandes de tissu transparent jaillirent de son fauteuil pour venir se croiser sur sa poitrine et s'enclencher de chaque côté de ses cuisses. Devant l'air étonné de sa protégée, Éthan se livra à une petite explication avant même que Sam la lui demande.

— Ce sont des ceintures en fils de soie d'araignée. Plus solides que l'acier et plus souples que les fibres végétales, elles sont conçues pour amortir en douceur les chocs les plus violents.

Il la fixa avec intensité.

— Je suis heureux que mon plan ait fonctionné comme prévu, et aussi que tu sois là avec moi!

— Moi aussi. Je te remercie pour tout ce que tu as fait. J'ai une dette envers toi et j'espère qu'un jour j'aurai l'occasion de te prouver ma reconnaissance.

— L'occasion se présentera, je n'en doute pas, rétorqua-t-il en souriant.

Les passagers ne sentirent aucune vibration lors du décollage. Les derniers modèles de navettes étaient réputés pour leur stabilité et leur discrétion.

Pas de secousse, comme dans d'la mousse. Pas de bruit, comme dans vot'lit! chantait le slogan de la nouvelle campagne de publicité.

Éthan ferma les yeux. Il allait enfin pouvoir se laisser aller et prendre un peu de repos. La nuit précédente avait été éprouvante et il avait besoin de se détendre avant l'arrivée. Il savait que rien ne serait facile à Kotaris. Mais chaque chose en son temps.

Au bout d'un quart d'heure de survol de l'océan, les yeux repus de bleu, Sam détourna enfin le regard du hublot pour regarder son voisin. Il dormait, la bouche légèrement entrouverte. Cette image attendrit la jeune femme et, mentalement, elle le remercia encore une fois pour tout ce qu'il avait fait pour elle. La veille, cet homme n'était qu'un inconnu qu'elle n'aurait pas hésité à tuer; il était devenu un ami. « Mon seul ami », rectifia-t-elle. Grâce à son aide, elle avait échappé à la garde noire à deux reprises.

Aussi, malgré toutes les questions qui la taraudaient, elle renonça à le réveiller. Pour passer le temps, elle ouvrit son accoudoir et en sortit un des trois sachets de Magicdrink offerts par la compagnie. Comme il n'y avait rien d'autre à boire, elle se résolut à goûter ce produit révolutionnaire.

De quoi avait-elle envie? Quelque chose de frais, de pétillant et de fruité lui conviendrait parfaitement. Elle porta l'un des angles à ses lèvres et aspira avec méfiance le contenu du sachet en fibres végétales. La surprise fut de taille. La boisson correspondait exactement à ce dont elle avait envie. C'était incroyable, mais cela ne l'empêcha pas de se demander quels en étaient les ingrédients et quelle saveur la boisson adoptait lorsqu'on ne pensait à rien.

En poursuivant son exploration, elle dénicha une étrange paire de lunettes de soleil. Très larges et d'une légèreté stupéfiante, elles se posaient sur le nez, recouvrant entièrement les yeux. Leurs fins manchons métalliques, terminés par des embouts jetables, se glissaient à l'intérieur des oreilles. Dès qu'elle les essaya, Sam fut immédiatement plongée dans l'obscurité tandis qu'une petite voix résonnait dans ses tympans :

— *Bonjour, Anabel Grisam. Soyez la bienvenue sur canal-NUR. Pour sélectionner un programme, faites défiler le menu et signalez votre choix en double-clignant les yeux.*

Un long menu apparut aussitôt : *actualités, art, clips, concerts, conférences, dessins animés, émissions, films, gastronomie, jeux, littérature, musique, presse, reportages, séries, spectacles, sport.*

Sam resta interdite un moment. Jamais elle n'aurait imaginé que le choix proposé fût aussi vaste. Son œil s'attarda sur plusieurs mots. En fait, elle aurait aimé tout regarder. Néanmoins, son regard revint sur la rubrique des jeux. Mue par la curiosité, elle cligna deux fois les yeux. Le menu changea instantanément et de nouvelles catégories défilèrent : *arcade, aventure, cartes, casse-brique, casse-tête, combat, destruction, guerre, mondes virtuels, multijoueurs, réseau, rôle, réflexion, shoot them'up, stratégie, tests.*

Tiens ! Pourquoi pas ! Elle appuya son regard sur le mot *tests*. Elle avait envie de se changer les idées et c'était une façon originale d'en apprendre un peu plus sur elle-même, après tout.

Plusieurs batteries de tests, rangés par ordre alphabétique, s'affichèrent sur l'écran et se succédèrent à un rythme infernal. Elle ne savait plus où regarder. Il y en avait tellement qu'elle ne parvenait pas à tous les lire.

— *Vitesse de lecture trop rapide,* reprit la voix dans ses oreilles. *Attention, ce sont vos yeux qui règlent la vitesse.*

Elle posa alors son regard sur un titre au hasard, passa à un deuxième, puis à un troisième, et la liste ralentit pour suivre la cadence imposée par le mouvement de ses pupilles.

Le procédé par détecteur infrarouge était d'une précision surprenante.

Le mot *intelligence* retint son attention. Elle double-cligna. Un nouvel écran lui proposa un choix d'une dizaine de tests conçus pour évaluer le QI des utilisateurs. Elle choisit de commencer par le premier.

— *Une série de soixante-quatre questions, divisées en quatre catégories, vont vous être posées. Répondez le plus rapidement possible. Le total des bonnes réponses associé à votre rapidité déterminera votre QI. Bonne chance !*

Les lettres de la première catégorie scintillèrent à l'écran: *Test de logique.* La consigne de la première épreuve était la suivante: *Déplacez les deux allumettes de façon à obtenir quatre carrés qui se touchent.* Sam sourit. « Trop facile ! » La deuxième, qui consistait à compléter une série de dés, lui sembla tout aussi enfantine.

Les épreuves se succédèrent et Sam les enchaîna avec aisance, trouvant immédiatement le dessin, le domino ou encore la carte qui convenait. Puis vinrent les tests numériques qui s'avérèrent également d'une facilité déconcertante. Les problèmes mathématiques simplissimes et les suites à compléter furent trop vite expédiés pour être véritablement intéressants. Elle se demanda même un instant si ce n'était pas un test pour enfant.

La quatrième catégorie, celle des tests linguistiques, vint la rassurer. Elle s'aperçut avec soulagement que, si elle n'avait plus de souvenirs personnels, elle n'avait cependant aucune lacune au plan du vocabulaire, des analogies sémantiques et des associations de mots. Son amnésie était donc bien d'ordre autobiographique, et non sémantique ou fonctionnel.

Enfin, elle aborda la dernière catégorie: *Test spatial.* Retrouver un dessin intrus, chercher les différences entre deux images, détecter l'anomalie... Là non plus elle n'éprouva aucune difficulté.

En moins de dix-sept minutes, elle avait bouclé les soixante-quatre questions du test.

— *Félicitations!* s'exclama la voix. *Vous venez de réaliser un sans-faute dans un délai très court. Votre QI est de 171. Vous êtes exceptionnellement intelligente. Souhaitez-vous effectuer un nouveau test, ou revenir au menu initial?*

Sam fut très surprise du résultat. Elle se demanda quelle valeur donner à ce genre de test. En son for intérieur, elle aurait cent fois préféré être moins intelligente et avoir conservé quelques souvenirs.

« Si ça se trouve, les tests sont classés par ordre de difficulté croissante; le premier était par conséquent le plus facile. Bon, si je trouvais plutôt un reportage sur Kotaris pour... »

Une pression sur son bras gauche la fit sursauter. Elle s'empressa de retirer ses Lun-L.

— Regarde par le hublot, lui souffla Éthan. Nous allons survoler les Amériques Unies. Tu vas voir, c'est superbe!

Elle abandonna son joujou haute technologie pour se plonger dans la contemplation du paysage terrestre. À cause de la vitesse de la navette, son ami eut à peine le temps de lui dire que la mince bande côtière appartenait autrefois au Pérou. Puis vinrent les contreforts des Andes, et ses sommets enneigés. Les pics, dont certains dépassaient les six mille mètres d'altitude, étaient d'une blancheur immaculée. Sam n'avait jamais rien vu d'aussi beau. Les neiges éternelles cédèrent bientôt la place aux plaines désertiques de l'altiplano. La tache bleu vif d'un lac, entourée d'une immense cité moderne aux tours de verre, la fit s'extasier.

— C'est Titicaca City! commenta Éthan. Une ville créée par et pour les Indiens aymaras. Éparpillés, exclus ou rejetés, ils ont fini par se regrouper ici et ils vivent en autarcie sur ce territoire qui était celui de leurs ancêtres. D'autres communautés indigènes ont suivi leur exemple et assurent ainsi la survie de leur culture, tout en s'adaptant à notre époque.

Sam acquiesça sans trop comprendre. Déjà, la navette survolait l'autre versant de la cordillère andine et passait au-dessus du majestueux Illampu qui se dressait fièrement à six mille cinq cent cinquante mètres d'altitude. Puis, sans prévenir, une mer émeraude de végétation luxuriante inonda les yeux de Sam.

— Au XXIe siècle, l'Amazonie était encore la forêt la plus grande du monde, mais la convoitise des hommes l'a presque réduite à néant. On y a tout pillé : bois exotiques, pierres précieuses, pétrole, hydrocarbures... Un véritable désastre écologique. Il n'en reste plus que de petites zones boisées qui ne tarderont pas à être rasées au profit des grandes exploitations agricoles qui jalonnent le bassin de l'Amazone. On y produit des biocarburants économiques, des céréales transgéniques, des légumes antibiotiques... Ce n'est pas un hasard si toutes ces productions riment avec fric. L'Amazonie est devenue une manne pour les nouvelles biotechnologies.

Comme pour illustrer les propos d'Éthan, la forêt disparut progressivement pour laisser place à d'immenses plaines dont les couleurs valsaient entre le vert et le jaune. Pendant dix longues minutes, la navette survola les vestiges de ce qui avait été le poumon de la planète. Puis, de nouveau, ce fut le bleu infini de l'océan. L'Atlantique.

En moins d'un quart d'heure, ils avaient survolé l'un des quatre conglomérats économico-politiques de la planète, les Amériques Unies.

Comme Éthan lui expliquait qu'ils arriveraient à Kotaris dans une petite heure, Sam en profita pour lui demander quelques précisions sur cette ville. Il s'exécuta volontiers.

En plus d'être la capitale de l'Eurafrique, Kotaris était l'une des plus grandes villes du monde et certainement la plus haute. Capitale métisse, carrefour de deux continents que tout opposait, elle avait été édifiée sur une île du lac Méditerranée. Mais bientôt, la place venant à manquer, la ville avait poussé en hauteur et s'était organisée autour de nouveaux axes. Kotaris était à présent une cité verticale, grouillante de vie, trépidante de bruit et de mouvement. Presque trente millions de personnes s'entassaient dans les colonnes d'acier qui narguaient le ciel en se lançant sans cesse de nouveaux défis technologiques.

Éthan conclut en affirmant que Kotaris était une ville formidable où tout était encore possible, une ville d'art et de science, résolument ouverte sur l'avenir, à la fois tolérante et cosmopolite : une Babel à la portée des hommes. Pour rien au monde il n'aurait habité ailleurs. Pourtant son discours exalté laissa Sam indifférente. Elle songeait encore au résultat du stupide test auquel elle s'était soumise.

— Éthan, c'est beaucoup, un QI de 171 ?

Le jeune homme la regarda de travers.

— Sam, tu n'as rien écouté de ce que je viens de te dire ? C'est toi qui voulais en savoir plus sur l'endroit où j'habite. Un QI de 171 ! C'est carrément impossible ! Personnellement, j'ai un QI de 135 et, sans me vanter, c'est déjà énorme. On peut dire que je fais partie d'une certaine élite intellectuelle. Seulement deux pour cent de la population atteint une telle performance. À ma connaissance, personne ne peut avoir un QI de 171, à moins, bien sûr, d'avoir un cerveau trafiqué.

Il disait ça pour plaisanter, mais Sam resta bouche bée. Un cerveau trafiqué ? Trafiqué au point de devenir exceptionnellement intelligent ? Trafiqué au point de devenir amnésique ?

Elle revit les yeux froids du chirurgien sadique. Que lui avait-il réellement fait ? Son tortionnaire l'avait-il seulement scalpée pour lui enlever sa puce, ou lui avait-il fait subir autre chose ?

Plus déterminée que jamais, elle chaussa à nouveau les Lun-L. Il lui restait encore neuf tests d'intelligence à effectuer. Elle verrait bien s'il s'agissait ou non d'une erreur.

Lorsque la navette se posa dans l'aérogare n° 145, elle venait d'obtenir le résultat de son dernier test. Si elle avait pris tout son temps pour répondre au premier, en revanche, là, elle s'était dépêchée afin d'en faire le maximum. Quatre tests en moins de quarante minutes. Elle avait pulvérisé tous les records et les résultats ne faisaient que corroborer le premier ; ils révélaient de 168 à 174 de QI.

C'était maintenant une certitude, elle était dotée d'un quotient intellectuel très largement supérieur à la moyenne. Elle dépassait même de loin la performance d'Éthan. Elle décida toutefois de garder cette information pour elle, de plus en plus certaine qu'on avait effectivement trafiqué son cerveau. Elle ignorait encore quel genre d'intervention elle avait subie, mais l'idée commençait à faire son chemin que son amnésie ne devait rien au hasard, ni à un choc ni à un traumatisme quelconque. Quelqu'un avait volontairement effacé ou volé sa mémoire autobiographique. Pourquoi ? Que cherchait-on à savoir ? Quelles précieuses informations détenait-elle ? Concernaient-elles Treg Astelli ? Ou, alors, de quoi ne voulait-on pas qu'elle se souvienne ? Devait-elle ignorer ce qu'elle avait autrefois su ?

À force de se poser toutes sortes de questions, Sam en vint à se demander si, ce que la garde noire recherchait vraiment, ce n'était pas plutôt ses souvenirs que sa propre personne. C'était peut-être pour cela qu'on la voulait vivante. Morte, son cerveau ne serait plus lisible. Oui, ça se tenait. Mais, dans ce cas, cela signifiait que l'homme qui l'avait rasée, probablement scalpée, et qui avait peut-être trafiqué ses souvenirs ne faisait pas partie de l'AI. En toute logique, l'AI ignorait donc qu'elle était devenue amnésique. C'était pourquoi les gardes lui couraient après la veille. Ils ne lui avaient pas tiré dessus parce qu'ils étaient persuadés qu'elle détenait encore les précieuses informations.

Même si Éthan avait l'air de penser que ce n'était pas bon signe qu'on la veuille vivante, Sam en était plutôt soulagée. Elle voulait voir le bon côté des choses. Au moins, elle était encore vivante et cela lui laissait une chance de ne pas être la dangereuse criminelle qu'ils faisaient semblant de rechercher. Cette monstrueuse accusation n'était peut-être effectivement qu'un prétexte pour lancer un avis de recherche contre elle afin de la retrouver au plus vite.

Pourtant, en y réfléchissant bien, elle n'était pas si innocente que cela. Tout semblait l'accuser, au contraire : elle avait côtoyé d'assez près un meurtrier kamikaze, elle pensait même l'avoir aimé. Pire encore, pas plus tard que la veille, elle avait abattu plusieurs gardes sans éprouver le moindre remords.

Pourquoi autant de contradictions et de mystères jalonnaient-ils sa vie ? Pourquoi sentait-elle constamment une sourde terreur oppresser son cerveau ? Et cette question lancinante qui ne la quittait pas, qui l'assaillait à chaque seconde comme un leitmotiv aliénant : « Qui suis-je ? »

Elle était jeune, jolie, très intelligente. Pourtant, il lui manquait l'essentiel, des souvenirs. Elle n'avait pas de nom, pas d'image, pas d'enfance, pas de parents, pas d'amis, pas d'histoire. Seulement du vide. Elle n'était qu'une enveloppe charnelle avec des organes en parfait état de marche et un cerveau hors norme. Privée de souvenirs et donc d'identité, elle se sentait comme une machine… comme un ordinateur surpuissant doté d'un processeur de dernière génération, mais qui ne servait à rien. Elle réalisait avec effroi que son amnésie lui ôtait toute humanité.

Éthan l'avait appelée Sam comme il avait donné le nom de Chloé à son ordinateur. En fin de compte étaient-elles vraiment différentes, toutes les deux? Cette nouvelle question l'effraya soudain plus que toutes les autres, même si l'idée qu'elle n'était qu'une machine lui semblait absurde.

« Ne délire pas! s'admonesta-t-elle. Les ordinateurs ne pensent pas, ne ressentent rien, n'ont pas d'humour ni de sentiments. Je n'ai rien en commun avec ces machines. Moi, je vis, je réfléchis, je ressens de la peur, de la tristesse, de la joie, du soulagement... Je suis bien vivante. Il ne me manque qu'une mémoire, et je vais me battre pour récupérer mes souvenirs. Oui, je vais me battre ! »

Éthan posa la main sur son bras. Kotaris ne devait plus être loin. D'un mouvement rapide, elle ôta ses Lun-L.

— On est arrivés, fit l'homme. Tu as raté l'atterrissage. Dommage ! Tu aurais pu profiter d'une vue exceptionnelle. Kotaris vue du ciel, c'est grandiose. Tu dormais ?

— Non, je... enfin, oui, je somnolais, mentit Sam.

Elle ne tenait pas à partager ses questions existentielles avec Éthan. Pas encore, du moins.

— D'abord, nous allons récupérer nos bagages. Cette fois, tâche de ne pas oublier ton sac ! Puis nous prendrons un taxi qui nous conduira chez moi. Là, tu seras vraiment en sécurité. Tu n'auras plus rien à craindre.

Elle hocha la tête en silence et, anxieuse, se leva pour suivre Éthan jusqu'à la sortie.

7

L'aérogare n° 145 était un hall gigantesque, un dôme de béton et de verre où déambulait une foule hétéroclite. Les touristes prêts à embarquer, reconnaissables à leur teint pâlichon et à leur air jovial, croisaient ceux qui rentraient de vacances, bronzés, mais la mine renfrognée. Les hommes d'affaires, toujours pressés, traitaient avec mépris les employés de la SAK, la Société des Aérogares de Kotaris. Vigilants, les gardes de l'AI surveillaient toutes ces allées et venues pour dissuader les tentatives de fraudes, les vols ou trafics divers, pendant que leurs homologues des douanes contrôlaient tout.

L'aérogare desservait les quatre îles artificielles de la New Island Company. La paradisiaque *Samildria* était de loin la plus gigantesque et se révélait une affaire extrêmement juteuse pour son propriétaire, un riche industriel de l'empire asiatique.

En apercevant les combinaisons blanches des gardes, Sam se sentit à nouveau submergée par l'angoisse. Son cœur s'emballa et, si Éthan ne l'avait retenue fermement, elle serait remontée aussitôt dans la navette. L'idée de subir un nouveau contrôle biométrique la rendait affreusement nerveuse.

— Du calme ! Ne prends surtout pas panique ! lui souffla son ami. Tu es méconnaissable et, normalement, ici, personne ne te recherche.

Effectivement, ils passèrent auprès des détecteurs de puces et aucun système d'alarme ne se déclencha. Même les gardes, habituellement méfiants et ombrageux, ne leur adressèrent pas un regard.

Ils s'engagèrent sur un tapis roulant qui les emmena dans un dédale de couloirs ornés de fresques colorées. Sam était sidérée par l'immensité des lieux ; elle demanda à son compagnon si toutes les aérogares étaient aussi grandes que celle-là.

— Chacune des deux cents aérogares de Kotaris est construite sur le même modèle. Les navettes atterrissent au centre. Le dôme de polyverre se rétracte dans les parois de béton pour les laisser entrer avant de se refermer derrière elles. Les voyageurs, eux, empruntent différents chemins mécaniques qui relient la piste d'atterrissage à une vingtaine de plateformes. C'est l'une d'entre elles que nous allons rejoindre. Là-bas, nous prendrons un vala.

— Tu vas encore te moquer de moi, mais c'est quoi, un vala ? osa demander Sam en souriant.

— C'est un véhicule aérien léger autopiloté. Ces engins sont au service des habitants de Kotaris et ils fonctionnent sans chauffeur. Tu as juste à t'asseoir et à regarder le paysage. C'est l'appareil qui s'occupe de te conduire à destination, en te garantissant rapidité, fiabilité et sécurité. Malgré une vitesse moyenne de cent cinquante kilomètres à l'heure, il n'y a jamais eu d'accident à déplorer. Les valas sont programmés pour éviter tout obstacle. Terminés aussi les embouteillages, car chaque vala établit son parcours en fonction des autres. Aucun risque de se perdre grâce au téléguidage GPS. Enfin, finie la galère des véhicules volés ou mal garés. Kotaris a été la première capitale à se doter d'un service de transport urbain aussi moderne. Depuis, bon nombre de grandes villes l'ont imitée et tout le monde y trouve son compte.

— C'est un service payant ? s'informa Sam.

— Tu sais, il n'existe pas grand-chose de gratuit, de nos jours. Mais la somme exigée est ridicule, comparée au service rendu et au gain de temps, surtout. Ici, personne ne se déplace autrement qu'en vala, sauf quelques excentriques qui possèdent leur propre véhicule volant ; mais c'est rarissime, car leur prix reste exorbitant. Si tu additionnes l'achat, l'assurance, l'entretien...

— Le carburant, compléta la jeune femme.

— Non, les valas fonctionnent à l'électricité et possèdent des batteries autorechargeables. De s'équiper d'un tel parc a constitué une dépense gigantesque pour la ville, mais c'était la seule solution pour fluidifier le trafic, alléger la circulation urbaine et lutter contre la pollution... Tiens, nous arrivons justement à la plateforme d'Esperanza.

Sam faillit demander si c'était le nom du quartier où vivait Éthan, mais elle renonça. Si elle posait sans arrêt des questions, il allait la prendre pour une demeurée. Comment lui révéler qu'elle avait un quotient intellectuel de 171, si elle ignorait tout du monde qui l'entourait ?

La plateforme était un immense salon à trois étages dans lequel patientaient les voyageurs en attendant d'être appelés. Canapés de velours blanc autonettoyant, écrans géants diffusant Canal Kotaris et diverses boutiques rendaient l'attente presque agréable et souvent utile, puisqu'elle permettait de faire quelques courses avant de regagner son home.

Malgré l'affluence qu'engendrait l'heure de pointe, Sam et Éthan furent rapidement appelés jusqu'à la piste d'embarquement. Le couple devant eux s'engouffra dans un vala de couleur orange qui démarra en trombe, alors qu'un suivant, bleu électrique, prenait déjà sa place. La porte latérale s'ouvrit.

Éthan s'y engagea le premier en invitant son amie à le suivre. Mais Sam semblait scotchée à l'un des écrans géants et Éthan dut crier son nom pour qu'elle réagisse enfin.

— Sa… Anabel ! Magne-toi ! Y a des gens qui attendent derrière toi.

Lorsqu'elle le regarda à nouveau, elle était livide. Elle se glissa à ses côtés et s'installa sur la banquette lovée autour d'une table ovale. La porte se referma en silence.

— 123, tour Soraya, ordonna Éthan d'une voix ferme, avant de se rendre compte de la pâleur de son amie.

— Que se passe-t-il ? On dirait que tu as aperçu un fantôme !

— Presque, murmura-t-elle en déglutissant avec peine. Je viens de voir mon avis de recherche sur un des écrans, là-bas. On diffuse mes photos, les deux, avec et sans cheveux. Sans doute les mêmes que tu as vues sur *Samildria*.

— Aïe ! s'écria Éthan en soupirant. J'imagine que toutes les grandes villes du monde vont voir défiler ces photos ; pour l'AI, si par malheur tu parviens à quitter l'île artificielle, tu peux aller te cacher n'importe où. Ils vont donc diffuser ton signalement sur toute la planète. Putain ! Moi qui croyais qu'on serait plus tranquilles ici ! Je ne sais pas dans quel pétrin on s'est fourrés, mais on y est jusqu'au cou.

Sam sursauta. Un brin vexée, elle faillit rétorquer qu'elle ne l'avait pas forcé à l'aider, que c'était même lui qui avait insisté pour l'emmener jusque-là. Mais en repensant à tout ce qu'il avait déjà fait pour elle, elle préféra ne rien dire et se recroquevilla, morose, contre le dossier moelleux de la banquette.

Mais Éthan, qui semblait réellement contrarié, n'avait pas fini.

— Ça m'apprendra, tiens, à jouer les héros ! C'est tout moi, ça. Une jolie fille en détresse et j'accours sans réfléchir aux conséquences. Ce que je peux être naïf, parfois! On ne berne pas l'AI aussi facilement! Qu'est-ce qui m'a pris, bon sang?

Sam ne put contenir sa stupéfaction plus longtemps. Au risque de passer pour une ingrate, elle répliqua:

— Eh! si tu regrettes de m'avoir aidée, très bien, on s'arrête là. Tu me déposes quelque part, n'importe où, je m'en fiche. On se dit au revoir et je sors de ton existence. Il n'est pas encore trop tard, tu sais!

Son air froid et déterminé surprit Éthan. Il décida de mettre les choses au clair.

— Si, justement! Il est trop tard! Si les gardes découvrent que la fugitive leur a échappé grâce à une micropuce au nom d'Anabel Grisam, ils vont vite faire le lien avec moi. Éthan Wyatt, c'est mon vrai nom, figure-toi, et, sur tous les fichiers et écrans de sécurité on est toujours ensemble. Je suis complice de ton évasion.

Sam resta coite. Une gifle lui aurait fait le même effet. Elle venait de réaliser que la situation n'était pas aussi simple qu'elle l'avait cru.

— Comprends-moi, Sam, je ne regrette pas ce que j'ai fait, poursuivit son protecteur plus calmement, mais on est tous les deux dans la même galère, maintenant, et il va nous falloir être extrêmement prudents. Au moindre faux pas, on aura tous les deux la garde noire sur le dos. L'AI est partout et traque sans relâche tous ceux qu'elle décrète coupables, à tort ou à raison.

Il prit Sam par les épaules et planta ses yeux noirs dans les siens.

— Excuse-moi, je ne sais pas ce qui m'a pris. J'ai un peu pété les plombs. En fait, jamais l'AI ne pourra faire le rapprochement entre toi et Anabel Grisam. C'est impossible. Et puis, je t'ai fait une promesse et je compte la tenir quoi qu'il arrive.

Je vais t'héberger chez moi et personne ne viendra t'y chercher. Là-bas, tu vas te remettre tranquillement de tes émotions; tes souvenirs vont revenir petit à petit et tout va rentrer dans l'ordre. Il faut y croire, Sam. Bientôt, tu sauras qui tu es, ce qui t'est arrivé et pourquoi la garde noire t'en veut à ce point. Fais-moi confiance, tu n'es plus toute seule. Je suis là !

Elle lui sourit tristement, mais elle était loin de partager son optimisme. Elle ignorait ce qui était à l'origine de son amnésie, mais elle pressentait que ses souvenirs s'étaient définitivement envolés et qu'il faudrait s'y prendre autrement pour résoudre l'énigme de son passé.

Elle soupira en silence. Avait-elle toujours envie de découvrir la vérité? Parfois, de retrouver la mémoire lui semblait une urgence vitale, mais, à d'autres moments, elle aurait donné cher pour repartir à zéro sans se soucier du passé, surtout depuis qu'elle était entrée dans la peau d'Anabel Grisam. Car que se passerait-il si elle venait à apprendre que sa vie était jalonnée de souffrances et de sang? Deviendrait-elle folle? Se jetterait-elle du haut d'une tour, ou replongerait-elle dans l'enfer pour terminer ce qu'elle avait commencé?

Comme des larmes s'annonçaient, elle ferma les yeux pour ne pas montrer son chagrin. Éthan était fort et positif; elle ne devait pas défaillir. Elle n'en avait pas le droit.

Après dix minutes de trajet, le vala se posa sur une plateforme située à l'angle d'une tour et entourée d'une verrière sur chaque côté. Sur la porte du véhicule, un écran luminescent indiquait le prix de la course: six eullards. Éthan passa son poignet devant la somme demandée et la porte s'ouvrit immédiatement.

— Tu as payé avec ta montre? demanda Sam, stupéfaite.

— Ma montre? répéta-t-il, surpris. Non, j'ai une puce bancaire insérée sous la peau qui débite automatiquement mon compte. C'est devenu tellement courant que les autres façons de payer sont en train de disparaître pour de bon.

Comme Sam ouvrait des yeux ronds, il ajouta :

— Ce système n'a que des avantages : pas de sac à trimballer, pas de risque d'oublier ou d'égarer son argent et surtout impossible de se le faire voler.

— À moins de tomber sur un fou qui te charcute le poignet pour extirper cette fameuse puce ou qui te tranche carrément le bras pour pouvoir l'utiliser tranquillement !

— Tu sais bien qu'on y a pensé ! fit Éthan en souriant. La puce se déconnecte dès qu'elle est à l'air libre ou que les battements du cœur cessent. Le compte bancaire est alors immédiatement gelé et devient inaccessible.

— Que se passerait-il si tu refusais de payer le taxi ou si tu dégradais l'intérieur ?

— Tu as de ces questions, toi ! Eh bien, la porte inviolable du vala resterait close et il s'autoprogrammerait pour filer en direction du centre de sécurité le plus proche où tu serais sanctionné pour ton incivilité. Outre la perte de PBC qui entraînerait de lourdes amendes, tu risquerais quelques jours de réclusion en centre de détention. Conclusion, tout le monde paie et respecte le matériel.

Elle approuva d'un hochement de tête et le suivit hors de l'appareil. Le vala repartait déjà pour une autre destination quand, subjuguée par la vue, elle poussa un cri. Derrière les baies vitrées de la plateforme d'atterrissage, Kotaris s'offrait à ses yeux. Elle s'approcha pour admirer l'impressionnante mégapole dans toute sa splendeur verticale.

Une véritable forêt de tours aux formes infiniment variées s'élevait en direction du firmament azur. Dans quelque direction que ce fût, son regard se heurtait à des parois de verre et de métal qui n'en finissaient plus de grimper.

Tours miroirs renvoyant le bleu du ciel, constructions cylindriques ou coniques, buildings opaques ou transparents, gratte-ciel à gradins ou en pyramide, bâtiments aux couleurs vives ou gris argenté... Ces centaines d'édifices n'avaient qu'un seul point en commun, le défi. Toujours plus haut ! Leur hauteur démentielle défiait l'apesanteur et narguait la gravité. Au milieu de cette jungle urbaine se glissaient des chemins d'acier qui serpentaient telles des lianes autour de troncs séculaires, offrant autant de passerelles gracieuses entre les tours.

Sam fut prise de vertige.

— À quel étage sommes-nous ? demanda-t-elle, en reculant de quelques pas.

— Nous ne sommes qu'au 123e, ce qui doit faire environ quatre cent cinquante mètres de haut. Soraya est une petite tour, comparée aux autres, mais on a déjà une belle vue. Allez, viens, ne traînons pas trop.

Elle fit deux pas pour le suivre, mais s'arrêta à nouveau pour contempler l'incroyable vue.

Ce qui la fascinait, ce n'était pas tant la verticalité étourdissante qu'une vague impression de déjà-vu. C'était comme un paysage familier qui vous salue pour vous dire sa joie de vous revoir. C'était comme si Kotaris la reconnaissait et lui souriait de toutes ses tours. Elle n'avait aucun souvenir précis, mais un sentiment grandissant d'avoir vécu là s'imposa bientôt à elle comme une certitude.

— Sam, tu viens ? l'interpella Éthan en lui faisant signe de la rejoindre.

Il s'arrêta devant une porte vitrée, adressa un signe de tête à une caméra invisible et se plia au contrôle du rétiscan. Apparemment, tout était en règle, car les doubles parois de verre s'écartèrent pour les laisser passer. Ils pénétrèrent dans un somptueux couloir dont le sol de marbre reflétait les toiles néo-technos accrochées aux murs.

— C'est ultra-sécurisé, chez toi, s'étonna Sam.

— La sécurité est l'un des maîtres mots de la tour Soraya. Ses 9 000 résidents sont tous fichés et eux seuls sont autorisés à y pénétrer. Évidemment, ils se portent garants de leurs invités. Cela limite les visiteurs indésirables et les risques d'agressions ou de vols sont quasi inexistants.

Il dépassa plusieurs portes en bois blond verni et, alors que le couloir se poursuivait à droite, il posa sa valise devant la porte d'en face. Tout en approchant à nouveau son œil d'un identificateur biométrique mural et en pressant son index sur le petit écran tactile, il s'adressa à un interphone miniature :

— Bonjour, Nao. Je suis de retour. Tu m'ouvres ?

La porte se déverrouilla en émettant une petite musique de bienvenue. Éthan sourit, visiblement heureux d'être de retour chez lui.

Légèrement contrariée, Sam se demanda qui était cette Nao. Éthan avait-il une femme dans sa vie ? Mais elle n'eut pas le temps de le lui demander, car l'appartement dans lequel elle pénétra lui ôta les mots de la bouche. C'était grandiose et elle ne s'attendait pas à un tel luxe. À vrai dire, elle aurait bien vu Éthan vivre dans un petit deux-pièces fonctionnel, mais bordélique, plein de fringues dépliées entassées sous un lit défait, de vaisselle sale empilée attendant qu'une hypothétique éponge vienne la sauver.

Mais l'appartement était tout le contraire. Un seul regard suffit à Sam pour comprendre que chaque chose y avait sa place et que son compagnon devait être très maniaque. Tout était d'une propreté irréprochable et d'un goût très sûr.

Elle fit quelques pas dans la pièce immaculée à la beauté épurée. À la fois spacieux et lumineux, le grand salon blanc s'ouvrait à gauche sur une splendide véranda qui abritait une serre, véritable oasis exotique dont la large gamme de verts offrait un agréable contrepoint de fraîcheur aux derniers rayons du soleil qui déversaient dans la pièce une chaude lumière orangée. Un canapé circulaire entourait une immense table ronde translucide qui flottait à une quarantaine de centimètres au-dessus du sol. Quelques éléments tout en courbes suffisaient à meubler la pièce en douceur. Des collections de livres reliés, des statuettes en terre, des masques tribaux et des céramiques anciennes sans doute rapportées de divers voyages conféraient une touche d'humanité à ce décor minimaliste.

— Fais comme chez toi ! dit Éthan, qui gravissait déjà les marches transparentes d'un escalier hélicoïdal situé à gauche de l'entrée. Sers-toi quelque chose de frais, dans la cuisine, à droite.

Un peu gênée, elle posa son sac auprès du grand canapé blanc et se dirigea vers la cuisine. Là encore, elle constata qu'elle n'était pas au bout de ses surprises : au milieu du mur se trouvait… une porte ? Non, plutôt une ouverture qui laissait apparaître un nuage de fumée blanche totalement opaque.

Elle eut un instant de panique. Devait-elle prévenir Éthan que de la fumée sortait de sa cuisine ? Elle hésita et observa la porte. En fait, la fumée ne s'échappait pas dans le salon et semblait comme confinée dans l'embrasure.

— Ne t'inquiète pas pour l'écran, lui cria-t-il d'en haut, comme s'il avait anticipé les inquiétudes de son amie. Passe à travers.

Elle fronça les sourcils et ferma les yeux pour franchir le rideau de brouillard artificiel. En les rouvrant, elle eut un choc, tant cette pièce contrastait avec la première.

Toute en longueur et percée d'une baie à l'ouest, la cuisine était un curieux mélange de bois, de briques, de métal et de verre qui formait une joyeuse cacophonie visuelle. Au centre, un large plan de travail formé d'une simple planche de chêne brut attira la main de Sam. Elle se surprit à caresser les veines du bois, tout en admirant les ustensiles en inox suspendus au-dessus. Elle dénicha du regard les pots à épices près de la plaque de cuisson et approcha son nez de la magnifique tresse d'ail qui décorait le mur de briques.

Cet endroit lui plaisait, mais elle sourit en imaginant son ami dans cette cuisine traditionnelle, lui, l'adepte de la bouffe de synthèse, rapide et sobre en calories. Elle se dirigea vers le réfrigérateur en espérant y découvrir des légumes frais, des œufs ou une bouteille de lait. À son grand regret, il n'y avait rien de tout cela. Seuls trois Magicdrinks se tenaient compagnie dans le grand vide du frigo désert.

Elle fit la moue, mais, une fois de plus, sa soif l'emporta et elle vida une des canettes biodégradables en imaginant qu'elle buvait un bon verre de lait frais. Pour les vitamines et le calcium, l'illusion était réussie, mais, pour la fraîcheur et le goût, il faudrait repasser. Quel dommage d'avoir remplacé toutes les bonnes choses naturelles par des produits industriels, chimiques et artificiels !

— Alors, c'est bon, hein ? lui dit Éthan en pénétrant à son tour dans la cuisine. Je savais bien que tu y prendrais goût.

— Mouais... Dis-moi, tu as une super-cuisine, mais il n'y a rien à manger.

— Tu plaisantes ! s'étonna-t-il en ouvrant le congélateur. Regarde tous ces petits plats délicieux, prêts en deux secondes, sans aucun effort. Bœuf façon bourguignon, lasagnes light, fondant au chocolat allégé, pizza arôme fruits de mer... Ça ne te tente pas, tout ça ?

— Oh, si ! ironisa Sam. Mais comment se fait-il que tu aies besoin de tout ça, si tu ne cuisines pas toi-même ?

Sa main décrivait un large mouvement circulaire. Éthan la regarda comme si elle venait de dire une énormité.

— Mais, Sam, voyons, c'est juste de la déco ! Personne n'utilise plus jamais ces trucs archaïques ! C'est simplement là pour faire joli. J'ai toujours aimé l'ancien et, même si la tendance actuelle n'est plus au style XXe siècle, j'avoue que ces vieilleries me font encore craquer. Allez, viens, je vais te montrer ta chambre.

Elle soupira en levant les yeux au plafond, sans rien dire qui aurait pu vexer son ami. En traversant à nouveau le voile aérien qui occultait l'entrée, elle demanda :

— Au fait, c'est quoi exactement, cette fumée ?

— C'est un nouveau concept qui fait fureur à Kotaris. Au lieu d'une porte que tu dois ouvrir et fermer sans arrêt, tu as un écran de gaz opaque qui préserve l'intimité tout en arrêtant les bruits et les odeurs. Le seul inconvénient que ses concepteurs n'ont pas encore résolu, c'est qu'un tel rideau de gaz ne peut verrouiller la pièce : il n'y a pas de clé. Pour une cuisine, c'est super, mais pour une salle de bain ou des toilettes, ce n'est pas très adapté, si tu vois ce que je veux dire.

Il éclata de rire. Sa bonne humeur était tellement communicative que Sam ne put s'empêcher de l'imiter. Puis, reprenant son sérieux, il lui fit visiter son appartement.

— Moi, je dors à l'étage, fit-il en désignant l'escalier, mais il y a une chambre en bas. Je suis certain qu'elle va te plaire. Elle donne sur mon jardin tropical.

— Et Nao, où dort-elle ?

— Nao ? pouffa-t-il. C'est mon ordinateur domestique. Il est cent fois plus puissant que Chloé, mais je ne couche pas encore avec, je t'assure.

Troublée, Sam sentit le rouge lui monter aux joues. Heureusement son teint d'ébène cacha son émoi et elle s'empressa de suivre Éthan dans la magnifique serre.

Quand il en ouvrit la porte, une bouffée de chaleur heurta leur visage. L'air y était chaud et chargé d'une humidité palpable. Presque aussi grande que le salon, la serre s'élevait jusqu'à l'étage supérieur et une mezzanine vitrée permettait d'en profiter d'en haut. Ce jardin artificiel suspendu à plus de quatre cents mètres du sol avait quelque chose de surréaliste et de fascinant. Un fouillis d'arbustes aux feuilles enrubannées, de potiches noyées sous des grappes de fleurs jaune vif, de fines lianes de jasmin au parfum capiteux, de feuillages écarlates ou bleutés émergeaient de partout.

Subjuguée, Sam s'enfonça dans cette jungle miniature et se laissa envahir par l'odeur puissante de l'humus, les entêtantes senteurs des orchidées et les arômes fruités des ananas qui commençaient à mûrir.

— C'est magnifique ! s'exclama-t-elle. C'est toi qui t'occupes de toutes ces plantes ? Ne me dis pas que c'est juste pour la déco, cette fois !

— Non, ce jardin est bien réel et j'adore jardiner, si tu veux tout savoir. Ça me repose et me décontracte. Après une journée de travail durant laquelle je déstresse les autres, le soir, en rentrant, j'ai besoin de ma serre pour me ressourcer. Le contact avec la terre est vital pour moi. Ça doit remonter à mon enfance.

Une pointe de nostalgie vibra dans sa voix et Sam réalisa qu'elle ne savait rien de son ami. Absorbée par ses propres questions existentielles, elle n'avait pas trouvé le temps de s'intéresser à la vie de son compagnon. Elle décida de ne pas laisser passer l'occasion.

— Tu n'as pas toujours habité ici ?

— Non, je suis né dans l'État du Congo. Mes parents étaient responsables d'un parc naturel où vivaient des espèces clonées après leur disparition. J'ai grandi au milieu de la jungle et des animaux.

— Tu n'as pas souhaité travailler avec eux et t'occuper à ton tour de ce parc animalier ?

Le regard d'Éthan s'assombrit.

— Laissons le passé là où il est le mieux, derrière nous ! Viens, je vais te montrer ta chambre.

Surprise par ce brusque changement d'humeur, elle se dit qu'elle avait dû toucher un point sensible, voire douloureux. Elle regretta de s'être montrée indiscrète et suivit Éthan en silence. Mais son ami ne sembla pas lui en vouloir, car, aussitôt dans la chambre, il lui adressa son plus beau sourire ; l'incident semblait oublié.

— Voilà ton domaine ! Ça te plaît ?

Sam sourit, ravie. La pièce était vaste et aménagée avec goût. Une grande baie lumineuse donnait au sud et un lambris peint en gris foncé habillait les murs nord et est, procurant douceur et chaleur à l'ensemble. Un tapis aux motifs géométriques habillait le parquet et quelques tableaux aux teintes vives ornaient les murs lambrissés.

— C'est vraiment joli, Éthan. Merci beaucoup. Je sens que je vais m'y plaire.

— Je suis heureux de te voir sourire à nouveau. Tu es ici chez toi et je veux que tu te sentes vraiment à l'aise. Cette porte donne sur ta salle de bain privée. Elle est petite, mais aussi fonctionnelle que celle de ma cabine à *Samildria* et tu...

Il s'arrêta de parler pour observer son amie avec une attention soutenue.

— Dis donc, j'ai l'impression que ta peau commence à s'éclaircir ! Viens te regarder dans la glace.

Elle saisit la main qu'il lui tendait et fila vers la salle de bain, curieuse d'assister en direct à sa métamorphose. Côte à côte devant le miroir holographique, ils ne perdirent pas une miette de la transformation de Sam. Presque à vue d'œil et aussi vite qu'elle avait foncé, sa peau passa du chocolat au caramel pour finir aussi claire que la vanille. Elle aurait bien conservé une teinte légèrement dorée, mais la nature l'avait faite blanche comme la porcelaine et elle devait s'en satisfaire. Alors qu'elle comparait leur couleur de peau, une curieuse idée lui vint à l'esprit.

— Éthan, je vais encore te poser une question débile, mais est-ce que tu es vraiment noir, ou il s'agit aussi d'un artifice ?

Il faillit s'étrangler.

— Hein ? Elle est bien bonne, celle-là !

— Ben, pourquoi pas ? Tu pourrais utiliser un produit qui teinterait ta peau en permanence ! Ça n'a rien de drôle !

— Mais, Sam, réfléchis. La substance que je t'ai fait avaler modifie temporairement l'état des mélanocytes de la peau et, à petites doses, il n'y a pas de danger. Par contre, il est formellement déconseillé de dépasser la posologie, car les stimulateurs pourraient avoir un effet dévastateur sur ces cellules et les endommager de façon irréversible. Tu sais, on ne joue pas impunément avec sa couleur et la nature finit toujours par reprendre le dessus d'une façon ou d'une autre.

— Tu crois qu'il en sera ainsi de mon cerveau ?

La question prit Éthan au dépourvu.

— Comment ça ?

— Penses-tu que la nature reprendra aussi le dessus et qu'un jour mon cerveau me livrera à nouveau mes souvenirs ? Pourrai-je un jour récupérer mon identité et ma vie ?

Il haussa les épaules et eut un sourire triste.

— Si ton amnésie persiste et que tes souvenirs ne reviennent pas naturellement, je te promets que nous ferons tout pour découvrir qui tu étais. Mais…

— Mais quoi ?

— Ce ne sera peut-être pas facile et il faudra te préparer à affronter ce que tu as oublié. De toute évidence, tu as un passé très lourd.

— Je sais, murmura-t-elle, résignée.

Il hésita et, doucement, l'attira contre lui pour la serrer dans ses bras. Il approcha son nez de sa perruque et respira son parfum. Depuis le début, Sam exerçait sur lui une étrange fascination et il se sentait irrésistiblement attiré par cette femme. Il savait qu'il devait résister et s'arrêter là, que ce n'était pas raisonnable, qu'il ne fallait pas tout mélanger. Il aurait dû trouver la force mentale de surmonter son désir et de freiner ses pulsions, mais il en était incapable. Et tant pis si cela compliquait terriblement les choses.

Sam frémit en sentant ses lèvres caresser ses cheveux artificiels. Elle avait un tel besoin de réconfort qu'elle ne chercha pas à se soustraire à ce contact et se blottit au contraire dans les bras protecteurs.

Éthan s'enhardit. Il laissa ses lèvres brunes descendre le long du cou de la jeune femme et glisser sur sa peau. Elle se détendit et s'abandonna à ses baisers. Aussi poursuivit-il son exploration jusqu'à atteindre sa bouche entrouverte.

Un tourbillon d'émotions nouvelles emporta Sam. Mais, très vite, ce baiser réveilla en elle des souvenirs diffus. Un autre homme l'avait déjà embrassée avec une telle passion. Mais qui ? Treg Astelli ? Elle fut prise d'un haut-le-cœur et se détacha brusquement d'Éthan.

— Quelque chose ne va pas ? s'inquiéta-t-il, surpris.

— Ce n'est rien, s'excusa-t-elle. J'ai la tête qui tourne. Je vais me reposer un peu, si tu n'y vois pas d'inconvénient.

— Non, bien sûr, je comprends. De toute façon, je vais devoir sortir faire quelques courses. J'en ai pour une petite heure. Profites-en pour te reposer. Surtout, ne sors pas de la tour. Tu ne pourrais plus y rentrer à cause du système de sécurité.

Sam hocha la tête et le suivit du regard jusqu'à ce qu'il referme derrière lui la porte de la salle de bain.

Elle s'en voulait de l'avoir repoussé. Il était intelligent, il avait bien vu que quelque chose n'allait pas, mais il n'avait pas insisté. C'était vraiment un type bien. En plus d'être séduisant, il était compréhensif, généreux, drôle et tellement attentionné! Elle avait eu une chance inouïe lorsqu'elle était tombée sur lui. Pourtant, ne valait-il pas mieux qu'elle découvre qui elle était vraiment avant de s'embarquer dans une aventure sentimentale?

Dans l'intimité de sa salle de bain, elle se regarda dans le miroir holographique.

Elle avait récupéré sa peau claire. D'Anabel Grisam, il ne lui restait plus que ses yeux noirs et ses cheveux artificiels. Elle ôta précautionneusement les lentilles de contact et retrouva avec plaisir sa couleur naturelle. Finalement, plus que le vert émeraude, elle aimait beaucoup l'éclat de ses yeux mauves.

Après s'être dévêtue, elle se glissa dans la cabine de douche et ôta sa perruque brune en se jurant de ne plus la remettre. Pour découvrir qui elle était, il fallait qu'elle se débarrasse des artifices qui l'empêchaient d'être vraiment elle-même. Ce n'était pas en se cachant derrière une chevelure postiche qu'elle y parviendrait. Elle devait se mettre à nu. Ses vrais cheveux ne tarderaient pas à repousser et à l'aider à reconstruire sa véritable identité, peut-être.

En sortant de la douche, elle se regarda à nouveau dans le miroir holographique et ne se trouva pas si laide, tout compte fait. Plus elle se regardait, moins son crâne chauve la choquait. Elle parvint même à sourire en songeant qu'ainsi elle ne passerait pas des heures à se coiffer le matin. Elle commençait à apprivoiser son image et c'était plutôt bon signe.

Lorsqu'elle regagna sa chambre, elle remercia mentalement Éthan qui avait pensé à lui sortir des vêtements propres, soigneusement dépliés sur son lit. Une robe en coton noir et un petit gilet mauve l'attendaient sagement.

Elle les enfila avec plaisir et retourna se regarder dans le miroir en 3D. La robe lui faisait une silhouette parfaite et la couleur du gilet était celle de ses yeux. Elle se sentait bien et plus sereine. Elle était parvenue à surmonter la découverte de son amnésie et à accepter son véritable visage. C'était comme si les épreuves qu'elle subissait la rendaient chaque fois un peu plus forte et plus sûre d'elle.

La jeune femme traversa la serre pour rejoindre le salon. L'appartement d'Éthan était une vraie merveille. Elle se serait bien vue vivre là en permanence, son ami dans sa verrière tropicale en train de soigner ses plantes, elle dans la cuisine en train de concocter de bons petits plats.

Le schéma se brisa aussitôt dans sa tête. Jamais leur histoire ne serait aussi simple. Son amnésie compliquait tout. Comment se construire un avenir quand on n'a pas de passé ? Comment se bâtir une nouvelle vie lorsque les fondations n'existent pas ?

Elle sentit une certitude nouer sa gorge. Elle ne pourrait construire quelque chose avec Éthan que lorsqu'elle en saurait plus sur sa propre histoire. Ce fut à ce moment-là seulement qu'elle remarqua la feuille posée sur la table du salon, à côté d'un objet transparent. Elle s'assit sur le canapé, aussi moelleux que du coton, et lut le petit mot.

Sam, je reviens bientôt. Si tu te réveilles avant mon retour, tu peux allumer l'holovision grâce à cette télécommande. Je t'embrasse.

Ne sors surtout pas !

Éthan

Elle sourit, touchée par toutes ces attentions si délicates, et décida de regarder l'holovision en attendant le retour de son ami. Elle pressa la touche de mise en marche sur la télécommande en polymère translucide. Un immense hologramme apparut aussitôt au-dessus de la table. Une femme d'une grande beauté vantait une nouvelle gamme de produits capillaires. L'illusion était à ce point réussie que Sam eut un choc, croyant que la belle blonde en question venait de faire irruption dans le salon. Avec l'holovision, on en prenait plein les yeux.

Mais, les shampooings, ça n'était pas encore pour elle et, comme une gamine qui aurait reçu un nouveau jouet, elle s'amusa à zapper en appuyant au hasard sur la télécommande. En moins de deux minutes, elle assista à une course poursuite de véhicules volants qui la propulsa contre le dossier tellement elle avait eu peur que le bolide lui fonce dessus ; elle eut droit à une annonce d'aliments pour chats dont les gros plans plus vrais que nature lui donnèrent vite la nausée ; elle put apprécier un documentaire sur la faune sous-marine, mais, de peur qu'une de ces créatures aux tentacules visqueux ne s'échappe de l'écran, elle zappa à nouveau.

Une jeune femme aux cheveux violines dont les tatouages bleutés accentuaient l'air exotique présentait le journal du soir. Sam se redressa et l'écouta avec attention.

— *... situation dramatique si les pluies diluviennes qui s'abattent depuis maintenant vingt jours sur la région de Calcutta ne cessent pas bientôt. Mais, avant de clore ce bulletin, revenons à l'information la plus inquiétante de cette journée. Je veux bien sûr parler de l'évasion de l'épouse de Treg Astelli, ce meurtrier kamikaze qui a fait plus d'une centaine de victimes en se faisant exploser dans la tour scolaire des Jardins. Je laisse la parole à Cathy Nails, notre envoyée spéciale, en direct de l'île artificielle de* Samildria.

Sam cessa de respirer. Les mots *évasion, épouse, Astelli* et *Samildria* résonnèrent dans sa tête comme autant de détonations !

— *Bonsoir,* commença la journaliste. *Comme vous le savez sans doute déjà, en ce dimanche 14 janvier, l'Armée Internationale est sur un pied de guerre à bord du* Samildria. *En effet, depuis que la veuve de Treg Astelli a été repérée et prise en chasse par la garde noire, cette nuit, vers deux heures, toute l'île est en effervescence.*

Il n'y a pas un passager qui ne soit contrôlé, pas un recoin de l'île qui ne soit fouillé, pas une valise qui échappe à la vigilance des gardes. Pourtant, la jeune femme demeure introuvable et l'Armée Internationale soupçonne Avel Astelli de s'être déjà envolée pour une destination inconnue. À cette heure, des messages d'alertes sont diffusés dans toutes les aérogares de la planète, en espérant que la population aidera l'armée à retrouver cette dangereuse criminelle.

Abasourdie, Sam resta sans voix. Sur l'écran au milieu du salon, la tête de la présentatrice tatouée réapparut.

— *Merci, Cathy, pour ces précisions. Nous vous retrouverons au bulletin de minuit. En attendant, je rappelle qu'Avel Astelli est extrêmement dangereuse. En aucun cas on ne doit tenter de la neutraliser seul. Par ailleurs, la garde noire a été absolument formelle, elle la veut vivante. Exceptionnellement, nous diffuserons les photos de la fugitive à la place de notre générique. Si quelqu'un croit l'avoir reconnue, il doit appeler de toute urgence le numéro de microtel qui défile au bas de votre écran. Les autorités offrent mille points de bons citoyens en récompense. Bonsoir et à demain.*

Le sourire artificiel de la femme disparut pour laisser place à deux portraits que Sam ne connaissait que trop bien, une belle rousse aux yeux verts qui souriait bêtement et une chauve aux yeux mauves cernés qui semblait sortir d'une longue déprime.

Bouleversée, elle éteignit l'holovision. Elle en avait vu assez pour savoir qu'il n'y avait plus aucun doute possible. Elle s'appelait en réalité Avel, et elle avait été l'épouse de Treg Astelli. Sa première intuition avait été la bonne ; elle l'avait senti dès qu'elle avait vu sa photo, elle avait aimé cet homme. Son cœur ne l'avait pas trompée et cela prouvait que son cerveau n'était pas irrémédiablement atteint.

Cependant, toute sa bonne humeur s'était évaporée. Elle venait de retrouver son nom, son identité, ainsi qu'une partie de son histoire. Pourtant, elle se sentait plus désespérée que jamais.

Elle enfouit son visage entre ses mains et laissa le chagrin et la déception l'envahir.

8

— Sam, je suis rentré, cria joyeusement Éthan, les bras chargés de paquets.

D'un coup de pied, il referma la porte qui claqua derrière lui et chercha la jeune femme du regard. Elle n'était pas là.

— Sam ? Tu as faim ? ajouta-t-il en se dirigeant vers la cuisine.

Pas de réponse.

Il déposa les sacs sur le plan de travail et retourna dans le salon en espérant voir sa protégée arriver. Peut-être dormait-elle encore ! Il traversa la serre plongée dans l'obscurité et pénétra dans sa chambre. Une lumière diffuse s'alluma instantanément, mais la pièce était vide. La salle de bain aussi.

Était-elle montée ? Il s'élança dans l'escalier et vérifia chaque pièce de l'étage ; Sam ne s'y trouvait pas non plus. Un vent de panique souffla sur son esprit. Et si elle s'était enfuie ! Si, malgré ses recommandations, elle avait décidé de se passer de son aide et de retrouver son passé toute seule ! Non ! Impossible ! Il avait pris soin de verrouiller la porte d'entrée.

Le cœur battant, il retourna dans la chambre d'invité et fouilla les placards. Rien non plus.

— Sam ? Si tu es là, réponds ! s'énerva-t-il.

Toujours pas de réponse.

— Putain ! Déconne pas ! Dis quelque chose ! s'égosilla-t-il en traversant à nouveau sa jungle miniature.

— Arrête de hurler. Je suis là, murmura une petite voix, filtrée par les épaisses feuilles des caoutchoucs géants.

Toute la tension et la colère qu'Éthan avait accumulées en quelques minutes retombèrent. Il se précipita, enjamba les inflorescences violettes d'une broméliacée, écarta les feuilles oblongues aux reflets métalliques d'une strobilante et, derrière les tiges érigées d'un gingembre bleu, il découvrit enfin la fragile silhouette de la jeune femme.

— Mais qu'est-ce que tu fous là, toute seule dans le noir ?

Elle était accroupie devant la grande baie vitrée, les yeux rivés sur la ville qui scintillait dans la nuit comme un feu d'artifice de néons multicolores.

Il s'assit à côté d'elle, attendant une réponse.

— C'est beau, dit-elle à voix basse, comme si cette simple constatation servait à elle seule d'explication.

Éthan soupira.

— Ça fait cinq minutes que je te cherche partout... Tu aurais pu me répondre, Sam ! J'ai eu tellement peur que...

— Je ne m'appelle pas Sam, l'interrompit-elle en tournant la tête dans sa direction.

— Je sais, mais, en attendant, c'est mieux que...

— Je m'appelle Avel, reprit-elle sans même lui laisser terminer sa phrase.

Éthan sursauta. Il semblait abasourdi.

— C'est... c'est génial ! bafouilla-t-il. Tu as retrouvé la mémoire ?

Elle le fixa avec intensité. Les lumières de la ville dessinaient le contour de son joli visage, faisant danser dans ses yeux clairs des paillettes dorées. Elle secoua la tête et entrouvrit la bouche d'une façon si sensuelle qu'il en fut profondément troublé. Sa voix s'éleva, douce et résignée, empreinte d'une tristesse infinie.

— Je n'ai rien retrouvé du tout, j'ai seulement allumé l'holovision, comme tu me l'avais conseillé. Je suis tombée sur les infos et j'ai découvert qui je suis vraiment. Ils passent mes photos en boucle et la journaliste a révélé mon identité. Il n'y a plus aucun doute possible. Je m'appelle Avel Astelli et je suis bien l'épouse du kamikaze qui a tué tous ces gens et qui s'est fait… enfin, tu vois ce que je veux dire.

Mal à l'aise, elle marqua une pause. Éthan respecta son silence, suspendu à ses lèvres.

— Pendant ton absence, j'ai beaucoup réfléchi et pris ma décision. J'ignore encore tout de mon passé et de mes implications dans les crimes de mon mari. Il n'est pas impossible que j'aie été sa complice, ou pire, que j'aie moi-même organisé et mis au point ces actes terroristes.

— Sam, enfin ! Ne dis pas ça ! s'offusqua l'homme.

— Arrête, Éthan. Il faut être lucide ! Il ne faut pas écarter le fait que je suis peut-être une fanatique, une dangereuse criminelle. En tout cas, la journaliste m'a présentée comme telle. J'ignore si elle a raison ou tort, mais une chose est sûre, j'ai la garde noire à mes trousses et je ne peux que t'attirer des problèmes ! Je n'ai pas le droit de t'imposer ma présence plus longtemps et de te mettre en danger, je vais…

— Tu ne vas rien du tout ! répliqua Éthan plus fort qu'il ne l'aurait voulu. Que tu sois la femme de ce détraqué ne change absolument rien pour moi. De toute façon, je le savais déjà.

— Hein ! s'exclama Sam en écarquillant les yeux.

— Dans la cabine de *Samildria*, Chloé m'a révélé qu'Astelli était marié à une certaine Avel Mori. J'ai vu sa photo, une belle brune aux yeux mauves. J'ai néanmoins accepté de t'aider et…

— T'étais au courant ! explosa-t-elle en se relevant vivement. Tu le savais et tu ne m'as rien dit !

Elle semblait furieuse. Éthan se leva à son tour et la prit par les épaules.

— Je pensais que tu avais eu ta dose d'épreuves et je ne voulais pas t'imposer celle-là avant d'être absolument certain. Mais je te l'aurais dit, crois-moi !

— Quand ? s'écria-t-elle, les yeux humides. Je rêve ! Tu joues à quoi, là ? C'est de ma vie, de mon identité qu'il s'agit. C'est à moi de décider de ce qui est bon ou pas pour moi. Il fallait me le dire tout de suite ! J'aurais cent fois préféré l'entendre de ta bouche plutôt que de celle de cette pouffe de l'holo ! Toi, au moins, tu ne m'aurais pas traitée de dangereuse criminelle !

Elle s'arrêta, épuisée, avant de fondre en larmes.

— Oh, Éthan, je suis désolée…

Il ne sut pas si elle était désolée de s'être fâchée ou d'être une dangereuse criminelle, mais il ouvrit néanmoins les bras pour l'accueillir. Le corps gracile vint se nicher contre lui et, cette fois, ce fut elle qui, la première, chercha sa bouche et l'invita à un long baiser. Quand leurs lèvres se séparèrent, il lui murmura :

— Que tu t'appelles Sam ou Avel n'a aucune espèce d'importance pour moi. Nous avons commencé cette aventure ensemble et c'est ensemble que nous la terminerons. Tu as encore besoin de moi et je veux t'aider. Demain, nous mettrons Nao à contribution et nous allons enquêter sur ton passé, peu importe ce qu'il nous révélera. Je n'ai pas peur. Je sais que tu es innocente, que tu n'es qu'une victime, Avel.

En entendant son vrai nom, la jeune femme se crispa.

— Oh ! Ce nom sonne bizarre dans ta bouche. On dirait que tu t'adresses à quelqu'un d'autre. Si cela ne te dérange pas, je préfère que tu m'appelles encore Sam, du moins jusqu'à ce que mes souvenirs reviennent intégralement.

Il acquiesça. Elle n'eut pas le temps de voir s'il souriait ou s'il grimaçait, car il s'empressa de happer à nouveau ses lèvres dans un baiser passionné.

D'un commun accord, ils décidèrent de ne plus aborder ce sujet de la soirée. Demain serait un autre jour et ils tâcheraient d'y voir plus clair ensemble, en poussant leurs recherches. C'était la première soirée de Sam à Kotaris et Éthan voulait qu'elle soit mémorable. Il n'avait pas lésiné sur les plats sophistiqués et il avait même déniché une bouteille de champagne hors de prix pour célébrer la nouvelle liberté de son amie.

Confortablement installés sur l'immense banquette circulaire, ils trinquèrent à l'évasion réussie et Sam apprécia la finesse des bulles pétillant contre son palais. Elle n'avait jamais rien bu d'aussi bon.

En hôte averti, Éthan apporta un plateau de petits fours tout chauds et croustillants. Ils savourèrent ensuite des cailles fourrées au foie gras, jusqu'à ce qu'il explique qu'elles ne contenaient pas un gramme de vraie viande. Elle réprima de justesse une grimace éloquente et, écœurée, laissa la moitié du mets dans l'assiette en prétextant qu'elle était repue.

Si Éthan fut déçu, il ne le montra pas et ils passèrent un agréable moment à discuter de la tentaculaire Kotaris. Sam se montrait curieuse et attentive, toujours débordante de questions auxquelles son ami se faisait une joie de répondre.

— Si tu veux, un jour, je t'emmènerai te promener sur les passerelles d'acier qui relient les gratte-ciel les uns aux autres.

— Oh ! j'adorerais ! s'enthousiasma Sam qui sentait le champagne lui monter à la tête.

La soirée était déjà avancée lorsqu'ils se souhaitèrent une bonne nuit. Un peu maladroits et mal à l'aise, pas vraiment amants, mais plus qu'amis, ils échangèrent un rapide baiser et allèrent dormir chacun de leur côté, lui en haut, elle en bas.

— Sam, réveille-toi, chuchota Éthan.

Elle sursauta et rabattit la couette sur son visage pour se protéger de la lumière trop vive. Elle avait l'impression qu'elle venait juste de s'endormir et elle n'avait pas l'intention de se lever maintenant. Éthan la secoua légèrement, l'obligeant à ouvrir un œil.

— Quelle heure est-il ? gémit-elle.

— Huit heures. Désolé de te réveiller aussi tôt, mais il faut absolument que tu viennes voir un truc ! s'empressa-t-il de répondre.

— Que se passe-t-il ?

Sans une explication, il la tira doucement du lit et l'entraîna vers la serre. Il semblait au comble de l'excitation et Sam, encore endormie dans son pyjama de soie blanc, se demanda ce qui avait bien pu le mettre dans un état pareil. Tout en gravissant l'escalier transparent, elle parvint à obtenir des bribes d'information.

— Je me suis réveillé à l'aube et, comme je n'arrivais pas à me rendormir, j'ai discuté un peu avec Nao. J'ai trouvé des infos sur Avel… enfin, sur toi, je veux dire.

L'appréhension mêlée d'excitation finit de réveiller Sam.

À l'étage, un petit salon qui surplombait le jardin tropical sur la gauche offrait une intimité que ne procurait pas celui du bas. Il y régnait un agréable fouillis visuel. Papiers, revues, vêtements, emballages vides prouvaient qu'Éthan y passait beaucoup plus de temps que dans les autres pièces.

Les pieds nus de Sam s'enfoncèrent dans les fibres douces d'un grand tapis moelleux aux dominantes rouge orangé. En s'asseyant sur le pouf couleur abricot qu'il lui proposa, elle eut l'étrange sensation de s'enfoncer dans un nuage vaporeux. Mais, n'étant pas là pour se reposer, elle se redressa aussitôt, aussi excitée qu'angoissée à l'idée d'en apprendre enfin plus sur sa véritable identité.

Éthan s'installa à côté d'elle et ramena vers eux une tablette flottante sur laquelle était posé un écran aussi mince qu'une feuille de papier, maintenu par un socle métallique large d'un demi-centimètre.

— Sam, je te présente Nao, ma compagne virtuelle. Nao, voici Sam, ma... mon amie.

— *Bonsoir, Sam,* répondit l'ordinateur d'une voix fluide qui imitait à la perfection les intonations humaines. *Ravie de faire ta connaissance.*

— Heu... Moi aussi, balbutia Sam, déroutée de s'adresser ainsi à un ordinateur.

— Nao est le haut de gamme de l'informatique quantique. C'est un Quant'IQ 500. À côté, Chloé a la lourdeur et la lenteur d'un dinosaure ; même son langage reste préhistorique. Nao est capable de réaliser des prouesses de vitesse, mais, la grosse différence, c'est qu'elle n'a pas de limite, car c'est une hacker professionnelle.

— Qu'est-ce que ça veut dire ? l'interrompit Sam.

— Cela signifie qu'elle n'a pas froid aux yeux et qu'aucune barrière ne lui résiste, ou presque : elle est capable de déjouer les protections les plus perfectionnées pour atteindre un fichier interdit.

— Un fichier interdit ? répéta Sam, incrédule. Désolée, mais je ne pige rien à ce que tu me racontes.

— Bon, je reprends tout depuis le début, soupira Éthan. Sur *Samildria,* pendant que tu prenais ta douche, j'ai interrogé Chloé au sujet d'Astelli. C'est là que j'ai découvert qu'il avait épousé une jeune femme nommée Avel Mori, en septembre 2109. J'ai donc commandé une recherche approfondie sur toi, mais Chloé a tout juste été capable de me dégotter une photo. Dès que j'ai demandé des détails, l'ordinateur s'est heurté au système de protection des terminaux de l'AI. Apparemment, la garde noire a mis hors d'atteinte tout ce qui concerne Avel Mori.

Il répéta mécaniquement en imitant une voix de synthèse pour se moquer de son vieil ordinateur:

— Dossier protégé par l'AI. Données inaccessibles.

— C'est pour ça que tu ne m'as rien dit? demanda Sam.

— Exactement. J'avais juste vu une photo et, comme la belle brune au regard mauve qu'elle représentait n'avait absolument rien en commun avec la rousse qui avait fait irruption dans ma cabine, je n'ai pas pensé une seconde que tu pouvais être cette femme. Par contre, lorsque tu es sortie de la salle de bain et que j'ai vu tes yeux, là, j'ai reçu un sacré choc.

— Ah! Je comprends maintenant pourquoi tu avais l'air si bouleversé. Je dirais même presque terrifié.

— Y avait de quoi, non? J'avais encore le portrait de cette femme en tête et j'ai alors réalisé que ma protégée n'était autre que l'épouse de ce monstre. J'aurais dû tout te dire à ce moment-là, mais tu étais tellement effondrée devant ta propre transformation que je n'allais pas en ajouter une couche. J'ai pensé qu'il valait mieux attendre d'être vraiment sûr de moi avant de te révéler quoi que ce soit et je comptais sur Nao pour m'aider à découvrir la vérité.

— J'aimerais bien voir cette photo d'Avel, enfin, de moi.

— Nao, envoie la photo de l'avis de recherche.

Avant même qu'il ait fini sa phrase, le portrait de la brune au teint pâle remplissait déjà l'écran de l'ordinateur. Muette de stupeur, Sam s'approcha et elle eut l'impression de se regarder dans un miroir.

— C'est bien moi ! murmura-t-elle. En plus fatiguée.

En s'arrachant à la contemplation de son propre portrait, elle demanda :

— Qu'est-ce que Nao t'a révélé d'autre ? Et ne me cache rien, cette fois !

— Eh ! Tout doux, pas la peine de sortir tes griffes, ma belle, c'est justement pour ça que je t'ai tirée du lit. Je voulais qu'on découvre ensemble ce que Nao allait nous révéler. Alors, prête ?

Elle se contenta de hocher la tête et il donna l'ordre à son ordinateur de leur livrer les résultats de ses recherches.

— *Avant tout,* commença Nao, *je voulais te prévenir que, malgré la haute opinion que tu as de moi, tu seras déçu, car mes informations sont très incomplètes.*

— Mais je croyais que tu pouvais te faufiler dans n'importe quel fichier ?

— *Oui, à condition que les fichiers existent encore.*

— Comment ça ? dit Sam en sursautant.

— *Apparemment, il n'existe plus ni dossier, ni fichier, ni aucune ligne sur la famille d'Avel Mori. Il m'est donc impossible de savoir qui étaient ses parents, si elle a des frères et sœurs, ou toute autre information relative à son enfance. La totalité de ces données semble avoir définitivement disparu.*

— Bon sang ! ragea Éthan. C'est dingue, ça ! Est-ce à cause d'un bogue ou d'un virus ?

— *Certainement pas. Ces données ont été intentionnellement supprimées pour éviter justement que ce genre de recherche aboutisse. Quelqu'un a délibérément effacé toutes les informations ayant un rapport direct ou indirect avec Avel Mori. C'est un travail colossal.*

— Mais, rassure-moi, Nao, tu as quand même trouvé des infos, non ?

— *En effet, mais le peu que j'ai remonte à décembre 2111, au 12 décembre, pour être plus précise. Avant cette date, tout a été effacé.*

— Comme ma mémoire, remarqua Sam.

— Cette histoire commence à devenir sacrément bizarre, non ? Tu perds brusquement la mémoire et les fichiers relatifs à ton passé sont détruits. À mon avis, il ne s'agit pas de simples coïncidences. Nao, dis-nous ce qui s'est passé le 12 décembre 2111.

— *C'est le jour où Avel Astelli a disparu de la circulation et la date à laquelle son mari, Treg Astelli, a déposé un avis de recherche pour la retrouver. Il était persuadé que sa femme avait été enlevée… mais il ignorait par qui et surtout pourquoi.*

— J'aurais été enlevée ! répéta Sam, abasourdie.

— Ensuite ? demanda Éthan.

— *Sans nouvelles de sa femme, il semble qu'il ait fini par craquer, car, trois mois plus tard, le 10 mars 2112, il pénètre dans la tour Zurina armé d'un Zirco et, sans raison apparente, il tire sur la foule, tuant trente-neuf personnes. Curieusement, il se livre lui-même à l'AI qui le fait interner en cellule psy à Jailhouse le 1er avril de la même année. C'est un prisonnier modèle et on n'entend plus parler de lui jusqu'à sa surprenante évasion, le 5 août 2113.*

— Je croyais que c'était la prison la mieux protégée de Kotaris. Comment s'est-il évadé ?

— *Personne ne sait exactement par quels moyens il a réussi à s'échapper, car l'AI n'a divulgué aucune information à ce sujet. Toujours est-il que Treg Astelli se retrouve dans la nature et nul ne sait où il se cache. Pourtant, le 22 octobre 2113, lorsqu'il refait surface, c'est pour se donner la mort en direct dans la tour scolaire des Jardins. Il se fait exploser, tuant autour de lui cent vingt-six personnes, principalement des enfants.*

— Quelle horreur ! s'exclama Sam en fermant les yeux.

Elle n'arrivait toujours pas à comprendre comment un être humain pouvait en arriver à de telles extrémités.

— Pourquoi dis-tu qu'il s'est donné la mort en direct? demanda Éthan.

— *Il s'est fait exploser juste devant une caméra de sécurité qui a tout enregistré. Je crois que c'était intentionnel. Il voulait faire de sa mort un spectacle. J'ai les images sur les archives de Canal Kotaris. Ça vous intéresse?*

— Non! se récria aussitôt Sam. Il est hors de question que j'assiste à un tel carnage!

Éthan sembla hésiter, mais il finit par se ranger du côté de son amie.

— Ensuite, a-t-on eu des nouvelles d'Avel Astelli? demanda-t-il comme pour faire diversion.

— *Mis à part l'avis de recherche diffusé aujourd'hui par toutes les grandes chaînes mondiales, non, aucune. Mais, le plus curieux, c'est qu'au moment de sa disparition il n'y a pas eu de demande de rançon ni de chantage de quelque nature que ce soit. C'est comme si elle s'était évaporée dans la nature. Après le massacre de Zurina, quelques journaux à sensation se sont même aventurés à dire qu'elle n'avait pas été victime d'un enlèvement, mais qu'elle s'était volontairement enfuie pour échapper à la folie de son mari. Celui-ci aurait même commis son premier crime dans le but de la faire revenir, car toutes les chaînes d'holovision ont retransmis ce fait divers et Avel ne pouvait pas y échapper non plus. Son épouse ne s'étant pas manifestée, il se serait livré aux autorités. Quant à son suicide télévisé, les mêmes médias avancent qu'il était destiné à la culpabiliser pour le restant de ses jours, comme si, en décidant de ne pas revenir à ses côtés, elle était devenue l'unique responsable de la mort de tous ces enfants.*

— C'est n'importe quoi! C'est vraiment ridicule! s'insurgea Sam. Ce type était vraiment cinglé et je suis certaine que je n'ai rien à voir avec tout ça. D'ailleurs, si je comprends bien, je l'ai quitté avant qu'il ne commette ses crimes. Je devais déjà avoir des soupçons sur sa santé mentale. Il devait être gravement atteint et j'ai préféré m'enfuir avant qu'il n'accomplisse l'irréparable. Cela prouve au moins que je n'étais pas sa complice !

— *En effet, mais ça, c'est ce que raconte une certaine presse pour des lecteurs avides de drames amoureux et de crimes passionnels,* reprit Nao, *car il existe une autre théorie. Selon certaines sources, Astelli faisait partie d'une puissante organisation terroriste. Ce serait cette organisation qui aurait enlevé Avel Astelli pour contraindre son époux à obéir. Mais on peut également envisager une troisième possibilité : l'AI aurait enlevé Avel pour faire pression sur son mari et l'empêcher d'agir pour le compte des terroristes. Hélas le plan ne semble pas avoir fonctionné comme prévu.*

— Oh là là, ça devient très compliqué ! se désespéra Sam. Toutes ces informations qui viennent se contredire me filent la migraine. J'ai l'impression que plus on fouille mon passé, plus l'histoire devient complexe.

Éthan lui adressa un sourire contrit et se leva, tout en réfléchissant à voix haute.

— C'est vrai que c'est très curieux. Tu te volatilises mystérieusement. Pendant ce temps, ton mari massacre des innocents et s'arrange pour que son attentat-suicide soit retransmis par toutes les holos du monde. Puis tu refais surface comme par enchantement dans les couloirs de *Samildria*, amnésique intégrale avec la garde noire à tes trousses. J'ai du mal à trouver une explication logique à tout ça. Pas toi ?

Elle frotta ses yeux fatigués. Elle était accablée. Son cerveau essayait de reconstituer l'immense puzzle de son passé, mais il lui manquait encore trop de pièces pour que s'esquisse un fil conducteur. Elle s'enfonça davantage dans le gros pouf orangé et essaya de faire le point sur la situation.

— Bon, essayons de résumer. Je disparais du jour au

lendemain le 12 décembre 2111. Ai-je été kidnappée, ou ai-je volontairement fui mon mari ? Cela reste à découvrir. Le samedi 13 janvier 2114, soit deux ans et un mois après, je réapparais aussi du jour au lendemain. Hormis le fait que ces actes sont aussi soudains qu'inexplicables, la question qui me préoccupe est : qu'ai-je fait pendant ces deux années ? Étais-je aux mains de l'AI, m'ont-ils scalpée pour que je passe inaperçue, m'ont-ils...

— Impossible ! Ce n'est pas l'AI qui a enlevé ta nanopuce ! Rappelle-toi que, le soir de ta fuite, la garde noire te recherchait avec un détecteur biométrique. Elle ignore que tu n'as plus ta puce. Ce n'est donc pas elle qui t'a scalpée.

— Tu as raison. Dans ce cas, j'ai peut-être été kidnappée par une organisation terroriste qui voulait ainsi forcer mon mari à travailler pour elle et qui m'a fait enlever ma puce.

Elle s'arrêta pour réfléchir.

— Ou bien, troisième cas de figure, j'ai volontairement décidé de disparaître pour échapper à la folie de mon mari. J'ai eu peur pour ma propre sécurité et secrètement programmé mon départ. Je me suis fait scalper pour ne pas être repérée, j'ai trouvé une bonne planque et vécu cachée jusqu'à ce que Treg m'oublie.

— Ou qu'il meure, car cela fera bientôt trois mois que tu es officiellement veuve, ajouta Éthan. Mais tout cela n'explique pas le fait que tu réapparaisses sur *Samildria,* sans un souvenir et avec la garde noire au cul.

— C'est vrai. De toute façon, il a bien fallu que j'y arrive, sur ta maudite île ! J'ai fait comment, hein ? Il fallait bien que j'aie une puce sur moi, sinon, hop ! j'aurais été repérée et aussitôt arrêtée, non ?

— Eh ! Mais t'as raison ! s'écria Éthan à qui ce détail avait échappé. Et si tu étais montée sur le *Samildria* sous ta vraie identité et que tu t'étais fait scalper à bord ?

— Impossible, j'aurais une cicatrice plus visible. Mais on ne la voit presque pas. L'opération remonte à plus longtemps que ça.

— Mais tu étais peut-être sur *Samildria* depuis ta disparition. Ça fait peut-être deux ans que tu te caches là-bas. C'est une bonne planque, après tout !

— Si c'est le cas, Nao pourrait-elle vérifier les registres d'embarquement de *Samildria* ?

— Évidemment ! Sam, tu es géniale. Nao ? Tu as entendu ?

— *C'est comme si c'était fait. Tiens, eux aussi ont protégé leurs données informatiques, mais leur système de protection est légèrement dépassé et ça ne devrait pas me poser de... Ça y est ! J'ai la réponse et, désolée pour vous, elle est négative. Aucune Avel Mori ou Astelli n'a embarqué sur le* Samildria. *Je suis formelle.*

— La barbe ! s'emporta Éthan, déçu de voir sa théorie s'effondrer. Cela signifie que tu as été scalpée avant d'embarquer sur l'île.

— Oui. En fait, plus j'y pense, plus je me dis que ma crinière rousse devait cacher une micropuce du même genre que celle que tu m'as collée sur le crâne hier. J'ai sans doute été inscrite sur le fichier des passagers sous une autre identité et il n'y a aucun moyen de savoir quel était mon nom d'emprunt, car la micropuce a fini dans les canalisations de l'île.

— On pourrait toujours essayer de comparer les entrées et les sorties. Cela dit, un faux nom ne nous mènera nulle part.

— Tu as raison. Cette recherche ne nous avance pas à grand-chose, en fait. Si seulement je n'avais pas tout oublié !

Sam se passa une main sur le visage, décontenancée. Elle avait la désagréable impression d'être dans une impasse.

— Nao, demanda brusquement Éthan, tu ne nous as pas dit ce que faisait Treg Astelli avant de commettre des attentats.

— *Tu ne me l'as pas demandé non plus, mais c'est comme si c'était fait.*

Une poignée de secondes suffit à l'ordinateur.

— *Treg Astelli travaillait pour un centre de recherches médicales du nom de Mémoris. C'était un neurochirurgien très réputé, spécialisé dans la chirurgie cérébrale.*

Sam sursauta. Elle s'approcha de l'écran, interpellée.

— La chirurgie cérébrale ? Se pourrait-il que…

— Que quoi ? compléta Éthan.

— Je vais peut-être dire une bêtise, mais tu ne trouves pas étrange que la femme d'un neurochirurgien soit devenue amnésique ?

— Ça n'a rien à voir !

— *Sam a pourtant raison de se poser cette question. Il faut savoir que Treg Astelli et Mémoris travaillaient en étroite collaboration avec l'AI. C'était pour son compte, notamment, que le centre faisait des recherches scientifiques sur l'activité cérébrale, en particulier sur les différents types d'amnésie.*

— Ça alors ! s'exclama Sam. Dis-moi, Nao, as-tu déjà entendu parler d'amnésie artificielle ?

Comme frappé par la question, Éthan ouvrit des yeux ronds. Mais Nao, imperturbable, répondit sans s'émouvoir.

— *Difficile à dire. Tous les dossiers concernant les expérimentations de Mémoris semblent avoir disparu à leur tour, ou alors ils sont tellement sécurisés qu'il m'est impossible d'y accéder. Mais on peut facilement imaginer que Treg Astelli travaillait sur un de ces projets ultra-secrets.*

— Nao, je crois que tu viens de nous livrer une nouvelle piste ! s'exclama Sam, victorieuse. Tu as peut-être découvert le lien qui manquait entre Treg et mes souvenirs effacés. Ce lien, c'est Mémoris ! Je suis à peu près sûre que mon amnésie n'est pas due à un accident ou à un traumatisme. Je pense qu'on a volontairement effacé tous mes souvenirs comme on a supprimé toutes les données me concernant. Quelqu'un cherche délibérément à effacer toutes traces de ma vie antérieure.

— Mais, Sam, s'écria Éthan, interloqué, qu'est-ce qui te fait croire qu'on t'aurait fait subir un truc pareil ? C'est impossible.

Elle repensait à l'horrible cauchemar qu'elle avait fait la veille.

— J'ai fait un rêve la nuit dernière. Enfin, pas vraiment un rêve. Je crois que c'était plutôt un souvenir.

— Hein ? Tu t'es souvenue de quelque chose et tu ne m'en as pas parlé ?

— En vérité, c'était tellement perturbant que j'ai préféré garder ça pour moi. J'avais peur que tu trouves ma théorie totalement invraisemblable, mais maintenant plus rien ne me semble impossible.

— Raconte.

— J'étais dans un bloc opératoire, attachée à une table par des étaux métalliques. Je ne pouvais bouger. Il y avait un homme derrière moi, un médecin, sans doute, puisqu'il portait un masque de chirurgien. J'ai entendu un bruit de rasoir électrique. L'homme m'a rasée avant de m'enfoncer une seringue à l'arrière du crâne. La sensation était horrible, la douleur m'a réveillée brutalement.

Elle marqua une pause, visiblement encore sous le choc.

— Mais, le plus troublant, reprit-elle, c'est que ce type m'a dit que, s'il n'y avait eu que lui, il ne m'aurait pas endormie. Il a précisé ensuite qu'il devait respecter les ordres. Les ordres, Éthan ! Cela signifie qu'il agissait pour le compte de quelqu'un.

— Qui t'en voudrait à ce point ?

— L'AI, peut-être, ou bien ce centre, Mémoris ?

— Mais, comment peux-tu être aussi sûre qu'il ne s'agissait pas d'un simple rêve ?

— J'avais déjà vu cet endroit et la voix du médecin ne m'était pas inconnue. Je n'ai pas pu inventer tout cela ; c'est forcément lié à mon passé. En plus, ce type a dit quelque chose sur mon cerveau. Attends que je retrouve ses paroles exactes... Ça y est, il a dit : « Une douleur insoutenable risquerait de laisser des traces indélébiles dans ton cerveau. » Puis il a ajouté : « Ce serait vraiment dommage pour la suite ! »

— Il a dit ça ? s'écria Éthan.

Sam aurait juré que, sous sa peau foncée, son ami avait blêmi.

— Oui, ce sont ses paroles exactes. Je m'en souviens parfaitement, à présent. Cet homme voulait que mon cerveau ne conserve aucune trace de cette opération douloureuse.

— Cette opération, c'était quoi ? Tu crois que ce médecin a pu s'introduire dans ton cerveau pour en effacer tous tes souvenirs ? Peut-être qu'il t'a simplement scalpée, contre ton gré, certes, mais il n'a peut-être rien fait d'autre.

— Au début, c'est ce que j'ai cru, mais, plus j'y pense, plus je me dis qu'il m'a fait subir autre chose. J'ignore quoi, mais il m'a trafiqué le cerveau, c'est certain. C'est pour cette raison que je crains que mon amnésie soit artificielle. Et maintenant tout semble désigner Mémoris et ses inquiétantes expériences secrètes.

Elle songea soudain à son QI exceptionnel et se demanda si son intelligence était naturelle, ou si elle avait été artificiellement boostée. Mais Éthan, qui semblait sortir de sa torpeur, ne lui laissa pas le temps d'approfondir la question.

— Si tu as raison, cette histoire est encore plus terrifiante que je ne l'aurais cru... On n'est pas au bout de nos surprises et on va devoir se montrer extrêmement prudents ! Si l'AI et Mémoris sont responsables de ton état, ils ne vont pas beaucoup apprécier de te voir remonter la piste jusqu'à eux.

— La question n'est pas tant de savoir qui sont les responsables. Ce que je veux découvrir, surtout, c'est leurs motifs, compléta Sam. Pourquoi n'ont-ils pas intérêt à voir ressurgir mon passé ? Que voulaient-ils que j'oublie à jamais ? Que cache cette période de ma vie, pour qu'ils veuillent l'anéantir ainsi ? Et le plus curieux, pourquoi ne m'ont-ils pas tout simplement tuée ?

9

Sam était perplexe, plus déboussolée que jamais. Contrairement à ce qu'elle avait cru, sa quête d'identité lui apportait plus de questions que de réponses. Plus elle avançait, moins elle comprenait. C'était comme si à chaque étape de sa reconstruction elle subissait un nouveau traumatisme. Après s'être découverte amnésique et complètement chauve, après l'horrible révélation de son dépuçage, voilà qu'elle apprenait que sa perte de mémoire n'était pas due à un choc émotionnel, mais bel et bien à un sabotage chirurgical. C'était vraiment étrange. Comment son cerveau avait-il pu conserver cet instant précis de son passé, celui où tout avait basculé, alors qu'elle n'avait accès à aucun autre souvenir ?

— On va prendre le petit déjeuner ? lui proposa Éthan.

— Je passe enfiler un peignoir et je te rejoins dans la cuisine.

— Ça me va !

Machinalement, Éthan demanda un café noir à sa caf'théière vocale en ajoutant :

— Un robusta, ce matin. Il me faut quelque chose de bien corsé pour me remettre les idées en place. La nuit a été courte et la journée promet d'être longue.

Il se demanda brièvement ce qu'allait vouloir Sam.

— Et un chocolat chaud, avec de la mousse et beaucoup de sucre.

Il sortit du congélateur quatre sachets de tartines prébeurrées dont l'emballage haute technologie réchauffait et grillait automatiquement les tranches de pain en moins de dix secondes.

— *Un minimum de temps pour un maximum de saveur! C'est le délice qui, tous les matins, vous met de bonne humeur*, fredonna Éthan en se rappelant le spot publicitaire.

— Quel talent! se moqua gentiment Sam en pénétrant dans la cuisine.

— Oh, tu trouves aussi? fit-il en riant. Tiens, regarde ce je t'ai préparé: un bon petit déjeuner pour te redonner des forces.

— J'ai pas trop faim, s'excusa-t-elle en s'installant sur un tabouret de bar.

— Pourtant, il va falloir manger! rétorqua le jeune homme en trempant une tartine dans son café. On a une grosse journée devant nous.

Sans attendre, il mordit dans le pain à pleines dents et son farouche appétit arracha un sourire à Sam qui se décida à boire une gorgée de chocolat.

— Rassure-moi. Ça ne va pas faire changer ma peau de couleur?

— Non, pas cette fois.

— Tu viens de dire qu'on avait une grosse journée. Quel est le programme? s'enquit-elle en gardant le bol brûlant entre ses mains.

— Ce matin, comme tous les lundis à dix heures trente, j'ai rendez-vous avec un client, monsieur Nathe. C'est le directeur d'une clinique privée très chic située dans les quartiers supérieurs de Kotaris. Grâce à des exercices appropriés de méditation, je l'aide à affronter les problèmes qui ne manquent jamais de survenir au cours de sa semaine. Ça tombe plutôt bien, parce que je compte lui toucher deux mots à propos de Mémoris. C'est l'occasion d'en savoir davantage et, avec un peu de chance, il connaîtra peut-être quelqu'un qui bosse là-bas. Il pourrait nous arranger un rendez-vous. Qu'en dis-tu ?

— C'est une bonne idée ! approuva Sam, la bouche pleine. Mais sois prudent. Nous devons nous montrer très discrets. Si Mémoris collabore avec la garde noire, on ne tardera pas à nous repérer. Et moi, pendant ce temps-là, je fais quoi ?

Il vida son bol de café et prit un air très sérieux.

— Comme tu viens de le dire, il faut que nous soyons extrêmement prudents. Pour le moment tu restes ici et tu m'attends.

— Mais qu'est-ce que je vais faire ? ronchonna-t-elle en soupirant comme une enfant.

— Y a plein de choses à faire, ici. Tu peux lire, regarder l'holovision, désherber la serre si ça t'amuse ou même terminer ta nuit.

Sam le dévisagea avec perplexité.

— Si je comprends bien, tu m'as réveillée pour me dire que je pouvais me rendormir ! Sympa !

Une idée de génie vint éclairer son visage.

— Est-ce que je peux utiliser Nao ? fit-elle d'une voix presque suppliante.

Il n'avait pas envisagé cette éventualité et faillit répondre négativement. C'était son ordinateur personnel. Mais il se ravisa en songeant que la requête de Sam était légitime. Après tout, c'était de sa vie et de ses souvenirs qu'il s'agissait, il était logique qu'elle veuille prendre l'enquête en mains. S'il briefait bien sa petite Nao au préalable, il n'y avait aucun risque que Sam fouille dans ses dossiers perso.

— C'est bon, concéda-t-il un peu à contrecœur, je vais la prévenir pour qu'elle obéisse au son de ta voix. Elle t'a déjà entendue hier soir; cela ne posera donc pas de problème.

— Merci, Éthan. Je sais à quel point ce petit bijou technologique compte pour toi. Je vais en prendre soin, c'est promis. Tu verras, je suis persuadée que nous allons devenir de grandes copines, elle et moi !

Elle sauta du tabouret et embrassa Éthan sur la joue.

Il resta interdit et chercha ses mots, troublé, mais Sam ne lui laissa pas le temps de répliquer. Elle se glissa hors de la cuisine dans un mouvement de soie ondulant et fluide. Sur sa rétine dansait encore la gracieuse silhouette, ombre diaphane d'une sensualité à fleur de peau.

Sam resta longtemps sous les jets brûlants qui massaient et détendaient son corps. Elle se sentait vraiment bien, confiante pour la première fois depuis sa fuite dans les coursives de *Samildria*. Avec des gestes lents, elle se savonna, appréciant le contact de ses mains sur sa peau. Elle caressa même son crâne en guettant sous ses doigts la moindre repousse. Mais il était encore trop tôt. Elle songea à la photo d'Avel Mori. Elle avait hâte de retrouver ses longs cheveux de jais. Pourtant, elle ne devait pas se faire d'illusions; si elle s'était fait scalper et greffer un nouveau cuir chevelu, il y avait peu de chance pour qu'elle retrouve cette belle crinière. Tant pis ! L'essentiel, après tout, c'était d'avoir des cheveux. Au mieux, elle aurait une agréable surprise.

De bonne humeur, elle piocha parmi les vêtements qu'Éthan lui avait achetés et choisit un pantalon gris moulant qui s'adapta automatiquement à sa taille, ainsi qu'un t-shirt rose vif en coton bio.

Elle traversa la serre, plus fraîche le matin, mais surtout

plus humide. Elle ne put résister à l'envie d'aller jeter un coup d'œil à l'extérieur. Elle contourna un frangipanier en respirant au passage la fragrance sucrée de ses bouquets blancs et se pencha pour éviter les feuilles coupantes d'un palmier éventail. La buée sur la baie noyait la ville dans un brouillard de taches de couleurs immatérielles. D'une main, elle essuya la vitre et son regard s'envola enfin vers l'immensité étourdissante de la jungle urbaine.

Kotaris était beaucoup plus impressionnante de jour que de nuit. Cette forêt de béton aux troncs de verre s'élançait vers un ciel qui semblait toujours plus haut, toujours plus inaccessible, comme si le firmament reculait à mesure que les hommes édifiaient leurs titanesques édifices pour échapper à leur folie dominatrice.

Elle admira les passerelles d'acier qui reliaient les tours telles des lianes, à la fois frêles et robustes. Elle aurait donné cher pour s'y promener sans crainte de se voir repérée ou dénoncée. Un jour, peut-être…

Elle quitta la serre et regagna le salon.

— Éthan, appela-t-elle, tu es encore là ?

Elle réitéra sa question deux fois et, en l'absence de réponse, s'approcha de la porte d'entrée pour tenter de l'ouvrir. La voix de Nao jaillit d'un interphone.

— *Interdiction de sortir. Éthan m'a demandé de verrouiller la porte. Interdiction formelle de quitter l'appartement.*

Cette phrase assassine fit fondre la bonne humeur de Sam qui resta muette de stupeur. Elle n'en revenait pas : Éthan avait demandé à son super-ordinateur de la surveiller.

Plus vexée que vraiment en colère, elle décida de monter à l'étage pour avoir une petite conversation avec cette Nao. Pour qui se prenait-elle, cette machine ? Elle avait affronté la garde noire. Ce n'était pas un tas de connexions quantiques qui allait l'effrayer.

— Salut, Nao ! dit-elle d'une voix qu'elle voulait calme et assurée. Comme ça, tu veux m'empêcher de sortir ?

— *Je ne veux absolument rien,* répondit l'ordinateur d'une voix neutre. *Éthan m'a demandé de verrouiller la porte d'entrée et je lui obéis.*

— Je suis donc prisonnière ?

— *Absolument pas. Éthan pense simplement que tu devrais rester cachée ici encore quelques jours.*

Sam sentit la moutarde lui monter au nez, mais elle s'efforça de rester calme. Si elle voulait obtenir l'aide de Nao, elle avait intérêt à ne pas se la mettre à dos.

— Pourrais-tu me fournir des informations sur Mémoris ? Tout ce que tu trouveras fera l'affaire.

— *Sur Mémoris,* répéta Nao comme si elle réfléchissait. *Ah, voilà ! En 2040, le professeur David, jeune prodige de la neurochirurgie moderne, ouvre une clinique de pointe spécialisée dans la chirurgie cérébrale. Il voue une véritable passion au cerveau. Son anatomie, ses différentes aptitudes, ses dysfonctionnements et anomalies, les améliorations qu'on peut lui apporter, les maladies qu'on peut éradiquer méritent bien, selon David, qu'on lui consacre une tour entière. Ainsi naît la Neuroclinique David. Il se met alors à débaucher les plus grands spécialistes mondiaux du cerveau humain. Les meilleurs chirurgiens, les psychiatres réputés et les neurologues les plus chevronnés acceptent de quitter leur emploi pour venir travailler avec lui. On ignore comment David les a appâtés. Toujours est-il qu'il réussit l'exploit de réunir rapidement une équipe de choc.*

— Il a dû leur proposer des salaires mirobolants, supposa Sam.

— *Il n'y a pas que ça, car certains étaient déjà très riches. On a soupçonné David de leur offrir des conditions de travail exceptionnelles ainsi qu'une totale liberté d'expérimentation, ce que les autres cliniques et hôpitaux n'auraient jamais fait. À l'époque, on a crié au scandale; les rumeurs couraient que David s'offrait le luxe d'expériences grandeur nature.*

— C'est-à-dire ? demanda Sam.

— *Des expérimentations sur des cobayes humains,* répondit aussitôt Nao.

— Mais c'est horrible ! s'écria la jeune femme, qui se sentait directement concernée par cette atroce révélation. Rassure-moi, ces cobayes étaient volontaires, n'est-ce pas ?

— *Bonne question ! Il est possible qu'il y ait eu des volontaires, au début du moins, par exemple des malades condamnés, porteurs de tumeurs cancéreuses ou d'affections incurables telles les maladies neurovégétatives comme l'Alzheimer ou le Parkinson. Ces gens avaient tout à gagner et voulaient tenter une improbable guérison. David a même gagné son pari. Beaucoup de malades sont ressortis de sa clinique définitivement guéris. Le professeur a publié ses résultats spectaculaires dans la presse spécialisée et breveté certaines techniques médicales révolutionnaires. Le secret de ces guérisons miraculeuses tenait d'une part du clonage thérapeutique, et d'autre part de l'utilisation des nanotechnologies dans le traitement des pathologies liées au cerveau. Deux techniques encore controversées et fort coûteuses, mais qui ont réussi là où toutes les autres avaient échoué. Devant ces succès, d'autres services se sont parallèlement consacrés à l'étude des maladies psychoneurologiques. La Neuroclinique a attiré quantité de névropathes, de schizophrènes, de dépressifs lourds en quête de guérison.*

— David est-il parvenu à les guérir ?

— *On le suppose. En réalité, le célèbre professeur n'a jamais publié ses taux de réussite. Certaines familles, en l'absence de nouvelles de leurs malades, ont fini par porter plainte. Les problèmes de disparitions ont même pris une importance telle que, vers 2072, l'AI a plongé son nez dans les affaires de la Neuroclinique. Au vu des importants progrès médicaux qu'elle avait réalisés, elle a, semble-t-il, classé ces plaintes pour donner raison au professeur David.*

L'AI estimait qu'on ne pouvait pas réaliser d'avancées médicales significatives sans un minimum de pertes.

— C'est ignoble ! s'emporta Sam, indignée. Des pertes ! Moi aussi, je suis une perte ?

— *C'est une question ?*

— Non, attends ! Tout à l'heure, tu as parlé d'expérimentations. Est-il possible d'en savoir plus à ce sujet ?

— *Hélas, non ! Je ne peux avoir accès à aucun dossier relatant leurs expériences. David ne divulgue pas ce genre d'informations. La peur d'être espionné et copié est son excuse officielle.*

— Mais en réalité…

— *En réalité, l'AI a conseillé à David de jouer la carte de la prudence. Si les expériences que David commettait au nom de la science venaient à se savoir, l'AI ne pourrait pas le couvrir indéfiniment. Donc, en 2075, le professeur change de raison sociale et sa Neuroclinique se transforme en Centre de recherche cérébrale, le CRC Mémoris. Cette nuance ne lui imposait plus une obligation médicale. La recherche devenait la véritable mission de Mémoris et le tout nouveau CRC allait pouvoir travailler en étroite collaboration avec l'AI.*

— En quoi ces recherches sur le cerveau humain intéressaient-elles l'AI ?

— *Là encore, on reste très circonspect et rien ne filtre. Mais, si j'en crois divers articles parus dans la presse scientifique, les expériences menées pour l'AI concernent essentiellement le dopage de certaines zones cérébrales, comme l'intelligence ou le développement sensoriel. Le contrôle à distance est aussi un de leurs sujets d'expérimentation favoris. Ils étudient, par exemple, la possibilité de donner leurs ordres par le biais de nanopuces placées dans le conduit auditif ou d'espionner par le biais d'un soldat porteur d'une caméra microscopique dans le nerf optique. Mais ce n'est pas tout…*

— Je t'écoute.

— *Mémoris, comme son nom l'indique, est le spécialiste mondial de la mémoire. Le professeur David en personne dirige le service mnésique. Son but est de comprendre tous les secrets de la mémoire afin d'en maîtriser les mécanismes.*

— Comment ça, maîtriser ? s'inquiéta Sam.

— *On raconte qu'à terme David voudrait parvenir à stocker les souvenirs humains sur des puces spéciales. Ainsi, il pourrait à loisir les consulter, les modifier, en créer des nouveaux et les réimplanter à une autre personne sans causer de traumatismes majeurs. Mais nul ne sait où en sont ses recherches et ses progrès.*

Sam n'en croyait pas ses oreilles. Ainsi, au début du XXIIe siècle, il existait encore des hommes de science qui jouaient aux apprentis sorciers à des fins personnelles. Cette révélation la révoltait d'autant plus qu'elle se sentait directement concernée. Mais, le plus abject, c'était que ce professeur jouissait d'une liberté d'action presque totale et que l'AI le laissait mener ses recherches en toute impunité. Où allait le monde, si les autorités censées protéger les honnêtes gens cautionnaient de telles horreurs ?

— Mais j'y pense, s'exclama Sam, est-ce toujours David qui dirige Mémoris ?

— *Il n'avait que vingt-quatre ans lorsqu'il a créé sa Neuroclinique. Il est donc toujours à la tête de Mémoris et il va fêter ses quatre-vingt-dix-huit ans cette année.*

Sam allait de surprise en surprise. Comment pouvait-on laisser un vieillard sénile mener de telles expériences ? C'était ridicule. Elle frissonna en imaginant le vieil homme en train de découper des cerveaux humains.

— Peux-tu me dire en quelle année le professeur David a embauché mon… heu, Treg Astelli ?

— *Tout commence en septembre 2104, Astelli n'est alors qu'un étudiant en neurochirurgie d'à peine vingt-six ans, mais son projet de thèse de dernière année qui promet d'être remarquable ne manque pas d'attirer l'attention de David. Il propose au jeune chercheur de financer ses expériences à la condition qu'il s'engage à travailler pour Mémoris dès la fin de ses études. Astelli accepte, soutient brillamment sa thèse et entre au service de David en décembre 2104.*

— Quel était le sujet de cette fameuse thèse ? s'enquit la jeune femme.

— *Ses recherches portaient sur la prosopagnosie rétrograde artificielle. Intéressant, non ? Mais la thèse d'Astelli a été rachetée par Mémoris et classée confidentielle. Je n'y ai donc pas accès.*

— Sur la quoi ? fit Sam en fronçant le nez.

— *La prosopagnosie,* répéta Nao. *C'est l'incapacité de mémoriser les visages. Normalement cette forme d'amnésie est assez rare, et il s'agit dans la plupart des cas d'une amnésie antérograde, c'est-à-dire que la personne se souvient des visages connus, mais ne peut plus mémoriser les visages nouveaux. La prosopagnosie rétrograde implique que la personne ne se souvient plus des visages qu'elle a déjà rencontrés auparavant.*

Sam resta interdite.

— Tu veux dire qu'Astelli serait parvenu à provoquer ce genre de trouble de façon artificielle ? Ça alors ! Mais à quel prix ? J'imagine qu'il lui a fallu des dizaines de cobayes avant d'y parvenir.

— *Quand David dit qu'il finançait ses expériences, on peut imaginer qu'il parlait autant de cobayes que d'argent. Mais je peux… Oh ! Sam, un de mes moteurs de recherche m'annonce qu'il vient de retrouver des images d'une vidéo amateur. Elles datent du 26 août 2113 et ne mentionnent pas le nom d'Avel Mori, mais il semble qu'il s'agisse pourtant bien d'elle. Je fais le transfert.*

Sans autre explication, Nao diffusa la vidéo en question. Le cœur de Sam se mit à battre la chamade.

L'enregistrement débuta par un gros plan sur une spirale rouge, légèrement aplatie. Lorsqu'elle s'élargit, Sam comprit qu'il s'agissait du logo de Mémoris, censé représenter un cerveau stylisé. Un zoom arrière laissa apparaître l'entrée grandiose du CRC et une jeune femme brune fit brusquement irruption par la droite, occupant tout l'écran. Ce visage aux traits délicats, ces yeux mauves… Aucun doute n'était permis !

— *Ne croyez pas tout ce qu'on vous raconte!* s'écria avec vigueur Avel Astelli en s'adressant à d'hypothétiques holo-spectateurs. *Nous sommes tous manipulés. L'AI, et en particulier sa garde noire, se cache derrière Mémoris pour procéder à des expériences monstrueuses. On trafique les cerveaux humains et on joue aux apprentis sorciers pour découvrir comment nous manipuler. Mon mari était comme moi, un neurochirurgien réputé, et nous seuls avons eu l'audace de quitter le CRC. Mais il n'a pas eu le courage de disparaître pour de bon. On l'a retrouvé et on lui a saboté le cerveau. C'est à cause de l'AI qu'il a ouvert le feu dans la tour Zurina. Croyez-moi, mon époux était tout à fait sain d'esprit et jamais il n'aurait assassiné tous ces gens. C'était un sacré bon médecin et il adorait la vie. N'écoutez pas tout ce qu'on vous raconte. Treg ne s'est pas évadé. Personne n'est jamais parvenu à s'enfuir de Jailhouse. Mon mari est toujours entre les mains de ces monstres. Que vont-ils lui faire faire, la prochaine fois ? Je ne peux plus rien pour lui ni pour ses futures victimes, mais sachez que, le vrai coupable, c'est Mémoris et…*

La bande se coupa brutalement et l'écran resta noir quelques secondes

— Eh bien ! s'exclama Sam, les mains contre les joues. Comment as-tu fait pour retrouver ces images ?

— *J'ai eu beaucoup de mal, étant donné qu'il n'est pas fait allusion à ton nom. En fait, j'ai lancé une requête en associant les mots* épouse, Astelli *et* Mémoris, *et voilà le résultat ! Satisfaite ?*

— Ah, ça, c'est le moins qu'on puisse dire ! souffla Sam, encore sous le choc. Ce reportage est une mine d'or pour moi. Merci, Nao ! Grâce à toi, les pièces du puzzle commencent à s'imbriquer les unes dans les autres. Dis, tu peux me repasser le reportage encore une fois ? Je voudrais vérifier quelque chose.

10

— *Sam, Éthan est de retour,* annonça Nao.

Encore abasourdie par les stupéfiantes révélations qu'elle venait d'entendre, la jeune femme dévala l'escalier translucide et sauta presque dans les bras d'Éthan, lui laissant à peine le temps d'entrer dans le salon.

— Eh ! doucement ! s'enthousiasma-t-il, ravi d'un tel accueil. Tu sais, j'ai une bonne nouvelle pour toi. J'ai vu…

— Plus tard, le coupa Sam, impatiente. Nao et moi, on a un truc de dingue à te montrer. Suis-moi !

— D'accord, d'accord, je te suis, fit-il en riant. Mais je voulais juste te dire que j'ai vu monsieur Nathe et qu'il va faire son possible pour m'arranger un rendez-vous chez Mémoris.

— Ah, super ! dit-elle en montant les marches quatre à quatre.

Une fois en haut, elle fila vers Nao.

— Maintenant, assieds-toi et ouvre grand tes oreilles ! lui ordonna Sam, surexcitée. Tu ne vas pas en revenir. Il s'agit d'une vidéo filmée le 26 août 2113, moins de deux semaines après l'évasion de Treg. Vas-y, Nao, envoie les images !

Pendant que Nao diffusait l'enregistrement, elle garda le silence, se contentant d'observer son ami. Elle se surprit à sourire en lisant l'incrédulité qui envahissait peu à peu son regard. Comme s'il n'était pas sûr de bien comprendre, il se rapprocha de l'écran et écarquilla les yeux. Elle eut l'impression qu'il pâlissait de plus en plus.

En fait, elle avait eu tout loisir d'écouter en boucle le témoignage d'Avel. Elle le connaissait presque par cœur et elle aurait pu se contenter de tout raconter à Éthan, mais elle préférait qu'il voie l'enregistrement. Avel avait une façon de parler tellement convaincante, elle dégageait un tel charisme qu'il était difficile de faire autre chose que de la croire. Sam le sentait, mieux, elle le savait, comme si ces mots avaient un jour été les siens, dans une autre vie. Pour un peu, elle aurait presque pu se souvenir d'avoir proféré de telles accusations.

— Alors ? demanda-t-elle, quelques secondes après la fin de l'enregistrement, pour laisser à Éthan le temps de digérer cet incroyable scoop.

— Putain de putain !

Ce furent ses seuls mots, lapidaires, mais éloquents !

— Nao est une vraie perle ! expliqua-t-elle. Grâce à elle, j'ai obtenu en quelques secondes bien plus de réponses à mes interrogations qu'au cours des vingt-quatre dernières heures de recherches !

— C'est en effet une chance qu'elle ait pu mettre la main - enfin, façon de parler - sur cet enregistrement. Tu sais quoi ? En voyant ces images, je me suis dit : pas de doute, c'est bien elle ! Vous avez les mêmes yeux et la même expression farouche lorsque vous êtes en colère. À présent, le doute n'est plus permis. Sam, tu es Avel Mori. Tu sais enfin qui tu es vraiment.

Elle darda sur lui son regard acéré et plissa les yeux.

— Oui, je sais. En même temps, je ne sais rien du tout.

— Hein ? Comment ça ? C'est pourtant clair, tu…

— Il n'y a pas de détails qui t'ont frappé, dans ce qu'elle… enfin, dans ce que je dis sur ces images ?

Éthan hésita, comme un gamin pris en faute, paniqué à l'idée de ne plus savoir sa leçon.

— Tu plaisantes ? Tout m'a frappé, choqué, bouleversé même. Il faudrait que je l'écoute à nouveau pour interpréter les détails, peut-être.

— Pas de problème ! Je me doutais que tu dirais cela et j'ai tout prévu. Mais avant il faut que tu en saches un peu plus sur David et sur Mémoris.

Elle lui fit un résumé complet de ce que lui avait appris Nao avant qu'elles ne découvrent les images du 26 août 2113. Elle commença par une biographie sommaire du charmant professeur David, puis aborda les expériences médicales et les plaintes étouffées par l'AI. Elle en arriva à la création du CRC et expliqua en détail quel genre d'expérimentations menait Mémoris et quel rêve secret poursuivait son fondateur.

— Nao, répète à Éthan quel est le projet fou de ce vénérable scientifique.

— *On raconte que David voudrait parvenir à stocker les souvenirs sur des puces spéciales. Ainsi il pourrait à loisir les consulter, les modifier, en créer de nouveaux et les réimplanter à une autre personne sans causer de traumatismes majeurs. Mais nul ne sait où en sont ses recherches et ses progrès. Voilà, Sam.*

Le visage d'Éthan se décomposa et il porta sa main à sa bouche, comme affolé.

— Tu avais raison. Ton amnésie n'est pas due à un traumatisme. C'est sans doute ce salaud de neurochirurgien qui t'a…

— Attends, ne tire pas de conclusions hâtives ! le coupa Sam. Nao, passe-lui plutôt une par une les phrases que j'ai sélectionnées, pour qu'on les analyse ensemble.

Éthan fut étonné de l'assurance nouvelle qui émanait d'elle. Malgré ses découvertes, qui auraient pu la bouleverser, elle semblait au contraire avoir pris son destin en main et, à présent, c'était elle qui menait le jeu.

L'ordinateur quantique obéit à Sam et diffusa les extraits. Le visage délicat d'Avel occupa à nouveau l'écran.

— *L'AI, et en particulier la garde noire, se cache derrière Mémoris pour faire des expériences monstrueuses. On trafique les cerveaux humains et on joue aux apprentis sorciers pour découvrir comment nous manipuler.*

— Tu vois, reprit Sam, ce qu'on soupçonnait est vrai : il existe un lien étroit entre Mémoris et la garde noire. Tout se tient.

— En effet, approuva Éthan, pensif. Pour une raison qu'on ignore encore, Mémoris t'a volé tes souvenirs, mais tu es parvenue à t'enfuir et c'est pour cette raison que la garde noire te poursuit. Ça semble logique.

— En effet, mais, sans te vexer, je dirais que c'est un peu trop simpliste à mon goût. Réécoute plutôt la suite.

« Trop simpliste ! » Éthan se renfrogna, croisa les bras et se cala dans le pouf orangé pour se concentrer sur le reportage. Indifférente à la susceptibilité de son propriétaire, Nao diffusa le deuxième extrait choisi par Sam et Avel réapparut sur l'écran.

— *Mon mari était comme moi, un neurochirurgien réputé, et nous seuls avons eu l'audace de quitter le CRC.*

Sam se tourna vers son protecteur avec un air victorieux.

— Et voilà une pièce du puzzle en plus ! Moi aussi, j'étais neurochirurgienne et je travaillais pour Mémoris, comme Treg !

— Treg ? Tu l'appelles par son petit nom, maintenant ? nota Éthan, piqué au vif.

— Oh ! Ne sois pas jaloux ! le rembarra Sam en haussant les épaules. Si je suis effectivement Avel, j'ai été mariée à ce type. Autant t'y faire tout de suite. Mais là n'est pas la question.

Concentrons-nous sur l'essentiel. J'étais neurochirurgienne comme lui et j'ai bossé pour David. Moi aussi ! Cela signifie que j'ai fait des études très poussées dans ce domaine. Peut-être même que c'est à l'université que j'ai rencontré Treg. Nous étions sans doute deux étudiants brillants ayant pour passion commune les méandres du cerveau humain.

— Attends ! Si je comprends bien, tu es en train de me dire que toi aussi tu as participé à ces expériences horribles ? Que tu faisais partie de l'équipe de savants sadiques ? Que tu as charcuté des cerveaux dans l'espoir de percer leur intimité ?

Elle se pétrifia. Éthan avait sûrement raison. Elle surmonta néanmoins l'horreur de cette révélation et le rabroua vertement.

— Arrête ! Tant qu'on ne sait pas quel rôle j'ai joué dans tout cela, tu ne m'accuses pas, d'accord ? Il se peut que j'aie fait des trucs dont je ne serais pas fière aujourd'hui, mais une chose est sûre, contrairement aux autres, j'ai eu le cran de me barrer.

— En effet, concéda son ami sur un ton plus calme. Peut-être que ce qu'on te demandait de faire devenait trop dur à assumer.

— Peut-être. J'imagine que David m'a proposé des extrémités expérimentales inacceptables et que j'ai refusé de me prêter à de telles abominations. Je savais qu'il ne me laisserait jamais quitter Mémoris vivante, car j'en savais trop. C'est pour cette raison que j'ai fait le choix de disparaître. Et, pour maximiser mes chances de rester en vie, je n'ai pas hésité à me faire dépucer.

— Logique, mais ton amnésie, dans tout cela ?

— Chaque chose en son temps, Éthan ! Nao, repasse le troisième extrait, s'il te plaît.

Cette fois, Avel parlait de son mari.

— *Il n'a pas eu le courage de disparaître pour de bon. On l'a retrouvé et on lui a saboté le cerveau. C'est à cause de l'AI qu'il a ouvert le feu dans la tour Zurina.*

— Visiblement, Treg ne croyait pas David capable du pire. Aussi, il a refusé de se faire scalper comme moi. C'est pour cela que je dis qu'il n'a pas disparu tout à fait. Hélas ! l'AI n'a pas mis longtemps à lui tomber dessus et David a dû prendre un malin plaisir à farfouiller dans ses connexions neuronales pour lui faire commettre cette horrible tuerie. J'ignore comment il s'y est pris, mais le résultat est impressionnant : trente-neuf morts !

— Efficace, en effet, rétorqua Éthan en plissant le front. En tout cas, ça met un terme à la thèse du complot international. Astelli n'a jamais fait partie d'un groupe de terroristes, comme l'indiquait la version officielle de l'AI. C'était au contraire l'AI qui se cachait derrière tout ça. Si je pousse un peu le bouchon, je dirais qu'il s'agissait d'un avertissement et qu'il t'était destiné. Du style : « T'as vu ce qu'on est capable de faire, Avel ? Si tu ne rappliques pas immédiatement, on fera encore pire la prochaine fois ! »

— C'est d'ailleurs ce que je sous-entends dans cette vidéo. Écoute le quatrième extrait.

À nouveau, le visage contrarié d'Avel remplit l'écran.

— *Mon mari est toujours entre les mains de ces monstres. Que vont-ils lui faire faire la prochaine fois ? Je ne peux plus rien pour lui ni pour ses futures victimes...*

— Tu semblais savoir qu'ils n'hésiteraient pas à utiliser ton mari une deuxième fois, s'étonna Éthan.

— Tout juste. Tu vois, on se demandait comment Treg avait bien pu s'échapper de Jailhouse. Pas étonnant qu'il n'existe aucune trace du récit de son évasion. C'est l'AI, elle-même, qui l'a fait sortir pour le conditionner à nouveau. Deux mois plus tard, il se suicidait en faisant une centaine de victimes.

Comme il a explosé, impossible d'autopsier son corps et son cerveau. Pratique, non ?

— Mais pourquoi attendre deux mois, dans ce cas ? Ils auraient pu agir plus vite, non ?

— Il faut sans doute du temps pour reprogrammer un cerveau. On ne fait pas faire n'importe quoi à quelqu'un contre sa volonté. Je dirais même que, deux mois, c'est très court, au contraire, et que leur technique de sabotage cérébral était plutôt bien rodée.

Sam se retourna brusquement vers son ami, stupéfiée. Elle venait de comprendre une chose de la première importance.

— Eh ! Mais je viens de repenser à ce que tu as dit tout à l'heure, que cet avertissement m'était destiné. C'est pour ça qu'on a organisé son suicide devant une caméra de surveillance. L'AI tenait certainement à ce que je profite du spectacle en direct. Il m'était adressé, à moi et à personne d'autre.

— Tu crois vraiment que l'AI aurait pris la décision de commanditer cet attentat-suicide dans un centre scolaire ? C'était un crime gratuit. Pourquoi s'en prendre à des enfants ?

Sam soupira, désabusée.

— Qu'y a-t-il de plus horrible que la mort d'un enfant ? Ne cherche pas plus loin, l'AI a vu grand en programmant ce massacre. Contrairement à toi, je ne crois pas qu'il s'agissait d'un acte purement gratuit.

— Comment ça ?

— Derrière ce geste atroce, il y avait un message. Ces enfants devaient représenter quelque chose pour moi, quelque chose de fort. J'ignore quoi, mais je suis sûre que j'ai été encore plus touchée par ces morts que les millions de personnes qui ont visionné les images en direct. Pour moi, le message était clair !

— Quel message ? s'étonna le jeune homme, qui éprouvait des difficultés à suivre le raisonnement.

— Je n'en sais rien. Je suis peut-être Avel, mais il me manque encore la clé pour parvenir à entrer dans cette identité. Avel savait ce que moi je ne sais plus. Quelqu'un a volé mes souvenirs, mes connaissances médicales et mes sentiments. D'Avel, je n'ai plus que l'enveloppe charnelle.

Éthan songea que c'était déjà pas si mal, mais il chassa rapidement cette réflexion déplacée et fit un effort pour se concentrer.

— Tu crois que c'est David qui t'a artificiellement ôté tes souvenirs ?

— Bonne question. Je pense qu'il en aurait été capable. Il a recruté Treg parce qu'il avait trouvé le moyen de provoquer artificiellement des prosopagnosies, et je...

— Des quoi ? Là, il faut m'expliquer, parce que je ne capte plus rien du tout.

— Lors de sa dernière année d'études, Treg travaillait sur des cas d'amnésie très particulière. Lorsque tu es atteint de prosopagnosie, tu ne reconnais plus les visages des gens que tu connais. Pour les besoins de sa thèse, il avait réussi à provoquer de façon artificielle ce type d'anomalie mnésique. Tu imagines un peu ? D'abord les visages, puis les lieux, les événements... David devait y voir une avancée extraordinaire pour son projet.

— Oui, je comprends mieux maintenant pourquoi il l'a embauché. Mais, à ce propos, je serais très curieux de savoir quel était le sujet de ta propre thèse ? Quelles expériences cérébrales ont bien pu allécher David pour qu'il t'embauche à ton tour ?

Sam se ferma, mais il n'avait pas tort et elle le savait.

— De toute façon, impossible de le savoir. Nao m'a appris que Mémoris avait racheté nos thèses et qu'elles sont à présent hyper-protégées. On ne saura jamais, je crois, quel sujet me passionnait au point de susciter la convoitise de David. C'est dommage, car ça m'aurait sûrement aidée à comprendre un peu mieux qui j'étais. Quoi qu'il en soit, je ne crois pas que David soit responsable de mon amnésie. J'imagine qu'après avoir volé mes connaissances il m'aurait tuée. Ça aurait été le meilleur moyen de me neutraliser définitivement. Or, je suis toujours en vie, et même en liberté.

— Oui, à moins que... Non, c'est idiot !

— Non, vas-y ! Qu'allais-tu dire ?

— Je ne veux pas t'effrayer, Sam, mais peut-être qu'ils ont volé tes souvenirs, après quoi ils ont saboté ton cerveau et t'ont programmée. Comme Treg !

— Quoi ? Tu veux dire que je suis programmée pour tuer, pour me suicider en direct ?

— Non ! Je n'ai pas dit ça ! Tu as pu être programmée pour autre chose. J'en sais rien, moi. Mais tu ne trouves pas ça bizarre, de te retrouver en pleine nuit dans un couloir désert, avec une meute de gardes noirs à tes trousses qui ont pour ordre de ne pas te tuer ? Ne surtout pas te tuer ! Sinon, fin de la partie ! On se croirait presque dans un mauvais jeu de rôles.

Sam sentit sa gorge se nouer. Elle avait tenu bon jusque-là, mais les propos d'Éthan étaient vraiment durs à encaisser ! Pourtant, il avait parfaitement raison. Comment n'y avait-elle pas pensé plus tôt ? Peut-être n'était-elle qu'un pantin aux mains d'un ignoble marionnettiste qui dirigeait la partie à son insu. Se pouvait-il que son ami ait mis le doigt sur l'explication qui rassemblerait tous les morceaux de puzzle ?

Elle cacha son visage entre ses mains. Avec beaucoup de tendresse, Éthan l'enveloppa de ses bras pour la consoler. En se tournant vers l'ordinateur quantique, il murmura :

— C'est bon, Nao, tu peux te mettre en veille.

Éthan avait voulu lui préparer un bon petit plat pour lui remonter le moral, mais elle avait refusé d'avaler quoi que ce fût. En fait, elle était à nouveau en pleine introspection et il y avait presque une heure qu'elle était assise sur l'immense canapé blanc, sans bouger ni parler. Éthan respectait son mutisme : il fallait que la crise passe. Il lui avait proposé une séance de relaxation, mais, une fois de plus, elle avait rejeté son aide. Le jeune homme la découvrait déroutante, surprenante, tantôt surexcitée, pleine d'entrain et d'optimisme, tantôt déprimée, vidée et apathique. Il avait encore du mal à la cerner. Néanmoins, il devait se montrer indulgent, car ce qu'elle vivait était très éprouvant.

Éthan se surprit à se demander comment il aurait réagi s'il lui était arrivé la même chose. Aurait-il eu assez de force pour lutter comme le faisait Sam ? Se serait-il fait éclater la tronche pour mettre un terme à cette absurdité ?

En silence, il s'approcha d'elle.

— Allez, ne te laisse pas abattre, lui glissa-t-il au creux de l'oreille en l'embrassant doucement. Je n'aime pas te voir comme ça. Ça me fait mal.

Il s'accroupit devant elle et prit tendrement son menton dans ses mains pour la forcer à le regarder. Elle sembla émerger de sa torpeur et braqua sur lui un regard métallique, froid comme l'acier, qui le surprit et le terrifia presque.

— Éthan, tu dois me laisser sortir cet après-midi ! J'ai besoin de…

— Sam, on en a déjà parlé ! la coupa-t-il en s'asseyant à ses côtés. Il est plus prudent que tu restes ici encore.

— Non ! s'énerva-t-elle. Je sens que je vais devenir folle si je reste enfermée plus longtemps. J'ai besoin d'air, j'ai besoin de respirer, de sortir, de voir des gens, de m'aérer l'esprit. Je te promets d'être prudente et de faire bien attention. Je ne prendrai aucun risque et je remettrai ma perruque, évidemment !

Elle encadra le visage d'Éthan de ses mains et posa sa bouche sur la sienne.

Éthan jubilait intérieurement. Elle semblait enfin consciente du pouvoir qu'elle exerçait sur lui. Elle s'offrait pour qu'il accède à sa requête. Elle savait qu'en se donnant un peu elle obtiendrait beaucoup. Puisqu'elle sortait le grand jeu, il la laisserait sortir, mais, pour lui accorder cette faveur, il n'allait pas se contenter d'un baiser. Lui aussi obtiendrait ce qu'il souhaitait au moment voulu. Il posa machinalement sa main sur sa tête et l'ôta aussitôt comme s'il était dégoûté.

— Qu'y a-t-il ? Ça te choque à ce point ?

Sans lui répondre, il se pencha vers son crâne pour l'examiner, les sourcils froncés.

— Mais qu'est-ce qu'il y a ?

— Tu t'es savonné la tête ?

— Ben oui, évidemment, je ne...

Elle s'arrêta, soudain blême. Elle venait de comprendre sa terrible erreur.

— Ma puce ! fit-elle, une main plaquée sur sa bouche.

— Putain, non ! T'aurais pu faire gaffe ! s'écria l'homme en se levant d'un bond.

Il se mit à faire les cent pas dans le salon, apparemment en colère. Sam, qui venait de voir ses chances de sortir librement partir en fumée, se mordit la lèvre inférieure.

— Je suis désolée, vraiment, fit-elle d'une petite voix. Je te promets que, dès que j'aurai de l'argent, je te rembourserai tous les frais que...

— Laisse tomber, ce n'est pas une question d'argent. J'ai ce qu'il faut de ce côté-là. C'est plutôt que, les micropuces, ça ne court pas les rues. C'est super dur à obtenir, quoique j'ai peut-être une solution.

— Laquelle ?

— Je connais un mec qui fréquente des quartiers un peu glauques et il s'avère qu'il a une dette envers moi. Hike pourra sans doute me dégotter une puce illégale dans les plus brefs délais. Ainsi, nous serons quittes.

Sam mourait d'envie de lui demander comment un type louche pouvait bien lui devoir quelque chose, mais elle se ravisa. Puisque sa colère était retombée, inutile d'ajouter de l'huile sur le feu.

— Bon, je vais voir ce que je vais pouvoir faire, mais avec mes rendez-vous de cet après-midi, ça va être chaud. En attendant, tu ne bouges pas d'ici.

Elle se renfrogna.

— Je ne risque pas d'aller bien loin, puisque tu verrouilles la porte et tu demandes à Nao de me surveiller.

— On n'est jamais trop prudent! fit-il en déposant un baiser sur ses lèvres. À ce soir!

Une fois Éthan parti, Sam fila vers la cuisine chercher quelque chose à grignoter. Elle avait envie d'un fruit frais, juteux et sucré. Mais, hormis la tresse d'ail suspendue au-dessus de la gazinière, aucun produit naturel ne semblait avoir été admis dans cette cuisine désespérément vide.

Elle fouilla les placards et tomba finalement sur un paquet de gâteaux qu'elle ouvrit sans vérifier les ingrédients. Elle dévora les sablés au goût de noisette, certaine qu'aucune noisette n'avait servi à les confectionner. Un jour, se promit-elle, elle ferait acheter des produits frais à Éthan et elle lui préparerait quelque chose, comme un gâteau au chocolat, par exemple. Le parfum gourmand du cacao fondu envahit son esprit. Elle ferma les yeux pour mieux apprécier ce souvenir confus.

Ce mot la fit bondir. Un souvenir? Un vrai qui remonterait à son enfance?

Elle ferma à nouveau les yeux comme pour rattraper cette fugace réminiscence, mais l'arôme puissant avait déjà disparu. Pourtant, c'était pour elle une certitude absolue. Un souvenir de son enfance avait bien surgi du brouillard grisâtre qui remplaçait sa mémoire. Au moment où elle s'y attendait le moins, un morceau d'elle avait jailli du passé. Et pas n'importe quel morceau. Contrairement à son cauchemar, ce souvenir était aussi moelleux, aussi sucré et doux qu'un fondant au chocolat : un moment de pur bonheur. Elle sourit en songeant qu'elle avait dû avoir une enfance heureuse. Elle se prit à rêver d'une famille unie, de parents aimants. Elle imagina la petite Avel courant se jeter dans les bras d'une maman épanouie, sous le regard protecteur de papa Mori. Une fillette souriante et insouciante, à des milliers de kilomètres de ce qu'elle était devenue. Ses parents, où vivaient-ils aujourd'hui ? S'inquiétaient-ils de leur fille disparue ?

Si seulement Nao pouvait retrouver leur trace ! Mais elle n'avait trouvé aucun dossier à leur nom, comme si quelqu'un avait délibérément détruit aussi toutes les données les concernant. Elle se demanda si celui qui avait effacé ces informations était également celui qui avait gommé sa mémoire. Une évidence s'imposa à elle. Nao avait réussi à dénicher un reportage dans lequel elle figurait sans que son nom soit mentionné. Et si elle pouvait réitérer cet exploit ?

Elle bondit et se précipita dans l'escalier pour s'adresser au petit bijou quantique.

— Nao, sors du mode veille, s'il te plaît ! Il faut absolument que tu m'aides à trouver des informations sur mes parents. Nao ? Tu m'entends ?

— *Inutile de crier ! Je t'entends, mais j'ai déjà effectué cette requête et cela n'a abouti à rien. Il n'existe plus aucun dossier, ni aucun fichier, ni aucune ligne sur la famille Mori. La totalité de ces données semble avoir définitivement disparu.*

— Je sais tout ça, tu me l'as déjà dit, mais, ce que je veux, c'est que tu associes des mots comme tu l'as fait pour le reportage amateur où j'apparais. Je suis sûre qu'en bidouillant un peu tu peux trouver des informations. Même minimes, elles seront précieuses pour moi.

— *Entendu, je vais voir ce que je peux faire. Reviens dans cinq minutes. Si je n'ai rien pour toi à ce moment-là, c'est que je ne pourrai jamais rien trouver.*

Sam se leva, hésita et se rassit. Elle préférait attendre là. De toute façon, elle était tellement nerveuse qu'elle ne pourrait rien faire d'autre. Comme hypnotisée, elle regardait défiler les secondes sur l'horloge de l'écran. Au bout de quatre minutes et vingt secondes, la voix de Nao porta son angoisse à son paroxysme.

— *Sam, j'ai peut-être quelque chose. Comme mes associations de mots ne donnaient rien, j'ai tenté des orthographes différentes et j'ai mis le doigt sur une très curieuse coïncidence.*

Sam aurait voulu demander laquelle, mais elle était incapable de parler.

— *J'ai découvert l'existence d'un certain Hogg Maury, né le 27 octobre 2043 à Océanopolis, et de Léa Pol, née le 6 juillet 2044 à Raven. C'est dans cette ville qu'ils se sont mariés le 12 juin 2071 et qu'ils se sont installés.*

— Ils ont eu des enfants ?

— *Aucune idée. Le nom d'Avel Maury n'apparaît sur aucun registre.*

— Mais qu'est-ce qui prouve qu'il pourrait s'agir de mes parents ?

— *Je n'ai aucune preuve, en effet, mais écoute ça : Hogg Maury travaillait chez Mémoris, comme neurologue.*

L'ordinateur lui aurait donné une baffe qu'elle n'aurait pas été plus choquée.

— Ça alors ! Tu as raison, ça ne peut pas être une coïncidence. Peux-tu me dire quand il a été embauché ?

— *Il est entré au service de David l'année de la création de Mémoris, en 2075.*

— Tu m'as dit qu'il était né en 2043 ; aujourd'hui, il a donc soixante et onze ans. Travaille-t-il toujours pour David ? Et, ma mère, que faisait-elle ?

— *Si le nom de Hogg Maury apparaît bien dans les fichiers de Mémoris, il ne fait pourtant plus partie du personnel depuis deux ans. Il a pris sa retraite en novembre 2111. Quant à son épouse, elle était informaticienne. Elle travaillait aux Archives centrales de Raven. Elle aussi est retraitée depuis novembre 2111.*

— Ils ont pris leur retraite le même mois ? Étrange, non ?

— *Si cette question m'est adressée, puis-je émettre une suggestion ?* fit Nao, comme l'aurait fait un être doué d'intelligence.

Sam hocha machinalement la tête et pourtant, à sa grande surprise, Nao poursuivit :

— *Ce qui est vraiment étrange, ce n'est pas qu'ils aient pris leur retraite ensemble. Cela arrive souvent ; les fichiers des organismes de retraite regorgent de cas similaires. Mais c'est qu'Avel se soit évanouie dans la nature à peine deux semaines plus tard. Le 12 décembre 2111, pour être exacte. Comme si tout était prévu et planifié de longue date.*

— Oh, la vache ! Tu as mis dans le mille ! Nao, tu es formidable !

Souriante, elle fit le point à haute voix.

— En fait, je devais projeter de m'enfuir depuis longtemps et on dirait que j'ai bien préparé mon coup. Je savais que David me rechercherait et qu'il serait prêt à tout pour retrouver ma trace. Il n'aurait sûrement pas hésité à s'en prendre à mes parents ou à les utiliser pour faire pression sur moi. Je les ai donc mis au courant pour qu'ils plient bagage avant moi. Peut-être qu'eux aussi se sont fait enlever leur puce. C'est sans doute pour cela que David s'en est pris à Treg. Il ne lui restait plus que mon mari pour m'atteindre. Mais, visiblement, je tenais plus à ma vie qu'à celle de Treg, puisque je ne me suis pas rendue.

Sam se redressa d'un mouvement brusque.

— Au fait, mes parents possèdent-ils encore leur maison à Raven ?

— *Je consulte tout de suite les dossiers du cadastre... En effet, la propriété sise au 46, avenue Khonsou leur appartient toujours. Mais ils ne semblent plus y habiter, car il n'y a plus aucune facture d'eau ni d'électricité à leur nom.*

— Merci beaucoup, Nao, pour ton aide précieuse. Oh ! juste une dernière question ! Comment as-tu fait, tout à l'heure, pour savoir que je hochais la tête ?

— *Je possède une caméra intégrée qui me permet de voir toutes les personnes qui s'adressent à moi et d'interpréter quelques réactions simples, comme les mouvements de tête signifiant oui ou non. C'est pratique et c'est aussi une mesure de sécurité supplémentaire. Je ne me serais pas allumée si je n'avais reconnu ta voix et ton visage.*

— Très impressionnant ! Si je te tire la langue, tu le vois ?

— *Oui. Mais je ne suis pas programmée pour répondre à ce genre de gaminerie.*

— Tu as de la chance, moi non plus ! rétorqua Sam du tac au tac.

Lorsqu'Éthan rentra à vingt et une heures passé, Sam était assoupie sur le canapé. Il sourit intérieurement. Ça lui laisserait le temps de tout préparer. Il fila à l'étage sans un bruit.

Quand il redescendit, la jeune femme dormait encore. Son visage était détendu et toute trace de stress et de fatigue en avait disparu. Il nota avec plaisir que son crâne se couvrait d'un léger duvet foncé. Il laissa sa main brune caresser sa peau claire et observa, fasciné, le contraste de leurs couleurs. Qu'elle semblait fragile et vulnérable, ainsi endormie ! En effleurant sa gorge offerte, les doigts d'Éthan se contractèrent.

À ce contact, elle frémit et ouvrit les yeux sans sursauter ni bondir. Au contraire, elle sourit à Éthan et l'attira à lui pour l'embrasser. Il se laissa faire, ravi de son entrain.

— J'ai plein de surprises pour toi, Sam, lui annonça-t-il, en lui tendant un petit étui noir. Voici la première.

— C'est quoi ?

— Ta nouvelle micropuce !

— Tu as réussi à m'en procurer une? Tu es vraiment formidable !

— C'est vrai, se rengorgea-t-il. Et encore, tu n'as rien vu. Allez, viens, suis-moi !

Il reprit le sachet qui contenait la puce et le posa sur la table du salon. Saisissant sa main, il l'entraîna à l'étage. Il contourna la verrière à gauche pour arriver dans une pièce qu'elle ne connaissait pas encore. Un grand carré de sable blanc savamment strié de motifs géométriques en occupait le centre. Il prit soin de ne pas le fouler et avança sur des lattes de parquet disposées tout autour.

— C'est quoi, cet endroit ?

— C'est mon espace zen, le contrepoint de ma serre tropicale, le vide qui compense l'exubérance. C'est la fraîcheur qui s'oppose à la chaleur, le minéral qui complète le végétal. Comme le yin et le yang. J'ai besoin d'avoir ces deux univers à portée de main pour mon équilibre interne. C'est de là que je tire toute la force mentale dont j'ai besoin pour apaiser les autres. Je fais le vide dans ma tête et je m'imprègne de l'énergie des champs de force que drainent les lignes tracées dans le sable. Mais je voulais te montrer autre chose. Regarde plutôt derrière toi !

Elle se retourna et aperçut une porte en acier qui s'ouvrit en silence.

— Oh ! c'est un ascenseur particulier ? Où mène-t-il ?

Il lui adressa un sourire énigmatique.

— Au paradis !

Il invita Sam à y entrer et pressa un bouton. Aussitôt, une poussée vertigineuse les propulsa au sommet de la tour Soraya où ils furent en quelques secondes. Sam faillit perdre l'équilibre lorsque l'engin termina sa course vers le ciel. Éthan la prit dans ses bras et souffla :

— Ferme les yeux !

La porte s'ouvrit et, à l'aveuglette, la jeune femme se laissa guider par la main sécurisante qui serrait la sienne. Au bruit de leurs pas sur le sol, elle devina un espace clos assez vaste, peut-être une sorte de dôme qui dominait la tour. Elle mourait d'envie de satisfaire sa curiosité, mais ne voulait pas trahir Éthan. Aussi joua-t-elle le jeu jusqu'au bout. Quand un souffle d'air frais vint caresser ses bras et se glisser le long de son cou, elle sut qu'ils étaient dehors. L'emmenait-il sur une terrasse ? Sur un balcon surplombant la ville ?

Ils grimpèrent encore quelques marches et il lui annonça :

— Maintenant, ouvre les yeux !

À sa voix, elle sut qu'il souriait.

Lorsqu'elle découvrit le décor grandiose qui les entourait, elle fut prise de vertige et dut s'accrocher à son ami qui se fit un plaisir d'enserrer sa taille fine.

Tout autour d'eux, Kotaris la magnifique rayonnait dans l'obscurité du crépuscule. La capitale se pavanait, parée de millions de néons multicolores, impressionnante de beauté et de lumière.

Tout autour d'eux se dressaient des centaines de tours, tantôt clignotantes, tantôt scintillantes, faisant une concurrence déloyale aux étoiles qui semblaient affreusement ternes et insipides en comparaison. Seul le disque brillant de la lune dominait cette féerie et se riait de la vanité des hommes qui cherchaient à repousser les limites de l'attraction terrestre.

— Oh, Éthan ! C'est magique ! s'écria-t-elle, ébahie.

Silencieux, il savoura le bonheur qu'il lisait dans le regard émerveillé de Sam. Comme une enfant, elle tournait sur elle-même, contemplant les centaines de tours qui surplombait cette terrasse. Les valas qui filaient dans la nuit ressemblaient à des lucioles qui se croisaient, se suivaient, se poursuivaient dans un incessant ballet de lumières. Malgré ce chaos de lueurs, cette agitation frénétique, la ville restait presque silencieuse. Quelques sirènes résonnaient au loin, de temps en temps on entendait le vrombissement d'un moteur, des rires jaillissaient d'une baie ouverte, ou les basses à la fois sourdes et puissantes d'une musique à la mode s'échappaient d'une soirée branchée. Mais ces bruits semblaient lointains, comme feutrés.

Bientôt, le regard de Sam fut attiré par le scintillement de guirlandes électriques argentées. Elle venait de découvrir la deuxième surprise. Sous un dais de gaze noire imitant une tente nomade, un drap bleu avait été nonchalamment jeté sur le marbre du sol. Des coussins outremer, une belle bouteille de vin, des verres en cristal reflétant les LED étaient éparpillés autour du drap.

Elle ne savait que dire. C'était un cadeau magique. Le plus merveilleux, ce n'était ni la vue ni le dîner à la belle étoile, c'était le fait qu'Éthan avait organisé tout ça pour elle. Il avait pris le temps de préparer ce dîner romantique uniquement pour elle, pour lui faire plaisir. Elle réalisa alors que tous les moments qu'elle passait aux côtés d'Éthan comblaient peu à peu le trou béant qui déchirait sa mémoire et pansaient progressivement sa blessure. Pour la première fois depuis longtemps, elle se sentit enfin heureuse.

Ce soir-là, ils n'évoquèrent ni David, ni Mémoris, ni même les parents de Sam. Ce soir-là, elle se laissa enfin apprivoiser totalement.

À l'abri des regards, seuls au monde derrière la transparence opaque de gaze sombre, ils partagèrent les gestes tendres, les mots doux et les soupirs. Elle savoura le contact de la peau d'Éthan contre la sienne. Elle goûta au plaisir partagé de leurs corps mélangés, de leurs sens enivrés. Ils unirent leurs baisers, leurs souffles, leurs couleurs.

Plus rien d'autre ne comptait pour eux que l'instant présent où ils se retrouvaient seuls sur le toit du monde.

11

Après leur soirée sur la terrasse, ils avaient rejoint l'appartement. Les nuits étaient encore trop fraîches pour dormir à la belle étoile.

Sam se réveilla vers midi, heureuse. Jamais elle ne s'était sentie aussi bien, aussi vivante et aussi libre. Mais, pour l'être tout à fait, elle devait encore endosser la nouvelle identité que lui avait promise Éthan.

— Réveille-toi, murmura-t-elle au creux de l'oreille de son amant.

Comme il ne réagissait pas, elle le secoua doucement.

— Allez, debout ! Tu as du boulot !

— Hein ? De quoi tu parles ? bougonna-t-il en se retournant. Je ne travaille pas ce matin et mon premier rendez-vous n'est qu'à…

— Je ne te parle pas de rendez-vous, mais de micropuce. J'ai hâte que tu me la poses.

— Ah oui, c'est vrai, soupira Éthan, qui aurait bien dormi encore un peu. D'accord, je vais te la mettre, mais pas avant d'avoir pris un bon petit déjeuner.

Ils descendirent à la cuisine et, pendant qu'Éthan ingurgitait deux bols de café, trois croissants et quatre tartines prébeurrées, Sam en profita pour lui dévoiler l'existence d'un certain Hogg Maury qui avait travaillé chez Mémoris comme neurologue avant de prendre sa retraite. Elle formula son désir de se rendre un de ces jours à Raven, prétextant qu'elle avait besoin de voir la maison où elle avait probablement passé son enfance. Elle espérait secrètement que son cerveau réagirait et libérerait des bribes de souvenirs aussi doux que la merveilleuse odeur de gâteau au chocolat qui avait émergé dans sa mémoire.

— Holà ! tout doux, ma belle ! la freina-t-il. On va déjà voir comment tu te débrouilles toute seule dans la tour, hein ? Chaque chose en son temps.

Sam fit la moue, mais finit par acquiescer. Éthan avait raison. Elle vida un Magicdrink et croqua quelques gâteaux aux amandes sans amandes.

Dès qu'Éthan fut repu, ils se rendirent à la salle de bain avec le précieux sésame qui attendait sagement dans son sachet plastique noir.

— Je te promets de ne pas la perdre, cette fois !

— Oh, pas de risque. Regarde !

Dans les mains d'Éthan se trouvait un curieux petit objet translucide, comme une minuscule seringue sans aiguille.

— Qu'est-ce que c'est ? s'inquiéta la jeune femme.

— Un injecteur, expliqua-t-il. Il va servir à glisser la micropuce sous ta peau ; au niveau du derme, pour être plus exact, car, cette fois, il faudra que tu puisses la conserver plus longtemps. Pas question de la perdre au premier shampooing !

Sam baissa les yeux sans cesser de s'inquiéter :

— Ça va faire mal ?

— Détends-toi, ajouta-t-il en pressant l'injecteur contre sa tempe.

— Aïe ! Ça pique, ton truc.

Seul un minuscule point rouge, quasiment invisible à l'œil nu, indiquait l'endroit exact de l'implant biométrique.

— Voilà, c'est fini ! Tu t'appelles Inès Montas, une femme de race blanche, blonde, yeux bleus, un mètre soixante et quinze, cinquante-cinq kilos.

— Tu m'as acheté une perruque blonde ?

— Et des lentilles bleu océan pour parfaire ta métamorphose, fit Éthan en sortant de la salle de bain. Je vais te chercher tout cela.

— Tu es génial, vraiment.

— Je sais ! lâcha-t-il en lui adressant un clin d'œil complice.

À nouveau seule, elle dévissa l'étui qui contenait les lentilles et les appliqua délicatement sur ses yeux. Elle ajusta ensuite la perruque blonde sur son crâne, noua les cheveux mi-longs en une petite queue de cheval et observa son reflet. Elle ne put réprimer un sourire devant ce énième changement d'apparence. Elle n'aurait su dire quelle image d'elle-même elle préférait, mais elle était satisfaite. Sous les traits de cette belle blonde au regard océanique, elle pourrait sortir de l'appartement et se promener dans Kotaris sans être inquiétée par l'AI.

Elle regagna sa chambre et enfila un pull ample en coton blanc ainsi qu'un slim en lumifibre bleue qui changeait de nuance à chacun de ses mouvements. Elle repoussa une petite mèche qui tombait sur son front et alla rejoindre Éthan au salon.

— Tu es magnifique ! s'exclama-t-il en la voyant.

— Tu préfères la psychopathe rousse, la ténébreuse Anabel ou Inès la bimbo ?

Il éclata de rire avant de répondre :

— C'est toi que j'aime, Sam. Parce que, au-delà du physique, tu es unique !

— Bonne réponse ! rétorqua-t-elle en rougissant. Bien, quel est le programme ?

— Cet après-midi, j'ai un horaire assez chargé. Comme hier, je serai absent une bonne partie de la journée, mais, ce que je peux faire, c'est t'accompagner au Dix-Quinze.

— C'est quoi ?

— C'est le plus grand centre commercial de la tour Soraya. Il occupe six étages entiers, du 110e au 115e. Tu auras de quoi t'occuper un petit moment.

Les yeux de Sam se mirent à briller. Pour une première sortie, c'était l'idéal.

Sur le seuil de l'appartement, Éthan lui montra l'interphone.

— Lorsque tu voudras rentrer, approche-toi et dis simplement : « Nao, c'est Sam. » Elle reconnaîtra ta voix et je l'ai programmée pour qu'elle obéisse à cet ordre précis. Compris ?

Elle se contenta de sourire en hochant la tête. Elle avait tellement hâte de descendre !

La porte se referma derrière eux et elle se retrouva à nouveau dans le somptueux couloir de l'étage 123. Tout en suivant Éthan qui se dirigeait vers les ascenseurs, elle ne put s'empêcher de rire.

— C'est drôle, la dernière fois que j'ai mis les pieds ici, j'étais noire comme l'ébène, et là je me retrouve dans la peau d'une blonde. C'est…

— Chut ! Sois plus discrète ! la gronda-t-il. On pourrait t'entendre. Il faut te méfier. Il y a des caméras et des micros hyper-puissants un peu partout dans la tour pour repérer d'éventuels intrus. Allez, entre dans l'ascenseur !

Elle bougonna, mais obéit. Dans la cabine feutrée, une voix accueillante les interpella.

— *Bonjour, monsieur Wyatt. Vous êtes accompagné, aujourd'hui ? Mademoiselle Montas est étrangère à la tour ; c'est exact ?*

— Oui, mademoiselle Montas est mon invitée. Je m'en porte garant. Elle se rend au Dix-Quinze et rentrera toute seule à mon appartement.

— *Bien. Étant donné que vous êtes un résident de classe A, vous êtes par conséquent autorisé à faire pénétrer vos invités dans cette zone. Soyez la bienvenue dans la tour Soraya, mademoiselle Montas.*

— Heu... merci ! répondit Sam en adressant à Éthan un regard interrogateur. Classe A, qu'est-ce que ça veut dire ?

— Oh, ce sont les gens qui n'ont jamais eu de problème avec la sécurité de la tour. On est considérés comme fiables, si tu préfères. Soraya nous fait confiance, mais, à la première incartade, on passe en classe B.

Elle voulut savoir combien il existait de classes différentes, mais déjà l'ascenseur s'arrêtait. Ils avaient franchi les sept étages qui les séparaient de la zone commerciale. Les portes s'ouvrirent sur une esplanade monumentale pleine d'animation, de bruits, de couleurs. Pleine de vie !

Sam en oublia sa question et son visage s'illumina.

— *Passez une agréable journée,* leur dit la voix de l'ascenseur.

L'endroit était immense et aussi lumineux que s'il s'était trouvé en plein air. Le flux ininterrompu de badauds stupéfia Sam, qui ne s'attendait pas à une telle affluence. Des centaines de gens allaient et venaient, les bras chargés de paquets, d'autres traînassaient à des terrasses de cafés, ou bien s'arrêtaient sur un banc pour discuter en petits groupes. Une musique d'ambiance tapissait le fond sonore d'une douceur pénétrante, atténuant les rumeurs des conversations. Visiblement, les gens prenaient plaisir à faire leurs achats et restaient volontiers sur cette vaste place pour discuter des dernières nouvelles.

Fascinée, Sam commençait déjà à s'éloigner quand Éthan la retint par le bras pour lui faire ses ultimes recommandations.

— Attends un peu que je t'explique comment fonctionne le Dix-Quinze. Ici, tu es au 115ᵉ. C'est l'étage des produits de luxe, des salons de thé et des bars branchés. Le centre s'étale sur six niveaux. Le 110ᵉ, c'est l'alimentation et tout ce qui s'y rapporte, le 111ᵉ, les vêtements, le 112ᵉ, l'informatique, le multimédia et les librairies, le 113ᵉ, les articles de sport et, au 114ᵉ, tu trouveras l'univers des jeux et des loisirs. Tu peux aller partout où tu veux, mais surtout reste bien entre le 110ᵉ et le 115ᵉ.

Il jeta un coup d'œil à sa montre avant d'ajouter :

— Bon, il va vraiment falloir que je te laisse. Promets-moi d'être très prudente. Ne parle à personne, n'attire pas l'attention sur toi et, enfin, ne t'aventure pas sur d'autres niveaux. Quand tu en auras suffisamment profité, rentre aussitôt au 123ᵉ. Pas d'imprudence, hein ! Promis ?

— Mais oui, promis ! Ne sois pas aussi inquiet, je ne...

— Ah ! J'allais oublier. J'ai un microtel pour toi. Tiens ! Si tu as le moindre problème, appelle-moi immédiatement. Il n'y a que mon numéro en mémoire. Tu ne peux appeler personne d'autre que moi. Si tu te perds, cherche une borne comme celle-ci. C'est un holoplan. Et si jamais...

— Stop ! le coupa-t-elle, agacée. Je ne suis pas une gamine ! Merci pour le microtel, c'est une attention qui me touche beaucoup, mais je ne pense pas en avoir besoin. Je vais juste me promener dans les magasins, pas débarquer chez Mémoris pour demander des comptes à David, pas encore, du moins. Allez, file ! Tu vas être en retard !

Il soupira, regrettant presque d'avoir cédé à son caprice. Mais c'était trop tard maintenant pour faire machine arrière. Après tout, il était normal que Sam veuille affronter le monde extérieur. Cela prouvait qu'elle allait mieux. C'était plutôt bon signe, très bon signe, même.

Elle l'embrassa rapidement et se retourna pour se fondre

dans la foule. Éthan la regarda s'éloigner avec un pincement au cœur. Dans sa poche, sa main se contracta sur un petit sachet plastique. À l'intérieur se trouvait un minuscule cheveu noir. Un cheveu de Sam.

Le 115e était un véritable temple du luxe. Les magasins, tous plus design les uns que les autres, rivalisaient d'audace et d'inventivité pour attirer la clientèle fortunée. Vitrines virtuelles, holovisions géantes, défilés privés, tout était conçu pour faire rêver et donner envie d'acheter. La profusion de marchandises, qu'il s'agît de vêtements, de chaussures, de sacs, de parfums, de crèmes, de bijoux, d'accessoires, rendait Sam totalement euphorique. Elle se sentait revivre. Évidemment, elle regretta vite qu'Éthan, pourtant si prévoyant, ne lui ait pas laissé d'argent. Elle avait envie de tout acheter. C'était sans doute pour cette raison qu'il ne lui avait pas confié ses économies. Elle grimaça avant de se morigéner. Il avait déjà dépensé beaucoup pour elle; sa générosité n'était plus à prouver.

Elle circula entre les larges allées en se laissant séduire par les sourires enjôleurs des vendeuses et les images oniriques des vitrines virtuelles. Elle aurait voulu entrer dans tous les magasins, essayer et tester tous les articles qui lui tombaient sous la main. Elle planait littéralement, absorbée par ce plaisir immédiat, sans chercher à résister à ses pulsions sensorielles: toucher les flacons de cristal, ouvrir les boîtes et les sachets, sentir les savons aux essences rares, déplier les écharpes en taffetas, respirer les fragrances sensuelles des parfums, caresser les soieries multicolores... Elle flottait dans une bulle de plaisir et se laissait guider par la musique, à mille lieues de sa quête d'identité.

Après plus de trois heures de lèche-vitrine passées à naviguer entre les différents étages au gré de ses envies, elle fit une pause sur un banc. Elle se sentait en grande forme, pleine d'énergie, et elle aurait pu poursuivre pendant plusieurs heures encore, mais la tête lui tournait et elle se sentait comme ivre, saoulée par la profusion, grisée par ses sens, enivrée par la mélodie. Elle regarda avec envie la terrasse du bar en face ; elle regretta à nouveau de n'avoir pas d'argent pour se désaltérer. Elle fixa les clients attablés. Ils parlaient avec emphase et éclataient de rire bruyamment.

« C'est merveilleux comme tous ces gens ont l'air heureux ! » remarqua-t-elle enfin sans cesser de les dévisager.

Au bout d'un quart d'heure, un garçon assis à une table et à qui le regard insistant de cette jolie blonde n'avait pas échappé quitta ses amis pour se diriger vers elle. Le fringant jeune homme, la trentaine, sûr de son charme et de son sourire impeccable, se planta devant elle.

— Vous pardonnerez mon audace, mademoiselle, mais rien ne me ferait plus plaisir que de partager un moment avec vous. Laissez-moi donc vous offrir un verre.

Sam plissa le front, étonnée. Elle regarda à gauche, puis à droite, mais c'était bien à elle qu'il s'adressait. Il ne manquait pas de toupet, celui-là ! Elle allait l'envoyer balader, mais l'harmonie musicale vint neutraliser son agressivité et, tout ce qu'elle trouva à dire, ce fut :

— Non, merci. J'attends quelqu'un…

Le galant n'insista pas et s'en retourna, sûrement dépité, mais sans se départir de son sourire niais.

Interloquée par sa propre réponse, Sam prit alors conscience que quelque chose ne tournait pas rond. Elle se mit à observer les badauds et constata, effarée, qu'ils souriaient tous. Personne ne semblait stressé ni énervé. Tous arboraient une mine enjouée. Personne ne se bousculait, ne s'engueulait ni ne s'insultait.

Lorsqu'une dame d'un âge respectable vint s'asseoir à ses côtés, elle lui sourit naturellement et engagea la conservation.

— Il y a du monde, aujourd'hui, n'est-ce pas ?

— Oh oui ! fit l'autre en soupirant.

— C'est normal que vous soyez fatiguée, c'est épuisant de...

— Oh non ! Vous n'y êtes pas, ma jeune amie. Je n'ai que quatre-vingt-deux ans et je me porte comme un charme, mais j'ai encore perdu mon mari. Ça me désole. Vous comprenez, il adore venir avec moi au Dix-Quinze. En général, il suit une jolie fille jusqu'à ce qu'elle ait fini ses courses et on se retrouve ici, sur ce banc. Mais voilà déjà une heure que je l'attends.

— Je vois ! Quel âge a votre époux ?

— Il va fêter ses quatre-vingt-huit ans le mois prochain, mais c'est encore un chaud lapin, croyez-moi ! confia gaiement la vieille femme.

Sam se retint de rire pour ne pas la vexer et changea de sujet.

— C'est fou ce que les gens ont l'air contents de faire leurs courses ici ! Moi-même, je me sens d'excellente humeur. C'est étrange, non ?

— C'est la première fois que vous venez au Dix-Quinze, vous ! La tour Soraya est loin d'être la tour la plus haute ou la plus moderne de Kotaris, mais voici son slogan : *Soraya : sécurité, service et sourire, tout pour vous satisfaire !* Et je crois que ses neuf mille résidents permanents s'y sentent vraiment bien. C'est grâce à la musique. Vous l'entendez ? Eh bien, c'est une psychomélodie. Elle a été mise au point pour apaiser notre cerveau, qui réagit en produisant des endorphines, vous savez, ces molécules du bien-être et du plaisir.

— Ah oui, vraiment ? balbutia Sam en ouvrant des yeux ronds.

— Vous ne connaissiez pas? De plus en plus de centres commerciaux ou d'institutions publiques diffusent des psychomélodies. On peut dire un grand merci au professeur David.

Sam sursauta en entendant ce nom.

— Hein? Mais pourquoi?

— Parce que c'est lui qui a inventé cette musique, pardi! Au début, personne n'y croyait et maintenant tout le monde se l'arrache. Grâce au professeur, faire ses courses est devenu un pur moment de bonheur, je dirais même un besoin.

«Un besoin? Une dépendance oui!» songea Sam. Cette musique agissait comme n'importe quelle substance psychotrope: elle droguait les gens, annihilant leur méfiance pour les rendre plus aptes à consommer et à dépenser sans compter. Elle réalisa que cela faisait plus de trois heures qu'elle planait et son euphorie retomba aussitôt. De savoir que sa bonne humeur était artificielle lui ôtait l'envie de sourire.

Elle remercia la dynamique octogénaire et s'empressa de retourner aux ascenseurs. Les notes lancinantes de cette musique enivrante qui se glissait jusqu'au plus profond de son cerveau pour inonder ses neurones d'endorphines lui devenaient véritablement insupportables. Elle voulait quitter au plus vite le centre commercial, mais ces maudits ascenseurs avaient décidé de prolonger son supplice. Lorsque l'une des six portes s'ouvrit enfin, elle s'y précipita.

— *Bonjour, mademoiselle Montas. À quel étage souhaitez-vous vous rendre?* demanda la voix de synthèse.

Elle hésita. Elle n'avait pas envie de rentrer, pas tout de suite, du moins. Pourquoi ne pas s'offrir une petite visite de la tour? Elle décida de bluffer.

— Mon ami Éthan Wyatt m'a demandé de le rejoindre dans un autre centre commercial, mais j'ai oublié à quel étage il se trouvait.

— *Vous pouvez consulter l'holoplan qui se trouve à votre droite. Il vous indique les étages par couleur : orange pour les zones commerciales ou culturelles, vert pour les bureaux, blanc pour les appartements. Pour plus de détails, placez votre main sur la zone à agrandir.*

Sam jeta un rapide coup d'œil au plan en 3D et appuya un peu au hasard sur une zone orange du 85e étage. L'image s'agrandit et la voix indiqua :

— *Étage 85. Médiathèque de Soraya. Souhaitez-vous vous y rendre ?*

— Heu... oui ! C'est là ! déclara Sam d'une voix qu'elle voulait la plus assurée possible.

Aussitôt, la cabine s'enfonça dans les profondeurs de la tour et, à peine trente secondes après, elle se retrouva au 85e. Les portes de l'ascenseur s'ouvrirent.

Sam tendit l'oreille pour capter une éventuelle musique d'ambiance, ce qui l'aurait contrainte à faire demi-tour immédiatement. Mais, là, pas de mélodie, pas de conversations ni de rires. L'endroit était désert et le calme, absolu.

Elle déambula dans les allées blanches et tamisées d'une lumière diffuse. Contrairement au Dix-Quinze, cet étage semblait totalement dépourvu de couleur, de chaleur, de bruit et de vie. Il n'y avait strictement personne et la solitude, aussi soudaine qu'inattendue, mit Sam mal à l'aise.

Elle osait à peine respirer tellement sa respiration lui semblait bruyante dans ce monde de silence. La médiathèque était gigantesque. Chaque département était insonorisé par des cloisons de plexiglas et un sas gardé par une employée souriante en protégeait l'entrée. Sam hésitait à pénétrer dans l'une des immenses salles et se contentait d'avancer en repérant les différentes sections.

Les mots *Sciences médicales* gravés dans une des parois transparentes éveillèrent tout à coup son intérêt. Elle se dirigea vers l'employée au sourire figé qui l'invita à pénétrer dans le sas de sécurité.

— Hum ! Inès Montas ? Vous n'êtes pas sur nos fichiers ; vous ne résidez donc pas ici. Je suis désolée, mais je ne peux absolument pas vous laisser entrer.

— Mais je loge chez un ami, Éthan Wyatt.

— Cela ne vous donne en aucun cas le droit d'utiliser la médiathèque.

— Et que dois-je faire pour y avoir accès ?

— Il faut vous inscrire, tout simplement, fit l'employée, sans se départir de son sourire.

— Et comment dois-je m'y prendre ? s'impatienta Sam.

— Faites-en la demande par ultranet à soraya/services/médiathèque.com. Nous vous expliquerons la démarche à suivre et dès demain vous recevrez votre laissez-passer.

— Mais c'est aujourd'hui que j'ai besoin d'y aller. Demain, je ne serai plus là, mentit Sam en espérant faire fléchir l'employée.

— Désolée, mademoiselle. Les ordres sont formels. Cette médiathèque est réservée aux résidents de la tour. Les autres usagers doivent absolument se faire connaître en s'inscrivant sur notre site.

Sam renonça. Elle ne pourrait rien en tirer de plus. Ce spécimen de cerbère féminin, aussi bête que discipliné, était payé pour lire un nom et appuyer sur un bouton. Inutile de s'énerver ou de l'insulter, ça ne servirait à rien. Elle quitta le sas en lui adressant un regard chargé de mépris. La jeune femme haussa les épaules, mais continua à sourire, ce qui irrita Sam davantage. Un instant elle regretta son Blodless 245. Elle s'imagina pressant l'arme militaire et tirant.

Aussitôt horrifiée par cette pulsion meurtrière, elle secoua la tête et se mit à courir vers les ascenseurs, lentement, d'abord, puis de plus en plus vite, comme si elle était poursuivie, comme si elle était en danger.

Un mot résonna dans sa tête : courir ! Comme dans les couloirs du *Samildria !*

Courir... Courir...

Machinalement, sa main se contracta sur une arme invisible.

Courir... Courir...

Comme dans un mauvais rêve, elle se rejouait la scène de la poursuite sur l'île artificielle. Prise d'une panique incontrôlable, elle se retourna même pour s'assurer que personne ne la suivait. Elle s'attendait presque à voir surgir la garde noire derrière elle. Mais il n'y avait personne. Seules les employées de la médiathèque, à l'abri derrière leur box translucide, assistaient, ahuries, à ce spectacle insolite en se demandant qui était cette folle.

L'ordre impérieux de courir martelait toujours les tempes de Sam. Pourtant, il n'y avait aucun danger, elle le savait. Il fallait qu'elle lutte contre ses pulsions cérébrales et qu'elle reprenne la maîtrise d'elle-même. Au prix d'un effort épuisant, elle fit appel à toute sa volonté et mit un terme à sa course. Essoufflée, le cœur battant, elle tomba à genoux, au moment où surgissait un gardien, alerté par l'une des employées.

Pas trop rassuré, celui-ci serra la crosse de son arme et demanda :

— Mademoiselle, vous allez bien ? Vous avez un problème ?

Mais elle ne l'entendait pas. Plongée au cœur de ses neurones dans l'espoir de comprendre ce qui venait de se passer, elle était en pleine introspection. Pourquoi s'était-elle mise à courir ? Pourquoi s'était-elle sentie en danger ?

Soudain la lumière se fit, évidente, limpide. C'était ces couloirs, avec leurs murs blancs et leurs lumières diffuses. Ce décor aseptisé et silencieux qui l'avait mise mal à l'aise dès le début était en tout point identique à celui du *Samildria*. Comme sur l'île artificielle, elle s'était sentie envahie par une peur panique, incontrôlable, liée à un danger imminent. Le besoin vital de courir pour fuir cette menace mortelle s'était imposé à elle, irrésistiblement.

Ces couloirs blancs agissaient sur elle comme un stimulus visuel qui déclenchait un message subliminal, un message de peur, d'urgence, de panique, de danger, de mort qui la forçait à fuir et même à se défendre. C'était sans doute pour cette raison qu'elle avait eu envie de tuer l'employée.

Mais personne ne réagissait ainsi, à moins d'être anormal !

L'évidence s'imposa à elle. Son cerveau avait été programmé pour réagir à ce stimulus. Sa fuite n'était pas un hasard. Elle avait été programmée, prévue, organisée.

Quelqu'un – était-ce le professeur David ? – voulait qu'elle se retrouve dans le couloir, l'autre soir, et qu'elle coure pour sauver sa peau. Cela faisait partie du plan.

Une peur indicible la submergea. De quel plan s'agissait-il ? Pourquoi l'avait-on programmée ? Elle sentit la nausée l'envahir.

— Mademoiselle, vous m'entendez ? Voulez-vous que j'appelle un médecin ?

La voix du gardien lui parvint enfin. Mais sa tête tournait et son estomac se contractait douloureusement. Elle fut sur le point de défaillir et ne put retenir un haut-le-cœur. Cela eut pour effet de la ramener tout à fait à la réalité et elle réalisa en ouvrant les yeux qu'elle venait de déverser le contenu de son estomac sur les genoux du gardien accroupi devant elle. Elle s'essuya la bouche du revers de la main.

— Tout va très bien. Inutile de vous inquiéter…

Elle se releva, murmura quelques excuses confuses et

s'engouffra dans l'ascenseur, plantant là le garde perplexe et son uniforme souillé.

Une fois dans l'ascenseur, elle se plaça dos au mur et ferma les yeux. La découverte était énorme. On lui avait volé ses souvenirs et on l'avait conditionnée à fuir dès qu'elle se trouvait dans des couloirs blancs, sûrement aussi dès qu'elle voyait des gardes en uniforme, vu la peur panique qu'ils lui inspiraient chaque fois qu'elle en voyait. Mais qui lui avait fait ça et surtout, pourquoi ?

— *Bonjour, mademoiselle Montas. À quel étage souhaitez-vous vous rendre ?*

Elle sursauta. Elle n'en savait rien du tout, de l'endroit où elle voulait aller. À vrai dire, elle s'en fichait. Tout ce qu'elle voulait, maintenant, c'était un peu de calme et de solitude pour réfléchir. Elle faillit demander à remonter au 123e, mais, au dernier moment, elle changea d'avis. De sortir prendre l'air lui ferait du bien.

— Au rez-de-chaussée.

La réaction de la voix fut immédiate.

— *Impossible ! C'est une zone rouge. Il est strictement interdit d'y accéder.*

— Pourquoi ça ?

— *Les étages 0 à 19 sont inaccessibles. Ils ne figurent pas sur l'holoplan. Cette zone est condamnée.*

Surprise, Sam se pencha sur l'holoplan et constata que les premiers étages n'y figuraient effectivement pas.

— Condamnée ? Mais pourquoi ? insista Sam.

— *C'est une zone rouge. Il est strictement interdit d'y accéder,* répéta mécaniquement la voix.

— Putain de machine ! jura Sam, entre ses dents.

— *Inutile de vous montrer grossière, mademoiselle Montas. À quel étage souhaitez-vous vous rendre ?*

Ses joues s'empourprèrent. Après Nao, voilà que c'était l'ascenseur qui lui faisait la morale. Mais elle était bien décidée à se montrer plus futée que ces satanées machines.

— Hum... Eh bien, conduisez-moi au 20e !

— *Je dois vous prévenir que cet étage ne...*

— Peu importe ! Au 20e et vite !

La voix se tut et l'ascenseur se mit en branle vers le niveau souhaité.

« Zone rouge, zone condamnée, se répéta Sam, de plus en plus intriguée. Mais pourquoi ? Qu'est-ce qu'il y a de spécial, en bas, pour qu'on interdise l'accès aux étages inférieurs ? Quelque chose de dangereux ? Quelque chose d'interdit, de secret, d'inavouable ? Peut-être des laboratoires secrets ou des salles d'opération clandestines... »

Elle secoua la tête pour chasser ces idées saugrenues. Il ne fallait pas qu'elle sombre dans la paranoïa et rapporte systématiquement tout à sa propre histoire. Néanmoins, elle se demanda si Éthan savait ce qui se cachait en bas et si, lui, il y avait déjà été. Il faudrait qu'elle pense à le lui demander.

Une bouffée de remords l'envahit. Ne lui avait-elle pas promis de rester dans le centre commercial ? Mal à l'aise d'avoir désobéi, elle se demanda si elle ne ferait pas mieux de remonter au 123e. Elle hésita. Sur l'holoplan, le vingtième étage était une zone d'habitation. Elle ne risquait donc rien. Elle se jura d'y faire juste un petit tour rapide et de remonter ensuite, comme si de rien n'était.

Lorsque, au bout d'une longue minute, les portes s'ouvrirent enfin, Sam ouvrit des yeux ronds tant l'endroit contrastait avec les étages supérieurs.

— *20e étage. Je vous souhaite une bonne journée !*

Sam crut déceler une pointe d'ironie dans la voix, mais elle se trompait sûrement. Comment une machine aurait-elle pu exprimer de telles nuances ?

Elle quitta l'ascenseur et tourna la tête à gauche et à droite pour observer le hall d'accueil, d'une laideur effroyable. La peinture murale d'un beige sale et taché tombait par plaques entières sous l'humidité qui rongeait les murs. De vilaines fissures déchiraient les plafonds et des tas de gravats jonchant le sol prouvaient que les chutes de plâtre n'étaient pas rares.

Sam fit quelques pas dans ce monde chaotique qu'elle n'aurait jamais imaginé trouver dans une tour aussi moderne. En se souvenant des propos de la vielle dame du Dix-Quinze sur la devise de Soraya, elle sourit intérieurement. Ici, on était loin de la sécurité et du sourire.

Les couloirs miteux que Sam traversait sentaient le moisi et l'origine des flaques jaunâtres qui inondaient les dalles cassées semblait plus que douteuse. Ses narines furent agressées par l'odeur de la crasse et de l'urine, mais, malgré son dégoût, elle continua à s'enfoncer plus profondément dans les couloirs, curieuse de savoir où ils la conduiraient. Au 19ᵉ étage ? Car, après tout, si l'ascenseur refusait de l'y conduire, elle pourrait très bien utiliser des escaliers de service.

Les néons capricieux grésillaient, mais éclairaient encore suffisamment pour qu'elle puisse voir que les murs, dont la tapisserie partait en lambeaux, étaient percés de portes défoncées, qui devaient s'ouvrir sur des appartements crasseux. Sam crut qu'ils étaient depuis longtemps abandonnés, mais elle ne tarda pas à avoir la preuve du contraire. Des éclats de voix suivis de cris étouffés retentirent derrière l'une des portes et elle se figea, effrayée.

Cet endroit était réellement épouvantable.

Elle songea à faire demi-tour, mais la curiosité l'emporta à nouveau. En passant devant une porte arrachée, elle passa la tête dans l'embrasure du logement insalubre. Une violente odeur de décomposition agressa son odorat et elle recula rapidement. Elle ne tenait pas à savoir ce qui pourrissait là, dans l'indifférence la plus totale... Comment pouvait-on laisser des gens croupir là-dedans, alors que là-haut s'étalait un tel luxe, une telle opulence ? Quel décalage ! Pourquoi ne rénovait-on pas ces appartements pour permettre à ses habitants de vivre décemment ?

Les voix avinées d'un couple en pleine crise conjugale résonnèrent au loin. Les hurlements d'un bébé, que les cris avaient sans doute réveillé, se répandirent dans le lugubre couloir. Sam n'en revenait pas. Quelle était cette société qui laissait des enfants, des nourrissons, même, grandir dans un tel endroit ?

Toute personne saine d'esprit aurait déjà fait cent fois demi-tour. Pourtant Sam continuait son exploration dans ce véritable labyrinthe de misère. Même l'air semblait de moins bonne qualité qu'au-dessus. Épais, moite, chargé de miasmes, il ne devait pas être renouvelé tous les jours. Les turbines de ventilation ne devaient plus fonctionner depuis longtemps.

Un coup sourd contre une des portes eut raison des pleurs du bébé qui cessèrent aussitôt. Sam frissonna en fermant les yeux, préférant ne pas imaginer ce qui avait bien pu se produire. Elle se sentait de plus en plus mal, mais ne désespérait pas de tomber sur des escaliers.

Tout à coup, elle perçut derrière elle des bruits de pas qui écrasaient les débris jonchant le sol. Elle s'arrêta et se retourna. Le couloir était désert, mais elle aurait juré que quelqu'un la suivait. Elle attendit deux longues minutes en retenant son souffle. Comme rien ne semblait anormal, elle décida de poursuivre son exploration. Elle devenait peut-être vraiment paranoïaque.

Elle déboucha enfin sur ce qui avait dû être un salon agréable longtemps auparavant. Les vestiges d'un canapé éventré dont il ne restait plus que les montants en bois et les ressorts rouillés traînaient dans un coin.

Des sanglots, inattendus dans un endroit pareil, attirèrent Sam. Intriguée, elle contourna le meuble pour voir à qui ils appartenaient. Un jeune homme assis, la tête contre les genoux, pleurait comme un enfant perdu.

— Eh bien ! ça n'a pas l'air d'aller ? lui dit-elle d'une voix douce et rassurante.

Surpris, le type cessa aussitôt de pleurer et releva la tête pour voir qui lui parlait. Sam faillit pousser un cri en découvrant son visage ravagé. La peau grise, les yeux exorbités et injectés de sang, les dents noires qui se déchaussaient, tout révélait un usage immodéré de cyndamone, la nouvelle molécule artificielle qui promettait de vous envoyer au septième ciel sans aucune dépendance. Mais, ce que n'avaient pas prévu ses inventeurs, c'était que de fortes doses journalières provoquaient de graves lésions cérébrales et un délabrement physique rapide. Ce jeune homme en était au stade terminal.

— Z'êtes un ange ? articula difficilement le junky. J'ai clamsé et z'allez m'emmener au paradis, hein ?

Sam lui sourit en se reculant, tant l'haleine fétide du type était insupportable.

— Oui, je vais vous y conduire, mentit-elle. Mais avant il faut que je trouve les escaliers. Vous savez où ils sont ?

— Les escaliers ? répéta le gars, dans les vappes.

— Oui, ceux qui descendent.

— Et après vous m'emmenez au paradis ? balbutia-t-il péniblement.

Comme Sam hochait la tête, le garçon se releva avec difficulté et lui fit signe de le suivre. Il marchait lentement en longeant le mur comme pour parer à une éventuelle déficience physique, mais on sentait que cet étage n'avait aucun secret pour lui. Sam le suivait, sur ses gardes, prête à affronter tout revirement de situation. Il ne semblait pas agressif et elle espérait qu'il ne fût pas suffisamment lucide pour tenter de l'agresser ou de la conduire auprès d'une bande aussi défoncée que lui.

Tout à coup, il lui sembla à nouveau percevoir des bruits de pas derrière elle. Son cœur se mit à battre plus vite et elle se retourna brusquement dans l'espoir de surprendre son poursuivant, mais elle n'aperçut personne. Elle se mit à transpirer et, machinalement, sa main glissa dans sa poche pour serrer le microtel d'Éthan.

À l'angle d'un couloir, le drogué s'arrêta devant un mur et la regarda fixement.

— Ça y est, mon ange. Les voilà, tes escaliers !

Il éclata d'un rire hystérique qui fila la chair de poule à Sam. Elle le regarda, consternée, et se rendit compte qu'il disait vrai. À cet endroit, on devinait une arche surmontée d'un logo de marches stylisées, mais cet ancien accès aux niveaux inférieurs avait été muré, ce qui le condamnait définitivement.

— Mais ils sont inaccessibles ! rétorqua Sam, dépitée.

— Ouaip ! Un jour, ils sont venus, tenta d'expliquer le type, et ces salauds nous ont emmurés. Ils ont condamné tous les escaliers. J'avais des potes qui vivaient en dessous. Ils ont dû crever, tu crois pas ? Mais toi, mon ange, tu m'as fait une promesse et, les anges, ça ment pas, hein ?

Il s'approcha d'elle en titubant et Sam recula vivement pour éviter tout contact. Le junky grogna et devint nerveux. Les effets de la cyndamone commençaient peut-être à s'atténuer et il retrouvait une certaine lucidité. Un éclat malsain passa dans son regard. Lorsqu'elle le vit porter la main à sa braguette, elle comprit.

— Tu vas être bien gentille, mon ange, et m'emmener au paradis, hein, t'as prom… Outch !

Le pied de Sam s'était écrasé sur sa gueule ravagée, lui

cassant deux dents au passage. Le type s'affala contre le mur, le visage en sang.

Sam jugea qu'il était temps de rentrer. Elle voulait trouver les escaliers ? C'était chose faite. Puisqu'il était impossible d'accéder aux niveaux inférieurs de la tour, elle n'avait donc plus rien à faire là.

Pour ne pas se perdre, elle jugea préférable de faire demi-tour, mais elle craignait de se retrouver avec l'autre, celui qui la suivait depuis le départ sans se laisser voir. Qu'est-ce qui valait le mieux ? Tomber sur un autre taré ou se perdre dans ces couloirs sordides qui puaient la mort ?

Elle opta pour la première possibilité, vu que, de toute façon, puisqu'il la suivait, elle ne pourrait pas lui échapper et préférait encore avoir à l'affronter plutôt que de se faire surprendre par-derrière. Elle n'aurait qu'à courir le plus vite possible et à se précipiter dans l'ascenseur.

D'un bond, elle s'élança dans le couloir tout en essayant d'éviter les flaques glissantes. Arrivée à un carrefour, elle hésita. Était-ce à droite, ou à gauche ? Ces couloirs miteux se ressemblaient tous. Elle opta pour celui de droite et eut un moment de panique en réalisant qu'elle venait de passer devant une porte couverte de graffitis rouges pour la deuxième fois. Elle pesta et repartit en sens inverse.

Au bout de plusieurs minutes, elle s'arrêta à bout de souffle et tendit l'oreille.

À nouveau les débris crissèrent non loin d'elle. Son cœur battit de plus belle dans sa poitrine. Elle profita d'une porte entrouverte pour se faufiler sans bruit dans l'ombre salvatrice et arrêta de respirer pour voir passer celui qui l'avait prise en chasse.

Les bruits de pas se rapprochèrent et Sam aperçut l'ombre d'une silhouette, un homme. Plutôt baraqué, il portait un long manteau noir à capuche et avançait prudemment en regardant méticuleusement de tous les côtés. Lorsqu'il se tourna vers la porte entrouverte. Sam aperçut son visage et frémit de terreur. Ses yeux écarlates brillaient comme deux gouttes de sang, faisant un contraste saisissant avec sa peau blafarde. Cet homme n'avait rien à voir avec un junky ou avec un garde de l'AI. Sam le sentait, c'était un tueur, un solitaire, un psychopathe. Elle n'avait pas intérêt à tomber entre ses mains, car son coup de pied, aussi efficace fût-il, n'aurait aucun effet sur lui.

Morte de frayeur, elle compta mentalement deux fois jusqu'à cent et se décida enfin à sortir de sa cachette. Elle préféra prendre son temps afin de ne faire absolument aucun bruit et de se concentrer sur les détails des couloirs pour retrouver son chemin. Lorsqu'elle atteignit le petit salon aux canapés défoncés où elle avait trouvé le drogué, elle poussa un soupir de soulagement et hâta le pas afin de sortir de cet enfer au plus vite. C'était toujours tout droit, maintenant. Quelqu'un tambourina brusquement à une porte proche pour qu'on le laisse enfin sortir. Sam sursauta, mais ne s'arrêta pas. À chacun ses problèmes !

Elle ressentit un bonheur indicible lorsqu'elle tomba sur l'ascenseur. Elle appuya avec empressement sur le bouton, mais la porte resta close. Impatiente, elle jeta un regard effrayé autour d'elle et appuya dix fois de suite sur le bouton.

— *Veuillez vous identifier en apposant votre index sur le digicode,* finit par dire la voix de synthèse qu'elle connaissait bien.

Elle se soumit à cette exigence, mais la porte resta désespérément close.

— Ça ne marche pas ! s'écria-t-elle, furieuse. Ouvrez-moi, bon sang ! Je dois absolument remonter au 123e.

— *Désolée, mais votre empreinte ne vous identifie pas comme habitant Soraya. Ces portes sont programmées pour bloquer tout intrus et…*

— Mais je ne suis pas une intruse ! Je suis Inès Montas. Vous m'avez déjà identifiée, je suis l'amie d'Éthan Wyatt. Ouvrez-moi, laissez-moi remonter, je vous en supplie.

— *Veuillez vous identifier en apposant votre index sur le digicode,* répéta la voix, imperturbable.

C'en était trop. Sam sentit qu'elle allait craquer. Au loin une femme pleurait et les cris du bébé retentirent à nouveau. Elle réalisa alors qu'elle tenait toujours le microtel dans sa main. Seul Éthan pouvait encore la tirer de ce mauvais pas. Il allait sûrement lui passer un sacré savon pour lui avoir désobéi, mais au moins il viendrait la chercher et elle serait en sécurité.

Les tambourinements cessèrent et un homme se mit à hurler à la mort, comme un chien qui agonise. Cet endroit avait de quoi vous rendre dingue.

Sam se réfugia dans un coin sombre, à deux pas de l'ascenseur, et pressa la touche mémoire numéro 1.

« Vite ! Décroche, Éthan ! Décroche ! »

— Allo, Sam, tout va bien ? demanda la voix tranquille et rassurante de son compagnon.

12

En entendant la voix de son protecteur, Sam souffla de soulagement.

— Éthan, j'ai besoin de ton aide !

— Que se passe-t-il ?

— Je... je suis descendue au 20e étage et l'ascenseur ne veut plus s'ouvrir. Je suis coincée et j'ai peur. Je t'en prie, viens me chercher !

Elle se mordit la lèvre inférieure, appréhendant la réaction de son protecteur. Elle fut explosive.

— Bordel de merde, Sam ! Qu'est-ce qui t'a pris ? Au 20e ! Mais t'es pas bien !

Elle garda le silence, de peur qu'il s'énerve davantage et la laisse plantée là. Mais, lorsqu'il reprit la parole, il semblait calmé.

— Tu t'es foutue dans un sacré pétrin, je te jure ! Bon, écoute, ça va pas être facile, parce que, là, je suis avec un client. C'est pour ça que je parle tout bas. Je vais faire mon possible, mais je ne pourrai sans doute pas être là avant une heure. En attendant, cache-toi près de l'ascenseur et fais gaffe, surtout. Ce niveau grouille de toxicomanes prêts à saigner n'importe qui pour une dose.

Il ne croyait pas si bien dire. Sam faillit ajouter qu'un mec bizarre la suivait, mais elle renonça, jugeant inutile de l'inquiéter encore plus.

— D'accord. Je t'attends. Mais fais vite !

Elle raccrocha et se coula dans un coin sombre. Elle se recroquevilla sur elle-même, terrifiée à l'idée de voir réapparaître le type aux yeux de sang. Que ferait-elle s'il surgissait au coin du couloir ? Resterait-elle dans l'ombre en espérant qu'il ne l'aperçoive pas, ou profiterait-elle de l'effet de surprise pour l'attaquer en premier ?

Heureusement, l'homme à la capuche ne réapparut pas.

Quand, au bout d'une trentaine de minutes d'angoisse, la porte de l'ascenseur s'ouvrit enfin, Sam sentit son cœur bondir. En apercevant la silhouette rassurante d'Éthan, elle jaillit de sa cachette pour se réfugier dans ses bras. Contre toute attente, Éthan la repoussa en lui jetant un regard noir. Les portes de l'ascenseur se refermèrent sur eux

— *À quel étage souhaitez-vous vous rendre ?*

— Au 123e.

La remontée dura presque une minute trente, mais ce temps sembla une éternité tant le silence d'Éthan la glaçait. Il ne lui adressa pas une seule fois la parole. Il ne la regarda même pas. Elle s'attendait à tout, au pire à une bonne engueulade, au mieux à une étreinte passionnée, mais pas à ce mutisme, à cette froideur déconcertante.

Lorsqu'ils furent enfin arrivés, elle le suivit jusqu'à la porte de son appartement.

— Merci, murmura-t-elle, espérant ainsi briser la glace.

Il ne répondit pas.

— Tu vas faire la gueule encore longtemps ? s'écria-t-elle, à bout de nerfs. Je sais que tu es furieux et il y a de quoi. Mais dis quelque chose, enfin ! Vas-y, engueule-moi, vide ton sac une bonne fois pour toutes qu'on n'en reparle plus !

Excédé, Éthan l'attrapa par le bras et la poussa sans ménagement dans le salon. La porte claqua violemment derrière lui. Elle crut qu'il allait la gifler, mais il se contenta de la regarder, froidement.

— Je ne vais pas te faire de scène, commença-t-il d'une voix sèche. Ce n'est pas mon genre. Je vais juste te dire ce que je ressens. Je suis déçu et je me sens trahi.

Il marqua une pause.

— Déjà je n'étais pas chaud pour que tu te balades toute seule au centre commercial, mais tu m'avais promis de rester au Dix-Quinze, de ne prendre aucun risque, de ne pas te faire remarquer. Je te faisais confiance. Tu m'as désobéi une première fois en te rendant au 85e. Qu'espérais-tu faire à la médiathèque, sans laissez-passer ? Comme si cela ne suffisait pas, tu as cherché à te rendre au rez-de-chaussée !

Sam fut très étonnée qu'il soit au courant pour la médiathèque et le rez-de-chaussée, mais elle n'osa l'interrompre.

— T'es inconsciente, ou quoi ? reprit-il. Personne, je dis bien personne ne descend au rez-de-chaussée ! Pas plus qu'au 20e, d'ailleurs. Les étages inférieurs sont de véritables coupe-gorges. On ne les appelle pas zone rouge pour rien. Tu cherches quoi, à la fin ? À te faire violer, tuer, ou pire encore ? Tu n'as pas eu ta dose d'épreuves ?

Il parlait calmement, mais ses mots transperçaient le cœur de Sam.

— Mais tu sais ce qui me rend réellement dingue ? Je vais te le dire, moi ! Je crois que tu n'es pas aussi amnésique que ça et que tu me caches des choses. Je crois que tu t'es rendue en bas pour une raison bien précise, pour retrouver quelqu'un, peut-être. Mais, quand ton rendez-vous a mal tourné, tu m'as appelé à la rescousse. Brave toutou qui accourt dès qu'on a besoin de lui ! C'est trop facile !

Sam écarquilla les yeux, effarée qu'il puisse s'imaginer une chose pareille.

— Quand tu m'as dit que tu étais au 20e, j'ai compris que j'avais fait une erreur et que je n'aurais pas dû te laisser sortir. Je suis fatigué de jouer le sauveur de service. Assume un peu tes conneries, Sam ou Avel, ou qui que tu sois d'autre. Moi, je suis un type normal, qui menait une vie normale avec des activités normales. Tu n'imagines même pas la tête de mon client quand je lui ai annoncé que j'avais une urgence. Un sophrologue qui a des urgences ! Je suis vraiment déçu. Je me sens trahi et j'ai perdu toute confiance en toi... Voilà, tu sais tout !

Elle resta muette de stupeur, ne sachant par où commencer, ne trouvant pas les mots justes, oscillant entre la stupéfaction, la déception et la colère.

— D'accord, finit-elle par s'exclamer. J'ai fait une connerie, je le sais. Mais ne t'attends pas à ce que j'implore ton pardon à genoux. Je ne suis pas une gamine !

— Ce n'est pas ce que je te demande ! répliqua-t-il sèchement.

— Je ne t'ai pas coupé, tout à l'heure ? Laisse-moi aller jusqu'au bout ! Je vais être rapide. En fait, tout ce que j'ai envie de te dire maintenant, c'est que tes mots m'ont fait plus de mal que tout ce que j'ai pu endurer jusqu'à présent. Tu te sens trahi, mais moi j'ai la conscience tranquille. J'ai joué les curieuses, c'est vrai, mais je ne mérite pas que tu me traites ainsi, car jamais, jamais, je ne te trahirai. Si tu en as marre à ce point de jouer les héros et que tu veux retrouver ta petite vie normale, dis-le et je m'en irai. Pour le moment, il est tard et je suis fatiguée. Je vais me coucher. On dit que la nuit porte conseil. Bonne nuit !

Elle lui tourna le dos pour rejoindre sa chambre en espérant qu'il la rappelle, mais il n'en fit rien.

Sam ne décolérait pas. Seule dans son grand lit, elle contemplait les lumières de la ville. Ses yeux humides laissaient couler des larmes d'amertume sur ses joues pâles. Elle venait de vivre une journée éprouvante et la soirée l'avait été plus encore. Les propos d'Éthan l'avaient profondément blessée. Oser soupçonner qu'elle n'était pas vraiment amnésique ! Quel culot ! Dire qu'elle avait cru qu'il la serrerait dans ses bras, qu'il la couvrirait de baisers et qu'ils passeraient le reste de la soirée sous la couette !

Son ventre grogna. Elle réalisa qu'elle n'avait presque rien avalé ce midi-là ; elle était morte de faim. Jamais elle ne pourrait fermer l'œil. Aussi décida-t-elle de se lever discrètement pour aller se chercher un encas. Cette fois, elle ne ferait pas la difficile. N'importe quoi lui conviendrait, même un truc chimique.

Elle enfila son peignoir de soie et se glissa dans le jardin tropical. L'air moite et le parfum enivrant des orchidées l'enveloppèrent de douceur. Elle jeta un coup d'œil au salon et vit qu'Éthan n'y était plus. Il devait être là-haut, dans sa chambre, en train de dormir ou de cogiter. Allait-il lui demander de partir, ou bien s'excuserait-il en la suppliant de rester ?

Elle se glissa silencieusement dans le salon et traversa l'écran de fumée de la porte de la cuisine. Là, sur la table, un sandwich végétarien et un verre de vin semblaient l'attendre. Elle trouva le petit mot. *Pour toi, si t'as faim.* Finalement, Éthan n'était pas fâché au point de la laisser mourir de faim. Elle sourit et se jeta sur la collation. Elle vida le verre et pivota pour sortir. Ce fut à ce moment-là qu'elle découvrit un second petit mot collé au mur. *Si t'as envie de parler, je suis dans la serre.* Elle rougit à l'idée qu'elle était passée devant lui sans le remarquer.

De retour dans la verrière, elle écarta les plantes envahissantes et repoussa les feuilles d'un palmier nain pour s'approcher de la baie vitrée. Éthan était là, assis en tailleur, les yeux fixés sur les scintillements nocturnes. Il l'attendait, mais, curieusement, il ne se retourna pas à son arrivée.

Elle s'assit à ses côtés sans le regarder non plus et resta silencieuse, attendant qu'il s'exprime en premier.

— Sam, je suis désolé, vraiment. Tout ce que j'ai dit ce soir, c'était sous le coup de la colère et de la peur, aussi. Je ne sais pas ce qui m'a pris. J'ai honte de la façon dont je me suis comporté. Je t'ai dit des choses monstrueuses que je ne pensais même pas. Crois-moi, je les regrette amèrement. Pardonne-moi. Je ne veux pas que tu partes. J'ai besoin de toi. J'ai vraiment besoin de toi.

En guise de réponse, elle posa la tête sur l'épaule de son ami. C'était sa façon de le pardonner. Le lien qui les unissait était à présent si fort que tous les mots du monde étaient superflus. Ils restèrent ainsi un long moment, à savourer le silence végétal, le parfum de leur présence respective, la caresse de leur peau. Enfin, n'y tenant plus, Éthan la prit dans ses bras et l'attira contre lui.

— J'ai eu si peur, tu sais ! Il ne faut jamais descendre en dessous du 20e étage. Jamais !

— Mais pourquoi ne m'as-tu rien dit avant ?

— Je n'ai pas pensé une seule seconde que tu te rendrais là. Je te rappelle que tu m'avais promis de rester au centre commercial. Bien sûr, j'aurais pu te parler des étages inférieurs et te mettre en garde, mais je n'en voyais pas l'utilité et je ne voulais pas t'effrayer. Tu sais, c'est vraiment dangereux. Même l'AI n'ose pas descendre dans les niveaux inférieurs des tours.

— Tu veux dire que Soraya n'est pas une exception ? s'étonna Sam. Toutes les tours sont comme ça ?

— Bien sûr ! Kotaris est une ville verticale et les quartiers chauds peu recommandables sont cantonnés aux étages inférieurs. C'est là que vivent les marginaux. En fait, ça s'est fait petit à petit. Les concepteurs de notre capitale n'avaient pas du tout anticipé ce problème !

— Raconte.

— La construction de Kotaris remonte à 2025, trois ans après la dernière guerre mondiale. Après la période de chaos qui a suivi, quelques hommes plus sages que les autres ont décidé de reprendre les choses en main. Cette île du lac Méditerranée a été choisie pour son emplacement stratégique, pile au centre de l'Eurafrique. À cette époque, les gratte-ciel les plus hauts atteignaient déjà les six cents mètres de hauteur. En moins d'une décennie, Kotaris s'est dotée de centaines de tours de plus en plus gigantesques. Naturellement, les gens les plus fortunés ont investi les étages supérieurs, équipés de piscines, de jardins suspendus, d'espace et surtout de soleil. La lumière est devenue le luxe suprême, car, plus la ville s'élevait, plus les étages inférieurs vivaient confinés dans l'ombre des tours voisines. On a donc délaissé les vingt premiers étages, sombres et humides. On y a fait des logements sociaux. Les grands centres commerciaux du rez-de-chaussée sont montés s'installer autour des étages 100, facilement accessibles grâce aux valas. Parallèlement, des réseaux d'aéroroutes et des ponts aériens ont été construits pour faciliter les déplacements entre les tours sans qu'on ait à revenir au niveau zéro. Les routes au ras du sol, devenues inutiles, sont tombées aux mains de marginaux qui se sont regroupés en gangs. Très vite, les logements des premiers étages se sont dégradés, attirant une faune peu recommandable, et les propriétaires des tours n'y ont plus effectué de travaux de rénovation. Les logements sont devenus insalubres. Aujourd'hui, ces étages sont de vrais repaires de camés et de criminels, qui défient les lois promulguées par l'AI. Un jour, l'armée a voulu reprendre les choses en main et se débarrasser une fois pour toutes de cette vermine qui la narguait. En 2084, elle a fait bétonner les dix premiers niveaux sans avertir personne… ou plutôt sans expulser personne, si tu vois ce que je veux dire.

— Mais c'est monstrueux !

— Pour l'AI, tous les moyens sont bons pour rétablir l'ordre et la paix, même les plus abjects. Mais le pire, dans tout ça, c'est que ça n'a traumatisé personne ! Certains habitants de Kotaris se sont même réjouis d'être enfin débarrassés de la racaille qui infestait le pied de leurs tours. Les médias, certainement muselés par les autorités, ont très peu insisté sur les pertes humaines occasionnées par ce bétonnage massif. Aux rares râleurs, l'AI opposait un argument implacable : pour pouvoir s'élever davantage, les tours de Kotaris avaient besoin de bases plus solides. Elle a fait d'une pierre deux coups. En éliminant la pègre qui gangrenait la capitale, elle consolidait les tours de Kotaris qui se sont toutes parées de niveaux supplémentaires, atteignant parfois jusqu'au double de leur taille initiale. C'est le cas de la Mondial Tower qui atteint mille cinq cent quarante-cinq mètres de haut. Tu imagines ? Plus d'un kilomètre et demi de hauteur ! La Mondial est une grosse ville à elle toute seule. Elle abrite plus de deux cent mille personnes.

— C'est affolant ! s'exclama la jeune femme. Où est-elle ? On peut la voir d'ici ?

— Non, elle se trouve du côté est. Pour en revenir aux étages inférieurs, les logements sociaux ont monté de quelques niveaux, attirant une nouvelle vague de gens indésirables. Les tours se sont donc protégées de différentes façons. Soraya a opté pour des ascenseurs ultra-protégés par des codes confidentiels assortis de reconnaissances biométriques associées, puces, voix, empreintes digitales ou rétiniennes. Les habitants d'en haut peuvent descendre, mais ceux du bas ne peuvent pas monter.

— Mais c'est injuste !

— Tu trouves ? Ces étages sont infestés de sans-puces, de drogués et de criminels, dont les bandes rivales s'entredéchirent. Ces sauvages n'ont rien à faire ici.

— Mais qu'est-ce qui les empêche de prendre un vala et d'accéder au Dix-Quinze, par exemple ? demanda Sam.

— Sans puce, pas moyen de prendre un vala ! Si un de ces types montait dans un vala, il serait automatiquement conduit dans une prison d'État et tu sais qu'un sans-puce encourt la peine de mort. Ça fait réfléchir ! Même chose pour les criminels qui ont toujours leur puce d'origine ; d'emprunter un tel véhicule équivaudrait pour eux à se jeter dans la gueule du loup, car ils sont programmés pour les conduire directement à Jailhouse. Tu vois, le système est bien huilé.

— Mais ils peuvent se munir de micropuces comme la mienne !

— Oui, mais c'est prendre le risque de se faire arrêter par l'AI qui a des yeux et des oreilles à tous les niveaux, sauf en dessous du 20e étage. C'est devenu une limite à ne pas franchir.

— Donc moi aussi, je dois me montrer extrêmement prudente, comprit Sam.

— Exactement !

— C'est bizarre, pourtant, quand j'ai souhaité me rendre au rez-de-chaussée, l'ascenseur m'a juste dit qu'il était inaccessible. Apparemment, son accès était strictement interdit parce que cette zone, classée rouge, était condamnée. Mais cela ne supposait pas qu'il était impossible de s'y rendre. Il n'a pas parlé de bétonnage, ni…

— Inaccessible est un bel euphémisme pour évoquer une zone qui n'existe plus, et je peux te certifier qu'il ne fait pas bon traîner en dessous du 20e étage ! Tu as vu par toi-même l'état des logements, la misère et l'insalubrité de ces couloirs ?

— En effet. Jamais je ne me serais attendue à découvrir une telle horreur. Comment ces gens font-ils pour vivre dans de telles conditions ? Pour se nourrir, se laver ? J'ai même entendu un bébé pleurer. Tu te rends compte ? Un bébé dans de tels taudis !

— Ne t'apitoie pas trop, Sam. Ces gens sont des rebuts de la société, des toxicos, des criminels, des trafiquants de la pire espèce.

— Comme le type qui a tenté de m'agresser. Il était...

— Hein ? Tu as été agressée ? Et tu ne m'as rien dit !

Elle se mordit la lèvre et jura intérieurement.

— Je ne t'ai rien dit parce que ça ne me semblait pas important. Le pauvre gars était complètement ravagé. On aurait dit un zombi. Il n'était pas vraiment dangereux. Il m'a suffi d'un coup de pied efficace pour l'envoyer au tapis.

Éthan eut une moue réprobatrice.

— Eh bien ! Tu as eu une sacrée chance de ne pas tomber sur une bande de toxicomanes plus agressifs. Ces mecs ne t'auraient pas fait de cadeau. Crois-moi, mieux vaut mourir cent fois que de devenir l'esclave sexuelle de ce genre d'individus.

— Tais-toi, je t'en supplie ! dit Sam, au bord de la nausée.

Elle réprima un frisson de dégoût et se rappela les yeux écarlates de l'homme qui l'avait pistée. Devait-elle en parler à Éthan ? Après tout, elle n'en était plus à un détail près et cela lui éviterait de gaffer à nouveau.

— À ce propos, pour être franche, il y avait quelqu'un d'autre dans les couloirs du 20e. Un type très glauque qui m'a suivie un bon moment.

Éthan sursauta.

— Quoi ?

Elle resta silencieuse, craignant qu'il se fâche à nouveau.

— Putain, Sam ! Quelqu'un t'a suivie ? Si c'est un membre de l'AI, on est foutus !

— Non, ce n'était pas un garde, le coupa-t-elle, ça, j'en suis sûre. Il ne portait pas d'uniforme blanc, mais un grand manteau sombre à capuche. Il n'était pas vraiment discret et, quand j'arrêtais de marcher, il faisait pareil. Je ne comprends pas ce qu'il voulait. Il aurait pu me sauter dessus à n'importe quel moment et je n'aurais certainement pas eu la force de lui résister bien longtemps, mais il s'est contenté de m'épier.

— Es-tu sûre que c'était bien après toi qu'il en avait ? demanda Éthan d'une voix blanche.

— Oui, certaine. Je me suis planquée dans l'ombre d'une porte pour lui échapper. Il est passé à quelques mètres seulement de moi. Il était aussi grand que toi, mais plus baraqué. Il avait la peau blafarde et ses yeux étaient rouges, rouge sang.

— Pourquoi te suivait-il ?

— Sans doute pour me trancher la gorge et boire mon sang, comme les vampires...

— Arrête tes conneries, Sam, les albinos ne sont pas des vampires. Ce n'est pas le moment de plaisanter !

Visiblement agacé, il se leva et elle l'imita.

— Bon, dorénavant, tu vas devoir rester cachée dans cet appartement.

— Mais je viens à peine de...

— Tu ne crois pas que ça suffit ? En quelques minutes, tu as mis deux fois ta vie en danger. Si ça se trouve, le type bizarre qui t'a suivie bossait pour l'AI comme espion ou agent secret. Il est hors de question que tu remettes les pieds dehors avant un petit bout de temps. Ici, tu ne risques absolument rien. Nao est programmée pour ne laisser entrer personne.

— Mais, Éthan, tu...

— Il n'y a pas de, mais ! Il faut que ces mésaventures te servent de leçon. Elles auraient pu très mal tourner pour toi.

Le danger peut surgir de partout, même de là où tu l'attends le moins. Je tiens à toi, énormément. Pour le moment, tu dois rester ici bien sagement. D'accord ?

— D'accord, concéda Sam.

Comme pour lui faire oublier sa frustration, il lui prit la main et l'entraîna dans la chambre du bas. Là, il commença par l'enlacer amoureusement. Ses mains se firent velours et parcoururent son corps avec une douceur infinie. Entre silences et chuchotements, frémissements et plaisir, leurs ébats dépassèrent en intensité leur première nuit d'amour.

Le lendemain, comme Éthan n'avait qu'un seul rendez-vous professionnel en milieu d'après-midi, il profita de ce moment de répit pour s'offrir une nouvelle grasse matinée en compagnie de sa protégée. Il faisait déjà jour depuis longtemps lorsqu'il ouvrit enfin un œil, qui se posa sur la silhouette dénudée allongée à ses côtés. Son regard effleura le velouté soyeux de sa peau, puis ses doigts se promenèrent sur les courbes gracieuses. La jeune femme émit un ronronnement de plaisir et se cabra doucement sous la main qui réveillait ses sens. Éthan supposa qu'elle ne dormait plus et prit cette lascive ondulation pour une invite. À nouveau, leurs corps se mélangèrent dans un tourbillon de plaisir. Ils se rendormirent, épuisés, mais comblés.

Éthan ne se réveilla que bien plus tard, en début d'après-midi. Cette fois, la faim le tira du lit. Il fila à la cuisine. Quand Sam arriva à son tour, il lui désigna une pastille marron et un sachet blanchâtre sur la table, disposés à côté d'une tasse remplie d'eau chaude.

— Comme je sais que tu n'aimes pas les trucs tout préparés, je t'ai acheté du concentré de chocolat et du lait en poudre. Tu peux faire ton propre mélange.

Il semblait heureux de lui annoncer ça, mais elle plissa le nez.

— Tu n'aurais pas du vrai lait ou du vrai cacao, par hasard ?

Éthan lui adressa un regard méfiant.

— Comment ça, du vrai lait ? Tu veux dire… qui vient d'une vache ?

— Ben oui, pas d'une poule !

— Tu plaisantes, j'espère ? Pour choper des virus et des bactéries mutantes, il n'y a pas mieux !

— Ben, d'où il vient, ton lait ?

— Les industries médicalimentaires synthétisent chimiquement des molécules de lactose. En plus elles les couplent à des substances antiradicalaires dont les vertus pour notre santé ne sont plus à démontrer. Au XXIIe siècle, tu soignes ton corps en t'alimentant. Pourquoi vouloir revenir au Moyen Âge ?

— Et pour le chocolat ? s'enquit Sam d'une petite voix.

— Ça existe, bien sûr, mais uniquement dans des boutiques de luxe ; ça vaut une fortune.

Dépitée, elle se contenta du lait sans lait dans lequel elle fit fondre la pastille aromatisée au chocolat. Éthan lui proposa quelques galettes de soja transgénique à tremper dans sa boisson. Pour ne pas le vexer, elle accepta, mais les grignota du bout des lèvres seulement.

Lorsqu'Éthan quitta l'appartement pour se rendre chez un de ses clients, à nouveau seule dans l'appartement, Sam songea à brancher l'holo, mais elle renonça bien vite. Après la nuit magique qu'elle avait passée, elle n'avait pas envie de tout gâcher en apprenant une mauvaise nouvelle.

Elle se mit à arpenter le salon en promenant ses yeux sur les titres des livres parfaitement rangés sur les étagères translucides, mais elle n'avait pas envie de se plonger dans une autre histoire que la sienne. Elle sourit en songeant qu'elle devenait vraiment nombriliste, et cette pensée l'amusa plutôt qu'elle ne la choqua. Indécise, elle s'assit sur le canapé circulaire et réfléchit. De quoi avait-elle envie ? Elle ferma les yeux et repensa aux moments passés avec son ami.

C'était vraiment quelqu'un de bien. Quelle chance elle avait eue de tomber sur lui ! Sans son aide, il ne faisait nul doute qu'à l'heure actuelle elle aurait été aux mains de l'AI, dans une geôle de Jailhouse ou dans un bloc opératoire entre les mains d'un neurochirurgien fou à lier. Peut-être serait-elle morte.

Sa quête d'identité progressait lentement, certes, mais elle avait repris espoir en la vie, en l'amour, en l'avenir. Grâce à Éthan, elle était vivante et heureuse. Même s'il se montrait parfois impulsif, il était plutôt patient et compréhensif. Et généreux ! Il lui donnait tellement sans rien attendre en retour ! Par ailleurs, il savait toujours trouver les mots justes et apaiser ses craintes. Cet homme lui avait redonné confiance en elle, il lui avait appris à accepter son nouveau visage et, plus récemment, à libérer son corps et sa sensualité.

À la pensée de leur nuit torride, elle sourit. Elle ignorait de quelle façon elle avait aimé Treg par le passé, mais elle était certaine que ses sentiments pour Éthan étaient bien réels. Lui aussi tenait très fort à elle, c'était évident, sinon il ne se serait pas autant inquiété des risques qu'elle avait encourus la veille. Il existait entre eux une véritable complicité qui la rendait un peu plus forte chaque jour.

Avait-elle partagé une telle osmose avec son ancien époux ? Elle essaya de se rappeler le jour de son mariage, mais aucune image ne refit surface. Ses parents devaient être présents, ceux de Treg aussi, des amis peut-être... Son cœur fit un bond dans sa poitrine. Ses parents !

Ils devaient être fous d'inquiétude. Hogg et Léa Maury savaient que la garde noire en avait après leur fille ; devant tout le battage médiatique, ils devaient se faire un sang d'encre. Si seulement elle avait eu un moyen d'entrer en contact avec eux ! Elle aurait donné très cher pour les voir, pour faire leur connaissance et surtout pour les rassurer. Elle devait absolument se rendre à Raven.

Mais Éthan ne voudrait jamais. Pas après son dérapage de la veille. Pourtant, il faudrait bien qu'elle s'y rende. Sa quête d'identité passait par là, c'était certain. Il faudrait qu'elle redemande à son protecteur de l'y emmener. Si elle insistait et se montrait très câline, peut-être finirait-il par accepter.

Sam se répéta mentalement l'ancienne adresse de ses parents, 46, avenue Khonsou, et se demanda à quoi ressemblait la maison de son enfance. Pourrait-elle y pénétrer ? Un voisin aurait peut-être la gentillesse de lui ouvrir. Oui, mais pour cela, il lui faudrait s'identifier comme Avel Maury et les braves gens risquaient de prendre peur et de la dénoncer aux autorités. Quelques points de bons citoyens en plus étaient toujours bons à prendre. À moins qu'elle choisisse de se rendre à la maison de nuit pour y entrer par effraction !

Elle ferma les yeux et se laissa aller à somnoler. En rêve, elle se promena dans une maison imaginaire aux meubles démodés, mais chaleureux, aux tapisseries fleuries passées sous l'effet du soleil. Sur le frigo, on avait punaisé quelques dessins d'enfants et sur la table trônaient les restes d'un gâteau au chocolat. Elle avança la main pour se saisir de la dernière part, mais un bruit de verre écrasé la fit sursauter. Elle se retourna et hurla en découvrant l'homme en face d'elle. L'albinos la fixait de ses prunelles écarlates, un rictus mauvais sur les lèvres.

Elle se précipita vers la porte de derrière, mais, plutôt que de se retrouver dans le jardin, elle déboucha dans une immense pièce pleine de machines sophistiquées et d'appareils compliqués. Stupéfaite, elle claqua néanmoins la porte et prit le temps de la verrouiller. Puis elle pivota et observa l'endroit. Elle le connaissait, elle en était certaine. Y était-elle déjà venue ? Était-ce la salle où elle avait été opérée ? Non, une évidence s'imposa brusquement à elle. Elle y avait travaillé. C'était une des trente salles de protonchirurgie de Mémoris.

Tout devint d'une limpidité effrayante. D'un œil averti, elle repéra immédiatement l'accélérateur de particules, l'enceinte de radioprotection en polymère anti-rayonnements ionisants, le mégasynchrotron dernière génération, qui permettait d'envoyer des faisceaux de protons au cœur du cerveau des patients avec une précision nanométrique et enfin la chaise robotisée. Rien n'avait changé depuis la dernière fois.

Un léger ronronnement l'avertit que l'accélérateur de particules était en marche. Sur une tablette, elle découvrit un masque facial en plastique thermoformé qui attendait l'arrivée d'un patient. Elle se précipita vers le mégasynchrotron pour vérifier quelque chose et constata qu'en bout de ligne faisceaulogique se trouvaient effectivement les deux accessoires réalisés sur-mesure en fonction du patient et de la zone cérébrale à traiter, le collimateur et le compensateur. Tout était parfaitement en place, et cela ne pouvait signifier qu'une seule chose : l'intervention était imminente.

Une porte latérale s'ouvrit à la volée sur deux hommes habillés en blanc. Elle se figea, pétrifiée par la peur. Ils allaient la repérer et sonner l'alarme. Elle voulut se cacher, mais elle réalisa que les employés de Mémoris ne la voyaient pas. Ils agissaient exactement comme si elle n'était pas là, comme si elle était invisible.

Le deuxième médecin poussait un fauteuil dans lequel était assis un patient dont seules les jambes dépassaient du grand champ stérile qui le recouvrait entièrement.

Sam était tétanisée. Elle se trouvait juste à côté du mégasynchrotron, à un mètre seulement du premier neurochirurgien. Elle l'observa avec attention, mais son visage ne lui disait absolument rien. Imperturbable, il fit pivoter le fauteuil roulant, souleva le champ stérile et s'empara du masque thermoformé pour l'appliquer sur la tête du patient.

— Allez, ma belle, on ne bouge pas ! fit l'un des hommes.

— Comment veux-tu qu'elle bouge ? Elle est droguée. Elle ne t'entend même pas, plaisanta l'autre.

De là où était Sam, il lui était impossible de voir le visage de la patiente, mais un étrange pressentiment s'empara d'elle. Il fallait qu'elle en ait le cœur net. Puisque les médecins ne pouvaient pas la voir, elle les contourna en silence.

Le choc fut brutal. C'était son visage.

Elle se réveilla en sursaut et mit quelques secondes avant de vraiment réaliser qu'elle était toujours dans le salon, chez Éthan, loin de Mémoris et du mégasynchrotron. Toute tremblante, elle se leva pour faire quelques pas et alla jusqu'à la cuisine s'asperger le visage d'eau fraîche.

Incroyable ! Elle n'en revenait pas. Ce cauchemar l'avait transportée au cœur de son passé. Aucun doute possible cette fois encore. Ce crâne rasé, ces yeux mauves grand ouverts et pourtant immobiles et ce visage impassible que les médecins allaient enserrer dans ce masque étaient bien les siens.

Si ce rêve était une réminiscence de son passé, nul doute ne pouvait subsister. Elle avait subi une protonchirurgie. Des faisceaux de protons avaient violé son cerveau et détruit une partie des informations qu'il contenait, en l'occurrence ses souvenirs biographiques. C'était certainement au cours d'une intervention similaire qu'elle avait été programmée pour réagir à différents stimuli visuels, comme les couloirs blancs ou les gardes de l'AI.

Tout s'expliquait enfin. Une pièce maîtresse venait de s'ajouter au puzzle de sa vie. Mais il était très curieux que ces bribes de passé ressurgissent toujours en plein sommeil, sous la forme de cauchemars terrifiants. Était-elle aussi programmée pour ça, ou était-ce son cerveau qui avait gardé en secret quelques indices pour qu'elle puisse se souvenir un jour de ce qu'elle avait subi ?

Elle avait envie de croire que Mémoris n'avait pas tout saboté, que son cerveau avait été plus fort que la science et qu'au tréfonds de son subconscient dormaient encore de précieuses informations sur ce qui lui était arrivé.

En tout cas, elle voyait dans cette épreuve un indéniable progrès. Sa mémoire revenait. Elle avait en effet reconnu sans aucune difficulté les machines complexes qui se trouvaient dans la salle de protonchirurgie. Le mégasynchrotron n'avait aucun secret pour elle. En tant que neurochirurgienne, elle l'avait utilisé des centaines de fois. Elle ne savait plus pourquoi, ni sur qui, mais elle était sûre de pouvoir à nouveau faire fonctionner cette machine.

Quand Éthan fut de retour, en début de soirée, elle lui raconta son effroyable cauchemar et tout ce qu'il impliquait. Mais le vocabulaire qu'elle employa pour décrire la salle de protonchirurgie était bien trop complexe pour lui et il ne capta rien de ses explications techniques. Elle songea que Nao pourrait lui fournir quelques précisions assorties de photos ou de schémas explicatifs. Elle entraîna Éthan à l'étage et l'ordinateur quantique s'exécuta sans rechigner.

— *La protonchirurgie est née aux débuts des années 2030. Auparavant, en 1990, on parlait de protonthérapie. Il s'agissait, à l'époque, d'une méthode révolutionnaire utilisant un accélérateur de particules nucléaire – devenu obsolète pour les physiciens – pour envoyer un faisceau de protons dans la boîte crânienne afin de soigner toutes sortes de tumeurs cérébrales ou oculaires impossibles à traiter par une radiothérapie classique par rayons gamma ou faisceaux d'électrons.*

— Attends, pas si vite ! l'arrêta Éthan. Accélérateur de particules, électrons, protons... je suis déjà perdu, moi !

— *C'est simple. Reprenons depuis le début. À chaque élément, correspond un atome. Cet atome se compose d'un noyau, autour duquel évoluent les électrons. Au cœur du noyau atomique, on trouve deux sortes de nucléons : les neutrons et les protons. Pour obtenir un faisceau de protons, il faut un accélérateur de particules qui fournit suffisamment d'énergie aux atomes pour les faire éclater et libérer les protons. Tu comprends ?*

— À peu près, mais pourquoi utiliser les protons plutôt que les électrons, comme avant ?

— *À cause de leur masse ! Le proton est 1 835 fois plus lourd que l'électron. Or, plus la particule est lourde, plus elle est efficace. En 2000, on maîtrisait parfaitement la puissance et la force de pénétration des faisceaux de protons dans le cerveau humain. Mais ces traitements étaient longs et coûteux. On insérait des billes d'or dans la boîte crânienne pour repositionner chaque jour le patient de manière identique et un robot calculait la dose nécessaire de protons pour détruire la tumeur. Cela pouvait prendre des semaines entières, voire des mois. Deux accessoires réalisés sur mesure étaient nécessaires, comme aujourd'hui en protonchirurgie ; le collimateur protège les tissus proches de la tumeur et le compensateur en plexiglas permet d'ajuster la profondeur de pénétration des protons en chaque point de la tumeur.*

— D'accord. Je commence à y voir plus clair. Mais quelle différence fais-tu entre la protonthérapie et la protonchirurgie ?

— *La première servait à soigner les patients. De nos jours, elle a quasiment disparu au profit de la thérapie génique et des nouvelles techniques de la médecine. La deuxième est toujours pratiquée à des fins expérimentales dans les recherches sur l'activité cérébrale. Hélas ! les firmes qui réalisent ce genre d'expériences, à l'instar de Mémoris, restent très discrètes sur leurs découvertes et protègent jalousement leurs secrets.*

— La technologie reste la même ? s'enquit Éthan.

— *Sur le plan du fonctionnement, la technologie nucléaire est presque identique. Il y a eu des améliorations, évidemment, mais je ne vais pas t'assommer avec les détails. Par contre, ce qui a changé, c'est la taille des installations et la puissance des faisceaux de protons. Pour te donner un ordre d'idées, les cyclotrons utilisés dans les années 2000 ne pesaient pas moins de 950 tonnes et il fallait des enceintes de radioprotection en béton de près de deux mètres d'épaisseur pour limiter la propagation des ondes radioactives, car ils dégageaient une énergie de 200 mégaélectronvolts. Aujourd'hui, la miniaturisation est telle que les mégasynchrotrons pèsent moins d'une tonne. Plus légers, plus maniables et beaucoup moins coûteux que leurs aînés, ils sont surtout beaucoup plus puissants, presque 1 000 MeV.*

— Est-ce que ce type d'appareil pourrait être à l'origine de l'amnésie de Sam ? s'inquiéta Éthan.

— *C'est très possible. Certains labos expérimentaux ont fièrement annoncé il y a quelques années qu'ils avaient réussi à créer, grâce aux mégasynchrotrons, des amnésies artificielles très ciblées, appelées AAP ou amnésies artificielles partielles. L'inconvénient, c'est que les informations détruites sont irrémédiablement perdues. Du coup, les centres de recherche s'évertuent à trouver le moyen d'enregistrer ou d'encoder ces données pour pouvoir les sauvegarder, les dupliquer, les réimplanter ou les modifier à volonté.*

— Mais c'est contraire à toutes les règles d'éthique internationales ! s'indigna Éthan.

— *C'est bien pour cette raison que les chercheurs travaillent dans le plus grand secret. Pourquoi crois-tu que Mémoris ne divulgue aucune de ses découvertes ? Si je peux me permettre une remarque, ce procédé t'indigne, mais sache qu'au début du XXIe siècle le clonage thérapeutique aujourd'hui légalisé et approuvé par tous était encore interdit, car jugé éthiquement condamnable. Tout est relatif. La science évolue toujours plus vite que les mentalités.*

Éthan pivota vers Sam.

— Si je résume la situation, fit-il en prenant un air très sérieux, nous savons que tu étais une neurochirurgienne réputée et que tu as déjà utilisé ce mégasynchrotruc pour le compte du professeur David, puisque, cet appareil ne semble pas avoir de secrets pour toi. Mais un beau jour tu sens le vent tourner, tu préviens tes parents qui s'évaporent dans la nature, puis à ton tour tu te volatilises. Est-ce à ce moment-là que tu te fais scalper et enlever ta nanopuce ? Quoi qu'il en soit, tu réapparais par hasard le 26 août 2113 pour prendre la défense de ton mari en accusant David de l'avoir manipulé, puis plus rien jusqu'à samedi dernier, 13 janvier 2114 où je te découvre sur *Samildria*, chauve et amnésique. Que t'est-il arrivé pendant ces cinq mois ? Apparemment, Mémoris t'aurait mis la main dessus et lobotomisé avec son mégasynchromachin. Enfin, brusquement, tu te retrouves dans les couloirs d'une île artificielle, poursuivie par une horde de gardes noirs très énervés.

Sam, qui écoutait avec attention, se permit d'intervenir.

— Cela voudrait dire que Mémoris a fait installer une salle de protonchirurgie à bord de *Samildria*. Nao, sais-tu quelque chose à ce sujet ?

— *Officiellement, aucun mégasynchrotron n'a été embarqué sur* Samildria. *Mais j'ai bien dit officiellement, car c'est une hypothèse tout à fait envisageable.*

— D'accord ! Admettons que David ait été sur *Samildria* et qu'il t'ait opérée là-bas. Tu imagines un peu ? Tu viens de subir une intervention de haute précision, dans ton rêve tu es droguée, mais tu parviens quand même à t'enfuir et à semer les gardes. Mais, ton arme, tu la sors d'où ? J'ai du mal à croire à ce scénario.

— Mouais... à moins que, justement, ce soit leur plan, suggéra Sam.

— Qu'est-ce que tu veux dire par là ?

— Je commence à me demander si tout ça n'était pas organisé, mon évasion, ma fuite, tout, quoi ! Il est tout à fait possible qu'ils m'aient programmée, exactement comme ils l'ont fait avec Treg.

— Ah ! Quand je te l'ai dit la première fois, tu ne m'as pas cru.

— Je sais bien, mais maintenant c'est exactement ce que je ressens quand certains stimuli visuels induisent à chaque fois en moi les mêmes réactions. Dès que je vois des couloirs aux murs blancs, une envie irrépressible de me mettre à courir m'envahit. Et, dès qu'un garde de l'AI entre dans mon champ de vision, une peur panique me submerge, doublée d'un besoin de fuir ou de lui tirer dessus. Ce ne sont pas des réactions normales.

Elle fit une pause pour laisser son ami méditer ses paroles avant de reprendre :

— J'ai aussi l'impression que mon instinct de survie est exacerbé. Je me sens souvent sur la défensive, prête à attaquer ou à parer une éventuelle attaque. Tu te souviens quand j'ai débarqué dans ta cabine ? J'étais une vraie furie ! Si tu n'étais pas resté aussi zen, je t'aurais peut-être abattu en te tirant en pleine tête. Heureusement que j'ai réfréné mes pulsions meurtrières.

— Une chance, en effet ! fit Éthan avec le sourire.

— Mais parfois j'ai peur. Si tout est prévu, qu'en est-il de notre rencontre ? Fait-elle aussi partie d'un plan qui nous dépasse tous les deux ?

Le jeune homme se crispa.

— Non, non, Sam ! Impossible ! protesta-t-il. Souviens-toi de l'agressivité des gardes lorsqu'ils ont fait irruption dans la cabine. Ils ne jouaient pas la comédie, c'est évident.

— Ou alors, ils la jouaient très bien, au contraire. Tu te rends compte qu'ils n'ont même pas fouillé ta cabine ?

— Mais ils ne pouvaient pas les fouiller toutes ! Et puis, ils avaient un détecteur biométrique, rappelle-toi !

— Oui, mais, si j'étais entre les mains de Mémoris quelques heures auparavant, tu ne vas pas me faire croire qu'ils ignoraient que je n'avais plus ma nanopuce. Le détecteur, c'était bidon ! Ils savaient qu'il ne se déclencherait pas et que je pourrais me croire en sécurité.

— Attends un peu ! Tu sous-entends que moi aussi je faisais partie de leur plan ?

— Je n'ai jamais dit ça, le rassura-t-elle. Je crois que, dans leur plan, peu importait l'endroit où j'allais me cacher, ce qui comptait, c'était que je parvienne à me croire libre.

— À moins que...

— Que quoi ?

— À moins que tu sois réellement parvenue à t'échapper ! Ils ne s'attendaient sûrement pas à ce que tu tombes sur un pro du camouflage qui te métamorphoserait et déjouerait tous les systèmes de sécurité de l'AI grâce à une micropuce. C'est pour cela qu'ils paniquent et diffusent partout des avis de recherche. Qui sait, peut-être bien qu'on les a eus, finalement !

— Peut-être ou peut-être pas. Quoi qu'il en soit, je ne sais plus du tout où j'en suis. Tout ça me dépasse.

— Moi aussi, mais je suis certain d'une chose, c'est que nous devons rester vigilants. J'ignore ce que cache ton passé, ce que te veut l'AI ou ce que t'a fait David, mais le danger est bel et bien réel. On peut te tomber dessus à n'importe quel moment. Alors, promets-moi d'être toujours très prudente. Tu m'as vraiment fait peur, hier, d'autant plus qu'il y a un truc dont je ne t'ai pas encore parlé et qu'il faut que tu saches.

Cette fois, ce fut Sam qui se raidit.

— Quoi ? Tu as un drôle d'air. C'est grave ? s'inquiéta-t-elle.

— Grave, je n'en sais rien, mais étrange, ça, oui !

— Raconte.

— Hier matin, pendant que j'implantais ta micropuce avec l'injecteur, j'en ai profité pour prélever un de tes cheveux. Je voulais le faire analyser dans un labo.

— Eh ! mais pourquoi as-tu fait ça ? Tu aurais pu me demander mon avis, quand même !

— Ne t'énerve pas ! Je voulais qu'on soit fixés une bonne fois pour toutes sur ton identité. Je suis passé chercher les résultats après avoir traité mon client et j'ai deux nouvelles à t'annoncer, une bonne et une mauvaise.

Sam retint sa respiration, consciente de l'importance de ces révélations.

— La bonne nouvelle, c'est que tu es bien Avel Maury. Une fois que le labo m'a eu donné ta carte ADN, j'ai consulté les fichiers de la BII, la Banque internationale d'identités, et j'ai découvert que ton sang est génétiquement identique à celui d'Avel. Les résultats sont fiables à cent pour cent. La mauvaise nouvelle, c'est que tes cheveux sont aussi ceux d'Avel Maury.

— C'est tout à fait normal ! Qu'y a-t-il d'inquiétant là-dedans ?

— Mais, Sam, tu ne comprends pas ? Si tu as été scalpée et qu'on t'a greffé un autre cuir chevelu, les cheveux qui te poussent ne devraient pas être les tiens ! Il devrait s'agir de cellules compatibles avec ton génome, mais pas cent pour cent identiques du point de vue génétique.

— Ça voudrait dire que…

— Que tu n'as jamais été scalpée, et donc que tu n'as jamais eu de nanopuce !

13

Cette nouvelle révélation laissa Sam pantoise. Chaque fois qu'elle pensait s'approcher de la vérité, une autre aberration s'imposait à elle. Si ce que disait Éthan était vrai, elle n'avait jamais eu de puce d'identité, ce qui revenait à dire qu'elle n'avait jamais eu de vie, qu'elle n'avait jamais existé. Tous les bébés étaient obligatoirement pucés et jamais les Maury n'auraient laissé leur petite fille sans puce, car cela aurait signifié pas d'école, pas de salles de sport, de musées ou de lieux publics, pas d'université non plus. On ne devenait pas neurochirurgienne en prenant des cours par correspondance, tout de même !

Elle se redressa vivement.

— Non, Éthan, c'est impossible ! Je suis certaine d'avoir été scalpée. Je l'ai vu en rêve, tu te souviens ?

— Mais, tu le dis toi-même, c'était un rêve. Peut-être même que David t'a implanté ce faux souvenir pour qu'il te revienne en rêve et te fasse croire que tu as été scalpée et dépucée. En fait, tu n'as aucune preuve tangible de ce qui s'est réellement passé.

— Et la cicatrice sur mon crâne ? le contredit Sam en pointant un doigt vers le haut de son front. Ce n'est pas une preuve, ça ? Évidemment, on ne la voit presque plus, maintenant que mes cheveux repoussent, mais je la sens encore et elle fait bien tout le tour de mon cuir chevelu, du front à la nuque. À quoi serait-elle due, sinon à une intervention chirurgicale ?

Il l'observa en réfléchissant.

— D'accord ! Admettons que tu as bien été scalpée. Dans ce cas, tu as forcément subi une greffe de peau et, là où ça cloche, c'est que c'est impossible que le greffon corresponde exactement à ton ADN.

— *Sauf s'il s'agit de sa propre peau,* intervint Nao. *Il est tout à fait imaginable que Sam ait subi une greffe autologue.*

— Ça veut dire quoi, ça ? demanda Éthan en fronçant les sourcils.

— *C'est très simple. Les cellules de la peau ont une énorme capacité de régénération. L'épiderme, par exemple, se renouvelle en totalité en une dizaine de jours. Lors d'un scalp, on enlève les trois couches qui forment la peau, à savoir l'épiderme, le derme et l'hypoderme, puisque la puce se trouve cachée dans les profondeurs des cellules graisseuses de cette dernière couche. Pour réaliser une greffe autologue, il faut pratiquer une biopsie cutanée et prélever un fragment de cuir chevelu de très petite dimension qu'on coupe en tranches de façon à séparer chacune des trois couches de la peau et qu'on met en culture. Pour les cellules de l'hypoderme, on utilise une matrice en polymère biodégradable afin d'en accroître la surface. Lorsque les adipocytes, c'est-à-dire les cellules lipidiques de l'hypoderme, ont proliféré le long de la matrice grâce à des activateurs de croissance, ils forment un tissu qui peut accueillir le derme et l'épiderme. L'ensemble pourra alors être placé sur le crâne sans aucun risque de rejet, puisqu'il s'agit des propres cellules du greffé. Pendant que l'organisme procède à la vascularisation du greffon, le support biodégradable disparaît et le tissu se trouve parfaitement intégré à l'épiderme au bout de trois semaines. Seule une petite cicatrice peut prouver que la greffe a bien eu lieu.*

— Ah, merci, Nao ! s'écria Sam, victorieuse. Cela explique pourquoi ce sont mes vrais cheveux qui repoussent.

— *Exactement. Les follicules pileux qui se trouvent au niveau du derme se remettent en route et fabriquent à nouveau de la kératine, principal constituant des cheveux. Vous voyez, ce n'est pas si compliqué. Par contre, je tiens à préciser que cette intervention qui fait appel à une technique de pointe est extrêmement onéreuse.*

— Cela prouve que j'ai bel et bien pris la décision de me faire scalper pour échapper à Mémoris et que j'avais les moyens de m'offrir cette autogreffe. Je devais avoir quelques économies et, peu importait le coût, j'ai considéré que le jeu en valait la chandelle.

— Mais, dans ton cauchemar, tu avais pourtant l'impression que quelqu'un t'avait scalpée de force. Non ?

— Je sais, mais j'ai pu me tromper. C'est le bruit d'un rasoir électrique qui m'a fait penser que ce type m'avait rasée, puis scalpée. Mais, après tout, si ce chirurgien travaillait pour Mémoris, c'est peut-être lui qui m'a volé mes souvenirs et programmée pour je ne sais quelle mission.

— Ça semble logique, fit Éthan, songeur.

Ils restèrent un moment silencieux. Machinalement, Éthan regarda sa montre et plissa le front de surprise.

— Oh là là ! mais il est super tard !

— Tu avais quelque chose de prévu ?

— Non… enfin, si ! En réalité, j'ai deux surprises pour toi.

— Des surprises ?

— J'ai fait quelques emplettes sur le chemin du retour. Elles t'attendent sur le canapé, en bas. Allez, va vite les découvrir, car, ce soir, je t'emmène au resto.

— Quoi ? fit Sam en ouvrant de grands yeux ébahis.

— Oui, je me suis dit que ça te ferait du bien. Si tu restes enfermée dans mon appart plusieurs jours de suite, tu vas finir par péter les plombs. En plus, j'ai cru comprendre que tu aimais la bonne nourriture ; ce soir, tu vas être servie.

Pour toute réponse, Sam lui sauta dans les bras.

Lorsqu'Éthan fit son apparition dans la salle du restaurant avec cette superbe blonde à son bras, les clients attablés les dévisagèrent avec envie, admirant leur charme et leur élégance.

Lui portait un costume très tendance en kénaf, une fibre végétale aussi souple que résistante qu'affectionnaient les plus grands créateurs. Quant à Sam, elle était resplendissante dans une robe fourreau en soie d'araignée dorée qui s'ajustait à la perfection à ses courbes gracieuses. Parée de bijoux qui mêlaient l'or et le jais, elle était sans conteste la plus jolie femme de La Rotonde et elle attirait immanquablement les regards.

— Tout le monde nous regarde, Éthan ! souffla-t-elle, vaguement gênée.

— Fais comme si de rien n'était ! lui murmura-t-il.

L'ambiance feutrée du restaurant en faisait l'un des endroits les plus prisés de Kotaris. Situé au dernier étage de l'impressionnante Bridget Tower qui surplombait la capitale du haut de ses 1549 mètres, La Rotonde pouvait accueillir plus de trois cents convives sous sa vaste coupole de verre.

Une hôtesse aux yeux artificiellement bridés les invita à la suivre jusqu'à une table accolée à une large baie vitrée.

— Monsieur Wyatt, mademoiselle Montas, votre table avec vue. Je vous souhaite un excellent moment dans notre établissement.

Éthan invita Sam à s'asseoir et prit place en face d'elle.

— Quelle excellente idée, Éthan ! Je suis tellement

contente de sortir ! Mais était-ce bien nécessaire de réserver dans un restaurant aussi chic et fréquenté ? On aurait pu aller dans un endroit plus simple et plus discret.

— J'ai longtemps hésité, mais c'est un des meilleurs restaurants gastronomiques de la capitale. Tu vas adorer. Et ça va te changer de ma cuisine...

— Mais ça doit coûter cher, de manger là !

— Un peu moins qu'une autogreffe de cuir chevelu.

— Oh, tu es injuste ! protesta Sam. Tu sais que je ne...

— Je plaisantais ! Allons, regarde plutôt le menu et dis-moi ce qui te ferait plaisir.

Il toucha le verre de la table et une carte tactile apparut en surbrillance devant chaque convive, détaillant une impressionnante quantité de mets plus raffinés les uns que les autres.

Éthan opta pour un foie gras d'oie poêlé aux figues, Sam pour un millefeuille de saumon au champagne, le tout accompagné d'un vin blanc. Ils validèrent leur choix et, quelques minutes plus tard, un sommelier s'approcha. Avec tact et doigté, il déboucha devant eux la bouteille commandée et servit Éthan qui s'empressa de goûter le nectar. Satisfait, il fit un signe de tête au sommelier qui remplit leur verre. Lorsqu'il fut reparti, la jeune femme se pencha vers son ami.

— Je sais que ça ne se fait pas, mais une question me taraude depuis un moment déjà.

— Laquelle ?

— Comment se fait-il que tu possèdes autant d'argent ? D'accord, tu es sophrologue et tu gagnes bien ta vie, mais tu vis quand même dans un appart de luxe, tu possèdes de nombreux bijoux haute technologie et tu dépenses sans compter pour moi !

Éthan se gratta un sourcil en exhalant un soupir, comme gêné.

— Je t'ai déjà parlé de mes parents ?

— Et de ton enfance au Congo ? Oui, un peu, mais…

— Eh bien, quand ils sont morts il y a sept ans, j'ai mis en vente leur parc. Quatre acquéreurs potentiels guettaient l'affaire; leurs surenchères ont fait flamber le prix de la propriété. Je suis désormais à la tête d'une petite fortune.

— Tu n'avais pas envie de reprendre le parc, plutôt que de le vendre ?

— C'était hors de question ! la coupa Éthan. Bon, suffisamment parlé de moi ! Tu sais que, si je t'ai emmenée dans ce restaurant précisément, c'est pour une bonne raison. J'ai une grande nouvelle à t'annoncer, mais, avant, tourne discrètement la tête vers ta droite et regarde dehors.

Tout en faisant mine de se masser la nuque, elle regarda imperceptiblement dans la direction indiquée, jusqu'à apercevoir des néons rouges au sommet de la tour d'en face, qui s'allumaient successivement : ME… MO… RIS… ME… MO…

Elle blêmit.

— Tu… tu m'as conduite jusqu'ici pour me faire voir cette tour ? Moi qui imaginais une soirée romantique !

— Chut ! Ne parle pas si fort… Tu vas… Tiens, voilà nos entrées qui arrivent.

La ravissante hôtesse s'empressa de les servir. La présentation était soignée et les plats avaient l'air excellent.

Tout en tranchant son foie gras chaud, Éthan se lança dans de nouvelles explications.

— Tu savais que les foies sont clonés en batterie ? Plus besoin de torturer ces pauvres volatiles pour les éviscérer. C'est comme ton saumon, on a mis au point une espèce qui ne donne que de la chair. C'est pratique ! Il n'y a plus aucun déchet, ni arrête, ni peau, ni queue, ni tête. L'animal est juste branché à la machine qui l'alimente et, au lieu de le pêcher, on le débranche. C'est pas beau, le progrès ?

— Oh, tais-toi ! grimaça Sam. Raconte-moi plutôt ce que tu voulais me dire au sujet de Mémoris.

— Tu te souviens, je t'avais parlé d'un de mes clients qui dirige une clinique huppée. Eh bien ! il m'a appelé cet après-midi pour me donner le numéro de la personne chargée des relations publiques chez Mémoris. Je vais pouvoir entrer dans l'antre du diable et essayer de découvrir ce qu'on te veut.

— Non, Éthan ! Je t'interdis de faire une chose pareille. C'est bien trop dangereux. Je refuse que tu prennes ce risque pour moi.

— Mais je ne te laisse pas le choix ! Que tu le veuilles ou non, ma décision est prise. J'irai dès demain après-midi rendre une petite visite à cette Killis Éliakis. Ce nom ne te dit rien, par hasard ?

Elle secoua la tête en enfournant une bouchée de son millefeuille.

— Non, absolument rien, désolée. Mais tu ne crois pas qu'elle va trouver ça bizarre, qu'un sophrologue s'intéresse à leurs expériences ? Que vas-tu lui demander, exactement ?

— Ne t'inquiète pas, j'ai tout prévu ! Une amie qui travaille pour *Science Actuelle* m'a fourni une fausse carte de presse. Comme c'est un sujet d'actualité, je vais me faire passer pour un journaliste et j'irai interviewer mademoiselle Éliakis au sujet de l'affaire Avel Astelli. Pourquoi est-elle recherchée seulement maintenant, alors qu'elle a disparu depuis près de deux ans ? Quel poste occupait-elle au sein de la société ? Pourquoi le professeur David l'avait-il embauchée ? Je vais essayer de l'amener à retracer ton parcours avec le plus de détails possibles. Pour faire encore plus crédible, j'ai même trouvé le titre de mon article fictif.

— Ah ? Et ce sera quoi ? fit-elle, vaguement inquiète.

— *Avel Astelli, du génie à la folie.* T'en penses quoi ?

Sam fronça les sourcils et faillit avaler sa dernière bouchée de travers. Elle n'était plus vraiment sûre de trouver la plaisanterie amusante.

— Eh ! C'est de moi qu'il s'agit, au cas où tu l'aurais oublié !

— Voyons Sam, il faut que ça fasse réaliste et que mon article soit suffisamment accrocheur pour qu'elle n'ait pas de soupçons. Il faut qu'elle se prenne au jeu pour répondre à mes questions. Tiens, que dirais-tu d'un tournedos aux girolles pour continuer ?

— Tout ce que tu veux, du moment que tu ne me racontes pas qu'il vient d'un bœuf sans os et sans tête, sinon je deviens végétarienne !

— C'est promis ! fit-il en riant.

Le repas se poursuivit de la façon la plus agréable possible. Tout en savourant les mets délicieux qu'on leur servait, les deux jeunes gens convinrent ensemble des questions à poser à Éliakis. En réalité, Sam trouvait les idées et Éthan prenait des notes pour ne rien oublier. Parfois, l'alcool aidant, Sam dérapait et imaginait des questions totalement farfelues que son compagnon commençait à noter avant de se rendre compte des absurdités qu'il écrivait. Ils finissaient par éclater de rire.

Après avoir payé la note astronomique et quitté le restaurant, ils gagnèrent la terrasse et appelèrent un vala. Éthan s'affala sur la banquette, l'œil coquin.

— Eh, Sam, ça te dirait, un petit tour de Kotaris illuminée ?

— Moi, j'ai plutôt envie de me faire un petit tour d'Éthan dans la pénombre.

Lorsque sa robe en soie glissa sur le sol, il perdit la notion du temps. Seuls les flashs saccadés des néons qui pénétraient l'habitacle arrosaient leurs corps enlacés de couleurs irisées. Le ronronnement du moteur berçait leurs murmures de plaisir. Une fois de plus, ils étaient seuls au beau milieu des trente millions d'âmes de la mégapole et rien d'autre ne comptait plus que leurs jeux amoureux, leur quête insatiable du plaisir.

La navette autopilotée survola Kotaris jusqu'à ce que l'aube grise vînt les sortir de cette tourmente charnelle.

— Oh, ma tête ! se plaignit Éthan en franchissant le seuil de son appartement. On a vraiment abusé, hier soir. J'ai un mal de crâne terrible. Il faut que je prenne quelque chose, ou je vais défaillir.

Sam l'observait, un sourire malicieux au bord des lèvres. Elle était rayonnante et ses yeux pétillaient de bonheur. Sa cuite et sa nuit blanche ne semblaient pas l'avoir affectée autant qu'Éthan.

— Je ne sais pas comment tu fais pour être aussi fraîche, se plaignit-il en avalant deux comprimés de proteinofen. Tu étais pire que moi en sortant de *La Rotonde*.

Elle lui adressa un clin d'œil.

— Une nuit d'amour, ça me met en forme pour toute la journée. Pas toi ?

— Si, bien sûr, se rattrapa-t-il. Mais j'ai une cliente dans moins d'une heure et je ne me sens pas vraiment d'attaque pour la relaxer.

— Allez, courage ! De toute façon, il te suffira d'ouvrir la bouche pour l'anesthésier. Elle va succomber à ton haleine de cow-boy.

— Ouais, c'est ça, moque-toi ! répliqua-t-il, un brin vexé. En attendant, toi, tu ne sors pas d'ici ; je ne tiens pas à revenir te chercher dans les bas-fonds de Soraya.

Le sourire de Sam s'effaça brusquement. Elle haussa les épaules et gagna sa chambre sans répondre. Elle l'entendit bougonner et monter les escaliers. Une fois seule, elle ôta sa perruque et ses lentilles pour faire un brin de toilette. Elle opta pour un pantalon kaki assorti d'un t-shirt noir.

Résignée à passer sa journée enfermée, elle décida de mettre son énergie au service de la serre tropicale. Apparemment, Éthan ne s'en occupait pas beaucoup ; en tout cas, elle ne l'avait pas encore vu à l'œuvre. Elle, en revanche, avait très envie d'enfoncer ses mains dans la terre humide à la recherche de mauvaises herbes, d'arracher, de tailler, de remettre un peu d'ordre dans ce capharnaüm végétal.

Elle se mit rapidement au travail, malaxant et fouillant l'humus odorant, traquant la moindre pousse intruse. Elle tria, tamisa, désherba, débarrassa le sol des feuilles mortes et arracha les tiges abîmées. Au bout de deux heures, elle était fourbue, elle avait le dos cassé, les cuisses courbaturées et les doigts écorchés, mais elle se sentait mentalement en pleine forme. Pleine d'enthousiasme, elle s'attaqua à une autre partie du jardin exotique.

Cette saine activité l'occupa toute la matinée, mais son insatiable curiosité la taraudait toujours. Vers midi, elle ne put se retenir d'aller interroger Nao sur les fameuses amnésies artificielles partielles dont elle avait parlé la veille.

— Bonjour Nao. Bien dormi ? commença-t-elle d'un ton joyeux, comme si elle s'adressait à une vieille copine.

— *Les ordinateurs ne dorment jamais, mais ils n'ont pas de cernes au petit matin, eux !*

— Oh ! fit la jeune femme en haussant les sourcils. C'est un reproche ?

— *Plutôt un constat. Éthan avait une sale tête, ce matin. Je ne sais pas ce que vous avez fait cette nuit, mais vous êtes rentrés sacrément tard.*

— Eh bien ! J'ignorais que tu étais à ce point jalouse !

— *Je suis une machine et donc totalement dénuée de la mesquinerie qui caractérise les humains,* répliqua l'ordinateur d'un ton acerbe.

L'attitude de défi qu'adoptait une fois de plus Nao la

désarma. Cette machine, malgré ses dires, se comportait parfois comme une humaine, pire, comme une sorte de rivale. Pourtant, dès que Sam lui en donnait l'ordre, avec une docilité déconcertante, elle se fendait en quatre et fouillait des milliards de dossiers pour obtenir les informations demandées. Elle décida de passer outre à ces enfantillages pour aller droit au but.

— D'accord, Nao, j'en prends bonne note. Pourrais-tu me dire tout ce que tu sais sur les AAP, s'il te plaît.

— *Tout à fait,* répondit Nao d'une voix neutre. *Les premières AAP thérapeutiques ont eu lieu dans les années 2038. Les neurochirurgiens avaient déjà une connaissance du cerveau suffisante pour comprendre les principaux mécanismes du système mnésique et se permettre de le modifier. Grâce à différentes techniques comme les rayons laser, les faisceaux de protons ou l'injection de robots microscopiques préprogrammés, ils parvinrent à neutraliser certaines zones cérébrales, éliminant ainsi des pans entiers de souvenirs.*

— Mais dans quel but ?

— *Grâce aux AAP, des milliers de personnes ont pu retrouver une vie normale. Les premiers patients souffraient de traumatismes graves remontant à leur enfance : violence parentale, agression, viol, inceste, et j'en passe. Les rescapés des guerres souhaitaient oublier les images d'apocalypse qui hantaient encore leurs nuits. Grâce à l'AAP, tous ces douloureux souvenirs ont disparu à jamais. Ces gens ont pu se reconstruire, avoir des relations normales avec leurs semblables et vivre sans angoisses. Parallèlement, on a appliqué le même traitement aux vétérans de la Troisième Guerre mondiale, traumatisés par les horreurs qu'ils avaient vues ou commises. Les premiers résultats s'avérant très satisfaisants, les scientifiques ont poursuivi leurs expérimentations à grande échelle en soignant tous les types de traumatismes, de la schizophrénie aux troubles obsessionnels compulsifs, en passant par les déviances sexuelles et autres troubles psychiques. Mais à trop vouloir en faire, ils sont tombés dans une sorte d'engrenage malsain qui les a induits à supprimer tout épisode mnésique indésirable. Fatalement les erreurs se sont multipliées, aboutissant même à de grosses bavures.*

— Par exemple ?

— *Un patient venait pour oublier la mort d'un proche et repartait de la clinique en ne sachant même plus comment il s'appelait. D'autres, au contraire, contractaient des amnésies antérogrades et ne parvenait plus à mémoriser quoi que ce soit. En fait, ces neurochirurgiens jouaient aux apprentis sorciers avec des patients qu'ils considéraient comme des cobayes, sans se soucier des répercussions de leurs expériences chirurgicales. En 2046, les quatre conglomérats ont signé des accords internationaux pour mettre un terme à ces AAP soi-disant thérapeutiques.*

— Pourtant, hier, tu as dit que des AAP étaient encore pratiquées.

— *Oui. En secret, certains labos, dont la Neuroclinique de David, ont été autorisés à poursuivre leurs essais cliniques pour le compte de l'AI. Le procédé fut vraiment au point dans les années 2090, avec un taux de réussite avoisinant les 99 %. L'intervention a été légalisée sous contrôle des Autorités médicales internationales, mais les chercheurs ne se sont pas contentés de ce succès et ont repris leurs investigations. On raconte qu'en 2095 certains neurochirurgiens seraient parvenus à implanter de nouveaux souvenirs à la place d'anciens, préalablement effacés. Le seul problème qui n'a pas encore été solutionné, officiellement, en tout cas, c'est l'irrémédiable perte de souvenirs occasionnée par les processus opératoires. À ce jour, personne n'a encore réussi à sauvegarder des données mnésiques sur une puce quantique. Mais on peut facilement imaginer qu'une fois enregistrés ces souvenirs pourraient être modifiés avant d'être réimplantés dans le cerveau de leur propriétaire, ou même dans celui de n'importe qui.*

Abasourdie, Sam commençait à voir où David voulait en venir avec ses expériences secrètes.

— Tu crois que le directeur de Mémoris y serait parvenu ?

— *Croire ne fait pas partie de mes facultés. Cependant, il y a de fortes probabilités pour qu'il y soit parvenu, car, il y a cinq ans, une de ses succursales appelée Mémo'in a commercialisé un logiciel permettant d'apprendre n'importe quelle langue grâce à la pose d'un implant cérébral. L'entreprise informatique est en train de tester des techniques similaires pour développer les connaissances humaines avec un grand choix de nanoimplants sur l'histoire, la géographie, les grandes civilisations, les sciences naturelles et physiques... Bientôt la culture s'achètera comme on achète n'importe quel produit. Vous irez faire vos courses et vous vous payerez le luxe de tout savoir sur les mammifères marins, les logarithmes ou les grandes inventions du XXIe siècle. Je dis « luxe », car ces nanopuces vaudront une fortune et seront comme d'habitude réservées à une élite sociale.*

— Les riches vont devenir super intelligents et les pauvres resteront idiots, c'est ça ?

— *Exactement !*

Éthan, qui venait juste de rentrer, fit sursauter son amie en s'immisçant dans la conversation.

— L'idéal, bien sûr, c'est d'être beau, intelligent et cultivé naturellement, mais tout le monde n'a pas la chance d'être comme moi !

Sam éclata de rire.

— Tu vas mieux, on dirait ?

— Oui, grâce au médicament que j'ai pris ce matin. C'est d'une efficacité redoutable.

Heureux de se retrouver, ils échangèrent un long baiser. Éthan glissa son visage dans le cou de Sam et parcourut sa peau soyeuse de ses caresses. Il laissa ses mains glisser sous son t-shirt et, au contact de ses seins, il sentit le désir l'envahir à nouveau.

— *Hum ! hum !* fit la voix de synthèse de Nao. *Il est plus de treize heures et vous n'avez pas encore mangé. Il serait peut-être temps de...*

— Merci, Nao, mais nous n'avons plus besoin de tes services. Tu peux te mettre en veille.

— *Bon, comme tu voudras,* fit l'ordinateur en s'éteignant.

Au son de sa voix, Sam aurait juré que Nao souffrait.

En ce jeudi 18 janvier 2114, le soleil du début d'après-midi inondait la serre quand Sam montra, ravie, comment elle avait occupé sa matinée. Éthan fut surpris qu'un tel ordre règne dans son univers végétal. Au grand désarroi de son amie, il sembla presque contrarié. En réalité, ce qu'il aimait dans cette serre, c'était l'exubérance sauvage de la nature indomptable et elle avait dû se donner un mal fou pour saccager son paradis bordélique. Toutefois, pour ne pas la vexer, il se força à la complimenter et s'empressa de l'entraîner dans la cuisine.

— Tu es toujours décidé à te rendre chez Mémoris ? l'interrogea-t-elle. Plus j'y pense, plus je doute que la chargée de communications de David accueille favorablement ton intrusion dans sa vie.

— Ne t'inquiète pas pour moi, cette fille j'en fais mon affaire. Rien que son nom me fait marrer, tu imagines ? « Bonjour, je suis miss Killis Éliakis de chez Mémoris ! Je n'ai qu'un seul vice, j'adore les saucisses ! »

Sam ne put s'empêcher de pouffer.

— De toute façon, reprit Éthan plus sérieusement, il n'y a aucun risque qu'il m'arrive quoi que ce soit. J'ai une carte de journaliste en bonne et due forme, j'ai pris rendez-vous en annonçant le thème et le titre de mon article et elle a accepté de me recevoir. Elle sait donc à quoi s'attendre et, du moment que je ne pose pas de questions suspectes, il n'y aura aucun souci.

— Tu as la liste des questions? J'aimerais y jeter un dernier coup d'œil. Nous n'étions pas très nets, hier soir.

— Ne te tracasse pas, je les ai relues et corrigées dans le vala en allant voir ma cliente.

— Au fait, ça s'est bien passé?

— Oui, très bien! En plus, elle m'a annoncé une bonne nouvelle. J'avais une séance prévue avec son mari demain après-midi, mais il vient d'être hospitalisé.

— Génial! s'écria Sam en se moquant de lui. Excellente nouvelle, en effet!

— Mais non, il n'a rien de grave! Par contre, ça me permet d'être libre demain après-midi et tu sais quoi? Je t'emmène à Raven!

Sam ouvrit des yeux ronds. Elle n'en croyait pas ses oreilles.

— C'est vrai? Mais je croyais que…

— J'ai changé d'avis, voilà tout. Je te croyais trop fragile, mais tu sembles aller beaucoup mieux et je pense que, si tu peux retrouver la trace de tes parents, c'est tout un pan de ton histoire que tu retrouveras, et d'autres souvenirs, peut-être.

Un franc sourire éclaira le visage de Sam. Comme une enfant, elle frappa dans ses mains, tout excitée.

— Quand est-ce qu'on part?

— Demain. Ce soir, je réserve les billets ainsi que deux nuits d'hôtel et à nous les vacances au bord de la mer!

Le cœur de Sam se mit à battre plus fort. Demain, elle verrait enfin à quoi ressemblait la maison familiale des Maury, la maison de son enfance et, si la chance était de son côté, elle apprendrait ce qu'étaient devenus ses parents.

Dans un surprenant élan de confiance, Éthan accepta qu'elle descende au Dix-Quinze acheter un maillot de bain et, comble du bonheur, il lui prêta une carte bancaire rechargeable sur laquelle il avait déposé cinquante eullards. Elle jura que cette fois elle resterait bien au centre commercial.

Parée de sa perruque blonde et de ses lentilles azur, elle fonça sans attendre au 111e, réservé à l'habillement. Son cerveau étant déjà bourré de dopamine, la psychomélodie n'eut pas grand effet sur elle. Elle se dirigea d'un pas léger vers le rayon des articles d'été. Ce qu'il y avait de formidable avec ces grands magasins, c'était qu'on y trouvait de tout et en toute saison. Qu'on allât sous les tropiques ou qu'on partît skier aux pôles, les rayons regorgeaient de milliers de tenues appropriées. Le Dix-Quinze offrait des gammes de produits inouïes. La seule section des maillots de bain occupait l'équivalent de plusieurs salons aussi vastes que celui d'Éthan.

Le choix laissa Sam quelque peu perplexe. Allait-elle opter pour un maillot une pièce, regonflant ou amincissant, un deux-pièces, un bikini, avec un soutien-gorge balconnet ou pigeonnant, un monokini taille haute ou taille basse, un string, un combi, un paréo, uni ou à trous, à motifs fleuris ou géométriques, écossais ou pailletés, à couleur variable en fonction de la météo ? Quel affreux dilemme !

Elle ne savait plus où donner de la tête. Cependant, décidée à prendre son temps, elle parcourut deux fois les rayons en mettant un point d'honneur à regarder tous les modèles pour choisir celui qui lui irait le mieux. En fait, non, elle savait que la plupart la mettraient en valeur, mais elle désirait qu'Éthan la trouve irrésistible et la question était de savoir lequel de ces milliers de modèles il préférerait.

Après qu'elle eut essayé une bonne trentaine de maillots et mis un temps infini à arrêter son choix, sa préférence se porta sur un deux-pièces, brassière et slip galbant, en fibres biosynthétiques sans couture, à la fois ultra-confortable et terriblement sexy. De couleur chocolat et surligné d'un liseré bleu ciel, il lui faisait une silhouette à croquer. Elle craqua également pour des lunettes de soleil noires toutes simples.

Heureuse de son choix, elle régla ses achats et choisit de remonter au 115e en prenant les escaliers roulants. Il lui restait huit eullards et une bonne heure avant le retour d'Éthan. La dernière fois, elle mourait d'envie de s'offrir une consommation dans l'un des innombrables cafés et salons de thé de cet étage, mais elle n'avait pas d'argent. Là, elle allait pouvoir se rattraper.

Elle opta pour une terrasse tranquille, près d'une fontaine où l'agréable musique atténuait un peu la lancinante psychomélodie. Elle commanda un chocolat chaud et une part de tarte au citron. Tout en remerciant mentalement Éthan, elle réalisa que, même lorsqu'il n'était pas à ses côtés, elle pensait sans arrêt à lui.

Elle ferma les yeux et laissa fondre lentement la crème citronnée sous sa langue. C'était un délice. Lorsqu'elle rouvrit les yeux, elle pâlit brusquement et faillit lâcher sa cuiller. Là, en face d'elle, près d'un kiosque de journaux virtuels, un homme lisait un écran, ou plutôt il faisait semblant de lire un écran, car, cet homme, c'était l'albinos qui l'avait pistée dans les insalubres couloirs du 20e étage.

Sam déglutit en regardant autour d'elle. Il ne fallait pas qu'elle panique. Elle devait avoir l'air naturel, comme si de rien n'était. C'était peut-être une coïncidence, après tout. Il ne l'avait peut-être même pas remarquée.

Que faisait-il là ? Est-ce qu'il l'avait suivie ? Manifestement, il habitait cette tour et rien ne l'empêcherait de monter jusqu'au 123e, s'il pouvait parvenir jusqu'aux centres commerciaux. Elle se sentit très mal et des gouttes de sueur glissèrent entre ses omoplates. Elle refusa d'appeler Éthan une nouvelle fois. S'il la savait en danger, il refuserait définitivement de la laisser sortir. Par ailleurs, il risquait de reporter leur voyage à Raven. Il fallait qu'elle se débrouille toute seule.

Elle rassembla ses esprits, réfléchit une minute et se leva. Ses jambes tremblaient, mais ce fut d'un pas décidé qu'elle pénétra dans le café pour demander où se trouvaient les toilettes. Elle s'y enferma.

Quelques minutes plus tard, une élégante jeune femme aux cheveux noirs très courts, portant des lunettes de soleil et une brassière chocolat, quitta le café par une autre entrée et s'engouffra sans attendre dans un ascenseur.

Une fois au 123e, Sam se précipita vers l'appartement d'Éthan et supplia Nao de la laisser rentrer.

— *C'est toi, Sam ? Heureusement que je suis programmée pour reconnaître ta voix, car j'ai bien failli te prendre pour une intruse. Décidément, tu adores changer de tête !*

— Dépêche-toi, Nao ! Je suis peut-être suivie. Le moment est mal choisi pour faire ta maligne.

— *C'est si gentiment demandé* ! ironisa la voix de synthèse avant de déverrouiller.

Elle s'engouffra dans le salon et claqua la porte en soupirant.

Au même moment, dans le couloir désert du 123e, la porte de l'ascenseur s'ouvrit à nouveau.

14

Sam s'assura que la porte de l'appartement d'Éthan était verrouillée avant de se précipiter dans sa chambre. Encore toute tremblante, elle s'assit sur le lit.

Plus les minutes passaient, plus l'évidence transparaissait. Ce type n'était pas là par hasard. Il ne faisait pas de courses, il ne cherchait pas son chemin, il l'espionnait.

Un frisson de peur lui hérissa l'épiderme. Qui était-il ? Travaillait-il pour l'AI, ou agissait-il pour le compte de quelqu'un d'autre, pour Mémoris, par exemple ? À moins qu'il ne s'agît d'un pervers. Elle essaya d'envisager toutes les possibilités, se demandant même si elle l'avait connu avant d'être amnésique. Elle revit ses yeux rouges, sa peau blafarde, et eut un haut-le-cœur en réalisant que quelque chose dans la silhouette ou le visage de ce type ne lui était pas totalement étranger.

Une autre hypothèse vint alors à son esprit. Si le professeur David l'avait programmée, l'albinos était peut-être chargé de la surveiller et de s'assurer que son plan fonctionnait bien comme prévu. Du coup, la vraie question devenait de savoir en quoi consistait ce fameux plan.

Elle ravala un sanglot. Pourquoi, à chaque fois qu'elle commençait à se sentir bien et à reprendre sa vie en main, un événement impromptu se chargeait de la ramener brutalement à la réalité ? Quelqu'un jouait-il avec elle au chat et à la souris ? Dès qu'elle se croyait enfin libre, c'était comme si une griffe acérée lui barrait le chemin et la ramenait entre les pattes d'un félin sans visage.

Elle n'avait qu'une certitude, il fallait qu'elle se batte et qu'elle aille jusqu'au bout. Si elle voulait gagner, elle devait se montrer forte, plus forte que la menace qui planait constamment au-dessus d'elle.

Elle chassa ses larmes et essaya de penser à quelque chose de positif. Raven ! Le lendemain, Éthan l'emmènerait là-bas et elle découvrirait enfin un pan de son histoire.

En se raccrochant à cette idée réconfortante, elle se leva et fila se doucher. Comme toujours, l'eau brûlante lui procura une agréable sensation de bien-être et de sérénité. Les jets puissants massèrent sa peau, dénouant les tensions musculaires qui contractaient ses muscles dorsaux. Elle ferma les yeux et resta de longues minutes à profiter de ce pur moment de plaisir. Elle laissa son esprit vagabonder et essaya d'imaginer à quoi pourrait bien ressembler Raven.

Lorsqu'elle sortit de la cabine de douche, un épais nuage de vapeur s'en échappa et elle émergea telle une Vénus dans la splendeur de sa nudité. Elle se dirigea vers le miroir holographique, mais son regard fut attiré par une silhouette dans l'embrasure de la porte.

Le cœur de la jeune femme fit un bond dans sa poitrine. Elle étouffa un cri, effrayée.

— Ce que tu es belle ! fit une voix masculine qu'elle reconnut aussitôt.

Éthan ! Il s'approcha d'elle en souriant.

— Ne recommence jamais ça ! s'emporta Sam. J'ai cru que c'était l'albinos.

— Parce que, moi, j'ai une tête d'albinos ? plaisanta-t-il en s'approchant pour la serrer dans ses bras. Tu deviens parano !

Mais, vexée, elle s'écarta pour s'envelopper dans un immense drap de bain.

— Arrête ! Je ne suis pas parano du tout. Mais évite de surgir à l'improviste, si tu ne veux pas que je fasse un arrêt cardiaque.

— OK, c'est bon, ne t'énerve pas. Je suis désolé. Je ne voulais pas t'effrayer. Au fait, Nao a réservé nos places sur la navette pour Raven. Si tu veux préparer tes bagages pour demain, je t'ai sorti un sac de voyage. J'ai hâte de découvrir quel maillot tu as acheté.

— Comment sais-tu que j'en ai trouvé un ? répliqua-t-elle plus agressivement qu'elle ne l'aurait voulu.

Il sembla tout à coup décontenancé.

— Heu... j'imagine que, sur le nombre de maillots qu'on peut trouver au Dix-Quinze, tu en as bien trouvé un, non ?

Elle se contenta de hausser les épaules avant d'ajouter :

— Tu pourrais me laisser seule, maintenant ? Merci !

Il fit la moue et sortit en refermant la porte derrière lui.

Les pulsations cardiaques de Sam commençaient à retrouver leur rythme normal. Éthan lui avait fait une de ces peurs ! Un instant, elle avait cru que le psychopathe aux yeux rouges l'avait suivie jusque-là. Tout compte fait, son ami avait peut-être raison, elle était en train de devenir parano.

Tout en se séchant, elle contempla son reflet dans le miroir holographique. Son crâne était à présent recouvert d'un fin duvet noir qui lui donnait un air sévère. Même si elle était ravie de voir ses vrais cheveux repousser, ils lui donnaient un look androgyne qu'elle avait encore un peu de mal à assumer.

Elle ajusta sa perruque. En vérité, elle adorait cette coiffure et les mèches couleur miel faussement négligées qui retombaient sur son front.

De retour dans sa chambre, elle enfila une robe noire qui s'ajusta à la perfection à sa morphologie. Ainsi coiffée et habillée, elle se sentait bien, mais elle demeurait honteuse d'avoir rabroué Éthan, d'autant plus qu'elle ne lui avait même pas demandé comment s'était passé son entretien avec la chargée de communications de Mémoris. Quelle ingrate elle faisait !

Prise de remords, elle se précipita dans le salon, puis dans la cuisine où elle trouva le jeune homme en train de boire un verre d'eau. Il sembla surpris de la voir franchir l'écran de fumée et avala rapidement le cachet qu'il tenait dans la main.

— Tu es malade ? s'empressa-t-elle de lui demander.

— Non, non, c'est rien, juste des vitamines, pour rester en forme, répondit-il en souriant.

Sam lui retourna son sourire et voulut lui faire des excuses, mais il l'arrêta en posant un doigt sur la bouche.

— Ne dis rien ! Tu avais raison d'être en colère, jamais je n'aurais dû survenir ainsi par surprise ; c'était vraiment idiot de ma part. Je sais que tu es à cran et que les épreuves t'ont fragilisée. Ça n'arrivera plus, promis !

Il s'approcha d'elle et l'enlaça tendrement. Ils échangèrent un langoureux baiser, puis Sam s'écarta, le cœur battant d'impatience.

— Maintenant, raconte-moi ta rencontre avec miss Éliakis.

— Eh bien, le moins qu'on puisse dire, c'est qu'elle n'est pas aimable. D'abord, elle m'a reçu avec une demi-heure de retard. Sans s'excuser, elle m'a à peine salué et a commencé par me dire que, les médias, elle en avait jusque-là, que, si elle avait accepté de me voir, c'était uniquement à cause de l'excellente réputation de mon journal. Refroidi par cet accueil glacial, je me suis installé en face d'elle et j'ai fébrilement commencé mon interview. Au début, je n'étais pas très à l'aise, tu t'en doutes. Mais j'ai pris de l'assurance et je n'ai pas lâché le morceau.

Sam était suspendue à ses lèvres.

— J'ai eu droit à un rapide curriculum de ta brillante carrière. Attends, je sors mes notes… Voilà ! David t'a embauchée dès la fin de tes études en neurochirurgie, en juin 2106, car tu étais la meilleure de ta promo, la plus jeune aussi. Tu venais d'avoir 24 ans.

— Tu as réussi à savoir quel était le sujet de ma thèse ? s'enquit la jeune femme.

— Tu penses bien que je lui ai posé la question, mais Éliakis est restée très évasive. Apparemment, tu travaillais sur les amnésies artificielles partielles, mais elle a refusé de me donner l'intitulé exact de tes recherches. « Secret professionnel » a-t-elle ajouté d'un air revêche. Dès le mois de juillet de la même année, tu es affectée au service des AAP et tu soignes des dépressifs, des névrosés et des paranoïaques avec beaucoup d'efficacité. David est ravi. Parallèlement, il te donne les moyens de poursuivre tes recherches médicales. Tes résultats sont tellement intéressants que tu quittes le service des AAP un an plus tard pour travailler en collaboration avec la garde noire.

Sam écarquilla les yeux.

— Tu veux dire avec la section psy de l'AI ?

— Eh oui ! Celle-là même qui est à tes trousses. Le monde est petit, n'est-ce pas ? Évidemment, Éliakis a refusé de m'en dire plus sur tes recherches, mais elle m'a appris qu'en août 2109 tu intègres le service du docteur Astelli. Dans la foulée, vous vous mariez – plutôt rapide… – et vous planchez sur un projet ultraconfidentiel nommé Projet Mnémosyne. Ce nom ne te dit rien ?

— Heu… non. On dirait un nom de médicament.

— On tâchera de vérifier auprès de Nao si elle peut nous trouver quelque chose là-dessus. Parce que, lorsque j'ai voulu savoir en quoi consistait votre projet, Éliakis m'a fusillé du regard. « Vos lecteurs n'ont nullement pas besoin d'en apprendre davantage sur nos recherches. Si nos résultats les intéressent, ils n'auront qu'à lire nos publications lorsqu'elles paraîtront ! » Et vlan ! Puis elle a fait un bond de deux ans, jusqu'en décembre 2111. Le 12 décembre, plus précisément. Ils ont retrouvé le labo où tu bossais entièrement ravagé. Tout avait été saccagé, les ordinateurs sabotés, les disques quantiques vidés. Même le laser à protons avait été endommagé. Mais il y a pire, ils ont retrouvé les corps sans vie de deux scientifiques qui travaillaient pour toi, assassinés !

— Oh, non, pas ça, lâcha Sam en cachant son visage dans ses mains. Je parie qu'on m'accuse de ce double meurtre ?

— J'aurais aimé t'annoncer le contraire, mais tu as vu juste. Tu disparais en laissant deux cadavres derrière toi ; tu apparais donc comme la coupable idéale. En fait, David avait peur que tu sois allée vendre tes connaissances à une société concurrente et il a immédiatement fait appel à l'AI pour te retrouver. Mais rien à faire. Plus aucune trace de ta nanopuce. On en a déduit que tu t'étais fait scalper, ce qui faisait de toi une hors-la-loi passible de la peine de mort. Éliakis n'a pas caché son dégoût en prononçant ces mots-là. Je l'aurais baffée !

Comme il s'arrêtait de parler pour mimer la scène, elle lui fit signe de continuer.

— Après elle m'a raconté comment ton mari avait disjoncté, le massacre des innocents de la tour Zurina, son arrestation, son évasion puis son suicide en direct le 22 octobre 2113. Pour elle, il ne fait aucun doute que tu es l'unique responsable de tout ce gâchis. Elle t'a clairement accusée d'avoir anéanti le Projet Mnémosyne.

— Rien que ça ! siffla Sam, plus désemparée que jamais. Au fait, tu lui as posé la question, à propos de mon père ? Dans quel service il travaillait, chez Mémoris ?

— Oui, je n'ai pas oublié, je savais à quel point cette information était importante pour toi. Mais, là encore, tu vas être déçue. Éliakis a écarquillé ses gros yeux de batracien et m'a répondu « Ah, son père travaillait chez nous ? Eh bien, croyez-le si vous voulez, mais je n'étais absolument pas au courant. » Devant mon air effaré, elle a cherché à se justifier : « Je suis chargée des relations publiques, pas chef du personnel ! » Donc rien de plus de ce côté-ci non plus. Désolé !

— Bon, tant pis ! As-tu évoqué mon passage à l'holovision où j'accuse Mémoris d'avoir saboté le cerveau de mon mari ?

— Bien sûr. Une fois encore cette pimbêche m'a rabroué en disant que, si je prêtais foi à de telles inepties, la réputation de *Science Actuelle* n'était peut-être pas aussi inattaquable et sérieuse qu'elle le croyait. Elle a terminé en ajoutant que la garde noire avait retrouvé ta trace par hasard sur l'île artificielle de *Samildria* et que, depuis samedi dernier, toutes les chaînes du monde diffusent sans relâche tes photos pour tenter de te mettre la main dessus. On espère te coffrer avant la fin du mois.

— Eh bien, on ne manque pas d'optimisme !

— Oh, et tu sais quoi ? Juste avant que je m'en aille, elle m'a décoché un sourire hypocrite, en me balançant : « Au fait, il est bien, votre titre ! Du génie à la folie, c'est tout à fait ça ! Ça résume parfaitement la vie de cette pauvre fille. » Là, ma main m'a sérieusement démangé, je te jure, mais j'ai saisi la poignée de la porte et je suis parti le plus vite possible.

Sam serra les dents et soupira.

— Bon, si on résume, Éliakis t'a sorti la version officielle, mais il est clair que la réalité est tout autre.

— Pourtant, en ce qui concerne ta carrière chez Mémoris, ça semble assez crédible.

— C'est vrai, mais c'est à partir du 12 décembre que ça devient flou.

— Le jour où tu t'es enfuie ?

— En effet. Pour une raison que j'ignore, sans doute liée à mes recherches, j'ai senti le vent tourner. J'ai prévenu mes parents pour qu'ils se cachent, puis j'ai fui à mon tour. Que s'est-il vraiment passé ? Ai-je réellement tué deux hommes, ou est-ce une accusation bidon pour donner à l'AI un motif de me poursuivre ?

— D'après ce que je connais des méthodes de l'AI, ta seconde hypothèse semble parfaitement plausible.

— En toute logique, c'est à ce moment-là que je me suis fait scalper pour que l'AI perde définitivement ma trace.

— Mais tu t'es offert une autogreffe, car ce sont tes vrais cheveux qui repoussent.

Elle hocha la tête avant de continuer la reconstitution des derniers événements de sa vie.

— La vidéo que Nao a retrouvée date du 26 août 2113, ce qui signifie qu'à cette date, j'étais toujours en liberté. J'y clame l'innocence de Treg et je sous-entends que David a saboté son cerveau pour faire de lui un meurtrier. Je dis clairement que, son évasion, c'est de l'intox et je dis craindre un nouveau massacre pire que le premier.

— Ce qui s'est effectivement produit le 22 octobre, dans la tour des Jardins.

Sam se prit la tête dans les mains, très concentrée.

— C'est là que les choses se compliquent. Éliakis t'a bien dit qu'on se doutait que je m'étais fait scalper. Le soir de ma fuite, les gardes me cherchaient pourtant avec un détecteur biométrique.

— La vache, tu as raison ! s'écria Éthan en se tapant sur le front. Là, je suis vraiment perdu !

— C'est évident, l'AI m'a déjà capturée.

— Hein ?

— Peut-être après que j'ai mis cette vidéo sur le net ou après le suicide de Treg, je n'en sais rien. Mais ils m'ont trouvée, c'est sûr, et ils m'ont livrée à David qui m'a fait subir une amnésie artificielle partielle. Il m'a volé mes souvenirs autobiographiques. Les images qui me sont revenues en rêve en sont la preuve. J'ai bien subi une AAP.

— Mais pourquoi aurait-il fait ça ?

— Peut-être parce que j'en savais trop. Je détenais sûrement des secrets trop lourds pour qu'on prenne le risque de me voir les divulguer. Mais, si tu veux mon avis, ce n'est pas le plus étrange.

— C'est quoi, alors ?

— Pourquoi me faire subir une opération coûteuse et compliquée alors qu'ils auraient simplement pu me tuer ou m'enfermer ? Non, l'armée a encore besoin de moi. Elle attend autre chose de moi et c'est pour cette raison qu'elle a demandé à David de me programmer pour accomplir je ne sais quoi. On se demandait ce que j'avais fait pendant les cinq mois où j'ai disparu. Nous avons notre réponse. J'étais entre les mains de David et de ses neurochirurgiens, dans les salles d'opération de Mémoris. Ensuite seulement on m'a transportée sur *Samildria* pour m'y lâcher la nuit du 13 janvier.

— Mais ils te recherchent à nouveau !

— Non, Éthan. Ils veulent me faire croire qu'ils me recherchent. Mais, depuis le début, les soldats de la garde noire jouent un rôle. Regarde, ils savaient très bien que je n'avais pas de puce et pourtant ils ont fait comme si j'en avais une. Peut-être même qu'ils savaient que je me cachais derrière l'identité d'Anabel Grisam et qu'ils m'ont laissée fuir quand même.

— Ah, non ! Impossible, fit Éthan, en blêmissant.

— Je ne veux pas t'effrayer, dit Sam en lui prenant la main, mais il y a de grosses chances pour qu'à l'heure actuelle ils sachent que tu es mon complice. J'ignore ce qu'ils attendent de moi, mais eux savent exactement où je suis et je ne serais pas surprise d'apprendre que ce type, l'albinos, travaille pour eux.

Éthan se passa une main sur le visage. L'idée qu'il était surveillé par l'AI semblait le bouleverser d'importance. Devant le désarroi de son ami, Sam le prit dans ses bras et le serra très fort contre elle. Leur histoire d'amour était vraiment la seule chose tangible à laquelle se raccrocher dans cet écheveau biographique qui se complexifiait de jour en jour.

Après un dîner frugal, Éthan proposa à Sam d'aller au cinévirtuel qui se trouvait au 117e étage, mais elle avait envie d'une soirée tranquille. Il alla donc chercher un vieux flacon d'eau-de-vie couvert de poussière qu'il déboucha pour en remplir deux verres en cristal. Il lui confia qu'il tenait cette bouteille de son arrière-grand-père maternel. Sur l'étiquette tachée par la moisissure de ce cognac vieux d'un siècle, on pouvait encore déchiffrer : *XO, 2015, Cuvée Prestige.*

Son verre au creux de la paume, il fit lentement tourner le liquide doré pour qu'il développe ses arômes. Il respira le cognac comme s'il s'agissait d'un nectar divin et porta le verre à ses lèvres. Les yeux fermés, il but une gorgée lentement, presque religieusement. Lorsqu'il les rouvrit, il croisa le regard amusé de son amie.

— Ben quoi ?

— Non, rien, je suis impressionnée, c'est tout.

En réalité, elle n'en revenait pas. Lui qui craignait les

bactéries et qui prônait une alimentation hygiénique à l'extrême, il n'hésitait pas à ingurgiter une boisson vieille de 99 ans ! Elle se garda pourtant de le lui faire remarquer et décida de l'imiter.

Lorsque le puissant parfum du cognac centenaire vint chatouiller ses papilles olfactives, elle sourit de plaisir. Et, si la première goutte lui brûla la gorge, la deuxième l'emplit agréablement d'un intense parfum de violette. Elle n'avait jamais rien bu d'aussi bon.

— Alors ? s'enquit-il.

— Extra ! Il porte bien son nom.

Content de lui, Éthan programma l'holovision pour qu'un grand feu de cheminée éclaire le salon plongé dans l'obscurité. Dans le silence de la nuit, ils écoutèrent crépiter les bûches et regardèrent danser les flammes virtuelles en dégustant l'or liquide.

En milieu de matinée, Sam se réveilla dans le grand lit vide d'Éthan. Il devait être tard, car son compagnon était déjà parti travailler. Les images de leur soirée en tête à tête lui revinrent à l'esprit. Une fois encore, le jeune homme lui avait montré à quel point il tenait à elle et comme il était bon de partager les plaisirs les plus simples et les plus naturels. Dans ces moments-là, elle oubliait tout. Ses problèmes, son énigmatique passé, David et l'AI, tout cela disparaissait lorsqu'elle passait du bon temps avec lui.

Elle tourna la tête et découvrit le petit écran tactile posé sur sa table de nuit. Elle sourit et s'empressa d'accéder au message, impatiente d'écouter le petit mot tendre que lui avait laissé son ami. Le visage d'Éthan apparut aussitôt.

Salut, chérie. Bien dormi ? Je n'ai pas eu le courage de te réveiller ce matin. Tu dormais tellement bien ! Profite des quelques heures qui te restent pour préparer tes bagages et n'oublie pas d'emporter une serviette pour la piscine. Je rentre vers midi et, à treize heures trente, on s'envole pour Raven. À tout à l'heure ! Je t'embrasse.

L'image disparut, mais Sam se repassa le message en boucle, juste pour avoir le plaisir de réécouter le mot *chérie.* C'était la première fois qu'il l'employait et cela suffit à la mettre de bonne humeur.

Après un rapide petit déjeuner, elle décida d'aller interroger Nao au sujet de l'albinos qui hantait les étages de Soraya. Peut-être qu'il était fiché dans les registres de la tour ou ailleurs. La puissance de l'ordinateur serait une nouvelle fois mise à contribution. Elle devait reconnaître que c'était un outil fabuleux, rapide et puissant. Sans Nao, jamais elle n'en aurait appris autant sur elle-même. Pourtant, cette machine la mettait parfois mal à l'aise. Lorsqu'elle se mettait à dialoguer, à donner son avis et à émettre des objections, il ressortait d'elle un côté humain fort dérangeant. Plusieurs fois, à cause des intonations dans la voix de Nao ou de ses remarques déplacées, Sam s'était dit que cette mécanique ne restait pas indifférente à ce qui se passait autour d'elle. C'était comme si elle ressentait des choses, des émotions, irritation, tristesse, ironie, jalousie…

Elle secoua la tête en levant les yeux au ciel. C'était n'importe quoi. Comment pouvait-elle raisonnablement croire qu'une machine pouvait éprouver des sentiments ? Elle chassa ces idées absurdes et interpella Nao.

— J'aimerais savoir si tu as accès aux caméras de surveillance de Soraya.

— *Je pourrais en effet entrer dans leur système de sécurité, mais leur terminal risque de garder en mémoire une trace de mon intrusion et il y a fort à parier qu'Éthan aurait de sérieux problèmes. Ce n'est pas ce que tu souhaites, n'est-ce pas ?*

Elle resta interdite. Voilà ! C'était exactement ce genre de petite remarque mesquine qui la mettait mal à l'aise.

— Heu… non, évidemment. As-tu accès aux noms de tous les habitants de la tour ?

— *Ça, c'est possible. Qui recherches-tu ?*

— Un homme, un albinos plus précisément, plutôt grand et baraqué. Est-ce qu'il vit ici ?

— *Je passe en revue les neuf mille résidents de la tour, sans oublier leurs invités. Hélas, Sam, aucun albinos ne vit ici. Souhaites-tu étendre ta requête à Kotaris ?*

— Bonne idée !

— *Parmi les gens référencés par nanopuces, il y a quatorze albinos résidant à Kotaris. Je t'envoie les photos. Arrête-moi si tu reconnais ton homme.*

Une série de visages blafards défila sur l'écran extra-plat. Avec leurs cheveux blancs, leurs iris rouges et leur peau laiteuse, ils donnaient l'impression de ne jamais s'exposer à la lumière, telles de sinistres créatures de la nuit. Mais aucun d'eux ne ressemblait à son inquiétant poursuivant. Peut-être n'était-il pas du coin. Il pouvait très bien vivre ailleurs. Elle demanda à Nao d'élargir ses recherches à toute la planète. Au bout de dix secondes, l'ordinateur fit défiler les deux cent treize hommes qui correspondaient à cette description. Les yeux de Sam ne quittaient pas l'écran, cherchant désespérément une ressemblance entre ces portraits et ses souvenirs, mais aucun ne semblait y correspondre. Au bout de trois quarts d'heure, la tête pleine de visages dépigmentés, elle soupira, découragée.

— C'est incroyable, à la fin ! Il existe pourtant bien, ce type. Je n'ai pas rêvé, je l'ai vu à deux reprises, au sein même de cette tour. Il doit bien être référencé quelque part !

Elle cherchait une explication logique à la chose quand elle prit conscience d'un fait surprenant.

— Dis-moi, Nao, je suis vraiment très étonnée qu'il y ait si peu d'albinos sur toute la planète. Deux cent treize seulement sur… combien nous sommes déjà ?

— *Vingt milliards d'habitants.*

— C'est bien ce que je disais. Deux cent treize, c'est rien. Tu es certaine de ne pas en avoir oublié ?

— *Voyons, Sam, à l'heure des tris embryonnaires, des sélections génétiques et autres HGM, qui souhaiterait encore de nos jours accoucher d'un enfant albinos ?*

— C'est quoi, des HGM ?

— *Des humains génétiquement modifiés ! En 2114, pas un enfant ne naît sans que ses parents aient choisi ses futures caractéristiques physiques ou mentales. C'est pour cela que les grandes anomalies génétiques, dont l'albinisme et l'hémophilie, ont presque totalement disparu.*

— Attends une minute, Nao... Tu es en train de me dire que ce sont les parents qui décident de l'apparence de leur enfant, de leurs capacités physiques ou intellectuelles ?

— *Les parents qui en ont les moyens, oui, car toutes ces modifications ont un prix, tu t'en doutes. Certains veulent simplement éviter que leur rejeton ne soit atteint d'une déficience génétique et, dans ce cas, les frais de manipulations génétiques sont pris en charge par l'Organisme de Santé internationale. D'autres, en revanche, souhaitent booster le corps de leur bambin pour en faire un athlète ou son intellect pour qu'il fasse de brillantes études universitaires. Mais, dans ces deux cas, les tarifs sont exorbitants et il va sans dire que, plus tu veux changer de paramètres, plus tu paies.*

Abasourdie, Sam songea à son quotient intellectuel très au-dessus de la moyenne. Était-ce naturel ou est-ce que ses parents avaient cassé leur tirelire pour doter leur fille d'une intelligence exceptionnelle ? Elle décida d'interroger l'ordinateur à ce sujet.

— Nao, dans la navette pour Kotaris, je me suis amusée à faire quelques tests de QI et j'ai découvert que le mien dépassait 170. Crois-tu que cela puisse avoir été un choix de mes parents ?

— *170?* répéta la machine, comme si elle était impressionnée. *C'est beaucoup, en effet. Il s'agit probablement d'une modification volontaire, mais il n'est pas impossible que tes parents t'aient transmis cette caractéristique parce qu'ils la possédaient aussi. Toutefois il faut savoir que, naturellement, seulement six millième de un pour cent des humains non génétiquement modifiés ont un QI supérieur à 160. Ça laisse donc peu de chances à la nature. Dommage qu'il y ait si peu d'informations sur toi, nous aurions pu le savoir en consultant ton DG.*

— Mon quoi?

— *Ton DG: dossier génétique. Tous les humains en ont un. Il rend compte des génotypes des parents biologiques et de la thérapie génique germinale effectuée.*

— Tu peux me décoder ce charabia?

— *Le mot* génotype *désigne le matériel génétique de chaque être vivant. Il référence tous les gènes d'un humain en décryptant l'ADN contenu dans ses chromosomes. La thérapie génique regroupe les soins donnés à une personne sur le plan génétique et l'adjectif* germinal *signifie que ces soins ont agi directement sur l'embryon. Il peut aussi bien s'agir de greffes de gènes sains, appelées transgénèses, que d'ajouts de brins d'ADN artificiels, ou encore de nanopuces chargées d'intégrer le génome. Par opposition, on appelle* thérapie génique somative *l'ensemble des modifications apportées après la naissance. Ces changements peuvent avoir lieu à n'importe quel moment de la vie et sont aussi consignés dans le DG.*

Sam semblait vraiment dubitative.

— Si je te comprends bien, les gens riches engendrent tous des HGM, des êtres artificiels, fabriqués sur commande ou reprogrammés pour s'approcher de l'idée que nous nous faisons de la perfection.

— *Exactement. Mais vous avez encore de gros progrès à faire pour nous égaler,* ajouta Nao. *Tant que vous ne maîtriserez pas vos émotions, vous serez toujours plus vulnérables que nous autres, machines.*

— C'est très bien comme ça, rétorqua Sam, piquée au vif. Ce qui fait de nous des humains, ce ne sont pas nos cellules ni nos gènes, mais justement nos émotions. Nous sommes humains parce que nous éprouvons des sentiments. Nous avons un cœur, une âme. Nous ne sommes pas de simples circuits électroniques bourrés de connexions quantiques !

— *Tu parles pour moi ?* fit Nao d'une voix où perçait l'énervement.

— Non, bien sûr que non... se rattrapa Sam.

Elle faillit ajouter que, bizarrement, Nao avait parfois des réactions humaines, mais elle se ravisa. Elle n'apprécierait peut-être pas et Sam avait encore besoin d'elle.

— Tu sais, tu es vraiment différente des autres machines. Avec toi, on peut discuter ; c'est ça qui est agréable. Dis, au fait, est-ce que le mot *Mnémosyne* te dit quelque chose ?

— *Bien sûr ! Mnémosyne, c'est un personnage de la mythologie grecque. Son nom vient du grec ancien* mnêmê *qui signifie mémoire. Mnémosyne était la déesse de la mémoire.*

— J'aurai dû m'en douter ! fit Sam pour elle-même. Et que peux-tu m'apprendre d'intéressant sur cette déesse ?

— *Selon la généalogie établie par Hésiode, un poète grec du VIII*e *siècle avant notre ère, Mnémosyne était l'une des six Titanides. Fille de Gaïa, la Terre, et d'Ouranos, le Ciel, elle accueillit Zeus dans sa couche pendant neuf nuits de suite. De ces unions naquirent neuf filles appelées les Muses. Les Anciens avaient l'habitude de représenter Mnémosyne sous les traits d'une femme mûre, âge de la plénitude symbolisant la sagesse et la perfection divine. En voici une illustration.*

Le portrait d'une femme raffinée aux formes généreuses apparut à l'écran. Des perles dans les cheveux, elle semblait pensive, la main gauche sous le menton, dans une attitude méditative. De l'autre main, elle touchait le bout de son oreille droite.

Sam observa attentivement cette Mnémosyne jaillie des profondeurs de l'histoire en se demandant pourquoi David avait attribué le nom de cette déesse à un projet neurochirurgical ultra-secret. Était-ce uniquement une allusion au symbole qu'elle représentait, la mémoire, ou fallait-il voir dans cette allégorie un sens plus profond, qui pourrait lui en apprendre davantage à propos du projet sur lequel elle avait travaillé ?

Elle s'apprêtait à demander des explications supplémentaires à Nao lorsqu'elle entendit la porte d'entrée claquer.

— Oh ! Déjà ? Je dois te laisser, maintenant. Merci pour tes précieux renseignements.

— *Mais de rien, Sam, à ton service. Tu vois, ça a parfois du bon de n'être que de simples circuits électroniques bourrés de connections quantiques.*

Sam n'en crut pas ses oreilles.

— Mais je ne disais pas ça pour toi, Nao, se défendit-elle.

— *Permets-moi d'en douter, mais, rassure-toi, je ne suis pas rancunière ; je ne suis qu'une machine, après tout. Au fait, quand tu seras à Raven, tâche de ne pas faire courir trop de risques à Éthan. À mon avis, il a déjà suffisamment mis sa vie en danger pour toi.*

— Parce que tu as un avis, toi, maintenant ? rétorqua Sam, agressive.

La machine ne releva pas son ton et se mit en veille.

Quel culot ! Pour qui se prenait-elle ? Elle avait outrepassé les bornes. Sam faillit la rallumer pour lui dire le fond de sa pensée, mais elle réalisa qu'elle n'avait encore rien préparé en vue de son séjour à Raven. Elle se précipita dans l'escalier pour aller boucler son sac.

15

L'hôtel Mériabel de Raven était d'un luxe impressionnant. Situé au bord de la mer Rouge et très librement inspiré de l'antique temple égyptien de Karnak, il contrastait avec les tours titanesques de Kotaris. La navette s'était posée à deux pas des immenses pylônes qui accueillaient les clients fortunés. Le grand hall, orné de frises et de bas-reliefs aux couleurs vives, transportait les nouveaux venus dans un univers depuis longtemps oublié. À plus de dix mètres de hauteur, un plafond de verre donnait l'illusion d'une salle à ciel ouvert. Quelques Nubiens en pagne sortis d'un autre temps éventaient les touristes avec de larges feuilles de palmier et partout des hôtesses fardées de khôl et vêtues de robes de gaze légère les gratifiaient de leur plus beau sourire.

Tout était fait pour plonger les clients dans le décor traditionnel de l'Égypte antique. La direction se vantait de faire de ses clients de véritables pharaons. Si la plupart d'entre eux venaient chercher là le luxe et le calme, d'autres, au contraire, voulaient renouer avec l'histoire et s'imprégner de la terre qui avait été un des berceaux culturels de l'humanité.

Même si la majesté des lieux ne laissait pas Sam indifférente, elle aurait préféré un petit hôtel dans le centre-ville, plus tranquille, plus discret surtout. Mais Éthan semblait ravi de l'ambiance et des décors kitchissimes. Il présenta sa carte à l'une des employées de l'hôtel qui leur sourit et les pria de la suivre. D'un pas chaloupé, elle traversa l'immense hall. Éthan la suivit, tout en admirant les splendides peintures murales représentant des scènes de la vie quotidienne des dynasties antiques. Les blés dorés par le soleil, les bœufs qu'on emmenait paître, la rivière où dansaient les poissons, les treilles croulant sous d'énormes grappes de raisin bien mûr, ces illustrations bucoliques étaient censées déstresser les clients harassés par la vie trépidante qu'ils menaient ailleurs dans le monde.

Éthan et Sam pénétrèrent dans une deuxième salle, inspirée de la salle hypostyle du temple de Karnak, dans laquelle s'élevaient de colossales colonnes aux chapiteaux papyriformes de toute beauté. Ils empruntèrent un ascenseur judicieusement niché au cœur de l'une de ces colonnes. Éthan contempla au passage les immenses représentations des dieux thébains présents sur chaque mur de l'hôtel. Il semblait littéralement fasciné et ne perdait pas une miette du somptueux décor qui les entourait; sa compagne, au contraire, était indifférente, presque agacée par ce déballage inutile.

Éthan le remarqua et essaya de la faire réagir.

— Nao m'avait dit que c'était le plus bel hôtel de Raven. Une fois de plus elle ne s'est pas trompée, n'est-ce pas ? Et attends, tu n'as encore rien vu. Elle m'a montré des photos des piscines. Je suis sûr que tu n'en as jamais vues des comme ça.

— Sans doute, mais, je te rassure, même si j'en avais déjà vues, je ne m'en souviendrais plus ! rétorqua Sam d'un ton sec. Et puis, pourquoi aller à la piscine ? Le complexe hôtelier est au bord de la mer, non ?

Éthan et leur charmante hôtesse ouvrirent tous deux des yeux ronds.

— Te baigner dans la mer ? Tu plaisantes, j'espère ! Ça fait bien longtemps que personne ne met plus les pieds dans cette décharge à ciel ouvert. Les océans sont de véritables poubelles où chacun déverse ses déchets sans remords ni complexe. La mer Rouge ne fait pas exception. Il paraît qu'au siècle dernier on pouvait encore s'y baigner sans attraper une sale maladie de peau ou boire la tasse sans s'empoisonner. Il paraît même que c'était un des plus beaux endroits pour pratiquer la plongée sous-marine. Des milliers d'espèces de poissons batifolaient dans ses eaux limpides. Désormais, il n'y a que dans les aquariums qu'on peut les admirer.

— Si je peux me permettre, l'interrompit gentiment la demoiselle aux yeux soulignés en noir, les autorités viennent d'entamer des travaux pour fermer la mer Rouge afin de l'assainir et de lui rendre sa beauté originelle. Les eaux vont être filtrées, décontaminées et, avec l'aide de divers centres océanographiques, différentes espèces de coraux et de poissons vont y être progressivement réintroduites.

— Oh, vraiment ? s'étonna Éthan. On a essayé de faire la même chose avec le lac Méditerranée. Vous savez, c'était une mer, avant, mais le filtrage de l'eau a pris beaucoup plus de temps que prévu. On a arrêté récemment, car les coûts étaient plutôt… pharaoniques.

La jeune fille éclata de rire et Éthan se rengorgea, fier de son bon mot de circonstance. Sam leva les yeux au ciel. Le clinquant de l'endroit commençait à lui taper sur les nerfs. En plus, elle n'était pas venue jusque-là pour se baigner ni pour admirer des peintures, mais pour découvrir un pan de son passé.

L'hôtesse leur souhaita un très agréable séjour et les laissa pénétrer dans leur suite, qui se révéla de toute beauté. Des colonnes ornées de papyrus vert émeraude et d'ibis rouge vif soutenaient la voûte bleu profond du plafond.

Au-dessus de leur lit, un couple de profil se souriait, figé pour l'éternité.

— Regarde, Sam ! s'écria Éthan. Les anciens Égyptiens avaient un système d'écriture très sophistiqué. Ils utilisaient des hiéroglyphes et, là, dans ces cartouches, sont écrits les noms de ce pharaon et de son épouse.

— Arrête un peu, Éthan ! Qu'on s'extasie sur les fresques originales, je peux le comprendre, mais qu'on idolâtre des copies, ça m'exaspère !

Éthan ignora la remarque désobligeante et continua à examiner les royales figures.

— Il s'agissait de Séthi et de Touy, le père et la mère du grand Ramsès et…

— Tu lis les hiéroglyphes, toi ? s'étonna quand même son amie.

— Bien sûr… que non ! Mais nous sommes au 19e étage, dans la chambre numéro 2. Séthi I était le deuxième Pharaon de la XIXe dynastie. C'était écrit sur la porte. Tu n'as pas fait attention, en entrant ?

Elle se planta devant lui, les mains sur les hanches.

— Écoute, Éthan, je vais être très franche avec toi, tout ce blabla sur tes pharaons et tes dynasties m'ennuie profondément. Je ne suis pas venue ici pour jouer les touristes, je te le rappelle.

— Eh ! C'est la nervosité qui te met de si mauvaise humeur ? Je sais très bien pourquoi nous sommes ici, mais cela ne nous empêche pas de profiter des charmes de Raven pour prendre un peu de bon temps. Allez ! Enfile ton maillot, on va aller goûter l'eau.

— Pas question ! Il n'est que quinze heures et j'ai largement le temps de me rendre au centre-ville pour découvrir enfin à quoi ressemble la maison de mes parents.

Elle balança son sac dans un coin de la chambre et se

dirigea vers la porte pour s'en aller. Légèrement confus, Éthan courut la rejoindre.

— Attends deux minutes ! Je viens avec toi si...

— Non ! Non, merci. Je préfère être seule. C'est aussi bien, je crois.

Elle claqua la porte, le laissant médusé devant le couple royal.

Abasourdi, il se demanda ce qu'il avait pu faire ou dire pour provoquer chez sa compagne une telle réaction. Il faillit s'élancer dans le couloir pour la rejoindre, lui dire d'être prudente, lui donner quelques conseils, mais, finalement, il n'en fit rien. C'était peut-être mieux qu'elle aille toute seule à la recherche de son passé. De toute façon, Raven n'était pas une très grande ville et, sans argent, elle n'irait pas bien loin.

En sortant de l'hôtel, Sam fut éblouie par la lumière vive du soleil et mit sa main en visière pour protéger ses yeux. Elle se maudit d'avoir oublié ses lunettes dans son bagage !

De chaque côté des gigantesques pylônes du temple-hôtel, deux larges esplanades accueillaient la valse incessante des navettes. Les unes vomissaient des flots de touristes ébahis, les autres semblaient dévorer les survivants.

Elle aurait pu emprunter l'une de ces navettes pour se rendre au centre-ville, mais elle n'avait plus envie de côtoyer la foule béate, endoctrinée par la dictature des vacances. Elle préférait marcher et, comme elle n'avait pas un sou en poche, ça tombait plutôt bien.

Elle traversa une rivière artificielle censée imiter le Nil qui s'étirait autrefois aux pieds des temples, mais qui n'en avait ni la taille ni la beauté. Ce n'était qu'un canal d'agrément destiné à faire joli.

De l'autre côté s'élevaient les palmiers d'un vaste parc dont Sam apprécia l'ombre et la fraîcheur. Il faisait bien plus chaud là qu'à Kotaris. Elle transpirait déjà sous sa perruque et elle regretta vite d'avoir gardé son gilet; elle aurait mieux fait de le laisser à l'hôtel. Elle le défit pour le nouer autour de sa taille.

Sa pensée se tourna vers Éthan. Elle n'aurait pas dû se montrer aussi froide avec lui. C'était vrai qu'elle avait envie de découvrir Raven toute seule, mais elle aurait pu le lui faire comprendre plus gentiment. Un brin honteuse, elle se fit la promesse de le rejoindre au bord de la piscine dès qu'elle aurait vu la maison de ses parents.

Au cœur du magnifique jardin public, elle trouva sans difficulté un holoplan vocal de Raven. Elle donna l'adresse des Maury et aussitôt l'ordinateur zooma sur le quartier nord. L'avenue Khonsou apparut en rouge et le trajet depuis le parc d'Amon se mit à clignoter en indiquant la distance à parcourir, deux kilomètres cent trente-six. Elle demanda une copie de l'itinéraire et aussitôt une feuille en polymère biodégradable jaillit d'une fente de l'holoplan. Elle n'avait plus qu'à se mettre en route.

Raven était une cité balnéaire paisible. Construite de toutes pièces au milieu du siècle dernier, elle suivait un schéma très géométrique et rigoureusement réglementé. De larges avenues fleuries menaient à différents complexes architecturaux aux styles divers et aux couleurs variées. Grâce à son plan, Sam se dirigea sans problème dans les rues commerçantes, en regardant sans cesse de tous les côtés à la recherche d'un détail qui viendrait réveiller sa mémoire. Le nom d'une rue, un bâtiment, une fontaine, un visage, peu importait. Le moindre signe lui prouvant qu'elle était déjà venue là serait le bienvenu. Hélas ! elle ne reconnaissait rien. C'était comme si elle n'avait jamais mis les pieds dans cette ville.

L'avenue Khonsou n'était plus qu'à deux pas et déjà son cœur tambourinait dans sa poitrine. Elle avait terriblement peur de ce qu'elle allait découvrir. Si, contrairement à ce qu'elle avait cru, cette maison ne lui disait rien ? Si elle n'allait éveiller en elle aucun souvenir ? Elle savait d'avance qu'elle serait terriblement déçue.

Ce quartier était calme et moins fréquenté que le centre. De larges haies végétales abritaient des résidences individuelles plutôt cossues dont on apercevait les solariums, installés sur les hautes terrasses ensoleillées. Les Maury devaient avoir de l'argent, pour habiter par là. Sam regardait les numéros des maisons défiler sous ses yeux. 36, 38, 40, 42... Elle sentit son pouls s'emballer comme un cheval au galop, le souffle commença à lui manquer et elle dut faire une pause. L'envie de faire demi-tour l'effleura un instant, mais elle la chassa immédiatement de son esprit, prit une grande inspiration et poursuivit. 44, 46. Elle y était.

Le numéro était gravé sur un portail en bois d'environ un mètre cinquante de haut. Elle leva lentement les yeux et aperçut enfin le pavillon de ses parents.

C'était une belle maison typique des années 2060, deux étages reliés l'un à l'autre par des terrasses ombragées, un patio central entouré d'arcades recouvertes de glycine pour se protéger de la chaleur et une allée de colonnades qui s'enfonçait à l'arrière vers le jardin.

Hélas, cette demeure ne déclencha en elle aucune réminiscence. Le déclic tant espéré n'avait pas lieu.

Elle s'accrocha au portail pour ne pas défaillir. Elle remarqua alors que la pelouse avait été fraîchement tondue. La boîte aux lettres était vide et les volets étaient ouverts. Cette maison ne semblait absolument pas abandonnée. Et si les Maury y vivaient à nouveau ? Un espoir fou s'empara d'elle et, sans réfléchir, elle pressa le bouton argenté de l'interphone.

Au loin, parmi les colonnes du patio, une gracieuse mélodie résonna. Sam se mit à trembler. Si les Maury lui répondaient, que leur dirait-elle ? Allait-elle mentir, ou leur révéler la vérité ? Allaient-ils la reconnaître malgré ses cheveux blonds et ses yeux bleus ?

Elle fut prise d'un horrible doute. Si la maison avait été vendue ?

Devant l'absence de réponse, elle sonna à nouveau, résolue à ne pas quitter l'endroit avant d'avoir trouvé ce qu'elle cherchait, même si, au fond d'elle, elle ne savait pas exactement ce qu'elle était venue chercher.

Après plusieurs coups de sonnette et quelques minutes d'attente angoissée, elle dut se rendre à l'évidence. Les propriétaires s'étaient absentés. Elle aurait dû retourner à l'hôtel, mais elle ne pouvait s'y résoudre. Pas si près du but.

Elle essaya d'ouvrir le portail. Comme il était verrouillé, elle regarda à gauche et à droite pour s'assurer que la rue était déserte et escalada le battant. Comme une voleuse, elle courut jusqu'au patio et se cacha derrière l'une des colonnes. Elle repéra la porte d'entrée et, après avoir vérifié s'il y avait quelqu'un dans les alentours, elle s'élança dans cette direction pour pénétrer dans la maison. Mais c'était fermé à clé. Le cœur battant, la sueur lui coulant entre les omoplates, elle s'approcha d'une fenêtre du rez-de-chaussée pour combler sa curiosité.

Ce fut là qu'eut lieu le déclic.

Devant ses yeux se trouvait la cuisine où elle s'était promenée l'autre nuit dans ses rêves. Elle reconnaissait parfaitement cet endroit. Tout, dans les moindres détails, était parfaitement identique, le même mobilier un peu vieillot, la même tapisserie fleurie et jusqu'aux dessins d'enfant sur le mur, exactement les mêmes. Ne manquait que le gâteau au chocolat sur la table.

Son rêve ne l'avait donc pas trompée. On avait peut-être effacé ses souvenirs, mais quelque part, dans un coin sombre de son cerveau, restaient des images de son enfance. C'était bien sa maison.

— Qu'est-ce que vous fichez là ? tonna soudain une grosse voix derrière elle.

Sam sursauta, s'attendant à découvrir l'albinos comme dans son rêve. Mais ce n'était qu'un gros sexagénaire, furieux, certes, mais beaucoup moins intimidant que l'homme aux yeux rouges.

Elle lui adressa son plus beau sourire.

— Je suis désolée... Il n'y avait personne. Je me suis permis de passer par-dessus le portail.

L'expression du bonhomme se radoucit légèrement, mais il reprit sa grosse voix.

— Mais c'est pas des manières, ça ! Ça ne se fait pas, d'escalader les portails ! Qui êtes-vous, d'abord ?

— Je m'appelle Inès. Inès Montas, répondit docilement Sam tout en scrutant les traits burinés de l'homme, se demandant s'il s'agissait de son père.

— Connais pas !

Derrière son air peu commode, elle devinait que ce n'était pas un mauvais bougre.

— Vous êtes monsieur Maury ? demanda-t-elle timidement.

— Non, je suis son voisin. Qu'est-ce que vous lui voulez, à m'sieur Maury ?

Elle soupira de dépit. Ce gros bonhomme n'était pas son père. Mais il pouvait néanmoins lui fournir de précieuses informations. Elle décida de jouer le tout pour le tout.

— Je suis une ancienne amie d'Avel Maury et, quand j'ai entendu toutes les horreurs qu'on raconte sur elle dans les médias, j'ai cherché à la revoir pour la soutenir, vous comprenez, car j'ai fait une partie de mes études avec elle. Pour tout vous dire, on était les meilleures amies du monde, comme des sœurs. J'ai retrouvé l'adresse de ses parents. Ils habitent toujours ici ?

Le sexagénaire eut une moue attristée. Visiblement, il avait cru à son histoire et semblait réellement ennuyé.

— Ah là là ! C'est une bien vilaine histoire, tout ça ! Si vous avez deux minutes, je vous offre un café. Ma femme et moi, on habite la maison d'à côté. Ça vous tente, mademoiselle…

— Montas. Mais appelez-moi Inès.

Confortablement installée dans un rustique canapé de velours vert, Sam respirait les arômes puissants de la boisson brûlante. Monsieur Calberston venait de lui expliquer que ses voisins, les Maury, étaient partis depuis deux ans.

— Du jour au lendemain, sans explication, avec juste deux grosses valises, ajouta son épouse, une petite dame rondelette au visage souriant.

— C'est bizarre, quand même. Ils ne sont jamais revenus ? Ils ne vous ont jamais donné de nouvelles ?

— Jamais. Nous étions très proches pourtant, fit madame Calberston, une pointe de nostalgie dans la voix.

— C'est pour cela qu'ils nous ont demandé, à nous et à personne d'autre, de nous occuper du jardin et de leur courrier.

— Leur courrier, tu parles ! Hogg nous a demandé de le brûler systématiquement. Si ça se trouve, ils sont peut-être morts.

Il jeta un regard noir à sa femme, comme si elle en avait trop dit.

— Je sais qu'un jour Hogg et Léa reviendront ; en attendant, ils peuvent compter sur nous et sur notre discrétion, n'est-ce pas, Liana ?

Sa femme baissa les yeux, gênée. Pour faire diversion, elle se leva et se tourna vers Sam.

— Vous avez faim ? J'ai du gâteau au chocolat.

Les yeux de Sam se mirent à briller d'envie.

— Avec plaisir ! C'est vous qui l'avez fait ?

La brave femme hocha la tête avec une fierté évidente et disparut quelques minutes dans la cuisine. Elle servit une généreuse part à leur invitée. Sam mordit dans la pâtisserie avec joie.

— Hum, c'est délicieux !

— C'était le dessert préféré d'Avel. Elle en raffolait. Chaque fois qu'elle venait me rendre visite, je lui en faisais un qu'elle rapportait chez elle.

À ces mots, Sam faillit avaler de travers. C'était de là que lui venait ce souvenir si profondément ancré dans son subconscient. Les gâteaux au chocolat de son enfance étaient préparés avec tendresse par la voisine.

L'émotion fut si forte et soudaine que Sam ne put empêcher deux grosses larmes de rouler sur ses joues.

— Liana, tu pouvais pas garder ta langue dans ta poche ! se fâcha son mari. Tu nous l'as fait pleurer !

Confuse, la vieille dame vint s'asseoir à côté de Sam et l'entoura de ses bras d'un geste maternel.

— Oh, faut pas vous mettre dans des états pareils, ma petite. Vous savez, nous, on l'a bien connue, et on ne croit pas un seul mot de tout ce qu'ils nous racontent à l'holo ! Hein, Albert ?

Mais il était en train de fouiller dans un tiroir et ne réagit pas.

— De toute façon, tout est la faute de ce maudit Treg ! Vous l'avez connu ?

— C'est à cause de lui qu'on s'est perdues de vue, mentit Sam.

— Ah, ça ne m'étonne pas ! Léa m'en parlait souvent. Le moins qu'on puisse dire, c'est qu'elle n'aimait pas beaucoup son gendre. Dès le début, elle l'a trouvé bizarre, mais Avel en avait plein la vue, de ce type, et ne voyait que lui. Ses parents ont essayé de la raisonner, je crois même qu'ils se sont opposés à leur union, mais il n'y avait rien à faire. Les pauvres ! Ils en ont eu, des malheurs, dans leur vie !

Sam posa son assiette vide sur la table. Le moment était venu d'en apprendre davantage. Elle s'apprêtait à demander à quels malheurs la femme faisait allusion, quand monsieur Calberston s'exclama :

— Ah ! Voilà, je l'ai retrouvée. Tenez, regardez. Sur cette photo, on voit Avel et ses parents. Si ça peut vous consoler, j'vous la donne.

Sam saisit la photo en tremblant. En venant jusque-là, elle espérait trouver des indices de son passé, pour reconstituer son histoire, mais, finalement, elle ne se sentait plus prête à assumer les révélations que ces deux braves personnes étaient en train de lui faire. Elle n'était pas aussi forte qu'elle le croyait. Pour la première fois, elle allait découvrir à quoi ressemblaient ses parents. Son cœur battait à tout rompre quand son regard se posa sur la photo.

Un couple souriant encadrait une jeune femme assise dans une chaise de jardin et, la jeune fille, c'était elle, aucun doute possible.

— Elle a été prise il y a quatre ans, en mai 2110, précisa Liana. C'était pour…

Mais son mari lui fit signe de se taire et elle s'interrompit, penaude.

Ce fut le visage de son père que Sam examina en premier. Hogg était un beau quinquagénaire, mais son sourire forcé n'effaçait pas les rides qui barraient son front et les cernes qui soulignaient ses grands yeux clairs. Malgré une carrure athlétique et une prestance indéniable, il semblait fatigué, usé par la vie.

Lorsque Sam dévia son regard pour contempler sa mère, elle s'arrêta de respirer. Elle lui ressemblait tellement ! De beaux cheveux d'ébène lâchés sur le dos faisaient ressortir la pureté de ses yeux mauves. Mauves !

Elle crut à nouveau qu'elle allait se sentir mal. Elle avait sous les yeux la preuve qu'elle était venue chercher. Maintenant, elle savait sans l'ombre d'un doute qu'elle était Avel Maury et que Hogg et Léa Maury étaient effectivement ses parents.

— Vous allez bien ? s'inquiéta Liana en jetant un regard courroucé à son mari. Albert, tu n'aurais pas dû sortir cette photo !

Mais Sam ne les entendit pas. Son regard venait de tomber sur un détail, un tout petit détail qui lui avait échappé au premier coup d'œil, mais qui lui explosait maintenant au visage avec la force d'une bombe antimatière.

« Oh non, ce n'est pas possible ! Dites-moi que ce n'est pas vrai ! » faillit-elle hurler. Pourtant aucun son ne sortit de sa bouche entrouverte. Elle ne respirait plus et ses yeux étaient comme pétrifiés, rivés sur le ventre d'Avel, le ventre bien rond d'une femme enceinte.

Elle eut l'impression que l'univers fragile qu'elle essayait de reconstruire depuis une semaine était en train de s'effriter, de tomber en morceaux dans un magma ardent qui la consumait tout entière.

— Mademoiselle Montas ? Ça va ? s'inquiéta Albert à son tour. Vous n'avez pas l'air dans votre assiette. C'est le gâteau qui passe pas ?

Sam leva ses yeux et le regarda, hébétée, comme si elle sortait d'un mauvais rêve.

— Je… enfin, Avel était enceinte ? murmura-t-elle.

— Oh, vous ne le saviez pas ? compatit Albert. Je comprends pourquoi vous semblez aussi choquée. Mais vous auriez vu la tête de ses parents, quand elle le leur a dit !

— C'est le jour de la photo qu'ils l'ont appris, précisa Liana. Ça faisait un moment qu'elle ne donnait plus aucun signe de vie, qu'elle batifolait je ne sais où avec son Treg, et, un beau jour, elle est arrivée la bouche en cœur, enceinte jusqu'aux dents. Vous vous rendez compte !

Sam se rendait surtout compte de ce qu'impliquait cette découverte pour elle.

— Là, on dirait qu'ils sont heureux, ajouta Albert. Mais, moi qui les connaissais bien, je peux vous dire que ça leur a fait un sacré choc !

— Ah, ça oui ! renchérit sa femme. Ils ne s'attendaient pas à être grands-parents aussi vite. Avel a accouché un mois après cette visite-surprise, le 26 juin 2110, plus précisément.

Sam les regardait, immobile et silencieuse. Enfin, d'une voix douce, elle demanda :

— Elle a eu un fils, ou une fille ?

— Un petit garçon ! lui annonça Liana. Ils l'ont appelé Anton et, à ce qu'il paraît, c'était le portrait craché de son père.

Sam se leva du canapé, comme une automate, la photo toujours dans la main. C'était comme si son cerveau s'était mis sur pause pour éviter d'être plus endommagé qu'il ne l'était déjà. Elle remercia machinalement les Calberston d'une voix éteinte, sans vraiment les voir. Le teint cireux, les yeux vides, elle se dirigea vers la porte tel un zombi.

— Vous nous quittez déjà ? s'étonna Albert.

— Vous ne voulez plus de gâteau ? enchaîna Liana.

Mais, déjà, Sam s'écroulait sur le sol, inconsciente.

16

— Ça y est, Albert ! Elle revient à elle ! s'écria Liana Calberston, encore tremblante. Vous allez mieux ? On a eu peur, vous savez. Albert, pose le microtel ! Plus la peine d'appeler une ambulance. Regarde, mademoiselle Montas est revenue à elle.

En proie à un terrible mal de tête, Sam réalisa avec stupeur qu'elle était allongée sur le canapé des Calberston. Albert se pencha au-dessus d'elle.

— Vous n'aviez pas l'air bien, vous étiez toute blanche, vous vous êtes levée et puis, boum ! vous vous êtes écroulée ! On vous a allongée ici le temps que vous repreniez vos esprits. Vous faites souvent ce genre de malaise ? Il faudrait peut-être consulter !

Un malaise ? De quoi parlaient-ils ?

Le cerveau de Sam pédala pour revenir en arrière. Les Calberston lui avaient parlé de ses parents, Hogg et Léa, de son mariage avec Treg et… Brusquement, elle se souvint. La photo ! La photo où elle était enceinte ! Elle avait eu un bébé, un petit garçon, Anton.

À nouveau, son cœur bondit dans sa poitrine comme sous l'effet d'un électrochoc. Elle sentit le sang palpiter à ses tempes et crut que sa tête allait à nouveau exploser. Elle chercha à se relever, mais Liana Calberston la retint gentiment.

— Vous devriez rester allongée encore un moment. Vous êtes si pâle !

Malgré l'émotion qui la submergeait à nouveau, Sam trouva la force de mentir.

— J'ai dû faire une crise d'hypoglycémie. Je n'ai pas mangé ce midi. Ne vous inquiétez pas, ça va aller, maintenant.

Elle s'assit et tenta péniblement de se lever du canapé. Elle n'avait qu'une envie, rentrer à l'hôtel le plus vite possible pour retrouver Éthan et lui confier l'incroyable découverte.

— Eh ! Tout doux, jeune fille ! grommela Albert. On ne va pas vous laisser partir comme ça. Dans votre état, vous êtes incapable de faire dix mètres. On va vous ramener chez vous. Vous habitez Raven ?

— Heu... non, Kotaris. Mais je suis descendue au Mériabel.

— Eh bien, vous avez les moyens ! ne put s'empêcher de remarquer Liana. Vous êtes neurochirurgienne aussi ?

— Liana ! se fâcha son époux. Qu'est-ce que ça peut bien te faire ! Ne l'embête donc pas avec ces questions indiscrètes. Allez, Inès, en route !

Les Calberston possédaient leur propre véhicule volant. Beaucoup plus petit qu'un vala, il était aussi moins puissant, mais sa petite taille lui conférait une maniabilité étonnante.

Sam s'installa sur la banquette arrière. Absorbée dans ses pensées, elle n'aperçut pas l'homme qui descendait l'avenue Khonsou. Sa casquette et ses lunettes en nanofibres de carbone en auraient fait un parfait touriste s'il n'y avait eu son long manteau noir, totalement incongru par cette chaleur.

— Eh ! T'as vu ce type, Albert ? se moqua Liana. Quand on a peur du soleil, on ne vient pas à Raven. Y a vraiment des gens bizarres, je te jure !

Elle ne pouvait pas savoir que la peau photosensible de l'albinos ne supportait pas le moindre rayon.

Le trajet dura peu de temps, mais Sam en profita pour demander aux Calberston s'ils avaient revu Avel depuis son accouchement, avec son bébé. Leur réponse fut négative. La dernière fois qu'ils avaient vu Avel, c'était le jour où la photo avait été prise. Quant à Anton, ils ne l'avaient jamais vu.

Devant les pylônes monumentaux de l'hôtel, Sam prit congé des Calberston en les remerciant à nouveau d'avoir pris la peine de la raccompagner jusque-là. Elle se hâta de traverser le hall bondé et s'engouffra dans l'ascenseur pour se rendre à sa chambre au 19e étage. Elle s'était promis de rejoindre Éthan à la piscine, mais c'était au-dessus de ses forces. Vu l'heure tardive, avec un peu de chance, il serait déjà dans la chambre à l'attendre.

Ce n'était pas le cas. Désemparée, elle s'assit sur le lit et, la tête entre les mains, essaya de faire le point. L'idée qu'elle avait eu un enfant et qu'elle ne s'en souvenait plus lui était intolérable. Quel âge avait-il, déjà ? Il était né en juin 2110. Il avait donc trois ans et demi.

Une rage sourde lui labourait les entrailles. Elle posa sa main sur son ventre, désespérément plat et vide, et fondit en larmes. Des questions sans réponse martelaient son cerveau fatigué et le torturaient comme une lame chauffée à blanc : son fils était-il toujours en vie ? Si oui, où était-il ? En sécurité avec ses parents ? Ou bien dans les griffes de David qui l'aurait enlevé ? Tout était possible.

Les larmes silencieuses qui inondaient ses joues la brûlaient comme de l'acide. Toutes les épreuves qu'elle avait traversées ces derniers jours n'étaient rien en comparaison avec ce qu'elle était en train de vivre. Un sentiment maternel qui lui était jusqu'alors inconnu l'envahit avec une intensité dramatique. Elle avait porté la vie, elle avait donné naissance à un petit garçon dont elle ignorait tout, dont elle ne se rappelait même plus l'existence.

C'était ça, le pire, ne pas se souvenir de son enfant, de sa propre chair. C'était plus douloureux que n'importe quelle blessure physique.

Elle essaya en vain de sonder le tréfonds de son âme, de se rappeler. « Anton, mon bébé, mon fils… » Mais rien, aucun souvenir, aucun visage. C'était toujours le vide oppressant qui résonnait dans sa mémoire violée.

Elle imagina alors un bambin au regard mauve, courant sur une plage. Il riait et la brise légère balayait ses mèches brunes. Anton s'approchait d'elle et souriait. Qu'il était beau ! Il posait sa main potelée sur la joue de Sam et la caressait lentement tout en murmurant : « Mam… mam… Reviens, mam ! »

Lorsqu'Éthan entra dans la chambre, il trouva Sam prostrée sur le lit. On aurait dit un zombi, le teint blême, les yeux rougis, pliée en deux, les bras croisés sur l'abdomen. Cette vision le terrifia. Il se demanda ce qu'elle avait découvert pour être dans un tel état. Inquiet, il s'accroupit devant elle.

— Sam ? Tu m'entends ? Sam ! Réponds-moi. Dis quelque chose !

Comme elle ne réagissait pas, il caressa son visage avec douceur.

— Sam… Sam… Reviens, Sam !

« Mam… mam… Reviens, mam ! » répéta la voix enfantine dans son esprit.

Quand Éthan serra ses mains, elle tressaillit et sortit de sa torpeur.

— Anton ? Où es-tu ? Anton ! s'écria-t-elle en se levant d'un bond, les yeux agrandis par la panique.

Éthan recula. Surpris, il saisit la jeune femme par les épaules pour la forcer à le regarder.

— Sam, à quoi tu joues ? Ça fait plus de deux heures et demie que tu es partie ! J'étais mort de trouille. Tu débarques d'on ne sait où aussi vive qu'un zombi et voilà que tu bondis comme une folle ! D'abord, c'est qui, ce Anton ?

Un peu secouée, Sam émergea de son état second. Son ami la fixait toujours, attendant une réponse. Celle qu'elle s'apprêtait à lui donner n'était sûrement pas celle qu'il attendait.

— C'est mon fils ! murmura-t-elle.

Comme s'il avait reçu un coup de poing, Éthan recula de trois pas, chancelant presque.

— Hein ? Ton…

— Oui. Anton est mon fils, répéta calmement Sam.

— C'est quoi, encore, ce délire ? Tu me fais marcher, c'est ça, hein ? Parce qu'on s'est engueulés, tu te venges !

Sam ferma les yeux. Elle aurait tant aimé que tout cela ne soit qu'une stupide plaisanterie, que cette photo n'ait jamais existé ! Elle s'avança vers la baie vitrée et plongea ses yeux clairs dans l'indigo de la mer.

— Non, Éthan, ce n'est pas une blague. J'ai rencontré les voisins de mes parents, les Calberston, et ils m'ont montré une photo de moi.

Elle fit une pause avant de poursuivre :

— Tiens, regarde, ils me l'ont donnée.

Il saisit la photo.

— Ce cliché a été pris en mai 2110 chez mes parents. Apparemment, j'étais en froid avec eux depuis mon mariage avec Treg qu'ils n'appréciaient pas vraiment. Ils ignoraient donc que j'attendais un enfant jusqu'à ce que je débarque ce jour-là. Un mois plus tard, le 26 juin, j'accouchais d'un petit garçon, Anton. Voilà, tu sais tout !

Mais Éthan secouait la tête.

— Non ! Ce n'est pas possible ! On a dû se tromper. Tu ressembles à cette fille, mais ce n'est pas toi !

— T'as de la merde dans les yeux, ou quoi ? s'énerva Sam en haussant le ton. C'est bien moi, là, sur la photo. J'avais les cheveux longs, d'accord, mais ça ne fait aucun doute. En plus, regarde ma mère, Léa. Je lui ressemble tellement !

— Oui, mais qui te dit que ce n'est pas un montage ? continua Éthan. Les voisins sont peut-être dans le coup ! Ils t'ont manipulée, comme Mémoris. Si ça se trouve, ils bossent aussi pour David.

— Arrête tes conneries, Éthan ! J'ai porté cet enfant, je le sais, maintenant, je le sens… Depuis que j'ai vu cette photo, c'est devenu une évidence pour moi, et une évidence douloureuse, crois-moi. Ça implique qu'il y a, quelque part dans le monde, un petit garçon d'à peine quatre ans qui attend sa maman.

Éthan semblait très perturbé. Il fit quelques pas et s'affala dans un fauteuil pour digérer la nouvelle. Sam soupira et vint s'accroupir devant lui. Elle savait qu'elle devait s'armer de patience. Après tout, elle avait mis plus de temps que lui pour se faire à cette idée, avec un malaise en prime. Mais elle savait aussi qu'il n'allait pas apprécier ce qu'elle s'apprêtait à lui annoncer.

— Éthan, j'étais déjà déterminée à découvrir mon passé pour me reconstruire. Mais maintenant je dois aussi retrouver mon fils. La mémoire qui me fait défaut, ce n'est plus pour moi que je veux la récupérer, mais pour lui, pour Anton. Cet enfant fait partie de mon passé, de ma vie, et je dois découvrir où il est. Tu comprends ?

Il acquiesça en hochant la tête. Sam osa poursuivre :

— Pour cela, j'ai besoin de l'aide de Nao. Je veux rentrer à Kotaris maintenant. Je t'en prie, prenons la première navette et rentrons.

Éthan la regarda en grimaçant et murmura, fataliste :

— Je savais que tu allais me demander ça !

Après de longues minutes passées à l'accueil de l'hôtel pour tenter d'expliquer que, en raison d'un malaise, mademoiselle Montas devait d'urgence rentrer à Kotaris pour des examens plus approfondis, la direction du Mériabel accepta finalement de déduire la nuit du samedi au dimanche, mais jugea impossible de rembourser intégralement le séjour, prétextant qu'on aurait dû les prévenir plus tôt. Éthan s'énerva et objecta qu'il était difficile de prévoir le moment où on va faire un malaise, mais l'employé, insensible à l'ironie de son client, exigea qu'il acquitte la facture.

Éthan jeta un regard courroucé à Sam et paya en serrant les dents. Une seule nuit dans cet hôtel valait une fortune et il était vexé de devoir payer sans même en avoir profité.

Le retour dans la navette spéciale de dix-neuf heures dix fut silencieux. L'ambiance était tendue et ni l'un ni l'autre ne fit un effort pour parler.

Plus angoissée que jamais et pressée d'arriver, Sam se rongeait les ongles. Son esprit avait depuis longtemps quitté Raven, sans remords ni déception. L'image de cet enfant abandonné qui attendait désespérément sa maman l'obsédait, l'empêchant de s'intéresser à quoi que ce fût d'autre.

Nao s'étonna de les voir de retour aussi vite, mais Sam fila dans sa chambre sans prononcer un seul mot. Éthan la regarda, surpris qu'elle ne se précipite pas pour interroger l'ordinateur, mais ne chercha pas à la retenir. Il était trop énervé. D'un pas décidé, il se dirigea vers la cuisine. Comme ses placards étaient vides et son frigo, désespérément désert, il décida de se commander une pizza par téléportation. Un simple clic sur la touche rouge du clavier mural de la cuisine et Nao sortit du mode veille pour valider sa commande.

En attendant son repas, le jeune homme vida le contenu d'une bouteille de vin déjà entamée en regrettant le grand cru qu'il n'aurait pas manqué de savourer s'il avait mangé dans le très chic restaurant du Mériabel, La Barque de Néfertiti. Il soupira, plein d'amertume.

Trois minutes plus tard, Nao l'avertit que sa pizza était arrivée dans le caisson. Il s'en découpait déjà une part lorsqu'une petite voix le ramena sur terre.

— Ça sent bon, ton truc. T'en aurais pas un petit bout pour moi ? fit timidement Sam.

Sa rancune s'évanouit devant le sourire triste de sa protégée.

— Évidemment, Sam. Tiens, vas-y, sers-toi.

Elle vint s'asseoir en face de lui et engouffra avec avidité une belle part. Éthan, qui ne la quittait pas des yeux, finit par sourire à son tour.

— Tu veux que j'en commande une autre ?

— C'est gentil, mais je crois que je t'ai coûté assez cher pour aujourd'hui. Je suis sincèrement désolée.

— Laisse tomber. J'ai plein de fric.

— Je sais, cela n'empêche pas que j'ai des remords. Je me faisais une telle joie d'aller à Raven, mais…

— Mais ? répéta Éthan.

— Tu comprends, quand j'ai découvert que j'avais eu un enfant, ça m'a bouleversée plus que je n'aurais jamais pu l'imaginer. Tu te rends compte qu'il y a dans ce monde un petit bout de moi qui attend sa maman ? Il n'a que trois ans et demi et il est peut-être en danger. Ça me rend malade rien que d'y penser. Je ne crois pas qu'il y ait pire souffrance pour une mère que d'ignorer où est son enfant. Ma priorité, c'est de le retrouver.

Éthan l'écoutait sans rien dire. Il semblait plus soucieux que jamais.

— Écoute, Sam, finit-il par dire, sur le chemin du retour,

j'ai eu le temps de réfléchir à ce qu'implique l'existence de cet enfant. Je comprends à quel point c'est important pour toi. Si ce bout de chou existe bel et bien, nous le retrouverons. Je te le promets.

— Oh, merci, Éthan ! Merci !

— Que dirais-tu d'aller interroger Nao ? fit-il en l'entraînant hors de la cuisine.

Hélas, au grand dam de Sam, tous les efforts de Nao furent vains, comme si le nom d'Anton Astelli avait disparu des milliards de fichiers qui formaient la plus gigantesque base de données du monde. Cet enfant n'avait ni acte de naissance, ni numéro de nanopuce, ni dossier génétique, ni inscription à l'école, ni dossier scolaire, ni rien qui trahît une visite médicale ou une inscription à une quelconque activité sportive. Pas non plus d'acte de décès ni d'enregistrement à la morgue. Les noms d'Anton Mori et d'Anton Maury ne donnaient rien non plus. Il n'existait aucune trace de cet enfant.

D'abord perplexe, puis inquiète, Sam était à présent catastrophée. Cette absence de données informatiques signifiait-elle que l'enfant n'avait jamais existé ? Ou au contraire, qu'on avait tout fait pour qu'il demeure introuvable ?

— Nao, est-ce que quelqu'un aurait pu délibérément effacer toutes ces informations ? chercha à savoir la jeune femme.

— *C'est techniquement possible, mais ce n'est pas à la portée du premier venu. Il faut être particulièrement doué pour accomplir une telle opération, parce qu'il faut braver tous les systèmes de sécurité des autorités. Si je peux me permettre, il doit s'agir de la même personne qui a effacé toutes les données te concernant.*

— Ça semble logique, fit Sam.

Éthan s'apprêtait à intervenir quand elle ajouta :

— Mais j'y pense, Nao, tu ne m'as pas dit que ma mère était informaticienne ? Pour qui travaillait-elle, déjà ?

— *Pour les Archives centrales de Raven. C'est une piste, en effet. Il n'est pas exclu que Léa Maury soit responsable de cette prouesse. Cela se tient d'autant plus que, travaillant pour cette institution, il lui était plus facile d'accéder aux données pour les trafiquer.*

— Mais pourquoi ta propre mère aurait-elle effacé toute trace de sa fille et de son petit-fils ? ne put s'empêcher de demander Éthan.

— Pour nous protéger. Pour ralentir, voire empêcher tous ceux qui me veulent du mal de nous atteindre, moi et mon enfant.

— Mouais ! Mais les voisins de tes parents ne t'ont pas dit que tu étais en froid avec eux ? S'ils n'appréciaient pas ton mari, ils ne devaient pas être ravis que tu sois enceinte.

— Hogg et Léa n'aimaient pas Treg, soit. Mais j'imagine que des parents restent toujours prêts à tout pour protéger leur enfant ou leur petit-fils. Apparemment, j'ai organisé leur fuite et il est tout à fait possible que je leur aie confié Anton par la même occasion. Oh, Éthan ! Si seulement Anton pouvait être en sécurité avec mes parents !

Il ne semblait pas partager son optimisme.

— Ne t'emballe pas trop, Sam ! Je ne veux pas te décevoir, mais tu n'as encore aucune preuve tangible que cet enfant a bel et bien existé.

Elle le regarda, choquée.

— Voyons... je n'ai pas fait de fausse-couche ! Les Calberston ont dit que j'avais eu un fils, Anton !

— Ils ont très bien pu mentir. Après tout, tu ne sais rien de ces gens-là. Peut-être sont-ils à la solde de l'AI.

— Mais tu oublies la photo !

— Les photos, ça se trafique !

— Dans quel but ? Quel intérêt aurait l'AI de me faire croire que j'ai eu un enfant ?

Éthan resta pensif quelques secondes.

— À ta place, je ferais les choses dans l'ordre. Avant de me chercher un fils, je chercherais à savoir si j'ai effectivement porté un bébé. Tu ne dois faire confiance à personne, Sam !

La jeune femme secoua la tête, perdue.

— Eh bien, moi, je suis certaine que ces braves gens m'ont dit la vérité. J'ai confiance en eux. Des gens qui m'offraient du gâteau au chocolat quand j'étais petite n'ont pas pu me mentir ! Cette photo n'a pas été retouchée, et je vais te le prouver. Nao, s'il te plaît, prends-moi un rendez-vous avec une gynécologue, demain à la première heure !

Éthan eut le souffle coupé. Il ne s'attendait pas à ce qu'elle le prenne au mot. Avant qu'il ait pu protester, Nao annonçait déjà :

— *Demain matin, samedi 20 janvier, Judith Farnier, gynécologue et obstétricienne, peut te recevoir à 11 heures précises dans son cabinet de la tour Europa, 195ᵉ étage. Je confirme le rendez-vous ?*

— Oui !

— Non ! s'interposa Éthan, hors de lui. Sam, tu es parfaitement inconsciente ?

— Quoi ? Tu veux une preuve que j'ai porté un enfant… Eh bien, tu vas l'avoir ! cria-t-elle en plantant Éthan là avec son ordinateur.

D'un bond, il la rattrapa dans les escaliers et la retourna brusquement.

— Tout ce que tu vas gagner en allant voir cette toubib, c'est de te faire repérer ! Que vas-tu répondre lorsqu'elle va te demander ton nom, ton dossier génétique et tes antécédents médicaux ? Elle risque de découvrir la supercherie et de te dénoncer à l'AI.

Sam, qui n'avait pas pensé à tout ça, resta un moment sans voix. Devant le désarroi de la jeune femme, Éthan se radoucit et chercha une solution.

— Écoute, si tu veux, j'ai un ami médecin. Il vit au nord, dans la tour Carthage. Il n'est pas vraiment gynécologue, mais je sais qu'il a mis au monde plusieurs enfants. Il pourra certainement répondre à ta question. Ça te convient ?

Elle sembla hésiter et hocha finalement la tête.

Éthan lui fit signe de venir se blottir contre elle et elle nicha son visage dans son cou. De respirer son parfum, de sentir sa peau douce et chaude était chaque fois un réconfort. Elle se sentait protégée et apaisée par les battements réguliers de son cœur. Éthan était vraiment devenu l'élément central de sa vie, son moteur, son énergie, son tranquillisant aussi. Certes, il avait parfois le don de poser les questions qui dérangent ou qui font mal, mais ces déclics la poussaient à se remettre sans cesse en question et à rebondir de plus belle. Surtout, il avait des solutions à tous les problèmes. Grâce à lui, elle aurait la confirmation qu'elle avait bien porté un enfant.

Une fois de plus, elle ressentit pour lui une bouffée de reconnaissance sans borne. Lentement, elle parcourut de baisers la peau de son amant. Émoustillé par cette soudaine démonstration d'affection, il ne résista pas à la tentation. Il la souleva pour la porter jusqu'à son lit et fila dans sa salle de bain. Quand il réapparut, une serviette autour de la taille, Sam admira sa carrure d'athlète et ses muscles saillants.

— Je te trouve très beau ! le complimenta-t-elle.

Elle caressait des yeux le torse viril quand quelque chose attira son attention.

— Oh ! Approche un peu ! Tu as un truc bizarre, juste là !

Éthan fronça les sourcils et baissa la tête pour observer l'endroit qu'indiquait le doigt de Sam. Une tache blanche était apparue sur sa peau sombre, juste au-dessous du nombril. Il ouvrit des yeux affolés.

— C'est quoi ? s'inquiéta Sam.

— Heu... j'en sais rien ! Mais ça va certainement partir

tout seul. Pas la peine de s'inquiéter pour si peu! bafouilla-t-il en essayant de cacher ce petit rond de peau claire avec sa serviette.

Rapidement, il se glissa dans les draps encore tièdes et éteignit la lumière. Perplexe, Sam n'osa toutefois rien ajouter. Elle aurait juré qu'elle avait lu de la panique dans les yeux noirs de son amant, comme si cette découverte avait cassé son élan, Éthan ne lui fit pas l'amour cette nuit-là.

Un silence lourd et profond s'abattit sur la chambre. Seul le souffle régulier d'Éthan indiquait encore sa présence. Dormait-il déjà, ou faisait-il seulement semblant?

Sam se retourna de son côté du lit, prête à plonger dans un sommeil réparateur. Après cette pénible journée, elle avait bien mérité un peu de repos. Mais, au moment où son esprit allait décoller pour s'envoler vers les rivages de l'inconscient, un visage d'enfant d'une saisissante précision lui apparut.

Instinctivement, elle serra plus fort les paupières, comme pour empêcher cette vision de s'évader. L'adorable bambin aux cheveux châtains feuilletait un livre. Il leva ses yeux clairs vers elle et la fixa avec insistance. Elle lui sourit et l'enfant lui rendit aussitôt son sourire. Rassuré, il se replongea dans sa lecture. Sam était certaine qu'il s'agissait de son fils. Il ressemblait tellement à Treg!

Le souvenir se dissipa, non sans laisser derrière lui une nouvelle vague de questions sur le passé qui refaisait surface à des moments inattendus. Avaient-ils été heureux ensemble, avant que ne se déclare la tempête qui avait fait chavirer leur navire? Sam avait envie ou besoin de se persuader qu'il y avait eu un temps où sa petite famille nageait dans le bonheur. Mais quel naufrage avait eu lieu! Un papa qui s'était donné la mort en tuant des dizaines d'enfants, une maman amnésique poursuivie par la garde noire et un bambin introuvable dont il ne restait aucune trace. Un véritable marasme!

Soudain, un doute terrifiant l'assaillit. Et si Éthan avait raison ! Si cet enfant n'avait jamais existé ! Si tout n'était qu'un coup monté, une cruelle machination ! Si on était allé jusqu'à insérer dans son cerveau les images de l'enfant d'une autre pour qu'elle se l'approprie !

Pourtant, les Calberston semblaient tellement sincères et honnêtes ! David les aurait-il payés pour jouer un rôle ? Difficile à croire et pourtant, comme le répétait si souvent Éthan, il ne fallait faire confiance à personne.

Mais dans quel but aurait-on agi ainsi ? Quel intérêt David ou Mémoris auraient-ils eu à lui faire croire qu'elle avait eu un enfant ? Pur sadisme, torture psychologique ou un plan machiavélique qui lui échappait encore ?

Elle n'aurait été qu'à moitié surprise d'apprendre bientôt par les médias que l'AI détenait son pseudo-fils et qu'elle devait se rendre au plus vite si elle ne voulait pas qu'il lui soit fait de mal. Cela se tenait, après tout.

Elle ne savait absolument plus où elle en était, mais si, dans quelques jours, Mémoris la sommait de se rendre pour récupérer son fils, elle y réfléchirait à deux fois avant de foncer tête baissée dans ce nouveau piège.

Tout compte fait, Éthan était beaucoup moins impulsif qu'elle. Plus pragmatique et posé, il prenait le temps de réfléchir, d'envisager toutes les hypothèses avant d'agir, et aucun sentiment maternel ne venait fausser son jugement. En l'empêchant de s'enflammer pour un fils qu'elle n'avait peut-être jamais eu, il cherchait simplement à atténuer la douleur d'une nouvelle déception. Heureusement qu'il était là !

Elle se retourna dans ses draps moites, incapable de trouver le sommeil. De penser qu'on la manipulait peut-être la rendait littéralement folle. Mais si, après tout, c'était la vérité ! Si Anton était bien son fils !

Elle réalisa qu'inconsciemment elle ne voulait pas croire

à la thèse d'un complot. Ça ne tenait pas la route. Trop compliqué, trop bancal, trop aléatoire. Une part d'elle-même avait viscéralement envie de croire à l'existence d'Anton. Elle voulait avoir créé la vie, avoir vu son ventre s'arrondir au fil des mois, avoir donné naissance à un enfant. Elle voulait qu'il y ait sur terre un être qui soit une partie d'elle. Même si d'imaginer ce petit garçon loin d'elle la rendait malade, elle trouvait cela démesurément motivant de se découvrir un fils. Depuis son réveil sur *Samildria*, elle n'avait vécu que pour elle, cherchant à se reconstruire de façon très égoïste, mais Anton symbolisait une nouvelle voie dans sa quête d'identité. Il était une vraie raison de vivre, de se battre jusqu'au bout, et peut-être qu'en le retrouvant elle retrouverait également d'autres bribes de souvenirs. C'était pour toutes ces raisons qu'elle ressentait un besoin presque organique de croire en l'existence d'Anton.

Enfin apaisée, elle ferma les yeux et plongea dans un sommeil lourd et sans rêves.

La tour Carthage se trouvait au nord de Kotaris, dans un quartier agréable aux tours moins agressives et moins gigantesques que celles du centre-ville. Par la vitre du vala, Sam contemplait la titanesque métropole qu'elle survolait sous l'œil inquiet d'Éthan, qui avait absolument tenu à l'accompagner. Il lui avait suffi d'un coup de microtel, le matin même, pour mettre au courant son ami médecin. Celui-ci avait immédiatement accepté de lui rendre ce service et lui avait proposé de venir sans délai.

Sam admirait la ville. Entre les terrasses artificielles, les ponts intertours, les routes aériennes, les squares et les places suspendues, toute la vie de la cité se déroulait dans les hauteurs. Elle se demanda à quoi ressemblaient les rues de Kotaris. Car, même si les vingt premiers étages avaient été noyés dans le béton, il devait bien exister quand même des rues, aux pieds des énormes tours. Qu'y trouvait-on ? Y avait-il des magasins ou des jardins comme à Raven ? Qui pouvait bien vivre là ?

— Je peux te poser une question ? finit-elle par demander.

Comme Éthan acquiesçait d'un hochement de tête, elle poursuivit :

— Es-tu déjà descendu dans les rues de Kotaris ?

— Les rues ? s'esclaffa-t-il. Tu veux dire, en bas ? Bien sûr que non ! Je n'ai jamais eu l'occasion de descendre jusque-là et je ne connais personne qui l'a fait. J'imagine qu'il faut une bonne dose d'inconscience ou une tendance suicidaire pour y aller. Tu vois, c'est révélateur. Ici, on ne parle pas de rues, mais de niveau zéro, comme zéro soleil, zéro lumière, zéro vie. Les tours sont tellement hautes que le sol de Kotaris est constamment plongé dans l'ombre et personne n'est censé s'y trouver. De toute façon, l'AI a interdit à quiconque de traîner là : *Règle n° 5*, dont la transgression est passible de la peine de mort. Application immédiate et sans sommation. Article n° 14 du CUK.

— Du quoi ? s'écria Sam en riant.

— Ne rigole pas ! C'est le très sérieux Code urbain de Kotaris. Il contient près de trois cents articles et nul n'est censé ignorer la loi. Si tu avais envie de faire du tourisme dans cette zone, je te le déconseille donc vivement !

Elle n'insista pas et changea de sujet.

— À quel étage se trouve le cabinet de ton ami ?

— Heu, à vrai dire, je n'appellerais pas vraiment ça un cabinet, mais plutôt un local !

— Comment ça, un local ? s'indigna Sam en écarquillant les yeux. Essayerais-tu de me faire comprendre que ce type n'est pas vraiment médecin ?

— Si, si, il est médecin ! Mais il n'exerce plus de façon... officielle, avoua Éthan en se mordant la lèvre inférieure.

Il songea un moment à couper court, mais, comme Sam fronçait les sourcils, il jugea préférable de s'expliquer pour éviter toute réaction excessive de sa part.

— Pour tout t'avouer, il a été radié de l'Ordre international des médecins et il a décidé de mettre ses connaissances au service des parias de notre société. Il travaille au 17e, en zone rouge, donc, et il s'est fait une jolie clientèle de criminels, de sans-puce, de misérables qui vivotent dans les basses sphères de notre cité.

— Oh, je vois ! s'écria Sam, furieuse. C'est ce type qui va vérifier si j'ai eu ou non un bébé !

— Certes, ce n'est pas l'idéal, mais lui, au moins, il ne te dénoncera pas à l'AI.

Sam croisa les bras, le visage fermé.

— Je peux au moins savoir pourquoi il a été radié ?

— Je ne me suis jamais permis de le lui demander, répondit Éthan, acerbe.

— *Destination atteinte,* fit la voix artificielle du vala. *Tour Carthage. Prix de la course : 8,25 eullards.*

La terrasse miteuse où s'était posé le vala en disait long sur l'état de délabrement de la tour. L'endroit n'était même pas sécurisé par des balustrades. À coup sûr, une chute d'une telle hauteur ne pardonnait pas. Sam risqua néanmoins un coup d'œil vers le bas, espérant apercevoir une rue éventuelle, mais l'obscurité qui les enveloppait déjà à ce niveau était encore plus épaisse dans les profondeurs de la ville. Éthan se dirigea vers l'entrée de la tour tout en évitant les détritus qui jonchaient le sol, en provenance des étages supérieurs. Sam suivit sans broncher en ravalant son amertume.

Éthan pressa un bouton près de l'entrée ; la porte s'ouvrit instantanément. Aucun système de sécurité ne protégeait la tour d'éventuels intrus. Chacun était libre d'entrer et de sortir sans avoir à s'identifier. Ils pénétrèrent dans un hall miteux aux murs fissurés et gorgés d'humidité.

— Ils n'ont pas bétonné l'intérieur de la tour comme dans la plupart des édifices du centre-ville, précisa Éthan, en entraînant son amie dans le dédale de couloirs. On peut donc accéder aux étages inférieurs en empruntant les anciens escaliers. Par contre, fais gaffe, c'est hyper-glissant, à cause d'une canalisation d'eau qui s'est rompue en début de semaine.

— Comment tu sais ça ? rétorqua Sam sèchement.

— Où crois-tu que j'ai trouvé ta micropuce ! s'énerva Éthan. C'est ici que vit Hike, celui qui m'a refilé ta puce. Tu vois, c'est parfois bien utile de connaître du monde dans les étages inférieurs. Arrête de faire cette tête-là et essaie de te montrer un peu plus coopérative avec Lulu.

— Avec qui ? faillit s'étrangler Sam.

Lulu, comme il se faisait appeler, avait monté un petit local médical qui servait de point de chute à toute l'infrapopulation dont la capitale niait toujours l'existence. Parce qu'il ne posait jamais de questions indiscrètes et qu'il se contentait de soigner, de recoudre, d'amputer ou de mettre au monde avec sérieux et professionnalisme, il jouissait d'une solide réputation dans ce monde interlope. Autre avantage de faire affaire avec lui, il acceptait tous les modes de paiement.

Contre toute attente, lui ne se déplaisait pas en ces lieux. Il menait une petite vie tranquille au rythme des urgences depuis bientôt treize ans et aucun de ses clients ne lui avait jamais demandé de comptes sur ses erreurs du passé. Là, chacun portait son lot d'erreurs ou d'horreurs et on appréciait Lulu pour ce qu'il faisait, non pour ce qu'il était. Certes, il vivotait, loin des fastes et de la renommée qu'il avait connus, mais au moins il était toujours en vie.

Le bonhomme, la cinquantaine bedonnante, les accueillit avec le sourire. Apparemment, Éthan le connaissait bien, et les deux hommes semblèrent heureux de se revoir. Mais Sam, qui ne partageait pas leur bonne humeur, frissonna de dégoût en apercevant les auréoles de sueur qui tachaient la chemise à carreaux du prétendu médecin. Elle resta dans l'encadrement de la porte et laissa Éthan expliquer ce qui les amenait. Sans s'encombrer de détours inutiles, son ami alla à l'essentiel en évitant les détails trop personnels.

— Lulu, voici Sam, l'amie dont je t'ai parlé au microtel. Elle souffre d'amnésie et souhaiterait savoir si elle a eu un enfant. Tu peux vérifier ça ?

Le regard appréciateur de Lulu n'échappa pas à la jeune femme qui faillit s'enfuir en courant et renoncer à savoir. Il ne devait pas compter beaucoup de jolies blondes parmi ses clientes. Elle réprima un haut-le-cœur lorsque Lulu s'approcha d'elle, la main tendue, une grosse main potelée et graisseuse. Une main à vomir.

— Enchanté, ma p'tite dame !

Elle recula d'un pas en laissant l'énorme paluche ballante. Mais Lulu ne se démonta pas et prolongea son geste jusqu'à ses cheveux gominés, luisants comme l'asphalte un jour de pluie. Il adressa un clin d'œil égrillard à Éthan.

— Dis donc, bien gaulée, ta copine, mais pas très causante !

— Éthan, on s'en va ! le coupa brusquement Sam.

Le jeune homme eut alors une réaction inimaginable. Il lui attrapa la main et la tira énergiquement vers le centre de la pièce, tout en claquant la porte derrière elle d'un coup de pied efficace.

— Maintenant, ça suffit, les caprices ! s'écria-t-il, furieux. Tu m'as fait une comédie pour que je t'aide à savoir si tu l'as eu, ce putain de gosse. Là, tu cesses de faire ta mijaurée et tu laisses Lulu faire son boulot ! Compris ?

Elle fut tellement abasourdie par la brutalité soudaine de son ami qu'elle en resta sans voix. Éthan ne s'était jamais comporté ainsi. Elle brûlait d'envie de lui coller une baffe, mais elle comprit à son regard glacial qu'il la lui aurait aussitôt rendue. Dans une tension palpable, ils restèrent quelques secondes à se toiser.

— Hum, hum ! fit Lulu, mal à l'aise. Venez avec moi, mam'selle, dans la pièce à côté, on sera plus tranquilles. Je vous promets de faire vite.

Les larmes au bord des yeux, Sam jeta un regard noir à Éthan avant de se retourner pour suivre le médecin. Elle claqua la porte dans son dos.

Une fois seul avec sa patiente, Lulu changea radicalement d'attitude. Il lui adressa un petit sourire et fit un geste de la tête pour indiquer la pièce où était resté Éthan.

— Vous en faites pas, il ne pensait pas ce qu'il a dit, au sujet du bébé. J'le connais bien ; il s'énerve vite, mais il est pas méchant, vous savez. Bon, ben, vous allez vous déshabiller. Va bien falloir que je vous examine !

Son côté lubrique avait disparu. Il semblait au contraire plein de compassion et presque mal à l'aise devant la sublime jeune femme.

Elle aussi était mal à l'aise, mais pas pour les mêmes raisons. De devoir se dévêtir devant un homme qu'elle ne connaissait pas était un vrai calvaire. Mais elle n'avait pas le choix ; son destin était entre les mains peu ragoûtantes de cet inconnu. Elle défit rapidement son pantalon et prit sa respiration avant d'ôter son slip. Elle frissonna lorsque Lulu posa ses yeux sur elle, mais elle fut surprise de constater qu'il semblait encore plus gêné qu'elle. Il détourna la tête et alla jusqu'au petit lavabo se laver les mains. « Ouf ! » soupira Sam en silence.

Comme pour briser le silence pesant, elle entama la conversation.

— Pourquoi avez-vous dit qu'Éthan s'énerve vite ? Moi,

c'est la première fois que je le vois se mettre dans un état pareil. Il est plutôt zen, d'habitude, mais quoi de plus normal pour un sophrologue ?

— Pour un quoi ? demanda Lulu en essuyant ses mains sur un chiffon.

— Pour un… Éthan est bien sophrologue, n'est-ce pas ?

Le sourire de Lulu disparut aussitôt et il se racla la gorge.

— Oh oui, bien sûr qu'il est sophrologue. Je n'avais pas bien entendu, c'est tout. Bon, installez-vous là, mam'selle.

Sam trouva la réaction du médecin étrange et elle se promit de découvrir la vérité plus tard. Fébrilement, elle s'allongea sur la table d'auscultation et ferma les yeux. Elle se sentait tellement vulnérable ! Au claquement sec d'un gant qu'on enfile, elle comprit qu'il restait un soupçon de professionnalisme à ce médecin déchu. Mais, quand elle sentit la main fouiller son intimité, elle faillit hurler et se dégager d'un mouvement brusque. Mais c'était elle qui l'avait voulu. Il fallait qu'elle assume jusqu'au bout. Surmontant sa honte, elle se crispa, les poings serrés à s'en faire saigner.

Heureusement, l'examen fut très rapide. Lulu n'avait pas menti.

— Vous pouvez vous rhabiller, fit-il en ôtant le gant souillé.

— Alors ? s'empressa de demander Sam en sautant sur ses vêtements pour cacher sa nudité.

— L'examen gynécologique révèle que votre col est mou et légèrement relâché. Quant à votre vagin, il a été élargi, probablement par le passage d'un bébé. Tout porte à croire que vous avez bien été enceinte.

Le cœur de Sam fit un bond dans sa poitrine. Elle chancela, partagée entre le bonheur d'être mère et l'angoisse de ne pas savoir où se trouvait son enfant.

— C'est donc vrai, murmura-t-elle, j'ai bien eu un bébé.

Le gros toubib toussota, visiblement gêné.

— Hum... J'ai pas dit ça, mam'selle. J'ai dit que vous avez bien été enceinte, et que vous avez vraisemblablement accouché, mais rien ne nous indique si l'enfant est né à terme et s'il était viable. Vous comprenez ? Je ne voudrais pas que vous vous fassiez d'illusions.

Elle hocha la tête, à deux doigts de craquer. En proie à un terrible malaise, elle finit de se rhabiller et se dirigea vers la porte. Mais, avant qu'elle ne tourne la poignée, Lulu la retint par le bras.

— Vous êtes une fille bien. Faites gaffe à vous ! Je veux dire... si jamais Éthan se montre à nouveau violent, n'hésitez pas à venir me voir. Je vous aiderai. D'accord ?

Elle lui décocha un regard surpris, mais, avant qu'elle ait eu le temps de demander au médecin d'en dire plus, il avait déjà ouvert la porte et changé d'expression.

— Eh ben ! mon salaud, tu dois pas t'ennuyer, avec une nana pareille ! s'exclama-t-il en adressant à Éthan un sourire égrillard.

Sam ne s'offusqua pas. Elle avait compris que Lulu adoptait un comportement tout à fait différent en présence d'Éthan. Il jouait au macho, alors que, dans l'intimité, il avait su se montrer compréhensif et avait même fait preuve d'une certaine délicatesse.

La question était de savoir pourquoi ? Jouait-il ce rôle devant tous les hommes pour les mettre dans la poche, ou seulement avec Éthan ? Et pourquoi lui avait-il dit de faire attention ? Pourquoi avait-il hésité à confirmer la profession d'Éthan ? Que savait-il qu'elle ignorait ?

Comme Éthan souriait, Sam le foudroya du regard. Elle ouvrit brusquement la porte du cabinet et fila dehors sans l'attendre.

17

Le voyage de retour fut des plus tendus. Dans le vala, Sam et Éthan n'échangèrent pas un seul mot.

Éthan gardait les yeux clos, mais les mêmes images s'imposaient en boucle à son esprit, à savoir l'expression de Sam, empreinte de peur et d'incompréhension quand il l'avait tirée par le bras, son regard noir quand elle avait suivi Lulu, l'attente dans l'angoisse, le retour de Sam, le visage défait, et la colère qu'il avait lue dans ses yeux glacés lorsqu'il avait fait le geste de la prendre dans ses bras.

Il n'avait rien demandé au médecin. Il s'était contenté de lui remettre un paquet enveloppé de papier kraft bien ficelé avant de rejoindre Sam.

Au fond de lui, il regrettait de s'être emporté. Pourquoi n'avait-il pas été capable de se maîtriser ? Il allait devoir faire profil bas pour se faire pardonner. Mais Sam excuserait-elle jamais son accès de violence ? Il se dit qu'à l'avenir il veillerait à ce que ce genre d'incident ne se reproduise pas, sinon il risquait de perdre la jeune femme définitivement. Et ça, ça ne pouvait être envisagé.

Sam, quant à elle, était trop absorbée dans ses pensées, confuses et enchevêtrées, pour se préoccuper des états d'âme d'Éthan. Une partie d'elle se réjouissait d'avoir eu la confirmation qu'elle attendait avec impatience. Elle avait bien été enceinte, ce qui signifiait que la photo que lui avaient donnée les Calberston n'était pas truquée. Il s'agissait d'elle et du petit Anton, niché au creux de son ventre distendu. Cependant, une petite voix revenait sans cesse l'alerter. Pourquoi Lulu avait-il émis des réserves en parlant d'enfant né à terme, d'enfant viable ? Bien sûr qu'elle avait donné naissance à un bébé sain et vigoureux, puisque son fils était né le 26 juin 2110. En outre, on ne donne pas un prénom à un bébé mort-né.

Pourtant, un doute s'empara d'elle. Si tout cela était faux ? Si Anton n'avait jamais existé ? Après tout, les Calberston ne l'avaient pas vu. Personne ne l'avait vu, ce bébé, pas une seule photo ne prouvait qu'il était effectivement né. Ce n'était peut-être qu'une machination, comme tout le reste.

Le visage du petit garçon sur la plage lui revint en tête, comme si son cerveau abîmé essayait de la persuader que son fils l'attendait quelque part. À moins bien sûr qu'il ne s'agît de faux souvenirs implantés artificiellement. Comment savoir lorsqu'on se sait prise au piège d'une effroyable machination qui vous submerge ?

Mais s'il n'y avait eu que ça ! L'attitude de Lulu vis-à-vis d'Éthan avait éveillé ses soupçons. Pourquoi l'avait-il mise en garde ? Pourquoi lui avait-il proposé son aide de façon aussi insistante ? Son amant pouvait-il se révéler dangereux ? Était-elle en sécurité, avec lui ?

Son cœur se comprima douloureusement dans sa poitrine. Elle commençait à douter d'Éthan. Son brusque accès de violence lui indiquait qu'il restait des facettes de sa personnalité dont elle ignorait absolument tout. L'autre soir, dans l'escalier, il lui avait saisi le bras avec brutalité, mais là, non seulement il lui avait fait mal au poignet, il avait aussi prononcé des mots d'une méchanceté inouïe : caprices, putain de gosse, mijaurée. C'était dur, et ça lui ressemblait si peu, à lui, si prévenant, si compréhensif, si amoureux ! Comment avait-il pu lui dire de telles horreurs ? Pensait-il vraiment ce qu'il proférait, ou devait-elle en imputer la faute à un accès de colère qu'elle avait provoquée ?

Elle refoula ses larmes. À l'appartement, il allait sûrement s'excuser ; comme l'autre soir, il se trouverait d'excellentes raisons, mais Sam ne serait plus dupe. Quelque chose s'était brisé entre eux. Elle n'avait plus confiance, plus entièrement du moins. Il lui cachait quelque chose et elle finirait bien par découvrir quoi !

Elle se jura même intérieurement qu'au moindre comportement suspect, au prochain accès de violence, elle irait voir Lulu, ne fût-ce que pour lui tirer les vers du nez.

Lorsque le vala les déposa sur la plateforme de la tour Soraya, malgré les doutes qui l'assaillaient – et ils n'avaient jamais été aussi nombreux – Sam avait puisé en elle une force nouvelle. Elle venait de prendre une grave décision. Elle allait retourner voir les Calberston pour en savoir plus au sujet d'Avel et de ses parents. Mais seule, cette fois. Il ne lui restait qu'à convaincre Éthan de la laisser partir ou à jouer dans la même cour que lui en attendant d'inventer un gros mensonge.

Éthan frappa à la cloison de verre qui séparait la serre exotique de la chambre de Sam et passa sa tête dans l'embrasure.

— Je peux entrer ? demanda-t-il d'une voix douce. Je crois qu'il faut qu'on parle.

La jeune femme avait ôté perruque et lentilles et était assise sur son lit. Elle ne souriait pas et ses yeux brillaient d'un éclat dur, comme deux améthystes. Sa beauté brute intimida un instant Éthan, qui vint néanmoins s'asseoir à ses côtés.

— Je suis désolé de m'être comporté de façon aussi stupide, commença-t-il. J'ignore ce qui m'a pris. Je n'aurais jamais dû te forcer à aller voir Lulu. Ces temps-ci, j'ai du mal à évacuer le stress causé par les récents événements. Ton arrivée dans ma vie a bousculé pas mal de choses et chaque jour qui passe apporte son lot de surprises et d'imprévus. Tu sais, je me sens différent, un peu perturbé, souvent angoissé, mais je suis toujours aussi dingue de toi, et c'est bien là le problème, car je n'envisage plus du tout ma vie sans toi. J'ai de plus en plus peur de te perdre.

— De me perdre ? siffla Sam sans se départir de son air glacial.

— Oui, c'est bête, mais j'ai l'impression que cet enfant que tu as eu va… comment dire… me remplacer dans ton cœur. C'est un peu comme si tu avais à présent un autre homme dans ta vie.

Furieuse, elle se leva d'un bond.

— Je vois que Lulu t'a mis au courant ! Génial ! Apparemment, le secret professionnel ne fait pas partie des nombreuses qualités de ton médecin d'élite ! Soit, j'ai bien eu un enfant, mais laisse-moi te dire que tu n'as aucune excuse valable pour avoir réagi comme tu l'as fait. Ton comportement était injustifiable et je ne suis pas prête de l'oublier. Maintenant, si tu veux bien t'en aller, il faut que j'aille prendre une douche. Je souhaite éliminer toute trace des mains de Lulu sur mon corps, mais tu ne vois certainement pas de quoi je veux parler. Encore un caprice de mijaurée !

Éthan ne sut quoi répondre. Il restait planté sur le lit quand Sam se retourna pour ajouter :

— Tu as tout de même raison sur un point. Si Anton existe, je ferai tout pour le retrouver, car l'amour d'une mère pour son enfant ne peut souffrir aucune limite, contrairement à ce qu'une femme ressent pour un homme.

Piqué au vif, il rétorqua :

— Parce que, pour toi, je ne suis qu'un homme ?

— Tu m'as bien présentée à Lulu comme étant une simple amie ! Juste retour des choses, non ? De plus, tu n'as eu aucun scrupule à le laisser fouiller mon intimité avec ses grosses pattes dégoûtantes. La plus belle preuve d'amour que tu aurais pu me donner, ça aurait été de lui interdire de me toucher, même de me regarder. Tu es lamentablement passé à côté !

N'ayant plus rien à ajouter, elle disparut dans la salle de bain et verrouilla la porte derrière elle. Elle venait de prendre une deuxième décision. Éthan ne la toucherait plus tant qu'elle n'aurait pas percé à jour ses petits secrets.

Lorsqu'elle quitta la douche dans un flot de vapeur chaude, elle se sentait déjà mieux. Elle jeta un coup d'œil vers la porte de la salle de bain, toujours verrouillée, et, rassurée, se dirigea vers le distributeur de serviettes. Le contact à la fois doux et tiède du linge absorbant qu'elle enroula autour de son corps humide la transporta d'aise. Elle se sentait prête à affronter les nouvelles épreuves que son passé ne manquerait pas de lui faire subir dans un futur proche. Mais, maintenant, elle allait reprendre les choses en main et anticiper les événements pour se préserver et limiter les éventuels dommages collatéraux.

Elle se tourna vers le miroir holographique et sourit à son reflet.

Ses courts cheveux noirs avaient encore poussé pour recouvrir la totalité de son crâne et elle se trouvait plutôt jolie. Elle jugea que c'était un bon présage ; c'était le signe qu'elle commençait à s'accepter. Ce qu'elle préférait, chez elle, c'était la couleur de ses yeux. Même s'il était encore trop tôt, bientôt elle se sentirait prête à abandonner le nom de Sam pour adopter celui d'Avel. Elle se demanda si, ce jour-là, elle aurait encore besoin d'Éthan.

Toutefois, même si ses sentiments à son égard flottaient dans une totale confusion, elle savait qu'elle ne pouvait pas encore se passer de lui. Elle avait besoin de sa complicité, de son silence, de son appartement et… de son argent. Car, sans argent, pas de vala, pas de navette et, forcément, pas de Raven.

Le défi, c'était de trouver une astuce pour qu'Éthan accepte de lui confier une carte bancaire. Si elle persévérait à lui faire la tête, elle n'obtiendrait rien de lui.

La journée était déjà bien avancée quand elle quitta sa chambre, prête à faire la paix pour obtenir son laissez-passer pour Raven. Vêtue d'un t-shirt blanc et d'une jupe légère, elle se dirigea vers la cuisine en espérant y trouver Éthan. Comme il n'était pas là, elle gravit les marches de l'escalier translucide et chercha le jeune homme du regard. Mais il n'était ni dans sa chambre, ni dans sa salle de bain, ni dans son jardin zen.

Sam s'approcha alors de l'ordinateur, toujours posé sur le bureau.

— Excuse-moi d'interrompre ta sieste, Nao, mais pourrais-tu me dire où est Éthan ?

— *Aucune idée,* rétorqua la voix de synthèse. *C'est avec toi qu'il vit, pas avec moi. Je ne suis qu'une machine et Éthan n'est pas tenu de me mettre au courant de ses faits et gestes.*

Sam resta perplexe. Elle aurait dû s'habituer aux sautes d'humeur de l'ordinateur quantique, mais elle trouvait sa jalousie tellement déplacée et déconcertante qu'elle décida de faire comme si de rien était.

— C'est vrai, mais peux-tu au moins me dire à quelle heure il est sorti ? Tu es forcément au courant, puisque c'est toi qui gères l'ouverture de la porte d'entrée.

— *Éthan a quitté l'appartement à quinze heures douze*, rétorqua Nao, comme à contrecœur. *Il n'a pas précisé où il se rendait ni quand il serait de retour. Il n'a spécifié qu'une seule chose...*

— Quoi ? s'impatienta Sam.

— *Que tu ne dois pas sortir d'ici. Il a été formel, interdiction absolue pour moi de te laisser sortir de l'appartement. C'est amusant. Pour un peu, on croirait presque qu'il te retient prisonnière.*

— Eh bien, je suis heureuse de voir que cette situation t'amuse ! répliqua Sam, vexée du ton ironique qu'avait pris la machine. Mais ça ne m'étonne pas, tu ne m'as jamais appréciée. Tu es jalouse parce qu'Éthan est amoureux de moi !

Elle regretta aussitôt ses paroles. La réponse de Nao ne se fit pas attendre.

— *Oh ? C'est vraiment ce que tu crois ? Tu sais, Sam, ne le prends pas mal, surtout, mais je ne suis qu'une machine. Et je n'ai pas été élaborée dans le but d'apprécier ou non les humains qui m'utilisent. Je plaisantais, c'est tout. Apparemment, l'humour n'est pas ton point fort !*

— C'est sûrement parce que tu n'as pas encore bien saisi ce que les humains appellent de l'humour. Et je doute que tu y parviennes un jour !

— *Tu es tellement paradoxale, ma pauvre Sam ! Cela ne te dérange pas de me prêter des sentiments amoureux, mais tu t'offusques lorsque j'ose plaisanter. Tout cela n'est pas très logique !*

Sam dut admettre que Nao marquait un point.

— Soit, mais soyons logique jusqu'au bout, alors ! Si tu es capable d'humour, qu'est-ce qui t'empêche de ressentir des émotions ? Même les animaux les plus primitifs ne sont pas dénués de sentiments et, vu ton intelligence, tu dois être largement au-dessus, non ?

— *Mon intelligence est artificielle, ne l'oublie pas. Donc, si j'étais dotée de sentiments, ils seraient eux aussi artificiels.*

— Certes, mais artificiels ne signifie pas irréels !

— *Non, mais, si tu as confiance en Éthan, tes craintes sont injustifiées. Jamais il ne sera amoureux d'une machine.*

Sam faillit envoyer une nouvelle vanne à Nao, mais une autre idée germa dans son esprit.

— À propos, pourrais-tu me dresser la liste des sophrologues qui exercent à Kotaris ?

Il fallut moins d'une seconde à Nao pour déclarer d'un ton satisfait :

— *J'ai trouvé 242 noms. Tu as l'embarras du choix.*

— Peux-tu les faire défiler ?

Une liste interminable de noms s'afficha à l'écran et défila inlassablement. Presque une trentaine de noms commençant par A, un peu moins par B, beaucoup de E, quelques G… mais aucun Wyatt dans les W.

Sam avait beau s'y attendre, une douleur sourde lui vrilla l'estomac. Elle ne s'était pas trompée en interprétant la réaction étonnée de Lulu. Ainsi, Éthan lui mentait depuis le début ! Tout ce qu'il lui baratinait sur la sophrologie était bidon et il n'avait même pas eu l'intelligence de mettre Nao dans le coup. Il ne s'attendait sûrement pas à ce que Sam ait un jour des doutes sur sa sincérité et interroge son propre ordinateur à son sujet. Comment Nao allait-elle pouvoir le justifier ? Aurait-elle le courage de trahir son maître ?

Elle se força à prendre une expression de stupeur naïve assortie d'une voix étonnée.

— Oh ? Mais comment se fait-il qu'Éthan ne fasse pas partie de la liste ?

Il fallut quatre bonnes secondes à Nao pour réagir, ce qui représentait une éternité astronomique pour ses circuits quantiques. Lorsqu'elle reprit la parole, elle semblait en colère.

— *Tu m'as demandé cette information uniquement pour t'assurer qu'Éthan était sophrologue ?*

— Absolument pas ! s'offusqua Sam, pourtant ravie

d'avoir piégé la machine. Je voulais juste savoir si son cabinet se trouvait dans la tour Soraya ou ailleurs, pour découvrir où il pouvait être en ce moment. Mais, à t'entendre, on pourrait presque croire qu'Éthan n'est pas vraiment sophrologue. Je me trompe ?

Il y eut trois interminables secondes de silence.

— *Tiens, il vient d'arriver. Tu n'auras qu'à le lui demander !*

L'ordinateur se mit en veille de lui-même, sans en attendre l'ordre. Interdite, Sam resta un moment à fixer l'écran transparent. Nao savait et Sam venait de découvrir son unique faille. Elle avait été conçue pour renseigner et informer ses utilisateurs de façon objective et totalement fiable, mais des sentiments qu'elle voulait insoupçonnables étaient en train de parasiter sa mission première. Elle ne pouvait répondre à Sam sans trahir Éthan et pourtant ces quelques secondes avaient suffi à Sam pour confirmer la supercherie de son amant. « Ex-amant », rectifia-t-elle mentalement.

Les yeux toujours rivés sur l'écran vide, elle se surprit à frissonner en se demandant jusqu'où Nao serait capable d'aller pour protéger Éthan !

— Comme ça, tu demandes à Nao de me surveiller ! s'écria Sam en faisant irruption dans le salon. Serais-je prisonnière de ton loft doré ?

Éthan, qui ne l'avait pas entendue descendre, sursauta avant de lui offrir un sourire étonné, les bras chargés de paquets qu'il s'apprêtait à déposer dans la cuisine.

— Bien sûr que non, ma chérie ! Quelle idée ! Pourquoi dis-tu une chose pareille ? Ce n'est pas parce qu'on s'est disputés ce matin que je vais t'empêcher de sortir. D'ailleurs, tu n'as pas dû beaucoup essayer, car je n'avais pas verrouillé la porte, et encore moins demandé à Nao de te surveiller. C'est absurde !

Toute la colère de Sam retomba d'un coup et sa peau claire vira à l'écarlate. Qu'elle avait été stupide ! Accuser Éthan sans même avoir vérifié auparavant si Nao avait dit la vérité ! Elle fut prise de remords.

— C'est Nao qui m'a dit que tu... balbutia-t-elle pour essayer de se disculper, tout en le suivant dans la cuisine. M'aurait-elle menti ?

— Il ne s'agit pas de mensonges, Sam. Arrête de voir des conspirations partout ! Un ordinateur ne peut pas mentir. C'est juste une innocente plaisanterie de sa part.

— Nao ne devrait pas avoir d'humour ! Parfois, je trouve son côté humain effrayant.

Éthan éclata de rire en déposant ses paquets sur la table.

— Que racontes-tu là ? Nao est une créature virtuelle un brin facétieuse, je l'avoue, et ce n'est pas pour me déplaire, mais jamais elle ne ferait de mal à personne, et surtout pas à toi. Jamais je ne le permettrais.

— C'est bien ça qui m'effraie, justement, insista-t-elle. Je crois qu'elle est jalouse de l'attachement que tu me portes et qu'elle cherche à se venger.

Éthan la regarda comme si elle était devenue folle.

— Sam, tu divagues, ou quoi ? Nao n'est qu'une machine. Allons, oublie ça et regarde plutôt tout ce que j'ai acheté ! fit-il en déballant ses emplettes. Je vais te préparer un bon repas pour me faire pardonner. Regarde, j'ai pris tout ce que tu aimes : des légumes et des fruits frais et surtout du chocolat. Du vrai !

Elle se força à sourire, mais dut puiser loin au fond d'elle pour donner le change le plus naturellement possible, car elle avait envie de tout foutre en l'air pour hurler : « Je sais que tu n'es pas sophrologue ! Depuis le début tu me mens ! Je m'en fous, de ton chocolat ! Je veux savoir la vérité ! » Mais, à la place, elle se contenta d'un banal :

— Oh ! C'est gentil.

Quand Éthan tendit la main pour lui montrer la tablette de chocolat noir, elle remarqua aussitôt la grosse tache blanche qui était apparue sur son poignet droit.

— Bon, je vais te laisser préparer ce festin.

— Tu ne veux pas m'aider ?

— Je suis un peu lasse. Je vais aller me reposer un peu.

Elle n'avait plus envie de faire semblant et elle s'empressa de quitter la cuisine. De le voir jouer la comédie ainsi l'agaçait au plus haut point. Par ailleurs, ces étranges plaques blanches l'intriguaient. Pourquoi Éthan avait-il pris panique lorsqu'elle avait découvert la première sur son abdomen ? Avait-il une maladie de peau qu'il ne voulait pas qu'elle découvrît ? Avait-il honte ? Était-ce contagieux ? Risquait-elle à son tour d'attraper cette saloperie ?

Pourquoi rien n'était-il jamais simple ? Sam avait l'impression d'avancer dans des sables mouvants ; dès qu'elle croyait faire un pas en avant, son autre jambe s'enlisait de plus belle. Sa vie ressemblait à un bateau qui prenait l'eau ; à mesure qu'elle comblait les trous de sa mémoire pour éviter de sombrer, de nouvelles failles apparaissaient, plus grandes encore.

Éthan était son sauveur, son roc, à la fois solide et protecteur, le seul en qui elle croyait avoir confiance. Jamais elle n'aurait pu imaginer qu'elle mettrait en doute sa sincérité et l'affection qu'il lui témoignait. Pourtant, le roc commençait à se fissurer.

D'abord, oser l'emmener chez ce médecin douteux, ensuite, péter les plombs et insulter son fils, mentir sur ses activités professionnelles pour finalement lui cacher qu'il était atteint d'un truc bizarre qu'il pourrait bien lui refiler ! Elle avait envie de pleurer, mais elle prit une grande inspiration pour tâcher de se maîtriser. Elle s'assit dans la serre, près de la baie vitrée. L'odeur de l'humus humide lui procura un réconfort certain et elle plongea ses yeux dans les lumières qui s'allumaient au fur et à mesure que les ténèbres engloutissaient la mégapole.

Sam n'arrivait pas à trouver le sommeil. Depuis plus de deux heures, elle tournait, virait dans ses draps froissés, ressassant la soirée.

Le repas avait été savoureux et elle aurait filé le parfait bonheur si son esprit n'avait pas été contaminé par les doutes qui planaient sur Éthan. Elle s'était néanmoins efforcée de paraître gaie et enjouée. Elle avait un peu parlé d'Anton et il avait semblé approuver son projet de le retrouver. En tout cas, il n'avait pas formulé d'objection directe.

Après l'excellente poêlée de légumes et la salade de fruits, ils s'étaient partagé le chocolat et Sam avait fondu pour son amertume et son léger arôme floral. Les yeux fermés, elle avait laissé se dissoudre lentement les carrés sur sa langue pour donner à ce moment de pur bonheur un goût d'éternité. Pour un peu, elle en aurait oublié ses inquiétudes et ses soupçons, mais, lorsqu'elle avait ouvert les yeux, le visage souriant d'Éthan l'avait ramenée à la trouble réalité. Il avait fait une allusion aux vertus aphrodisiaques du chocolat en suggérant qu'ils pourraient vérifier ça tout de suite, mais Sam lui avait fait comprendre qu'elle avait envie d'être seule cette nuit. Il n'avait pas insisté.

Une fois dans son lit, elle s'était torturé l'esprit de mille questions sans réponse. Devait-elle avouer à Éthan qu'elle voulait retourner à Raven ? La laisserait-il partir seule ? Et si elle inventait un mensonge pour qu'il lui donne de l'argent, allait-il la croire ? Car, s'il sentait qu'elle se méfiait de lui, comment allait-il réagir ? Allait-il se révéler violent ou dangereux comme l'avait laissé sous-entendre Lulu ?

Impossible de fermer l'œil. En nage, elle se leva pour aller se rafraîchir un peu dans sa salle de bain. Pas un seul bruit ne troublait cette nuit paisible. L'appartement était plongé dans un calme profond. Seuls, derrière les baies vitrées, se devinaient les bruits ténus de la ville endormie. Au lieu de retourner dans son lit, elle ouvrit la porte en verre et traversa lentement la serre pour atteindre le salon noyé dans l'obscurité. Elle resta un moment à se demander ce qu'elle cherchait. Elle leva les yeux vers l'escalier et comprit. Il fallait qu'elle sache, qu'elle en ait le cœur net.

Ses pieds nus caressèrent les marches translucides et, sans aucun bruit, elle se faufila à l'étage, passa devant Nao en veille et se glissa dans la chambre d'Éthan. À sa respiration régulière et saccadée, elle sut qu'il était là, sur son lit, profondément endormi.

Dans le silence absolu, les battements de son cœur apeuré résonnaient comme un tambour au rythme lancinant. Elle dut faire un effort pour se remettre en marche et se diriger vers le lit.

Si, malgré sa discrétion, Éthan se réveillait, s'il la surprenait à l'espionner, quelle serait sa réaction ? Risquait-il à nouveau de se fâcher ? Mieux valait faire semblant de venir le rejoindre. S'il se réveillait, elle pourrait justifier sa présence en disant qu'elle venait se blottir contre lui.

Avec des gestes lents et mesurés, elle s'allongea à côté de lui. Elle se faufila en douceur sous le drap fin. Le jeune homme grogna légèrement dans son sommeil et se retourna de l'autre côté, lui tournant le dos. Elle se fit encore plus discrète et, d'un geste d'une délicatesse infinie, fit glisser le drap qui recouvrait son compagnon. Puis, sans bouger le reste de son corps, elle effleura de la main l'applique lumineuse au-dessus d'elle et la lumière diffuse de la veilleuse perça les ténèbres.

Sam se pétrifia en apercevant le dos d'Éthan. C'était encore pire que ce à quoi elle s'attendait. Une dizaine de nouvelles plaques blanchâtres parsemaient sa peau.

18

Horrifiée, Sam ne put détacher son regard de ces taches repoussantes. Apparemment, le mal étrange dont il souffrait se propageait vite, parce que, la veille, elle en était certaine, il n'en avait encore aucune trace dans son dos.

Elle prit alors conscience de l'urgence de quitter ces draps, peut-être contaminés par l'affection cutanée. Sans un bruit, elle s'assit sur le bord du lit. Elle allait se lever lentement quand une main se referma autour de son poignet.

— Tu t'en vas déjà ?

Sam sursauta, comme prise en faute, mais ne chercha pas à se dégager. Son pouls s'accéléra. Effrayée, elle se demanda depuis combien de temps il était réveillé.

— Tu m'as fait peur ! lui reprocha-t-elle en essayant de gagner du temps.

— Que me vaut l'honneur de cette petite visite nocturne ? poursuivit-il, en baisant son épaule. Serait-ce le pouvoir aphrodisiaque du chocolat qui t'amène jusqu'à moi ?

— Heu… Non, c'est juste que je m'en voulais de t'avoir repoussé, hier soir, inventa-t-elle, prise au dépourvu. J'ai eu envie de te rejoindre, mais…

— Mais quoi ? questionna-t-il en serrant davantage son poignet. Tu étais en train de me faire faux-bond encore une fois, ou je me trompe ?

Ne sachant comment s'en débarrasser, Sam prit le risque de lui dire la vérité.

— Regarde-toi, tu es entièrement recouvert de taches !

Sam vit passer une lueur dans le regard d'Éthan. De l'angoisse ? De la peur ? De la panique ? Ou bien les trois à la fois ? Il baissa la tête pour constater l'inéluctable réalité. Comme électrisé par cette vision d'horreur, il fit un bond hors du lit en lâchant une bordée de jurons et courut jusqu'à la salle de bain.

— Putain de putain de bordel de merde ! l'entendit-elle jurer derrière la cloison.

Le moment était venu pour Sam de jouer cartes sur table. Il était temps qu'Éthan passe aux aveux. Tant pis s'il le prenait mal, elle devait savoir.

Elle se leva et entra à son tour dans la salle de bain, mais elle s'arrêta sur le seuil, paralysée par la vision du buste constellé de taches blanches dans la lumière crue des spots. Impressionnée par l'ampleur de l'affection, elle resta un moment silencieuse.

— On dirait que ta maladie s'est aggravée, finit-elle par dire d'un ton qu'elle voulait plus désolé que dégoûté. Éthan, dis-moi la vérité ! Qu'est-ce que tu as ? Est-ce grave ou… ou même contagieux ?

Ça y était, le mot était lâché. Elle se demanda comment il allait réagir. Mais il ne parut pas l'entendre. Penché, bras écartés au-dessus du lavabo, il avait baissé la tête et fermé les yeux.

— Réponds-moi, Éthan ! Il faut que je sache.

Lorsqu'il redressa la tête, il avait l'air résigné. Il semblait même serein et toute trace de terreur avait disparu de ses grands yeux noirs. Il se tourna vers Sam et s'exprima avec douceur.

— Je suis désolé, j'aurais dû te le dire plus tôt, mais je ne pouvais pas. J'avais trop honte et peur que tu me quittes si tu apprenais la vérité.

Il marqua une pause en fermant les yeux, comme si ce qu'il s'apprêtait à dire lui faisait mal.

— Je suis atteint d'une maladie génétique très rare. Ce n'est absolument pas contagieux, mais ça peut dégénérer et je subis un traitement à base de greffes d'ADN, extrêmement contraignant et coûteux. Tous les jours, je dois me rendre au Centre de recherche génétique pour recevoir ma dose d'ADN modifié. Il n'y a qu'à ce prix que mon affection se résorbe peu à peu. En outre, je ne suis pas sophrologue, Sam. Je suis tout simplement malade et je… j'ai honte. Je me suis inventé une profession pour que tu ne te doutes de rien. Ainsi, je pouvais m'absenter quotidiennement sans que tu soupçonnes quoi que ce soit. Je suis désolé !

Sam sentit une boule de remords se former dans sa gorge. Ne trouvant pas les mots pour réagir, elle resta silencieuse.

— Cela faisait plusieurs mois que je n'avais plus fait de crise, reprit Éthan. C'est en revenant de Raven que j'ai découvert la première tache, au poignet. La deuxième, sur l'abdomen, c'est toi qui l'as vue, hier matin. Je pensais que ça allait diminuer, que c'était dû au soleil, ou à l'eau de la piscine, mais je me suis trompé. Je n'imaginais pas que la crise évoluerait aussi vite. Je vais devoir aller au Centre dès la première heure demain matin.

— Éthan, tu aurais dû me mettre au courant. Quand on s'aime vraiment, on doit pouvoir tout se dire.

Elle tendit la main dans sa direction, mais retint son mouvement, incapable de toucher cette peau qui la dégoûtait. Il s'en aperçut.

— Tout se dire, c'est une chose, tout accepter, c'en est une autre. Je vois bien que mon corps te répugne et c'est normal. Toutes ces taches, je suis le premier à trouver ça dégueulasse.

— Non, non, tu… balbutia-t-elle en se sentant rougir.

— Écoute, Sam, je ne veux pas de ta pitié. Je veux que tout rentre dans l'ordre et que tu continues d'aimer l'Éthan qui t'a sauvé, pas le déficient génétique qui s'apitoie lamentablement sur son sort et qui pique des colères odieuses. Ma maladie me met dans des états de stress terribles. Si tu savais comme je regrette ce qui est arrivé hier ! Jamais je n'aurais dû te forcer à voir Lulu, ni te parler sur ce ton, ni te dire toutes ces choses méchantes. Pardonne-moi, Sam. Je t'en supplie, pardonne-moi !

— Mais oui, c'est bon, c'est oublié.

— Je veux être l'épaule solide sur laquelle tu t'appuies pour retrouver ton identité et ton fils. Je veux que tu continues à avoir confiance en moi, car je t'aime, Sam. Je ne te l'ai encore jamais dit, mais je t'aime plus que tout au monde.

Elle sourit, mais ne répondit rien. Cette déclaration arrivait trop tard. Pour le moment, elle se sentait incapable de répondre à ses sentiments. De honte, elle s'empourpra de plus belle et baissa la tête.

Se méprenant sur les raisons qui la faisaient rougir, Éthan s'approcha d'elle et déposa un baiser sur ses lèvres. Elle ne se déroba pas, mais frémit à son contact. C'était plus fort qu'elle, elle ne voulait plus qu'il la touche. Craignant qu'il l'enlace, elle fit un pas en arrière et revint sur ses mensonges.

— Quand tu me parlais de tes rendez-vous et de tes clients, c'était donc faux ?

Il acquiesça en grimaçant.

— Eh oui, monsieur Nathe n'existe pas. C'est simplement le palindrome d'Éthan.

— Pourtant, tu m'as dit que c'était grâce à lui que tu avais obtenu un rendez-vous chez Mémoris. Comment as-tu fait, en réalité ?

— C'est grâce à un interne du Centre avec qui j'ai sympathisé. Son beau-frère travaille pour *Science Actuelle* et il m'a arrangé le coup pour que je me fasse passer pour un de ses journalistes.

Elle hocha la tête, tout en poursuivant l'interrogatoire.

— Et monsieur Simmons ? Tu sais, ton richissime client, sur *Samildria* ?

— Inventé lui aussi. J'étais simplement en vacances. Mon généticien m'avait conseillé de prendre un peu de repos et il voulait voir si je pouvais espacer les doses d'ADN modifié pour reprendre une vie normale. Quand on y pense, c'est grâce à lui qu'on s'est rencontrés.

— Et tu appelles ça une vie normale ? fit-elle en souriant. Bon, en tout cas, c'est bien que tu m'aies enfin révélé la vérité, car ces derniers jours la tension montait entre nous. Je comprends mieux pourquoi, maintenant.

— C'est vrai que je suis très anxieux, et donc plus facilement irritable. La moindre contrariété me fait sortir de mes gonds.

Elle repensa à la scène chez Lulu et hocha la tête.

— Nao est-elle au courant de ton affection ? demanda-t-elle.

— Oui. C'est elle qui prend tous mes rendez-vous et qui gère mon dossier médical ainsi que mon traitement. Le premier jour, lorsque je l'ai configurée pour que tu puisses y avoir accès librement, je lui ai demandé de verrouiller mes données personnelles. J'étais terrifié à l'idée que tu découvres la vérité.

— Je comprends, mais, à l'avenir, promets-moi de ne plus jamais rien me cacher, Éthan, plus jamais !

— Promis, jura-t-il en posant sa main sur son cœur. Bon,

il est tard, on ferait peut-être mieux de retourner se coucher. Surtout si je me lève aux aurores.

Il s'allongea dans son lit. Sam s'installa à son tour en priant pour ne pas qu'il la prenne dans ses bras. Il resta de son côté et ne la toucha pas. Le dégoût qu'elle tentait tant bien que mal de dissimuler ne lui avait pas échappé.

Elle n'avait toujours pas envie de dormir, mais elle se sentait mieux. Nettement mieux. Éthan lui avait avoué son secret et tout s'expliquait enfin, à commencer par les cachotteries de Nao, les sautes d'humeur et les accès d'agressivité de son protecteur, ainsi que la réaction de Lulu. Le médecin était sûrement au courant des problèmes de santé d'Éthan.

Malgré tout, Sam sentait que quelque chose avait changé dans leur relation. Était-ce l'existence de son fils qui était en cause ? La crise chez le médecin ? Ou ces taches ? Quoi qu'il en fût, elle n'éprouvait plus aucun désir physique pour Éthan, qui lui avait pourtant fait découvrir des plaisirs insoupçonnés. Alors qu'il lui avouait enfin son amour, elle ne pensait plus qu'à une chose, s'échapper pour poursuivre sa quête d'identité.

À la première heure, Éthan obtint un rendez-vous en urgence au Centre de recherche génétique par l'intermédiaire de Nao. Vu l'ampleur de l'éruption cutanée, il en aurait sans doute pour la journée. Aussi, avant qu'il ne parte, Sam lui demanda un peu d'argent.

— Pour faire quelques courses et préparer le repas, précisa-t-elle en souriant.

Il afficha une expression indéchiffrable, mais, après quelques secondes de silence, finit par accepter. Il demanda à Nao d'éditer une carte bancaire et d'y faire virer la somme de 150 eullards.

— Ça suffira ? demanda-t-il avec une pointe d'ironie dans la voix.

Elle acquiesça en se demandant s'il se doutait de quelque chose.

Pendant qu'il descendait l'escalier, la fidèle Nao obéit aux ordres et édita la fameuse carte. En s'en emparant, Sam fut surprise d'entendre la voix de synthèse la mettre en garde.

— *Tâche d'en faire bon usage !*

Elle resta interdite, mais Nao s'était déjà mise en veille. De se déconnecter pour éviter tout affrontement était devenu une habitude, chez elle. Sam descendit rejoindre Éthan pour lui souhaiter bon courage avant qu'il parte. Comme à son habitude, il lui fit promettre d'être très prudente. Elle promit, mais à peine la porte fut-elle fermée qu'elle fila dans sa chambre, s'habilla, se prépara et mit sa perruque pour sortir à son tour.

Curieusement Nao ne fit aucune remarque sur son départ précipité.

Lorsque la porte de l'appartement claqua derrière elle, Sam serra dans le fond de sa poche la carte interbancaire qui lui ouvrirait la route de Raven. Un brin angoissée, elle gagna le bout du couloir et s'engagea sur la plateforme du 123e, prête à reproduire chacun des gestes qu'elle avait observés chez Éthan. Elle commença par s'approcher du terminal des transports en commun pour s'identifier. Une voix masculine agréable s'adressa à elle.

— *Mademoiselle Montas, bonjour. Vous êtes en relation avec le service de gestion automatique des valas de la ville de Kotaris. Veuillez préciser votre destination et je me ferai un plaisir de vous indiquer l'horaire du prochain relais.*

— Heu… Je souhaite aller à Raven. Il me faudrait donc une navette pour l'aérogare la plus proche.

— *Très bien. Je calcule la solution la plus rapide. Dans six minutes et vingt-sept secondes, le vala K489AR passera vous prendre. Il vous conduira à l'aérogare n° 56 où vous trouverez une correspondance pour Raven à huit heures douze. Confirmez-vous ce choix ?*

Elle fut impressionnée par la rapidité et l'efficacité de ce système. Elle valida la proposition. Sans une seconde de retard, la navette atterrit sur la plateforme et elle y pénétra, à la fois excitée et terrifiée. C'était la première fois qu'elle quittait seule la tour Soraya et cela la rendait nerveuse.

Confortablement installée à bord du véhicule aérien, elle indiqua sa destination finale et laissa ses yeux sauter de gratte-ciel en building, glisser le long des ponts et des liaisons intertours, s'attarder sur les jardins aériens qui semblaient léviter entre deux édifices, perchés en hauteur, peut-être en quête d'oxygène.

Quand la course prit fin, sur la porte du véhicule, l'écran luminescent indiqua le prix de la course : 7,40 eullards. Elle sortit sa carte et la passa devant le détecteur optique. Elle poussa un soupir de soulagement en voyant la porte s'ouvrir immédiatement.

L'aérogare n° 56 était petite et peu fréquentée. Un coup d'œil rapide aux écrans d'informations lui indiqua qu'il était huit heures précises et que le départ pour Raven se faisait au quai 24. Elle n'avait plus que douze minutes pour prendre son billet et monter dans la navette.

Le service de gestion des valas, toujours très au point, fut d'une ponctualité sans faille. Lorsque l'engin décolla en direction de sa ville natale, Sam ferma les yeux, heureuse de cette première victoire. Jusque-là, son plan avait fonctionné à merveille. Avec un peu de chance, elle serait de retour à Kotaris avant Éthan, et il ne saurait rien de sa petite escapade.

Elle eut toutefois une pensée compatissante pour son ami,

en train de subir une batterie de tests et d'examens cliniques pendant qu'elle filait en douce. Son attitude n'était pas charitable et pourtant, au fond d'elle, elle ne parvenait pas à éprouver des remords. Malgré la confession d'Éthan la nuit dernière, elle nourrissait encore des doutes. Elle n'aurait pas su les formuler clairement, mais il restait des zones d'ombre qui la troublaient profondément, concernant son passé, sa maladie et son argent, notamment. Avait-il réellement hérité d'une petite fortune ? Ses parents possédaient-ils vraiment un parc animalier ? Souffraient-ils eux aussi de la même anomalie génétique qu'Éthan ? Était-ce pour cela qu'il refusait systématiquement de parler d'eux ?

Elle secoua la tête comme pour chasser ces obsédantes questions. Pour le moment, elle devait se concentrer sur sa visite à Raven et sur ce qu'elle allait raconter aux Calberston pour les convaincre de l'aider. Elle avait presque envie de leur révéler toute la vérité, avec ce que cela comportait comme risques. Mais, justement, pour retrouver son fils et son passé, elle était prête à prendre tous les risques.

La navette se posa dans le centre-ville à neuf heures dix. Bien décidée à ne pas perdre une seule minute, Sam quitta prestement l'aérogare et, une fois dans la rue, héla un tax'air. Ces engins légers roulaient au sol, mais les roues avaient été depuis longtemps abandonnées au profit des coussins d'air, ce qui rendait ces véhicules plus maniables et plus performants.

— 44, avenue Khonsou, ordonna-t-elle en s'engouffrant dans le véhicule.

Le chauffeur, au teint basané, jeta un coup d'œil dans son rétroviseur et lui décocha une grimace, tout en appuyant sur l'accélérateur. Il avait horreur de ces citadines pimbêches qui se croyaient tout permis dès qu'elles mettaient un pied en province.

— Vous n'êtes pas d'ici, vous, ça se voit !

— Pourquoi ça ? répliqua-t-elle sèchement.

— Les gens du coin, eux, ils prennent le temps de vous dire bonjour et n'ont pas oublié qu'un petit sourire vaut plus que tous les eullards du monde. Vous venez de Kotaris, n'est-ce pas ? Là-bas, à force de parler à des machines, les gens ne savent plus saluer, ni sourire, ni dire merci.

Sam se rendit compte que, dans sa précipitation à se rendre chez les Calberston, elle avait oublié les règles de politesse les plus élémentaires. Ses joues devinrent écarlates.

— Désolée, vous avez raison ! Tenez, arrêtez-vous ! Arrêtez-vous là, je vous dis, on va tout recommencer !

Le chauffeur freina violemment et regarda sa cliente sortir du taxi et claquer la porte. Une fois de plus, sa grande gueule lui avait fait perdre un client. Il jura intérieurement. Il n'avait vraiment pas besoin de ça en ce moment. Pourtant, contre toute attente, la jeune femme fit demi-tour, fit mine de le héler et monta dans son véhicule en affichant un grand sourire.

— Bonjour, monsieur ! Belle journée, n'est-ce pas ?

Le chauffeur éclata de rire et se prit au jeu.

— Merveilleuse, en effet. Où puis-je vous déposer, mademoiselle ? lui demanda-t-il en lui offrant un sourire plein de soleil.

— Au 44, avenue Khonsou, s'il vous plaît.

— Avec plaisir ! s'exclama le chauffeur, hilare, en démarrant en trombe.

Finalement, cette jeune femme était très différente des autres. Il s'était trompé sur son compte. Elle ne ressemblait pas à ces bourgeoises hautaines et prétentieuses qui descendaient au Mériabel pour se remettre du stress qu'elles subissaient à Kotaris. Les pauvres chéries !

Séduit par le sourire et les yeux pétillants de sa cliente, le chauffeur entreprit de lui raconter l'histoire de Thot, dont ils longeaient le boulevard. Il adorait les récits mythologiques que ses lointains aïeuls lui avaient laissés en héritage. Sam l'écouta d'abord d'une oreille distraite en admirant les édifices aux couleurs chaudes qui déclinaient une infinité d'ocres, bordés de palmiers d'un vert tendre. Mais elle se laissa bientôt séduire par la vie du dieu des scribes. Lorsque le taxi s'engagea sur la place Sekhmet, le chauffeur évoqua la puissance de la déesse lionne, crainte par les anciens Égyptiens. Selon leurs croyances, elle était responsable des épidémies, mais vénérée par les guérisseurs de l'époque, car elle pouvait également guérir et soigner les maux les plus graves. Sam était tellement captivée qu'elle ne se rendit même pas compte qu'elle était arrivée.

— Nous y voilà. 44, avenue Khonsou ! s'exclama le chauffeur, ravi qu'elle l'ait écouté jusqu'au bout.

— Déjà ! s'exclama Sam. Merci. Et merci aussi pour vos histoires. C'était vraiment passionnant. Je vous dois…

— Rien du tout. Ce fut un plaisir de vous avoir dans mon taxi. Ce n'est pas tous les jours que j'ai la chance de transporter une aussi jolie femme. Pour une fois, c'est cadeau !

Elle le gratifia de son plus beau sourire et le remercia une fois encore. Elle allait refermer la portière quand elle se ravisa.

— Au fait, vous ne m'avez pas raconté qui était Khonsou. Était-ce aussi un dieu ?

— Ah ! fit-il, ravi que son érudition séduise autant cette ravissante personne. Khonsou est un dieu en effet, mais un peu particulier, car c'est le seul dieu enfant. Il est le fils chéri d'Amon. Il est représenté par un garçonnet coiffé d'un croissant de lune.

« Un dieu enfant, le fils d'Amon… » se répéta Sam, étonnée par cette incroyable coïncidence. C'était précisément dans cette avenue qu'elle s'était découvert un enfant, un fils. Hasard, ou signe du destin ? Elle poussa un soupir et décida d'y voir un bon présage.

Elle fit au revoir de la main et nota mentalement le numéro inscrit sur le taxi pour pouvoir le rappeler lorsqu'elle quitterait les Calberston. Puis, le cœur battant, elle appuya sur le visiophone du 44.

Quelques secondes s'égrenèrent avant qu'elle appuie une deuxième fois. Un doute s'empara d'elle: et s'ils s'étaient absentés? Après tout, on était dimanche, et les Calberston pouvaient très bien être partis en promenade. Avec tous les risques qu'elle avait pris, ce serait vraiment trop injuste qu'elle échoue lamentablement. Elle patienta encore un peu. Au moment où elle allait presser à nouveau le bouton, l'image de monsieur Calberston se matérialisa sur l'écran.

— Encore vous? Allez-vous-en! On n'a plus rien à vous dire! Fichez le camp!

Interloquée, Sam resta bouche bée devant un tel accueil. Elle ne se souvenait pas d'avoir quitté le couple en mauvais termes. Au contraire, Liana et Albert s'étaient montrés si charmants et prévenants, lorsqu'elle avait fait un malaise, ils l'avaient même raccompagnée jusqu'à son hôtel!

— Mais, Albert, j'ai besoin de vous reparler. C'est important!

— Vous n'êtes qu'une sale menteuse! Avel n'a jamais eu d'amie du nom d'Inès Montas. Filez d'ici en vitesse avant que j'appelle la garde orange!

Ainsi les Calberston savaient. Elle préféra ne pas s'enfoncer davantage et opter pour la vérité.

— Attendez! C'est vrai, je vous ai menti, mais je ne pouvais pas faire autrement. J'ai besoin de votre aide. Par pitié, ouvrez-moi!

— Et pourquoi devrais-je vous faire confiance? rétorqua Albert, méfiant.

— Parce que je suis Avel!

Le vieux bonhomme ouvrit des yeux démesurés et la

regarda d'un air ahuri. La communication fut coupée et son image disparut de l'écran. Sam faillit s'effondrer, pensant qu'elle avait échoué. Mais un clic provenant de l'impressionnant portail lui prouva le contraire. Elle se dépêcha d'entrer et referma précautionneusement derrière elle.

Elle ne vit pas, au coin de la rue, un homme encapuchonné de noir pour protéger sa pâleur maladive, qui ne l'avait d'ailleurs pas quittée d'une semelle depuis son départ de Kotaris.

Sam posa la tasse de thé que Liana lui avait servi.

— Et voilà. Vous êtes au courant de toute l'histoire. Je peux sans problème vous prouver mon identité. Physiquement, d'abord.

Elle défit sa perruque blonde et ôta ses lentilles azur, révélant ses cheveux noirs très courts et ses beaux yeux mauves. Déjà abasourdis par les révélations de la jeune femme, Albert et Liana restèrent pantois.

— Inès Montas n'a jamais existé, précisa Sam. Ce n'est que le nom d'une micropuce que je porte pour pouvoir circuler librement. Je n'ai plus ma nanopuce de naissance. Heureusement, car la garde noire aurait tôt fait de me retrouver. Mais c'est aussi pour cette raison que j'ai mis du temps à savoir qui j'étais vraiment. Si, après ça, vous avez encore des doutes, vous pouvez me faire un prélèvement d'ADN. Il vous confirmera que je suis bien Avel Maury.

Il fallut un moment au couple pour reprendre ses esprits. Ce fut Albert qui, le premier, encaissa le coup.

— Ben ça alors ! Y m'faut un petit remontant !

Sam le regarda filer vers un placard, déboucher une bouteille de calvados et s'en enfiler une bonne rasade à même le goulot. Il manqua de s'étouffer, toussa et se frappa la poitrine pour que le feu qui lui ravageait le gosier se propage vers ses entrailles. Il rangea soigneusement sa bouteille et se retourna vers Sam, les yeux rouges et baignés de larmes. Elle se demanda si elles étaient dues à l'alcool ou à l'émotion.

— Oh ! Mon Dieu ! Que c'est bon de te revoir enfin, ma petite Avel ! On s'est tous fait tellement de souci pour toi ! Si tu savais comme tu nous as manqué toutes ces années !

Le brave homme la prit dans ses bras comme l'aurait sûrement fait son propre père. Son émotion n'était pas feinte et Sam en fut profondément émue. Elle ferma les yeux et savoura cet instant de bonheur fugace. Derrière, elle entendit Liana se moucher bruyamment. Elle aussi devait verser une larme.

Lorsqu'elle eut essuyé ses yeux, Liana posa enfin la question qui la démangeait depuis le début.

— Mais pourquoi ne nous as-tu rien dit, la dernière fois ? Tu voyais bien que tu pouvais nous faire confiance ! Nous ne t'aurions pas trahie, tu sais. Nous savons garder des secrets.

— Je n'en doute pas ; j'ai tout de suite vu que vous étiez des gens bien et que vous éprouviez pour les Maury des sentiments sincères. Je crois qu'en fait j'étais sur le point de tout vous révéler lorsque vous m'avez montré la photo. Comme je souffre d'amnésie, j'ignorais totalement que j'avais eu un bébé. Je ne me rappelais absolument pas Anton. Vous imaginez le choc que j'ai pu ressentir en l'apprenant !

— Oh, ma pauvre chérie ! murmura Liana en caressant les cheveux drus de Sam. C'est pour cela que tu t'es évanouie. Tu aurais dû tout nous raconter lorsque tu es revenue à toi. Nous t'aurions aidée, tu sais.

— J'étais trop bouleversée pour me confier à qui que ce soit. Vous comprenez, je viens tout juste d'apprendre qui je suis, je suis recherchée par l'AI qui me traite de criminelle, j'ignore tout de mon passé et j'apprends en plus que j'ai donné naissance à un petit garçon dont j'ignore tout et qui est peut-être en danger, qui a besoin de sa maman.

Elle sentit ses yeux s'inonder et se laissa bercer par les bras chaleureux de Liana Calberston, qui regarda son mari d'un air entendu.

— Pleure, ma chérie, pleure. Vide ton cœur de toute la peine que tu portes en toi. Tu vas voir, tout va bientôt s'arranger !

Sam suivit son conseil et se laissa aller. Elle avait en effet besoin de pleurer. Il y avait trop longtemps qu'elle accumulait les épreuves sans prendre le temps de vider son trop-plein de souffrance. Elle resta un bon moment dans les bras de Liana, comme une enfant blottie contre sa mère. Puis, doucement, elle se dégagea de la vieille dame, et, tout en reniflant, elle demanda :

— Tout à l'heure, vous avez dit que vous vous étiez tous fait du souci pour moi. Mais c'est qui, tous ? Qui d'autre que vous s'inquiétait pour moi ?

Liana se retourna et chercha son mari du regard. Ils échangèrent un regard complice. Ils avaient l'air de deux conspirateurs qui hésitaient sur la marche à suivre. L'imperceptible haussement d'épaules d'Albert n'échappa pas à Sam, qui se demanda ce qu'ils voulaient lui cacher. Ce fut Liana qui reprit la parole :

— Tu sais, nous étions nombreux dans le quartier à fréquenter tes parents. Ils étaient très appréciés. Certes, nous étions leurs plus proches amis, mais beaucoup d'autres se faisaient des cheveux blancs depuis que vous aviez disparu.

L'explication se tenait, même si Sam sentait que la vieille femme ne lui disait pas toute la vérité. Elle poursuivit donc ses questions.

— Comment avez-vous découvert qu'Inès Montas n'était pas une de mes amies d'université ? Qui vous a renseignés ?

Une fois encore, le regard embarrassé que Liana adressa à son mari en dit long sur leur complicité. Mais, cette fois, ce fut Albert qui les tira du mauvais pas.

— Nous avons simplement fait une recherche dans les archives des universités de Kotaris. Aucune Inès Montas n'y a jamais mis les pieds.

L'argument était irréfutable, mais Sam savait qu'à nouveau ils mentaient. Ils lui cachaient quelque chose et cela les mettait terriblement mal à l'aise. Mais Liana n'avait-elle pas clairement exprimé sa fierté de savoir garder des secrets ? Apparemment, il y en avait un qu'ils ne voulaient pas dévoiler, même pour les beaux yeux d'Avel. Se pouvait-il qu'ils sachent en réalité où se trouvaient Hogg et Léa ?

Ils restèrent silencieux un long moment, chacun perdu dans ses pensées, puis Sam prit une grande inspiration.

— Maintenant que vous savez qui je suis, je vous en supplie, dites-moi si vous savez où se trouve mon fils. C'est pour lui que je suis revenue vous voir.

Elle semblait tellement désespérée ! Liana lui sourit tristement.

— Malheureusement nous l'ignorons, Avel, lui révéla-t-elle d'une voix douce. Nous pensions qu'il était avec toi. Oui, nous pensions que vous aviez pris la fuite tous les deux.

— Quand on a appris que la garde noire était à ta recherche, on a réalisé que tu étais en cavale, ajouta Albert, visiblement peiné. On s'est alors dit que tu n'avais pas dû emmener Anton avec toi ; c'était trop risqué.

— On a donc pensé que tu t'étais réconciliée avec Élora et que tu lui avais confié ton fils, ajouta Liana.

Sam ne cacha pas son étonnement.

— Élora ?

Albert et Liana se regardèrent comme s'ils venaient de commettre une terrible bourde.

— Tu ne te souviens pas d'elle non plus, alors ? dit Albert en hésitant.

Comme Sam secouait la tête, Liana prit une grande inspiration et laissa tomber :

— C'est ta sœur.

19

— Ma sœur ? répéta Sam en hoquetant de surprise. Vous êtes en train de me dire que j'ai une sœur ?

Sa voix se brisa sur ce dernier mot. La nouvelle lui semblait tellement ahurissante qu'elle peinait à réaliser tout ce que cela pouvait impliquer. Le plus fou, c'était que malgré toutes ses recherches, Nao n'avait jamais fait mention d'une quelconque sœur. Est-ce que son nom avait également été effacé des archives informatiques, ou était-ce un oubli volontaire de sa part ? Quel intérêt y avait-il pourtant à taire l'existence d'Élora Maury ?

Elle n'était plus sûre de rien, à présent. Elle refusait de sombrer dans la paranoïa, mais elle ne pouvait s'empêcher de songer que Nao aurait dû savoir. Étourdie, elle se dirigea vers le canapé de velours en titubant.

— Chaque fois que je tente d'éclaircir un coin de ma mémoire, une zone encore plus grande s'assombrit. On dirait que mon cerveau se résume à de petites taches de lumière dans une mer d'obscurité. Albert, Liana, pouvez-vous tout me raconter depuis le début pour éclairer mon passé ? Je suis comme un puzzle incomplet et je pense que vous détenez beaucoup de pièces qui m'aideront à me reconstruire.

Sans se concerter cette fois, les Calberston hochèrent spontanément la tête et vinrent s'asseoir à côté d'elle, bien décidés à faire leur possible pour lui venir en aide.

— Nous avons connu tes parents lorsqu'ils se sont installés à Raven en novembre 2071, commença Liana. Ta mère venait d'être mutée aux archives de la ville et ils ont craqué pour ce pavillon. Ils considéraient que c'était un environnement plus sain pour élever des enfants, même si Hogg travaillait à Kotaris.

Elle se tourna vers son mari et demanda :

— Que faisait-il exactement, déjà ?

— Il travaillait pour une grande firme médicale, expliqua Albert. Ça s'appelait Mémoris, je crois. Mais il était très discret sur ses activités professionnelles. En fait, il ne parlait jamais de son boulot et c'était un sujet que nous n'abordions pas.

— C'est vrai, mais cela ne nous a pas empêchés de devenir très amis. On a tout de suite sympathisé. Léa était une femme d'une grande beauté. D'ailleurs, tu lui ressembles énormément. Tu as l'ovale parfait de son visage et ses yeux si particuliers. Ses cheveux étaient aussi noirs que les tiens, mais elle les portait beaucoup plus longs. Elle adorait les enfants et parlait avec envie du jour où elle serait enceinte. Mais ce jour tardait à venir.

— Ils étaient discrets sur la question, mais je crois qu'ils ont eu du mal à t'avoir. Tu te souviens, Liana, du jour où Léa est venue t'annoncer qu'elle attendait un bébé ?

— Oui, fit-elle, pensive. Je n'oublierai jamais comme ses yeux pétillaient de bonheur. Elle était encore plus resplendissante que d'habitude. C'était en août 2081 et, le 21 mai de l'année suivante, elle accouchait d'une ravissante petite fille.

— J'ai donc 32 ans, calcula Sam. C'est étrange, je me serai donné moins. Je suis née à Raven ?

— Non, à Kotaris ! objecta Liana. Je n'ai même jamais

compris pourquoi. C'était tellement plus simple d'accoucher ici, tout près de la maison. Mais bon ! tes parents avaient peut-être peur qu'il y ait des complications. Léa était très suivie pendant sa grossesse. Elle ne prenait pas assez de poids. Moi, ça m'inquiétait, mais j'évitais de lui en parler. Tu te souviens, Albert ? Elle se rendait régulièrement à Kotaris pour des examens. À mon avis, elle n'avait guère pris plus de cinq ou six kilos, et tout dans le ventre. On pensait qu'elle allait nous faire une crevette, mais non, même pas ! Tu pesais presque 4 kilos. Renversant ! Je n'ai jamais compris comment elle avait fait.

— Tu étais un sacré beau bébé ! reprit Albert. Bien potelée, toujours souriante et très éveillée, tu nous fixais avec tes grands yeux mauves et on avait l'impression que tu comprenais tout ce qu'on te disait. Tu as marché très vite, si mes souvenirs sont exacts.

— Oh oui, à dix mois, tu courais déjà partout. De toute façon, tu as toujours été précoce dans tous les domaines. À deux ans, tu parlais comme une grande, à quatre ans, tu savais lire. Tu as sauté plusieurs classes, deux il me semble. Léa était très fière de toi.

Sam rougit en pensant à son exceptionnel QI et se demanda si Hogg et Léa étaient également dotés de telles aptitudes intellectuelles. Mais une autre question la tracassait.

— Et ma sœur, quand est-elle née ?

— Deux ans après toi presque jour pour jour. Le 20 mai 2083, précisa Albert.

— Je crois bien que Léa avait encore moins grossi que lors de sa première grossesse. Pourtant, Élora faisait presque le même poids que toi. Elle te ressemblait beaucoup. Quand on comparait vos photos, on aurait pu croire que vous étiez jumelles. Les mêmes bouts de chou, à deux ans d'intervalle.

— Tes parents étaient fous de joie. Même toi, du haut de tes deux ans, tu adorais ta petite sœur. Tu aidais Léa sous le regard rempli d'orgueil de ton père. Vos parents vous adoraient. On peut vraiment dire qu'ils ne vivaient que pour vous. Vos progrès les émerveillaient et ils n'avaient de cesse de nous raconter vos exploits scolaires. Ta sœur était aussi douée que toi.

— Vous étiez toujours les premières de la classe, ajouta Albert en riant. Vous avez même obtenu votre D-Féo, votre diplôme de Fin d'études obligatoire, à seize ans au lieu de dix-huit. Toutes les deux.

— Après, que s'est-il passé ? les pressa Sam, avide de connaître la suite.

— Tu es partie à Kotaris pour entamer des études de médecine, reprit Albert. Les sciences, c'était vraiment ton truc. À l'adolescence, pendant que tes copines sortaient et commençaient à flirter, toi, tu engloutissais les livres d'anatomie, de biologie cellulaire et que sais-je encore ! À quinze ans, tu nous tenais des discours sur les lois de la génétique auxquels je ne comprenais rien de rien. Ta voie semblait toute tracée. Tu as d'ailleurs fait des études brillantes.

— Vous vous souvenez du nom de l'université où j'ai étudié ?

— Heu... C'était pas l'UMK, l'Université de médecine de Kotaris ? Ou l'autre, l'IUFM, l'Institut universitaire de formation médicale ? Je confonds toujours. Liana, tu sais, toi ?

— Non. À vrai dire, à cette époque, tu rentrais de moins en moins à Raven et, lorsque tu passais par ici, tu ne restais guère longtemps. Tu passais juste nous faire un petit bisou et manger une part de gâteau au chocolat. Le reste du temps, tu le passais avec ta sœur.

— Nous étions proches ?

— Oh oui, alors ! s'exclama Albert. Tu prenais ton rôle de grande sœur au sérieux et vous étiez très complices. Quand elle a obtenu son D-Féo, elle t'a rejoint à la fac de médecine.

Après cinq ans d'études, vous vous êtes toutes les deux dirigées vers la médecine cérébrale.

À ce mot, Sam ne put s'empêcher de frémir, mais Albert ne remarqua rien et poursuivit :

— Chacune dans son domaine : toi, tu t'es spécialisée dans la neurochirurgie, elle, dans la psychiatrie. En juin 2106, tu as soutenu ta thèse de fin de cycle. Nous voulions y assister, mais Hogg nous l'a fortement déconseillé. Le niveau était trop élevé, soi-disant, nous n'aurions rien compris. Nous n'avons pas insisté.

— On n'est pourtant pas plus idiots que la moyenne ! certifia Liana.

— En tout cas, ça devait être rudement bien, parce que tu as été embauchée aussitôt, et pas par n'importe qui ! s'exclama Albert, soudain très fier. Figure-toi que c'est le célébrissime professeur David en personne qui t'a convoquée pour t'offrir un poste. À vingt-quatre ans seulement !

Sam contracta la mâchoire. Le pauvre homme ignorait certainement toutes les horreurs que commettait le scientifique au nom du progrès médical.

— Oui, je sais. Ça, c'est une partie de mon passé que j'ai découverte récemment, fit-elle seulement. Ma sœur a-t-elle également été embauchée chez Mémoris ?

— Non. En fait, c'est à partir de ce moment-là que vous vous êtes brouillées, avoua Liana, le regard rempli de tristesse. Tu as commencé à sortir avec un collègue de travail, le tristement célèbre Treg Astelli. Tu étais follement amoureuse de lui. Pauvre chérie, si tu avais su ce qui arriverait un jour ! Mais, à l'époque, à part lui, plus rien ne comptait pour toi, ni tes parents, ni ta sœur, ni nous non plus, cela va sans dire. Tu n'es plus revenue ici pendant presque deux ans.

Sam buvait leurs paroles, avide d'ajouter tous ces souvenirs au puzzle de sa vie.

— Un jour, tu es arrivée la bouche en cœur et tu as annoncé à tes parents que tu allais épouser Treg. Hogg est entré dans une colère folle. Je ne l'avais jamais vu comme ça. Ta mère aussi était dans tous ses états.

— Que s'est-il passé ensuite ?

— Vous vous êtes mariés contre l'avis de tous, en septembre 2109 si mes souvenirs sont bons. Mais personne n'a été invité. En mai 2110, après un an de silence complet, tu as débarqué à l'improviste chez tes parents, enceinte de huit mois. Je peux te dire qu'ils ont eu le choc de leur vie !

— C'est ce jour-là que la fameuse photo que vous m'avez donnée a été prise ?

Liana se contenta de hocher la tête.

— Et ma sœur, dans tout ça, qu'est-elle devenue ? s'enquit Sam.

Albert se gratta le menton avant de continuer.

— Malgré ses études, Élora continuait à rendre visite à ses parents très régulièrement. Je crois qu'elle essayait de compenser ton absence. Ta mère souffrait beaucoup de ton mutisme, surtout depuis ton mariage. C'était très dur pour eux.

— Ma sœur aussi était contre mon mariage ?

— Évidemment ! s'exclama Liana. Élora détestait Treg. Elle disait qu'il avait une mauvaise influence sur toi, qu'il t'embrouillait le cerveau avec toutes ses histoires. Elle ne lui faisait pas confiance. Elle a bien essayé de t'ouvrir les yeux, mais chaque fois tu l'as envoyée promener. Tu avais fait ton choix et, ton choix, c'était Treg.

Sam était perplexe. Elle devait sacrément l'aimer, ce Treg, pour abandonner ainsi sa famille et l'épouser contre l'avis de tous. C'était affreusement frustrant pour elle de n'avoir plus aucun souvenir de cette époque. Liana et Albert lui dévoilaient sa vie et pourtant elle avait l'impression qu'on lui racontait celle d'une autre, d'une étrangère.

Il fallait qu'elle se raccroche à du concret, à du palpable. Sa sœur !

— Vous savez où vit Élora actuellement ? Anton est peut-être avec elle ?

Liana haussa les épaules.

— Je crois qu'après ses études elle a trouvé du travail à Colonna. C'était en 2108. Ensuite, elle a un peu espacé ses visites. Elle avait sa vie, après tout. Mais, depuis la disparition de tes parents en 2111, nous n'avons plus jamais eu aucune nouvelle. Aucune !

— À notre connaissance, Élora n'est jamais revenue ici, compléta Albert. C'est étrange, non ? Peut-être que tes parents l'ont mise au courant de leur fuite et qu'elle se cache aussi.

Sam hocha la tête, pensive.

Loin de l'éclairer, ces révélations la rendaient plus perplexe que jamais. Elle se découvrait une identité, mais aucun fichier sur Avel n'existait, elle se trouvait des parents, mais ils s'étaient évaporés dans la nature, elle apprenait qu'elle avait un fils, mais nul ne savait où il était, et voilà qu'elle apprenait qu'elle avait une sœur, mais on ignorait où elle vivait. Cette course vers son passé prendrait-elle fin un jour ?

Pourtant, il n'était pas question de s'avouer vaincue. S'il existait ne fût-ce qu'une petite chance qu'Élora sût où se trouvait Anton ou ses parents, elle devait absolument la retrouver. C'était décidé, elle irait à Colonna.

Après avoir chaudement remercié les Calberston pour leur accueil et leurs précieuses confidences, elle remit sa perruque et ses lentilles. Sur le seuil de la résidence, elle se retourna.

— Oh, j'allais oublier, si jamais un détail vous revenait, même le plus insignifiant, je vous en supplie, contactez-moi. Voici mon numéro de microtel et l'adresse de mon ami, à Kotaris. N'hésitez pas, car il y a parfois des secrets qu'il faut briser pour sauver des vies.

Sam avait insisté sur ce mot en plantant ses prunelles dans celles de Liana, pour être sûre que le message était bien passé et lui rappeler qu'elle n'était pas dupe.

Rapidement, elle composa le numéro du taxi pour qu'il passe la reprendre et vérifia l'heure. Douze heures trente-six. Avait-elle le temps de se rendre à Colonna ? Elle ignorait même où se trouvait cette ville.

Elle profita de ce moment de calme, baignée dans les rayons de soleil de Raven, pour passer un coup de fil à Éthan. Il serait sûrement heureux qu'elle prenne de ses nouvelles. Elle laissa retentir la sonnerie plusieurs fois avant qu'Éthan décroche.

— Allo ! Éthan ? C'est moi. Comment ça se passe, tes…

— Bien ! la coupa-t-il d'une voix où suintait l'irritation. Pourquoi appelles-tu ? Tu as encore des soucis ?

— Non, absolument pas. Inutile de t'énerver. Je voulais simplement savoir comment se passaient tes examens et si tu allais bientôt rentrer.

— Rentrer ? Tu en as de bonnes ! Je suis à l'appartement, moi. Et j'étais justement en train de me demander si tu allais bientôt rentrer. C'est drôle, non ? Où es-tu ?

Le sang de Sam se glaça. Il avait découvert son escapade. Son plan bien huilé était en train de se fissurer. Elle pesta intérieurement. Devait-elle lui avouer la vérité ? De toute façon, il finirait sûrement par l'apprendre. Autant que ce soit de sa bouche.

— Écoute, Éthan, ne te fâche pas, mais je suis à Raven. Il fallait que je revoie les Calberston. C'était très import…

— À Raven ? Tu es cinglée, Sam ! Rentre immédiatement ! Quand décolle la prochaine navette pour Kotaris ?

— Je l'ignore, souffla Sam en se mordant les lèvres.

Puis elle eut un éclair de génie.

— De toute façon, je ne peux pas rentrer, les Calberston ne sont pas encore là et il faut absolument que je les voie. Je serai de retour en fin d'après-midi, promis !

Elle raccrocha aussitôt pour ne pas entendre la réponse.

Elle regrettait à présent de l'avoir appelé, mais elle comptait bien profiter encore un peu des quelques heures de liberté qu'il lui restait. Il lui ferait, à n'en pas douter, une scène à son retour, mais elle n'était plus à ça près. Sauf s'il se montrait à nouveau violent, comme Lulu l'avait laissé sous-entendre. En repensant au médecin, elle se dit qu'il vaudrait peut-être le coup de passer lui rendre une petite visite un de ces jours.

Un coup de klaxon la fit sursauter. Elle sourit en reconnaissant le chauffeur kotarisophobe. Elle s'engouffra dans son tax'air.

— Heureuse de vous revoir ! Vous allez bien, depuis tout à l'heure ?

— Votre présence a ensoleillé ma matinée et vous me faites l'honneur de renouveler cet instant d'extase. Mille mercis, jeune déesse des temps nouveaux ! déclara-t-il d'un ton emphatique avant d'éclater de rire.

Sam partagea sa bonne humeur et lui demanda où se trouvait Colonna.

— Houla ! C'est pas la porte à côté. C'est une grosse ville du nord. Il faut compter plus de deux heures et demie en NUR. C'est là que vous souhaitez vous rendre ?

Elle hésita. Si sa sœur habitait aussi loin, ça allait lui coûter cher et elle n'aurait peut-être pas assez d'argent sur sa carte. En outre, elle n'avait même pas son adresse. Tant pis, Colonna attendrait. De toute façon, elle avait une autre idée en tête.

— Non, je vais rentrer à Kotaris. Vous pouvez me conduire à l'aérogare, s'il vous plaît ? Mais, cette fois-ci, je tiens à payer.

— Si vous insistez, plaisanta-t-il en appuyant sur l'accélérateur.

La circulation était bien plus dense à cette heure que tôt le matin, mais Sam en profita pour admirer la ville, dont chaque coin de rue était orné de statues de divinités antiques. Elle se fit la réflexion qu'elle aurait aimé y vivre. Un jour, peut-être.

Dix minutes plus tard, elle débarqua à l'aérogare de Raven et passa sa carte devant le visiodétecteur du tax'air pour régler la course. Elle remercia le chauffeur pour son amabilité et promit de faire à nouveau appel à ses services si jamais elle revenait par là.

Elle débarqua à Kotaris en début d'après-midi. Si elle avait été raisonnable, elle serait sagement rentrée à l'appartement pour rassurer Éthan. Mais qu'elle rentre maintenant ou dans quelques heures ne changerait pas grand-chose au fait qu'il serait furieux. Or, elle avait très envie de faire un petit tour du côté des deux universités de médecine mentionnées par Albert. Aussi se dirigea-t-elle vers un terminal des valas.

— *Mademoiselle Montas, bonjour. Vous êtes en relation avec le service de gestion automatique des valas de la ville de Kotaris. Veuillez préciser votre destination et je me ferai un plaisir de vous indiquer l'horaire du prochain relais.*

— Je voudrais me rendre à l'Université de médecine de Kotaris.

— *Il existe huit centres universitaires d'études médicales. Pour une plus grande efficacité, pourriez-vous préciser votre demande ?*

Elle hésita.

— Heu... laquelle est la plus réputée ?

— *Si on se fie aux taux de réussite et à la célébrité acquise par ses diplômés, l'UMK jouit d'une excellente réputation, doublée d'une renommée internationale. Validez-vous cette destination ?*

— Oui, je valide.

— *Très bien. Je calcule la solution la plus rapide. Dans deux minutes cinq secondes, le vala K875UT passera vous prendre.*

Il vous conduira à l'UMK en moins de douze minutes. Confirmez-vous ce choix ?

— Je confirme! déclara Sam en repensant au chauffeur de Raven.

C'était vrai que ce genre de machine rendait toute politesse superflue et transformait les humains en êtres asociaux, capricieux et, finalement, odieux.

L'UMK était absolument gigantesque. Quatre tours coniques reliées les unes aux autres par un immense parc suspendu formaient un impressionnant complexe universitaire. Sam se demanda combien d'étudiants pouvaient bien vivre et travailler là.

Le vala la déposa sur une esplanade qui surplombait le jardin aérien. Elle régla la course et se laissa submerger, ébahie, par la beauté surréaliste de cet espace vert à l'exubérante végétation, suspendu en plein ciel. Elle descendit les marches qui menaient à des sentiers recouverts de gravillons nacrés et se laissa guider par son intuition, en cherchant au fond d'elle l'impression d'être déjà venue en ces lieux. Elle serpenta entre les buissons odorants et les branches caressantes des saules pour se laisser imprégner par la nature. Si la chance lui souriait, un détail anodin déverrouillerait peut-être une zone scellée de sa mémoire.

À intervalles réguliers, la végétation offrait des havres de paix où discutaient des groupes d'étudiants. Dimanche était un jour de repos et ils en profitaient pour réviser leurs notes ou simplement prendre du bon temps.

Arrivée sur une placette, Sam activa un holoplan digital pour se repérer. Les quatre tours se dessinèrent et elle lut leur nom en surbrillance: Lexington, Abalia, Gallier et Katiwa, du nom des quatre prix Nobel de médecine les plus prestigieux du XXIe siècle. La première était réservée aux logements étudiants, confréries, restaurants, salles de loisirs, de sport et de cinéma. Les deux suivantes étaient consacrées aux salles de cours et de conférence; elles regroupaient aussi les bibliothèques et médiathèques en fonction des sections. Quant à la dernière, elle abritait la scolarité centrale ainsi qu'un hôpital haute technologie où les internes faisaient leurs premières armes.

Sam hésita. La scolarité serait-elle ouverte un dimanche? Elle appuya sur l'icône en question et les différents services ainsi que les jours et horaires d'ouverture apparurent sur l'écran virtuel. Comme elle le pressentait, la scolarité était fermée, mais on pouvait avoir accès aux archives informatiques sept jours sur sept. Elle s'empressa vers la tour Katiwa.

Le hall d'accueil était une pure merveille. Pour un peu, elle se serait crue dans un palace réservé à l'élite fortunée de Kotaris, tant les dimensions et le design étaient hors du commun. Les dalles du sol, translucides, donnaient sur un immense bassin où nageaient librement des poissons multicolores. Elle fit quelques pas, déroutée d'avoir à marcher sur l'eau. Quant aux murs, il s'agissait d'écrans de fumée légèrement opaques qui pouvaient se déplacer et s'adapter au gré de la fréquentation des lieux. Pourtant, aussi impressionnant fût-il, cet endroit n'éveillait aucun souvenir en elle.

Chaque visiteur se voyait attribuer un mini holoplan flottant qui le guiderait à travers les étages et les dédales de couloirs jusqu'à sa destination finale. Ce système était fort coûteux, mais ultra-pratique, car il permettait d'économiser du temps en offrant une efficacité remarquable. Mais ce que beaucoup ignoraient, c'était que ces mini holoplans servaient également de mouchards et alertaient la sécurité si le visiteur se rendait dans des sections sécurisées ou s'il commettait des actes d'incivilité.

Sam demanda au sien de la conduire aux archives et

immédiatement la petite bulle holographique se mit en route et se dirigea vers les ascenseurs.

Situées au 62e étage, donc bien en dessous du jardin suspendu, les archives occupaient à elles seules un étage entier. Elle s'adressa à un terminal de renseignements, car, là encore, il fallait préciser ce qu'on souhaitait y trouver. Les archives renfermaient des millions de données. Tous les étudiants qui étaient passés par l'UMK possédaient un dossier d'identification et un dossier scolaire mentionnant options, professeurs, notes, appréciations, sujets de recherches et de thèse, expériences... À cette énorme base de données s'ajoutaient aussi des dossiers sur le corps enseignant, le personnel non enseignant, les médecins et les scientifiques, ainsi que tous les patients de l'hôpital Katiwa.

Sam posa nerveusement son doigt sur la rubrique *Étudiants*, puis sur la sous-catégorie *Anciens élèves*. On lui demanda l'année d'entrée à l'UMK. Heu... elle avait eu son D-Féo à 16 ans, elle avait donc intégré l'université en 2098. À ce stade de l'arborescence informatique, elle était en droit de taper un prénom et un nom. D'un doigt tremblant, elle tapa consciencieusement A V E L M A U R Y, puis patienta. Au bout de quatre secondes, le message suivant s'afficha à l'écran :

— *Personne inexistante dans le fichier informatique. Nouvelle recherche / Fin*

Elle recommença avec M O R I, mais la réponse fut identique.

Légèrement dépitée, elle pressa *Nouvelle recherche* et tapa : É L O R A M A U R Y en espérant que sa sœur ne soit pas absente des fichiers.

— *Personne inexistante dans le fichier informatique. Nouvelle recherche / Fin*

Sam ragea. Elle s'était peut-être trompée d'université, après tout. Elle s'était juste imaginé que la brillante élève qu'elle avait été avait choisi la plus prestigieuse université de la capitale. À moins que les données informatiques de l'université n'aient été elles aussi détruites, Avel et sa sœur n'avaient pas étudié là.

Elle allait presser l'option *Fin* quand un détail du menu en haut à droite de l'écran attira son attention : *Archives consultables sur térarom*. Était-ce là une autre piste possible ? Puisque les données en ligne avaient disparu, peut-être existait-il une trace des deux sœurs sur une sauvegarde térarom.

Excitée, elle pressa cette option et un nouveau message apparut :

— *Pour des raisons de sécurité, l'UMK enregistre régulièrement ses données informatiques sur des téraroms consultables à la demande. Le service des téra archives est ouvert du lundi au vendredi, de neuf à douze heures et de quatorze à dix-sept heures. Merci de votre visite.*

Sam grimaça. Elle allait devoir attendre jusqu'au lendemain. Mais Éthan la laisserait-il sortir à nouveau ? Il fallait qu'elle profite de sa présence ici pour poursuivre son enquête. Mais par où commencer ? Cet endroit était tellement grand ! En plus, elle n'avait aucune preuve qu'elle y avait bien fait ses études. Si seulement elle pouvait rencontrer un de ses professeurs, ou pourquoi pas d'anciens camarades aujourd'hui devenus médecins.

— Mais oui, c'est ça ! s'écria-t-elle en tapant du poing contre sa paume. Il doit bien y avoir un club des anciens élèves ou quelque chose dans le genre !

Tout excitée par cette idée lumineuse, elle remonta à l'accueil et traversa le jardin pour se rendre jusqu'à la tour Lexington. Elle se dirigea vers un holoplan et, au moment où elle allait l'activer, elle eut une bien meilleure idée encore.

Elle avisa un groupe d'étudiants engagés dans une discussion animée. Que risquait-elle à le leur demander ? Après tout, si les machines étaient incapables de l'aider, peut-être les humains s'en sortiraient-ils mieux.

— S'il vous plaît, les apostropha Sam, pourriez-vous me dire où se trouve le club des anciens élèves de l'UMK ?

Les cinq paires d'yeux se braquèrent sur elle.

— Vous êtes une ancienne ? demanda celui qui portait un t-shirt dont le logo animé affichait tour à tour *J'aime – L'UMK* – ♥ en lettres scintillantes.

— Et vous cherchez l'Association des anciens ? ajouta le plus boutonneux.

— C'est bien ça ! Vous avez tout compris, les gars ! ironisa-t-elle.

— Ben comment ça s'fait que vous ne sachiez pas où se trouve l'AA, si vous avez fait vos études ici ? fit un rouquin en lorgnant la poitrine de la jeune femme.

« Ça, c'est le genre de truc qui ne vous arrive pas avec un ordinateur, mais il faut savoir ce que tu veux, ma petite Sam », se dit-elle mentalement.

— À mon époque, l'AA était dans la tour Katiwa, inventa-t-elle. Mais, apparemment, ils l'ont déplacée et je suis un peu perdue.

— À votre époque ? répéta le beau gosse au t-shirt animé. Ça fait quoi… deux, trois ans maximum que vous avez quitté la fac.

Sam faillit éclater de rire.

— Non, j'ai présenté ma thèse en 2106. Il y a huit ans déjà.

Les gars écarquillèrent les yeux.

— Votre thèse ! Wouaahh ! s'écria un petit blond, épaté. Alors, vous êtes médecin ? C'est quoi, votre spécialité ?

— La neurochirurgie ! laissa tomber Sam en réalisant trop tard que ce n'était peut-être pas très prudent de dévoiler cette information. Bon, et l'AA, dans tout ça ?

— Moi, j'mets mon cerveau à vot'disposition quand vous voulez ! plaisanta le rouquin en relevant ses yeux du buste de Sam.

— Méfie-toi ! riposta-t-elle. Je vais t'inoculer un nanoimplant inhibiteur de testostérone !

Les étudiants éclatèrent de rire devant l'air ahuri de leur copain, et le petit blond lui montra du doigt l'ascenseur.

— L'AA se trouve au 102e. Demandez Ziggi, c'est un pote à nous.

Elle le remercia d'un sourire. Le blondinet s'empourpra, ce qui eut comme effet d'intensifier l'hilarité des autres.

Au 102e, pas d'holoplan ni de bulle mouchard. Ces technologies étaient trop chères pour qu'on les gaspille. Dans le secteur des étudiants, quelques caméras de vidéosurveillance placées à des endroits stratégiques suffisaient à faire régner l'ordre.

Sam trouva assez facilement le bureau de l'AA derrière une simple porte en verre fumé. Elle frappa et attendit qu'on l'invite à pénétrer dans le Saint des Saints.

Sa déception dut se lire sur son visage. Le prestigieux club des anciens de la très réputée UMK n'était qu'un minable petit bureau. Rien à voir avec le hall somptueux de la tour Katiwa. Ici, deux bibliothèques dont les planches pliaient sous le poids des dossiers, une table en bois avec trois chaises autour, un vieil ordinateur parfaitement dépassé et un type qui pianotait dessus, apparemment passionné. Il ne prit même pas la peine de lever la tête lorsqu'il demanda :

— C'est pour quoi ?

Sam ne se laissa pas démonter. Elle s'assit en face de lui et posa ses coudes sur la table.

— Bonjour ! Vous êtes Ziggi ?

— P't'être bien ! fit l'informaticien sans quitter des yeux son vieil écran plasma. Ça dépend pour qui.

Sam commençait à perdre patience. Un instant, elle faillit se saisir de l'antiquité et l'envoyer promener à l'autre bout de la pièce, mais elle réfréna ce réflexe primaire.

— Je viens de la part d'un petit blond qui semble bien vous connaître. Alors, vous allez prendre deux minutes, lever vos yeux de ce putain d'écran et répondre à mes questions. Merci !

Les mains du type cessèrent de se balader sur le gros clavier et restèrent en l'air, comme figées. Sidéré qu'on ose lui parler sur ce ton, le dénommé Ziggi braqua des yeux furibonds sur son interlocutrice, mais ses mots s'évanouirent sur ses lèvres. Il ne s'attendait pas à découvrir une jeune femme aussi ravissante dans son bureau.

— Hé ! Faut pas s'énerver comme ça, j'vais y répondre, à vos questions. Mais j'ai chopé une saleté de virus qui est en train de ronger mon disque dur et ça me rend dingue. Il est pas tout jeune, mais j'y tiens. Bon, de toute façon, au point où j'en suis, je verrai ça plus tard… Qu'est-ce que vous voulez savoir, mademoiselle…

— Montas, mais appelez-moi Inès. Voilà, je voudrais joindre une ancienne amie qui a fait ses études ici. On s'est perdues de vue et j'ignore ce qu'elle est devenue.

— Hé ! Sans ma bécane, ça va être dur de vous renseigner : tous mes fichiers sont dessus. Mais on peut toujours essayer… Comment s'appelait-elle ?

— Avel, Avel Maury. Ça vous dit quelque chose ?

Le type hoqueta de surprise.

— Bien sûr que ça me dit ! Et là, pas besoin de fichier ! J'la connaissais bien, Avel, j'ai même sorti avec sa sœur pendant un an et demi.

20

Sam crut que son cœur allait s'arrêter de battre.

— Élora ? Vous avez fréquenté Élora Maury ? murmura-t-elle dans un souffle.

— Ben oui. Vous semblez étonnée. On était tous les deux dans la même promo et elle était super canon.

Ziggi marqua une pause pour réfléchir.

— En réalité, elles étaient super canon. On aurait presque pu les confondre, tellement elles se ressemblaient. Les gens qui ignoraient qu'Avel était en troisième année les prenaient pour des jumelles. Ça les faisait bien rire.

— Oui, je m'en souviens, osa Sam pour paraître plus réaliste. Elles s'entendaient plutôt bien.

— Ça oui, alors ! Toujours fourrées l'une avec l'autre, jusqu'au jour où Élora en a eu marre qu'on les confonde. Les profs la prenaient toujours pour sa sœur et ça l'énervait, à force. Alors, elle s'est coupé les cheveux. Mais n'empêche qu'elles étaient inséparables.

— Si mes souvenirs sont bons, Avel était une étudiante extrêmement douée ?

— Oh oui ! Une des meilleures, comme sa sœur. Jamais vu des filles aussi intelligentes. De vrais génies, même si…

— Oui ? Qu'est-ce que vous alliez dire ? insista Sam.

— Eh bien ! poursuivit-il un peu gêné, certains disaient que c'était bizarre, deux sœurs qui se ressemblent autant et qui sont aussi brillantes. Ils trouvaient ça louche.

— Louche ? Comment ça ?

— Ben, certains les surnommaient les clones !

Stupéfaite, Sam en oublia de respirer pendant plusieurs secondes. Comme s'il tenait à prendre ses distances avec ce surnom, Ziggi ajouta :

— C'était pas bien fin, mais vous savez comme la jalousie peut rendre les gens stupides.

Sam se fichait éperdument de l'insulte. Ce qu'elle voyait, elle, c'était la manipulation génétique que cela supposait.

— Des clones humains ?

— Ben oui, pas des clones de chiens ! s'esclaffa le type.

— Ça existe ? Enfin, je veux dire... c'est possible ?

— Officiellement, c'est illégal. Mais, officieusement, de nombreux généticiens travaillent là-dessus dans des laboratoires secrets, car l'AI attend avec impatience de se doter de gardes clonés, plus fiables, plus efficaces et sans limites de stock. Le rêve !

Mais Sam ne l'écoutait déjà plus.

— Vous croyez qu'Avel et Élora étaient réellement des clones ? demanda-t-elle d'une voix blanche.

— Non, rassurez-vous ! Les gens racontaient ça par pure méchanceté. Avel et Élora n'avaient pas du tout le même caractère. Elles avaient même un concept radicalement différent de la médecine. Quand Avel a été embauchée par Mémoris, il y a eu de l'eau dans le gaz entre les deux sœurs. Mais comme on venait de rompre, Élora et moi, je n'en ai pas su davantage. La suite, vous la connaissez : Avel a fini par disjoncter et elle a tué plusieurs mecs dans son labo avant de s'enfuir. Aujourd'hui, c'est une des criminelles les plus recherchées. Ne me dites pas que vous ne le saviez pas ?

Il plissa les yeux. Sam se mordit la lèvre jusqu'au sang. Quelle gourde elle faisait ! Pour quelqu'un de supérieurement intelligent, elle n'était pas si futée que ça. Aller dire qu'elle ignorait ce qu'Avel était devenue, alors que toutes les holovisions du monde diffusaient ses photos non-stop ! Il fallait qu'elle trouve une explication et vite.

— Je sais très bien ce qu'on raconte, mais ce ne sont que des conneries, de l'intox de l'AI ! Avel n'était pas du tout le genre de fille à tuer quelqu'un. C'était un remarquable médecin et elle respectait la vie sous toutes ses formes.

— Ouais, si on veut ! Mais je crois que vous ne diriez pas cela si vous connaissiez le sujet de sa thèse. Vous savez sur quoi elle travaillait ?

Le pouls de Sam s'accéléra. Allait-elle enfin savoir ? Comment se pouvait-il que cet étudiant attardé en sût plus que Nao ?

— Non, je suis partie avant qu'elle commence à travailler dessus. Mais je serais ravie de l'apprendre, fit-elle, le cœur battant.

— En fait, les deux sœurs étaient passionnées par le cerveau humain. Elles voulaient réussir à comprendre son fonctionnement pour percer ses mystères. Mais, alors qu'Élora se contentait d'une approche extérieure grâce à la psychiatrie, Avel préférait l'intérieur.

Il s'interrompit pour faire une grimace éloquente.

— Son truc à elle, c'était de farfouiller dans le cortex neuronal. Avel était une spécialiste de la mémoire. On raconte qu'elle avait mis au point une technique révolutionnaire qui consistait à ôter des souvenirs très précis pour les remplacer par d'autres, artificiels. Vous imaginez un peu !

— Des souvenirs artificiels ? Mais comment est-ce possible ?

Néanmoins, dans son esprit, les morceaux du puzzle se rassemblaient.

— Ah, ça, aucune idée ! C'est pas moi, le génie ! Mais quand Avel a publié le sujet de sa thèse, il y a eu un sacré remue-ménage à l'UMK. Beaucoup ont crié au scandale parce que c'était soi-disant contraire à l'éthique et à notre déontologie. Mais je peux vous dire que le professeur David s'est tout de suite porté volontaire pour être son directeur de thèse. Il l'a entièrement financée et a acheté les droits pour que seule sa société, Mémoris, puisse en tirer des bénéfices et poursuivre les expérimentations par la suite. C'est pour cette raison qu'il a embauché Avel dès la fin de ses études.

— Vous avez assisté à la soutenance de sa thèse ?

— Non, seuls quelques éminents spécialistes en neurochirurgie, le doyen de l'UMK et le professeur David ont eu cette chance.

— Si je vous suis bien, David était professeur à l'UMK ?

— Bien sûr. Aujourd'hui encore, il est le directeur du département de Recherche cérébrale. Vous pensez bien qu'avec un tel sujet la thèse d'Avel ne pouvait que le passionner.

Sam hocha la tête, pensive.

— Et vous ? Quel était le sujet de votre thèse ? C'était quoi, votre spécialité, pour que vous finissiez informaticien de l'AA, obligé de bosser même le dimanche ? finit-elle par demander, un brin moqueuse.

Apparemment, Ziggi ne se formalisa pas du ton. Il se contenta d'un sourire énigmatique.

— J'ai pris un peu de retard, ces dernières années. Je suis loin d'être surdoué, moi, et c'est pas huit ans qu'il va me falloir, mais au moins le double. J'ai donc accepté ce poste que le doyen m'a généreusement proposé en attendant de trouver quelque chose de mieux payé… ou en attendant de terminer ma thèse, si cette foutue bécane arrête de m'en faire voir de toutes les couleurs.

Sam regarda l'ordinateur en souriant et remercia Ziggi. Comme elle allait partir, elle se retourna.

— Au fait, avez-vous revu Élora ou eu de ses nouvelles récemment ?

— Pas depuis qu'on a rompu, en 2105. Je crois qu'après ses études elle a trouvé un poste dans le nord, à Colonna, mais j'ignore si elle bosse toujours là-bas. Si jamais vous lui rendez visite, dites-lui un p'tit bonjour de ma part. C'était une chouette fille.

— Je le ferai. Promis !

Elle referma la porte de l'AA derrière elle et laissa Ziggi à sa nostalgie en se disant qu'elle pourrait toujours revenir le voir si d'autres questions lui venaient à l'esprit. Un coup d'œil à son microtel lui révéla qu'il était seize heures trente-sept. Elle allait devoir rentrer, mais elle ne regrettait pas son escapade clandestine. Sa journée avait été fructueuse. Entre la découverte de l'existence de sa sœur cadette et celle du sujet de sa thèse controversée, son passé commençait à s'éclaircir.

Elle avait été sidérée d'apprendre qu'elle travaillait sur les amnésies artificielles partielles, les fameuses AAP dont Killis Éliakis avait parlé à Éthan lorsqu'il s'était fait passer pour un journaliste. D'après Ziggi, elle était même parvenue à introduire de faux souvenirs dans des cerveaux trafiqués au préalable. C'était vraiment monstrueux, mais elle devait bien s'avouer que cela représentait une véritable prouesse technologique. C'était sûrement pour cette raison qu'elle avait été amenée à collaborer avec l'AI et aussi qu'elle se retrouvait avec un cerveau endommagé à son tour. On avait dû lui faire subir une AAP, peut-être pour l'empêcher de divulguer des secrets. Mais, le comble, c'était d'être elle-même à l'origine de ces expériences cérébrales. C'était le truc de l'arroseur arrosé, en quelque sorte.

Elle se demanda si, malgré le parfum de scandale et de secret qui avait entouré sa thèse, d'autres étudiants partageaient à l'époque ses convictions et ses recherches. Il pourrait être intéressant de les retrouver et d'en discuter avec eux. Il ne fallait négliger aucune piste.

Elle s'arrêta en plein milieu du couloir et fit aussitôt demitour, bien décidée à creuser la question avec Ziggi. Si elle avait eu autrefois des adeptes, lui le saurait certainement !

Elle courut en sens inverse, mais stoppa net en voyant un homme habillé en noir pénétrer dans le bureau de l'AA et claquer la porte derrière lui.

Sam se pétrifia. Elle aurait reconnu cette silhouette entre mille. L'albinos de Soraya !

Cela faisait pourtant plusieurs jours qu'elle ne l'avait pas revu et cet inquiétant personnage lui était un peu sorti de l'esprit. Elle s'était même imaginé qu'elle avait été un brin parano. Mais là, aucun doute n'était possible. L'albinos la suivait toujours et il venait de pénétrer dans le bureau de Ziggi.

Elle se souvint alors de son regard cruel, rouge comme le sang. Son sang à elle ne fit qu'un tour. Elle l'imaginait déjà en train de torturer le pauvre Ziggi pour lui soutirer des informations, tout ça par sa faute. Elle courut jusqu'à la porte, prête à faire irruption dans le bureau pour venir en aide à l'informaticien, mais elle suspendit un instant son geste. Derrière la porte, Ziggi parlait à un rythme saccadé, comme s'il avait peur, comme si l'albinos avait une arme et le menaçait. Elle se demanda s'il ne fallait pas prévenir la sécurité, mais un dimanche, dans l'immensité de cette université, où allait-elle la trouver ? Et puis, il serait peut-être trop tard.

— Nooooon ! Je vous ai tout dit ! hurla la voix de Ziggi à travers le verre dépoli du battant.

Sam n'hésita pas. Elle ouvrit la porte à la volée en comptant sur l'effet de surprise que produirait son entrée fracassante.

Son intuition ne l'avait pas trompée. L'albinos tenait en joue le pauvre Ziggi qui s'était recroquevillé dans un coin. En la voyant débarquer comme une furie, l'homme sursauta et mit quelques secondes de trop à pointer son pistolet vers elle. D'un coup de pied précis, elle le fit voler en l'air. L'arme retomba lourdement sur le bureau avant de glisser sur le sol.

Haletante, elle fixa son adversaire, prête à se battre, mais l'albinos était tellement stupéfait de la voir là qu'il ne fit pas un geste.

Ils restèrent un moment à s'observer. Le type était aussi laid que dans ses souvenirs. Une lueur de malveillance luisait dans ses yeux écarlates. L'impression de l'avoir déjà vu – était-ce dans son passé ? – perturba Sam, mais elle n'allait pas le laisser partir comme ça.

— Qui êtes-vous ? Pour qui travaillez-vous ? demanda-t-elle.

Le visage blafard de l'homme s'illumina d'un rictus de mépris, une sinistre grimace qui sembla à nouveau familière à Sam. Il ouvrit la bouche comme pour répondre, mais, à la place, il bondit vers l'arme pour s'en saisir.

Tout se déroula alors très vite.

Sam agrippa l'une des chaises et la balança de toutes ses forces en direction de l'albinos. Il se retourna brusquement et la reçut en plein visage. Il y eut un craquement sinistre et une gerbe rouge vif gicla sur le mur. Avec une grimace de douleur, l'homme porta une main gantée à son visage ensanglanté.

Sam se tourna vers Ziggi pour lui crier de filer en vitesse, mais elle n'eut que le temps de voir son corps tressauter sous le double impact des balles qui pénétrèrent ses chairs et perforèrent ses poumons. En l'espace d'une seconde, elle comprit que les deux suivantes seraient pour elle et se rua vers la porte vitrée toujours grande ouverte en espérant que l'impact se produirait trop tard.

Deux autres coups de feu retentirent derrière elle. La vitre de la porte vola en éclats. Sam se protégea la tête et se précipita dans le couloir.

Courir, courir le plus vite possible ! Mettre de la distance entre ce fou et elle. De toute façon, elle ne pouvait plus rien pour le malheureux Ziggi.

Elle se précipita dans le premier ascenseur pour rejoindre les jardins. Elle espérait avoir suffisamment d'avance pour semer son agresseur et sauter dans un vala. Elle traversa le hall comme une flèche sous les regards étonnés des étudiants qui se trouvaient là et s'empressa d'atteindre l'esplanade des transports en commun.

— *Mademoiselle Montas, bonjour. Vous êtes en relation avec le service de gestion automatique des valas de la ville de Kotaris. Veuillez préciser votre destination et je me ferai un plaisir de vous indiquer l'horaire du prochain relais.*

— Tour Soraya, étage 123 ! Le plus vite possible ! aboya Sam en se retenant pour ne pas insulter la machine.

— *Très bien. Je calcule la solution la plus rapide. Dans vingt secondes, le vala K918HY passera vous prendre. Il vous conduira à la tour Soraya en moins de neuf minutes. Confirmez-vous ce choix ?*

Sam valida la proposition et commença à compter mentalement les secondes les plus longues de sa vie. « 1, 2, 3... Pourvu qu'il ne surgisse pas sur l'esplanade... 7, 8, 9, 10... De toute façon, il n'osera pas m'abattre ici... 13, 14... Il y a bien trop de monde... 16, 17, 18... Maudit vala ! »

Mais, deux secondes plus tard, Sam rendit grâce à l'extrême exactitude des transports en commun de Kotaris et s'engouffra dans la navette qui venait d'arriver.

Ce ne fut qu'une fois à l'abri et en sécurité qu'elle laissa la peur, la colère et la peine la submerger. Elle se mit à sangloter en réalisant qu'une fois encore elle venait d'échapper à la mort. Dès l'instant où elle avait vu le regard écarlate de l'albinos pour la première fois, elle avait su qu'il était dangereux et qu'il serait sans pitié le jour où ils seraient face à face. Pourtant, s'il avait vraiment voulu la tuer, il l'aurait fait depuis bien longtemps. Ses ordres devaient être précis, se contenter de la suivre et éliminer les indésirables, comme le pauvre Ziggi. Pourquoi, dans ce cas, ne s'en était-il jamais pris à Éthan ? Parce qu'il ne s'était jamais trouvé en travers de son chemin ? Mais si un jour la situation se présentait, que se passerait-il ? L'albinos flinguerait-il son ami ? Sans aucun doute.

Elle déglutit avec peine. La mort de Ziggi lui était insupportable. Si elle n'était pas allée le déranger cet après-midi-là, il serait toujours plongé dans le disque dur de sa machine avec comme rêve lointain de terminer un jour sa thèse. Il ne la finirait, hélas ! jamais. À cause d'elle. Elle se fit alors la promesse de parler de lui à Élora quand elle la retrouverait. C'était désormais le seul service qu'elle pouvait lui rendre, comme un hommage posthume.

La jeune femme cala ses mains sur ses tempes pour essayer de faire le vide dans son esprit et de faire retomber son stress, mais elle était trop bouleversée pour s'apaiser. Les révélations de Ziggi, l'irruption de l'albinos, l'horrible crime auquel elle venait d'assister, c'en était trop.

Une autre question la tarauda soudain. Devait-elle avouer à Éthan qu'elle avait été témoin d'un meurtre ? Il aurait fallu, mais c'était prendre le risque de le voir encore plus furieux. Il allait ordonner à Nao de jouer les geôlières pour de bon. Elle hésita et jugea finalement préférable de garder pour elle cet épisode sanglant, mais elle se jura de redoubler de vigilance et de trouver si possible une arme.

Il était dix-sept heures dix-sept quand Sam pénétra dans le loft de son ami. Elle s'était préparée à endurer ses foudres et elle s'attendait à le voir débouler d'un instant à l'autre pour l'incendier de reproches, mais ce fut la voix de Nao qui retentit dans l'interphone du salon.

— *Éthan est sorti il y a une heure environ pour se rendre au CGR chercher une dose de son traitement. Il m'a chargé de te dire qu'il était désolé de s'être mis en colère au microtel, que tu es ici chez toi et que tu es parfaitement libre de tes mouvements.*

Ce message eut pour effet de rassurer Sam. La dernière chose dont elle avait envie, c'était bien de se disputer avec Éthan. Elle traversa la serre pour rejoindre sa chambre. Allongée sur son lit, elle ferma les yeux et essaya de déconnecter son cerveau. Elle voulait surtout oublier les images violentes du corps de Ziggi perforé par les balles et son propre sentiment de culpabilité. Lorsqu'elle ouvrit à nouveau les yeux, elle se sentait plus déterminée que jamais. Dans son esprit, tout était clair et limpide : il fallait qu'elle se concentre sur l'essentiel, soit rechercher sa sœur. Élora était peut-être le lien qui la conduirait à son fils. Mais elle devait absolument se méfier de l'albinos.

Elle était en train de se changer quand elle entendit un cri de douleur jaillir du salon. Éthan ? Elle enfila le premier t-shirt venu et se précipita hors de sa chambre.

Son ami était de dos quand elle pénétra dans le salon. Il était penché en avant et semblait se cacher le visage entre les mains. Elle avisa alors les gouttes de sang qui maculaient la blancheur du sol.

— Tu saignes ? Que s'est-il passé ? s'écria-t-elle, affolée, en courant vers lui.

Il releva la tête. Il avait le visage et les mains en sang. Sam se figea, toutes ses pensées tournées vers l'albinos. Ce psychopathe l'avait suivie jusque-là et il était tombé sur Éthan.

— Bordel de merde ! jura-t-il. Nao a refermé la porte juste au moment où je rentrais ! Je crois bien qu'elle m'a cassé le nez, cette putain de machine !

— *Je suis sincèrement désolée, Éthan. Il s'agit d'une défaillance de mes capteurs infrarouges. Veux-tu que j'appelle un médecin ?* demanda Nao d'une voix hésitante.

— Ferme-la ! se fâcha Éthan en se tenant le nez qui pissait toujours le sang. T'en as assez fait comme ça ! Sam va prendre le relais. Mets-toi en veille !

Sam le conduisit à la cuisine et le fit se pencher au-dessus de l'évier. À l'aide d'un torchon imbibé d'eau, elle lava précautionneusement son visage. Son nez avait pris un angle bizarre et une vilaine teinte violacée.

— Tu es salement amoché ! murmura Sam. C'est encore pire que le soir de notre rencontre, quand le garde t'a fichu la tête dans le mur. Je crois que c'est cassé. Tu ferais mieux d'aller voir un médecin, cette fois.

— Nan, pas la peine, fit Éthan en grimaçant de douleur, j'en ai ras-le-bol des médecins. J'en vois toute la journée ! Est-ce que tu peux monter dans ma salle de bain ? Dans un des tiroirs du meuble de droite, il y a un tube de protéicutan. C'est le gel réparateur cutané que j'ai déjà utilisé. C'est super efficace.

— J'y vais, mais, si c'est l'os qui est cassé, ton gel ne va pas pouvoir faire grand-chose.

Sam monta quatre à quatre les marches translucides. En passant devant Nao, elle se demanda si la machine n'avait pas volontairement refermé la porte sur Éthan, pour se venger de l'amour qu'il lui portait.

Dans la salle de bain, elle ouvrit plusieurs tiroirs et fut effarée devant la quantité de médicaments qu'ils contenaient. Des tubes, des plaquettes de pilules, des crèmes, des comprimés débordaient de partout. Tous ces trucs soignaient-ils l'affection génétique dont souffrait Éthan ? Elle jeta rapidement un coup d'œil aux noms inscrits sur les boîtes et les tubes. Génotipex, lactagen, protéiculine, mémoproten...

Apparemment, il s'agissait de génothérapie et de protéinothérapie, des médicaments réalisés sur mesure pour Éthan en fonction de son patrimoine génétique et protéinique. Il y en avait des dizaines et des dizaines.

— Tu trouves ? demanda Éthan en faisant irruption dans la salle de bain.

Elle sursauta et lâcha le tube qu'elle tenait.

— Heu... non... Y en a tellement ! s'excusa-t-elle.

Visiblement énervé, il passa derrière elle en levant les yeux au ciel et ouvrit un quatrième tiroir en maugréant. Il en sortit un petit tube jaune qu'il dévissa aussitôt pour appliquer le gel bleuté sur son nez, qui avait déjà doublé de volume.

— Tu crois que ce truc va pouvoir ressouder l'os ? insista Sam, sceptique.

— Tout seul, non, mais j'ai des bandes de fracpare. Je vais m'envelopper le nez avec et, au bout de deux jours, il sera comme neuf.

— Comment tu appelles ça ?

— Le fracpare est un tissu breveté qui s'adapte à toutes les parties du corps et qui remplace les anciens plâtres, expliqua Éthan en cherchant dans un placard où il avait bien pu le ranger. En cinq minutes, il se rigidifie et les robots microscopiques qu'il contient atteignent les cellules de l'os pour l'aider à se reconstruire plus vite. Tiens, les voilà ! Tu vas me les sortir une par une, le temps que je les place correctement.

Le nez d'Éthan fut bientôt recouvert d'un emplâtre blanc.

— Tu me trouves beau, comme ça ? plaisanta-t-il.

Le visage de Sam se fendit d'un large sourire, mais ses

pensées restaient sombres, car elle savait que, quelque part dans Kotaris, un certain albinos devait à peu de chose près avoir la même chose sur le nez.

21

Toute la soirée, Éthan se montra d'une extrême gentillesse. À plusieurs reprises, il s'excusa de s'être emporté au microtel. De son côté, Sam admit qu'elle avait eu tort d'agir ainsi. Elle n'aurait pas dû lui mentir pour avoir de l'argent ni fuir comme une voleuse jusqu'à Raven sans laisser le moindre message.

— Tu n'imagines même pas mon inquiétude lorsque je suis rentré du Centre. Un moment, j'ai cru que l'AI avait débarqué ici pour t'enlever, mais Nao m'a rassuré : personne n'était venu à l'appartement. Je me suis donc dit que tu étais simplement sortie, mais, en voyant défiler les heures, j'ai eu peur qu'il te soit arrivé quelque chose. Le mystérieux albinos dont tu m'avais parlé m'est revenu à l'esprit.

Elle ne releva pas l'allusion et préféra taire le meurtre dont elle avait été témoin, du moins pour l'instant.

— La prochaine fois, dis-moi carrément où tu veux aller, reprit-il, au moins je ne me ferai plus de soucis. J'en ai assez avec ma santé.

— Au fait, se reprit Sam, un peu penaude de ne pas le lui avoir demandé plus tôt, que t'ont-ils dit, au CRG ?

— Le généticien qui s'occupe de moi s'est montré très surpris de l'évolution de ma maladie. Il appelle ces taches des mélanomes dépigmentés de Heinz. Mais il est très rare qu'ils apparaissent en masse et aussi rapidement. L'affection génétique dont je suis atteint est due à différents facteurs, entre autres l'altération de gènes sur les chromosomes 9, 11 et 15 qui codent la mélanogenèse.

Comme Sam fronçait les sourcils, il expliqua :

— Ce terme désigne la fabrication de mélanine. C'est cette molécule qui donne à la peau sa couleur plus ou moins foncée. Lorsqu'il y a déficience dans les gènes, des taches blanches peuvent apparaître. Jusqu'à présent, j'avais un traitement symptomatique de fond à base de greffe d'ADN modifié, ce qui avait pour effet de limiter l'apparition de ce type de crise. Mais apparemment ce traitement se révèle insuffisant. Ce matin, le spécialiste a fait plusieurs prélèvements à partir desquels il va mettre au point un fluide protéique ciblé agissant directement sur les mélanocytes déficients pour les contraindre à produire de la tyrosine.

— Les mélanocytes, ce sont les cellules qui produisent la mélanine ? demanda-t-elle. Et la tyrosine ?

— C'est un acide aminé indispensable à la formation de la mélanine. Si mes cellules viennent à en manquer, elles blanchissent. C'est tout simple et pourtant tellement difficile à soigner. Enfin, d'ici quelques jours, le nouveau traitement sera prêt et je devrais enfin voir ces vilaines taches disparaître.

— Ton généticien ne t'a pas expliqué ce qui a pu provoquer un mélanome d'une telle importance ?

— Selon lui, cette crise est due au stress. Il m'a demandé s'il n'y avait pas eu dans ma vie des changements récents, des bouleversements familiaux ou des événements traumatisants.

— Oh ! s'écria Sam en amenant la main à sa bouche. Tu veux dire que c'est à cause de moi que tu as fait cette crise ?

— Non, pas à cause de toi, mais c'est certain que le stress

que j'accumule depuis cette fameuse nuit sur *Samildria* est en train de perturber mes mélanocytes déjà très fragilisés. Bon, allez, on va arrêter de s'apitoyer sur mon sort. Si tu me racontais plutôt ta journée à Raven ! As-tu fait de nouvelles découvertes ?

Heureuse qu'il aborde de lui-même le sujet, elle se fit un plaisir de lui relater sa visite chez les Calberston et l'étonnante nouvelle qu'ils lui avaient apprise, à savoir qu'elle avait une sœur qui vivait probablement à Colonna. Éthan en fut abasourdi.

— Tu es sûre de pouvoir leur faire confiance ? s'inquiéta-t-il. Nao n'a jamais rien trouvé à propos d'une éventuelle sœur. Ça ne te semble pas louche ?

— Je sais, mais Nao n'est peut-être pas si fiable que cela. L'état actuel de ton nez en est la meilleure preuve, non ?

— Mouais, fit-il en passant une main sur son emplâtre encore douloureux. Mais, pour les recherches, elle est plutôt performante, normalement.

— Je te rappelle que sur moi non plus elle n'avait presque rien trouvé, pas plus que sur mon fils, et elle a eu du mal à dénicher des infos sur mes parents. Je suis quasiment certaine que quelqu'un de très doué en informatique a falsifié les fichiers pour que l'AI ou qui que ce soit d'autre ne puisse mettre la main sur la famille Maury. Une façon de nous mettre à l'abri. Plus j'y pense et plus je crois qu'il s'agit de ma propre mère. Léa était informaticienne aux archives de Raven, la situation parfaite pour avoir accès à ces données et les supprimer.

— Dit comme ça, ça semble évident, en effet, fit Éthan, l'air songeur. Mais si elle vit encore à Colonna, je veux dire si elle n'a pas disparu dans la nature comme tes parents, il est très probable qu'elle ait changé de nom. Mon intuition me dit que tu vas avoir du mal à mettre la main dessus.

— Ne sois pas aussi pessimiste, laisse-moi espérer un peu ! Au fait, tu pourras créditer ma carte pour que je me rende là-bas, demain ou après-demain ? Ce serait vraiment gentil.

— Tu veux aller à Colonna ? s'inquiéta Éthan. Mais c'est à l'extrême nord de l'Eurafrique. Je ne pense pas que ce soit très prudent d'emprunter une NUR, surtout que tu es toujours recherchée. Il va y avoir des gardes de l'AI partout et j'ignore si ta micropuce pourra tromper une nouvelle fois leur détecteur.

Sam baissa les épaules, dépitée. Il avait une fois de plus raison.

— Et si j'y allais en navette ? proposa-t-elle. Les petites aérogares sont beaucoup moins surveillées. Regarde, je n'ai subi aucun contrôle lorsque je suis allée à Raven.

— Mais tu vas mettre un temps fou ! En navette, il va te falloir presque sept heures.

— Peu importe. Je suis déterminée et prête à tout pour la retrouver.

Éthan la regarda fixement. Il semblait réfléchir à sa réponse.

— Bon, c'est d'accord, finit-il par dire en soupirant. Mais je ne pourrai sans doute pas t'accompagner, car je dois passer au Centre de recherche génétique deux fois par jour, maintenant. Tu devras m'appeler très régulièrement et me promettre d'être extrêmement prudente.

— Promis ! s'exclama Sam en souriant.

Le lendemain matin, à peine réveillée, elle brûlait déjà d'envie de sauter sur Nao pour commencer ses recherches, mais Éthan lui rappela qu'elle avait tout son temps en l'obligeant à prendre un petit déjeuner.

Il commanda des pains briochés, des muffins et des pancakes, et il prépara du thé, du café et du jus d'orange sans orange, mais avec pulpe. Il y avait du progrès ! Ils s'installèrent confortablement dans le salon et Éthan brancha l'holovision sur l'une des douze chaînes d'information en continu, histoire de vérifier où en étaient les recherches de l'AI.

Sam dévora avec plaisir les petits pains tout chauds en regardant d'un œil distrait les nouvelles du monde entier, mais lui passait son temps à zapper entre les différents canaux pour essayer d'obtenir des informations sur l'avis de recherche d'Avel Astelli.

Elle tourna la tête vers son ami et constata avec soulagement que, près de l'emplâtre, les tissus avaient déjà presque retrouvé une apparence normale. Il souffrait d'ailleurs nettement moins que la veille.

Une journaliste aux cheveux bleu vif avec des plumes turquoise greffées sur les cils apparut à l'écran.

— Eh ! s'étonna Sam. Regarde les yeux que ça lui fait ! Elle est ridicule, la pauvre.

— Chut ! l'interrompit Éthan.

— *... ignore toujours où se trouve la dangereuse criminelle. L'AI soupçonne Avel Astelli de s'être cachée à Kotaris, mais aucune piste n'est écartée pour le moment. L'Armée a doublé les effectifs dans les aérogares et contrôle tous les passagers avec des détecteurs plus sophistiqués, car il est fort probable que la scientifique en cavale s'est fait scalper, dépucer et greffer une micropuce. C'est pour cette raison qu'en dépit des moyens déployés elle demeure très difficile à localiser à l'heure actuelle.*

« Mais revenons maintenant sur le meurtre mystérieux d'un jeune homme, hier, à l'Université de médecine de Kotaris... »

Sam faillit avaler de travers sa gorgée de jus d'orange.

— *C'est en milieu d'après-midi que le corps sans vie de Ziggi Marlon, responsable de l'Association des anciens élèves de l'UMK a été retrouvé, baignant dans une mare de sang...*

L'image du mur maculé de rouge apparut soudain à l'écran et Sam crut qu'elle allait défaillir.

— *Aucun indice n'a été retrouvé sur le lieu du crime et la garde rouge, en charge de l'enquête, dispose encore de peu d'éléments. Le mobile du crime n'a pas été déterminé, mais l'enquête se poursuit. Ce jeune homme âgé de trente ans était un thésard sans histoire, apprécié de tous pour sa gentillesse et son sens du service. Pour le moment, la seule piste sérieuse dont dispose la garde rouge est le témoignage d'un étudiant de deuxième année que je vous propose d'écouter. Notre reporter sur place, Sylve Hoël.*

Sam blêmit en reconnaissant les visages des étudiants avec qui elle avait discuté dans le hall de la tour. Le petit blondinet prit la parole en premier :

— *Oui, je m'en souviens bien. C'était une jeune femme blonde très sexy. Elle nous a demandé où se trouvait l'AA et je l'ai envoyée voir Ziggi de ma part. Je ne sais pas si elle y est allée, mais, en tout cas, elle a pris l'ascenseur que je lui indiquais.*

— *Vous a-t-elle semblé dangereuse ? Avait-elle une arme ?* demanda la reporter.

— *Oh non, absolument pas !* répondit son copain au t-shirt clignotant. *Elle avait l'air plutôt sympa. Elle avait des yeux bleus magnifiques.*

Sam se mordit la lèvre.

— *L'aviez-vous déjà vue par ici ?*

— *Non, jamais !* reprit le blondinet. *Mais elle nous a affirmé qu'elle était une ancienne élève de l'UMK et qu'elle était neurochirurgienne. Elle nous a même dit qu'elle avait soutenu sa thèse en 2106.*

« Merde de merde ! » jura Sam intérieurement.

La journaliste aux cils emplumés reprit l'antenne.

— *Il va sans dire que le portrait-robot de cette jeune femme va être diffusé dans toute la ville. Même si rien ne l'accuse encore, son témoignage est capital dans la poursuite de l'enquête.*

Éthan suffoqua en apercevant le portrait-robot en question

et jeta un regard noir à Sam. Il ouvrait la bouche quand la journaliste ajouta :

— *De notre côté, vous pensez bien que nous avons mené notre petite enquête et, chers holospectateurs, nous avons du croustillant. Figurez-vous qu'Avel Astelli, dont nous parlions précédemment, a, elle aussi, fait ses études à l'UMK et soutenu sa thèse en 2106 pour devenir, tenez-vous bien, neurochirurgienne. De là à ce qu'elle ait assassiné Ziggi Marlon pour l'empêcher de parler, il n'y a qu'un pas, que la garde rouge ne tardera sans doute pas à franchir. Appelez ça comme vous voudrez, coïncidence ou hasard, mais au moins, grâce à nous, l'AI possède enfin une piste sérieuse et fera peut-être d'une pierre deux coups.*

Éthan éteignit l'holovision d'un geste sec.

— Mais, Bon Dieu de merde, Sam ! T'as quand même pas fait ça ?

Il hurlait presque et Sam baissa les yeux pour éviter l'orage qu'elle sentait monter en lui.

— Ne me dis pas que t'as fait la connerie de te rendre là-bas pour déballer ta vie aux premiers boutonneux venus ! Putain, qu'est-ce que tu as dans la tête ?

Elle garda les yeux baissés. Comme une gamine prise en flagrant délit, elle avait envie de pleurer. À quoi bon lui expliquer, de toute façon ? Pourquoi essayer de se justifier ? Éthan ne comprendrait pas, pour la simple et bonne raison qu'elle-même ignorait pourquoi elle avait pris autant de risques inconsidérés. Elle s'était laissée griser par cette piste prometteuse sans prendre en compte la réalité des faits, à savoir qu'elle était toujours considérée comme une criminelle recherchée par la puissante AI et suivie par un albinos qui s'avérait tout aussi dangereux.

— Mais réponds, Sam ! lui cria Éthan en la secouant par les épaules.

Sans cacher son agacement, la jeune femme se dégagea de l'emprise de son ami.

— Lâche-moi ! Je voulais juste en savoir un peu plus, c'est tout !

— Comment ça, c'est tout ! hurla-t-il. Tu vas là-bas, tu cries sur tous les toits qui tu es, tu butes un mec, et tu as le culot de me dire que c'est tout !

Sam était soufflée qu'il puisse la prendre pour une meurtrière.

— Arrête tes conneries ! se mit-elle à hurler à son tour. Avec quelle arme je l'aurais buté, d'abord ?

— J'en sais rien, moi. Tu aurais très bien pu t'en procurer une.

— Mais comment ? Je ne suis pas une meurtrière, Éthan ! Cesse de croire tout ce que racontent les médias, enfin ! Je croyais que tu avais appris à me connaître et que tu avais confiance en moi !

— Oui, c'est ce que je croyais moi aussi, jusqu'à ce que tu te mettes à me mentir.

— S'il s'agit de mensonges, tu ne vaux pas mieux que moi ! À cet égard, nous sommes quittes. Maintenant, si tu veux bien te calmer, je vais tout te raconter.

De mauvaise grâce, Éthan prit place en face d'elle sur le canapé et attendit, le visage fermé. Sam commença par lui raconter sa rencontre avec Ziggi qui lui avait révélé le sujet de sa thèse très controversée, puis mentionna le soutien infaillible dont elle avait bénéficié de la part de David. Éthan l'écouta sans un mot. Son expression était indéchiffrable. Puis, la voix tremblante d'émotion, elle aborda sa confrontation avec l'albinos. Elle sentit qu'Éthan bouillait d'intervenir, mais il la laissa poursuivre jusqu'au bout. Lorsqu'elle eut terminé, il laissa éclater son désarroi.

— Tu m'avais promis de me parler de ce type si tu le

revoyais ! Tu savais pourtant qu'il est dangereux. Pourquoi ne m'as-tu rien dit, hier soir ? Tu voulais me cacher cette sombre histoire, n'est-ce pas ? Mais, malheureusement, tu ne t'attendais pas à ce que je tombe sur ce reportage ?

Elle acquiesça en hochant la tête.

— Tu te rends compte que je te laisse seule une journée et que tu trouves le moyen de te faire coller un nouveau meurtre sur le dos ? Car il ne faut pas te leurrer, l'assassin, lui, a apparemment réussi à filer sans laisser de traces. Tu sais que, de témoin à suspect, il n'y a pas une grande distance, surtout pour l'AI. En temps normal et avec l'aide d'un excellent avocat, on pourrait tenter d'aller témoigner, mais là tu te rends bien compte que c'est absolument impossible. D'autant plus que, grâce à la chaîne d'info, l'AI va vite faire le rapprochement entre la belle blonde aux yeux bleus et la fugitive qu'ils recherchent. On va éplucher toutes les vidéosurveillances, les bornes d'information, les archives des valas et on ne va pas tarder à découvrir que mademoiselle Montas ressemble étrangement à la criminelle après laquelle on court depuis plus d'une semaine.

Sam, qui n'avait pas encore réalisé toutes les conséquences de son escapade de la veille, se prit la tête entre les deux mains et s'effondra.

— Oh, Éthan, murmura-t-elle, je n'avais pas pensé à tout ça. Je suis désolée.

D'un geste affectueux, il l'attira contre lui et l'enlaça avec douceur. Toute sa colère semblait être retombée. Sans ajouter un mot, elle se blottit contre lui.

Au bout d'un moment, il prit son visage entre ses mains et déclara :

— Bon, nous allons devoir prendre les devants, mais j'espère qu'il n'est pas trop tard. Tu m'aurais tout avoué hier soir, ça m'aurait drôlement facilité la tâche !

— Que vas-tu faire ?

— Une fois encore, nous allons avoir recours à Nao. S'ils savent que tu es Inès Montas, ils ne vont pas tarder à découvrir que tu vis ici avec moi. Il va donc falloir que Nao s'introduise dans les fichiers de la tour Soraya pour effacer ton nom de la base de données.

— Elle peut faire ça ? s'étonna Sam, stupéfaite.

— C'est illégal, bien sûr, mais oui, Nao peut s'infiltrer dans le réseau interne de la tour pour falsifier les archives. C'est un de ses nombreux talents cachés, et je sais qu'elle sera prête à tout pour se faire pardonner de m'avoir cassé le nez !

Pendant que Nao se glissait discrètement dans les fichiers de Soraya, Éthan fut contraint de quitter Sam pour se rendre à nouveau au Centre de recherche génétique. Mais, avant, il lui fit jurer que, cette fois-ci, elle ne s'absenterait de l'appartement sous aucun prétexte. Oublié le voyage à Colonna ! Il alla même jusqu'à lui reprendre sa carte bancaire pour être certain qu'elle ne se déplace pas en vala.

Pourtant Sam ne lui en voulait pas. Cette fois, c'était entièrement sa faute, et elle devait assumer ses erreurs. Il n'était plus question que sa micropuce la trahisse à nouveau. Elle allait sagement s'occuper en jardinant dans la serre, en lisant un peu ou en regardant l'holo, puisqu'elle n'avait rien à faire d'autre. Mais autre chose de plus utile lui vint en tête. Quelque chose qu'elle regretterait sûrement d'avoir fait, car c'était mettre en doute la sincérité d'Éthan, mais pourtant…

À peine fut-il parti qu'elle se précipita dans sa salle de bain. La veille, elle avait été sidérée par le nombre de médicaments génétiques qu'il possédait et elle voulait regarder ça de plus près.

Cette fois, elle ne se contenta pas des tiroirs ; elle ouvrit aussi les placards où étaient soigneusement rangées des piles de serviettes. Elle fouilla et tomba sur un stock impressionnant de capsules brunes dont le nom mélan'activ attira son attention. Elle saisit l'un des flacons pour l'examiner attentivement. Ni notice, ni précaution d'emploi, ni posologie, rien n'était indiqué sur l'emballage. Mais son nom était à lui seul suffisamment évocateur. Ce produit était censé activer la production de mélanine. Pourquoi Éthan en possédait-il de telles quantités ? N'était-ce pas dangereux, d'en absorber autant ? Y avait-il un rapport avec son problème de santé ?

Mille questions assaillirent son esprit tourmenté.

Elle tourna et retourna le mystérieux flacon dans ses doigts. Pour posséder de telles réserves de cette étrange substance, son protecteur devait en faire une consommation astronomique. Et si c'était justement ce truc qui avait provoqué l'apparition de ses taches dépigmentées, un effet secondaire indésirable ? Cette idée la mit mal à l'aise. Il y avait quelque chose de louche de ce côté-là aussi.

Tout à coup, la voix de Nao résonna dans un micro situé à côté d'elle, la faisant sursauter.

— *Sam, deux visiteurs sont devant la porte d'entrée de la terrasse. Ils demandent à te voir. Que dois-je leur dire ?*

Le sang de la jeune femme se glaça d'un coup. Les gardes de l'AI venaient-ils déjà la chercher ? Elle s'empressa de remettre les boîtes à leur place et referma placards et tiroirs pour bondir devant l'écran du Quantiq'500.

— Est-ce possible de voir à quoi ils ressemblent ? s'empressa-t-elle de demander.

— *Parce que tu crois que je n'ai pas assez de travail, avec tes bêtises d'hier ? Hacker les archives de Soraya n'est pas de tout repos, figure-toi !*

Sam resta interdite. Voilà que Nao rechignait devant le travail. Malgré ses défauts, sa jalousie et son animosité croissante, jamais l'ordinateur n'avait refusé d'exécuter un ordre. Elle décida de se moquer :

— Et puis quoi, encore ! Tu ne voudrais pas des congés payés, et des heures sup, pendant qu'on y est ? Ne me dis pas qu'une merveille telle que toi n'est pas capable d'effectuer deux tâches à la fois !

Piquée au vif, Nao ne prit pas la peine de répondre, mais Sam sut qu'elle avait gagné lorsque l'image de la terrasse apparut enfin sur l'écran. Les Calberston ! Elle laissa échapper un soupir de soulagement et se précipita dans l'escalier en donnant comme dernier ordre à Nao de déverrouiller l'entrée. Elle ouvrit la porte de l'appartement pour venir à leur rencontre.

— Vous ici ? Quelle surprise ! s'exclama-t-elle avec chaleur. Qu'est-ce qui vous amène ?

— Nous sommes venus te chercher, souffla Liana en jetant des regards inquiets autour d'elle.

— Me chercher ? Mais pourquoi ?

— Nous n'avons pas le temps de t'en dire davantage, fit Albert en l'entraînant déjà dans la sortie. Fais-nous confiance, Avel, tu dois absolument venir avec nous.

— Quelqu'un attend ta visite avec impatience, ajouta Liana en souriant nerveusement.

Le pouls de Sam s'accéléra. Avaient-ils retrouvé son fils, ses parents, ou encore sa sœur ? Elle était sur le point de le leur demander quand la voix de Nao retentit dans l'interphone :

— *Sam ! Reviens immédiatement dans l'appartement ! Éthan ne veut pas que tu t'en ailles, Sam, tu m'entends ? Je vais verrouiller la porte de l'étage. Je te préviens.*

Mais elle était déjà loin. Elle venait de franchir l'accès à la terrasse d'atterrissage des valas et elle s'engouffra dans le véhicule personnel des Calberston, qui démarra en trombe.

— Allez-vous enfin m'expliquer la raison de tout ceci ? s'étonna Sam.

— Laisse-toi faire, rétorqua Liana en lui bandant les yeux. Nous allons t'emmener voir quelqu'un qui a très envie de te revoir, mais il faut absolument que l'endroit où elle se cache reste secret. Tu comprends, il en va de sa vie.

« Elle a dit "elle", releva Sam avec une pointe de regret. Ils ne m'emmènent donc pas voir mon fils. Mais peut-être ma mère ? Ou ma sœur ? »

— Le voyage va-t-il être long ? Parce que, dans ce cas, je devrais peut-être prévenir Éthan. Il risque de s'inquiéter, surtout qu'hier j'ai commis quelques imprudences, disons.

— Oui, nous sommes au courant de tes exploits à l'UMK, lui reprocha Albert, tout en manœuvrant la navette. Mais avais-tu vraiment besoin de...

— Eh ! Ce n'est pas moi qui l'ai tué ! s'insurgea Sam. L'AI me prend peut-être pour une criminelle, mais pas vous, j'espère ! Albert, Liana, vous devez me croire. Par contre, c'est vrai que j'ai été témoin de ce meurtre.

— Rassure-toi, c'est ce que nous nous sommes dit en voyant le reportage, lui confia Liana, mais il n'empêche qu'on a eu un choc. L'AI est certainement sur ta piste et ses gardes ne vont pas tarder à débarquer chez ton ami ou même chez nous, à Raven. Mieux vaut que nous soyons loin d'ici lorsqu'ils arriveront.

— Mais... et Éthan ? Je devrais peut-être le prévenir ! s'effraya Sam.

— Désolée, mais ce ne serait pas prudent. Je sais à quel point ton ami compte pour toi, mais nous devons nous méfier de tout le monde, même de lui. C'est même une bonne chose qu'il ne soit pas là. Ça simplifie tout.

Sam se renfrogna. Même si elle avait également des doutes sur la fiabilité d'Éthan, elle n'avait pas envie que l'AI débarque chez lui pour l'interroger. Elle se prit à espérer de tout cœur que Nao fût plus rapide qu'eux.

Par contre, il y avait peu de chance qu'Éthan lui pardonne sa nouvelle incartade. Il serait plus que furieux, et avec raison. Peut-être ne voudrait-il plus d'elle. Peut-être la mettrait-il à la porte. Mais qu'y pouvait-elle ? C'était vraiment un cas de force majeure. Une telle occasion ne se présenterait pas une deuxième fois. Elle saisissait sa chance au vol et tant pis si ça devait mettre son ami hors de lui. De toute façon, les Calberston ne lui avaient pas laissé le choix. Elle en vint à se poser une question cruciale. Devant l'alternative, que privilégierait-elle, sa relation avec Éthan ou sa quête existentielle ? Sa réaction présente lui prouvait qu'elle était prête à s'émanciper.

— As-tu un microtel sur toi ? s'inquiéta tout à coup Liana.

— Non, je n'ai pas eu le temps de le...

— Tant mieux ! On ne sait jamais. C'est tellement facile de poser un mouchard sur ce genre d'appareil !

Sam leva les yeux au ciel tout en se demandant si les braves retraités n'en faisaient pas un peu trop. Fugacement, l'idée qu'ils fussent eux aussi à la solde de l'AI l'effleura, mais elle la relégua bien vite au plus profond de son esprit. Elle avait confiance en ces gens. Plus qu'en quiconque, d'ailleurs. Bercée par le mouvement de la navette, elle se laissa aller. Albert annonça bientôt qu'ils arrivaient. Ils descendirent tous les trois du véhicule volant et Sam, les yeux toujours bandés, se laissa guider par le couple, tout en se demandant s'ils étaient encore à Kotaris. Elle se concentra sur l'environnement sonore. Ils n'étaient pas sur une terrasse d'atterrissage, car les bruits de la ville ne lui parvenaient pas. Peut-être Albert s'était-il garé dans un stationnement couvert ? Elle huma l'air. De vagues relents d'huile et de carburant lui indiquèrent que sa déduction avait du sens. L'endroit semblait désert ; seuls leurs pas résonnaient sur le sol bétonné. Aucune voix ne lui parvenait. Elle entendit des portes s'ouvrir, puis se refermer derrière elle.

Étonnamment, elle n'avait pas peur. Elle sentait au contraire l'excitation grandir en elle. Quelque chose d'extraordinaire l'attendait au bout de ce parcours, elle le sentait.

Le bruit de leurs pas changea. Ils marchaient à présent sur des dalles carrelées, comme dans un hall. Ils devaient être au cœur d'un grand bâtiment, abandonné vu le calme qui y régnait. Ils firent encore plusieurs centaines de mètres sur la moquette feutrée de couloirs silencieux. Ils s'arrêtèrent enfin.

Un bruit de clés qu'on introduit dans une serrure, le grincement d'une porte, quelques pas supplémentaires sur un parquet, une nouvelle porte qu'on ouvre. Albert s'arrêta et poussa Sam en douceur en lui soufflant à l'oreille :

— Voilà, tu es arrivée. Tu peux enlever ton bandeau, maintenant. Lorsque tu auras fini, viens nous retrouver dans la pièce à côté. Allez, bon courage !

Elle entendit une porte se refermer.

D'une main tremblante, elle retira lentement le bandeau qui lui voilait les yeux. Elle se trouvait dans une pièce plongée dans l'obscurité. Une chambre, peut-être ? Elle était incapable d'en définir les contours. Il n'y avait aucun bruit, aucune autre respiration que la sienne. Était-elle seule ? Les Calberston lui auraient-ils tendu un piège ? L'avaient-ils livrée à l'AI en échange d'une récompense ?

Son excitation se volatilisa, laissant derrière elle un vide angoissant que la peur s'empressa de remplir. Elle se sentit soudain terriblement vulnérable, d'autant plus qu'elle réalisait tout à coup avec effroi qu'elle n'avait même pas pris le temps de se déguiser pour sortir.

— Bonjour, dit une voix féminine qui la fit sursauter, alors que son cœur reprenait sa course affolée. Comme ça, il paraît que tu t'appelles Avel Maury ?

Sam crut qu'elle allait défaillir. Cette voix ! Elle l'aurait reconnue entre mille, puisque c'était la sienne.

Elle essaya de calmer les battements de son cœur et de surmonter son émotion.

— Heu… oui, c'est ça, dit-elle dans un murmure. Et vous ? Qui êtes-vous ?

— Quelqu'un qui peut justement te prouver que tu n'es pas Avel, reprit la voix après un moment de silence.

— Comment ça ? balbutia Sam, qui n'y comprenait plus rien.

Les contours d'une silhouette gracile se dessinèrent bientôt dans l'obscurité.

— Parce que je suis Avel Maury.

22

La phrase explosa dans le cerveau de Sam comme une bombe, balayant tout sur son passage, soufflant ses certitudes et ses espoirs, détruisant le fragile édifice qu'elle avait réussi à construire jusque-là. Ce passé qu'elle avait découvert petit à petit, qu'elle était parvenue à adopter, ces souvenirs qu'elle avait intégrés comme étant les siens, cette identité qu'elle avait endossée, tout l'univers qu'elle s'était efforcée de reconstituer au fil des jours venaient de voler en éclats à cause d'une simple phrase.

Elle chancela et se retint au chambranle de la porte pour ne pas s'effondrer.

Pendant que son cerveau éclatait comme une vitre brisée, une pensée qui s'efforçait de passer au travers du cataclysme qui la ravageait faisait son chemin jusqu'au seul morceau de sa conscience encore intact, une pensée effrayante, traumatisante, qu'elle croyait avoir résolue, mais qui lui revenait en plein visage comme une gifle.

« Si cette femme est Avel, alors, qui suis-je ? Qui ? Élora ? »

Au moment où, en proie au désespoir, elle allait crier, la lumière crue d'une ampoule inonda la pièce, blessant ses yeux.

— Oh, mon Dieu ! s'étonna la femme en face d'elle. C'était donc vrai ! Élora, enfin !

Lorsque Sam parvint à ouvrir les yeux, elle crut que son cœur se désintégrait. À vingt centimètres d'elle, son propre reflet l'observait de ses yeux mauves humides, qui surplombaient une bouche rose entrouverte. Sa propre peau claire se trouvait devant elle, ainsi que ses cheveux d'ébène, quoique plus longs. Un moment, elle eut l'espoir fou de se trouver devant un mirage, une représentation que lui renvoyait un miroir holographique. Mais les battements des cils ne correspondaient pas aux siens et elle dut se rendre à l'évidence, elle était confrontée à son sosie.

Les deux restèrent silencieuses de longues minutes, à s'observer, à s'apprivoiser.

Sa doublure rompit le silence la première :

— J'avais oublié à quel point nous étions identiques. Nous nous ressemblons tellement !

Elle tendit la main vers la joue de Sam qui, effrayée, recula d'un pas. Elle ne se sentait pas prête à un contact physique.

— Tu ne te souviens pas de moi, n'est-ce pas ? poursuivit le sosie d'une voix caressante. Albert et Liana m'ont dit que tu étais devenue amnésique, que tu avais enquêté sur ton passé et que tes conclusions t'avaient conduite à croire que tu étais moi.

Les yeux embués, elle avança vers Sam pour la serrer contre elle. Cette fois, Sam ne recula pas et accueillit enfin sa sœur dans ses bras. Aucun mot n'était assez fort pour exprimer ce qu'elle ressentait. Rien ne l'avait préparée à la violence de cette épreuve ultime. Un tourbillon d'émotions contradictoires déferlait dans son esprit. Même si elle s'était trompée depuis le départ, même si sa mémoire lui faisait encore défaut, même si elle ne comprenait plus rien à rien, elle venait de retrouver le plus important, sa véritable identité, avec sa sœur en prime.

Elle ferma les yeux et savoura ces retrouvailles inespérées. Plus rien d'autre ne comptait au monde qu'elles deux.

Avel se dégagea la première. Malgré ses larmes, elle rayonnait de joie.

— Viens, il y a un canapé, là. Nous serons mieux assises ; nous avons tant de choses à nous dire, tant d'années à rattraper !

Sam hocha la tête et la suivit comme une automate.

— Oh ! Ma chérie, si tu savais comme je regrette le passé ! Je donnerais cher pour pouvoir tout effacer et tout recommencer, mais on ne peut pas revenir en arrière, on ne peut qu'essayer de construire l'avenir.

— Pourtant, moi, j'ai besoin de revenir en arrière, Avel.

Qu'il lui était difficile d'appeler ainsi celle qu'elle avait cru être !

— Ma mémoire a été vidée et j'ai besoin que tu me parles du passé, si je veux me reconstruire. Mon souvenir le plus ancien remonte à la semaine dernière où j'ai mystérieusement repris conscience sur l'île artificielle de *Samildria*. J'ignorais qui j'étais, où j'étais et pourquoi je fuyais, mais une chose était sûre, il y avait des hommes derrière moi et ils me poursuivaient. Des gardes noirs, prêts à tout pour me récupérer vivante.

Avel l'écoutait, bouche bée, n'en croyant pas ses oreilles.

— Si j'ai réussi à m'en sortir, c'est grâce à Éthan, mon seul et unique ami. Je l'ai rencontré sur l'île et, depuis, on ne s'est plus quittés. Il a remué ciel et terre pour m'aider à disparaître de la circulation et à passer tous les barrages de l'AI. Je lui dois la vie.

— Tu ne te souvenais plus de rien ? demanda Avel en se mordant la lèvre inférieure.

— Absolument rien. Je n'avais plus aucun souvenir.

— Mais, alors, comment en es-tu arrivée à croire que tu étais moi ?

Elle soupira en se grattant le front. « C'est vrai, ça. Comment me suis-je convaincue que j'étais Avel ? » se demanda-t-elle. Elle tenta de retracer son histoire.

— C'est en voyant une photo de Treg que mon cerveau s'est réveillé.

La bouche d'Avel s'arrondit de stupéfaction. Sam ajouta :

— J'étais certaine de le connaître.

— Évidemment, c'était ton beau-frère ! Tu ne pouvais pas le supporter, d'ailleurs.

— C'est étrange, dans mon souvenir, je ne le détestais pas, bien au contraire. J'avais même la certitude d'avoir aimé cet homme.

Les yeux d'Avel s'écarquillèrent davantage.

— Quoi ? Tu étais amoureuse de Treg ! Si, durant toutes ces années, tu m'as mise en garde contre lui, c'était parce que tu l'aimais ?

Avel lui prit les mains avec un air compatissant.

— Ma pauvre Élora, comme tu as dû souffrir lorsque nous nous sommes mariés !

— Je n'en sais rien, fit Sam en haussant les épaules. En tout cas, ce sentiment fort qui me reliait à Treg m'a poussée à faire des recherches sur lui. Il était mon seul souvenir concret. Je m'y suis attachée pour ne pas sombrer. Non sans difficulté, j'ai découvert qu'il avait été marié à une dénommée Avel Maury et j'ai poursuivi mes investigations.

— Tu as dû avoir beaucoup de mal ! fit sa sœur en souriant.

Sam lui rendit son sourire.

— Effectivement. Toutes les données te concernant avaient disparu.

— Tu parles ! C'est maman qui s'est chargée de ça. Elle a passé des nuits entières à effacer nos noms des systèmes de mémoire centrale des archives. C'était le prix à payer pour disparaître complètement.

— Oui, mais, grâce aux prouesses de l'ordinateur quantique de mon ami, j'ai pu glaner de précieux indices qui, de fil en aiguille, m'ont permis de remonter jusqu'à Hogg et Léa, nos... parents. Je me suis donc rendue à Raven pour revoir la maison de notre enfance. J'espérais y retrouver des souvenirs.

— Et tu as retrouvé Albert et Liana ! compléta Avel.

— Retrouvé, c'est un grand mot, eux aussi avaient été effacés de ma mémoire. Nous nous sommes rencontrés par hasard alors que je rôdais autour de la maison familiale. J'étais déguisée et ils n'ont rien soupçonné, je me suis fait passer pour une de tes amies et nous avons fait connaissance. Lorsque j'y suis retournée la deuxième fois, je leur ai révélé qui j'étais... ou plutôt qui je croyais être. C'est grâce à eux si nous en sommes là aujourd'hui.

— En fait, hier, après ton départ, Albert a laissé un message sur une boîte vocale anonyme que leur avaient laissée nos parents avant leur départ. Il voulait à tout prix prévenir Hogg et Léa pour leur annoncer la bonne nouvelle, à savoir qu'il m'avait retrouvée. Mais, ce qu'Albert ignorait, c'était que Léa et Hogg savaient parfaitement où je me cachais. Nous en avons donc déduit que tu ne pouvais être qu'Élora.

— Albert et Liana m'ont donc menti ! dit Sam avec une pointe d'amertume dans la voix. Ils savaient parfaitement que nos parents étaient en sécurité et qu'ils pouvaient les joindre à tout moment.

Mais sa sœur l'invita à l'indulgence.

— Ne leur en veux pas ! Nos parents ne leur avaient absolument rien dit. Ils ne voulaient surtout pas qu'Albert et Liana puissent être inquiétés par l'AI. Ainsi, même sous la torture, ils n'auraient rien pu avouer. Tout ce dont ils disposaient, c'était une boîte vocale anonyme. Ils avaient comme consigne de ne l'utiliser qu'en cas d'extrême urgence et c'est la seule fois en deux ans qu'Albert a laissé un message.

Avel regarda attentivement sa sœur.

— Oh, Élora, que je suis heureuse de t'avoir enfin en face de moi ! Je savais que l'AI t'avait arrêtée, mais je croyais qu'on t'avait… enfin, tu vois ce que je veux dire. C'est incroyable que tu sois encore en vie. Mais je me demande comment tu as pu devenir amnésique.

— C'est étrange que tu me poses cette question ! répliqua Sam plus froidement qu'elle ne l'aurait voulu. Durant ma recherche d'identité, j'ai découvert des choses très surprenantes sur tes recherches, sur Mémoris et sur les expériences que tu menais pour David. Tu ne devrais pas être aussi surprise que ma mémoire ait été vidée !

Le visage d'Avel devint livide et son sourire disparut.

— Oh, mon Dieu ! Tu as découvert ça aussi ?

— Oui, et j'ai même fini par apprendre quel était le sujet de ta thèse. Tu travaillais sur les AAP, sur l'implantation de souvenirs artificiels, et tu as même collaboré avec l'AI. Tu vas peut-être pouvoir enfin m'expliquer ce qu'il m'est réellement arrivé.

Les épaules d'Avel s'affaissèrent, comme si tout le poids du monde venait de s'abattre sur elle.

— Je sens comme un reproche dans ta voix, une accusation, presque. Mais je ne peux pas t'en vouloir. Si tu en es là aujourd'hui, tu as raison, c'est certainement à cause de moi et de mes travaux.

— Alors, vas-y, Avel, raconte-moi tout. J'ai besoin de savoir, de comprendre.

La jeune femme prit une grande inspiration et commença par le début.

— Depuis toujours, les mécanismes du cerveau humain

me fascinaient. J'ai rapidement su que je deviendrais neurochirurgienne. Je voulais percer les mystères de la mémoire et c'est vrai que le sujet de ma thèse a fait l'effet d'une bombe à l'UMK. Ce que je voulais vraiment, c'était travailler avec le célébrissime professeur David que j'admirais plus que quiconque. Si j'avais su à quoi cela me conduirait !

Elle marqua une courte pause.

— Il a mis à ma disposition des moyens très conséquents, au niveau financier et... humain, n'ayons pas peur des mots. J'avoue avec horreur aujourd'hui que j'ai eu besoin de nombreux cobayes pour mener à bien mes expériences. Tout n'a pas marché du premier coup, hélas, il y a eu des ratés et de la perte.

Elle grimaça en prononçant ces mots.

— Mais, à l'époque, je me disais que c'était normal, que c'était en faisant des erreurs qu'on progressait, que toute avancée médicale significative avait un prix. C'est en travaillant sur ma thèse que j'ai fait la connaissance de Treg. Il avait un an de plus que moi, il était beau, brillant, et il possédait un charme irrésistible. En plus, nous partagions la même passion pour l'investigation cérébrale. Malgré tes avertissements renouvelés, je suis tombée sous son charme et je t'ai abandonnée, alors que nous étions si proches. Entre toi et moi, c'était presque fusionnel ! Les autres nous appelaient même les...

— Les clones, oui, je sais, la coupa Sam. Ziggi me l'a confié.

— Ziggi ? Ah oui, ton ex petit copain.

Sam réalisa qu'en effet il s'agissait bien de son examoureux. S'il avait su, le pauvre, que sa belle Élora était en face de lui, au moins, il aurait pu lui parler une dernière fois avant de mourir. Bien maigre consolation ! Mais Avel poursuivait :

— Je m'en souviens bien. Tu l'as donc revu ? Qu'est-ce qu'il devient ?

Apparemment, Avel n'écoutait pas l'holovision.

— Il est mort! laissa tomber Sam un peu abruptement. Mais dis-moi plutôt ce qui s'est passé ensuite, quand tu as été embauchée par Mémoris.

— Même si ma soutenance s'est déroulée en huis clos, j'ai obtenu une excellente note et un contrat en or chez Mémoris. Le professeur David m'autorisait à continuer mes recherches au sein de ses laboratoires, tout en m'affectant au service des amnésies artificielles. Mon rôle était d'endormir les zones déficientes des dépressifs lourds, des névrosés, des paranos, des skizos ou des autres malades mentaux pour qu'ils puissent retrouver une vie normale. Je supprimais les souvenirs pénibles ou douloureux, ou encore les épisodes violents responsables de leurs traumatismes et j'implantais à la place de nouveaux souvenirs, édulcorés ou dopants, pour leur permettre de reprendre une existence normale. J'ai obtenu d'excellents résultats, tellement qu'à peine un an plus tard David m'a proposé de collaborer avec l'AI à un projet dirigé par Treg Astelli. Tu penses bien que j'ai sauté sur cette offre inespérée. C'était un tremplin professionnel unique et une occasion formidable de me rapprocher de Treg. Avec du recul, je me dis que David avait tout organisé pour que nous tombions amoureux. Il savait ce qu'il faisait, mais j'y reviendrai plus tard. En juin 2107, donc, je collabore au projet Hippocampe sous les ordres du professeur Astelli, pour le compte de la garde noire.

— En quoi consistait ce projet? demanda Sam, captivée.

— Tu dois savoir comme tout le monde que la garde noire est la section psy de l'AI, mais ce qu'on sait moins c'est que c'est aussi elle qui a la responsabilité des interrogatoires psychologiques menés sur les prisonniers militaires, les espions, les criminels, aussi.

— Bel euphémisme pour parler de torture mentale! Ne me dis pas que tu as participé à ça? s'indigna Sam.

— Non, écoute-moi jusqu'au bout, au lieu de m'interrompre. Justement, le projet Hippocampe avait pour but d'éviter la torture. Nous étions chargés, Treg et moi, de mettre au point une technique d'investigation mentale permettant d'accéder aux informations confidentielles ou aux souvenirs inavouables que cachaient ces individus, et ce, sans les torturer. Une technique capable d'extraire ces souvenirs de leur cerveau sans les endommager. Dit de cette façon, cela peut paraître facile. C'était en réalité très difficile. Il faut savoir que la mémoire à long terme n'est pas localisée dans un endroit précis du cerveau, mais encodée dans différentes parties du cortex. Huit milliards de neurones en activité permanente sont touchés. Ce mécanisme est un des plus complexes de la machine humaine. Mais il existe une partie du cortex, appelée l'hippocampe, qui est le catalyseur de la mémoire, d'où le nom donné au projet. Je ne vais pas t'expliquer en détail comment nous sommes parvenus à des résultats, c'est très technique. Mais, si je résume, avec notre équipe de neurochirurgiens, nous avons réussi à mettre au point des nanosynapses artificielles chargées de récupérer les informations là où elles sont stockées, grâce à une cartographie très précise réalisée par imagerie médicale. Pour couronner le tout, nous avons réussi à récupérer ces données pour les lire sur un ordinateur spécialement conçu à cette fin. La garde noire n'avait plus besoin de torturer ses « sujets » pour qu'ils avouent, il suffisait d'aller chercher les informations dans leur cerveau, de les enregistrer, puis de les lire. Nous avons achevé le projet Hippocampe en un temps record, deux ans seulement. En 2109, plus exactement.

— À ce moment-là, tu étais déjà mariée avec Treg ?

— En effet. Ce projet nous a inévitablement rapprochés. Nous y consacrions nos jours et nos nuits, nous ne vivions plus que pour sa réussite. Nous passions tellement de temps ensemble que nous étions devenus inséparables. Je crois que j'ai reporté sur Treg l'amour fusionnel que j'éprouvais pour toi. Je devais certainement souffrir de t'avoir perdue et je compensais avec Treg. Nous nous sommes mariés sans témoins ni personne, puisque les parents n'approuvaient pas notre union. En fait, j'avais depuis longtemps coupé les ponts avec toute la famille, même avec les Calberston.

— Pourtant, papa bossait aussi chez Mémoris. Il devait connaître bien David et…

— Justement, il savait quel homme redoutable il était. Malgré son âge, David possède toujours des facultés intellectuelles extraordinaires et un charisme inouï. Au Centre, personne ne pouvait rien lui refuser. Il manipulait les gens comme des marionnettes et, le pire, c'était que personne ne s'en rendait vraiment compte. Ou trop tard, comme moi ! J'ai fait souffrir beaucoup de monde et je m'en veux beaucoup aujourd'hui.

Les larmes au bord des yeux, elle se tut. Mais Sam ne lui laissa pas de répit.

— Après ce projet, tu as continué à collaborer avec Treg, n'est-ce pas ?

— Oui, le professeur David avait un projet ultraconfidentiel, conçu spécialement pour nous. C'était un de ses vieux rêves que nous étions sur le point de concrétiser et il sentait qu'il ne nous manquait plus grand-chose pour y parvenir. Il a mis le paquet. Nous avions carte blanche, assortie d'un budget et de cobayes illimités. Il voulait parvenir à stocker toute la mémoire d'un individu sur un circuit pour pouvoir l'implanter dans le cerveau d'un autre individu. Il s'agissait de faire du transfert mnésique, si tu préfères. Ce projet portait le nom de…

— Projet Mnémosyne, la coupa à nouveau Sam, du nom de la déesse de la mémoire dans l'Antiquité grecque, je sais.

— Ah ? Dis donc, tu as été drôlement efficace dans ton enquête ! s'étonna Avel avant de reprendre ses explications. Treg et moi avons récupéré les résultats du projet Hippocampe et travaillé dessus des mois et des mois pour aboutir à quelque chose de satisfaisant.

— Vous avez bousillé beaucoup de cerveaux humains pour parvenir à vos fins ? demanda Sam, qui sentait monter la colère.

L'expression d'Avel se figea sous le sarcasme, mais elle ne pouvait pas blâmer sa sœur.

— Les choses ne se sont pas déroulées aussi facilement que nous l'avions prévu. Autant nos nanosynapses étaient efficaces sur une dizaine de souvenirs, autant c'était la pagaille la plus complète lorsqu'on tentait de récupérer toutes les données mnésiques d'un cerveau. Souvent nos cobayes devenaient raides dingues et ils ne pouvaient plus nous servir.

— Ils étaient éliminés, je suppose ?

— Non, nous... les refilions aux services d'expérimentations médicales. Nous avions ordre de ne pas gâcher le matériel humain.

La voix d'Avel se brisa et elle tourna la tête en fermant les yeux.

— Oh, Élora, j'ai tellement honte de reparler de tout cela ! Toutes les nuits, je fais des cauchemars atroces dans lesquels tous ces hommes et ces femmes que j'ai utilisés reviennent me hanter. À l'époque, je faisais abstraction de l'horreur de mes actes. Je mettais ça sur le compte de la recherche médicale. Ces sacrifices me semblaient nécessaires, au nom du progrès. Je pensais que la science passait avant tout et que les quelques vies sacrifiées étaient bien peu de chose, en comparaison de nos découvertes extraordinaires. Je pensais même recevoir un prix pour nos avancées biotechnologiques ! Mais, un jour, tout a basculé.

— Comment ça ?

— En février 2110, la phase 1 du projet Mnémosyne était achevée. À force de travail et d'acharnement, nous parvenions enfin à copier l'intégralité des souvenirs d'un cerveau humain sur un circuit microscopique extrêmement complexe et sophistiqué que nous pouvions lire sans difficulté. Mais la phase 2 était loin d'être au point. Nous n'arrivions pas à réimplanter ces souvenirs dans le cerveau d'un autre patient, même si celui-ci avait été préalablement rendu amnésique. Tout se mélangeait et le sujet sombrait dans une folie sans limites. Nous avons répété maintes fois l'opération, en introduisant les souvenirs à petites doses. En vain. Le problème venait de l'âge de nos cobayes.

— De leur âge ?

— Oui, nous utilisions des gens d'une trentaine d'années environ qui avaient déjà accumulé beaucoup trop de souvenirs. En septembre 2110, le professeur David nous a annoncé, victorieux, qu'il avait réussi à se procurer des sujets plus jeunes, des adolescents pour la plupart, et que nous allions pouvoir retenter la phase 2. Évidemment, la procédure n'était pas légale du tout et il était hors de question d'ébruiter nos expérimentations. Treg s'est montré tout de suite très excité à l'idée de travailler sur des cerveaux moins âgés, mais j'étais pour ma part très réticente. Ces gamins âgés de douze à quinze ans ne méritaient pas qu'on les traite comme des animaux de laboratoire.

— Même au nom du progrès ? ironisa Sam.

Avel se contenta de hocher la tête.

— Mais je dus admettre que David avait vu juste. Les souvenirs enregistrés sur le circuit s'implantaient nettement mieux dans les cerveaux de ces ados. Nous étions même parvenus, en mars 2111, à intervertir l'identité de deux jeunes. C'était incroyable ! Nous avions réussi. Les souvenirs et même la personnalité de ces deux garçons très différents avaient été interchangés. Nous venions de créer le premier transfert d'identité. Nous ne nous lassions pas de les regarder évoluer, de les tester, de les comparer, jusqu'à ce qu'ils finissent par s'entretuer, un mois plus tard, à coups de couteau, mettant en évidence notre échec.

Elle fit une pause et déglutit péniblement.

— C'est à ce moment-là que le projet Mnémosyne a pris une nouvelle orientation. David nous a proposé de poursuivre nos expérimentations sur des enfants.

— Oh, non ! s'écria Sam, épouvantée. Il n'a pas fait ça ! Il n'avait donc aucun scrupule ?

— Absolument aucun ! Il fallait que nous réussissions, quel que soit le prix. Pour David, la vie d'un enfant ne valait pas plus cher que celle d'un ado. Mais, pour moi, c'était totalement différent. Après qu'il fut venu nous annoncer sa décision, j'ai laissé éclater ma colère en expliquant à Treg que ce qu'il nous demandait était abject. Utiliser des enfants était au-dessus de mes forces.

— Et lui, comment a-t-il réagi ?

— Cette idée ne l'enchantait pas non plus, mais il a tout de même cherché à me convaincre. Ce fut peine perdue. Il était absolument hors de question que j'utilise un enfant comme cobaye. J'ai fait part à Treg de mon désir d'abandonner le projet Mnémosyne. En tant que maman, je ne pouvais faire subir à des bambins une expérience qui risquait de les détruire psychologiquement. Jamais je n'aurais accepté qu'Anton subisse cela !

À l'évocation d'Anton, Sam fut prise d'un vertige. Elle venait de réaliser que, puisqu'elle n'était pas Avel, Anton n'était pas non plus son fils. Le choc était très dur à encaisser pour elle qui se voyait déjà en train de pouponner, qui avait presque senti cet enfant dans sa chair.

— Ça va ? lui demanda sa sœur. Tu es toute blanche, tout à coup ! Tu savais que j'avais eu un fils, n'est-ce pas ? Papa et maman te l'avaient dit, hein ?

En luttant pour ne pas pleurer, Sam acquiesça.

— Ce sont les Calberston qui me l'ont appris. Cette révélation a même été un coup terrible pour moi ; tu imagines ? Je croyais que c'était mon fils ! J'étais désespérée à l'idée de ne pas me souvenir de lui et de ne pas savoir où il se trouvait.

— Oh ! je vois, fit Avel, sincèrement désolée. C'était normal, après tout, que tu n'en aies aucun souvenir.

— Parle-moi de lui, fit Sam dans un souffle.

— Anton est né le 26 juin 2110. Il a trois ans et demi et c'est un petit garçon exceptionnel. Je l'aime plus que tout.

— Où est-il, en ce moment ? Je veux dire : est-il en sécurité ?

— Ne t'inquiète pas ! la rassura-t-elle. Il vit avec moi, caché aux yeux de tous, mais en sécurité, comme papa et maman.

Il fallut plusieurs minutes de silence à Sam pour digérer la vérité, pour faire une croix sur cet enfant qu'elle n'avait jamais eu. Elle se sentait tellement vide, tellement seule, tellement inutile ! Même sans le connaître, elle s'était attachée à ce petit et elle l'avait aimé comme une partie d'elle-même.

Mais un détail clochait. Lulu ne lui avait-il pas affirmé qu'elle avait bien porté un enfant ? Se pouvait-il qu'elle ait eu, elle aussi, un bébé ?

— Dis-moi, Avel, est-ce que j'ai aussi eu un enfant ? s'empressa-t-elle de demander.

Sa sœur secoua la tête en adoptant un air désolé.

— Non, je crois que… que tu ne peux pas en avoir. C'est ce que m'a dit maman.

Ça, c'était la meilleure. Elle était stérile. Un coup de poing à l'estomac ne lui aurait pas fait plus mal. Elle fut prise d'une envie de vomir. Pourquoi Lulu lui avait-il menti ? Pour quelle raison lui avait-il affirmé qu'elle avait eu un bébé, si ce n'était pas vrai ? Elle ravala un sanglot et nota dans un coin de sa tête qu'il faudrait qu'ils aient une petite discussion tous les deux, Lulu et elle. Il aurait intérêt à lui révéler toute la vérité, cette fois.

Navrée de la peine de sa sœur, Avel tenta de la consoler, mais elle comprenait qu'il était encore plus dur d'admettre sa stérilité lorsqu'on était amnésique et qu'on ignorait tout de soi. On s'imaginait normal. Les sœurs Maury n'avaient rien de normal, mais il était peut-être encore trop tôt pour tout révéler à Élora. Elle était encore trop fragile pour tout apprendre d'un coup. Elle essaya de changer de sujet.

— Tu veux que je te raconte pourquoi j'ai quitté Mémoris ? demanda-t-elle avec douceur.

Sam acquiesça en silence.

— Lorsque David nous a présenté les trois bambins qui allaient nous servir de cobayes, j'ai su que je n'avais plus ma place là. Le charisme du professeur n'opérait plus et je l'ai enfin vu tel qu'il était vraiment, un monstre de la pire espèce, un savant fou prêt à tous les crimes pour sa gloire personnelle. Ma décision était prise, mais je savais que jamais Treg ne me suivrait. Il m'aimait, mais il n'était pas prêt à abandonner Mémoris pour moi. Je savais aussi que jamais David ne me laisserait m'en aller, qu'il préférerait me tuer plutôt que de prendre le risque de me voir joindre la concurrence, ou pire, révéler au monde entier ses expériences illicites. On était alors en juin 2111. Je cherchais à gagner du temps pour préparer ma fuite. J'inventais des prétextes pour retarder les expérimentations, j'imaginais de nouvelles théories, mais Treg n'était pas dupe. Le professeur David s'impatientant, mon mari a sans doute voulu me préserver et il a enclenché le protocole expérimental sans moi. Il a amnésié le premier enfant, comme nous l'avions fait pour les ados.

Elle marqua une pause, visiblement perturbée par ce qu'elle s'apprêtait à dire.

— Mais cet abruti a sauté une étape. Résultat, il a bousillé le petit cerveau. Le bambin est devenu un vrai légume, un corps sans âme au regard vide. J'étais effondrée, mais pas Treg. Après ce drame, j'ai à nouveau tenté de me faire entendre, mais personne ne semblait prendre en compte mes considérations. On disait que j'étais trop émotive, trop sentimentale. Un mois plus tard, en juillet 2111, ils ont utilisé le deuxième enfant. Il était âgé de deux ans seulement et ils ont jugé ses souvenirs tellement insignifiants qu'ils n'ont même pas pris la peine de les effacer. Ils lui ont implanté directement les souvenirs contenus sur le circuit d'un des cobayes adolescents précédemment vidé de sa mémoire. Treg était fou de joie. Il avait pu se passer de moi et l'expérience semblait un succès. Le bébé de deux ans savait parler en faisant des phrases complexes et en utilisant un vocabulaire riche, une syntaxe parfaite. Il savait également compter et résoudre des problèmes, des opérations et des équations du second degré. Enfin, le bambin était capable de lire tout type de textes et d'écrire en utilisant un clavier, sa main n'ayant pas la maturité nécessaire pour tenir correctement un crayon. Treg a même constaté que son cobaye de deux ans réfléchissait comme un gamin de quatorze ans. Il avait adopté ses nouveaux souvenirs et même endossé sa nouvelle personnalité. C'était comme si l'ado décédé revivait à l'intérieur de ce corps de bébé. Il était en quelque sorte réincarné et le professeur David ne tarissait plus d'éloges au sujet de l'équipe.

Avel s'arrêta un moment pour que sa sœur ait le temps de digérer cette révélation.

— Pour ma part, j'étais écœurée, horrifiée et mortifiée. Même si je m'étais retirée du projet, c'était à cause de moi que nous en étions arrivés à de telles extrémités. Mais mon rêve de fuite commençait à se concrétiser. Tout serait prêt en janvier 2112. J'avais contacté quelqu'un qui allait pouvoir ôter nos puces biométriques, à Anton et à moi. Comme je savais que David n'hésiterait pas à s'en prendre à ma famille, j'avais prévenu papa et maman et ils avaient tout de suite compris la situation. Il fallait disparaître de la circulation, complètement ! Enlever la puce ne suffisait pas, il fallait aussi effacer toutes les données nous concernant. Maman s'en est chargée quelques semaines avant de prendre sa retraite.

— Papa travaillait encore pour Mémoris ?

— Oui, il était neurologue, mais dans un autre service que le mien et il ignorait totalement ce sur quoi nous travaillions. Mais il connaissait bien David et savait de quoi il était capable. Il avait même une vieille dette envers lui...

Avel sembla réfléchir, mais elle prit le parti de changer de sujet.

— Bref, ils ont tous les deux pris leur retraite en novembre 2111 et ils ont disparu. J'aurais bien aimé qu'ils prennent Anton avec eux, mais Treg aurait trouvé cela bizarre et, depuis quelque temps, il semblait se méfier de moi. Je crois même qu'il nous faisait surveiller. L'étau se resserrait dangereusement. Puis tout s'est accéléré. Du jour au lendemain, le petit cobaye a commencé à refuser de communiquer, s'enfermant dans un mutisme inquiétant. Il s'est mis à faire de graves crises d'épilepsie, signe d'un dysfonctionnement neurologique important, refusant toute forme de nourriture solide et n'acceptant que le biberon, il a fallu lui remettre des couches alors qu'il était parfaitement propre. Treg était dérouté. Je lui ai expliqué que leur cobaye était en proie à une profonde dépression, qui se manifestait entre autres par une régression extrême. Je pense que les souvenirs de bébé que Treg n'avait pas pris la peine de supprimer entraient en conflit avec sa nouvelle personnalité, l'empêchant de s'épanouir et même de vivre. Un matin, on l'a retrouvé dans son petit lit à barreaux, mort. Le bambin s'était suicidé. Il avait mis fin à sa crise identitaire insurmontable en s'étouffant avec son doudou. C'était trop pathétique !

— Monstrueux, tu veux dire ! s'écria Sam, les larmes au bord des yeux. Je n'en reviens pas que des hommes soient capables de telles horreurs. Après tout ce gâchis, ils n'ont pas eu envie de laisser tomber leur projet ?

— Tu plaisantes ! Pas aussi près du but ! Tiens-toi bien, le 28 novembre, Treg m'a annoncé qu'Anton serait notre prochain cobaye. Tu imagines ? Il m'accusait d'avoir causé l'échec des deux expériences précédentes en laissant tomber l'équipe et il voulait que je m'implique à nouveau dans le projet. Quoi de plus logique donc, que de me faire travailler sur mon propre enfant ! Il était sûr que j'allais donner le meilleur de moi-même pour ne pas risquer de perdre la chair de ma chair.

— Mais c'est ignoble ! Dis-moi que tu as refusé !

— J'ai accepté, mais uniquement pour gagner du temps et devancer mon plan d'évasion. Finalement, le 12 décembre, une occasion en or s'est présentée, j'ai pris mon fils sous le bras, et nous avons tout quitté. Nous avons disparu à notre tour.

— Et c'est pour cela qu'ils te recherchent aujourd'hui, fit Sam qui commençait à tout comprendre.

— Exactement ! D'autant plus que je ne suis pas partie seule. Sous le faux prétexte de me replonger dans le projet et de mieux préparer l'expérience avec Anton, j'avais emprunté tous les dossiers expérimentaux ainsi que la totalité des nanocircuits mnésiques. Je ne les ai jamais rendus. De plus, j'étais la seule à maîtriser parfaitement la phase d'enregistrement des souvenirs. Ma disparition signifiait donc immanquablement la fin du projet Mnémosyne.

— Tu n'as pas saccagé les labos, ni tué deux collègues comme l'annoncent les médias ?

— Certainement pas ! C'était juste de l'intox sensationnelle destinée aux médias, puisqu'en réalité personne n'a été tué. Mémoris ne voulait que justifier l'avis de recherche promulgué par l'AI contre moi. Mes poursuivants ne pouvaient pas révéler la vérité. Tu imagines : *On recherche Avel Astelli. Son crime ? Avoir refusé de participer à d'ignobles expériences sur des bébés et d'immoler son propre enfant au nom de la science !* Je serais passée pour une héroïne, alors que, là, aux yeux du monde entier, je suis l'ennemie publique numéro un. Toutes les holovisions diffusent sans relâche mes portraits. Qui n'a pas entendu parler de la scientifique qui a pété les plombs, de la dangereuse criminelle paranoïaque ?

— Au fait, pourquoi « paranoïaque » ?

— Oh, parce que David ne s'est pas avoué vaincu aussi facilement. Voilà deux ans qu'il me traque et tous les moyens sont bons pour me faire sortir de mon trou. Après mon départ, il s'en est d'abord pris à Treg : interrogatoire musclé, torture peut-être, mais, comme mon mari ignorait où nous étions, il n'a rien pu avouer. J'imagine que David a utilisé notre technique d'enregistrement des souvenirs pour lire ceux de Treg. Vu son nouvel échec, il a décidé de le manipuler – hypnose, drogue, souvenirs artificiels ? – pour qu'il se rende dans la tour Zurina où il a tiré sur la foule et tué trente-neuf personnes. Nous étions alors en mars 2112. David devait penser que j'allais me rendre pour arrêter le massacre. Mais je suis restée cachée. J'ai eu mal pour tous ces innocents dont la mort n'avait qu'un seul but, me faire du chantage, du style : « Si tu ne reviens pas, nous en tuerons beaucoup d'autres. » Mais je n'ai pas cédé et Treg a passé officiellement un an à Jailhouse, ville-prison dont personne ne s'est jamais échappé. Or, comme par hasard, il est parvenu à s'évader. Curieuse coïncidence ! Je crois qu'en fait, pendant un an, l'AI a mené son enquête pour me retrouver, mais que, en désespoir de cause, elle a à nouveau décidé d'utiliser ce cher Treg. On l'a fait sortir et, là, on a mis le paquet.

— Tu fais allusion à son suicide en direct ?

— En effet. Ça ne fait que trois mois et j'ai pourtant l'impression que c'était il y a une éternité. Il m'a envoyé un message personnel en direct en se faisant exploser dans une tour scolaire. Cent vingt-six morts, des enfants pour la plupart, comme pour se venger : « Tu as refusé d'en sacrifier deux ou trois, voilà ce que tu as gagné au bout du compte ! »

Avel était visiblement très affectée par cette tragédie.

— Ce désastre m'a anéantie. J'étais horrifiée qu'ils aient osé s'en prendre à d'autres enfants. J'ai failli me rendre pour que ces crimes cessent enfin et pour faire éclater la vérité, mais jamais l'AI ne s'en serait prise à David. On aurait étouffé l'affaire et manipulé les médias. De plus, si je m'étais livrée, David aurait fouillé mes souvenirs, volé ma mémoire et enlevé mon fils pour l'utiliser comme le prévoyait le projet Mnémosyne. Ça, je ne pouvais l'accepter. Je suis donc restée cachée encore une fois et j'ai souffert en silence.

— Pourtant, tu as fini par sortir de l'ombre. J'ai vu un reportage dans lequel tu prenais la défense de Treg et accusais Mémoris de l'avoir forcé à commettre toutes ces abominations.

— Oui, je l'ai vu, moi aussi. Le présentateur me fait passer pour une névrosée paranoïaque qui voit des complots partout. Ce soir-là, j'ai perdu toute crédibilité et David, invité à s'exprimer en direct, en a rajouté une couche sur les horreurs que j'avais soi-disant commises.

— Mais pourquoi t'es-tu fait filmer ainsi ?

Avel soupira en baissant les yeux.

— Ce n'était pas moi qui étais filmée, mais toi.

— Hein ? Comment ? Ce n'est pas possible !

— Hélas, si. Comme papa et maman te l'avaient demandé, toi aussi tu t'étais fait scalper et ôter ta puce avant de disparaître. Mais nous avions très peu de nouvelles de toi. Je crois que tu m'en voulais encore beaucoup, ce qui est compréhensible. À cause de moi, tu as dû quitter ton boulot à Colonna et vivre dans la clandestinité. Toutefois, j'ignore quand et comment l'AI t'a retrouvée. Elle t'a certainement prise pour moi. Les gardes t'ont livrée à David, qui a dû sonder ton cerveau. Là, il s'est aperçu de son erreur et il t'a utilisée pour jouer cette scène, toujours destinée à me faire sortir de mon trou. Moi seule savais qu'il s'agissait de toi, mais nous nous ressemblons tellement que jamais personne n'a pu faire la différence et le monde entier a cru qu'Avel Maury était sortie de sa cachette pour s'enfoncer encore plus.

— David devait se dire que, si tu savais que ta sœur était entre ses mains, tu ferais tout pour venir la secourir.

— Exactement ! C'était même ce que je m'apprêtais à faire, quand nos parents m'ont interdit d'aller me jeter dans la gueule du loup. Ils savaient que tu préférerais te sacrifier plutôt que de voir ta sœur et ton neveu tomber entre leurs mains. De toute façon, jamais David ne t'aurait libérée. Nos parents auraient perdu leurs deux filles. Mais de te laisser entre les mains de David était une véritable torture pour moi et pour eux.

Avel baissa les yeux, mal à l'aise, avant de reprendre dans un murmure :

— Après, comme nous n'avons plus eu aucune nouvelle de toi, nous avons pensé qu'on t'avait éliminée. Nous étions anéantis de chagrin et de honte. Les parents étaient dévastés. Nous n'avons plus jamais abordé le sujet, mais je crois que, au fond d'eux, ils regrettaient de m'avoir empêchée de me rendre. Quant à moi, j'étais rongée par les remords. Plusieurs fois j'ai eu envie de mourir pour te rejoindre, mais un seul regard de mon fils me condamnait à rester à ses côtés pour lui prodiguer mon amour. Tu étais morte pour le sauver et je n'avais pas le droit de renoncer maintenant. Hier, Albert et Liana ont laissé ce message inespéré et nous avons compris que tu t'en étais finalement sortie, que tu étais vivante. Amnésique, certes, mais bien vivante. Tu as dû vivre des choses très dures. Mais, aujourd'hui, tu es là, devant moi, et je suis tellement heureuse, Élora ! Heureuse et soulagée !

Avel serra à nouveau sa sœur dans ses bras et laissa échapper des larmes de bonheur. Même si Sam était émue, elle n'arrivait pas à lâcher totalement prise. Elle n'était pas prête ; il fallait d'abord qu'elle intègre tout ce qu'elle venait d'apprendre.

Grâce à sa sœur, une partie du mystère qui précédait la nuit du samedi 13 janvier venait de disparaître, balayant sur son passage bien des questions qui taraudaient depuis longtemps son cerveau endommagé. Mais il en restait quelques-unes qui la torturaient, comme des gouttes d'acide qui l'auraient rongée lentement.

— Avel, je te remercie de m'avoir expliqué tout cela. J'avais besoin de réponses et tu me les as presque toutes fournies. Mais il reste encore trop d'incohérences dans ma vie passée pour que je puisse reconstruire quelque chose aujourd'hui. Je ne m'explique toujours pas, par exemple, pourquoi je me suis retrouvée sur *Samildria*, armée d'un Blodless 245, courant comme une folle pour échapper à la garde noire… Qu'est-ce que je faisais là-bas, bon sang ?

Avel la regarda fixement et haussa les épaules.

— Je n'en sais rien, mais il est tout à fait possible que tu sois parvenue à t'enfuir de là où on te retenait prisonnière, à te cacher sur cette île du bout du monde où tu te croyais en sécurité, mais, hélas ! l'AI t'a retrouvée et prise en chasse.

— Mais pourquoi est-ce que je ne me souviens de rien avant ce couloir sans fin ? Tu ne crois pas que, si j'étais allée sur *Samildria* de mon plein gré, j'en aurais des souvenirs ? Pourtant, je n'en ai aucun, comme si David avait trafiqué mon cerveau, sur l'île, je veux dire, et m'avait relâchée ensuite au beau milieu de ce couloir.

— Mais, enfin, pourquoi se compliquer les choses à ce point ? Si David voulait te voler tes souvenirs, il pouvait le faire ici, à Kotaris. Pas la peine d'élaborer toute cette mise en scène !

Le visage de Sam s'assombrit.

— Sauf s'il voulait justement que je croie lui avoir échappé.

Elle prit le temps de choisir ses mots et reprit :

— Je délire peut-être, mais parfois je me demande si David ne m'a pas rendue amnésique sur *Samildria*. Après m'avoir inoculé des messages subliminaux, comme la notion de danger imminent, l'ordre de courir, la nécessité de me cacher, il m'aurait relâchée dans la nature.

Avel regarda sa sœur avec une incrédulité marquée.

— Tu crois qu'il t'aurait emmenée là-bas pour te faire ça et qu'il t'aurait relâchée exprès en te faisant croire que tu étais poursuivie ? Mais dans quel but ? C'est parfaitement absurde !

— Pas si absurde, si on suppose que David s'est servi de moi pour te retrouver, toi !

Le visage d'Avel devint livide et elle sentit son pouls s'accélérer.

— Comment ça ? souffla-t-elle, au bord du malaise.

— Comme la première tentative avec la vidéo a été un échec, on peut imaginer que David a joué plus finement et organisé un autre scénario. Il aura vidé mon cerveau grâce à ta technique et m'aura inoculé quelques faux souvenirs, comme le visage de Treg, l'odeur du gâteau au chocolat des Calberston…

— Oui, mais tu connaissais vraiment Treg et tu as toujours adoré le chocolat, comme moi. Ça faisait même partie de notre code secret, lorsque nous jouions aux espionnes.

— Attends, ce n'est pas tout : en rêve, j'ai vu la salle de protonchirurgie où tu officiais et même le visage d'un bambin que j'ai pris pour Anton.

— Ah ! quand même ! s'écria Avel, abasourdie par ces révélations.

— David voulait que je me croie en danger, que j'enquête sur ma véritable identité et que je me prenne pour toi. Il devait se douter que ma quête me conduirait inexorablement vers toi... et c'est exactement ce qui s'est produit. Au fil de mes découvertes, j'ai accumulé les indices, j'ai commencé à me prendre pour toi et j'ai poursuivi mes investigations jusqu'à ce que tu entres en contact avec moi.

Ces mots s'enfoncèrent dans l'esprit d'Avel comme des aiguilles chauffées à blanc.

— Mais c'est impossible ! J'aurais très bien pu te laisser croire que tu étais moi et ne jamais me montrer.

— Tu oublies une chose. Si j'ignorais qui j'étais en réalité, en revanche, toi, tu le savais très bien. Comme tu avais déjà trahi ta sœur une fois en la laissant aux mains de David, c'était évident que, si l'occasion se présentait une seconde fois, tu chercherais à rattraper ton erreur du passé en entrant en contact avec moi.

— D'accord, ton raisonnement se tient, mais c'était quand même prendre un risque énorme que de te relâcher dans la nature. Tu aurais très bien pu leur échapper vraiment.

Sam hésita et soupira avant de répliquer :

— Hélas, je crois que rien n'a échappé à David. Depuis quelques jours, déjà, je m'en suis aperçue, un homme me suit partout et guette mes moindres faits et gestes. Tout s'explique, à présent. Cet espion agit pour le compte du professeur et se tient prêt à intervenir au cas où je tenterais de lui faire faux bond. Il a dû avoir du mal à me repérer au début, car j'étais cachée chez Éthan, mais il a fini par retrouver ma trace et, depuis, il ne me quitte plus d'une semelle. Cet espion ne m'a jamais fait de mal, mais il est extrêmement dangereux. C'est lui qui a assassiné froidement le pauvre Ziggi juste sous mes yeux pas plus tard qu'hier.

— À quoi ressemble-t-il? s'empressa de demander sa sœur, effrayée. Est-il albinos?

— Oui! fit Sam, étonnée. Tu le connais?

Mortifiée, Avel porta la main à sa joue et, d'une voix blême, tenta d'expliquer:

— Oh oui, je le connais. Il s'appelle Tywan Héatt. C'est l'homme à tout faire de David. Il lui est dévoué corps et âme et le professeur sait qu'il peut lui demander n'importe quoi. Héatt lui obéit au doigt et à l'œil sans jamais discuter.

Avel était livide. Elle déglutit avec difficulté.

— Cela signifie que tu ne t'es pas trompée, c'est bien David qui se cache derrière tout ça et, à l'heure qu'il est, il sait certainement où nous sommes, où je suis. Élora, nous sommes en danger!

Elle se leva précipitamment, prise de panique, en poursuivant:

— Je dois y aller. Ne dis à personne que tu m'as retrouvée, même pas à ton ami. Les Calberston vont venir avec moi. Ils en savent trop, à présent, pour continuer à mener une vie normale; Héatt risque de les assassiner. Je vais me charger de les mettre en sécurité. Prends leur navette et retourne à Soraya.

Sam se leva à son tour, désorientée, bouleversée par la tournure que prenaient les événements.

— Mais, Avel, pourquoi se quitter maintenant? Moi aussi, je veux venir avec toi!

— C'est impossible ! Je ne peux pas prendre le risque de t'emmener avec moi à…

Elle se mordit la lèvre comme pour s'empêcher d'en dire trop et ajouta en ouvrant la porte qui les séparait des Calberston :

— Je ne serais pas étonnée d'apprendre que David t'a équipée d'une balise. C'est une sorte de puce radioactive qui lui permet de ne pas perdre ta trace. Il va falloir te sonder pour te l'enlever, mais je n'ai ni le temps ni le matériel nécessaire pour le faire maintenant. D'ici un ou deux jours, c'est promis, je reprendrai contact avec toi et tu viendras avec nous, pour de bon, cette fois.

Elle expliqua rapidement au couple qu'ils étaient tous en danger s'ils restaient là une minute de plus et insista pour qu'Albert confie la carte de son véhicule à Élora. Il obéit sans rechigner, pendant qu'Avel leur indiquait un couloir qui s'enfonçait dans les profondeurs de la tour. Elle se retourna pour adresser un dernier sourire à sa sœur.

Sam sentit les larmes lui brûler les yeux et se jeta dans ses bras. Elle ne voulait pas la quitter, pas tout de suite, pas comme ça, mais elle n'avait pas le droit de la mettre plus longtemps en danger.

— Tant que je suis avec Éthan, je suis en sécurité, lui souffla-t-elle. Ne t'inquiète pas pour moi. Lorsque tu reviendras me chercher, sache qu'officiellement je porte le nom d'Inès Montas. Mais ne prends surtout pas de risques à cause de moi. Pense d'abord à toi et à ton fils.

Avel la prit par les épaules et planta son regard mauve dans le sien.

— Cette fois, Élora, je ne te laisserai pas tomber. Je t'en fais le serment !

23

Ignorant par où elle était passée puisqu'elle avait les yeux bandés à son arrivée, Sam traversa plusieurs couloirs en courant. Elle prenait toujours tout droit. Elle déboucha enfin dans un hall et se rappela le bruit de ses pas sur le sol dallé. Terrifiée à l'idée de voir l'albinos débarquer là, elle s'arrêta toutefois une seconde pour se repérer et avisa une porte sur laquelle on pouvait encore lire les premières lettres du mot *Parking*. Elle s'y précipita sans réfléchir, longea l'étroit couloir et aboutit dans le sinistre endroit. De longs néons blafards qui montraient des signes de faiblesse éclairaient le stationnement par intermittence. Heureusement, il y avait très peu de véhicules garés là et elle trouva rapidement la navette des Calberston.

Elle s'empressa de glisser la carte dans la fente de sécurité de l'engin. Une fois à l'intérieur, elle soupira de soulagement. Mais le répit fut de courte durée. Elle réalisa qu'elle n'avait aucune idée de la façon dont fonctionnait l'appareil. Dans sa précipitation, Albert lui avait balancé la carte de démarrage qui remplacerait son empreinte digitale, en s'imaginant peut-être qu'elle savait manier ce type d'engin.

Le tableau de bord semblait des plus simples, puisqu'il n'y avait ni volant, ni bouton, ni voyant lumineux, juste un écran éteint. Cependant, Sam n'avait pas le temps de réfléchir. Elle devait agir, et vite. Elle avisa sur sa droite un espace assez grand pour y insérer à nouveau sa carte. Elle tenta le tout pour le tout. La navette avala le rectangle de plastique. Elle attendit, le cœur battant.

L'appareil vibra légèrement et un ronronnement lui indiqua qu'elle avait vu juste. L'écran s'alluma et, juste en dessous, un clavier tactile s'illumina. Ça n'allait peut-être pas être aussi compliqué qu'elle l'avait cru. Lorsque la question : *Indiquez votre destination* apparut devant ses yeux, elle pianota : *Kotaris, tour Soraya, 123e étage.*

L'appareil se souleva et se dirigea tout seul dans les dédales du stationnement couvert. Il emprunta ensuite un long couloir en spirale qui semblait grimper vers un sommet imaginaire. Une grande porte d'acier apparut bientôt au bout du couloir. Elle s'ouvrit automatiquement devant la navette qui s'élança dans la grisaille d'une fin de journée pluvieuse, à peine égayée par les lumières vacillantes des tours et des feux des navettes qui filaient autour d'elle. Même si Sam ne connaissait pas ce quartier, il ne faisait aucun doute qu'elle se trouvait toujours à Kotaris et que d'ici peu elle serait chez elle… enfin, chez Éthan. Elle serra les dents en imaginant sa fureur. Il allait être fou de rage. Mais elle dut s'avouer qu'au fond elle s'en fichait. Elle avait tellement appris en quelques heures que rien d'autre n'avait d'importance à ses yeux. Elle qui s'était approprié la vie d'Avel au point de la faire sienne, elle qui s'était rongé les sangs pour son supposé fils, elle n'était finalement ni Avel ni mère. Elle s'appelait Élora Maury, n'avait jamais été mariée et n'avait jamais eu d'enfant, puisqu'elle était stérile.

Grâce aux aveux de sa sœur, elle savait qui elle était et quel avait été son rôle dans toute cette histoire. Elle parvenait même à reconstituer le puzzle de ses dernières années.

À cause de la vie mouvementée de sa sœur, elle avait dû disparaître à son tour et s'était volontairement fait scalper pour ne pas être détectée au moindre contrôle d'identité. Hélas, cette précaution n'avait pas été suffisante, puisque l'AI l'avait arrêtée. On l'avait livrée à David qui avait dû se réjouir de la célérité de l'armée. Elle avait protesté, niant être Avel, mais, bien entendu, personne ne l'avait crue. L'éminent professeur ou quelqu'un de son équipe avait sondé sa mémoire et découvert qu'elle disait bien la vérité. Vexé et humilié, David avait alors décidé de l'utiliser comme appât.

Mais comment faire savoir à Avel qu'il détenait sa chère sœur sans alerter l'opinion publique et sans éveiller les soupçons des médias ? Simplement en faisant passer Élora pour son aînée et en diffusant un enregistrement amateur sur une chaîne d'information en continu. Sam-Élora avait-elle accepté de jouer la comédie ? Certainement pas. On avait dû lui faire subir une transplantation de souvenirs artificiels pour qu'elle se prenne pour Avel.

Pourtant, en dépit du plan ingénieux de David, Avel ne s'était pas manifestée. Le professeur avait dû imaginer un second plan, encore plus machiavélique que le premier. Plus long, plus risqué, plus compliqué à mettre en place, il devait être aussi plus efficace.

La mémoire biographique d'Élora avait été effacée, réduite à néant pour en faire une nouvelle matière cérébrale, vierge et donc manipulable à loisir. Il avait suffi de lui intégrer ensuite quelques faux souvenirs visuels, émotionnels et olfactifs, pour lui donner l'illusion qu'elle était une autre. Et elle était tombée dans le piège, se raccrochant à ces bribes de souvenirs qu'elle croyait siens pour retrouver une identité qui n'était pas la sienne.

Tout avait été organisé pour qu'elle parte sur la mauvaise piste dès le début en s'orientant sur les sentiments qu'elle croyait avoir éprouvés pour Treg et les avis de recherche, qui se révélaient factices, finalement. Car bien sûr, tous les avis de recherche étaient faux. Ils avaient pour seul but de lui inculquer sa nouvelle identité : Avel Astelli était dangereuse, elle était recherchée, elle était l'épouse de Treg Astelli. Ça ne pouvait être qu'elle.

Le plan était réellement diabolique. Et, si sa sœur ne lui avait pas révélé la vérité, Sam aurait été plus que jamais persuadée d'être Avel. C'était même très difficile pour elle, après tout ce temps à s'imaginer dans la peau de sa sœur, de faire machine arrière. Elle avait indéniablement progressé dans sa quête existentielle, mais l'impression étrange d'avoir au contraire régressé la mettait mal à l'aise. Au fond, elle s'en voulait d'avoir été si crédule, si facile à manipuler, si prévisible. Ce n'était pas la peine d'avoir un QI de 171 pour en arriver là.

Les images de sa fuite sur *Samildria* lui revinrent brusquement en tête. Tout avait commencé là. Les gardes avaient joué leur rôle à la perfection en la laissant s'enfuir, alors que, s'ils l'avaient vraiment voulue vivante comme le clamaient les avis de recherche, ils lui auraient tiré dans les jambes, l'auraient paralysée ou même endormie. Pareil pour son arme. Le soi-disant pistolet militaire avec lequel elle avait tiré n'était peut-être finalement qu'un inoffensif joujou destiné à créer l'illusion qu'elle était bien une criminelle dangereuse, une femme capable de tuer de sang-froid, prête à tout pour sauver sa peau, donc, Avel Astelli. Rien n'avait été laissé au hasard.

Rien ?

Elle frissonna d'horreur. Sa rencontre avec Éthan faisait-elle également partie de l'ignoble machination ?

Livide, elle repassa dans sa tête les différentes étapes de sa fuite. Elle revit la porte de la cabine d'Éthan en train de se refermer juste au moment où elle arrivait. Était-ce vraiment un hasard, ou cela faisait-il également partie du plan initial ? Mais comment la garde noire aurait-elle pu prévoir qu'elle s'enfuirait dans cette direction, qu'elle emprunterait précisément ce couloir ? Car rien ne l'avait contrainte à emprunter ce chemin. Elle avait couru au hasard en se laissant guider par son instinct.

Son instinct ? Et si sa trajectoire lui avait été imposée inconsciemment ?

Un pressentiment plus sombre que la nuit envahit son cerveau bouleversé. Si, finalement, Éthan était dans le coup ? S'il faisait partie du plan de surveillance de David, pour s'assurer que Sam-Élora se laissait imprégner par l'identité d'Avel au point de croire qu'elle était la neurochirurgienne ? Une sorte de surveillance rapprochée...

Elle secoua la tête pour chasser l'horrible soupçon qui naissait dans son esprit. Non ! Elle se montrait injuste en s'imaginant cela. Depuis le début, Éthan n'avait fait que la protéger, la mettre à l'abri, l'aider à fuir et à se cacher. Jamais il ne l'avait poussée à croire quoi que ce fût. C'était elle-même qui s'était mis des idées en tête à la suite des révélations de Nao et des médias.

Et pourtant... Maintenant qu'elle y réfléchissait bien, Sam se souvenait parfaitement du jour où Éthan lui avait annoncé qu'il avait fait analyser un de ses cheveux et que son ADN correspondait à cent pour cent à celui d'Avel. C'était lui qui, en lui mentant effrontément, avait balayé les derniers doutes qu'elle pouvait avoir. C'était bel et bien Éthan qui lui avait apporté l'ultime confirmation de sa fausse identité.

Au fond d'elle, Sam refusait d'admettre une possible trahison de son prétendu protecteur. Or, cela se tenait d'autant mieux qu'il avait un goût prononcé pour les mensonges et les mystères, ces derniers temps. Toutefois, était-il possible que deux sœurs aient exactement le même patrimoine génétique ?

Se pouvait-il que leur ressemblance renversante se retrouve aussi au niveau cellulaire ? Si elles avaient vraiment le même ADN, la question se posait de savoir si, après tout, elles n'étaient pas effectivement des clones.

Élora n'était-elle qu'un clone de sa sœur ? Sa sœur savait-elle quelque chose à ce sujet ? Si c'était le cas, pourquoi ne lui avait-elle rien dit ?

Dans ce cas, Éthan ne lui avait pas menti. Il ne travaillait pas pour David, en fin de compte.

Sam se recroquevilla, anéantie. Les réponses d'Avel auraient dû lui apporter réconfort et soulagement, mais c'était tout le contraire qu'elle ressentait. Cent nouvelles questions plus angoissantes les unes que les autres se bousculaient en elle, torturant une fois encore son cerveau blessé. Ou Éthan la trahissait depuis le début, ou elle n'était qu'un clone. Qu'un vulgaire clone.

Seule Avel pourrait lui fournir une réponse, mais elle allait devoir attendre un ou deux jours encore avant que sa sœur ne la contacte à nouveau. Une éternité !

Son moral était au plus bas lorsqu'une idée jaillit dans son esprit en détresse. Si elle profitait de la navette pour faire un petit détour et rendre une visite-surprise à Lulu ! Non seulement il allait devoir justifier son mensonge à propos du soi-disant enfant qu'elle n'avait en réalité jamais porté, mais, en plus, en tant que médecin, il pourrait lui apporter des éclaircissements sur la maladie d'Éthan, ainsi que sur le clonage.

Cette visite serait à coup sûr très instructive.

Sam modifia l'itinéraire de la navette en pianotant l'adresse de la tour Carthage. Un message sur l'écran lui signifia que le changement de direction avait été enregistré et l'engin adopta aussitôt un nouveau cap, s'enfonçant entre les innombrables tours qui scintillaient dans la grisaille. En observant la ville,

Sam se fit la réflexion qu'elle aurait payé cher pour découvrir l'endroit exact où sa sœur lui avait donné rendez-vous. Elle eut soudain un éclair de génie.

La navette conservait certainement en mémoire ses différents trajets. Pourquoi ne pas l'interroger ? Elle pressa la touche *Menu* de l'écran tactile et une longue liste d'options défila. Elle sélectionna le mot *Historique* et appuya sur la date du jour : *Lundi 22 janvier 2114*. Quatre lignes s'affichèrent, mais une seule intéressa la jeune femme : *Kotaris, tour Babylone, étage 12*.

Étage 12 ? Sam fronça les sourcils. En pleine zone rouge ?

Sa sœur se cachait-elle parmi les rebuts de la société qui vivotaient dans des couloirs glauques et mal famés comme ceux qu'elle avait découverts au pied de Soraya ? Était-ce dans un de ces appartements sombres et moisis qu'elle élevait son fils et que se cachaient leurs parents ?

Quoi qu'il en fût, elle jugea dangereux de laisser cette adresse dans l'ordinateur du véhicule et elle l'effaça aussitôt. Si par malheur la navette des Calberston tombait aux mains de l'AI, les gardes ne manqueraient pas de fouiller sa mémoire comme ils l'avaient fait pour la sienne.

Pour plus de sécurité, elle s'assura une seconde fois que le lieu de rendez-vous avait bien disparu de l'historique et, rassurée, elle regarda à nouveau à travers la vitre de la navette. Elle constata, étonnée, que celle-ci s'était posée et reconnut la terrasse minable de la tour Carthage. Elle récupéra la carte de l'engin, ce qui eut pour effet de couper instantanément les moteurs, et mit un pied sur la plateforme humide du 50e étage.

Il pleuvait toujours. Elle leva les yeux vers l'immense bâtiment dont le sommet se perdait dans l'anthracite du ciel. Le crachin souilla son visage comme une insulte à sa beauté avant qu'elle ne se précipite à l'intérieur du bâtiment.

Sa précédente visite l'avait suffisamment marquée pour qu'elle se souvienne exactement où se trouvait le local de Lulu. Seuls ses pas précipités résonnaient dans ces couloirs crasseux. Elle se mit à transpirer, gagnée par une sensation de malaise.

« Pourvu qu'il soit là ! » pria-t-elle en reconnaissant l'endroit, au fond du couloir.

Elle prit une grande inspiration pour se donner du courage et frappa contre la porte en bois sur laquelle avait été peinte à la va-vite une croix rouge.

Aucune réponse.

Elle regarda alentour, mais il n'y avait pas âme qui vive. Elle était désespérément seule et devrait à nouveau ne compter que sur elle-même. Résignée, elle répéta son geste et, en l'absence de réponse, attrapa la poignée qui gémit en tournant. La porte n'était pas verrouillée et elle entra dans la pièce qui faisait office de salle d'attente.

Elle était vide, également. Étrange ! Si Lulu s'était absenté, il aurait certainement pris soin de fermer son local. La jeune femme avisa la porte entrouverte de la salle d'auscultation et une entêtante odeur d'alcool envahit ses narines.

— Y a quelqu'un ? lança-t-elle d'une voix qu'elle voulait la plus assurée possible.

De plus en plus certaine que le médecin n'était pas là, elle se dirigea vers l'autre pièce et poussa lentement la porte.

— Lulu ? C'est moi, Sam, l'amie d'Éthan. Vous vous souven...

Mais ses mots moururent sur ses lèvres dès qu'elle aperçut le corps du médecin baignant dans une flaque écarlate. Elle détourna le regard de l'abominable vision et recula pour ne pas vomir. Un étourdissement la força à s'asseoir sur l'un des sièges qui égayaient l'austère salle d'attente. Même si elle ne portait pas le médecin dans son cœur, sa mort la bouleversa profondément.

Elle comprit alors pourquoi l'endroit était désert. Personne n'avait envie d'être surpris à côté d'un homme qui baignait dans son sang, car, pour l'AI, un simple témoin se transformait vite en coupable idéal. Le crime n'avait sans doute même pas été signalé aux autorités, sinon la garde rouge aurait déjà été sur place, accompagnée d'une équipe d'holovision attirée par le sang comme une bande de charognards.

Sam cacha son visage dans ses mains. Pourquoi les cadavres s'accumulaient-ils sur son chemin ? Après Ziggi, c'était au tour de Lulu de mourir de façon atroce. Deux meurtres en deux jours, c'était beaucoup, beaucoup trop pour n'être qu'une simple coïncidence. Elle aurait juré qu'il ne s'agissait pas d'un hasard ni d'un vulgaire règlement de compte. On avait assassiné le médecin pour l'empêcher de parler. Mais était-il mort parce qu'il savait des choses sur elle ? Sur Éthan ?

Un doute horrible s'empara de Sam. Elle s'arma de courage et retourna auprès du cadavre. La plaie béante et sombre qui trouait sa poitrine, les éclaboussures rougeâtres qui souillaient le mur derrière lui et l'expression de terreur figée sur son visage, c'était insupportable.

Sam s'efforça de rester calme. Le sang n'avait pas eu le temps de coaguler ; le crime était donc très récent. Elle prit le temps de regarder autour d'elle et s'avisa du désordre qui régnait dans le petit cabinet. Tout autour du cadavre, le sol était jonché de feuilles éparpillées ou déchirées, de pansements, de débris de flacons brisés, de pinces métalliques et autres outils médicaux. Les placards étaient béants et les tiroirs avaient été vidés par terre.

Ou bien le meurtrier s'était volontairement amusé à saccager le local pour maquiller son crime en vengeance, ou bien il cherchait quelque chose de précis.

Surmontant son irrépressible dégoût, Sam contourna le cadavre afin de jeter un coup d'œil sur les feuilles qui jonchaient le sol, mais elle ne pouvait guère avancer davantage sans marcher dans le sang. Elle finit par renoncer, réalisant qu'elle n'avait pas intérêt à rester là trop longtemps. Quelqu'un pouvait surgir d'un moment à l'autre, d'autant plus qu'elle n'avait aucun déguisement, ni perruque ni lentilles, pour préserver son anonymat.

Elle s'apprêtait à faire demi-tour quand son regard tomba sur une feuille de papier kraft qui se trouvait sur la table d'auscultation. Vu sa forme, elle avait dû servir à emballer quelque chose. Elle semblait avoir été délicatement posée à cet endroit. Peut-être son contenu intéressait-il le tueur. Mal à l'aise, elle s'arrêta de respirer. Elle était presque certaine d'avoir déjà vu un papier semblable, mais impossible de se rappeler où et quand.

Elle enregistra cette information dans un coin de son cerveau en se jurant d'y revenir plus tard et s'empressa de quitter le local médical sans oublier de frotter la poignée de la porte afin d'en effacer ses empreintes. Terrorisée à l'idée de se retrouver nez à nez avec l'AI, ou pire, avec l'albinos, elle se rua dans le couloir pour fuir l'horreur.

Ce ne fut qu'une fois en sécurité dans la navette des Calberston qu'elle reprit son souffle. Elle saisit l'adresse d'Éthan sur l'ordinateur de bord et se laissa porter par l'engin qui se glissait entre les hautes tours de Kotaris sous la pluie battante.

Elle ferma les yeux pour tenter d'oublier sa peur et son angoisse, mais les images insoutenables des corps de Ziggi et de Lulu s'imposaient à elle avec insistance, comme imprimées sur sa rétine. Jamais elle ne pourrait évacuer ces souvenirs sanglants, toujours ils reviendraient la hanter.

L'ironie de la situation lui arracha un sourire désabusé. Maintenant qu'elle emmagasinait ses propres souvenirs, elle réalisait qu'il y en avait certains qu'elle aurait bien aimé pouvoir effacer. Elle soupira et ses pensées la portèrent vers sa sœur. Où avait-elle conduit Albert et Liana ? Étaient-ils en sécurité ? Dire que c'était le matin même qu'ils étaient venus la chercher. Il s'était passé tellement de choses en si peu de temps. Elle avait l'impression qu'une vie entière venait de défiler sous ses yeux, de la naissance à la mort. Pendant qu'elle renaissait sous l'identité d'Élora et qu'elle s'appropriait cette nouvelle vie, Lulu perdait la sienne, emportant avec lui ses mystères et ses mensonges. Sam ne saurait hélas jamais pourquoi il lui avait menti, ni pourquoi il l'avait mise en garde contre Éthan.

Lui aussi cachait encore beaucoup de choses. Quel rôle jouait-il dans cette histoire ? Était-il réellement son allié comme il l'avait toujours clamé, ou jouait-il son rôle de protecteur à la perfection ? Pouvait-elle encore compter sur lui ?

Elle éprouvait à son égard un sentiment très ambigu, mêlant à la fois reconnaissance et méfiance, attraction et répulsion. Elle refusait de croire qu'il travaillait pour Mémoris, même si les preuves de sa duplicité s'accumulaient contre lui. Elle réalisa aussi que c'était depuis leur visite chez Lulu qu'il n'était plus le même. Certes, ce jour-là, il s'était montré violent à son encontre, mais, plus que son geste brutal, c'était l'implacable dureté qu'elle avait lue dans son regard qui l'avait glacée.

Elle réprima un frisson et songea aux taches blanchâtres qui parsemaient le corps de son compagnon, aux boîtes de médicaments génétiques qu'il ingurgitait en quantité. De quoi souffrait-il vraiment ? Pouvait-elle croire aux confidences qu'il lui avait faites la veille, ou n'était-ce qu'un tissu de mensonges supplémentaires destinés à protéger un autre secret encore plus inavouable ?

Soudain, comme si ses neurones venaient de trouver la solution à un problème sur lequel ils travaillaient en silence depuis un moment, Sam se rappela où elle avait vu le fameux papier kraft. Le matin où elle avait rendez-vous chez Lulu, elle avait vu Éthan glisser un paquet dans la poche de sa veste, un paquet précisément enveloppé dans du papier kraft.

Son cœur se mit à battre la chamade.

Pourquoi le contenu de ce paquet intéressait-il le tueur ? Qu'est-ce qu'Éthan avait bien pu envelopper dans ce papier ? Cela valait-il la peine de tuer pour récupérer ce fameux objet ? Mais, ce qui terrifiait Sam surtout, c'était qu'Éthan se retrouvait une fois de plus mêlé à un mystère dont elle n'avait pas la clé…

Elle se força à réfléchir. « C'est Éthan qui s'est chargé de prendre le rendez-vous chez Lulu sous prétexte qu'il le connaissait bien et qu'il était fiable. Ensuite, il a préparé ce mystérieux paquet avant de partir et je suis certaine qu'il ne le lui a pas donné devant moi ; je m'en souviendrais. En fait, il ne voulait pas que je voie ce colis et il a dû le lui remettre après mon départ précipité. Je jurerais que son contenu a servi de paiement. C'était quelque chose de valeur, peut-être un produit illicite, en échange du service que Lulu nous rendait. Mais quel était ce service ? M'examiner, ou me faire croire que j'avais effectivement porté un enfant, pour me conforter dans l'idée que j'étais bien Avel ? Est-ce Éthan qui lui a demandé de me mentir en échange du mystérieux cadeau ? »

Elle était atterrée. Si son raisonnement était juste, c'était pour cette raison et pour nulle autre que son compagnon tenait tant à ce que ce soit Lulu qui l'examine. N'importe quel autre médecin aurait révélé la supercherie et confié à Sam qu'elle n'avait jamais porté d'enfant. Seul un praticien peu scrupuleux et n'ayant rien à perdre pouvait se permettre de marcher dans la combine manigancée par Éthan, en échange d'un moyen de paiement peu ordinaire.

Plus elle réfléchissait, plus il lui semblait évident que son supposé ami était lié d'une façon ou d'une autre à la sombre machination. Son cœur se serra de déception. Plus que jamais, elle devait se fier à son instinct et ne faire confiance à personne, même pas à celui chez qui elle avait élu domicile.

24

Quelques minutes plus tard, la navette se posa au 123e étage de la tour Soraya. Sam hésita un moment avant de la quitter. Rentrer chez Éthan, n'était-ce pas se jeter dans la gueule du loup ? Cependant, elle n'avait aucun autre endroit où aller. Il lui était désormais impossible de se réfugier chez les Calberston et, si Avel voulait reprendre contact avec elle comme elle le lui avait promis, c'était là qu'elle viendrait la chercher.

En attendant, Sam allait devoir redoubler de prudence et se comporter le plus naturellement possible pour ne pas éveiller la méfiance du jeune homme. Il était donc hors de question qu'elle lui parle de sa rencontre avec Avel et qu'elle lui révèle sa véritable identité.

Après avoir pris soin d'effacer également l'adresse de la tour Carthage, elle récupéra la carte et se glissa hors de l'appareil. Elle s'assura que la navette était correctement garée pour ne pas empêcher les autres d'atterrir et se dirigea vers la porte sécurisée. Il y avait certainement des stationnements privés dans la tour, mais elle ignorait si Éthan en possédait un. De toute façon, elle ne comptait pas le lui demander ni lui parler de la navette. Ce serait son secret et sa sortie de secours.

Elle fourra la carte d'Albert dans le fond de sa poche de pantalon et franchit sans difficulté le barrage de sécurité de la tour. Elle s'engagea dans le couloir feutré qui conduisait jusqu'à l'appartement et se posta devant la porte d'entrée. Anxieuse, elle se pencha vers le détecteur biométrique.

— Nao, c'est moi, Sam. Tu m'ouvres ?

La voix artificielle tarda à répondre.

— *Bonsoir, Sam. Je ne t'attendais plus. Éthan non plus, d'ailleurs.*

— Épargne-moi tes sarcasmes, répliqua la jeune femme, énervée. Dépêche-toi de m'ouvrir.

Mais la porte resta close.

— *Je t'aurais ouvert avec plaisir, mais les ordres d'Éthan sont formels, tu ne pourras entrer que lorsqu'il sera de retour, pas avant. Inutile de préciser qu'il était extrêmement en colère contre toi.*

Sam contracta la mâchoire, ne sachant pas si elle devait en vouloir à Éthan ou à la satanée machine qui prenait un plaisir non dissimulé à la voir plantée dans le couloir.

— Mais, enfin, c'est absurde ! Il s'agissait d'une urgence et…

— *Une urgence ? Un coup monté, oui,* gronda l'ordinateur d'une voix chargée de colère. *Éthan était furieux en revenant du Centre.*

— Furieux que tu aies failli à ton rôle de garde-chiourme ? demanda Sam, ironique. Tu as dû te prendre un sacré savon !

— *Ce n'est rien par rapport à celui auquel tu vas avoir droit quand il sera de retour,* rétorqua la voix de synthèse sur le même ton.

— Oh, je doute d'être encore là lorsqu'il rentrera, s'empressa de répondre Sam qui refusait de perdre la face devant une machine. On verra comment il réagira lorsque tu lui diras que tu as refusé de m'ouvrir et que je suis repartie on ne sait où. Bye !

Elle joignit le geste à la parole et s'éloigna de la porte. Elle n'entendit pas Nao la supplier de rester là comme elle l'aurait souhaité, mais un simple clic dans son dos lui indiqua que la cerbère informatique venait de capituler en déverrouillant la porte de l'appartement. Elle sourit pour elle-même, savourant sa victoire, et fit demi-tour.

En pénétrant dans l'appartement, elle fila à la cuisine. N'ayant rien avalé de la journée, elle était affamée et espérait trouver de quoi se rassasier. Même si elle n'avait pas les mêmes goûts que son ami, elle se sentait prête à engloutir n'importe quoi, pourvu que ce soit comestible.

« Que mon ami ? » se répéta-t-elle mentalement. Impossible de le considérer encore comme tel. Elle n'avait plus aucune confiance en lui. Il cachait bien trop de choses pour être honnête et Sam savait maintenant qu'il ne s'était pas trouvé sur sa route par hasard. Tout en fouillant dans les placards à la recherche d'un paquet de gâteaux, elle réalisa qu'en fait elle s'était littéralement jetée dans ses bras. Naïvement, elle ne s'était posé aucune question et s'était laissé séduire. Certes, il était beau, fort et grand. C'était exactement le genre d'homme protecteur dans les bras duquel on a envie de se blottir, surtout lorsqu'on est perdue, terrorisée et menacée comme elle l'était.

En mordant dans une galette bio aux graines de lin – il n'y avait plus que ça –, elle réalisa que toutes les conditions avaient été réunies pour qu'elle tombe amoureuse de cet homme. En plus d'être séduisant, il n'avait pas hésité à mettre sa vie en péril pour venir à son secours, en affrontant les redoutables soldats de la garde noire.

Son charme et son souci de l'écouter, de la consoler pour l'obliger à reprendre le dessus étaient vitaux pour que leur plan fonctionne. Il était hors de question qu'elle déprime, qu'elle risque de mettre fin à ses jours ou qu'elle s'enfuie n'importe où. Il fallait qu'en cas de besoin elle puisse s'appuyer sur quelqu'un, quelqu'un de fort, de solide et de rassurant, en qui elle aurait une confiance absolue. En prenant sa défense, en la cachant, en risquant sa propre sécurité pour ses beaux yeux, Éthan était l'homme de la situation. En réalité, s'il était là pour la soutenir en cas de coup dur, il devait surtout la guider, la mettre sur les rails, l'orienter vers un objectif prédéterminé. C'était lui qui avait mis à sa disposition ses propres ordinateurs pour qu'elle puisse mener son enquête. Est-ce que les machines avaient été programmées pour filtrer les informations et ne les fournir qu'au compte-gouttes ? Nao était-elle complice ?

Tout en avalant un grand verre d'eau pour faire passer la galette aussi insipide que sèche, Sam secoua la tête. Tout semblait si limpide, et pourtant si difficile à accepter ! Comment avait-elle pu se laisser manipuler aussi facilement, sans se douter de rien ? Si elle n'était pas allée fouiner un peu du côté de chez Lulu, elle n'en aurait jamais eu la preuve.

Mais la preuve de quoi ? Elle prit conscience qu'elle n'avait aucune preuve, juste un pressentiment qui grandissait chaque jour un peu plus depuis l'apparition des mystérieuses taches blanches sur le corps d'Éthan. Il était tombé de son piédestal. Il n'était plus le héros, le sauveur, le protecteur, mais le fourbe, l'hypocrite, l'acteur qui avait joué la comédie dès le départ. Elle n'éprouvait plus aucun sentiment pour cet homme, uniquement de la peur et du dégoût.

Tout en mastiquant une nouvelle bouchée de galette, Sam se demanda si elle courait un vrai risque à rester à ses côtés. Pouvait-il se révéler dangereux, lui faire du mal, la séquestrer, la livrer à David ou, pire encore, la tuer ? Pas si elle ne laissait rien transparaître de ses doutes. Elle devait à son tour jouer la comédie pour tromper sa méfiance. Si elle restait dans son rôle d'amoureuse naïve, fragile et soumise, il n'y verrait que du feu.

« Plus facile à dire qu'à faire ! » songea-t-elle en grimaçant.

— Eh bien, t'en fais, une tête ! s'exclama Éthan en entrant dans la cuisine.

Sam sursauta. Toute à ses pensées, elle ne l'avait pas entendu arriver. Il lui avait fait une peur bleue.

— Je vois que tu as trouvé mes petites galettes préférées. Elles sont extra, hein ?

Elle fut prise d'une envie de lui hurler que ces trucs étaient proprement dégueulasses, mais cela ne cadrait pas avec le rôle qu'elle s'était assigné.

— Bof, fit-elle en haussant les épaules, je n'ai trouvé que ça. Il va vraiment falloir qu'on aille faire des courses ensemble, un de ces quatre.

Le sourire bienveillant d'Éthan disparut. Son expression se figea.

— Tu crois que j'ai que ça à foutre, des courses ? Si t'aimes pas ce que je mange, va t'acheter ce qui te tente, puisque, de toute façon, tu n'en fais qu'à ta tête et que tu te fiches bien de sortir malgré mes recommandations.

Furieuse, Sam se leva et le foudroya du regard. L'espace d'une seconde, elle eut envie de tout lui balancer au visage, qu'elle ne le croyait plus, qu'elle n'était pas dupe et que, bientôt, quand sa sœur viendrait la chercher, elle s'en irait loin de lui à jamais. Mais elle parvint à se maîtriser.

— Désolée, fit-elle un peu sèchement. Je ne voulais pas te vexer.

Éthan hocha la tête, mais ne retrouva pas le sourire pour autant.

— Tu m'avais promis de ne pas quitter l'appart, Sam, et je t'ai fait confiance. Tu m'as désobéi une fois de plus et tu es partie sans un mot avec des inconnus. Tu n'imagines pas la peur que j'ai eue en découvrant l'appartement vide! À cause de toi, la pauvre Nao en a pris pour son grade. Elle avait pour mission de veiller sur toi et tu as trouvé le moyen de lui filer entre les doigts. Tu avais bien prévu ton coup. Tu es vraiment forte, Sam, bravo!

La jeune femme leva les yeux en l'air en prenant un air las.

— Ne dramatise pas. D'abord, je n'avais rien prémédité du tout. Lorsque je t'ai juré que je resterais ici, j'étais sincère. Ensuite, ce n'était pas des inconnus, c'était Albert et Liana Calberston. Ils sont passés à l'improviste juste après ton départ.

— Que te voulaient-ils? demanda-t-il sur un ton inquisiteur.

« Prudence, prudence! songea Sam. Le terrain devient glissant! »

— Ils avaient des choses à me dire.

— Et ils ne pouvaient pas le faire ici?

— Non, justement, ils me croyaient en danger, inventa Sam.

— Comment ça, en danger? De quoi se mêlent-ils, ces deux-là?

Elle perçut au ton de sa voix qu'il était prêt à exploser. Un message d'alerte résonna dans un coin de son cerveau: elle allait devoir jouer serré et adapter intelligemment la vérité.

— Ne te fâche pas, ça n'avait rien à voir avec toi, au contraire. Hier soir, aux infos, ils ont vu mon portrait-robot, diffusé après le meurtre de Ziggi. Dès l'aube ils ont sauté dans une navette pour venir me mettre en garde. Selon eux, je n'étais plus en sécurité ici, car l'AI n'allait pas tarder à faire le lien entre la jeune femme aperçue à l'université et moi. Les Calberston craignaient que l'AI débarque chez toi pour venir me cueillir. Au début, je ne voulais pas les suivre parce que je t'avais donné ma parole. Mais ils m'ont dit que j'étais égoïste et qu'en restant là c'était toi que je mettais en danger. J'ai cédé et tout s'est enchaîné très vite. Comme tu vois, je n'ai même pas eu le temps de mettre ma perruque ni mes lentilles.

— Où êtes-vous allés ? demanda-t-il sans desserrer les mâchoires.

— Nulle part.

— Tu te fous de moi, ou quoi ? s'énerva-t-il.

Ses yeux noirs lançaient des éclairs.

— Absolument pas ! Nous ne sommes vraiment allés nulle part, on s'est contentés de rester dans le vala et de survoler la ville.

— Toute la journée ? Tu vas me faire croire que vous êtes restés dans la navette pendant tout ce temps-là ?

— Oui, parfaitement ! mentit Sam avec une assurance qui l'étonna elle-même. Nous avons beaucoup discuté. Je les ai tout d'abord rassurés en leur expliquant que Nao se chargeait de brouiller les pistes et qu'elle trafiquait certains fichiers de la banque de données de la tour Soraya. Puis je leur ai parlé de toi.

— Et que leur as-tu raconté ?

Il était méfiant. Sam sourit intérieurement. Elle allait lui sortir le grand jeu, un vrai numéro d'actrice.

— Je leur ai dit que j'avais en toi une confiance absolue, que tu étais le seul sur qui je pouvais vraiment compter, que tu étais mon ange gardien, en quelque sorte. Je leur ai raconté tout ce que tu avais déjà fait pour moi, j'ai fait état de ta générosité, de ta compréhension, de ton amour. Albert et Liana ont fini par comprendre que tu tenais énormément à moi, que tu ferais n'importe quoi pour me protéger et que, grâce à Nao, ton appartement était l'endroit où je courais le moins de danger, justement. Je crois qu'ils avaient besoin d'être rassurés sur la sécurité de leur petite Avel chérie. Ensuite seulement, et à ma demande, ils ont finalement accepté de me ramener ici. Tu comptes tellement pour moi !

En prononçant ces derniers mots, elle crut un instant qu'elle poussait le bouchon un peu trop loin. À son oreille, ces paroles sonnaient tellement faux ! Mais cette déclaration inattendue prit Éthan au dépourvu et ses derniers reproches moururent sur ses lèvres.

— Oh, Sam, toi aussi tu comptes tellement pour moi ! C'est pour ça que je suis aussi inquiet. J'ai tellement peur qu'on te fasse du mal ! J'ai parfois l'impression que mon amour pour toi tourne à la paranoïa, mais, comprends-moi, je m'en voudrais tellement s'il t'arrivait quoi que ce soit ! Je me sens tellement responsable de toi !

Il ouvrit les bras pour l'accueillir contre lui.

— Je sais, je sais, mentit-elle en surmontant son aversion pour venir se blottir contre lui. Je suis désolée de t'avoir fait aussi peur.

— Ce n'est rien, mon amour, c'est fini, murmura-t-il en caressant ses cheveux. Je sais qu'aimer ne signifie pas étouffer ; je ne pourrai pas t'enfermer ici toute la vie, mais j'ai tellement peur, parfois, peur qu'il t'arrive quelque chose, peur que tu m'échappes. Pour tout te dire, j'ai parfois le sentiment que, plus tu en apprends sur toi, plus tu t'éloignes de moi.

Il se tut un long moment pour embrasser et caresser les fins cheveux de Sam. Il demanda :

— Est-ce que les Calberston t'ont fait d'autres révélations, aujourd'hui ?

Elle sentit qu'insidieusement il cherchait à en savoir plus sur son enquête.

— Non, aucune. Par contre, ils m'ont fait un cadeau, le plus beau des cadeaux, même.

— Quoi donc ? s'enquit-il en se raidissant imperceptiblement.

— Ils m'ont offert une chose essentielle, merveilleuse. Ils m'ont redonné des souvenirs d'enfance. J'étais une petite fille merveilleuse, tu sais ?

— Oui, ça, je n'en ai jamais douté, mais ils ne t'ont rien dit sur tes parents ou sur ta sœur ? Ils doivent pourtant bien savoir où ils se trouvent, non ?

Le sang de Sam se glaça. « Ah, nous y voilà ! » songea-t-elle en serrant les dents.

— Tu penses bien que, si mes parents se sont donné autant de mal pour disparaître, ce n'est pas pour fournir leur adresse à leurs anciens voisins. C'est facile de sonder un cerveau à la recherche d'informations. Quant à Élora, elle semble avoir disparu tout à fait de la circulation, car elle n'habite plus Colonna depuis longtemps. Nul ne sait où elle se trouve, à l'heure actuelle.

Elle sentit la main d'Éthan se crisper dans son dos, mais sa voix resta douce lorsqu'il demanda :

— Albert et Liana sont directement rentrés chez eux, après t'avoir déposée ici ?

Sam songea à la navette garée sur la plateforme du 123e. Éthan l'avait-il vue en rentrant ? Peut-être était-il passé par un autre endroit. Elle décida de ne prendre aucun risque.

— Je n'en sais rien. Ils ne m'ont rien dit à ce sujet, mais j'imagine qu'ils sont rentrés à Raven. Où voudrais-tu qu'ils aillent ?

— Nulle part. C'était une simple question.

Pourtant, elle aurait juré que ce n'était pas le cas. Elle ferma les yeux en espérant que sa sœur avait bien mis le couple en sécurité.

Le reste de la soirée se déroula sans incident, malgré l'inquiétude grandissante de Sam. Il lui était très difficile de faire comme si tout allait pour le mieux, alors que son esprit lui intimait l'ordre de rester en alerte. Elle s'efforçait de ne rien changer à son attitude, tout en observant les moindres faits et gestes de son compagnon. Même en restant la plus objective possible, elle trouvait tout suspect. Ses remarques, ses yeux doux, ses sourires enjôleurs, plus rien ne lui semblait naturel ni sincère.

Ils mangèrent devant l'holo ce qu'ils avaient commandé grâce au caisson de téléportation. Une salade bio accompagnée d'un steak de soja et une compote pour Éthan, un hamburger-frites et une glace au chocolat pour Sam. La jeune femme se régala, léchant ses doigts pleins de sauce et de sel sous le regard réprobateur de son protecteur. Mais elle s'en moquait. Imperturbable, elle ne quittait pas des yeux la version remastérisée d'*Avatar*. Ce classique du siècle précédent, adapté en mode holographique, remportait toujours un franc succès.

Cependant, les aventures des Na'avis ne semblaient pas passionner Éthan, qui finit par se lever, exaspéré.

— Tu viens te coucher ? lui demanda-t-il.

— Tu montes déjà ? fit Sam en croquant dans son cône chocolaté. Désolée, mais moi je veux absolument voir la fin. Vas-y, je te rejoindrai plus tard.

Il fit la moue, mais n'insista pas. Il monta sans ajouter une parole.

Elle ne put s'empêcher de sourire. De toute façon, il était hors de question qu'elle passe la nuit avec lui. Lorsque le film serait terminé, elle irait coucher toute seule, dans sa chambre.

Quand les premières notes du générique envahirent le salon, il était déjà très tard, mais elle n'avait pas sommeil. Elle zappa en espérant tomber sur une chaîne d'infos en continu. Justement, le canal 89 récapitulait les gros titres de la journée : attentat à la navette piégée, tremblement de terre, nouvelle épidémie de peste bovine... Mais, rien sur Lulu, sur Ziggi ou sur Avel Maury.

En éteignant l'holo, elle se demanda si le meurtre du médecin avait été découvert. Il gisait peut-être encore dans son local clandestin. Est-ce que la garde rouge, responsable des affaires criminelles, intervenait aussi lorsque les corps se trouvaient dans les étages inférieurs, ou existait-il une section spéciale pour ce genre de population ?

En tout cas, c'était encore là une information qu'elle devrait garder pour elle. Pas question de parler à Éthan du meurtre de Lulu, et cela, pour au moins deux raisons : tout d'abord, parce qu'elle avait dit être restée toute la journée dans le vala avec les Calberston, ensuite parce que le mystérieux papier kraft impliquait Éthan de près ou de loin. La question de savoir ce qu'il avait contenu revint l'obséder. Mais qu'est-ce qu'il avait bien pu remettre au médecin pour que quelqu'un soit prêt à tuer pour le récupérer ?

Un bruit, là-haut, la fit sursauter. Éthan s'était-il réveillé ? Peut-être l'attendait-il. Cette idée fit frémir Sam, qui se leva doucement. Sans faire de bruit, elle traversa la serre et rejoignit sa chambre. Sans même se déshabiller, elle se glissa dans ses draps froids, mais elle n'avait pas envie de dormir. Elle avait accumulé trop de tension, trop de questions durant cette longue journée. Elle ne parvenait pas à se détendre. Elle n'arrêtait pas de se demander quand et comment Avel allait faire pour entrer en contact avec elle.

Et si jamais l'idée la prenait de venir en personne dans cet appartement ! N'allait-elle pas se jeter tête première dans un piège fatal ? Peut-être que c'était cela, finalement, qu'attendait David !

Sam espéra que sa sœur allait être suffisamment prudente pour ne pas mettre en péril sa vie, ou plutôt leur vie.

Le lendemain matin, lorsqu'Éthan se leva, Sam était déjà debout depuis longtemps, elle avait avalé un rapide petit-déjeuner et méditait au beau milieu des plantes du jardin d'intérieur. C'était le seul endroit où elle se sentait bien. Elle avait enfilé un jean noir et un t-shirt du même mauve que ses yeux. Elle était très jolie et Éthan lui en fit la remarque lorsqu'il vint s'asseoir à côté d'elle, un bol encore fumant à la main. L'arôme puissant du café éveilla les papilles olfactives de Sam ; elle tourna la tête dans sa direction. Il regardait dehors.

— Tu n'es pas venue me rejoindre cette nuit, murmura-t-il doucement.

Ce n'était pas un reproche, plutôt une constatation mêlée de tristesse.

— J'étais trop fatiguée, mentit-elle en se mordant la lèvre inférieure.

— Oui, tu as une petite mine. Tu devrais peut-être te coucher plus tôt ! dit-il dans un demi-sourire.

Malgré tous les doutes qu'elle avait à son sujet, elle ne put s'empêcher de le trouver beau. Et si elle se trompait sur toute la ligne ? Si Éthan était réellement bienveillant et sincère ?

— Je vais rester avec toi, ce matin, fit-il en posant sa main sur son épaule. Je n'irai au Centre qu'en début d'après-midi. Nous allons pouvoir faire des tas de trucs ensemble. Ça te plaît ?

Elle se força à sourire, mais ne put s'empêcher d'être ironique.

— Tu as peur que je m'en aille, c'est ça ? Tu ne me fais plus confiance.

Il prit un air offusqué.

— Absolument pas ! C'est le spécialiste qui m'a indiqué d'espacer les visites. Pour te prouver ma bonne foi, je vais même te laisser sortir cet après-midi, si tu en as envie, évidemment. Tu seras libre d'aller et venir, du moment que tu ne quittes pas Soraya et que tu empruntes les escaliers.

— Ah, je me disais, aussi…

— Eh ! Ne sois pas injuste ! Ce n'est quand même pas moi qui suis recherché, dis donc ! Nao a fait un excellent travail en supprimant des archives de la tour toutes les images compromettantes d'Inès Montas pour ne pas qu'on fasse le rapprochement avec le portrait-robot de la fille recherchée pour le meurtre du mec de l'université. Tu ne vas pas tout gâcher en prenant le risque de te faire repérer ?

— Oh, pauvre Nao, quel travail elle a dû avoir ! se moqua Sam.

— Ben oui, ça lui a pris beaucoup de temps.

— Mais ce n'est qu'une machine, bon sang ! Une putain de machine qui a refusé de m'ouvrir la porte, hier, en prétextant que tu n'étais pas là.

— Vraiment ? C'est étrange ! Cela ne lui ressemble pas.

— Ce n'est pas tout, elle m'a dit que c'était toi qui lui avais donné cet ordre. Si les ordinateurs se mettent à mentir, où va-t-on ? ajouta-t-elle en faisant mine de s'indigner.

— À mentir ? répéta Éthan en riant. N'exagère pas ! Nao est un peu facétieuse, c'est vrai, mais elle n'est pas programmée pour mentir.

— Facétieuse ! reprit Sam en levant les yeux au ciel. C'est n'importe quoi ! Quand elle t'a pété le nez, c'était aussi pour jouer ? Quelle petite coquine !

Il secoua la tête.

— Tu ne vas quand même pas être jalouse d'une machine, Sam ! Mon nez est guéri. Ce n'est plus la peine d'en faire toute une histoire. Allez, viens, on va aller s'installer sur le toit. Il fait beau ; ça va être sympa.

Elle le suivit en ronchonnant. Ça l'énervait qu'il prenne systématiquement la défense de cette maudite machine.

Ils empruntèrent l'ascenseur privatif d'Éthan et s'installèrent sur une des terrasses bordées de petits sapins qui agrémentaient l'immense toit de la tour. Ils profitèrent des premiers rayons de soleil.

— Tiens, et si tu me parlais un peu de toi ? proposa Sam.

— De moi ? Mais que veux-tu savoir ?

— Tout ! Ton enfance dans la réserve que tenaient tes parents, quel genre d'ado tu étais, si tu as fait des études. C'est vrai, quoi, je ne sais absolument rien de toi.

Il se passa une main sur le visage, visiblement ennuyé.

— Ma vie n'a pas toujours été très facile. Je donnerais même très cher pour effacer certaines périodes de mon enfance. En fait, je ne tiens pas vraiment à en parler. C'est trop douloureux. Tu ne préférerais pas que je t'apprenne un jeu ?

Déçue qu'il refuse une nouvelle fois de se livrer, elle haussa les épaules. Il prit ça pour une approbation et, comme s'il n'attendait que ça, sortit de sa poche une feuille de polymère qu'il déplia soigneusement. Il s'agissait d'un jeu de stratégie holographique. Il prit le temps d'en expliquer les règles relativement complexes à sa protégée, en se disant sans doute qu'avec ses années de pratique il gagnerait facilement. Mais c'était sans compter sur l'intelligence remarquable de la jeune femme. Elle écrasa son adversaire dès la deuxième partie. Dégoûté, il essaya de tricher avec habileté, mais ses ruses étaient si évidentes qu'elle le surprit plusieurs fois en flagrant délit. Énervé, il finit par replier d'un coup le plateau holographique, mettant brusquement un terme à la partie.

— J'en ai marre. On redescend ?

— Non, j'ai envie de rester encore un peu. Ça fait tellement de bien d'avoir un peu de soleil ! Je te rejoindrai plus tard.

— Ouais, comme hier soir ! rétorqua-t-il sans se retourner.

Elle ne redescendit que vers midi, repue de soleil. Elle

aurait bien passé sa journée là-haut à se faire dorer pour oublier ses problèmes et ses angoisses, mais elle devait rester dans l'appartement pour le cas où sa sœur chercherait à entrer en contact avec elle.

Les portes de l'ascenseur s'ouvrirent sur le jardin zen. Pour ne pas endommager les jolis motifs géométriques dessinés sur le sable, Sam longea le mur, mais elle avait une envie folle de sauter dans ce bac à sable géant pour tout effacer. Fantasme enfantin, ou désir latent de détruire ce qu'Éthan avait mis du temps à réaliser ?

En réalité, elle avait du mal à comprendre qu'on puisse consacrer une pièce entière à ce genre de décor. Comment tomber en extase devant une composition minérale purement esthétique, dépourvue d'âme et de vie ? Autant elle aimait la serre débordante d'exubérance végétale, autant le vide de cette pièce la dérangeait.

Elle traversa le couloir où sommeillait Nao et jeta un regard en passant dans la chambre d'Éthan. Il n'y était pas, mais elle remarqua que le lit était fait et que rien ne traînait, ni par terre ni sur les tables de nuit, pas un livre, pas une photo, pas un bijou, pas même un verre.

Elle s'arrêta, interloquée devant le dénuement extrême de la chambre. Elle n'y avait jamais prêté attention, mais maintenant ça la choquait. Aucun tableau ne décorait les murs, aucun souvenir du passé d'Éthan ne réchauffait la blancheur glacée, aucune note personnelle ne mettait un peu de vie dans cet endroit à l'austérité quasi monacale… On aurait dit une chambre d'hôtel.

Perplexe, elle dévala l'escalier translucide et, comme si elle découvrait le grand salon blanc pour la première fois, le décor minimaliste lui sauta aux yeux. Dans cet univers glacé, seuls ressortaient les masques noirs accrochés aux murs et les sombres tranches des livres qui ornaient l'étagère. Comment avait-elle pu trouver cet endroit accueillant ? Pas un objet laissé à l'abandon ne témoignait d'un éventuel occupant, pas un seul bibelot racontant une histoire ou une rencontre, pas un seul cadre photo qui aurait mis une touche personnelle dans cet ensemble figé. Elle réalisa avec effroi que l'appartement n'avait pas d'âme, pas de vie. C'était comme si personne n'habitait vraiment là, comme si son occupant n'était que de passage.

Un frisson parcourut son échine. Il fallait qu'elle en ait le cœur net. Elle se dirigea vers l'étagère et saisit un livre au hasard. Elle espérait y trouver des pages cornées, une dédicace illisible griffonnée dans un coin. Elle l'ouvrit, le cœur battant, et constata avec horreur que ses pages étaient blanches. Toutes les pages étaient absolument vierges.

Sam en saisit un deuxième, un troisième, mais ils étaient tous identiques.

Des livres factices ! De simples couvertures noires pour faire illusion. Juste des imitations destinées à leurrer les invités. Éthan le savait-il ? Certainement pas, car elle se remémora le petit mot qu'il lui avait laissé lorsqu'elle était arrivée chez lui : *Si tu t'ennuies, il y a des livres sur l'étagère du salon…* Il ignorait donc que ces ouvrages n'avaient qu'un rôle purement esthétique pour la simple et bonne raison que ce n'était pas son appartement. Il n'habitait pas vraiment là. Cet endroit n'était qu'une façade destinée à faire bonne impression.

Son cœur se serra et elle faillit défaillir. C'était pour ça qu'il n'y avait jamais rien à manger, que les placards étaient toujours vides, que le frigo ressemblait à une banquise déserte. Un décor. Voilà ce qu'était en réalité cet appartement.

Depuis plus d'une semaine, elle vivait dans un décor de cinéma avec un acteur qui jouait son rôle à la perfection, tour à tour ami, puis amant, il se jouait d'elle et lui cachait tout de sa véritable personnalité, comme dans un film d'épouvante où celui qu'on croit être le gentil héros se révèle le tueur psychopathe.

Au milieu du salon, elle s'était figée, de stupeur et d'horreur.

— Eh bien, Sam ! T'en fais, une tête ! T'as vu un fantôme, ou quoi ? s'écria Éthan en sortant de la cuisine.

De surprise, Sam lâcha l'exemplaire qu'elle tenait dans ses mains. Elle s'empressa de ramasser le livre en essayant de garder son calme. Son cerveau se mit à fonctionner à toute vitesse. Ne pas montrer qu'elle savait ! Ne pas s'affoler ni perdre ses moyens ! Elle devait tenir le coup jusqu'à ce qu'Avel se manifeste.

— Tu m'as fait peur ! souffla-t-elle en remettant rapidement le livre à sa place. Dis, j'étais en train de jeter un coup d'œil à ta bibliothèque et c'est pas vraiment génial. Tu n'as que ça ?

La question sembla prendre Éthan au dépourvu. Il s'approcha et pencha la tête pour lire le titre de celui qu'elle venait de ranger.

— *Histoire des institutions politiques du XXI*e *siècle*. C'est pourtant passionnant ! C'est mon père qui me l'a offert pour mes dix-huit ans. J'y tiens beaucoup.

Sam n'en revenait pas ! Il avait le culot de mêler son père à ses manigances. Il mentait avec un tel aplomb, avec un tel naturel, comme s'il avait fait cela toute sa vie. C'en était terrifiant. Mais qui était cet homme qu'elle avait cru connaître et aimer ?

Encore tremblante, elle s'éloigna en direction de la cuisine. Avant de passer l'écran de fumée, elle se retourna et vit avec effroi son compagnon approcher un doigt vers l'exemplaire. Elle s'arrêta de respirer. S'il s'apercevait que le livre était factice, il comprendrait immédiatement qu'elle avait tout deviné. Heureusement, il se contenta de repousser le livre de façon à ce que sa couverture soit à égalité avec celle des autres. « Menteur et maniaque en plus ! » songea Sam, néanmoins soulagée.

— Ah, au fait, lui dit-il, pendant que tu étais sur le toit, la chocolaterie a appelé. Tu pourras passer chercher ta commande vers seize heures.

— Ma quoi ? demanda-t-elle en fronçant les sourcils.

Quel était donc ce nouveau délire ?

— La Chocolaterie Bobetti. L'employé m'a parlé d'un paquet cadeau que tu avais commandé. J'ai fait comme si j'étais au courant, mais...

Sur ses gardes, Sam se demanda comment réagir. Était-ce une nouvelle ruse pour l'attirer dans un piège, un nouveau mensonge pour l'obliger à sortir de l'appartement ? À moins que...

Un déclic se produisit dans sa tête.

— Oups ! J'avais oublié, mentit-elle en souriant. C'est vrai ! Je voulais te faire une petite surprise.

— C'est gentil, mais moi, tu sais, le chocolat, c'est pas trop mon truc ! maugréa Éthan, peu convaincu.

Oui, mais, le chocolat, c'était son truc à elle et à Avel. C'était peut-être le moyen qu'avait trouvé sa sœur pour prendre contact avec elle le plus discrètement possible.

Elle se remit à espérer que ce cauchemar s'arrête enfin.

25

Cela faisait presque trois quarts d'heure que Sam déambulait dans les allées luxueuses de la section printemps-été du Dix-Quinze. Comme il le lui avait promis, Éthan l'avait laissée sortir et elle s'était empressée de quitter cet appartement qu'elle exécrait, désormais. Sa découverte de la matinée avait fini de la convaincre. Si, depuis quelques jours, elle avait de sérieux soupçons au sujet d'Éthan, ce matin-là, elle avait eu une preuve évidente de sa duplicité.

Depuis leur rencontre, il la manipulait. Il n'était qu'un acteur et son appartement était un décor de théâtre où se jouait un drame sordide. Mais, bon sang ! pourquoi une telle mise en scène ? Pour mieux la surveiller, la contrôler, la guider ? Dire qu'elle avait eu la naïveté de croire que sa rencontre avec lui était due au hasard ! Elle s'en voulait tellement d'être tombée amoureuse du premier venu comme une adolescente crédule ! Elle aurait dû se méfier, mais, au lieu de cela, elle lui avait ouvert son cœur et offert son corps.

Tout en ressassant ses idées noires, elle parcourait les allées et laissait traîner un œil distrait sur les accessoires et articles très tendance de la nouvelle collection. Elle arborait son ancienne perruque, celle de la brune Anabel Grisam.

Elle avait remis ses lentilles bleues et forcé sur le maquillage pour se rendre méconnaissable. Malgré cela, elle était tendue. D'être si près du but et de risquer de tout perdre la rendait extrêmement nerveuse.

Lorsqu'elle réalisa qu'elle n'avait plus qu'une heure à attendre avant de se rendre à la Chocolaterie Bobetti, au 110e étage, pour enfin mettre un terme à ce mauvais rêve, elle essaya de se décontracter un peu et laissa la musique aux vertus euphorisantes envahir son cerveau pour l'imprégner d'endorphines.

Aussitôt, elle se sentit mieux et se mit à flâner dans le rayon vêtements, admirant les nouveaux tissus à la mode, encore plus fluides et légers que ceux qu'elle portait déjà, s'émerveillant devant les effets de couleurs qui changeaient au gré de l'humeur ou du temps. C'était incroyable, ce que la technologie avait apporté à l'industrie textile. Mais la grande nouveauté de l'année, c'était ces tissus révolutionnaires étirables et rétractables à volonté qui transformaient les manches courtes en manches longues, les shorts en pantalons, en s'adaptant à toutes les tailles et à toutes les morphologies.

Elle tomba en extase devant une robe magnifique, au décolleté particulièrement plongeant, ornée de paillettes intelligentes qui changeaient de couleur à la demande. Elle eut envie de l'essayer et, comme après tout il lui restait un peu de temps, elle décrocha le cintre du présentoir.

Ce fut à ce moment-là qu'elle l'aperçut. Il semblait flâner nonchalamment dans les rayons, mais elle reconnut tout de suite son inquiétante silhouette. Entièrement vêtu de noir, l'albinos avait caché ses yeux écarlates derrière des verres fumés.

Une vague d'adrénaline balaya sa bonne humeur et son cœur s'emballa. Cette fois, pourtant, ce n'était pas de la peur qu'elle ressentait, mais de la colère. Elle était furieuse qu'il continue à la suivre. Non content d'avoir assassiné deux innocents, il n'avait pas renoncé à l'espionner. Mais qu'attendait-il d'elle, à la fin ? Qu'elle le mène directement à Avel ? Ça, c'était hors de question.

Sam mourrait d'envie d'aller dire deux mots à ce Tywan Héatt, de lui cracher sa haine au visage, mais cet homme était trop dangereux pour qu'elle agît sans réfléchir. Elle détourna le regard et reposa la robe qu'elle tenait encore. L'heure n'était plus aux essayages ni aux futilités, elle devait agir intelligemment pour sa sécurité et celle de sa sœur. Impossible de se rendre à la chocolaterie avec ce tueur à ses trousses. Elle allait devoir s'en débarrasser, tout en restant naturelle.

Elle continua un moment à traîner entre les rayons en feignant l'insouciance et se dirigea vers la section parfumerie où elle testa plusieurs fragrances proposées dans des flacons excentriques. Tout en sentant sa main, elle regarda discrètement alentour. Deux rayons derrière elle, Héatt ne perdait aucun de ses faits et gestes. De le semer n'allait pas être si facile.

Tranquillement, elle remonta au 115ᵉ, l'étage des salons de thé et des brasseries, et entra dans un bar qu'elle choisit pour ses vitres teintées. Elle s'installa près de la baie vitrée de manière à apercevoir l'albinos et à découvrir quelle serait sa réaction s'il ne la voyait plus. Avec un peu de chance, il poursuivrait son chemin, entrerait dans un autre bar ou redescendrait, et le tour serait joué. Pleine d'espoir, elle commanda un chocolat chaud et attendit.

Moins d'une minute plus tard, elle avisa son imposante carrure parmi les badauds de l'allée marchande. L'homme s'arrêta, sembla hésiter quelques secondes et, contre toute attente, vint s'asseoir à la terrasse du café d'en face, dos à elle.

Sam était stupéfaite. Héatt ne s'était pas installé là par hasard. Il savait exactement où elle se trouvait. Elle songea aux craintes d'Avel. Si elle était effectivement porteuse d'une balise, elle ne parviendrait jamais à se défaire de ce maudit espion.

Tout en avalant une gorgée de sa boisson, elle se demanda pourquoi, la veille, il n'avait pas fait irruption dans l'appartement où Avel l'avait reçue… Si elle portait un mouchard, il aurait pu les surprendre toutes les deux et les livrer à David. Or, apparemment, il ne l'avait pas suivie. Se trouvait-elle trop loin ? La balise avait-elle une portée limitée ? Comment savoir ?

En attendant, il lui était impossible de se rendre à la chocolaterie Bobetti en traînant cette bombe à retardement derrière elle. Elle avait vu de quoi ce psychopathe était capable. Héatt n'hésiterait pas à la tuer une fois qu'elle lui aurait livré Avel sur un plateau.

Il était déjà quinze heures quinze. Plus que trois quarts d'heure pour se débarrasser de lui. Que faire ? Il était hors de question qu'elle abandonne maintenant. Si elle ne se rendait pas à l'heure prévue à la chocolaterie, sa sœur ne la contacterait peut-être jamais plus et elle ne voulait pas courir un tel risque. De retourner à l'appartement ne lui disait rien non plus, car, si Nao jouait à nouveau les rebelles, elle se retrouverait toute seule dans le couloir désert avec un tueur à ses trousses. Si, au contraire, Nao daignait la laisser entrer, rien n'indiquait qu'elle accepterait de la laisser sortir à nouveau et ce serait raté pour le rendez-vous. À moins que l'ordinateur ne laisse carrément entrer ce Héatt, histoire d'éliminer définitivement sa rivale.

Une autre idée germa dans son esprit. Si elle appelait Éthan ? Lui pourrait sans doute la défaire de l'importun. Le Centre de recherche génétique ne devait pas se trouver très loin et il arriverait peut-être à temps pour faire diversion et occuper l'albinos le temps qu'elle se rende au 110e. Mais le risque n'était-il pas trop grand ? Si son logeur était innocent, elle prenait le risque de l'envoyer directement à la morgue. Par contre, s'il était complice, elle aurait deux envoyés de David sur le dos. C'était quitte ou double.

Son microtel sonna dans sa poche et, de surprise, elle faillit lâcher la tasse vide avec laquelle elle jouait machinalement depuis quelques minutes. Elle s'empressa de répondre.

— Allo, Sam ? C'est Éthan. Tout va comme tu veux ?

— Heu, oui, ça va, fit-elle. Pourquoi m'appelles-tu ? Tu as peur que je m'enfuie à nouveau ?

— Pas du tout ! protesta-t-il. Je voulais juste m'assurer que tu n'avais pas oublié ta carte de crédit.

— Ne t'inquiète pas, je l'ai. Je me suis même offert un chocolat chaud dans une brasserie du 115ᵉ.

Elle s'arrêta, hésitant à lui parler de l'albinos. Machinalement, elle jeta un coup d'œil rapide à Héatt. L'homme lui tournait toujours le dos, un microtel collé à l'oreille.

— Bon. Profites-en bien ! Finalement, tu as eu une excellente idée, de passer cette commande. On dégustera le chocolat ce soir sur la terrasse. N'oublie surtout pas d'aller le chercher, hein !

— Non, non, je n'oublie pas.

— Seize heures, hein ? C'est bien ça ?

Sam s'immobilisa. Pourquoi insistait-il à ce point ? Éthan la rappelait-il seulement pour s'assurer que tout se déroulerait comme prévu et qu'elle se rendrait bien à la chocolaterie ? Était-ce un piège ?

— Oui, c'est ça. Je n'oublie pas, fit-elle d'une voix hésitante.

— Bien, je t'embrasse. À tout à l'heure, ma chérie, conclut Éthan en raccrochant.

Une boule dans la gorge, Sam rangea son microtel. En regardant à la terrasse d'en face, elle constata que Héatt aussi avait raccroché. Elle jugea la coïncidence pour le moins surprenante.

Sauf si ce n'était justement pas une coïncidence.

Une intuition fusa dans son esprit. Héatt... le microtel... Éthan... « Impossible ! » lui cria sa raison de toutes ses forces. Impossible, mais cela pourrait expliquer bien des choses.

Sans attendre davantage, elle ressortit son microtel pour appeler Éthan, les yeux fixés sur Héatt. Elle crut défaillir en voyant l'albinos saisir son microtel, tandis qu'à l'autre bout de la ligne retentissait la voix attendue.

— Sam ? Que se passe-t-il ?

— Je... fit Sam, la gorge sèche. J'ai oublié de te dire un truc.

— Oui, quoi ?

Quoi ? Elle n'en avait aucune idée. En proie au doute, elle avait cédé à l'impulsion qui lui disait de l'appeler, mais elle n'avait échafaudé aucun plan précis. Il fallait qu'elle improvise, et vite, mais une peur panique engourdissait son cerveau, inhibant son sens de la répartie.

— Je... je t'aime ! finit-elle par balancer, prise au dépourvu.

— Moi aussi. Allez, à ce soir ! rétorqua-t-il, laconique.

La communication fut coupée et, en face, au même moment exactement, l'albinos raccrocha.

Sam blêmit et s'arrêta de respirer. Éthan et l'albinos pouvaient-ils n'être qu'une seule et même personne ? Certes ils avaient à peu près la même taille et la même carrure, mais l'un était noir, l'autre blanc. Soudain toutes ses connexions neuronales s'électrisèrent et elle commença à comprendre.

Elle comprit le pourquoi des horribles taches blanches, dépigmentées. Elles n'étaient pas dues à une anomalie génétique, mais à sa vraie nature qui reprenait le dessus.

Elle s'expliquait enfin l'abondance des médicaments génétiques dont se bourrait Éthan. Il en avait tout simplement besoin pour rester noir.

Elle saisissait à présent le mobile de la mort de Lulu ; le médecin savait qui était réellement Éthan et il constituait une réelle menace pour lui.

Elle soupçonnait que sa fameuse balise n'était rien d'autre que sa micropuce. Ce qu'elle avait pris pour une porte vers la liberté n'était qu'un mouchard chargé de la localiser.

Elle se rendait enfin compte que le nom Éthan Wyatt n'était que l'anagramme de Tywan Héatt.

Plus livide qu'un zombi, elle suffoqua. Elle se prit la tête entre les mains et laissa couler les larmes d'amertume qui lui brûlaient les yeux. Comment avait-elle pu être aveugle à ce point ? Dire qu'elle ne s'était rendu compte de rien ! Depuis le début, l'homme de main de David la manipulait, la trompait et l'utilisait sans vergogne dans le but de retrouver la véritable Avel.

Elle se sentit à la fois trahie et humiliée : dire qu'elle était tombée amoureuse d'un monstre, qu'elle s'était même offerte à lui ! Un goût de bile emplit sa bouche à la pensée de l'intimité qu'ils avaient partagée, de leurs corps qui s'étaient mélangés. Elle frémit de dégoût. Cela faisait plus de dix jours qu'elle vivait sous le même toit qu'un tueur. Elle avait vu de quoi il était capable. L'albinos avait froidement abattu Ziggi et, si elle ne lui avait pas balancé la chaise au visage, il l'aurait sans doute…

Elle sursauta en songeant au nez cassé d'Éthan. Ce salaud avait accusé Nao d'avoir refermé la porte sur lui, mais ça n'était qu'un énorme mensonge supplémentaire. En réalité, c'était elle, Sam, qui le lui avait cassé. C'était pourquoi Nao, prise au dépourvu, avait bafouillé une vague excuse. Elle était programmée pour obéir au doigt et à l'œil à son maître ;

s'il l'accusait de lui avoir cassé le nez, elle ne pouvait pas le contredire.

Elle ravala ses larmes et secoua la tête. En fait, elle avait toujours agi exactement comme David et Héatt l'avaient prévu.

Cette Sam, ou Élora, peu importait, quelle brave petite! Naïve, crédule, confiante, elle n'avait rien vu venir et s'était lancée tête baissée dans l'immense toile d'araignée qu'avait patiemment tissée le patron de Mémoris. Maintenant qu'elle s'était bien entortillée dans l'ignoble piège, elle n'avait plus qu'à appeler sa grande sœur chérie à son secours et à regarder David savourer sa victoire avec délectation.

Elle sentit une colère froide monter en elle et inonder son cerveau.

C'était vrai que, jusqu'à présent, ils s'étaient montrés plus forts qu'elle, mais ils avaient omis un détail. Ils avaient oublié de compter avec sa remarquable intelligence, ils ne se doutaient pas qu'elle finirait par découvrir l'abominable supercherie. Elle avait une longueur d'avance sur eux. Elle savait ce qu'ils attendaient d'elle et pour rien au monde elle ne les laisserait avoir sa sœur. Elle préférait mourir.

Toutefois, elle n'avait plus vraiment le choix et, quoi qui l'attendît là-bas, elle se rendrait à la chocolaterie. Ou bien il s'agissait réellement d'un message d'Avel et elle devrait aviser quant à la marche à suivre, ou bien ce rendez-vous se révélerait un piège et elle affronterait face à face l'être abject qui s'était joué d'elle.

Mais, s'il tentait de l'assassiner, essaierait-elle de lutter ou de le tuer elle-même? Elle ne possédait aucune arme et, physiquement, elle ne faisait pas le poids. De toute façon, la mort ne lui faisait plus peur. Elle était même prête à sacrifier son existence pour cette sœur qui lui avait redonné une identité. Elle n'avait plus rien, ni enfant ni amant, qui la retînt sur cette terre. Elle voulait simplement qu'Éthan sache qu'elle avait fini par découvrir la vérité. Ce serait son ultime plaisir.

— Mademoiselle, souhaitez-vous autre chose ?

La voix aimable du serveur la ramena à la réalité. Depuis combien de temps était-elle perdue dans ses pensées ? Elle jeta un coup d'œil vers Héatt. Il n'avait pas bougé, se demandant sûrement ce qu'elle foutait encore dans cette brasserie.

— Non, merci.

Elle paya rapidement et sortit le plus naturellement possible. L'autre, en face, ne bougea pas. Il attendait probablement qu'elle s'éloigne un peu pour lui emboîter le pas.

En empruntant l'escalier antigravitationnel qui la conduirait directement au 110e, elle tremblait de rage en songeant à Éthan qui l'avait à ce point dupée. Dire qu'elle n'avait rien remarqué !

Rien ? Un flot de souvenirs ressurgit, charriant des évidences que son cœur avait voulu nier sur le moment. Toutes les fois où Éthan avait accepté qu'elle sorte de l'appartement, c'était pour mieux l'espionner, lui lâcher un peu de lest pour qu'elle se sente libre de pousser un peu plus loin ses investigations. Aussitôt qu'elle partait, son compagnon redevenait le redoutable albinos et ne la quittait pas d'une semelle. Voilà pourquoi, chaque fois qu'elle rentrait, il était absent et Nao l'excusait : *Il vient de sortir*… ou bien : *Il n'est pas encore rentré*… Tu parles !

C'était incroyable comme la seule couleur de la peau pouvait changer un visage et le rendre méconnaissable. Elle se rappela alors la surprise qu'elle avait eue lorsqu'elle s'était elle-même transformée en Noire. Qui l'aurait reconnue en voyant Anabel Grisam ? Cependant Éthan ne pouvait pas changer sa voix. C'était pour cette raison que, dans le bureau de Ziggi, lorsqu'elle lui avait demandé son nom, il avait failli lui répondre, mais il s'était rappelé à temps que sa voix le trahirait. S'il avait parlé, elle l'aurait reconnu. Il s'était donc contenté d'un rictus glacial.

Sam se remémora la première fois qu'elle avait vu l'albinos, au 20e étage de Soraya. Il croyait peut-être que sa petite protégée avait déjà pris contact avec Avel et s'apprêtait à prendre le large ; il lui avait donc filé le train. Dire que, terrorisée, elle l'avait appelé à son secours ! Si elle avait su...

C'était pour cette raison qu'il lui avait répondu en chuchotant, car il n'était en réalité pas très loin d'elle. Il était venu la chercher presque une heure plus tard, sans doute le temps d'avaler quelques pilules et de reprendre son apparence de Noir.

En plus, il avait eu le culot d'insister sur la notion de danger, sur la peur qui lui vrillait déjà les entrailles, sûrement pour renforcer son rôle de héros. Il était apparu comme son sauveur pour la seconde fois. Que ne ferait-on pas pour l'homme à qui on doit la vie ?

Elle était écœurée. Mais, en repensant aux taches qui étaient apparues récemment sur le corps d'Éthan, une joie mesquine s'insinua dans son esprit. À force de changer de couleur de peau et d'ingurgiter toutes sortes de traitements génétiques, l'inévitable avait fini par se produire. Des mélanomes dépigmentés étaient apparus et cela n'était sûrement pas prévu dans le plan initial. Sam se souvint de la colère de son amant le matin où elle avait aperçu la première tache. Il s'était liquéfié. Il avait bondi dans sa salle de bain, terrorisé.

Néanmoins, il avait fait passer sa mission avant tout et plutôt bien rattrapé le coup en inventant de toutes pièces cette histoire de maladie génétique incurable et de pseudo-Centre génétique pour sauver les apparences et pouvoir continuer à l'espionner sans éveiller ses soupçons. Jusqu'au bout, il s'était bien foutu d'elle.

Une rage sourde mettait ses neurones en ébullition.

Et Nao, alors, quel était son rôle dans tout ça ? Éthan avait fait de son ordinateur quantique un véritable complice de son odieuse machination. C'était pourquoi la machine voyait d'un mauvais œil la relation intime qui unissait son propriétaire à cette vulgaire humaine tout juste bonne à jouer les appâts. Cela expliquait aussi pourquoi Sam n'avait rien pu trouver sur ce Tywan Héatt lorsqu'elle avait interrogé Nao au sujet des albinos de Kotaris. Nao avait pour consigne de ne pas dévoiler la supercherie de son maître et avait volontairement écarté sa photo de la liste.

Elle s'immobilisa, bouleversée par ses propres déductions. Elle était en train de réaliser que toutes les informations que lui avait fournies Nao étaient truquées ou, au mieux, tronquées. L'ordinateur faisait peut-être semblant de chercher, alors que toutes les infos avaient déjà été triées, préparées et arrangées dans sa mémoire pour que Sam ait l'impression d'avancer, de progresser, d'accumuler les indices et les pistes toute seule. Elle pouvait ainsi faire ses propres découvertes sans jamais soupçonner à quel point elle était manipulée. C'était vraiment malin.

Son cerveau qui fonctionnait à toute vitesse passait d'une idée à une autre sans transition ni lien logique. Elle se mit à songer à Lulu.

Pourquoi Éthan avait-il insisté pour l'emmener là-bas ? Parce que Lulu était le seul médecin qui accepterait de mentir, sûrement terrorisé par la vraie nature de Héatt. Un secret unissait ces deux hommes. Voilà pourquoi Lulu avait suggéré à Sam de se méfier d'Éthan. Il savait. C'était aussi pour cette raison que l'albinos l'avait abattu.

Maintenant qu'elle mettait bout à bout tous ces éléments qui semblaient parfaitement s'imbriquer les uns dans les autres, elle réalisait à quel point le piège dans lequel elle s'était enfermée était retors. Elle s'était montrée tellement absorbée par sa quête d'identité qu'elle avait fermé les yeux sur tout le reste. Elle avait tellement besoin de réconfort qu'elle ne s'était pas méfiée du seul être qui l'aidait.

Cette prise de conscience la blessait plus sûrement que tout le reste. Ce n'était pas tant de découvrir qu'Éthan et l'albinos ne faisaient qu'un, mais plutôt d'envisager toutes les conséquences de cette découverte, qui était le plus dur à encaisser.

Elle sentit ses jambes se dérober sous elle et dut faire un énorme effort pour ne pas s'effondrer au milieu de l'allée marchande. Elle s'assit sur le premier banc qu'elle aperçut et ferma les yeux un moment afin d'évacuer de son esprit l'odieuse machination. Elle devait se concentrer sur l'essentiel, sur l'avenir. Par définition, le passé était passé et rien ne pourrait jamais le modifier. En revanche, elle pouvait encore influer sur l'avenir. Elle pouvait utiliser la mémoire du passé pour prévenir le futur. Parce qu'elle savait, elle pourrait modifier le cours des choses à son avantage et déjouer le plan machiavélique de David.

Elle rouvrit les yeux et constata avec stupeur qu'elle se trouvait devant la Chocolaterie Bobetti. Elle se leva et prit une grande inspiration.

En pénétrant dans la boutique elle fut assaillie par l'enivrant parfum, à la fois puissant et doux, sucré et amer, du pur cacao. Une charmante vendeuse l'accueillit avec le sourire.

— Bonjour, mademoiselle. Les magasins Bobetti sont heureux de vous accueillir. C'est la première fois que vous venez chez nous, n'est-ce pas ? Puis-je vous conseiller ou vous montrer nos coffrets cadeaux ? À moins que vous ne désiriez goûter nos spécialités, peut-être ? Oui, c'est ça, je vais…

— Je suis Inès Montas, la coupa Sam, plus froidement qu'elle ne l'aurait voulu, mais ce bavardage inutile l'agaçait. Je crois que vous avez une commande pour moi.

La jeune vendeuse ouvrit des yeux étonnés et se confondit en excuses. Elle se précipita dans une pièce attenante au magasin et Sam profita de son absence pour jeter un coup d'œil méfiant vers la galerie marchande. Pas d'albinos en vue, mais elle savait qu'il n'était pas loin.

Sur le qui-vive, elle se demandait ce qu'allait lui rapporter l'employée. Un paquet, une lettre, une arme ? À moins que sa sœur ne soit là à l'attendre ? Aussi fut-elle extrêmement surprise de voir revenir la jeune fille avec un minuscule ballotin de chocolats entouré d'un joli nœud rouge qu'elle posa délicatement sur le comptoir.

— Je vous dois quelque chose ? demanda Sam, perplexe.

— Non, tout a été réglé à la commande, fit l'autre, sans se départir de son sourire.

Déçue, Sam la remercia et enfouit le minuscule paquet dans une poche. Elle s'apprêtait à partir quand elle eut l'idée de demander :

— Excusez-moi, serait-ce indiscret de vous demander qui vous a passé cette commande ? Était-ce une jeune femme, un Noir plutôt séduisant ou… ou bien un albinos ?

La jeune vendeuse écarquilla à nouveau les yeux devant l'incongruité de la question.

— Aucune idée. C'est mon patron qui s'en est occupé et il est absent aujourd'hui.

Mais, bon sang ! que pouvait contenir ce paquet miniature ? Un message, peut-être ? Il allait falloir qu'elle l'ouvre, mais elle ne voulait pas le faire au vu de tous, au beau milieu de la galerie commerciale. Son regard erra de vitrine en vitrine à la recherche d'une idée, jusqu'à rencontrer une pancarte. Des toilettes ! Là, au moins, elle serait tranquille.

Une fois à l'intérieur des w.c. pour femmes, elle sortit précautionneusement le ballotin et l'examina sous toutes les coutures avant de l'ouvrir. Lentement, presque religieusement elle fit glisser le ruban écarlate et déplia les rabats de carton.

« Espérons que ça ne m'explosera pas à la figure », songea-t-elle avec angoisse.

À sa grande stupéfaction, elle découvrit un tout petit écouteur beige, posé sur un morceau d'étoffe sombre. Elle s'en saisit, le retourna dans ses doigts et finit par le glisser au creux de son oreille, dubitative.

Aussitôt, la voix d'Avel résonna dans son conduit auditif et elle soupira de soulagement. Le coup de la chocolaterie était bien le subterfuge que sa sœur avait trouvé pour entrer en contact avec elle, et non un piège de David.

Le cœur battant et le sourire aux lèvres, elle écouta le message avec concentration.

Ma petite Élora, ce que tu viens de mettre dans ton oreille, c'est un micro-émetteur à reconnaissance biométrique qui se désagrégera une fois ce message délivré. Mémorise bien toutes mes instructions, car, par mesure de sécurité, il te sera impossible de réécouter ce message. Désolée pour toutes ces précautions qui te donnent peut-être l'impression de te retrouver dans un mauvais film d'espionnage, mais je dois être très prudente. Ne risquons pas nos vies inutilement ! Je suis actuellement dans Soraya, en zone rouge, et tu vas venir me rejoindre, mais, avant, tu dois...

Respectant à la lettre le plan de sa sœur, Sam s'engouffra dans l'ascenseur. Tant pis si elle prenait le risque de se faire repérer à cause de sa puce. La descente à pied aurait pris bien trop de temps et, de toute façon, aucun escalier ne reliait le vingt et unième étage au vingtième.

— *Bonjour, mademoiselle Montas. À quel étage souhaitez-vous vous rendre* ? demanda la voix de synthèse.

— Au 20e ! répliqua la jeune femme, le cœur battant.

— *Êtes-vous certaine de...*

— Oui, certaine. Allez, vite ! lâcha Sam, excédée.

L'ascenseur se mit aussitôt en branle et glissa verticalement quatre-vingt-dix étages plus bas. Les portes s'ouvrirent sur le hall que Sam reconnut immédiatement. Elle gardait un très mauvais souvenir de cet effroyable endroit, mais elle aurait fait n'importe quoi pour retrouver Avel et échapper au monstre qui lui filait le train.

Malgré la peur panique qui commençait à l'envahir, elle se concentra sur les instructions de sa sœur. Elle enleva sa perruque et ajusta sur son crâne le morceau de tissu qui se trouvait dans le ballotin, sous le petit émetteur. Il s'agissait en réalité d'une résille extrêmement fine et extensible qui avait la particularité de brouiller les signaux émis par les puces. Tant qu'elle garderait ce truc sur la tête, il serait très difficile à Héatt de retrouver sa trace, pourvu qu'elle mette suffisamment de distance entre elle et lui.

Elle se précipita vers la droite comme le lui avait indiqué Avel et longea le sombre couloir en évitant les débris et les flaques qui jonchaient le sol. Arrivée à une intersection, elle bifurqua à gauche et compta machinalement les portes des appartements. « Cinq... six... sept, c'est là ! » Son cœur menaçait d'exploser sous l'excitation.

Elle poussa la porte entrouverte et tira immédiatement le verrou derrière elle. Elle chercha à tâtons un interrupteur qui, selon Avel, devait se trouver sur sa droite. La lumière tremblotante d'un néon en fin de vie emplit la misérable pièce et elle se dirigea vers le fond. Sans hésiter, elle replia un pan d'un grand tapis décoloré par les ans pour découvrir le passage mentionné par l'écouteur. Un trou béant éventrait le béton et donnait accès au 19e étage, en toute illégalité.

Une faible lueur lui permit de distinguer, en bas, une grosse caisse qui lui éviterait de sauter et de se casser une jambe. Elle se faufila dans l'ouverture, tout juste assez grande pour la laisser passer, et, debout sur la caisse, elle s'efforça de remettre le tapis en place au-dessus de sa tête pour dissimuler l'accès.

Elle sauta ensuite de la caisse et regarda autour d'elle, un peu effrayée, car les instructions de sa sœur s'arrêtaient là.

— Ouf, te voilà enfin ! s'écria une voix qui lui fit chaud au cœur.

La lumière dansante éclaira le visage inquiet d'Avel. Sam lui sourit.

— Avel ! Il faut que je te dise que Héatt…

— Pas le temps ! Il faut se barrer d'ici vite fait ! Tu me raconteras tout ça après.

Elle attrapa la main de sa sœur et se mit à courir en braquant une lampe torche devant elles pour éclairer un chemin dans les dédales obscurs de cet étage insoupçonné. Sam la suivit sans protester, virant à droite, puis à gauche, dévalant des escaliers encombrés, évitant des éboulis, se glissant dans des ouvertures au sol. Avel semblait connaître cet endroit comme sa poche. Mais, au bout de quinze minutes de course folle, à bout de souffle, Sam finit par l'arrêter.

— Tu ne crois pas qu'on peut ralentir, un peu ? Héatt ne pourra pas nous trouver ici.

— Cet homme n'abandonne jamais sa proie, crois-moi ! Il est tenace. On doit descendre plus bas.

— Au fait, à propos de Héatt, je voulais te dire…

Mais elle s'interrompit en réalisant l'importance de ce que venait de lui dire sa sœur.

— Hein ? Tu as bien dit « plus bas » ? Mais à quel étage sommes-nous ?

— Au 13e ou au 14e peut-être, mais nous, on va au rez-de-chaussée !

Sam n'en croyait pas ses oreilles. Éthan lui avait dit que les étages inférieurs avaient été bétonnés pour consolider les tours. Apparemment, il restait des passages et elle allait enfin découvrir à quoi ressemblait cet endroit presque mythique, même si elle aurait préféré faire cette excursion dans d'autres conditions.

Les deux sœurs reprirent leur course dans le no man's land de ces étages abandonnés, rongés par la crasse, la rouille et la vermine. Sam s'étonnait de n'avoir rencontré personne. Elle se souvenait du drogué qui l'avait agressée et s'imaginait que la zone rouge était infestée de bandes rivales, de criminels prêts à tout pour survivre.

Brusquement, en face, un second faisceau lumineux se braqua dans leur direction et une voix rauque brisa le silence.

— Eh, les gars, y a du gibier par ici !

Sam sentit la main de sa sœur se crisper. Avel se jeta dans le premier couloir à droite et éteignit sa torche. Néanmoins, elle n'arrêta pas de courir pour autant. Elle continuait à s'enfoncer dans les ténèbres sans heurter quoi que ce soit et Sam suivait, terrorisée aussi bien par ce qui se trouvait derrière elles que par ce qui les attendait devant. Dans l'obscurité à présent totale, Sam trébuchait sans arrêt et serait tombée plusieurs fois si sa sœur ne l'avait tenue d'une main ferme.

Mais comment faisait Avel pour se diriger avec autant de facilité dans le noir ?

— Laisse-toi guider sans crainte, j'ai des lunettes à infrarouge, murmura-t-elle. On va descendre les derniers escaliers. À un certain moment, il faudra te mettre à quatre pattes et ramper derrière moi sur plusieurs mètres. Fais-moi confiance et tout se passera bien.

Après une descente effrénée dans le noir absolu, elles atteignirent enfin le rez-de-chaussée et Avel ralluma sa torche.

— Je crois qu'on les a semés. C'est le problème, avec les zones rouges. Elles grouillent de junkies qui s'arrachent le moindre lambeau de chair fraîche.

Ce que supposaient ces mots révulsa Sam, mais elle ne chercha pas à savoir si sa sœur parlait au propre ou au figuré. Elle regarda autour d'elle et contempla l'endroit insolite dans lequel elles venaient de faire irruption.

— Voilà à quoi ressemble le rez-de-chaussée ! fit Avel en balayant la salle. Pas joli, joli, hein ? Les moulures que tu vois là se trouvaient autrefois à six ou sept mètres de hauteur. Le hall devait être immense et super luxueux, mais il s'est retrouvé enseveli sous les millions de litres de béton liquide qui ont envahi les rues.

Sam écarquilla les yeux. Le plafond se trouvait à une trentaine de centimètres au-dessus de leur tête. Elle le touchait aisément rien qu'en levant le bras.

— Bon, jusque-là, c'était de la rigolade, l'avertit Avel en reprenant son souffle. Maintenant, nous allons sortir de Soraya et...

— On va aller dans la rue ? la coupa Sam en fonçant les sourcils.

— Heu... oui, on peut appeler ça comme ça. En fait, nous devons rejoindre l'entrée la plus proche...

— L'entrée de quoi ?

— Je t'en dirai plus une fois sur place. Allez, en route !

Sam renonça à interroger davantage sa sœur et s'élança derrière elle en direction de la sortie. Mais, au milieu du hall, elles furent arrêtées par une lumière ultra-puissante qui les aveugla. Une voix jaillit de l'obscurité.

— Terminus, mesdemoiselles ! Votre voyage s'arrête ici.

C'était une voix chaude et grave que Sam connaissait bien, trop bien même. Éthan.

Son sang se glaça. D'une main, elle protégea ses yeux meurtris par la violente lumière et, de l'autre, elle saisit le bras de sa sœur pour le serrer de toutes ses forces. Avel fit un pas en arrière et sa voix s'étrangla.

— Héatt ? Mais comment…

— Comme c'est touchant de vous voir enfin réunies ! railla l'homme en restant dans l'ombre. Ma petite Sam, ma tendre Sam, on se connaît bien, tous les deux, n'est-ce pas ? Quant à vous, Avel Astelli, je ne vous cache pas ma joie de vous revoir enfin. Voilà trois ans que j'attendais ce moment…

— Espèce d'ordure ! s'emporta Avel, furieuse. Mais comment as-tu pu arriver là avant nous ?

— J'ai pris l'ascenseur, tout bêtement ! Eh oui, je n'ai pas choisi Soraya par hasard. C'est l'une des rares tours équipées d'un ascenseur qui descend encore jusqu'au rez-de-chaussée. Ses propriétaires ont trouvé judicieux de réaménager l'ancienne cage, au cas où, et ils ont accepté de m'en donner le code d'accès. Ah, très chère Avel, vous croyiez vraiment pouvoir me semer ? Le coup de la chocolaterie, c'était futé, mais tellement prévisible ! Tout comme le filet anti-mouchard, mais je me suis douté que vous tenteriez de fuir par ici. Néanmoins, vous m'avez fait attendre. Un moment j'ai même cru m'être trompé. Mais non.

Son rire résonna dans l'obscurité qui le dissimulait.

Sam réalisa qu'Avel connaissait l'albinos, puisqu'elle le tutoyait. Ils avaient dû se côtoyer lorsqu'elle travaillait pour Mémoris. Mais, alors qu'elle semblait le mépriser, Sam nota que Héatt s'adressait à sa sœur avec une certaine déférence et qu'il continuait de la vouvoyer.

Toutefois, Avel ignorait tout du lien particulier qui unissait Sam et Héatt. Sam avait un compte à régler avec cet homme qu'elle haïssait plus que tout au monde. Le moment était venu et elle se sentait assez forte pour l'affronter.

Elle fit un pas en avant pour l'exhorter à sortir de l'ombre.

— Maintenant, ça suffit ! Montre-toi ! cria-t-elle en direction de la lumière. Je sais tout ! Je sais qui tu es en réalité, Éthan !

Avel sursauta et regarda sa sœur de travers.

— Oh ? Vraiment ? fit l'albinos d'une voix mielleuse. Quelle perspicacité ! Et tu as trouvé ça toute seule, avec ton génial cerveau, ou c'est ta sœur qui t'a mise sur la voie ?

— Laisse-la en dehors de ça, hurla Sam, furieuse, en se plaçant devant une Avel abasourdie qui peinait à comprendre ce retournement de situation. C'est entre toi et moi que cette affaire doit se régler. Montre-toi, si tu en as le courage !

Un rire glacial éclata à une dizaine de mètres d'elle et le visage blafard de l'albinos jaillit enfin des ténèbres. Elle ne put réprimer une grimace de dégoût.

— Tywan Héatt, alias Éthan Wyatt ! Voilà pourquoi ton corps se couvrait d'immondes plaques blanches, que tu te bourrais de médicaments et que tu t'empêtrais dans tes mensonges sans fin. Tu es un être abject, une pourriture ! Éthan, comment as-tu…

— La ferme ! la coupa-t-il avec un rictus rageur. Ne m'appelle plus jamais comme ça ! Éthan n'a jamais existé. Il n'était que la main qui jouait avec toi. C'est dur de se rendre compte qu'on n'a été qu'un vulgaire pion, manipulé sur un échiquier par une intelligence supérieure, hein ? Surtout quand on se prend pour un petit génie ! « Éthan, c'est beaucoup, un QI de 171 ? » fit-il en prenant une voix de fausset pour se moquer d'elle.

Il éclata de rire et enchaîna :

— Mais c'est la triste réalité, tu n'as jamais été autre chose qu'un pion, ou mieux, un appât. Ça a pris du temps, mais le petit vermisseau a fini par attirer le gros poisson, ou plutôt la jolie sirène !

À nouveau, il eut un rire glacé qui résonna dans l'immensité de la salle.

Sam s'empourpra sous l'insulte. Elle chercha une réplique

cinglante, mais l'albinos ne lui laissa pas le temps d'en trouver une.

— Pauvre petite amnésique sans identité ! Grâce à toi, nous avons enfin fini par mettre la main sur notre professeur rebelle qui...

— Fous-lui la paix ! s'écria Sam avant qu'Avel ait pu dire quoi que ce soit. Tu n'es qu'un ignoble salaud ! Pourquoi te faire passer pour un autre, pourquoi m'avoir séduite, pourquoi cette comédie ? Je portais un mouchard. N'était-ce pas plus simple de m'espionner à distance ?

Avel comprenait enfin l'horreur de la situation. Elle déverrouilla la petite gâchette de sa torche et se tint prête à agir, mais, avant, sa sœur avait besoin de réponses.

Un sourire carnassier étira la face lunaire d'Héatt et ses yeux brillèrent d'un éclat pervers.

— Plus simple ? Oui, certainement, mais beaucoup moins amusant. Quel délice de te voir t'enfoncer aussi facilement dans mon piège ! Depuis ta course poursuite sur *Samildria* où, je te rassure, tu n'as tué personne, puisque ton arme n'était qu'un rayon paralysant, joli joujou, d'ailleurs, que j'avais offert à Lulu pour qu'il t'ausculte.

— Je croyais que tu avais donné l'arme au type de l'informatique de *Samildria* ?

— Pauvre niaise, ce type n'a jamais existé ! Tu penses bien que tout était prévu d'avance. Que les gardes étaient au courant, les contrôles d'identité truqués. C'est comme les puces, j'en avais tout un tas de côté. Pareil pour les perruques et les lentilles. Je n'ai jamais déboursé un centime pour toi !

Sam était dégoûtée. Elle avait envie de pleurer, de crier, de se jeter sur ce traître pour l'étriper à mains nues. Mais il la tuerait avant. Les images des corps de Ziggi et de Lulu s'imposèrent de nouveau à elle.

— C'est toi qui as assassiné le médecin, n'est-ce pas ?

— Il en savait trop sur moi. Tout comme ce minable de l'université. Ziggi, c'est ça ? Tu as failli tout faire rater en intervenant, mais finalement ça a été encore plus drôle que prévu. Au moins, tu as vu de quoi je suis capable.

— Tu es ignoble, murmura Sam. Mais tu as bien failli me tuer aussi, ce jour-là, et ton piège aurait échoué.

— Je n'avais nullement l'intention de te tuer. Pourquoi crois-tu que j'ai tiré dans la vitre de la porte ? Beaucoup de bruit, des éclats de verre, impressionnant, mais inoffensif ! Je voulais juste te flanquer une bonne frousse pour venger mon nez éclaté. Mais, sache que, quand je vise quelqu'un, je ne rate jamais ma cible.

— Tu es vraiment taré ! cracha Sam.

— Venant de toi, je prends ça comme un compliment. Ce n'est pas aussi bon que tes caresses, que tes baisers, que ton corps brûlant contre le mien, mais je prends quand même.

— Ferme-la ! Tu m'écœures ! Tu n'es qu'un malade, un psychopathe, tout juste bon à être euthanasié !

Héatt éclata de rire.

— En attendant, c'est toi que je vais euthanasier. Tu ne m'es plus d'aucune utilité. Après Lulu et Ziggi, c'est ton tour. Adieu, petite Sam, et encore merci.

Il n'avait pas fini de prononcer ces paroles que deux déflagrations lumineuses jaillirent, simultanées, mais opposées, déchirant les ténèbres. Les projectiles s'élancèrent, chacun dans leur sens, vers leurs cibles respectives.

Les secondes s'étirèrent, ralentirent, s'arrêtèrent.

L'albinos n'avait pas hésité à tirer sur Sam. Bientôt elle sentirait sa chair se déchirer et ses entrailles se répandre dans un éclair insoutenable de souffrance.

C'était trop tard, elle allait mourir.

Mais quelqu'un la tira violemment sur la gauche. Avel ?

Elle bascula. Avant qu'elle ne heurte le sol, une douleur indescriptible lui perfora la poitrine. Elle ferma les yeux et sombra dans une nuit d'encre.

Avel tira encore, encore et encore dans le tas de chair inerte qu'avait été Tywan Héatt. Il était mort, mais, pour elle, cela ne suffisait pas. Les yeux pleins de larmes, elle criblait à présent le corps immobile comme pour crier sa haine et son désespoir. Elle avait un besoin vital de se venger, de venger Élora.

De l'ignoble albinos qui avait humilié sa sœur, il ne restait plus qu'une infâme bouillie de viscères et d'os brisés. Il ne tuerait plus jamais personne.

Sa macabre besogne achevée, elle retourna auprès de sa sœur étendue sur le sol et s'assura que le tissu biohémostatique qu'elle lui avait appliqué sur la poitrine était toujours en place. Cette seconde peau artificielle recouvrait la plaie profonde et stoppait l'hémorragie externe. Mais, si Avel ne se dépêchait pas, elle risquait de perdre sa sœur pour la seconde fois.

Avec une force étonnante pour sa frêle carrure, elle la souleva et se dirigea vers la sortie.

26

Sam courait. Elle s'enfuyait dans un long couloir blanc, immense, infini, terrifiant. Seuls ses pas résonnaient dans le silence mortel qui l'enveloppait. Mais, derrière elle, il était là. Il ne faisait pas de bruit, mais elle savait qu'il la suivait. Elle sentait son souffle glacé dans son dos, son haleine froide contre sa nuque, ses mots coupants comme des lames affûtées susurrant à son oreille une lugubre oraison funèbre. Il était si près d'elle !

Ni Noir, ni Blanc. Il était le vide, le néant absolu qui absorbe toute forme de vie pour l'annihiler. Il était l'acide qui dissout les chairs et l'esprit.

Ce vent mortel l'engourdissait à chaque mètre un peu plus, freinant sa course salvatrice. Elle sentit ses dernières forces l'abandonner, sa résistance fondre, son pouls ralentir et son esprit s'élever lentement au-dessus d'elle.

Elle s'en allait.

Une déflagration retentit soudainement, assortie d'une douleur aussi intense que fugace. Comme dans un sursaut suprême, son cœur se remit à battre et elle se remit à courir, à courir encore et encore. Mais, à présent, c'était vers la vie qu'elle courait. Au bout du couloir, la vie l'attendait. Elle le sentait. Elle accéléra et arriva devant une porte, une porte vitrée qu'elle avait déjà vue quelque part, dont le verre dépoli laissait deviner une silhouette, statique, immobile.

Quelqu'un l'attendait. Elle ouvrit la porte et hurla.

Sam se réveilla en sursaut, trempée de sueur. Avel, qui somnolait sur une chaise, fit un bond et se précipita à son chevet.

— Élora, enfin ! Comment te sens-tu ? As-tu mal ? La dose de morphine n'est peut-être pas suffisante ?

Encore étourdie, Sam observa le visage de sa sœur. Son teint était cireux, son œil, cerné, comme si elle n'avait pas dormi depuis longtemps. Sam réalisa ensuite qu'elle était allongée dans un lit confortable, installé dans une petite chambre sombre. La perfusion dans son bras gauche lui rappela qu'elle avait été blessée. L'intense douleur de l'impact lui revint à l'esprit.

Elle voulut tourner davantage la tête, mais quelque chose entrava son mouvement. Avec stupéfaction, elle découvrit l'énorme bandage qui enserrait son cou, son épaule droite et une partie de sa poitrine. Elle fit un nouvel effort pour regarder sa sœur.

— Non… je n'ai pas trop mal, fit-elle d'une voix plus faible qu'elle ne l'aurait voulu. Mais j'ai soif.

Avel lui tendit un flacon d'eau dont l'embout spécialement étudié lui permit d'aspirer le précieux liquide sans avoir à changer de position.

— Que s'est-il passé ?

Avel ramena sa chaise près du lit pour s'asseoir à côté de sa sœur. Elle lui prit la main et la caressa avec beaucoup de douceur.

— Voilà six jours que tu es dans le coma. Six jours et quatre nuits que je veille sur toi.

— Six jours ? répéta Sam. Je me souviens qu'Héatt a tiré. Il m'a touchée, c'est ça ?

Alors qu'elle faisait un effort pour se redresser un peu, elle sentit une déchirure interne lui brûler la poitrine. Ses traits se tordirent de douleur.

— Ne bouge surtout pas ! s'écria Avel. Il va falloir encore du temps avant que ta blessure guérisse vraiment. Tu as été très sévèrement touchée. Ce n'était pas beau à voir, mais c'est ton cœur que visait ce salaud. Si je ne t'avais pas entraînée avec moi, il t'aurait tuée.

— Est-ce qu'il…

— S'il est mort ? Oui. Quand j'ai réalisé qu'il allait te tuer, j'ai tiré la première.

— Tu étais armée ?

— Ma torche, fit Avel en hochant la tête. Héatt ne s'est pas méfié et j'ai attendu le bon moment.

— Mais pourquoi avoir attendu ? Pourquoi ne pas l'avoir tué tout de suite ?

Sa sœur lui caressa le visage en souriant tristement.

— Tu avais besoin de réponses, Élora. Tu avais le droit de comprendre. Je devais te laisser régler ça avec lui. Mais j'ai bien failli attendre trop longtemps. Nous avons tiré en même temps, lui et moi, et je t'ai projetée sur le côté, pour éviter le pire. Mais tu as été très grièvement blessée et, malgré mes premiers soins, tu as perdu beaucoup de sang.

— Et Héatt ?

— Ma première balle l'a touché à la main. Il a hurlé de douleur autant que de rage en voyant son arme glisser au sol pendant que son moignon pissait le sang. Mais cela n'a pas suffi à l'arrêter. Il a voulu récupérer son arme de la main gauche. Je ne lui en ai pas laissé le temps. J'ai visé sa main valide. La douleur a décuplé sa fureur. On aurait dit qu'il était devenu fou. Il s'est mis à courir dans ma direction, le visage déformé par la haine. J'ai visé les jambes et il s'est écroulé en gémissant. J'avoue que j'aurais pu l'achever, mais je ne voulais pas lui faire cette joie. Je l'ai laissé se tordre de douleur pendant que je m'occupais de toi. Tu étais dans un sale état, mais, heureusement, j'avais une trousse de premiers secours sur moi. J'ai pansé ta blessure et ensuite seulement j'ai récupéré l'arme de Héatt qui tentait, malgré ses blessures, de ramper jusqu'à moi sur le sol écarlate et j'ai vidé son chargeur sur cette ordure jusqu'à ce qu'il n'en reste rien. Plus rien du tout.

Sa voix se brisa et elle baissa les yeux, mais Sam pouvait comprendre. Elle aurait fait exactement la même chose.

— Merci. Merci de m'avoir sauvé la vie, Avel. Il n'y a plus que ça qui compte. Oublions tout le reste.

— Oui, oublions.

— Où sommes-nous ?

Avel se redressa et sourit pour la première fois depuis que sa sœur avait repris connaissance.

— En sécurité ! Nous sommes chez moi, dans mon fief. Là où je me suis réfugiée depuis maintenant trois ans. Bienvenue à Siratok !

Sam plissa la bouche.

— Ce nom me dit vaguement quelque chose. C'est près de Kotaris ?

Avel gloussa.

— Un peu, oui, c'est juste en dessous !

— Tu veux dire que nous sommes sous la capitale, sous les tours et l'énorme dalle de béton qui recouvre les anciennes rues ? Non, tu te moques de moi !

— Absolument pas ! Ça t'épate, hein ? En réalité, Siratok n'est pas une vraie ville au sens où on l'entend d'habitude. C'est un ensemble de zones souterraines reliées les unes aux autres par des galeries qui courent sous la capitale.

— Ça alors! Je n'avais jamais entendu parler de cet endroit.

— C'est normal: très peu de gens sont au courant de son existence. J'ignore si Héatt se doutait que nous viendrions nous cacher ici. En fait Siratok est née en 2084, quelques mois après que les tours eurent été bétonnées. À l'époque, on a beaucoup parlé des victimes qu'on estimait à près de trois cent mille personnes, mais on ne disait rien des rescapés. Or, beaucoup de gens ont survécu aux coulées de béton. Ils ont dû affronter la faim, la soif et la maladie sans aucune aide extérieure.

— C'est monstrueux! Pourquoi n'a-t-on pas cherché à les sauver?

— Pourquoi sauver des immigrés, des sans-puce, des junkies, des miséreux, des vieillards abandonnés, des malades trop démunis pour se payer des soins? Tout ce pauvre monde s'entassait depuis des lustres dans les premiers étages des tours aux loyers ridicules ou carrément inexistants. Les riches en haut, les pauvres en bas. À l'époque, les autorités ont étouffé l'affaire du bétonnage, prétextant qu'elles avaient donné l'ordre d'évacuer les étages inférieurs, ce qui était faux, bien entendu. Dans l'opinion publique ainsi manipulée, c'était bien fait pour les parasites qui avaient voulu s'y incruster. Cette perte a même été jugée socialement salutaire, selon leurs propres mots. À l'aube du XXIIe siècle, les sociétés modernes doivent savoir faire quelques sacrifices pour aller de l'avant.

— Mais l'opinion internationale n'a rien dit? s'insurgea Sam.

— Kotaris n'était pas la première à utiliser cette méthode radicale pour consolider ses fondations. Nombre de grandes cités ont fait bien pire. Bref, grâce aux grandes surfaces qui se trouvaient encore dans les sous-sols des tours, les rescapés ont pu survivre durant quelques semaines. Ils se sont regroupés et organisés: ils ont creusé des galeries pour relier les tours entre elles et, petit à petit, c'est tout un inframonde qui s'est développé sous l'impulsion de quelques leaders. Un an après la guerre, un véritable réseau underground était né, avec ses propres codes sociaux, ses propres règles économiques et ses propres lois. Ses habitants lui ont logiquement donné le nom de Siratok.

— Le palindrome de Kotaris ! comprit Sam en souriant.

Elle était abasourdie par ces révélations et avait du mal à s'imaginer à plusieurs dizaines de mètres sous terre.

— Mais, dis-moi, comment as-tu fait pour quitter la tour, puisque l'ancienne rue repose sous plus de vingt mètres de béton ?

— Je suis passée par en dessous, là où m'attendaient mes complices. Grâce à un passage spécialement déblayé pour toi, de sous-sol en sous-sol, de tunnel en tunnel, nous avons pu rejoindre une entrée.

Sam plissa le front et Avel comprit qu'il lui fallait expliquer ce dont elle parlait.

— Il ne suffit pas d'errer dans les sous-sols pour atteindre Siratok. Seules les entrées permettent de pénétrer dans la ville souterraine. Il en existe très peu et leur accès, farouchement surveillé, est exclusivement réservé aux membres.

— Tu es donc membre de Siratok? Mais pas moi. Pourquoi m'ont-ils acceptée ?

— Vu ton état, tu n'étais pas vraiment en mesure de trahir quoi ou qui que ce soit. J'ai déclaré aux Sentinelles que je me portais garante de toi. Je t'ai parrainée, en quelque sorte, mais, si tu commets la moindre erreur, on nous éliminera toutes les deux. C'est la règle.

— Ils ne plaisantent pas avec la sécurité, ici !

— Ils y sont obligés. C'est à ce prix que Siratok préserve

son secret et la tranquillité de ses habitants depuis bientôt trente ans. Ici, tout le monde a quelque chose à cacher, à se reprocher, à fuir ou à oublier, mais nous vivons en paix et n'entre pas ici qui veut. Il faut montrer patte blanche pour devenir membre. Lorsque je suis arrivée avec mon fils, je ne connaissais que mon parrain, Nails, un ancien de Mémoris qui avait fui deux ans avant moi. Le monde est petit, n'est-ce pas ? Par la suite, je me suis fait de nombreux amis. Ils m'ont aidée à me reconstruire.

— Anton est là ? demanda fébrilement Sam. Je meurs d'envie de faire sa connaissance… Et nos parents, vivent-ils aussi à Siratok ? Et les Calberston, où sont-ils ?

Avel éclata de rire.

— Du calme ! Ne t'excite pas comme ça ! Tu dois te reposer si tu veux te rétablir vite.

Elle lui caressa la main en souriant.

— Anton ne vit plus ici. Il est en sécurité, avec papa et maman. Siratok, tu t'en doutes, n'est pas l'endroit idéal pour grandir. Quant aux Calberston, ils les ont rejoints la semaine dernière. Tout ce petit monde a quitté l'Eurafrique pour entamer une nouvelle vie, très loin de l'AI et de Mémoris. Dès que tu iras mieux, nous les rejoindrons et nous recommencerons tout à zéro.

Sam lui rendit son sourire avant de fermer les yeux. Malgré la douleur qui lui lacérait l'épaule droite, elle ne s'était pas sentie aussi bien depuis longtemps. Pour la première fois, elle était en sécurité, loin d'Éthan, donc de l'albinos, loin de David. Elle avait retrouvé sa sœur et découvrirait bientôt son neveu et ses parents. Surtout, elle savait enfin qui elle était vraiment.

Juste avant de sombrer, elle se rendit compte que, pour la première fois, elle avait envie qu'on l'appelle Élora. Sam, cela lui rappelait trop de mauvais souvenirs. La page était tournée, et ce serait Élora qui reprendrait tout à zéro. Sam était morte en même temps qu'Éthan.

Lorsque Nails entrouvrit la porte de la chambre, Avel réalisa qu'elle caressait toujours la main de sa sœur endormie. Sans un bruit, elle se leva et rejoignit son ami en souriant.

— Elle est sortie du coma, fit-elle à voix basse. D'un coup, comme ça, en criant ! Puis elle s'est mise à me poser plein de questions. Elle voulait tout savoir : ce qui s'était passé, pourquoi elle était là et où nous étions. C'est plutôt bon signe, non ? Je l'admire. Après toutes les épreuves qu'elle a subies ! Elle est vraiment forte, courageuse, aussi. Elle souffrait, j'en suis sûre, mais elle s'est efforcée de ne rien laisser paraître. Merci, Nails. Si tu ne l'avais pas opérée, jamais elle n'aurait survécu. Merci pour tout ce que tu as toujours fait pour moi, pour mon fils, mes parents, et maintenant pour Élora. Tu es vraiment quelqu'un de rare.

Elle l'entoura de ses bras pour l'embrasser, mais il la repoussa gentiment. Avel comprit que quelque chose n'allait pas.

— Il faut que je te parle, fit-il en jetant un coup d'œil inquiet à la jeune femme endormie.

Le visage grave et le ton extrêmement sérieux du chirurgien effrayèrent Avel qui se raidit. Son pouls s'accéléra.

— Que se passe-t-il ? murmura-t-elle, la bouche très sèche. Des complications ?

— Oui et non. Je viens d'avoir les résultats d'analyse du marqueur génétique de ta sœur et nous avons un problème. Un gros problème !

Cette nuit-là, Sam ne fit pas de cauchemars. Elle laissa son esprit vagabonder et parcourir des paysages inconnus, flotter au-dessus de mers translucides, porté par les souffles chauds des alizés. Elle se voyait marcher sur une plage, les pieds nus léchés par les vagues, ses longs cheveux balayant son visage hâlé par le soleil. Une petite main se glissa subrepticement dans la sienne.

— Tu m'as manqué, maman. Je t'aime !

Elle regarda cet enfant qu'elle chérissait plus que sa vie et le souleva dans ses bras. Elle le fit tourner en l'air en s'étourdissant de ses éclats de rire. Elle le serra fort contre sa poitrine, nicha son nez dans ses fins cheveux noirs, respira son odeur, caressa sa peau si douce.

— Moi aussi, je t'aime, Anton. On ne se quittera plus jamais. Maman te le promet.

Lorsqu'Avel entra dans la chambre, Sam était déjà réveillée depuis une heure. Elle aurait voulu que son rêve ne s'achève jamais, mais la douleur l'avait rattrapée et ramenée à la réalité.

— Comment va notre convalescente, ce matin ? fit Avel en s'asseyant près d'elle.

Sam remarqua que les cernes de sa sœur s'étaient encore creusés. Elle semblait exténuée, plus encore que la veille. Ses yeux étaient rouges, comme si elle venait de pleurer. Mais elle ne fit aucun commentaire.

— J'ai bien dormi, mais, parfois, la douleur est difficilement supportable.

— C'est normal, ça ne fait qu'une semaine que tu as été opérée. Lorsque tu étais dans le coma, la dose de morphine convenait, mais maintenant elle est peut-être insuffisante. Je vais l'augmenter un peu, mais il va surtout falloir que tu reprennes des forces. Tiens, je t'ai apporté une bouillie protidique. Je te préviens tout de suite, c'est loin d'être un plat gastronomique, mais, avec quatre doses par jour, d'ici une semaine tu auras récupéré une forme olympique.

Sam saisit le sachet et le porta à ses lèvres. Un liquide épais et tiède coula dans sa gorge. C'était infect. Elle faillit tout recracher, mais le sourire de sa sœur la poussa à persévérer. Si cette cochonnerie lui permettait de sortir plus vite de là, elle ne ferait pas la difficile. Pourtant, à la moitié du sachet, elle dut faire une pause pour avaler une gorgée d'eau. Elle en profita pour demander :

— Tu m'as dit que j'avais pris une balle, mais je trouve le bandage énorme.

— Héatt utilisait des balles explosives et celle qui t'a touchée a fait beaucoup de dégâts. L'impact a détruit la tête de l'humérus et la clavicule. L'artère axillaire a été réduite en bouillie, provoquant une importante hémorragie interne. Quand je t'ai transportée ici, j'ignorais si ton poumon droit avait été touché et si on pourrait sauver ton bras…

Horrifiée, Sam tourna légèrement la tête, mais ce simple mouvement lui arracha un cri de douleur.

— Tu dois éviter de bouger. Tes nouveaux os doivent se consolider et se souder les uns aux autres. La nanochirurgie est ultra-performante, mais il faut tout de même laisser aux particules le temps de faire leur travail.

— J'ai été opérée ici, à Siratok ?

— Tout à fait. Tu sais, depuis trente ans qu'elle existe, la ville souterraine a su s'équiper. Ses habitants ne manquent de rien, maintenant : commerces, écoles, salles de sports, et même un hôpital avec un bloc opératoire très performant. C'est là que Nails t'a opérée. À Mémoris, il était spécialisé en ostéoplastie, des os du crâne surtout, mais il maîtrise parfaitement les nouvelles ostéotechnologies qui permettent de créer des os artificiels sur mesure. Maintenant, il faut laisser ces bioprothèses se ressouder grâce aux différentes nanoparticules qui interagissent à chaque étape de l'ostéosynthèse.

— C'est un peu compliqué, tout ça, mais je crois que

j'ai compris l'essentiel ! fit la convalescente d'un air amusé. Mais tu ne m'as pas dit si je pourrai un jour me resservir de mon bras...

— Bien sûr que tu le pourras ! Laisse-lui encore quinze jours et tu pourras commencer ta rééducation.

— Quand pourrai-je quitter cet endroit et partir avec toi ?

— Il va falloir être patiente, Sam. Nous ne pourrons pas quitter Siratok tant que tu ne seras pas complètement rétablie.

Sam fronça les sourcils. Elle sentait qu'il y avait un problème. Elle ne connaissait pas Avel depuis longtemps, certes, mais quelque chose en elle sonnait faux et cela n'avait rien à voir ni avec l'opération ni avec sa santé. Il s'agissait d'autre chose. Elle se remémora les dernières paroles de sa sœur pour chercher à comprendre, quand soudain elle comprit.

— Avel, pourquoi m'as-tu appelée Sam ?

— Oh, vraiment ? Je n'ai pas fait attention.

— Tu m'as toujours appelée Élora, depuis le premier jour. Hier encore, j'y avais droit, mais, ce matin, c'est Sam. Pourquoi ? Qu'est-ce qui se passe ?

Avel la regarda, muette de stupeur, décontenancée par une question aussi directe.

— Ne te fâche pas, c'est un lapsus, c'est tout. Je suis désolée !

Depuis la visite de Nails, Avel savait qu'il lui faudrait avoir cette discussion, mais elle aurait aimé pouvoir en choisir le moment, pour préparer ses mots et prendre le temps de réfléchir aux conséquences de cette effroyable révélation. Mais Sam était intuitive et, malgré la morphine, elle gardait sa vivacité intacte.

— Un lapsus, tu parles ! Pas une fois tu ne m'as appelée Élora ce matin. Ce n'est pas un hasard. Dis-moi ce qu'il y a ! Dis-moi la vérité !

Avel contracta les mâchoires. Le moment qu'elle redoutait était arrivé. La vérité allait enfin éclater, mais, d'abord, elle allait devoir tout reprendre depuis le début, depuis leur naissance.

Elle joignit ses mains devant sa bouche et soupira lentement comme pour se donner un peu de temps.

— Tu as raison, finit-elle par annoncer. Après t'avoir quittée, hier, j'ai appris quelque chose, quelque chose de très perturbant, pour moi, mais surtout pour toi.

Elle s'arrêta, mais le regard avide de Sam la poussa à continuer.

— Lorsqu'Albert et Liana t'ont conduite jusqu'à la tour Babylone et que nous nous sommes vues pour la première fois, tu étais persuadée d'être moi. Toutes tes recherches, orchestrées par David et Héatt, t'avaient conduite à cette conclusion. Mais il ne m'a fallu qu'une seconde pour ébranler tes certitudes et te révéler la supercherie. Tu croyais découvrir ta sœur, Élora, et il s'avérait que les rôles étaient inversés. Tu n'étais pas Avel, mais Élora ; je n'étais pas Élora, mais Avel.

Sam hocha la tête et lui fit signe de poursuivre.

— J'aurais pu te révéler autre chose, ce jour-là, mais je t'ai sentie très déstabilisée par le choc de cette révélation ; aussi, j'ai préféré me taire. Je me disais que tu aurais tout le temps de réapprendre ce que tu avais oublié.

— Réapprendre quoi ? fit Sam en essayant de ne pas céder à la panique.

— Le secret de maman.

Avel ferma les yeux et garda le silence plusieurs secondes.

— J'aurais préféré qu'elle te l'apprenne elle-même plus tard, mais les circonstances font que c'est à moi de t'expliquer cela.

— Quelles circonstances ? De quoi parles-tu ?

— Deux minutes ! Je vais tout t'expliquer, mais dans

l'ordre. Pour commencer, il faut que tu saches que Léa, notre mère, était stérile.

Sam resta bouche bée. Son cerveau fonctionna à toute vitesse. Avel allait-elle lui révéler qu'elles avaient été adoptées ?

— Papa et maman n'envisageaient pas leur vie sans enfant, ils en désiraient plus que tout au monde, mais, pour eux, pas question d'adopter; ils voulaient des enfants qui soient la chair de leur chair. Ils ont alors eu recours au... heu, à un procédé illégal, mais parfaitement au point à la fin du XXIe siècle, le clonage reproductif.

Ce mot fit tressaillir Sam. Avel posa sa main sur la sienne.

— Ce que je cherche à te dire, c'est que nous sommes en réalité des clones de maman. Voilà pourquoi nous avons toutes deux hérité de ses yeux mauves, de l'ovale si parfait de son visage, de ses cheveux de jais et de son intelligence exceptionnelle. Voilà aussi pourquoi nos prénoms comportent les trois lettres de celui de maman ! Dans AvEL et ÉLorA, on retrouve les lettres de LÉA.

Sam, qui n'en croyait pas ses oreilles, retenait sa respiration.

— Néanmoins, continua Avel, il ne fallait pas que cela se sache. Elle a donc feint ses deux grossesses pour donner l'illusion vis-à-vis de ses collègues, de ses amis et de ses voisins, des Calberston, notamment. En réalité, elle ne nous a jamais portées. Nous avons grandi dans un utérus artificiel, une sorte de machine censée remplacer le ventre maternel. Nous avons été conçues en même temps, mais nos parents ont fait cryogéniser le deuxième embryon pour pouvoir donner naissance à une petite sœur deux ans plus tard. Nous sommes donc exactement identiques du point de vue biologique. Seul un marqueur génétique, une séquence d'ADN recombinée, nous différencie l'une de l'autre.

Sam était livide.

— Je suis donc un clone de maman ? Comme toi ? C'est bien ça ? Nous ne sommes que de simples clones ?

— Ce n'est pas une tare. Maman est une femme exceptionnelle, se défendit Avel. Certes, nous sommes identiques, mais, puisqu'on ne peut pas cloner l'esprit, sur le plan psychique nous sommes tout à fait uniques. Nous avons notre propre vécu, notre propre histoire, donc notre propre personnalité, exactement comme des jumelles nées à deux ans d'intervalle.

Sam secoua la tête comme pour remettre de l'ordre dans son esprit fatigué.

— J'étais au courant de tout ça, avant que David vide ma mémoire ?

— Oui, maman avait été honnête. Elle nous avait tout révélé le jour de mes dix-huit ans. Tu en avais alors seize, mais elle te jugeait suffisamment mûre pour comprendre et accepter la vérité.

— Si je te suis bien, je suis le second embryon cloné, je suis Élora. Je répète donc ma question. Pourquoi m'as-tu appelée Sam, aujourd'hui ? Qu'as-tu découvert qui remet tout en cause ?

Avel se crispa. Elle aurait donné n'importe quoi pour pouvoir disparaître.

— Eh bien... après que tu te sois rendormie, Nails est venu m'avertir que nous avions un problème. La séquence d'ADN recombinée contenue dans tes cellules souches ne correspond ni à celle d'Élora ni à la mienne.

Sam crut qu'elle allait défaillir. Elle agrippa le poignet d'Avel pour ne pas sombrer dans la folie qui la guettait. Avel hésita deux secondes avant de poursuivre.

— Tu imagines ma stupeur. Je ne comprenais plus rien ; Nails non plus. J'ai appelé maman et je lui ai tout raconté.

— Et alors ? demanda Sam, la voix pleine d'angoisse.

— Maman m'a enfin révélé d'autres éléments de notre histoire, après toutes ces années.

Avel déglutit péniblement. Ses yeux humides prouvaient qu'elle était profondément troublée.

— Au départ, nous n'étions pas deux embryons, mais trois ! Nos parents avaient conçu un clone supplémentaire, au cas où...

— Au cas où ils auraient voulu un autre enfant ? compléta Sam, pleine d'espoir.

— Non, la corrigea Avel de plus en plus mal à l'aise. Au cas où Élora et moi-même en aurions besoin...

— Hein ? Je ne comprends pas, murmura Sam, décomposée.

— En fait, cette troisième sœur devait servir de matière première s'il nous arrivait quoi que ce soit. En cas d'accident ou de maladie, nos parents avaient sous la main une réserve d'organes, de sang, de cellules entièrement compatibles pour sauver leurs deux filles, grâce à cette sœur de rechange dont l'existence n'avait pour seul but que de remplacer nos pièces défectueuses. Mais ni Élora ni moi n'avons jamais été au courant de cette abomination, je te le jure !

— Tu es en train de me dire que je suis cette sœur de rechange ? balbutia Sam.

Une main sur la bouche, Avel hocha péniblement la tête.

Un profond silence s'abattit sur les deux femmes.

Malgré les larmes qui inondaient ses joues pâles, Sam restait stoïque. Trop secouée pour dire quoi que ce fût, elle digérait cette révélation avec un énorme sentiment d'injustice. À nouveau, elle venait de perdre tous ses repères : elle n'était ni Avel, ni Élora, juste un clone sans nom, sans identité, juste un être artificiel, du matériel génétique, une simple pièce de rechange. C'en était trop.

Elle aurait dû s'effondrer, mais la colère qui sourdait en elle était plus forte que le désespoir. La révolte la submergeait.

— Si je suis un troisième clone de maman, moi aussi j'ai une histoire, un vécu et ma propre personnalité. Je suis quelqu'un ! J'ai bien un nom !

— Hélas ! tu n'étais pas destinée à vivre et, par conséquent, tu as été privée de vie psychique. Tu as grandi dans un caisson spécial utilisant la même technologie que l'utérus artificiel qui nous a abritées pendant neuf mois et ton cerveau était comme désactivé.

C'était de pire en pire. Mais, hors d'elle, Sam persista. Les yeux pleins de larmes, elle s'écria :

— Mais où étais-je stockée, puisqu'apparemment je n'étais qu'une vulgaire marchandise ? Comment se fait-il que David a pu me tirer de ma léthargie pour m'utiliser à des fins personnelles ? N'étais-je pas sous bonne garde ?

— C'est bien là le problème. Tu sais que papa travaillait pour Mémoris. Il avait un poste important, là-bas. En réalité, il supervisait le service… de clonage reproductif.

— Quoi ? s'insurgea Sam. J'ignorais l'existence d'un tel service.

— Eh oui ! Le clonage, c'est le deuxième dada de David. En tant que neurologue réputé, papa était chargé de vérifier la bonne santé mentale des clones qui grandissaient dans les utérus artificiels à chaque étape de leur croissance et même après leur naissance.

— Et cela ne le révoltait pas ? s'indigna Sam, les joues baignées de larmes.

— Il faut croire que non. Il travaillait dans l'illégalité pour de richissimes clients qui désiraient des enfants à leur image, ou pour des mégalos qui rêvaient d'immortalité.

— J'imagine que cette technologie valait une petite fortune. Nos parents en avaient les moyens ?

— Pas vraiment, mais David a proposé à papa de mettre cette nouvelle technologie gratuitement à sa disposition pour le remercier de ses bons et loyaux services et nos parents ont accepté. Les trois petits embryons ainsi créés ont poussé dans un ventre artificiel des laboratoires Mémoris. Deux ont été cryogénisés, toi et Élora. Deux ans plus tard, l'une d'entre vous est venue agrandir notre famille, tandis que l'autre a continué à grandir dans un caisson, pour suivre la croissance de ses deux sœurs. Mais ni Élora ni moi n'avons jamais eu besoin de tes services. Par conséquent, tu n'as jamais servi.

— Pourquoi ne pas m'avoir détruite, dans ce cas? demanda Sam en ravalant ses larmes.

— Nos parents croyaient justement que tu l'avais été.

— Hein?

— Au bout de vingt-cinq années passées dans ce caisson, David a annoncé à nos parents que tes fonctions cérébrales et vitales étaient en train de s'altérer, de dégénérer, provoquant de multiples recombinaisons et anomalies génétiques. Tu avais atteint ce qu'il appelait la date de péremption du matériel génétique de rechange. Il a assuré qu'il valait mieux... se débarrasser de toi. Hogg et Léa ont donné leur accord et tu es tombée dans l'oubli. Pour papa et maman, c'était comme si tu n'avais jamais existé.

— Jusqu'à hier soir! compléta Sam d'un ton agressif. À présent Hogg et Léa sont au courant de tout et j'espère qu'ils sont bourrés de remords, tiens! Car je suis bel et bien vivante et ils vont être obligés de compter avec moi, maintenant!

Elle avait envie d'exploser. Elle en voulait infiniment à ses parents de l'avoir abandonnée pendant qu'ils chérissaient leurs deux petits clones sans se soucier de ce qui pourrait arriver au troisième. C'était tellement injuste!

Rouge de honte, Avel se recroquevilla sur elle-même. Pourtant, elle n'était pour rien dans tout ça, sinon la messagère des mauvaises nouvelles. Soucieuse de ne pas la culpabiliser davantage, Sam aspira goulûment de l'air pour maîtriser sa colère et décida de la reporter sur le vrai responsable de tout ce gâchis.

— En fait, le vrai coupable, c'est David, fit-elle. Il a menti à nos parents. Il a préféré me garder au cas où il aurait un problème avec toi. Voilà pourquoi il m'a réveillée, il y a quinze jours, et voilà pourquoi je n'ai aucun souvenir. Je ne suis pas amnésique du tout ! Je n'ai tout simplement jamais eu de souvenirs. Mon cerveau était vierge, complètement vierge.

— Il a dû t'implanter des modules de connaissances de base, comme le langage et la motricité, auxquels il a ajouté de faux souvenirs fabriqués de toutes pièces, pour que, petit à petit, tu te prennes pour moi.

— Son plan était vraiment ignoble.

— C'est vrai, confirma Avel en levant des yeux rougis vers sa sœur. Plus j'y pense, plus je me dis que David avait tout manigancé depuis très longtemps. Le clonage de maman, ma carrière, ma rencontre avec Treg, la naissance d'Anton, rien n'est le fruit du hasard.

Une longue pause suivit cette prise de conscience. Les deux sœurs avaient besoin de temps pour digérer les mensonges de leurs parents et de David.

Le fait d'apprendre qu'elle n'était personne, seulement un corps cloné qu'on avait artificiellement rempli pour accomplir une mission précise bouleversait Sam. À quoi servait-elle, maintenant que tout était fini ? Allait-elle pouvoir reprendre une vie normale ? Une chose était certaine, elle n'avait plus aucune envie de rencontrer Hogg et Léa. Il lui serait impossible de leur pardonner. En revanche, elle avait très envie de voir Anton au moins une fois, pour savoir s'il ressemblait à l'enfant de son rêve, s'il ressemblait à Avel, et donc à elle.

Soudain un doute affreux se coinça dans sa gorge.

— Dis-moi, Avel, reprit-elle d'une voix tremblante, si Léa était stérile et que tu es son clone, comment as-tu pu avoir un fils ?

Une grosse larme roula sur la joue d'Avel.

— Mon bébé aussi est un clone, mais je l'ai porté naturellement.

— Ce n'est pas vrai ! gémit Sam en fermant les yeux. Tu as reproduit la même erreur que nos parents ? Comme si une fois n'avait pas suffi ?

Elle ferma les yeux et se massa les tempes, en proie à une grande lassitude. Honteuse, Avel n'osa rien dire. Le silence entre elles semblait plus lourd que jamais.

— Anton est le clone de Treg, je suppose ? fit Sam au bout d'un moment.

— C'est ce qui était prévu ; du moins, c'est ce que j'ai cru au début. Mais, quand Treg a accepté que notre fils serve de cobaye, j'ai tiqué. Dans son dos, j'ai fait faire des tests génétiques et j'ai découvert que tout le monde m'avait leurrée. Anton n'était pas le clone de Treg, mais celui de David.

— Oh non ! murmura Sam, de plus en plus atterrée.

— J'ignore encore pourquoi ils m'ont fait croire ça, mais une chose est sûre, cette découverte n'a rien changé à mes sentiments. J'aime cet enfant plus que tout et je lui donnerai tout mon amour pour qu'il devienne autre chose qu'un monstre. De David, Anton n'aura que le corps ; il deviendra quelqu'un de bien, c'est l'unique but de ma vie.

Elle fixa intensément sa sœur, qui avait l'air anéantie, mais qui ne pleurait plus. Deux sillons humides marquaient cependant ses joues blafardes. Sa colère s'était transformée en muette douleur. Elle se taisait, le regard perdu dans le vide. Son mutisme mit Avel mal à l'aise. Que faire pour cette sœur dont elle avait appris l'existence quelques heures auparavant seulement ?

— Je suis vraiment désolée, Sam, désolée d'avoir eu à te raconter tout cela, désolée que nos parents t'aient fabriquée, puis abandonnée aux mains de David. Désolée que tout le monde se soit servi de toi.

Il n'y eut pas de réponse, ni même un regard ou un soupir. Sam avait besoin de temps.

Avel se leva et se dirigea vers la porte, la gorge nouée par un énorme sentiment d'impuissance devant tout ce gâchis. Élora était morte, sans doute torturée, puis assassinée par David. Il ne lui restait plus que Sam qui devait la détester, tout comme elle devait haïr Hogg et Léa pour leur égoïsme monstrueux. Elle comprendrait que sa sœur ne leur pardonne jamais. Mais, avant d'ouvrir la porte, elle voulait qu'elle sache à quel point ses remords et son pardon étaient sincères.

— Quoi que tu décides de faire lorsque tu seras rétablie, je veux que tu saches que je désapprouve totalement les gestes de nos parents et que, contrairement à eux, je ne te laisserai jamais tomber.

Mais Sam n'eut aucune réaction.

Avel franchit le seuil. Avant de refermer doucement la porte, elle ajouta :

— Tu sais, j'ai lu quelque part que le sang a une mémoire. Il ne se souvient pas des jours, des nuits, des événements, mais il se souvient de l'identité. Peu importe ta mémoire et qui tu es, dans tes veines coule le même sang qui irrigue les miennes. Nous avons le même sang, Sam. Nous sommes identiques, tu es et tu seras toujours ma petite sœur, quoi que tu décides de faire.

La porte se referma sans bruit.

La convalescente ferma les yeux, comme pour tenter d'en contenir le flot salé. Les derniers mots d'Avel avaient ouvert une brèche dans son cœur. « Quoi que tu décides de faire… »

Elle savait déjà ce qu'elle allait faire.

27

D'un pas décidé, la jeune femme entra dans le hall somptueux et personne ne chercha à s'emparer d'elle. Tout avait été arrangé par microtel.

Néanmoins, son arrivée provoqua un petit séisme dans la société. Tout le monde l'avait reconnue. Quelques secrétaires firent comme si de rien n'était et plongèrent leur nez dans leur holoécran, d'autres regardèrent ailleurs en arborant un air faussement détaché. Certains employés, mus par une curiosité malsaine, dévisagèrent cette femme qu'on disait terriblement dangereuse. Même si le personnel de sécurité avait été briefé et qu'il ne devait en aucun cas l'intercepter, il restait vigilant au cas où leur belle invitée tenterait de leur fausser compagnie.

Indifférente à ce qui l'entourait, l'intruse regardait droit devant elle et se dirigeait d'un pas décidé vers les ascenseurs. Elle savait parfaitement qu'une dizaine de caméras de biosécurité étaient braquées sur elle, analysant sa silhouette, son iris, son rythme cardiaque, sa température corporelle, s'assurant qu'elle ne transportait aucune arme ni aucun explosif sur elle.

Cette idée la fit sourire. « Ils peuvent toujours chercher ! » songea-t-elle en pénétrant dans l'ascenseur de gauche.

Elle annonça qu'elle était attendue au 302ᵉ. L'ordinateur central de la tour devait avoir été programmé pour sa visite, car la voix de synthèse n'émit aucune protestation et l'appareil s'éleva dans les hauteurs de Kotaris. Le cœur battant, la jeune femme se remémora le scénario qu'elle avait patiemment élaboré avec sa sœur. Leur plan était risqué, risqué et audacieux, mais elle lui devait bien ça.

De son côté, au 302ᵉ étage de la tour Mémoris, le professeur David ne contenait plus son excitation. Depuis déjà une heure, il tournait et virait dans son vaste bureau, trépignant d'impatience à l'idée de retrouver enfin sa recrue la plus rebelle, mais aussi la plus douée.

Lorsque, tôt ce matin-là, sa secrétaire l'avait averti qu'Avel Astelli demandait à lui parler personnellement sur la ligne 2 de son microtel, le professeur avait tout d'abord cru à une mauvaise plaisanterie.

Cela faisait presque un mois qu'il n'avait plus aucune nouvelle de son bras droit et cela l'inquiétait beaucoup, car il n'était pas dans les habitudes d'Héatt de le laisser sans nouvelles. L'albinos l'avait tenu informé de chaque étape de leur plan, de chacun des progrès de sa protégée ainsi que des problèmes rencontrés. Le mutisme récent de son homme de main signifiait-il qu'il avait eu un gros problème ? Un problème définitif? Cette perte l'aurait dérangé dans la mesure où, en perdant Héatt, il aurait perdu tout moyen de récupérer Avel.

Mais en saisissant le microtel que lui avait tendu miss Clark, David avait réalisé qu'il avait dû se tromper. Sagement tapi dans l'ombre, l'albinos devait guetter sa proie, prêt à lui tomber dessus au moment propice. C'était sûrement grâce à Héatt qu'Avel le contactait enfin.

L'ascenseur s'ouvrit et la jeune femme reconnut immédiatement le couloir aux couleurs claires et aux boiseries exotiques qu'affectionnait tout particulièrement le propriétaire des lieux. Rien ne semblait avoir changé et personne ne l'attendait, conformément à ses exigences.

Sans hésiter, elle prit à droite, vers le bureau de miss Clark. Ce laideron qui prenait de grands airs ne lui adresserait sans doute pas un sourire. Mais peu importait, elle n'était pas arrivée jusque-là pour se satisfaire du sourire hypocrite d'une petite arriviste aigrie.

Elle s'arrêta devant la double porte en iroko et inspira profondément avant de frapper. Il était trop tard pour faire demi-tour. Elle sentit la peur lui nouer les tripes lorsque le bruit sourd de ses doigts contre le bois se fit entendre. Elle attendit.

Lorsque Crom David avait éteint son microtel, il ne savait pas s'il devait laisser éclater sa joie ou sa rage. Il venait de gagner la partie, mais cette garce d'Avel n'avait rien perdu au change. Certes, il exultait, car elle avait enfin décidé de se rendre, mais il enrageait de se rappeler à quel chantage elle l'avait soumis. Ses deux années de fugue, de pression et de menaces ne l'avaient pas détruite ni amoindrie, bien au contraire. À la façon dont elle avait négocié son retour, elle semblait au mieux de sa forme. Comment avait-il pu accepter des conditions aussi déraisonnables ?

Furieux, le vieil homme avait balancé son microtel à travers la pièce. Il aurait dû refuser son offre ! De quel droit Avel se permettait-elle de diriger les opérations ?

David avait alors appelé sa secrétaire. La silhouette courtaude de miss Clark était apparue dans l'embrasure de la porte et il lui avait demandé de contacter son banquier au plus vite.

Cinq millions d'eullards versés sur un compte anonyme dans l'heure ! Cette garce ne manquait pas de culot.

Le vieux professeur était furibond. Ce qui lui faisait le plus mal au cœur n'était pas de débourser autant d'argent ; il aurait sans hésitation payé jusqu'à dix fois cette somme pour récupérer sa meilleure neurochirurgienne et reprendre le projet Mnémosyne. Mais de devoir se plier ainsi à ses exigences l'avait offusqué.

Il avait horreur du chantage, de céder et perdre la face le révulsait, mais, cette fois, il n'avait pas eu le choix. Avel s'était engagée à revenir dès que le compte aurait été crédité. Elle jugeait cette somme ridicule en comparaison des souffrances psychologiques qu'il lui avait fait endurer, mais nécessaire pour l'éducation d'Anton.

En outre, il s'était engagé par écrit à ce que l'AI renonce à ses poursuites. Ni elle, ni son fils, ni ses parents, ni les Calberston ne seraient plus jamais inquiétés par l'armée.

Enfin, Avel avait conclu en exigeant que son arrivée chez Mémoris reste la plus discrète possible : elle voulait se rendre librement, seule et non escortée, jusqu'au bureau du professeur, sans voir un seul garde de l'AI ni une seule caméra d'holovision.

David avait failli s'étrangler, mais, de peur qu'elle ne lui échappe à nouveau, il avait bafouillé qu'il acceptait toutes ses conditions. Elle avait raccroché aussitôt.

La lourde porte s'ouvrit automatiquement devant la jeune femme et miss Clark l'invita à entrer :

— Professeur Astelli, enfin ! Veuillez patienter un moment. Je vais prévenir le…

— Inutile de vous donner cette peine, la coupa-t-elle. Je sais qu'il m'attend.

Elle n'eut pas un regard pour la secrétaire et poussa la

porte du bureau du grand patron de Mémoris sans y avoir été invitée. Pourtant, dans sa tête résonnaient les dernières paroles de la secrétaire. Sa voix surtout, grave et sensuelle, en totale contradiction avec son visage ingrat. Elle était certaine de l'avoir déjà entendue ailleurs, dans un autre contexte, mais elle n'eut pas le temps d'y réfléchir davantage ; quatre gardes du corps lui bloquèrent l'accès et entreprirent de la fouiller sans ménagement. Elle se laissa faire en serrant les dents. L'absence d'arme sur la jeune femme fit reculer les gardes qui se postèrent de chaque côté de la porte en merisier massif.

Le nonagénaire était tourné vers l'immense baie vitrée qui dominait la ville tentaculaire. Il semblait méditer. Elle s'avança en silence. Ce fut lui qui parla en premier.

— Si tu savais à quel point je suis heureux, Avel ! J'attendais ce moment avec tant d'impatience !

Il se retourna et scruta la jeune femme en plissant les yeux. Sa beauté le troubla. Il avait oublié à quel point son regard mauve était impénétrable et sa pâleur, envoûtante. Elle avait coupé ses longs cheveux d'ébène qu'elle portait à présent en carré court. Elle restait le clone parfait de sa mère.

Le vieillard eut un pincement au cœur en songeant à la belle Léa, si désirable et si inaccessible. Il chassa ce douloureux souvenir. L'heure n'était pas à la nostalgie, mais à la joie de ces retrouvailles.

— Tu ignores à quel point tu m'as manqué…

— Cessez votre baratin inutile, professeur ! le coupa-t-elle froidement. Vos paroles mielleuses me donnent la nausée.

Il se raidit sous l'affront. Personne n'avait jamais eu l'audace de lui parler sur ce ton. Mais il passa outre à l'insolence de la jeune femme pour poursuivre :

— Allons, allons, Avel ! J'ai accepté tes conditions. Tes exigences financières ont été respectées et ta famille ne sera plus ennuyée; j'ai fait le nécessaire auprès de l'armée. Alors, repartons du bon pied et reprenons tout à zéro, veux-tu?

— Soyons clairs, David. Je ne considère ma présence ici ni comme une réconciliation ni comme un nouveau départ. Aujourd'hui, je fais le sacrifice ultime qui permettra à mon fils de vivre loin de vous. Je sais que, tant que je travaillerai à vos côtés, vous ne tenterez rien contre lui. C'est l'unique raison pour laquelle je suis ici!

Il l'écouta sans ciller. Mais la jeune femme n'avait pas fini.

— N'attendez pas de moi autre chose que mon professionnalisme. Mon intelligence et mes mains sont à vous, mais n'espérez pas plus de moi. Mon âme et mon cœur seront à jamais à mon fils.

— À mon clone, tu veux dire, rétorqua le vieil homme avec un sourire ironique.

— Anton est avant tout mon fils. Peu importe à qui il ressemble physiquement, il ne sera jamais votre clone psychologique. Il ne sera jamais vous. Vos rêves d'immortalité ne sont que les utopies séniles d'un vieillard mégalo.

David serra les dents et lui lança un regard mauvais. Elle dépassait les limites. Il allait lui montrer de quoi il était capable.

— Tais-toi, sale petite ingrate! Je t'ai tout donné, tu me dois tout, et voilà que tu te comportes comme une enfant trop gâtée! Je te rappelle que c'est moi qui ai cloné ta mère pour te donner la vie. C'est moi qui ai financé ta thèse et qui t'ai offert ton premier poste. C'est moi qui t'ai présenté Treg et c'est encore moi qui t'ai permis d'être mère. À chaque étape de ta vie, j'étais là, bienveillant et aimant comme un père. J'ai beaucoup souffert de ton départ, de ta fuite, devrais-je dire. Voilà pourquoi, depuis deux ans, je n'ai de cesse de te retrouver.

Elle se planta devant lui, les poings sur les hanches.

— Ça, c'est votre version de ma vie, parce que, moi, j'en ai une autre ! C'est vous qui avez insisté auprès de mon père pour cloner Léa. C'est vous qui m'avez formatée pour que je travaille à vos immondes expériences. C'est vous qui avez arrangé ma rencontre avec Treg pour me couper de ma famille. C'est vous qui avez eu l'idée de m'offrir un enfant à votre image. Mais, contrairement à la vôtre, mon histoire ne s'arrête pas là. C'est vous qui avez détruit le cerveau de Treg pour exercer sur moi un monstrueux chantage. C'est vous qui êtes responsable de la mort de centaines d'innocents et c'est vous encore qui avez enlevé Élora ! D'ailleurs, parlons un peu de ma sœur. Qu'est-elle devenue ? Répondez-moi !

David hocha la tête en souriant. Tranquillement, il alla s'asseoir sur son fauteuil en biopolymère et posa ses mains sur son grand bureau en chêne massif, arborant un air solennel.

— Je vois que nos deux versions concordent assez bien, finalement, mais que, comme à ton habitude, tu ne vois que les aspects négatifs. Tu as toujours fonctionné ainsi, Avel. C'était pareil lorsque j'ai proposé d'utiliser Anton pour poursuivre nos expériences. Tu n'as pas compris que c'était pour son bien.

— Son bien ? s'emporta la jeune femme, hors d'elle. Vous vous foutez de moi, ou quoi ? Détruire ce qui faisait sa personnalité, faire en sorte qu'il oublie qui il est, remplacer ses souvenirs d'enfant par des souvenirs d'adulte ! Lui imposer une nouvelle identité qui aurait fini par le rendre fou ! C'est cela que vous appelez son bien ?

— Tu vois, tu continues à ne voir que le négatif, dit David en levant les yeux au ciel. Le positif, c'est que, grâce à mes années de recherches et d'expériences, cet enfant aurait eu mon cerveau, avec ma science, mes souvenirs, mes connaissances, mon identité, bref, il serait devenu moi, moi dans un corps d'enfant jeune et vigoureux. Une sorte de réincarnation de mon vivant !

Son interlocutrice ouvrit des yeux ronds.

— Vous êtes encore plus cinglé que je ne le pensais ! s'offusqua-t-elle. Quelle naïve j'ai été de penser que je travaillais pour le progrès médical et le bien de l'humanité ! Le projet Mnémosyne n'avait en réalité qu'une seule finalité, assouvir votre rêve d'immortalité, n'est-ce pas ? Depuis longtemps vous rêvez de quitter ce corps misérable que même la meilleure chirurgie plastique ne parvient pas à sauver du désastre. Un clone ne vous suffisait pas, car il n'était pas vous mentalement. Je suis bien placée pour savoir de quoi je parle : jamais je n'ai été Léa ou Élora. Je ressemble à ma mère et à ma sœur, mais je suis moi, Avel. Je suis unique. Malgré sa parfaite ressemblance physique, un clone n'est pas un autre soi, c'est quelqu'un d'autre. Vous, en intégrant vos souvenirs et votre personnalité dans un de vos clones, vous pensiez avoir une chance de revivre à travers lui. Je comprends maintenant votre acharnement à réussir, les millions d'eullards engloutis dans ce projet démentiel et les dizaines de cobayes anéantis psychologiquement pour parvenir à vos fins !

Le vieil homme ne put retenir un rire moqueur.

— Ça m'étonne que tu n'aies pas compris plus tôt, ma chère Avel, étant donnée ta remarquable intelligence. Mais tu as tout à fait raison, le projet Mnémosyne, qui consistait à transférer ma mémoire dans mon clone pour revivre à travers lui, est un rêve personnel que je vais enfin pouvoir accomplir, grâce à ton retour et à ton active collaboration.

Elle secoua la tête en s'approchant du bureau.

— Impossible ! Vous avez promis que vous ne toucheriez pas à Anton ! De toute façon, vous ignorez où il se trouve.

— C'est vrai, mais je crois avoir, là encore, pensé à tout. Mnémosyne était la déesse de la mémoire, n'est-ce pas, mais te rappelles-tu le nombre de muses qu'engendra la belle titanide ?

— Neuf ?

— Exactement ! Neuf. Neuf muses, fraîches et vierges, tout comme les neuf adorables petits clones que j'ai moi-même fabriqués. Je suis en quelque sorte le pendant masculin de Mnémosyne. Comme elle, je domine les mécanismes de la mémoire et je suis le père de neuf clones. Voilà comment on réécrit un mythe !

Étourdie par ces révélations effroyables, la jeune femme chancela.

— Neuf clones ? répéta-t-elle, hébétée. Vous voulez dire qu'Anton n'était pas le seul ? Il a, quelque part, huit frères à votre image qui attendent une greffe de mémoire que moi seule serais à même d'effectuer ?

— Exactement, très chère Avel ! Mes clones ont tout juste deux ans et ils patientent sagement en cryogénie.

— Vous êtes complètement fou ! Votre projet n'est qu'un fantasme. Jamais il ne sera réalisable. Vous n'avez pas encore compris que cette greffe mentale ne vous donnera pas une nouvelle vie ? Ce n'est pas parce que vous transférez vos souvenirs dans le cerveau de ces enfants que vous allez revivre à travers eux. Vous allez simplement les détraquer. Je vous rappelle que Treg et moi n'avons jamais réussi à obtenir un résultat concluant. Peut-être qu'au bout du dernier cobaye vous vous retrouverez en face de votre double, mais votre double ne sera pas vous. Ce sera juste un enfant qui vous ressemble, qui aura vos souvenirs, votre personnalité, mais pas votre conscience. Ce ne sera pas vous et vous ne serez pas lui. Ce que vous voulez obtenir est impossible ! Jamais vous ne…

— Tais-toi ! Tu essaies de me faire peur parce que tu te rends compte à quel point je suis génial, mais c'est raté ! Je sais que j'ai raison. Bientôt, et grâce à toi, je vais devenir le premier homme réincarné dans son clone. Je pourrai ainsi poursuivre mon œuvre scientifique dans un corps jeune et vigoureux et améliorer ma technique pour me transférer à loisir dans un nouveau clone et échapper à la navrante condition de mortel. Je deviendrai immortel.

— Et vous pourrez breveter votre invention, la commercialiser et devenir l'homme le plus riche du monde ! s'exclama-t-elle.

— Tout à fait ! rétorqua David sans relever l'ironie que contenait la remarque de son interlocutrice. Mes clones n'attendent que vous et je suggère que nous reprenions dès demain nos expériences là où nous les avons laissées.

La jeune femme était consternée par autant d'inepties. La bêtise humaine n'avait aucune limite. Elle ferma les yeux et fit un effort énorme pour garder son calme. Inutile d'insister, de toute façon, ce vieillard mégalo ne comprendrait jamais qu'il était à côté de la plaque.

Elle contourna l'immense bureau et vint se placer contre la baie vitrée, noyant son regard dans la verticalité de la capitale. Elle songea à sa sœur qui l'attendait quelque part, dans les profondeurs de Siratok. Sa sœur…

— Dès demain ? répéta la jeune femme, songeuse. Entendu, mais, avant, je veux que vous répondiez à ma question au sujet d'Élora… Que lui avez-vous fait ?

Le professeur se racla la gorge.

— À quoi bon ressasser le passé, Avel ? Je crains fort que tu ne voies là encore que les mauvais côtés de cette triste affaire.

— Ah ? Parce qu'il y avait un bon côté ?

— Le plan que j'avais mis au point en trafiquant par deux fois le cerveau de Treg s'étant soldé par des échecs, j'ai décidé de faire enlever ta sœur. Si de voir souffrir ton mari et mourir des innocents, des enfants, même, ne te touchait pas, il en irait peut-être autrement avec un membre de ta famille. La kidnapper fut un jeu d'enfant, mais la persuader de te piéger ne fut pas une mince affaire. Je l'ai donc rendue plus conciliante en réorganisant son cerveau pour qu'elle joue parfaitement son rôle, enfin, ton rôle devant nos caméras.

— C'était Élora ?

— Oui, et ta sœur était parfaite en veuve éplorée qui criait au scandale, dénonçant les complots dont toi et ton pauvre mari innocent aviez été les victimes. Le message était clair, pourtant, mais, une fois de plus, tu n'as pas daigné sortir de ta cachette et...

— Vous avez tué Élora ? compléta la jeune femme les yeux pleins de haine.

— Non, enfin, ce n'était pas mon intention, je te le jure. Elle pouvait encore me servir, mais je crois que son cerveau n'a pas supporté notre intervention chirurgicale. Elle a préféré mettre fin à ses jours. Ta pauvre sœur s'est suicidée, à cause de toi, Avel !

Il observa un moment de silence, espérant voir la jeune femme fondre en larmes, en proie aux remords. Mais elle garda son sang-froid. Impressionné, le professeur poursuivit ses explications.

— Je commençais à croire que nous ne pourrions jamais plus te récupérer. C'est là que mon fidèle Héatt a eu cette idée formidable...

— Utiliser ma deuxième sœur ! compléta la jeune femme en le fixant froidement.

— Ah ! Je vois que tu es au courant. Très bien. Dis-moi, est-ce ta mère qui est passée aux aveux, ou ce cher Héatt qui t'a révélé son existence ?

— C'est ma mère qui m'a tout révélé, mais elle était mortifiée d'apprendre à quelles fins vous aviez utilisé son troisième clone. Vous aviez affirmé à mes parents qu'il serait détruit. Vous les avez trompés ! Vous vous êtes servi de cette fille comme d'un vulgaire appât, sans tenir compte du fait qu'elle était avant tout un être humain, avec des sentiments, des émotions et une personnalité. Vous n'aviez pas le droit !

— Foutaises ! cria David en se levant de son fauteuil. D'abord, je n'ai pas trompé tes parents. Ils ne l'avaient jamais réclamée et elle appartenait de ce fait à ma société. Ensuite, sa date de péremption approchant, j'ai choisi de m'en servir plutôt que de la détruire. Je lui ai implanté les traditionnels modules de langage, de motricité, de savoirs basiques et de culture générale. Mais, par pitié, ne viens pas me parler de sentiments ni d'émotions ! Un clone sans mémoire biographique ni souvenirs, hormis deux ou trois introduits artificiellement histoire de la mettre sur ta piste, ne peut avoir aucune personnalité.

La jeune femme bondit, hors d'elle.

— Vous vous trompez ! Sam était quelqu'un d'extraordinaire, dotée d'une grande sensibilité et particulièrement intuitive. Elle avait des sentiments. Je l'ai vue souffrir de tristesse et de déception, je l'ai même vue pleurer. C'était quelqu'un de bien.

— Quel portrait flatteur ! ricana-t-il en venant se placer à côté d'elle. Sam ! Ah oui, Héatt s'était bien amusé en lui donnant ce nom. Sam, comme *Samildria*, n'est-ce pas ? C'était très drôle, surtout quand on sait que c'est le nom qu'on lui donnait déjà ici, à Mémoris, mais pas pour les mêmes raisons. Chez nous, SAM était le nom de code du projet de Héatt.

— Son nom de code ? répéta la jeune femme, livide.

— SAM signifiait en réalité Sujet Avel Maury. Amusant, non ? Mais tu parles d'elle au passé. Serait-elle…

— Morte ? Oui, elle aussi ! Après nous avoir retrouvées, Tywan Héatt l'a froidement abattue. Elle ne lui était plus d'aucune utilité ! Elle m'avait retrouvée, elle avait fait votre sale boulot et votre bras droit s'en est débarrassé. Ma seule consolation, c'est que votre albinos ne tuera plus jamais personne, vu ce qu'il en reste…

Quelques secondes de silence s'écoulèrent, chacun contemplant la mégapole verticale, leurs regards respectifs noyés dans l'immensité de Kotaris.

— Tu l'as tué ? reprit-il enfin d'une voix cassée.

— Oui, j'ai visé ses quatre membres un par un, en savourant longtemps sa douleur. Puis, alors qu'il rampait dans son propre sang en couinant comme un porc, j'ai vidé son propre chargeur sur son corps jusqu'à ce qu'il n'en reste qu'une bouillie infâme. J'imagine que les rats ont dévoré sa chair et rongé ses os. C'était tout ce que méritait cette pourriture.

Elle guetta la réaction de David, mais aucune émotion sur son visage ne trahit ses sentiments. Il affichait un masque impassible quand il ajouta :

— Miss Clark en sera très affectée, mais elle surmontera cette épreuve, comme toutes les autres.

— Miss Clark ? Mais que vient-elle faire là-dedans ?

— Ah, c'est vrai que tu ne sais pas tout. Ta chère Sam n'a sans doute pas eu le temps de te raconter les détails. Eh bien, figure-toi que miss Clark a joué un rôle très important dans toute cette affaire. Elle était la collaboratrice d'Héatt… enfin, d'Éthan, plutôt.

Sa bouche refaite dix fois s'étira dans un ignoble sourire.

— Miss Clark était son interlocutrice privilégiée ; elle ne perdait pas une miette des échanges entre Éthan et Sam. Son nom de code à elle, c'était Nao. Elle était la voix et les yeux du soi-disant ordinateur quantique dernier modèle d'Éthan. Grâce à son efficacité redoutable, elle a fait avancer Sam dans la bonne direction, en délivrant au compte-gouttes les informations nécessaires et en filtrant les données. Mais sa jalousie maladive a failli la perdre plus d'une fois. Il faut dire qu'Éthan s'en est donné à cœur joie avec ton clone. Mais pourquoi se gêner, après tout, quand on peut joindre l'utile à l'agréable ? Sacré Héatt ! J'espère qu'il en a bien profité, parce que, là où il est maintenant...

Mais il n'eut pas le temps de terminer sa phrase. Elle était déjà sur lui.

C'en était trop. Elle était venue chercher des réponses et elle les avait obtenues. Pas toutes, certes, mais les plus importantes. La confrontation avait assez duré et, si elle en entendait davantage, elle risquait de devenir folle. Maintenant, il fallait qu'elle accomplisse ce pour quoi elle était venue, le sacrifice ultime.

Tout se déroula très vite.

Au moment même où la fine aiguille en fibres de carbone, indétectable même par les caméras les plus sophistiquées, s'enfonçait profondément dans la carotide du vieil homme, les quatre gardes bondirent dans sa direction.

L'aiguille libéra sa charge de cyanure et le violent poison se répandit immédiatement dans le sang du professeur. L'effet fut presque instantané, mais, lorsque son cœur cessa de battre, quatre canons de protonlasers étaient déjà appuyés contre le crâne de la jeune femme.

Peu lui importait, elle avait accompli sa mission. Elle venait de tuer David et de venger sa sœur, ses sœurs.

Elle ferma les yeux, résignée, prête à mourir, attendant la seconde exacte où elle déciderait de quitter cette terre.

— Laissez-la-moi ! hurla une voix féminine derrière les gardes. C'est à moi de la supprimer.

Sans abaisser leur arme, les gardes s'écartèrent et la jeune femme rouvrit les yeux pour apercevoir une miss Clark déchaînée, brandissant un couteau de chasse.

— Je vais te tuer, sale putain ! Je t'ai reconnue, sur mon écran. Oui, je t'ai reconnue quand David a dit qu'Héatt avait bien profité de toi. J'ai vu ton regard de sale petite fouineuse ! Tu as abusé le vieux, mais, moi, tu ne m'auras pas ! Je vais te faire payer à ma manière et tu me supplieras de t'achever rapidement !

Mais Sam n'avait pas peur. Son visage se fendit d'un large sourire et elle décida que le moment était venu.

— La partie est finie, Nao ! murmura-t-elle.

Elle serra les dents de toutes ses forces et avant que le couteau n'effleure sa peau, ses quatre molaires entrèrent en contact et déclenchèrent les microdétonateurs qu'elles contenaient.

Son corps se déchira dans un éclair fulgurant.

La déflagration fut telle qu'elle embrasa les quatre gardes et le corps sans grâce de miss Clark. Le souffle brûlant consuma tout ce qui se trouvait dans la pièce. La large baie vitrée explosa et il ne resta qu'un gros trou béant là où, dix secondes auparavant, discutaient un vieillard et une belle jeune femme au regard mauve.

ÉPILOGUE

À des milliers de kilomètres de là, une jeune femme, assise sur une plage de sable blanc, regardait, immobile, le petit garçon qui jouait dans les vagues. Il riait chaque fois qu'une langue d'eau salée caressait ses pieds nus. Il était l'insouciance même, le bonheur à l'état pur, et elle se disait que rien ne devrait jamais venir pervertir l'innocence de ce bambin. Jamais il ne devrait apprendre quel drame s'était joué autour de sa vie.

La brise légère faisait danser les mèches brunes de la femme. Ses yeux d'un mauve délavé ne quittaient pas le petit bonhomme auquel elle tenait tant. L'enfant se retourna en souriant et elle lui fit aussitôt un signe de la main pour lui signifier qu'elle était là, qu'elle veillait sur lui, qu'il n'avait pas à s'inquiéter. Rassuré, l'enfant recommença à sauter dans les vagues.

Dans son autre main, elle tenait la lettre qu'elle avait lue et relue des dizaines et des dizaines de fois. Elle la connaissait par cœur, mais ne pouvait se résoudre à s'en débarrasser.

Elle soupira en la dépliant une nouvelle fois. Elle se jura que c'était la dernière.

Siratok, mercredi 21 février 2114

Ma très chère Avel,

À l'heure où tu lis cette lettre, je suis déjà très loin d'ici. Inutile de tenter quoi que ce soit pour m'empêcher de partir. Il est trop tard ! Les médias t'ont peut-être déjà appris la nouvelle.

J'ai décidé de mettre notre plan à exécution, un peu avant la date prévue. J'ai quitté notre repaire souterrain ce matin, avec l'aide de Nails qui a demandé aux sentinelles de me laisser sortir.

Ne lui en veux surtout pas ! Je lui ai un peu forcé la main et il n'avait pas d'autre choix que de m'obéir. Il t'aime sincèrement et ne souhaite que ton bonheur. Il mérite d'être heureux à tes côtés. Laisse-lui une chance d'aller vivre avec toi et Anton. C'est quelqu'un de confiance et il fera, j'en suis sûre, un excellent père pour ton fils. Pour s'épanouir, Anton aura besoin d'une présence masculine et Nails est le compagnon idéal pour le faire grandir sereinement.

Tu sais, je n'ai pas agi sous le coup d'une impulsion subite. Cela fait déjà quelques jours que je nourris l'espoir d'inverser nos rôles et j'ai mûrement réfléchi avant de prendre ta place dans cette expédition. Nos longues journées passées à discuter de ta vie, de Mémoris, de tes recherches, m'ont donné le courage de me faire passer pour toi. À force de parler avec toi, j'ai fini par tellement m'identifier à toi que j'ai eu l'audace de croire que cela pouvait fonctionner. J'espère que l'avenir ne me contredira pas et que je ne vais pas tout faire échouer. J'espère aussi qu'au moment de mourir David sera heureux de voir à quel point son plan a fonctionné, qu'entre la copie et l'original, même lui s'est laissé abuser. Il m'a utilisée pour te nuire et je vais le battre à son propre jeu.

Je trouve cette idée très drôle, finalement, et je souhaite que tu comprennes les raisons de mon geste. Ce n'était pas un acte de désespoir ni un suicide. Bien au contraire !

J'ai agi par amour, par amour pour toi et pour ton fils qu'un jour j'ai cru mien.

Je comprends parfaitement que tu aies eu envie de racheter la faute de nos parents, car tu te sentais coupable, mais tu n'y étais pour rien, Avel, et ce n'était pas à toi de payer les erreurs d'Hogg et de Léa. Ce n'était pas à toi de te sacrifier.

Tu as un nom, un passé, une histoire. Tu as un fils qui t'adore et un homme qui t'aime. Tu n'avais pas le droit d'abandonner cette vie qui t'appelle.

Alors que, moi, je n'ai pas de nom, pas de passé, pas d'histoire qui vaille la peine qu'on la continue. Je n'ai personne qui ait besoin de moi pour vivre.

Je n'ai que toi, ma sœur. Tu m'as fait le plus beau des cadeaux en m'acceptant sans rien attendre en retour. En faisant de moi ta sœur, tu m'as offert une identité, une famille et un but.

Pour tout cela, merci ! Du fond du cœur, merci !

Quand je pense que tu étais même prête à tout abandonner pour moi, à tout perdre pour me laisser une seconde chance, une seconde vie !

Mais comment tout reprendre à zéro sans toi ? Comment reconstruire ma vie sur tes cendres ?

Ton offre était des plus généreuses, mais il m'était impossible de l'accepter ! En revanche, moi, je n'avais rien à perdre. C'est pour cela que j'ai pris ta place !

Avel, accepte mon sacrifice en échange de l'amour que tu m'as offert.

Ta sœur de rechange qui t'aimera au-delà de la mort

P.-S. : J'allais oublier ! J'ai pensé que David te devait bien une petite compensation financière pour toutes ces souffrances et ces années de traque ; tu trouveras cinq millions d'eullards versés sur un compte anonyme dont voici la carte d'accès. Profites-en pour faire le bonheur autour de toi et t'exiler là où jamais on ne te retrouvera.

Comme chaque fois qu'elle la lisait, cette lettre la bouleversa. Elle ferma les yeux pour ne pas se laisser submerger par le chagrin. Sam avait sacrifié sa vie pour qu'elle puisse continuer la sienne. C'était l'acte d'amour le plus généreux et le plus absolu qu'on lui ait jamais fait. Si elle était sur cette plage, aujourd'hui, c'était grâce à cette sœur dont, un mois à peine auparavant, elle ignorait l'existence.

Elle regarda la feuille tachée par les vagues successives de larmes. Elle aurait déjà dû s'en débarrasser dix fois, car cette lettre hantait ses jours et ses nuits, mais c'était son dernier souvenir de Sam et elle ne parvenait ni à la jeter ni à la brûler.

Sa main caressa machinalement le caillou blanc que lui avait ramené son petit pirate pour qu'elle soit la gardienne de son précieux trésor, quand elle eut une idée. Elle déposa au cœur de la lettre le galet tout rond et replia soigneusement le papier pour l'envelopper. Puis elle se leva pour rejoindre Anton au bord de l'eau.

Quand la mer lui lécha les pieds, elle frissonna. Était-ce la fraîcheur de l'eau, ou le geste qu'elle s'apprêtait à commettre ? De peur de revenir sur sa décision, elle cessa de s'interroger et lança au loin, de toutes ses forces, le petit paquet qu'elle serrait au creux de sa main. Il décrivit une large courbe dans l'azur parfait du ciel avant de transpercer la surface diaphane de l'eau. L'océan accepta l'offrande avec un bruit humide.

Bientôt, la mer effacerait les mots, l'humidité rongerait le papier et la lettre disparaîtrait à jamais. Mais les souvenirs d'Avel la garderaient intacte dans sa mémoire. Il ne se passerait pas un jour sans qu'elle se souvienne de Sam et de ce qu'elle lui devait.

— Tu pleures, maman. T'es triste ? demanda l'enfant en glissant sa petite main dans celle de sa mère.

— Non, mon cœur, je ne suis pas triste. Maman pleure,

c'est vrai, mais ce sont des larmes de joie, parce que je t'aime et que je suis la plus heureuse des mamans.

— Tu m'as manqué, maman. Je t'aime !

Elle regarda cet enfant qu'elle chérissait plus que sa vie et le souleva dans ses bras. Elle le fit tourner en l'air en s'étourdissant de ses éclats de rire. Elle le serra fort contre sa poitrine en nichant son nez dans ses cheveux, en respirant son odeur, en caressant sa peau si douce.

— Moi aussi, je t'aime, Anton. Et on ne se quittera plus jamais ! Je te le promets.